北岳中国文学年选　《名作欣赏》杂志鼎力推荐
权威遴选　深度点评　中国最好年选

2017年中篇小说选粹

杨庆祥　主编

山西出版传媒集团　北岳文艺出版社
·太原·

图书在版编目(CIP)数据

2017年中篇小说选粹 / 杨庆祥主编. —太原：北岳文艺出版社, 2018.1
ISBN 978-7-5378-5556-3

Ⅰ.①2… Ⅱ.①杨… Ⅲ.①中篇小说—小说集—中国—当代 Ⅳ.①I247.5

中国版本图书馆CIP数据核字(2018)第003411号

书名：	主编：杨庆祥	责任编辑：王朝军
2017年中篇小说选粹	策划：续小强 王朝军	书籍设计：张永文

出版发行　山西出版传媒集团·北岳文艺出版社
地　　址　山西省太原市并州南路57号
邮　　编　030012
电　　话　0351-5628696（发行部）
　　　　　0351-5628688（总编室）
　　　　　0351-5628691（产品开发部）
传　　真　0351-5628680
网　　址　http://www.bywy.com
E - mail　bywycbs@163.com
经 销 商　新华书店
印刷装订　山西人民印刷有限责任公司

开　　本　787mm×1092mm　1/16
字　　数　365千字
印　　张　23
版　　次　2018年1月第1版
印　　次　2018年1月山西第1次印刷
书　　号　ISBN 978-7-5378-5556-3
定　　价　49.80元

本书版权为本社独家所有，未经本社同意不得转载、摘编或复制

代序——我们的时代没有孤注一掷的文学

/ 杨庆祥

北岳版的《中篇小说选粹》从2014年始，我已经编了4年。前一段朝军兄叮嘱我为2017年版作序，我回复不想写了，朝军兄脑子转得快，说那就写写为什么不想写了。好主意，却难为了我。

一个以书写和表达为职业的人"不想写"和"不想说"意味着什么？这是一个问题。

现代人以祛魅为其荣耀，并以此区别古今。这一过程，如果从语言的层面上看，就是一个从大写的Word到小写的words的过程，前者是为"圣言"，后者是为"人言"。太初有道，这句话的英文是There was word。这里的"道"，是"圣言"，也是起源之道。上帝以语言创世，说要光，于是有了光；仓颉造字，鬼哭神嚎。寓意不过是，语言不仅仅是一种表达的工具，更是一种创造的力量。所以"道""圣言"的另外一层含义是，语言创造世界，或者说，（自由）世界在语言中得以展开其自身。

如此说来，从"圣言"到"人言"，有一种质的转换。现代人最大的愚蠢，就是以为"圣言"已远，"人言"于是可以胡说八道。这是启蒙主义者种下的恶果，以为人可以操控语言，而不是服从于语言自身的创造性。哈曼从一开始就反对这种自大的虚妄，启蒙主义者们没有注意到这异端的声音，而是进一步以对工具理性的狂热来行使"人言"的谵妄。后来的卢梭极其厌倦这些人，并开始思考成为野蛮人的可能。

在我看来，在现代社会，野蛮人是另外一个上帝。

还要提到尼采和本雅明。尼采曾经告诫现代人要重新学习"看"和"听"，在《偶像的黄昏》里他批评那些迫不及待洞开自己的人是一种典型的卑贱。这不仅仅是道德上的指责，而是有一种政治学的考量。尼采早年喜欢瓦格纳，后来与之决裂，写有决裂之书《尼采反对瓦格纳》，他从瓦格纳的喋喋不休中看到了现代政治的控制术和神学本质，所以他说瓦格纳是他的疾病，他要割舍他。本雅明给人的印象是一个小资产阶级的文人，但他一度陶醉于大众的传播术——在他的时代，是电台广播。他以为通过这种方式可以唤起更多人参与政治文化生活，但后来，他发现"广播"这一"人言"的传声筒不过强化了一种资产阶级的不可救药的"自恋"。

　　自恋，控制术，政治负能，以谵妄的"人言"来填充信仰危机后的精神深渊，已经成为我们时代深入骨髓的痼疾。诗人是最典型的背叛者，他们现在热衷于在各种场合表演，他们成了"人言"的俘虏，被撒旦的迷魂汤征服了。所以，我们的时代既没有真正的诗人，也难得有孤注一掷的文学和艺术。

　　既然如此，我何必多说？

　　我愿意在一片嘈杂中坚持沉默，并等待"圣言"的再次降临。

2018年1月19日　北京

目 录

001　大乔小乔　　　　　　　张悦然
040　罐子　　　　　　　　　葛　亮
070　黑眼睛　　　　　　　　刘建东
120　姬元和汤弥生　　　　　阿　袁
178　圣者到尘世中去　　　　黄惊涛
231　嗯　　　　　　　　　　晶　达
276　天帝少女　　　　　　　索何夫
316　猎舌师　　　　　　　　房　伟
343　我永远忘不掉那个夜晚　黄孝阳

大乔小乔

/张悦然

1

上瑜伽课前，许妍接到乔琳的电话。听说她到北京来了，许妍有些惊讶，就约她晚上碰面。电话那边沉默了片刻，乔琳用哀求的声音说，你现在在哪里，我能过去找你吗？

她们两年没见面了。上次是姥姥去世的时候，许妍回了一趟泰安，带走了一些小时候的东西。走的时候乔琳问，你是不是不打算再回来了？许妍说，你可以到北京来看我。乔琳问，我难过的时候能给你打电话吗？当然，许妍说。乔琳总是在晚上打来电话，有时候哭很久。但她最近五个月没有打过电话。

外面的天完全黑了，她们坐进车里。照明灯的光打在乔琳的侧脸上，颧骨和嘴角有两块淤青。许妍问她想吃什么。她转过头来，冲着许妍露出微笑，辣一点的就行，我嘴里没味儿。她坐直身体，把安全带从肚子上拉起来说，能不系吗，勒得难受。系着吧，许妍说，我刚会开，车还是借的。乔琳向前探了探身子，说开快一点吧，带我兜兜风。

那段路很堵。车子好容易才挪了几百米，停在一个路口。许妍转过头去问，爸妈什么时候走？乔琳说，明天一早。许妍问，你跟他们怎么说的？乔琳说，我说去找高中同学，他们才顾不上呢。许妍说，要是他们问起我,就说我出差了。乔琳点点头,知道,我知道。

车子开入商场的地下车库。许妍拉下手刹,告诉乔琳到了。乔琳靠在椅背上,说我都不想动弹了,这个座位还能加热,真舒服啊。她闭着眼睛,好像要睡着了。许妍摇了摇她。她抓起许妍的手,放在自己的肚子上,低声说,孩子,这是你的姨妈乔妍,来,认识一下。

在黑暗中,她的脸上露出微笑。许妍好像真的感觉到什么东西动了一下。像朵浪花,轻轻地撞在她的手心上。她把手抽了回来,对乔琳说,走吧。

许妍捂着肚子蹲在地上。明晃晃的太阳,那些人的腿在摆动,一个个翻越了横杆。跳啊,快跳啊,有人冲着她喊。她用尽全身力气站起来,横杆在眼前,越来越近,有人一把拉住了她……她觉得自己是在车里,乔琳的声音掠过头顶,师傅,开快点。她感到安心,闭上了眼睛。

许妍已经忘记自己曾经姓乔了。其实这个名字一直用了十五年。

办身份证的时候,她改成了姥姥的姓。姥姥说,也许我明年就死了,你还得回去找你爸妈,要是那样,你再改成姓乔吧。从她记事开始,姥姥就总说自己要死了,可她又活了很多年,直到许妍在北京上完大学。

许妍一出生,所有人听到她的啼哭声,都吓坏了。应该是静悄悄的才对,也不用洗,装进小坛子,埋在郊外的山上。地方她爸爸已经选好了,和祖坟隔着一段距离,因为死婴有怨气,会影响风水。

怀孕七个月,他们给她妈妈做了引产。据说是注射一种有毒的药水,穿过羊水打进胎儿的脑袋。可是医生也许打偏了,或者打少了,她生下来是活的,而且哭得特别响。整个医院的孩子加起来,也没有她一个人声大。姥姥说,自己是循着哭声找到她的。手术室没有人,她被搁在操作台上。也许他们对毒药水还抱有幻想,觉得晚一点会起作用,就省得往囟门上再打一针。

姥姥给了护士一些钱,用一张毯子把她裹走了。那是个晴朗的初夏夜晚,天上都是星星。姥姥一路小跑,冲进另一家医院,看着医生把她放进了暖箱。别哭了,你睡一会儿,我也睡一会儿,行吗?姥姥说。她在监护室门外的椅子上,度过了许妍出生后的第一个夜晚。

许妍点了鸳鸯锅，把辣的一面转到乔琳面前。乔琳只吃了一点蘑菇，她的下巴肿得更厉害了，嘴角的淤青变紫了。

怎么就打起来了呢？许妍问。乔琳说，爸在计生办的办公楼里大吼大叫，保安赶他走，就扭在一块了，不知道谁推了我一把，撞到了门上。许妍叹了口气，你们跑到北京来到底有什么用呢？乔琳说，我只是想来看看你。许妍问，那他们呢，你为什么就不劝一下？乔琳说，来北京一趟，他俩情绪能好点，在家里成天打，爸上回差点把房子点了。而且有个汪律师，对咱们的案子感兴趣，还说帮着联系"法律聚焦"栏目组，看看能不能做个采访。许妍说，采访做得还少吗，有什么用？乔琳说，那个节目影响大，好几个像咱们家这样的案子，后来都解决了。许妍问，你也接受采访吗，挺着个大肚子，不觉得丢人吗？乔琳垂着眼睛，抓起浸在血水里的羊肉扑通扑通扔进锅里。

过了一会儿，乔琳小声问，你在电视台，能找到什么熟人帮着说句话吗？许妍说，我连我们频道的人都认不全，台里最近在裁员，没准明天我就失业了。她看着乔琳，是爸妈让你来的吧？乔琳摇了摇头，我真的只想来看看你。

许妍没说话。越过乔琳的肩膀，她又看到了过去很多年追赶着她的那个噩梦。上访，讨说法。爸爸那双昆虫标本般风干的眼睛，还有妈妈磨得越来越尖的嗓子。当然，许妍没资格嫌弃他们，因为她才是他们的噩梦。

她爸爸乔建斌本来是个中学老师，因为超生被单位开除了。他觉得很冤，老婆王亚珍是上环后意外怀孕，有风湿性心脏病，好几家医院都不敢动手术，推来推去推到七个月，才被中心医院接收。他们去找计生委，希望能恢复乔建斌的工作。计生委说，只要孩子活下来，超生的事实就成立。孩子是活了，可那不是他们让她活的啊。夫妻俩开始上访，找了各种人，送了不少礼，到头来连点抚恤金也没要到。

乔建斌的精神状况越来越糟，喝了酒就砸东西，还总是伤到自己，必须得有人看着才行。虽然他嚷着回去上班，可是谁都看得出来，他已经是个废人了。王亚珍的父母都是老中医，自己也懂一点医术，就找了个铺面开了间诊所。那是个低矮的二层楼，她在楼下看病，全家人住在楼上，这样她能随时看着乔建斌。乔琳是在那幢房子里长大的。许妍则一直跟着姥姥住。在她心里，乔琳和爸妈是一个完整的家庭，而她是多余的。乔建斌看见她，眼睛里就会有种悲凉的东西。她是他用工作换来的，不仅仅是工作，她毁了他的一切。王亚珍的脸色也不好看，总是有很多怨气，她除了养家，还要忍受奶奶的刁难。奶奶觉得要不是她有心脏病，没法顺利流产，也不会变成这样。每次她来，都会跟王亚珍吵起来。她走了以后，王亚珍又和乔建斌吵。这个家所有人都在互相怨恨。没有人怨乔琳。她是合情合理的存在，而且总在化解其他人之间的恩怨。那些年她做得最多的事，就是劝架和安抚。她在爸妈面前夸许妍聪明懂事，又在许妍这里说爸妈多么惦记她。她一直希望许妍能搬回来住。可是上初中那年，许妍和乔建斌大吵了一架，从此再也没有踏进过家门。

许妍骑着她那辆凤凰牌自行车经过诊所门前的石板路。乔琳从二楼的窗户探出头来，朝她招手。快点蹬，要迟到了，乔琳笑着说。许妍读初中，她读高中，高中离家比较近，所以她总是等看到了许妍才出发。有时候，她会在门口等她，塞给她一个洗干净的苹果。

许妍的手机响了。是沈皓明，他正和几个朋友吃饭，让她一会儿赶过去。许妍挂了电话。面前的火锅沸腾了，羊肉在红汤里翻滚，油星溅在乔琳的手背上。但她毫无知觉，专心地摆弄着碟子里的蘑菇，把它们从一边运到另一边，一片一片挨着摆好。她耐心地调整着位置，让它们不要压到彼此。然后她放下筷子，又露出那种空空的微笑，说刚才是你男朋友吗？许妍嗯了一声。乔琳说，你还没跟我说过呢。你什么都不跟我说，从小就这样。他是干什么的？许妍说，公司上班的白领。乔琳又问，对你好吗？许妍说，还行吧，你到底还吃不吃？乔琳说，有个人让你惦记着，那种感觉很好吧？

餐厅外面是个热闹的商场。卖冰激凌的柜台前围着几个高中女生。许妍问，想吃吗？乔琳摸了摸肚子，好像在询问意见。她趴在冰柜前，逐个看着那些冰激凌桶。覆盆子是种水果吗，她问，你说我要覆盆子的好，还是坚果的好呢？那就都要，许妍说。我不要纸杯，我想要蛋筒，乔琳笑着告诉柜台里的女孩。

那是九月的一个早晨，许妍升入高中的第一天。乔琳撑着伞，站在校门口。见到她就笑着走上来，你怎么不把雨衣的帽子戴上，头发都湿了。她伸出手，撩了一下许妍前额的头发说，真好，咱们在一个学校了，以后每天都能见到。放学以后别走，我带你去吃冰激凌，香芋味的。

路过童装店，乔琳的脚步慢下来。许妍顺着她的目光望过去，亮晶晶的橱窗里，悬挂着一件白色连衣裙。发光的塔夫绸，胸前有很多刺绣的蓝粉色小花，镶嵌着珍珠，裙摆捏着细小的荷叶边。乔琳把脸贴在玻璃上，说小姑娘的衣服真好看啊。许妍问，你希望是男孩还是女孩？男孩吧，乔琳说，如果是男孩，说不定林涛家里能改变主意。许妍问，他后来又跟你联系过吗？乔琳摇了摇头。

汽车驶出地下车库。商业街灯火通明，橱窗里挂着红色圣诞袜和花花绿绿的礼物盒。街边的树上缠了很多冰蓝色的串灯。广告灯箱里的男明星在微笑，露出白晃晃的牙齿。乔琳指着他问，你觉得他长得像于一鸣吗？许妍问，你这次来联系他了吗？乔琳说，我没有他的手机号码了。许妍沉默了一会儿，说快到了，我给你订了个酒店，离我家不远。乔琳点点头，双手抓着肚子上的安全带。

于一鸣走过来，坐在了她和乔琳的对面。他T恤外面的衬衫敞着，兜进来很多雨的气味。空气湿漉漉的，外面的天快黑了。于一鸣抹了一把脸上的水，冲她们笑了。他的下巴上有个好看的小窝。

到了酒店门口，乔琳忽然不肯下车。她小心翼翼地蜷缩起身体，好像生怕会把车里的东西弄脏。许妍问，到底怎么了？乔琳用很小的声音说，别让我一个人睡旅馆好吗，我想跟你一起睡……她抬起发红的眼睛，说求你了，好吗？

车子开回到大路上。乔琳仍旧蜷缩着身体，不时转过头来看看许妍。她小声问，旅馆的房间还能退吗，他们会罚钱吗？许妍说，我只是觉得住旅馆挺舒服的，早上还有早餐。乔琳说，我知道，我知道，对不起。

车窗起雾了，乔琳用手抹了几下，望着外面的霓虹灯，用很小的声音念出广告牌上的字。直到车子开上高架桥，周围黑了下去。她靠在座椅上，拍了拍肚子，说小家伙，以后你到北京来找姨妈好不好？许妍没有说话，她望着前方，挡风玻璃上也起雾了，被近光灯照亮的一小段路，苍白而昏暗。

乔琳盯着于一鸣，说你的发型真难看。于一鸣说，我知道你剪得好，可我回去两个月不能不剪头啊。乔琳揽了一下许妍说，来，认识一下，这是我妹妹，亲妹妹。于一鸣对乔琳说，走吧，该回去上晚自习了。乔琳说，你先去，我跟我妹妹坐一会儿，好久没见她了。于一鸣说，咱俩也好久没见了，说好去济南找我也没有去。乔琳笑了，明年暑假吧，我跟我妹妹一起去。于一鸣走了。许妍说，别跟人说我是你妹妹行吗，非得让所有人都知道家里超生的事吗？乔琳垂下眼睛，说知道了。许妍问，你们在谈恋爱？乔琳说没有。许妍说，别骗我了。乔琳说，真的，他来泰安借读，高考完了就走了。许妍说，你也可以走啊。

乔琳笑了一下，没说话。

2

许妍找到一个空车位，停下了车。刚下来，一辆车横在她们面前，车上走下一个戴着黑框眼镜的男人。他说，又是你，你又停在我的车位上了。许妍认出他就住在自己对门，好像姓汤。有一次他的快递送到了她家，里面是一盒迷你乐高玩具。她晚上送过去，他开门的时候眼睛很红。她瞄了一眼电视，正在放《甜蜜蜜》。张曼玉坐在黎明的后车座上。

许妍说，我不知道这个车位是你的，上面没挂牌子。她要把车开走，男人摆了摆手说，算了，还是我开走吧。他钻进车里发动引擎。

乔琳笑着说，他一定看我是孕妇吧。现在我到哪里都不用排队，一上公交车就有人让座，等孩子生下来，我都不习惯了。

许妍打开公寓的门。她的确没打算把乔琳带回家。房子很大，装修也非常奢侈，就算对北京缺乏了解，恐怕也猜得出这里的租金一般人很难负担。但是乔琳没有露出惊讶，也没有发表评论。她站在客厅中间，低着头眯起眼睛，好像在适应头顶那盏水晶吊灯发出的亮光。

过了一会儿，她回过神来，问许妍，你主持的节目几点播？许妍说，播完了，没什么可看的。乔琳问，有人在街上认出你，让你给他们签名吗？许妍说，一个做菜的节目，谁记得主持人长什么样啊。她找了一件新浴袍，领乔琳来到浴室。乔琳指着巨大的圆形浴缸问，我能试一下吗？许妍说，孕妇不能泡澡。乔琳说，好吧，真想到水里待一会儿啊。她伸起胳膊脱毛衣，露出半张脸笑着说，能把你的节目拷到光盘里，让我带回去吗？放心，不告诉爸妈，我自己偷偷看。

乔琳的毛衣里是一件深蓝色的秋衣，勒出凸起的肚子。圆得简直不可思议。她变了形的身体，那条被生命撑开的曲线，蕴藏着某种神秘的美感。许妍感觉心被什么东西蜇了一下。

电话响了。沈皓明让她快点过去。听说她要出门，乔琳的眼神中流露出恐惧。许妍向她保证一会儿就回来，然后拿起外套出了门。

许妍睁开眼睛，看到自己躺在病房里。墙是白的，桌子是白的，桌上的缸子也是白的。乔琳坐在床边，用一种忧伤的目光看着她。许妍坐起来，问乔琳，告诉我吧，我到底怎么了。乔琳垂下眼睛，说你子宫里长了个瘤子，要动手术。子宫？许妍把手放在肚子上，这个器官在哪里，她从来没有感觉到它的存在。乔琳说，你才十七岁，不该生这个病，医生说是激素的问题，可能和出生时他们给你打的毒针有关。

……医生站在床前，说手术很顺利，但瘤子可能还会长，以后可以考虑割掉子宫，等生完孩子……但你怀孕比较困难。他没说完全不可能，但是许妍知道他就是那个意思。

医生走了，病房里很安静。许妍望着窗外的一棵长歪了的树，岔出去的旁枝被锯掉了。乔琳说，我知道我说什么都没用，可是我以后真的不想生孩子。不知道为什么，想想就觉得可怕。

许妍赶到餐厅的时候，沈皓明已经有点喝多了，正和两个朋友讨论该换什么车。上个月，他开着花重金改装的牧马人去北戴河，半路上轮轴断了，现在虽然修好了，可他表示再也无法信任它了。

他们有个自驾游的车队，每次都是一起出去，十几辆车，浩浩荡荡。许妍跟他们去过一次内蒙古，每天晚上大家都喝得烂醉，在草地上留下一堆五颜六色的垃圾。有一天晚上，许妍和沈皓明没有喝醉，坐在山坡上说了一夜的话。他们两个就是这么认识的。许妍跟所有的人都不熟，是另外一个女孩带她去的，那个女孩跟她也不熟，邀请她或许只是因为车上多一个空座位。到了第五天，许妍坐到了沈皓明的那辆车上，他们一直讲话。后来开错路掉了队，两个人用后备厢里仅剩的烟熏火腿和几根蜡烛，在草原上度过了一个难忘的夜晚。

　　回北京那天，许妍有些低落，沈皓明把她送回家，她看着车子开走，觉得他不会再联系她了。她知道他是那种有钱人家的孩子，周围有很多漂亮女孩，只是因为旅途寂寞，才会和她在一起。也许是玩得太累了，第二天她发烧了。她躺在床上，觉得自己像一根就要烧断的保险丝，快把床单点着了。她感到一种强烈而不切实际的渴望。帮帮我，在黑暗中她对着天花板说。每次她特别难受的时候，就会这么说。

　　傍晚她收到了沈皓明的短信，问她要不要一起吃晚饭。她摇摇晃晃地从床上爬起来，化了个妆出门了。那不是一个两人晚餐，还有很多沈皓明的朋友。她烧得迷迷糊糊的，依然微笑着坐在沈皓明的旁边。聚会持续到十二点。回去的路上，她的身体一直发抖。沈皓明摸了摸她的额头，怪她怎么不早说，然后掉头开向医院。在急诊室外面的走廊里，他攥着她的手说，你让我心疼。她笑着说，大家都挺高兴的，这是个高兴的晚上，不是吗？

　　那个夏天，沈皓明时常带她参加派对。那些派对在郊外的大房子里举行，总有穿着短裙的女孩带着她的外籍男友。直到夏天快过完，她才确定自己成了沈皓明的女朋友。那时她已经学会了自己卷头发，并且添置了好几条短裙。到了九月末，她和几个从前要好的朋友坐在路边的烧烤摊，意识到自己以后也许不会再见他们了。来北京八年，一直在认识新朋友，进入新圈子，那种不断上升、进化的感觉，给她带来一些满足。

　　你想去莫斯科吗，沈皓明扭过头来看着她，春天的时候咱们开车去莫斯科吧？好啊，许妍说。她想到旷野上的星星，以及那些因为喝醉而感觉自由一点的夜晚。

饭局散了，许妍开车把沈皓明送回他爸妈家。当初租房子的时候，他是准备跟她一起住的，后来觉得上班太远，多数时候就还是住在他爸妈家。那边有好几个保姆伺候，饭菜又可心。他爸妈也不希望他搬出来，好像那样就等于认可了他和许妍的关系。

你表姐安顿好了？沈皓明忽然问，明天我妈让你来家里吃饭，喊她一起吧。许妍说，不用，她自己有安排。沈皓明说，后天律师所没事，我可以陪你带她转转，买买东西。许妍说好。

回到家已经是深夜一点。乔琳还没睡，正靠在床上看电视。她好像在哭，抹了抹脸，对许妍笑了一下，说你看过这个节目吗，把一个城里的孩子和一个农村的孩子对调，让他俩在对方的家里住几天。结果那个农村孩子把城里的"爸妈"给她买早点的钱都攒下来，想给农村的奶奶买副新拐杖。许妍说，都是假的，节目组安排好的。乔琳说，怎么会呢，那个农村孩子哭得多伤心啊。

许妍换上睡衣，在床边坐下，说你怎么会失眠呢，孕妇不是应该贪睡吗？乔琳说，我每天睁着眼睛到天亮，看什么都是重影的，好像那些东西的魂全跑出来了。许妍问，去医院看过吗？乔琳回答，说是精神压力大，可他们不让吃安定。许妍沉默了一会儿，问你后悔吗，把孩子留下来？乔琳笑着说，怎么会呢，我把衣服都买好了啦，白色的，男女都能用。

半年前乔琳打来电话，说自己怀孕了。男的叫林涛，比乔琳小两岁。和她在同一家商场当售货员。他父母一直告诫他，不能跟乔琳谈恋爱，沾上她爸妈，一辈子都别想安生。得知乔琳怀孕，他吓坏了，休假躲了起来。乔琳厚着脸皮找到他们家，林涛的母亲给了一些钱，让她把孩子打掉。乔琳爸妈说，怎么能打掉，就去林家闹，还跑到商场去找乔琳的领导。乔琳把工作辞了，跟她爸妈说，你们要是再闹，我就死在你们面前。

那段时间，乔琳常常给许妍打电话。她在那边问，为什么我的生活里总是有那么多的纠纷呢？

十月的一个早晨，两个女生在学校门口拦住了她，说你就是乔琳的小跟班吗，最好离那个狐狸精远点，别沾得自己一身骚。许妍不算意外。她已经发现乔琳在学校里非常有名，追她的男生很多，背后说闲话的也很多。

放学后她和乔琳碰面，没有提起这件事。走到大门口，那两个女生又来了。她们低着头，哭丧着脸说，我们说错话了，对不起，你千万别放在心上。乔琳皱着眉头，一言不发。

她们又去了冷饮店。于一鸣很快也来了。乔琳瞪着他，你的眼线挺多啊。于一鸣说，怎么了？乔琳说，别装傻，你让王滨去吓唬李菁菁了？于一鸣说，太嚣张了，不给她们点颜色看看怎么行。乔琳说，你要是真拿王滨当哥们儿，就别让他干这种事。他身上背着两个处分，再有一回就得开除。于一鸣说，我绝不允许她们这么败坏你。乔琳笑了笑，我才不在乎呢。

许妍对乔琳说，如果我是你，大概会把孩子打掉。乔琳显得很惊恐，说怎么可能，它是个生命啊。许妍说，这个世界上有很多错误的生命，生下来只会受苦。乔琳说，别说了，我绝对不能那么做。

许妍很清楚，乔琳不能那么做是因为爸妈。他们最初是反对计划生育，后来变成连堕胎也反对。特别是王亚珍，成了这方面的斗士。她经常守在医院门口，拦截去做流产的女人，讲各种怨灵的故事，还去吓唬医生和护士，让他们放下手术刀到寺庙里超度。有那么几个女人听了她们的话，没做流产，生下孩子以后拍的满月照片被王亚珍扩印得很大，拿在手里到处宣传。她还爱讲自己的故事：我的小女儿，当时被他们逼着流掉，又打激素又打毒针，我有心脏病，差点死在手术台上。可孩子不是照样健健康康地活下来了吗？你们现在什么困难都没有，有什么理由不要孩子？她以后一定也会把乔琳当成单亲妈妈的典范。至于乔琳该如何抚养那个孩子，她根本不去想。这几年一直都是乔琳在养家，现在她还没了工作。

她们的不幸，最终都会变成爸妈上访的资本。就像许妍子宫里生瘤，也被他们到处宣扬，无非是为了多要一笔赔偿金。许妍心里的愤怒，如同休眠的火山，这时又燃烧起来。所以或许并不完全是为了乔琳，更多的是想反抗爸妈的意志，给他们沉重一击——她又给乔琳打了电话。乔琳有点受宠若惊，说你从没给我打过电话。许妍说，你最好再考虑一下，留下这个孩子，一生可能都完了。乔琳说，可它是活的啊，在我身体里动，真的很奇妙，那种感觉你不会懂的……许妍冷笑了一声，是啊，那种感觉我不会懂的。以后你的事我也不会再管了。

乔琳没有再打来电话。许妍偶尔想起来，会在心里算算月份，想一想孩子还有多久出生。

乔琳坐在操场的看台上，咬着一根棒冰，嘴上都是鲜艳的色素。许妍走过去，说你躲到这儿有用吗？乔琳不说话。许妍问，你是不是特别喜欢看男生为了你打架？既然你不想跟他们谈恋爱，为什么还要对他们好，让他们围着你团团转呢？乔琳说，可能害怕孤独吧，她抬起头，咧开橘色的嘴唇笑了，你是不是很讨厌我这样的女孩？

许妍在床上躺下，伸手关掉了台灯。但黑暗不够黑，窗帘的缝隙间夹着一道颤巍巍的光。她正犹豫是否要去消灭那簇光，乔琳的手穿过阻隔在中间的被子，找到了她的手。她说，你还记得吗，从前姥姥生病，我把你领回家，咱俩挤在我那张小床上。许妍说，那是很小的时候，上了初中我就没再去过。

乔琳握紧了她的手，说我知道上回我说错话了，一直想给你打电话，可是真怕你再劝我把孩子打掉……许妍说，承认吧，你现在后悔了。乔琳说，没有，我想通了，不管我给这个孩子什么，给多给少，他都是奔着他自己的命去的。你小时候受了不少苦，现在不是也过得挺好吗？许妍问，你自己呢，你是奔着什么命去的，干吗非要背那么重的担子呢？乔琳在黑暗中笑了一声，我爱逞能，老觉得没我不行，其实我有什么用啊？她捏了捏许妍的手心，上访的事我早都不抱希望了，就是跟林涛呕一口气。当时他说，你家里要真是讨到了说法，再也不闹了，我就娶你。其实怎么可能啊，人家肯定早交了新女朋友。

许妍翻了个身，闭上眼睛。她感受着乔琳滞重的呼吸。如同一艘快要沉没的船。一个显而易见的却一直被她忽略的事实是，她的姐姐过得很糟，而且也许再也不会好了。她能帮她做什么吗？

她能。沈皓明自己就是律师，而且热心，爱帮朋友。他爸爸又有很多政府关系。

她不能。她根本无法开口。从一开始她就隐瞒了家里的事，说爸爸走了，妈妈死了，她是跟着姥姥长大的。这不是撒谎，她对自己说，只是出于自保。谁能接受一对不停闹事，总是被保安驱逐和扭走的父母呢？不过，既然她一直说乔琳是她的表姐——是不是可以让他们帮一帮这个表姐呢？但是也有风险，她爸妈曾在采访里提到过小女儿的名字，还说她现在在北京生活。一旦那些资料被翻出来，她的身份就掩饰不住了。

　　许妍勉强睡了几个小时，天快亮的时候醒了。她感觉到乔琳在耳边呼吸，嘴巴里的热气涌到她的脸上。她睁开眼睛，乔琳在曦光中望着自己。她一时想不起来从前什么时候，她也是这样望着自己，用那双圆圆的大眼睛，好像明白了什么重要的事要告诉她。但是她并没有开口。

　　你看我也是重影的吗？许妍问。

　　乔琳说，不，我看你看得很清楚。

　　于一鸣站在她的教室门口。他说乔琳三天没来上课了。许妍说，我爸把腿摔断了，她得照顾他。于一鸣说，我知道，快考试了，这样下去不行。你带我去找她。

　　外面下着雪，马路结冰了。他们推着自行车往前走。风很大，雪乱糟糟地降下来，天空像个马蜂窝。于一鸣的头发又长长了，他的脸很白，下巴上有个好看的小窝。他神情凝重地说，帮我劝劝乔琳，让她好好复习，跟我一块儿考到北京。许妍说，她不想走。于一鸣说，她在这里没有出路。许妍问，北京什么样？于一鸣说，北京的马路特别宽，到处都是商店，还有很多咖啡馆。你好好学习，两年以后也考过去。许妍问，我？于一鸣说，是啊，我们在北京等你。

　　许妍怔怔地看着他。他口中呼出的白气在空中上升，然后散开了。

3

　　第二天，许妍录节目到下午五点，然后匆匆忙忙赶去买甜点。那家蛋糕店是从巴黎开过来的，最近上了不少时尚杂志。她每次都为带什么礼物去沈皓明家而伤脑筋。

　　小巧的纸杯蛋糕陈列在玻璃柜里，上面镶着翻糖做的高跟鞋和花环，像是一件件奢华的珠宝。价格当然也贵得离谱，她最终决定买四个。这时乔琳打来电话，问她什么时候回来。许妍说，冰箱上不是有外卖单吗，你先叫东西吃啊。乔琳说，我不饿，你家门怎么锁，我在屋子里喘不上气，想出去走走。许妍把门锁的密码告诉她。她重复了一遍,说要是我等会儿忘了,能再给你打电话吗?

挂了电话,许妍扫视了一圈玻璃柜,目光落在一个有跳舞小人的纸杯蛋糕上。小人单脚支地,抬起双臂,好像正准备起跳,飞离地面。我要这个,她跟柜台里的女孩说。

许妍听到乔琳在身后喊自己。她追上来,把手里的布袋递给许妍,说裙子我帮你借好了,领子有点大,你别两个别针就行了。许妍说,我真的不想主持了。乔琳说,你要是不主持,我就也不跳舞了。晚会咱俩都不参加了。许妍问,干吗要费那么大力气帮我争取呢?乔琳笑了,大乔小乔要一起出风头才好。当时在学校已经有很多人知道她们是姐妹,并且叫她们大乔小乔。

保姆开了门,要帮许妍拿东西。许妍捧着蛋糕盒说,我自己拿到客厅吧。三个女人坐在客厅的沙发上喝香槟。其中一个短发女人笑盈盈地看着她,对另外两个说,皓明就喜欢这种瘦瘦高高的女孩。旁边披着披肩的女人说,现在的男孩都喜欢这种身材。

一个八九岁的男孩跑出来,是沈皓明的弟弟沈皓辰。他手里牵了一只短腿腊肠狗。那只狗穿着蓝色羽绒坎肩,背后有个帽子,跑快一点帽子就扣过来,盖住了它的脸。沈皓辰把狗拽到沙发边,向大家介绍,它叫贝利,有点感冒了。挑高细眉的女人问,你上次那条狗呢?沈皓辰说,送走了,妈妈嫌它老翻垃圾桶。短发女人说,你妈一开始可是爱它爱得不行啊。男孩耸耸肩,我妈妈是个很难捉摸的女人。三个女人笑起来。披着披肩的女人说,皓辰,过来,让阿姨抱抱。男孩勉为其难地向前走了两步,把头转向一边,阿姨,我也感冒了。披着披肩的女人摸了摸他的后脑勺,都那么大了,真是有苗不愁长啊。挑高眉毛的女人放下香槟杯说,后悔了吧,当时都劝你跟于岚一起去,还可以做个双胞胎。

谁在说我坏话呢,我可是听到了。一个矮胖的女人走进来,穿着深蓝色香云纱裙子,腰部有一朵白色荷花,是沈皓明的妈妈于岚。你儿子,短发女人说,他说你是个很难捉摸的女人。于岚笑起来,对男孩说,宝贝,你昨天不是还说我不用开口,你都知道我要说什么吗?男孩说,我知道你要说什么，但我不知道你在想什么。挑高细眉的女人说，你儿子是个哲学家。

男孩抬起头问于岚，我能让许妍姐姐陪我去玩吗？于岚说，好啊。她笑吟吟地朝许妍走过来，说我都没看到你来了。许妍微笑着说，我买了甜点，饭后可以吃。太好了，于岚说，那我就不让大李再去买了。许妍在心里飞快地算了一下，四块蛋糕，自己不吃，刚好她们四个女人一人一块。

她跟着沈皓辰来到后院。那里有几簇假山和一个凉亭，前面是一小片结冰的水塘。沈皓辰问，你说贝利能在上面滑冰吗？许妍说，不行，它会掉下去。玩点别的吧，我陪你去插乐高。沈皓辰摇摇头，我想陪着贝利，它太孤单了。许妍说，它感冒了，需要休息。沈皓辰说，都是我妈，非让它睡在花房里。许妍问，为什么不让它到屋子里去？沈皓辰说，我妈说我们还不了解它的脾气，要观察一段时间。惠惠姐姐刚来的时候，她也不让她跟我们一起吃饭，说她嘴巴臭，可能有胃病。

许妍通过这个男孩知道了他们家不少事。包括沈皓明刚和她在一起的时候，于岚还给他介绍过一个银行行长的女儿，没准他们还见了面。不过她没问过沈皓明。以后恐怕还有律师的女儿。医生的女儿，她显然不是理想的儿媳，不过他们也没公然反对。有一次沈皓辰说，我妈说哥哥带什么女孩回来都无所谓，谈谈恋爱又不是当真的。许妍相信沈皓辰不至于蠢到不知道这些话不该讲给她听，他是故意的，好让她心里难受。他也会把他妈妈讲保姆小惠的话告诉小惠，然后站在门外听小惠在房间里偷偷哭。这是一种什么爱好，许妍不知道，用沈皓明的话来说，他弟弟是个内心阴暗的小孩。

他们相差十八岁，沈皓辰叼着奶嘴的时候，沈皓明已经系着领结跟爸爸去参加慈善晚会了。他对弟弟没太多感情，一开始甚至忘了跟许妍讲。后来有一次随口讲到他，许妍惊讶地问，为什么？什么为什么，沈皓明问。许妍说，为什么能生两个孩子。沈皓明说，哦，我爸妈都入了加拿大籍。其实不入也可以，罚点钱就是了。

沈皓明推门走出来，对许妍说，我到处找你呢。他冲着沈皓辰的屁股拍了两下，别老缠着别人，你就不能自己玩会儿吗？沈皓辰哀求道，我们等会儿出去吃冰激凌吧。沈皓明不理他，拉着许妍走了。

沈皓明的爸爸沈金松和几个男客坐在偏厅的沙发上。沈皓明带着许妍走过去，把她介绍给两个没见过的客人。他爸爸说，皓明，给你李叔叔拿支雪茄来。走出房间，沈皓明咕哝道，他怎么还有脸来。你说谁，许妍问。沈浩明说，那个戴鸭舌帽的男的，做生意把周围的朋友坑了一个遍，大家都不跟他来往了。沈皓明返回偏厅的时候，许妍拉住他，说笑一下。沈皓明皱着眉头，干什么？许妍说，你的怒气都写在脸上，让别的客人看到不好。沈皓明勉强露出一个微笑。许妍也给他一个微笑，进去吧，我去问问你妈妈那边有什么需要帮忙的。

许妍回到大客厅，发现又来了两个女客人。蛋糕不够分了，她有点不安地盯着桌子上的白盒子。开饭了，于岚对她说，我们过去坐下吧。

这种家宴是沈家的传统，每个星期都有一两回。客人彼此相熟，不会感到拘束。许妍环视四周，低声问沈皓明，高叔叔没来？沈皓明说，他开会，晚点来。披着披肩的女人问，皓辰呢？于岚说，让他跟保姆吃，那孩子絮絮叨叨的，大人都没法好好说话了。

戴鸭舌帽的男人挨着女人们坐，一直保持沉默，每当那碟花生米转到面前的时候，他都会夹起一颗。你的古董店还开着吗？旁边的女人问他。没有，他回答，停顿了几秒说，不过我正打算重新开起来。女人问，还在原来的地方吗？啊，对，他说。一个男客人笑了笑，你确定吗，那一带盖了新楼，租金涨了四五倍。所有的人都看向戴鸭舌帽的男人，屋子里一时很静。许妍觉得自己所分担的那份尴尬比其他人更多。她理解那个戴鸭舌帽的男人，他一定很渴望成功，只是运气差了点。

饭吃到一半，高叔叔来了。许妍也弄不清这个高叔叔到底在政府做什么工作，只知道他权力很大，帮人铲了不少事。戴鸭舌帽的男人忽然来了精神，一直看着高叔叔，听他跟周围的人讲话。他们笑起来的时候，他也跟着笑了。

晚饭结束后，大家移到偏厅喝茶。沈金松和高叔叔去了另外一个房间，戴着鸭舌帽的男人也跟了进去。沈皓明对许妍说，他肯定有事要让高叔叔帮忙。许妍问，他会帮吗？沈皓明说，不知道，我们去看电影吧？许妍说，早走了你妈妈会不高兴。沈皓明说，管她呢。许妍笑了一下，你可以不管，我不能不管。她拉着沈皓明来到客厅，女人们正坐在那里聊天。

沈皓明听到她们都在谈论衣服和包，就说我还是去男士那边吧。

许妍在于岚旁边坐了一会儿，发现桌上的水果叉不够，就起身去拿。让佩佩把甜酒打开，于岚在她身后说。经过走廊，她看到沈金松他们还在那个房间里，好像在说什么房子的事。

她拿着叉子从厨房出来，听到旁边的房间里传来奇怪的声音。好像是干呕，伴随着细小的嘶叫声。她敲了两下，推开门。是沈皓辰，正仰面躺在地上哭。那间屋子长期闲置，空荡荡的，只有一只书柜立在墙边。她蹲下来，说你可真会挑地方。沈皓辰不理她，闭上眼睛继续哭。许妍问，就因为没陪你去吃冰激凌？沈皓辰抹了把眼泪，说我早就习惯了。许妍问，为什么不叫你的朋友来家里玩呢？沈皓辰说，你要是整天转学，还会有什么朋友吗？他摇了摇头，说这个家里没有一个人真的关心我。许妍说，不要对别人有什么期望，你自己得变得强大起来。沈皓辰撇了一下嘴，我还是个孩子呀。许妍说，孩子怎么了？沈皓辰哀求道，你能让我自己静一会儿吗，我不想回房间，惠惠姐姐像只鹦鹉，一直说个不停。

许妍带上了房间的门。她确实没想过沈皓辰会有什么痛苦。生在这样的家庭，不是应该从梦里笑出声来吗？但是现在看起来，他或许也是一个多余的孩子。他爸妈要他不过是为了装点生活，其实已经没有耐心再陪他长大一遍了。于岚不能放弃太太们的聚会和旅行，沈金松不能放弃打高尔夫和应酬。沈皓辰总是和保姆待在一起。一任又一任保姆。他满意的他妈妈不满意，他妈妈喜欢的他不喜欢。

许妍回到客厅，她的蛋糕盒子打开了，摊在桌上，里面的蛋糕一个也没动。有两个上面的花蹭在盒子上，变成了一坨红色烂泥，只有立着跳舞小人的那个仍旧完好。小人踮着脚尖，好像正从一堆废墟里往外爬。

戴鸭舌帽的男人出现在门口，咧开嘴冲着于岚笑了笑，说我来跟你说一声，我要走了。于岚点点头，让司机送你一下？男人说，我叫了辆车，司机好像迷路了。于岚说，坐下等一会儿吧。鸭舌帽迟疑了一下，走过来坐在沙发上。许妍把自己那杯没有动的甜酒放到他跟前，对他笑了笑。

快去把你的貂皮大衣拿来！短发女人把手搭在于岚的肩上。还有那个绝版的蜥蜴皮，挑高细眉的女人说。于岚去取了灰蓝色的貂皮大衣，还有几只包。女人们走上前，有的试穿大衣，有的摆弄着包。只有许妍和鸭舌帽坐在沙发上。鸭舌帽探身向前，目光呆滞地盯着茶几上的东西。他忽然伸出手，拿起那个有跳舞小人的纸杯蛋糕，整个塞进了嘴里。

乔琳走到舞台中央，射灯的光不偏不斜地打在她的脸上。她天生知道光在哪里。她趋着步子，荡着纤长的腿，将裙摆转得飞快。每次她双脚离开地面的时候，许妍都感觉到心里一紧。她不知道自己是在担心，还是在希望发生点什么。直到乔琳平安地弯腰谢幕，她才松了一口气，然后忽然难过起来。她想，很多年后，台下的人不会记得是谁主持了这场晚会，但他们一定记得乔琳跳舞的样子。

十点过后，客人陆续离开。许妍帮保姆收酒杯，被沈皓明堵在厨房门口。他搂了一下许妍的腰，眨眨眼睛，说不如今晚你就睡在这里吧？许妍挣脱开，一脸正色地说，跟我说说，你是从多大开始留女生在家过夜的？沈皓明耸耸眉毛，十七。你爸妈也答应吗？许妍问。沈皓明笑着说，他们到我房间来了好几次，我估计是想看看有没有准备避孕套。你准备了吗？许妍问。沈皓明收住笑容，神情变得凝重，我想向你坦白一件事……其实我有一个……年轻时候总会犯些错误对吧……他低下头，双手捂住脸。许妍想把他的手拉开，他拼命躲闪，直到迸发出笑声，他一边笑一边摆手，我实在是憋不住了……许妍推了他一下，自己还觉得演得挺像是吧？沈皓明笑着问，要是我真从外面领回来个孩子，你帮我养吗？许妍说，那得看长得好不好看了。沈皓明说，好看，比我还好看。许妍说，养啊，为什么不养，省得自己去生了。沈皓明伸出双手兜住她，不行，你至少还得生两个。许妍望着他，笑了笑。她说，我还是回去吧，表姐一个人在家。沈皓明说，好吧，我明天陪你们，给你们当司机。许妍说，不用，她脾气怪，你在她会不自在。

许妍穿上外套，拢了一下头发，转过身来问，对了，刚才那个人找高叔叔什么事？沈皓明说，前些年他在郊区找了块地盖房子，当时和乡政府签过合约，但是不作数，现在地要被收走了……许妍问，这事难办吗？沈皓明说，嗯，不过高叔叔去想办法了。许妍说，所以还是会帮他？沈皓明说，不然呢，他住哪里呢？

回去的路上，许妍在心里掂量，是鸭舌帽拆房子的事难办，还是她爸妈的事难办。他既然连那个名声不好的人都愿意帮，是不是也意味着他可以帮她呢？不，不是她，是她的表姐乔琳。再找机会吧，她想，应该多和高叔叔见几面，让他觉得自己是沈家的一员。

许妍回到公寓，发现乔琳坐在楼下大堂的沙发上。她抬起头，抱歉地冲许妍笑了一下，我把密码忘了，你的手机关机。许妍问她坐了多久。她说没多久，我一直在院子里转悠，把开着的小商店都逛了一遍。这里真好，人都很和气，还借给我厕所用。

许妍看着她，乔琳，你能别把自己弄得那么惨兮兮的吗？

乔琳从三轮车上跳下来，笑着对她说，我把写字台给你拉来了，反正我以后再也不用学习啦。许妍打量着那张写字台，桌腿上的贴画已经斑驳，她还记得贴画刚贴上去的时候，上面那张明艳的赵雅芝的脸。她确实觊觎这张书桌很久。姥姥在窗台上搭了块木板，她一直在那上面写作业。

许妍问，成绩出来了？乔琳吐了吐舌头，连那个破烂煤炭学院也没考上。她们把写字台搬下来，乔琳拍了拍手上的灰说，我已经找到工作啦，明天就去华联商场上班，以后你买"美宝莲"都是员工价。她的手指上涂着藕粉色的指甲油，穿着低腰牛仔裤，长头发在胸前甩来甩去。她身上的美丽还在增加，但她好像并不把自己的美丽当回事。那股潇洒的劲儿特别令男孩着迷。

4

第二天，十点不到她们就出门了。往常的周末，许妍会和沈皓明在床上赖到十一点，然后去吃个早午餐。但是这一天，天刚亮许妍就醒了。失眠大概传染，她就没见乔琳闭过眼睛。但是乔琳坚持说自己睡了一会儿，还做了梦，梦见自己生了个罐子人。罐子人？许妍皱起眉头。对，乔琳说，就是那种马戏团里的小孩，养在罐子里，手脚都萎缩了，只有头特别大。她打了个激灵，跳下床，说我去做早饭了。

厨房里传出葱油的香味。乔琳用平底锅烙了两个葱花饼。这是小时候最熟悉的食物，许妍来北京以后就没有再吃过。要不是再闻到这股味，她已经忘记世界上还有这种食物了。

许妍想带乔琳先去景山，那附近有一段红墙她很喜欢。街上的车不多，她们静静听着广播里的歌。乔琳抿着嘴唇，似乎很悲伤。许妍说，别想了，那只是个梦。乔琳点点头，知道，我知道。没事的，我在等汪律师的电话，他说今天会打给我的。许妍觉得乔琳在把某种压力传递给自己，这令她感到很烦躁。

车子剧烈地震了一下，许妍回过神来，猛踩刹车，可是已经撞上了前面的车。乔琳拱起身体，护住了肚子。前车的女人对着许妍一通抱怨，然后给交警打了电话。交警来了，许妍把车上翻遍了，也没找到行驶证，只好给沈皓明打电话。过了几分钟，沈皓明拨过来，说在家里找到了，上次司机修车取出来，忘记放回去了。沈皓明说，我给你送过去，你在哪里？许妍沉默了几秒钟，说出了自己的位置。

她回到车里。乔琳头靠着车座，双手还放在肚子上。许妍说，我男朋友正赶过来，我跟他说你是我表姐，你不要提爸妈的事。乔琳点点头，知道，我知道。许妍还想交代几句，见她闭上了眼睛，就没有再说。

沈皓明到了，处理完事故，他坐上驾驶座，侧过头来冲乔琳笑了笑，表姐，我开车可稳了，你安心睡会儿吧。

已经过了十一点，沈皓明提议先去吃午饭。他把车开到附近的购物中心。三楼有家粤菜馆，于岚常约人在那儿吃早茶。沈皓明把菜单交给乔琳，让她看看想吃什么。乔琳看了一下，又把它递给许妍。许妍低头翻菜单，总觉得乔琳在看自己。一屉虾饺上百块，显然不是白领能负担的。乔琳大概早就把她识破了，借来的车，租的房子，一切都充满破绽。她抬起头来的时候，乔琳微笑着说，我吃什么都可以，辣一点就行。

我就知道许妍得撞，沈皓明说，不撞个两三回哪算真会开车？可是车上坐着你，不能有半点马虎。我早就跟她说今天我来给你们当司机……乔琳笑了笑，已经很麻烦你了。沈皓明说，她以前不也常麻烦你吗，她说上高中的时候你很照顾她，给她买雨衣，陪她打吊针……乔琳淡淡地说，那不算什么。沈皓明说，有时候表亲反倒更亲，我和我表姐的感情就比跟我弟好……乔琳问，你有个弟弟？沈皓明说，对啊，一个爱哭鬼，烦死人了。乔琳说，怎么能生第二个孩子呢？沈皓明笑了，你怎么跟许妍问得一模一样，我爸妈拿了加拿大护照。乔琳喃喃地说，哦，外国人……沈皓明说，以后我跟许妍至少生三个，你的小孩不愁没人玩。乔琳点点头，好啊。许妍埋头吃着刚上来的石斑鱼。生三个？她似乎听到乔琳在心里暗笑。

乔琳的手机响了。许妍很怕她会在沈皓明面前接起电话，但她站起来，离开了桌子。许妍对沈皓明说，下午你不用陪了，我就带她在后海逛逛。沈皓明说，我跟任国栋吃晚饭，上次他女儿百天不是没去吗，没事，五点出发就行。

乔琳回来了，脸色凝重，失神地盯着面前的盘子。她不吃，许妍也不劝。直到听到沈皓明说，那我们走吧，乔琳站起来，驱着腿往外走。沈皓明喊住她，把落在椅背上的羽绒服交给她。

乔琳跟在他们后面，双手抓着她的羽绒服。里子朝外，破了个洞，钻出一簇绒絮。许妍简直怀疑她是故意的，想要他们给她买件新大衣。沈皓明说，我是不是应该给任国栋的女儿买点东西？买什么呢？他们绕着商场走了半圈，沈皓明忽然停住脚步，指着橱窗说，就买这个吧。小小的白色纱裙被云彩簇拥着，跟上回许妍和乔琳看到的那件一模一样。应该是连锁店铺，橱窗布置得也一模一样。沈皓明问乔琳，知道你的宝宝是男孩还是女孩吗？乔琳摇摇头。沈皓明说没事，转身进了那家商店。

乔琳立即告诉许妍，汪律师说他接不了这个案子。她咬了咬嘴唇，又说，他去开会了，我等会儿再打个电话求求他。许妍说，别这样，乔琳，你以前不这样。乔琳眼泪涌出来，说我真没用，什么事也办不成。沈浩明拎着纸袋走出来，把其中一只递给乔琳说，我买了个礼盒，里面什么都有，白色的，男女都能穿。乔琳把头扭到一边，抹着脸上的眼泪。沈浩明尴尬地拿着纸袋。过了一会儿，乔琳才回过头来，挤出一个微笑，说谢谢，真的谢谢你。

他们到后海的时候，天已经很阴。空气中零星飘着一点凉丝丝的小雪。河面结着厚实的冰，是青灰色的。沈皓明说，出来走走心情是不是好点了？乔琳点点头，说谢谢你们。许妍转过脸，朝河的方向看去。河中央有一辆鸭子形状的船，冻住了，船身倾斜，鸭头望着天空。

乔琳说，我们那里也有一条河，叫奈河，比这个还宽。

沈皓明说，我以为你们那里都是山呢，我还跟许妍说什么时候去爬一次泰山。乔琳说，小时候有一回，我和许妍亲眼看到一个放风筝的小孩掉到水里，淹死了。他妈妈在岸上大哭，围了很多人。许妍说，我不记得了。乔琳说，你站在那里，我怎么拽都不肯走。一直等到人都散了，你用竹竿把那个孩子的风筝挑下来，拿着回家了。沈皓明问，那个小孩是她朋友吗？她想要那个风筝作纪念？乔琳笑了笑，她就是想要那个风筝。许妍盯着乔琳的脸。乔琳没有看她，好像还沉浸在回忆里，说那孩子的妈妈后来每天在岸边哭，抱着经过的人的腿，求他们去救她儿子。再后来岸边的树都砍了，盖起一排楼房。她沉默了一会儿，对沈皓明说，许妍想要什么是不会说的。沈皓明说，对，她什么都憋在心里不说。乔琳说，不要紧，只要你一直在那里，默默支持她就行了。

　　许妍看着面前的湖。午后的太阳照着水面，淬起一片金光。于一鸣放下桨，让他们的船在水上漂。乔琳忽然开口说，我看见过水怪。有个放风筝的小孩掉到河里，水面上升起一团白烟。那团白烟朝我们这边飘过来，我吓坏了，拉起许妍的手就跑。可她好像定住了似的，站在那里一动不动。我就也没跑，挽住了她的胳膊，心想要是水怪过来，就把我们一块带走吧。乔琳俯身向湖面，撩了几下水说，于一鸣，什么时候教我们游泳吧。

　　雪越下越大，河显得更灰了，冻住的鸭子船在身后变小，拐了个弯，看不见了。路边有间咖啡馆，他们决定进去坐一会儿。推开门，里面都是人。沈皓明说，嘿，整个后海的人全都躲到这儿来了。许妍付了钱，在等饮料的地方排队。做咖啡的男孩像是新来的，把热牛奶打翻了。沈皓明从背后戳了戳许妍，说你表姐把手机落车上了，我陪她去拿一下。许妍说，等买了咖啡一起去吧。沈皓明说，没事，很近，然后转身走了。

　　隔着玻璃窗，许妍看到他们朝来的方向走去，乔琳好像在说什么。她烦躁地看着那个做咖啡的男孩，把手中的收据折成小块，又摊开。

　　乔琳也许是故意的，汪律师不帮她，她就慌了神，觉得沈皓明没准能帮忙，就想跟他说一说。许妍气恨地用力一挣，把收据撕成了两半。

　　做咖啡的男孩拿过撕碎的收据，仔细辨认着上面写的是什么饮料。你们连基本的培训都没有吗，许妍气呼呼地问。她把咖啡放在桌上，拉开椅子坐下。乔琳会跟沈皓明说什么呢？事情万一败露了，她应该怎么解释呢？她脑袋一片空白，什么说辞也想不出来，只是不断去按手机，看时间的数字变化。

他们终于回来了。乔琳没坐下，她看了许妍一眼，说我再去打个电话。许妍看着沈皓明，想从他的表情里读出一点信息。但他一直在低头看手机。许妍碰碰他的胳膊，拿起桌上的咖啡递给他。他喝了一口，皱起眉头说，真难喝。乔琳回来后，脸色依然凝重，她喝了两口水，捧着杯子发愣。沈皓明看了看外面的雪，对许妍说，你就别开了，我让司机来接你们。

车来了，她们先坐上，沈皓明去取了先前在童装店给乔琳买的东西，让司机放在后备厢。他凑到车窗前对乔琳说，表姐，这两天你要是不走，到我家来玩。乔琳点点头，一直望着沈皓明走过去，钻进车里。他人真好，乔琳对许妍说。

路上她们没有说话。司机拐了个弯去加油。发动机熄灭，广播里的音乐停止了。乔琳望着窗外纷飞的雪说，我明天就回去了。许妍说好。

太阳从头顶移开，风吹着湖面，水的气味升起来。船从午睡中醒了过来，一点点动起来。许妍、乔琳和于一鸣不约而同地向后靠，蜷缩着腿躺下去，仰脸望着天空。也许是在等晚霞出现，但是渐渐地不重要了。许妍合上了眼睛。湖水像一双温暖的手臂环绕着自己。它的脉搏一起一伏，节律微小而有力。船在缓慢地动着，可他们没什么地方要去。不去对岸，也不回去。他们三个好像可以一直那么待着，谁也不会离开。

好像什么都不重要了。许妍松开了眉头。她不再计较他们到底有多么爱彼此。她只是知道她爱他们。那股强烈的感情使她觉得自己并不是多余的。她是他们当中的一员，即便是微不足道，可以被舍弃的，她也不在乎。

她睁开眼睛的时候，晚霞已经来过了。只有几块很小的云彩挂在天边。湖面一片金色，望不到尽头。但只是一瞬间，湖水转眼就开始变灰。当她转过脸去的时候，看到乔琳正望着湖面，似乎已经注视了很久很久，又好像是她的目光使湖面暗了下去。于一鸣还没有睁开眼睛，嘴角带着一丝淡淡的笑意。不要睁开眼睛，许妍在心里这样祝福着他。因为随即他会发现太阳已经落下去，船要往回开了。他们的旅行结束了。

晚饭许妍叫了外卖。乔琳没怎么吃，她说想去床上躺一会儿。许妍吃完看了会儿电视。她到卧室的时候，乔琳正坐在床上发呆。许妍走过去拉窗帘。路灯下，有个穿着羽绒服的男人在遛狗。是对门那个姓汤的邻居，他仰起头看了一会儿月亮，从地上抱起狗，夹在胳膊底下，走进了楼洞。

许妍听到乔琳在身后轻声问，沈皓明能帮上咱们吗？许妍转过身来看着乔琳，说你自己没问他吗，你们两个去拿手机的时候。乔琳摇了摇头，我什么也没跟他说，他问我想不想来北京工作，他可以安排，我说不用了。哦，许妍应了一声。乔琳说，他是律师，又认识挺多人的，没准还能托上政府的关系……许妍问，你怎么知道他是律师的？乔琳说，他自己说的，我真的什么都没问。她低下头，看着拱起的肚子，汪律师不接我的电话了，电视台那边也没回信，我实在没有办法了。这事折腾了那么多年，总得有个了结……许妍笑了一声，你为我考虑过吗？你是不是觉得我想要什么就有什么，过得很容易？你想过几天安稳日子，我不想吗？你小时候至少有个完整的家，我有什么？她的眼圈红了，这么多年了，你们就不能放过我吗？乔琳也哭了，对不起，对不起，我不该来打扰你……她仰起脸，吸了几下眼泪说，你没看到爸妈现在什么样子，爸早晨醒了就喝酒，手抖得已经拿不住筷子，妈整天守着电脑，到各种论坛发帖子求助，隔一会儿发一遍，那些人骂她是疯子，把她踢出去，她就重新注册了再发……我真的管不了了，我的身体垮了，在街上晕倒过好几回……她停住了，定定地看着前方，好像要把什么东西看清楚。

桌上的台灯照着乔琳，但她的脸是暗的，腮颊被阴影削去了。许妍望着她，她容貌的改变令她感到惊讶。那些青春时的光彩消失了，这也许是必然的，可它们好像从来没有存在过。没有人可以通过这张脸，想象出她少女时代的模样。许妍仿佛从二楼教室的窗户里看到那个总是微微扬起脸的长腿姑娘正穿过校园，她从那扇大门走出去，然后消失了。她去了哪里？

许妍走到床边，握住乔琳的手。那只手很烫，热量从指缝间汩汩流出来。乔琳的手指很长，这肯定不是许妍第一次注意到这一点，或许在漫长的青春期的某一天，她偷偷打量过这双手，暗暗惊讶于它们的美。但是现在，她第一次意识到，这双手很适合弹钢琴，要是它们能在童年的时候遇到一个钢琴老师的话，他肯定会这么说。要是那时候遇到一个舞蹈老师，可能也会说她适合跳舞。这具承载着苦难的身体，或许同时蕴藏着某种天赋。但是天赋不重要，对有些人来说，一生中没有任何一个时刻，会有人坐下来讨论一下她的天赋。许妍想起大三的时候，她得到了去电视台实习的机会，后来被留下了，那个频道的主任对她说，我并不觉得你很有当主持人的天赋，知道为什么选你吗？因为你身上有股劲，想从人堆里跳起来，够到高处的东西。

许妍握着乔琳的手，坐下来。她感觉自己在靠它取暖。但屋子里很热，地板也是热的，一点都不像十二月。她说，我答应你，我会去问问沈皓明。具体怎么说，我要想一想。我这么做不是为了爸妈，只是为了你，你明白吗？许妍攥了一下她的手说，给我一些时间好吗？乔琳点了点头。

十点过后，沈皓明打来电话。他说你猜怎么着，礼物拿错了，给你表姐的那袋才是给任国栋女儿的裙子。许妍夹着手机打开纸袋，解掉奶油色的缎带。那件缀满珍珠的小礼服折叠着，静静地躺在盒子里。要我现在送过去吗，她问。不用，沈皓明说，反正给你表姐买的礼盒任国栋女儿也能用。我打赌你表姐生女儿，他在电话那边笑起来，我买的裙子肯定能派上用场。

5

从北京回去不到一个月，乔琳就生下了一个女儿。比预产期早了一个多月，但是孩子很健康。她发过来几张照片，小小的一团，手脚却很长。沈皓明看了两眼说，跟你长得有点像。

那个月许妍很忙。台里在筹备一个新节目，过年的时候开播。每天连着录十来个小时，一段话反复说。这期间她去过沈皓明家一次，沈金松没在，只有于岚和几个太太在打麻将。许妍替了几圈，输掉六千块。临走时于岚说，咱们过年再打。许妍想这倒是个讨于岚开心的法子，于是许妍说服沈皓明过年不去苏梅岛，而是留下陪他爸妈。到时没准还能在家宴上遇到高叔叔。

许妍接到电话的时候是傍晚。还有三天就过年了，下午她和沈皓明去买了一堆烟火。回来的路上有点下雨，据说到了后半夜会转成雪，气温降十度。此前一些天北京都很暖和，让人有一种春天来了的错觉。

手机响了，跳动着一个陌生的号码，当时她正站在沈皓明家的花房里，指挥保姆把兰花搬到屋里去。沈皓辰也被喊来帮忙，许妍觉得让他干点体力活有好处，至少没那么多时间胡思乱想。他撇了撇嘴，说这些花可真丑。她双手叉腰看着他，你觉得什么花好看？假花，他回答。她让沈皓辰把面前这一盆搬到客厅，然后接起了电话。

是她妈妈。在那边大声号哭，告诉她乔琳自杀了，晚上一个人出门，跳进了城边的那条河。还在抢救吗，还在抢救吗，她连着问了好几遍。她妈妈说是昨天的事，人已经没了。许妍挂断了电话。

周围一片寂静。她搓了搓手上的泥巴，搬起一盆兰花往外走。

天气湿漉漉的，好像已经下雪了，仿佛有些凉飕飕的东西，带着爪子，紧紧地揪住了她的头皮。她伸出手，想触碰到空中的雪花。砰的一声，花盆跌落在地上。瓷片在地上打转。嗡嗡，嗡嗡。

沈皓辰走过来，看着她脚边的花盆。哈哈，他有点得意地说，假花就不会摔成稀巴烂。走开，她冲着他喊，蹲下把兰花从碎瓷片里捡起来。沈皓辰吓坏了，站在那里没有动。许妍敛起兰花磕了磕土，抱着它们走了。

她把花放在旁边的座位上，驶出了别墅区的大门。窗外是呼啸的大风，雪花如同决绝的蛾，砸在挡风玻璃上。她紧握方向盘，浑身发抖。泪水在眼眶里转悠，她蹙着眉头，盯着前面的路。为什么乔琳要这样做？她感到很愤怒，在北京的最后一个晚上，她不是答应得好好的，回去等着她的消息。她为什么就不能等一等呢？

车子冲下高速，擦着一辆卡车开过去，横冲直撞地拐了几个弯，在一片空旷的停车场停住。她狠狠地砸着方向盘，喇叭发出尖锐的鸣响，她不是说会想办法的吗，为什么不相信她呢？她靠在椅背上，大声哭起来。

手机在旁边座椅上响了好几遍，是沈皓明。她坐在黑暗里，等屏幕最终暗下去的时候，才对着它喃喃地说，我姐姐死了。

她没有回去参加追悼会。

除夕夜下着小雪。她站在院子门口，看沈皓明点着了烟花。她仰起头，望着光焰绽放，坠落。天空又黑了下去。几片雪落在她的脸上。

她给家里打了个电话。她妈妈一直在哭，不停地说，乔琳为什么那么狠心抛下我们？那边传来婴儿的啼哭，还有她爸爸的咒骂声，盆碗掉在地上，发出叮叮咣咣的响声。她妈妈问，你到底什么时候回来啊？这好像是她第一次对许妍表达需要。再过几天吧，她回答。你永远都别回来！她爸爸吼了一声，电话挂断了。

许妍一直没有回泰安。她心里有股怒气无法消退。她觉得乔琳不理解她，不相信她，甚至根本不希望她过得好。她这么做是为了让她永远感到内疚。在很长一段时间里，这股怒气有效地抑制了悲伤，使她可以正常入睡。

四月的一天，她去沈皓明家吃晚饭。那天只有他们自己家的人，吃了巴黎运回来的生蚝和新西兰鳌虾。于岚抱怨生蚝没有上次的新鲜。你下个月不就去巴黎了吗，沈金松拿着遥控器换台，屏幕上出现了一个穿白色西装的女主持人。她看了一眼手中的稿子，抬起头来：

"一九八八年，在泰安的一家医院里，患有风湿性心脏病的王亚珍生下了第二个女儿。她没有一丝做母亲的喜悦，只是感到很恐慌。在她的身旁，那个只有三斤八两的女婴睁开眼睛，好奇地打量着这个世界。那一刻她是否知道，这个世界等待她的不是温暖的祝福，而是无情的责罚呢？手术室的门外，乔建斌坐在长椅上，一夜没有合过眼。在经历了辗转于计生委和医院之间的几个月后，他已经疲倦不堪。然而他们家的厄运才刚刚开始……"

许妍盯着屏幕，一只手攥着毛衣领口，感觉自己就快要窒息。

这个"聚焦时刻"有时候还能看看，沈金松说。于岚说，有什么可看的，不是钉子户就是超生。妈妈，妈妈，沈皓辰说，你算超生吗？于岚说，宝贝，生了你加拿大政府还给我奖励呢。

"……记者来到乔建斌家。乔建斌被开除以后，全家人就以这家诊所维持生计。现在门口依然挂着'平安'诊所的招牌，但是已经好几年没有来过一个病人了。一楼的诊断床上堆满了各种保健药。有的早已过了保质期，王亚珍就留给家里人吃。她拿起一瓶药给记者看，这个是帮助睡觉的，我大女儿老睡不着，我就让她吃……在过去二十多年里，乔建斌和王亚珍一直通过各种途径寻求帮助，希望单位能恢复乔建斌的工作……"

镜头掠过他们家。角落里的蜘蛛网，桌子上油腻的桌布，泛着黄渍的马桶，最后停在墙上的照片上。那是一张他们全家的合影，可能也是唯一一张。当时许妍大概四五岁，站在最右边，乔琳的手搭在她的肩膀上。

许妍感觉所有人的目光好像都朝这边涌过来。她几乎就要从座位上弹起来，冲出房间了。

随后，主持人讲述了这些年乔建斌家的生活，也讲到那个超生的小女儿，因为早产和用药的原因导致不孕。但她的去向并没有提及。也没有提到乔琳的女儿，只是说乔琳这些年一直在为这件事奔波，导致恋爱失败，也失掉了工作。两个多月前，有天晚上她像往常一样，哄孩子睡了觉，然后离开家走到河边，跳了下去。

画面切回演播室。女主持人说："就在自杀的前一天，乔琳还给本节目的编导发过一条短信。在短信里，她这样说：'陈老师，我恳求您给我们做一期节目。这不是我们一家人的问题，很多家庭都有类似的遭遇。我相信节目播出以后，一定会引起很大的反响。如果还需要什么材料，您随时找我。给您拜个早年！'"主持人垂下眼睛，停顿了几秒，"我们将这期迟到的节目献给乔琳，希望她能安息。同时，我们也希望热心的律师朋友能跟乔建斌一家联系，帮助他们走出困境。感谢您的收看，我们下期再见……"

沈皓明气呼呼地说，这也太操蛋了。于岚看了他一眼，你想干吗，这种案子又不是你管的。沈皓明说，我可以去问问我同学，说不定有人愿意接。沈金松说，犯不着打官司，这种事找对了人，就是一句话的事。于岚说，有捐款电话吗，直接给他们打过去点钱就是了。

保姆端上水果。电视里已经在播连续剧，但许妍不敢去看屏幕，仿佛先前的画面下一秒就会再跳出来。她缩着肩膀，低头盯着面前的盘子，直到听到沈皓明说，我们走吧，就站了起来，跟随他走出大门。

她抱着自己的包坐进车里，身体一直在发抖。你的外套呢，沈皓明问。她才发现忘记穿了，别回去拿了，她几乎用哀求的语气说。车子停了，她走下来，发觉自己在一个空旷的院子里，周围都是深红色的砖墙。她打了个寒战，问这是哪里？沈皓明说，苏寒有个生日派对，我不是跟你说了吗？

屋子里很吵，拼起来的长桌两边坐满了人。除了苏寒，她一个都不认识。沈皓明挨个介绍，她一直点头，却记不住任何一个名字。这是方蕾，沈皓明指着右边的女孩说，她跟我在英国一个学校，也读法律，算是我学妹。女孩笑了，你没念几天就转走了，也好意思自称是学长？沈皓明说，嘿，学校的校友录可是有我。女孩耸耸眉毛，那是为了让你捐钱好吗？沈皓明笑起来。许妍也跟着笑了一下。笑意在她的脸上一点点消失，泪水突然涌出来。

乔琳拉着她的手往山上走。许妍说，快下雨了，回去吧。乔琳说，你要去北京了，我得给你求个护身符。许妍说，可是摆摊的都回去了啊。乔琳说，再往上走走看嘛。

大雨降下，她们跑进一座庙里。两人抖着身上的雨水，乔琳长头发上的水珠溅在许妍的脸上，她咯咯笑起来。许妍说，严肃点，菩萨会生气的。乔琳收住笑，环视了一圈大殿，低声问，这个庙是求什么的啊？

许妍支起手肘，托住腮悄悄抹去眼泪。沈皓明正在问那个叫方蕾的女孩，你什么时候搬回来的？方蕾耸耸眉毛，你怎么知道我搬回来了呢，我看起来不像是回来度假吗？沈皓明摇了摇头，我才不信你在英国待得下去呢。

她们并排站在大殿中央。菩萨的脖子伸进黑暗里，看不见脸，但许妍能感觉到，有一簇白光从上面照下来。

乔琳小声问，你说那么多人来求她，她能帮得过来吗？许妍说，只帮她喜欢的人吧。乔琳笑了，说那她肯定喜欢我。当时我一直盼着妈妈能把你生下来。而且我还说，想要个妹妹。你瞧，菩萨就把你给我了。许妍说，当时你才两岁，就知道求菩萨了？乔琳说，我说不出来，但心里想的东西，菩萨一定能知道。许妍说，你要是知道后来发生的事，当初就不会那么希望了。乔琳说，我还是会那么希望的。我从来都没觉得不该有你，真的，一刹那都没有，我只是经常在心里想，要是我们能合成一个人就好了。她握住了许妍的手。她的手心很烫，仿佛有股热量流出来。

给我们拍张照片好吗？许妍听到有人在喊自己。是苏寒，她正站在方蕾和沈皓明的身后。许妍接过手机。苏寒笑着问沈皓明，还记得吗，那阵子每个周末我们三个都开车到郊外BBQ。后来过了一个暑假，回来大家都变得很忙，就没有再聚。也可能你们两个聚了，没有叫我。方蕾斜了她一眼，你说对了，我们在瞒着你谈恋爱。沈皓明点点头，后来她把我踹了，我伤心欲绝，就回国了。苏寒笑起来，小心你女朋友当真，回头跟你吵架。沈皓明说，她才不会呢。

大殿里飘过几丝凉飕的风，雨好像停了，有个人靠在门边看着她们。那人穿着一件破袄，逆光里看不到脚，还以为是坐着，后来才发现，脚被袄盖住了，他是个矮人，很老，布满皱纹的脸像一团揉搓起来的废报纸。她们往外走，他在一旁开口说，你们想知道自己的命运吗？她们对望了一眼，没停下脚步。他说，不收钱，我就当给自己解闷。

他走到她们跟前，仰起脸盯着乔琳，说你早运不顺，有一些坎，三十岁以后越来越好。乔琳问，怎么个好法？他回答，儿孙满堂，有人送终。乔琳笑起来，有人送终就算是好吗？矮人没回答，把头转向许妍，你啊，想要什么东西，都得跟别人去争。许妍问，那最后能争赢吗？他摇了摇头，说我不知道。许妍问，你也有不知道的事啊？他点点头，有一些。

苏寒用手指戳了戳沈皓明，说你可得劝劝方蕾，她现在是个愤怒少女，什么都看不惯，整天批判社会。沈皓明说，这叫回国综合征，过一段就好了。方蕾问，就像你吗，坦坦荡荡地做着你的沈家大少爷？沈皓明有点激动，说别把我想得那么麻木不仁好吗，我一直都想做点事啊……

然后他讲起出门前看的电视节目来：有对夫妻意外怀了二胎，按规定应该打掉，忘了为什么拖了好几个月，反正不是他们自己的责任，七个月才去引产，孩子生下竟然活着……苏寒感慨道，命可真大。沈皓明说，可是这算超生，男的丢了工作……讲到乔琳自杀的时候，方蕾摇头，这是我觉得最可悲的，因为上一辈的问题，子女的一生都毁了。苏寒说，这个故事有意思的地方是，合法生的姐姐死了，不合法出生的妹妹倒是活下来了。现在他们不就只有一个孩子了吗，还算超生吗？

许妍离开座位，走进洗手间，反锁上门。

乔琳不是不相信她，而是对世界不抱什么希望了。许妍记得最后一次乔琳打来电话，是一天清晨。她说，我今天出月子了。许妍问，你的奶够吃吗,现在能睡着觉了吗?乔琳没有回答,只是说,都挺好的,我就是跟你说一声,你去忙吧。她的声音淡淡的,没有高兴,也没有悲伤,只是有种解脱的感觉。她好像一直在等这一天。等孩子出生,等她过了满月……她那么迫切地希望解决爸妈的事,不是期盼能过什么新生活,只是希望有一个让自己心安一点的结果。如果没有,她也不能再等了。她已经松开了双手。

外面的人在不耐烦地敲门。许妍拧开水龙头,把脸伸到水柱底下。外面的声音消失了。好像沉入了河中,耳边只有汨汨的水声。我就是想来看看你,乔琳转过脸来笑着说。那双有点发红的眼睛在黑沉沉的水底望着她。然后熄灭了。

许妍回到座位上,跟沈皓明说自己可能着凉了,想先回去。沈皓明说,我们一起走吧。在车上,他说,方蕾听我讲了新闻里那个事,也挺来气,说她有几个从国外回来的律师朋友,没准有谁愿意接。我回头再给高叔叔打个电话,让他跟泰安那边的人说一下。这事反响很大,不解决一下,他们自己也难交代。许妍怔怔地望着他,这是乔琳拿命换来的,她想,眼泪掉下来。沈皓明很惊讶,这是怎么了?他抓住许妍的手,你不会是当真了吧,以为我和方蕾谈过恋爱?我们在开玩笑啊。许妍摇头,没有,没有,我只是有点感动,你真的心肠很好,她望着沈皓明,伸过手去,摸了摸他的脸颊。他拿下巴蹭了蹭她的手心,笑着说,我忘刮胡子了。

6

五月初,许妍回了一次泰安。学校已经给乔建斌恢复了工作,按照退休教师的待遇发工资。据说那期"聚焦时刻"惊动了北京的大人物,出面给计生委打了电话。但是乔建斌和王亚珍对结果并不满意,因为赔偿金的事没有落实。他们还在继续上访。

自从节目播出以后,他们接受了不少采访。乔建斌的口才练得越来越好,见到摄影机镜头,眼睛就放光。他有些得意地告诉许妍,那些记者都挺佩服我的,觉得这个社会就缺我这种有点轴的人。王亚珍开了个微博,在上面写这些年他们家的遭遇,被几个有名的记者和学者转发了,很多人在下面留言。王亚珍每条留言都会回复,有的谈得来的,还加了QQ。

这些外界的关注使他们一天到晚都很忙碌，暂时缓解了丧女之痛。但是一旦他们回到眼前的生活，意识到乔琳永远不在了，情绪就会再度崩溃。家里的灯坏了，没有人修。冰箱里臭烘烘的，还放着乔琳买的蛋糕和酸奶。桌上的婴儿奶粉敞着盖子，已经结成了疙瘩。一到天黑，蟑螂就变得猖狂，在桌子上到处爬。于是王亚珍又哭起来。乔建斌的情绪比较两极。有时候安静地坐在那里，对着桌上的酒瓶发呆。有时候暴跳如雷，大骂乔琳没良心，白白把她养到那么大。王亚珍哭完了，就在那台陈旧的电脑前坐下，开始写微博：

"你们不知道我的大女儿有多好，长得漂亮又懂事，性格活泼，所有的人都喜欢她。我难过的时候，她总是安慰我说，妈妈，都会过去的。这个世界上没有过不去的事……"

她写着写着又哭了起来。许妍走过去坐在她的旁边。她转过身，搂住了许妍。许妍轻轻拍着她的背，让她安静下来。电脑发出叮一声，王亚珍从许妍的怀里坐起来，抹了一把眼泪，有人回复我了，她说，连忙握住鼠标点击了两下。

回来的最初两天，许妍住在附近的旅馆里。第三天晚上，乔琳的孩子有点发烧，她留下来照看她，睡在了乔琳的床上。枕巾没有换过，上面还有乔琳没带走的香波的气味。许妍枕着它，想起小时候的愿望，从未被她承认过的愿望，那就是她可以睡在这张床上，不，不是和乔琳一起，而是她自己。这个破烂不堪的家，对她有一种吸引力，她渴望自己能作为一个合法的女儿，住在这幢房子里。在漫长的童年和青春期，她见过不少优秀的女孩，富有的，美丽的，聪明的，可是她一点也不想成为她们。她只想成为乔琳。她想取代她，占有她所拥有的东西。即便那些东西包含痛苦和不幸，也没有关系。因为她觉得那是本来应该属于自己的东西。如果没有乔琳……她无数次这样想。小时候她和乔琳站在河边，一样的太阳照着她们，可是她感觉到乔琳在阳光里，而自己在阴影里。如果没有乔琳……她可以向右挪两步，走到阳光底下。

小时候的愿望是如此真挚和恐怖，被她一直揣在心里，缓缓向外界释放着毒素。很多年后，它实现了。乔琳不在了。现在她睡在乔琳的床上，作为爸妈唯一的女儿。许妍把脸埋在枕巾里，失声痛哭。她可以撤销那个愿望吗，这一切是否会有不同？乔琳会幸福一点吗，而她是不是能长成另外一个人？乔琳不在了，她并不能走到阳光底下。她将永远留在阴影里。

婴儿发出响亮的啼哭。许妍抱起了她。黑暗中，孩子皎洁的脸上没有泪痕，也没有难过的表情，好像先前发出的哭声只是为了把许妍从痛苦里拉上来。她静静地看着许妍。小巧的眼仁里像是蓄满宽广的海水。许妍想对着它忏悔，但更想把所有的祝福都给它的主人。如果她的祝福也像她童年的愿望一样有法力，她希望她能得到自己和乔琳永远无法得到的幸福。

许妍从于一鸣身旁醒来，时间是凌晨三点钟。旅馆的窗户关不严，寒风钻进来。立冬了，北京很冷。许妍约于一鸣吃了晚饭，然后又去喝酒。快结束的时候，乔琳忽然在他们的谈话中消失了。许妍记得于一鸣怔怔地望着自己。随后的记忆一片模糊。许妍不记得自己说了什么，于一鸣说了什么，他们有没有接吻。她好像有点疼，也可能没有，只是她觉得自己应该有点疼。

她把于一鸣叫醒了。他从床上翻下来，抓起地上的衣服。女朋友还在家里等他，喝醉之前他就强调过这一点。他一边穿衣服，一边对许妍说，我知道是因为你刚来北京，有点想家，过些日子就好了。

走到门口，许妍喊住了他，拿起背包伸进手去掏索。他问怎么了。许妍说，乔琳有个东西让我带给你。他站在那里等了一会儿，她还是没有找到。他说，我真得走了，以后再说吧，然后拉开门走了。

那支钢笔一直放在书包的隔层里，许妍前两回见于一鸣总是忘记给。也许是想有个和他再见面的理由。但是现在，她非常想把那支笔给他。她打开灯，把包里的东西倒在地上。

乔琳的孩子特别安静。在度过最初那段离开母亲的日子之后，她很快适应了新生活。每次喝完奶就睡着了，醒来只是轻轻哭几声，然后安静地等着。许妍抱起她来的时候，孩子把头贴在她的胸口，好像在听她的心跳，脸上露出一丝微笑。每次放下她，她都会嘤嘤地发出两声，许妍心里一紧，又把她抱了起来。

外面已经很暖和，她抱着孩子走到太阳底下。槐花开了，地上落了厚厚的一层花瓣，被风吹着，散了又拢到一起。她走到河边，在石阶上坐下，想让孩子睡一会儿。但是孩子不睡，和她一起注视着面前的河。你闻到你妈妈的味道了吗？她问孩子。孩子笑起来。

孩子叫乔洛琪，名字是乔琳取的，但是好像没有人记得她的名字，爸妈都管她叫孩子。乔琳的孩子。他们好像仍把她看作是乔琳的一部分。她的圆眼睛和乔琳很像。有时候望着它们，许妍会有一种想和乔琳说话的渴望。但她不知道该说什么，她想说的乔琳应该都知道。现在乔琳知道世界上所有的事。知道许妍回来了，知道她和孩子在一起，知道她很想念她。

离开的那天清晨，许妍又抱着孩子出去散步。路过火车站，她对孩子说，这里面有火车，呜呜呜，汽笛拉响，然后哐哐开走了。以后等你长大了，坐着它去找我，好不好？孩子没有笑，静静地看着她。她心里一紧，攥住了孩子的手。她无法想象孩子如何在那样一个破败的家里长大。

回到家，许妍把晾在门口的婴儿衣服叠起来，放在柜子里。她看到了那只纸盒，压在柜子最底下，露出一个角。打开盒子，那件白色连衣裙和她记忆里的样子不一样，塔夫绸没有那么硬，荷叶边也没有那么复杂。她给孩子穿上，把她抱到窗口。阳光照在胸前的那些小珍珠上，像雀跃的音符。你知道你很漂亮吗，她小声对孩子说。孩子软软地趴在她的肩上，用脸蛋蹭着她的脖子。

许妍坐在火车上，听到鸣笛声一阵心悸。她合上眼睛，想睡一会儿，但是耳边都是嗡嗡的噪音。她心烦意乱地拧开水杯，咕咚咕咚喝下去，然后盯着窗外飞快掠过的树和房屋。她一点点安静下来，并且做了个决定。回去以后，她要把所有的事都告诉沈皓明。他早晚有一天会知道的。她想跟他商量，等孩子大一些，把她接到北京住。要是有可能，她想收养她。

司机在车站等她，接她去吃晚饭。沈皓明订了一间日本餐厅。刚谈恋爱的时候，他们来过一回，从榻榻米包间的玻璃窗望出去，能看到小小的日式园林，但是现在天色太晚，覆盖着青苔的石头都变黑了。喝点酒吧，她跟沈皓明说。我正想说呢，沈皓明拿起酒单翻看。

清酒端上来，盛在圆肚子的蓝色玻璃瓶里。她和沈皓明碰了一下杯子。沈皓明问，片子什么时候播？她怔了一下。沈皓明说，这次出差拍的片子。她说，哦，下个月吧，还不知道剪出来什么样。然后她问沈皓明，你妈妈去巴黎了吗？沈皓明说，没呢，下周走，她们非要坐徐叔叔的私人飞机。许妍说，挺好，她们四个可以在飞机上打麻将。沈皓明撇了撇嘴说，无聊透了。

窗外园林的轮廓被夜色吞噬，只剩下灯光照亮的一角，石头发出幽绿的光。许妍喝了一杯酒，抬起头看着沈皓明，说你知道吗，我一直觉得你身上有很多可贵的品质……她笑了笑，说你知道我不擅长表达，可我真的觉得你特别善良，有正义感……沈皓明问，你干吗要说这个呢？她说，而且你对我很包容，我们的家庭情况不同，生活习惯也不一样，我身上肯定有很多地方让你不舒服……沈皓明打断她，别说这种话行吗？许妍又给自己倒了一杯酒，把发烫的脸贴在杯子上，说我十八岁来到北京，谁也不认识。课余时间我当家教，做导购，帮人主持婚礼，赚了钱给自己买衣服，去西餐厅吃饭。我就是想过体面一点的生活，你明白吗，我小时候家里什么都没有，连写字台也没有，要在窗台上写作业……我特别珍惜现在的生活，珍惜你，所以我一直……许妍哭了起来。沈皓明蹙着眉头望着她，她心里一凛，不知道怎么说下去。

服务员送进来甜点。两人默默吃着。沈皓明给她倒了酒，又把自己那杯添满。许妍喝了一口，鼓起勇气说，我表姐，冬天来北京的那个……沈皓明啪的一下把杯子放在桌上。许妍愣住了。他沉了沉肩膀，说我这两天，在方蕾那里过的夜。嗯，他又倒了一杯酒，说我本来想过几天再说，可是你把我说得那么好，让我很惭愧，我没打算瞒你，你知道我最讨厌骗人的。许妍茫然地点点头。她攥住酒壶，想再倒一杯酒，但始终没有把它拿起来。瓶壁上有很多细小的水滴，像一种痛苦的分泌物。她轻声问，你们俩的事是刚开始，还是已经结束了？沈皓明不说话，点了一支烟，白雾从他的指缝里升起来。许妍用手臂支撑着从榻榻米上站起来，说我先走了，等你想清楚了，告诉我你打算怎么办吧。

她拉开门向外走，沈皓明追出来，把外套披在她身上，说你又忘了穿大衣。然后他张开双臂拥抱了她。这是最后的告别吗，她一阵心悸，推开他跑到路边，拦下一辆出租车。

回到家，她发觉自己浑身滚烫，好像在发烧，就设了闹钟，吞了两片药躺下来。帮帮我，她在黑暗中说。外面天空发白的时候，她感觉乔琳来了，背坐在床边，扭过头来望着自己。她的目光并没有应许什么，却使许妍平静下来。

闹钟响了很多遍，她挣扎着坐起来，看了看另外半边床，很平整，没有坐过的痕迹。她洗澡，烤了两片面包。手机上跳出一条短信，她没有看，走过去拉开窗帘，外面下雨了。她把杏子酱涂在面包上，慢慢吃起来。吃完才拿起手机，点开短信。

沈皓明：我们还是分手吧，对不起。

她喝光杯子里的牛奶，拿起伞出门了。

请假十天，积压了很多工作，她一口气录了三期节目。中场休息的时候，编导进来跟她聊节目改版的事：活泼一点，别死气沉沉的行吗？要是收视率再这么低，节目就得停播了。许妍说，那我就去主持一档新闻节目。编导朗朗地笑起来，"聚焦时刻"那种吗？真没看出你身上还有社会责任感。

许妍换了一套衣服，坐在镜子前补妆。她问化妆师，你觉得我剪个短发怎么样？化妆师说，嗯，挺好。别再留齐刘海了，挡着额头影响运势。许妍笑了笑，说听你的。

回家的路上，许妍拐进一家美发店。从那里走出来，天已经黑了。夏天的风吹着脖子，很凉爽。她去便利店买了两个面包，然后往家走。路边有一家酒吧，或许是新开的。她朝里面张望了几下，有很温暖的灯光。她推开门走进去。

酒吧很小，只有一个男人趴在角落里的桌子上。她坐上吧台，点了一杯莫其托。角落里的那个男人走过来，要添一杯威士忌。是对面那个姓汤的邻居。他冲她点了点头，然后回到自己的座位。

店里放着喑哑的电子乐，像是有什么东西发霉了。喝完第三杯，她觉得自己应该醉一次。她从来没有试过，交过的几个男朋友都很爱喝酒，她必须保持清醒，好把他们送回家。有人在敲桌子。她抬起头来。店主面无表情地说，我要关门了，我女朋友在家等我呢。然后他走到角落里，把她的邻居叫醒，站在那里看着他把口袋里的钱摊在桌上，一张张地数着。

许妍坐在姥姥家门口。明天就要动身去北京，箱子已经装好，还有很多小时候的东西要处理。她把纸箱拖到外面，坐在门槛上慢慢挑。乔琳朝这边走过来，手里举着两个蛋筒冰激凌，融化的奶浆往下淌。她坐在许妍的旁边，把香草的那只递给她。

乔琳说，我买了支钢笔，你帮我送给于一鸣。她们默默吃着冰激凌。一个住在隔壁院子里的小男孩走过来，约莫十来岁的样子，站在那里看着她们。乔琳指着冰激凌说，下回我给你买一个，好吗？男孩没说话，仍旧站在那里。地上散着从箱子里拿出来的乱七八糟的玩意儿。装风油精的瓶子，雪花膏的铁皮盒子，一块毛边的碎花布……这些不成为玩具的玩具，曾是许妍童年最心爱的东西。乔琳说，雪花膏盒子好像是我给你的。许妍说，我拿纽扣跟你换的。什么纽扣，乔琳问。许妍说，那是我最喜欢的纽扣，你竟然不记得了。她把蛋筒塞进嘴里，起身进屋洗手，忽然听到背后发出叮咣一声响。

隔壁的小男孩从地上那堆东西里拿起一只风筝，转身就跑。乔琳对她说，走，我们把它抢回来！

男孩到了胡同口，转了个弯，朝大马路跑去。她们给一辆车拦住，落下了很远。但她们还在往前跑。乔琳脚踝上的链子发出叮铃铃的声响。她的长头发在风里散开了，许妍闻到香波的气味。小男孩消失在马路的尽头，但她们没有停下。头顶上翻卷着乌云。许妍恍惚发现这一会儿的工夫，把小时候整天走的那些街都走了一遍，如同快进的电影画面，一帧帧飞过，停不下来。乔琳拉了她一下，伸手指了指天空。在天空的最远端，一只绿色的风筝，正在一点点升起来。

许妍停下来，和乔琳仰头望着天上。那只风筝垂着两条长长的尾巴，像只真正的燕子。它在大风里探了个身，掠过低处的黑云，又向上飞去。

许妍和她的邻居站在酒吧的屋檐下。邻居说，好像又下雨了。她笑着说，有什么关系呢。邻居说，我希望下雨，这样土能好挖一点。许妍晃了晃她的短发，你说什么？邻居说，我的狗死了，我等会儿去埋它。它现在在哪里，许妍哈哈笑起来，你不会把它冻在冰箱里了吧？邻居的脸抽搐了一下，说我真的不想回家，我们能再喝一杯吗？许妍说，好啊，我家里有酒。邻居问，你男朋友呢？许妍说，分手啦。邻居说，遗憾。对了，什么时候能尝尝你做的饭吗，经常在走廊里闻见，特别香。许妍说，也可能是外卖。邻居说，不是，周围所有的外卖我都吃过。许妍问，你没有女朋友吗?邻居说,我喜欢的都不喜欢我。许妍说,你肯定有很多怪癖。邻居想了想,喜欢在浴缸里泡澡的时候吃橙子算吗?

雨下大了,他们跑起来。许妍踩到一个大水洼,雨水溅了一身。她笑起来。来到屋檐底下,邻居抖了抖身上的雨水,转过头来问,对了,你的表姐怎么样了?她的孩子好吗?许妍不笑了,望着他。

他说,有天晚上我下来遛狗,拿着手电乱扫,结果忽然在灌木丛边看到一个女人,躺在那里跟死了似的。我刚想喊保安,她睁开了眼睛,说没事,我只是晕倒了。我想扶她起来,但她说想再躺一会儿。我也不好意思丢下她,就坐在旁边,陪她聊了一会儿天。许妍问,她都说什么了?邻居说,忘了……哦对,她说,我肚子里的小家伙好像很喜欢北京,不想离开这儿。我就跟她说,你很快会回来的,她以后会在这里长大的……嗯,你表姐还说,让我到时候别忘了带我的狗和她玩……

许妍哭起来。乔琳从未说过要把孩子托付给她。然而她却知道孩子会来北京的,大概是笃信自己和许妍之间的感情,并且因为她了解许妍是什么样的人,也许比许妍自己更了解。那颗在掩饰和伪装中裹缠了太多层,连自己都无法看清的心。

许妍看向天空,好让眼泪慢点掉下来。她点点头说,孩子很快会来的,跟你的狗一起玩……

邻居说,狗死了啊,我今晚要去埋它……

许妍喃喃地说,你不知道那孩子有多乖,一点都不吵,你一逗她,她就咯咯笑个不停,是个女孩,很漂亮,眼睛圆圆的,穿着白裙子,像个小公主……

邻居说,哦,那我再养一条狗吧……

雨声淹没了他的话。许妍站在楼檐底下,静静听着外面的雨。她不知道能否照顾好孩子,以后会不会为了前途想要抛弃她。她对自己完全没有把握。可是此刻,她能感觉到手心里的那股热量。有些改变正在她的身上发生,她的耐心比过去多了不少。也许,她想,现在她有机会做另外一个人了。

《收获》2017年第2期

评鉴与感悟

是否可以做另一个人？

随着"二孩"政策的全面开放，独生子女时代正式成为历史。而在国家政策的制定与更迭背后，牵动的是千千万万的家庭和不同的人生轨迹。作者在《大乔小乔》里，直面了80一代的独特历史，用细腻的语言、精巧的叙事结构，讲述了独生子女政策和实施过程的"意外"所导致的家庭悲剧：母亲由于心脏病耽误引产；小女儿幸免于死却因引产针失去生育能力；父亲因超生处罚失去工作，精神逐渐崩溃；家庭陷入了无穷无尽的纷争……

个体面对时代、政策、权威，往往充满着被裹挟乃至碾压的无奈。那么在这样的现实下，我们该如何存在？当历史无法为我们负责时，如何去面对自己的过往？《大乔小乔》没有过多地与历史纠缠，而是将重点落在乔家姐妹的生命选择，特别是妹妹许妍的心理世界和人生转向上。

与伟大慈爱的父母形象截然相反，乔家父母没有"肩住黑暗的闸门"，而是任由悲剧的洪流席卷自己的女儿。他们"歇斯底里"地将上诉成功作为生活的唯一目的，完全活在过去的阴影中，并不断制造新的阴影：大肆宣扬女儿的不幸，将其作为上访的资本，在日复一日的纷争吵闹和自我消沉中，将善良懂事的大女儿乔琳拖入深渊。而小女儿许妍，背负着为家庭带来"灾难"的原罪，不仅在法律上，而且在家庭里也无法获得"合法性"，不曾拥有家庭的温暖和情感的归属。

面对这样的家庭，乔琳选择主动承担，默默忍受，最终不堪重负，自杀身亡。许妍与此相反，试图通过个人奋斗脱离原生家庭，依靠恋爱关系进入特权阶层。这种斩断根脉以获得"新生"的方式，能否真的让她从阴影走到阳光下呢？

为了编造的个人历史不被拆穿，以保全来之不易的生活，又或许自小取代姐姐成为合法存在的愿望还在隐隐作祟，许妍迟迟没向乔琳伸出援手。然而，随着恋爱关系的终止，许妍倏忽间坠回了自己的现实坐标，姐姐的死亡也迫使她面对良心的谴责，与试图逃离的家庭重新联结。

一个人不可能脱离自己的历史而存在，许妍的痛苦和失败正说明了这一点。然而，她还可以拥有新的开始。小说的末尾写道："可是此刻，她能感觉到手心里的那股热量。有些改变正在她的身上发生……

她想,现在她终于有机会做另一个人了。"其实,当直面自己的历史和现实处境,卸下费尽心思的矫饰和伪装,许妍便有了"做另一个人"的机会。

那么,如何"做另一个人"呢?接纳自己的过往而不企图割裂,倚仗自我的力量而非依附他人,解决遭遇的问题而不沉沦其中,听从悲悯之心的召唤而非一心为己,是《大乔小乔》的悲剧反思所展示的可能性的方向。如果时代和现实限定了我们的命运,那就学会戴着镣铐跳舞吧。对于每一个鲜活的个体来说,这绝不是束手就擒的软弱,而是要在大乔小乔之外挣扎着找到第三条道路。(章洁)

罐　子

/葛亮

其实，关于我为什么要开这间士多店，镇上有各种传闻，我一直没有对人解释过。因为三言两语并不能解释清楚。

至于我是个什么样的人，我也未必觉得需要交代。镇上有许多像我这样的中年男人。已经过了年富力强的年纪，虽未至颓唐，但精神已不如以往。在镜子里，看到自己上移的发际线，一两星的白，我深深地吸口气，收藏自己微凸的小腹。人似乎也体面了一些。

然而，我与他们的不同之处是，我并非当地人，在这个偏僻的岭南小镇里，我的口音实际显得有些突兀。我上翘的舌头经常引起他们的耻笑。他们模仿我的腔调，与我打招呼，顺便买走一两包烟。

总体而言，他们对我算是友好。当最初的好奇过去，距离感也随之消失。观望的趣味是短暂的。他们终于会在我的店铺前坐定，点上一支烟，开始和我说镇上的家长里短。多半都是琐事，南方口音说起这些琐事来，干脆而轻碎，的确恰如其分。我坐定，袖了手听他们说，当彼此比较熟了，也有一两个以耳语的方式，放大声量向我宣布，镇东头彩婶家的新抱（儿媳）是买来的。我自然是有些惊讶。因为这个镇子虽然偏僻，但尚可称富庶，远不需要以这种方式娶亲。他们就指指自己的脑袋，解释说，彩婶的仔，傻傻的。

入秋，来帮衬的人少了一些。夏天有买冰激凌的孩子跑来跑去，总显得热闹些。我会就着柜台看书，一两个看见我，就说，原来是个读书人。我说，都是闲书。来人就说，书就是书，如今哪有人读书，我们镇上的先生都跑出去做生意了。我就笑一笑，用手捋一捋揉皱的衣服下摆。

我已经习惯于穿麻布衫子，镇上自产的。这种麻布非常粗硬，开始穿时，觉得浑身不舒服，但是穿久了一些，也就惯了。一个人在屋里的时候，光着身体，穿着一件麻布衫子，身体任何凸起的地方，都被粗粝地摩擦，像是自虐。这样久了，再穿上柔软一些的衣服，倒觉得周身轻松了很多。

好吧，我承认我有些怕孤独。冬天来到的时候，为了留住他们，我在铺头里架起一只小灶。我在灶上坐上平底锅，浇上热油，烙我家乡的油饼。小火，热油，慢慢地烙。煎完一面，再煎另一面。撒上一把葱花，香味立时飘散出来。刷上我自己攒下的鸭油，皮薄，味足。先给孩子们吃，孩子们大口地吃了，抹抹嘴巴，一溜烟跑回家，将家里的大人带来了。大人吃了，说，他侉叔，还真没吃过这么好吃的饼，就一块面皮，香得赶上潮州人的蚝烙了。我笑笑说，尽吃，管饱。

我的铺子前于是又热闹起来了，我一面烙饼，一面听他们说家长里短，里短家长。一个孩子说我要烙一张带回家去。他婆婆嘴馋，却腿脚不好。我说好。他眨眨眼睛对我说，多放葱花哦。

后来有一天，镇长来了，来收铺租。这铺子是镇长租给我的，不过铺子不是他家的。关于这连铺两间半房的来历，没有人对我说过，我也不问。有时有人问起我知不知道，我摇摇头，问的人轻轻"哦"一声，就转开了话题。

镇长吃了我的饼，说，哎呀，当真好好食。傻佬，识不识做生意，这样的饼，是要拿来卖的，无怪你发不了财。本钱总要收回来，听我的，一张一块钱，我说的算。

镇长找镇上的先生，帮我写了一块招牌，"一文饼"。就挂在铺头的房檐底下。来吃的人没有少，反而多了。毕竟谁也不把一块钱当回事。不过收起钱来，我反而觉得麻烦，我一只手烙饼，一只手淋油，没有多余的手收钱。我腾空了一个糖罐子，放在柜台上，吃饼的人，就自己把硬币投进去，"当"一声响，很好听。

邻镇的人也来了。说是邻镇，也要翻过一座山的，来的是几个年轻人。来吃我的饼，说，大叔，翻山越岭为口饼，这就是品牌效应。

光顾我的，很少有本镇的年轻人。到了过年的时候，他们却来了。他们都成群结队地在外面打工，去北方，或者更南的南方。他们回来，饶有兴趣地打量我，像当初的镇民一样。他们吃着饼，卷起舌头问我，侉叔，你是不是北京人？我不知道什么时候我有了一个绰号叫"侉叔"，后来才知道，他们称北方人叫"侉子"，正如我们北方人叫他们"蛮子"。我说不是，他们有些失望。他们说，北京多好啊。我看你也不是。北京那么好，你怎么会来我们这里。

虽然是南方，冬天的夜很冷的。只是没有家乡的雪，我一个人坐在屋子里，看着外面。没有雪，还是冬天的样子，灰扑扑的，树和树的影子，都不精神了。南方的冬天，是湿润的冷。不爽利，冷在了骨子里。说不出的滋味。

我给自己包了一碗饺子，慢慢地吃着。煮一点，吃一点。就着醋和大蒜头。

我看一看日历，年初三了啊。

初三，为什么镇上这样冷清和安静呢？大年初一，镇长请了一支舞狮队来，在镇上挨家串户走了一圈。到了我的铺头跟前，已经没精打采，像是头睡不醒的狮子。我给他们封了包利是，他们才打起精神来，舞弄了几下。镇长说，好了，好了，就是图个吉利。你们北方也有舞狮子，好歹解解乡愁。

我们北方也有狮子，倒不是这样的。我们北方的狮子，没有这么大，也没有这么花花绿绿。我们的狮子，不会眨眼睛，舔毛搔痒，摇头摆尾。但我们的狮子勇猛，舞蹈如战斗。我们的狮子，是胡人传过来的，头上顶了一只角，是不可近人的神兽。小时候，过年赶庙会，就为了看舞狮。那时节的庙会，多热闹啊，好吃好玩儿好看。捏面人的、烙花馍的、变戏法的。那时的好玩,如今的孩子哪里看得到啊。

我揭开了锅,舀了一碗下饺子的面汤,咕嘟咕嘟喝下去。这也是我们北方人的老讲究,姥姥说得好,叫"原汤化原食"。

外头不知怎么,淅淅沥沥地下起了雨。南方冬天少雨,不过也不爽利,下起来,少说也得个三五天了。我靠着窗子,闭起眼睛养起了神,听雨打在败叶上的声音。窸窸窣窣,窸窸窣窣。

忽然,我听到一阵声音,眼皮抖动一下。那声音怯怯的,是脚步声,到了门口,是一个人,站到了我的门口,再没有声音。我站起来,打开了门。

门外站着一个人,抬起头,夜色里是一张不干净的脸。就着灯光,我看见是个半大孩子。男孩子,寸把长的头发,几乎遮住了眼睛。雨水正从头发上湿漉漉地滴下来,顺着脸颊往下淌,在灯底下泛着苍白的光。他衣服穿得单薄,也打湿了。

他看着我,开了口,说:一文饼?

我点点头,本想说,过年不开张。这时候,他打了个喷嚏,于是我说,进来吧。

我从锅里舀了一碗饺子汤,说,对不住,饺子刚吃完,先喝碗汤暖暖吧。我给你烙饼。

他端起碗,咕嘟咕嘟地喝下去。看来是渴坏了。

我开了炉子,将小鏊洗一洗,坐上。我和面,揉面,摊饼,切葱花,油已经在锅里滋滋地响。我回过头,那孩子端正地坐着,眼睛却呆呆地望着窗子的方向。饼上起了泡,发出焦香味。我刷上鸭油,撒了葱花。这香味更为浓郁了。

我烙好了一只饼,起锅,说,得嘞,帮手去橱子里拿只碟子。

没有人应声,我转过脸,看那孩子已经趴在炕桌上睡着了。炕桌是我自己打的,我嫌矮,他趴着却正好。

我走过去,拾了件衣裳给他披上,接着烙饼。烙了五只,都放在碟子里摞着。他还睡着,在灯底下,脸色好了一些。忽然,他身体轻轻抖了一下,嘴角翕动,似乎睡得很沉。灯光在他脸上,是毛茸茸的一层轮廓,这是个清秀的孩子。

我挨着床沿坐下,也觉得困了,迷迷糊糊睡过去了。

我醒过来,天已经大亮,我看见床上整整齐齐地叠着衣服,碟子空了,五只饼都没有了。碟子上还有一些细碎的渣子,我发着呆,拈起渣子放在嘴里,嚼一嚼,有焦香的味道,还有点过夜的苦和涩。

初五那天,我开了张。自然没有什么生意,偶尔有几个外出打工的年轻人,经过铺头,买包烟,说,佟叔,走了。

到了天擦黑的时候,我就想打烊了。这时候,却见远远有人走过来,将一张五块的钞票放在柜台上。我一看,是那孩子。

他说,我来还你钱。

他的声音清细,但我终于还是听出了他的外乡人口音。在这里待得时间长了,多少也分辨得出。

我把钱收下。他站在柜台前,没有走。

我说,你来串亲戚,是哪家的?

他摇摇头。

我说,没有地方去?

他点点头。

这时候天上响起一声雷,还没开春,这雷打得很蹊跷,眼见着,雨又下来了。我皱皱眉头,说,进来坐吧。

他就跟我进来了,自己搬了个板凳坐下来。

雨淅淅沥沥地下开了。雨势还不小,打在屋檐上噼里啪啦乱响。

我也坐下来,点上一支烟。让给他一支,他犹豫了一下,点上火。我说,悠着点抽,我这是北方的土烟,味道可冲。话音刚落,他已经咳嗽起来,我看他咳得脸也涨红了,上气不接下气。

我哈哈地笑起来,我说,看你那手势,就知道没抽惯。

我把他手里的烟接过来,一并叨在嘴上,说,男人一辈子长得很,先开个头,留着将来慢慢抽。

待咳嗽慢慢平息下来,他也没有说话,抬起眼睛在屋子里打量,目光落在我桌上的书。这本《笑傲江湖》已经被我翻得有些破旧了。

我笑笑说，读过？

他点点头。

我想一想，问，那你说说，这书里头，你最喜欢谁？

他不假思索道，任盈盈。

我顿时来了兴致，说，倒不是令狐冲？

他没再出声。过一会儿，抬起头来，说，我没地方去，你能给我个活干吗？

我一时有些吃惊。再看他，眼眸里并没有一丝怯，也没有玩笑的意思，是想好了说的话。

我说，你这个年纪，要么读书，要么正是出去打工的好时候，留在这里有什么出息。

他一咬嘴唇道，人各有志。

我说，你该看出来，我这间小铺，是一人吃饱，全家不饿。我没有多余的活儿，也养不起闲人。

这孩子说，你怎么就知道我是个闲人？

我眯起眼睛，说，是，我还不知道你的底细。你倒是会做什么？

他说，我会做白案。

我说，白案？

他点点头，我帮你揉面，摊饼。我还会包云吞，整叉烧包。

我笑笑说，我这是个杂货铺，小本生意。

他说，谁不想赚钱呢，你管我吃住就行。

我看他很认真的脸，不知为什么，觉得有些喜欢他了。我说，罢了罢了，看你本事吧。三天开不了张，你卷铺盖走人。

夜里头，我在杂货间给他搭了个行军床。

我拿了身麻布的睡衣给他。说，把身上的衣服换下来吧，挺大味儿。

他不动弹。我搁下衣服，走了。

我转过身，听到后面窸窸窣窣换衣服的声音。我想，这小子，还知道害羞。

叔。我听到他喊我。

怎么？我问。

我叫小易。他说，容易的易。

第二日，天擦亮，我听到外面一阵响，像是什么倒了下来。我赶紧出去，看见柜台旁的灶披间，一阵阵地往外畚灰。小易一边咳嗽，一边又搬出了一个大纸箱子。

我冷眼看了一会儿，问，这是干吗？

小易没有抬头，手一扬，说，没有地方，怎么做白案。叔，给我搭把手。

这个灶披间，我其实没有怎么进去过。打接下这爿铺子，便一直由它闲着，没想到，小小一间房子，里头竟有这么多东西。一箱箱的空酒瓶子、包装袋，几串已经发了霉的花椒和银耳。最多的，是一摞摞的卷标，各种卷标，淘大酱油到"剑南春"。我皱了一下眉头，说，看来这铺头原先的东主，不是什么老实人。

小易抿一下嘴，没有说话，将那些标签扫进了垃圾桶。

待爷俩儿收拾得差不多，天已经大亮。小易留下了一张条案、几把凳子。凳子有几只朽了，缺了腿。小易说，叔，你会不会木工活？

我说，小事。我后生时候，名号叫"赛鲁班"。

天公作美，几天的雨，竟然有了大太阳。小易和我将条案抬到太阳地里晒。

小易骑着我进货的小三轮出去了。个子矮，看他蹬得有些吃力。我想，这孩子，人看着瘦小，倒真是个干家子。

我叼一根烟，将我打柜台的那套家什收拾出来，斧钺刀叉，倒也齐全。天儿好，没刨几下，出了一身汗。

有人路过，问说，佟叔，年都没过完，忙什么呢？

我嘴里一根烟，手里不闲着，没空搭理他们，就笑一笑。

旁边年轻的就说，佟叔想要拓展业务呢。

我将条案刨平整了，拾掇了几只板凳。油漆也拿出来，刷绿色，清爽些。想一想，还是刷层清漆吧。

小易回来的时候，是后晌午了。灰头土脸的一个人，眼睛却格外亮。小易浅浅地笑说，叔。

我说，小子，我看你买了些啥。

车上琳琅一片，有白案的家伙什。案板、擀面杖、笊篱，还有一只饼模子。我说，好嘛，我一只手一只灶的事，你整出了这么一大伙子来。

工欲善其事，必先利其器。小易说。

啥？小子，你读的书看来不少，叔听不明白了。

我摆摆手，帮他拾掇车上的东西。一袋面粉、一大块精肉、一大块肥膘。几颗大白菜、茴香、一瓶"八大味"。我说，我给你那几个钱，你还真能置办。

小易说，都是下到明镜村里买的。肉是跟李屠户现割的，白菜疙瘩是杜阿婆藏在窖里的过冬菜。半买半送，你人缘好。

我说，他们倒是都认你的账？

小易低了低头，半晌，说，我说我是你的远房侄儿。叔，你不怪我吧。

我看看这孩子，不知怎的，心头莫名地一软。我没等他解释，自己先把话绕了过去。

我说，好，我在这儿住了这么久，人都认不完全，倒给你做了大旗。

小易从车上捧下一个陶罐子，摆在我刚刷了清漆的桌子上。我说，嘿，没干呢。小易赶紧捧起来，罐子底已经印了一个圆印子。我一阵疼惜，说，匠人最怕留瑕，你毁了我的手艺。

小易无措，末了却小心翼翼将罐子又摆在那个圆印子上，说，往后这印子专为摆这罐子。

我叹口气，端详那罐子，不像个新东西。彩陶的坯子，黑釉上得粗，颜色都渗出来，还是能囫囵看出人和动物的形状来，沿口上有层油腻。我揭开坛子盖。小易忽然伸出手，挡住我，我还是闻见一尘土味。

我说，哪里弄了个古董来？

他不看我，用一层油纸将罐口封起来。

这天夜里,我睡得很沉。我这人是看家睡,稍有动静就会醒,这天却很沉。可能是许久没有干体力活了。我甚至做了梦,梦见了年轻时候的事,迷迷糊糊的,都是些以前的人和事。

凌晨,我在一阵香味中醒来。这香味奇异极了,丰腴的油脂的气息,混着浓烈的中药味,刺激了我的鼻腔,生生将我从梦里头拉出来。

我披了衣服起来,看见小易单薄的背影。他坐在灶披间里,眼前蹲着炉子,炉子上坐着那只罐子。天还暗着,微微的火光照在他脸上,脸色倒更苍白了。那奇异的香味,正是从陶罐里飘出的。小易埋着头,正用剪刀细细剪着什么东西。我走过去,看板凳上搁着一只扁筐,筐里整齐地摆着包好的馄饨,在岭南叫作云吞。模样很精致,一行行地码着,像含苞的芍药。

小易唤我,叔。

我说,这是你包的?

小易耸一下肩膀,揉一揉,说,嗯,忙了整个后半夜。

我说,看不出,包得真不赖。

小易说,等天亮了,就能开张了。

他手却没有停。我看那剪刀细密地剪过去,是一些枯黄的干草。小易剪成手指长短,便小心地打开罐子,投进去。

我问,你在做什么?

小易没有抬头,又细细地剪,答我,请来的老卤,将来的锅底汤就全指望它了。

我还想问什么。小易说,天还早,叔,你去睡个回笼觉吧。

清早,我睁开眼,看小易清爽爽的一双眸子,正对着我。这孩子没怎么睡,眼睛却亮得很。他捧着一只碗,说,叔,尝尝。

碗里清的汤,很香。是方才的香气,药味却滤了,香得爽利。里头卧着几只小馄饨。我掂起勺子,舀起一只,搁在嘴里头。还未嚼,那薄薄的馄饨皮竟在舌头上化了。轻轻的碱水味,也是香的。粉红的馅子有一点子甜,又有一点子涩,可味儿却说不上的馋人。呼噜吞下去,在嗓子眼儿里滚一下，嘴里头空荡荡的。我呆了一下，赶紧舀起另一个，停不住似的，一碗下了肚，又把汤喝了个干干净净。

小易问，好吃不？

我抹下嘴，说，小易，你这是跟谁学的？

小易热切的眼睛里，光有些暗下去，说，俺娘。

我说，你娘人呢？

他接过碗，口气却清淡了，说，死了。

我也噎住了。这孩子倒站起身，只问我，叔，你看咱能开张了不？

我愣一愣，使劲点点头。

好东西，自然都有个说头。

小易的云吞，随我的饼，也就三四天的工夫，在这镇子里就算传开了。

来的人，都听说我的侄子来了，又得了个厨子。来的，吃了一碗，禁不住似的，又吃了一碗，说这灶台上的味道，缠住了人的腿脚。说没看出来，侉叔，你们北方佬，倒一家都是好手势。容婆婆眯起眼睛，说，侉叔，这孩子生得靓，围上了围裙，倒好像个小媳妇儿。

我看小易，脸色给炉火熏得红红的，精神得很。

到了傍晚的时候，镇长来了，手里拎着一张纸。说，我是不请自来。刚从县里开会回来，就有人塞给我这个。

我接过来看，上头写着几行字：侉叔一文饼，云吞任我行。要知此中味，听朝士多见。

我扑哧笑了。这字方头方脑的，该是出自小易的手。我说，前面的韵压得好，最后一句破了功。

镇长说，你侄儿倒是怎么寻了来？村里都说这孩子能干，这宣传做的，有水平。话是话，我还没见过你这新厨子。

我朝里头喊，小易。

小易没出来。我又喊了一嗓子。孩子从里头走出来，手里捧着一只碗，放在镇长跟前。不言语。

我说，这孩子，不知道喊人。刚才倒好好的，不出趟儿。

镇长说，孩子怕丑，莫勉强。谁叫我是个官，多少怕人的。

小易这时却开了腔,说,镇长也算个官?

镇长一愣。我也一愣,斥他,回屋去。

镇长干笑,舀起一勺馄饨放到嘴里,刚想和我说什么,突然,眼神直了一下,稀里呼噜,一碗馄饨下了肚。

他头上渗出薄薄的汗,轻嘘一口气,说,看不出,这孩子愣头青,倒整得一手好云吞啊。

我说,蒙您不嫌弃。

镇长说,云吞也该有个名堂,算给你的"一文饼"做个伴。

他盯着手里的勺子,说,刚才,我就是给这一汤匙的味道给惊着了。就叫"一匙鲜"吧。

我心说好。

小易出来了,将镇长面前的碗收走了。又抹了抹桌子,眼睛也不抬一下。

镇长倒笑了,孩子不怎么待见我,我却觉得他面善,在哪见过似的。

我心里忖一下,嬉笑说,您能不面善吗?亲侄儿长得随我。你老人家,跟他叔可脸熟着呢。

镇长走了,我走进屋,看小易正将汤里的药包取出来,淋干净。他将锅里的汤,小心翼翼地倒进罐子里头,不声不响,唯有黏稠的汤汁灌入咕嘟咕嘟的声音。

灌老卤?

嗯。小易轻轻回答。

灯影里头,那只陶罐,这时渗着幽幽的光,原本凹凸的表面似乎被笼了一层青色的釉,看不出来轮廓,有些发虚。

我说,这罐子看着污,换一只吧。

小易沉默了一下,闷声说,不换。

夜里头,我铺开过年写春联剩下的纸,就着灯,饱饱地蘸下墨,写下"一文饼,一匙鲜"六个大字。

小易走过来,看了半晌,说,叔在写招牌。

我问，小易，叔写得好不好？

他又细细地看，说，叔写得好，欧体。

我心里一颤，说，就你那手方块字，倒识得欧体。

小易不说话了，过一会儿，拿抹布将我手边上的一点墨迹轻轻擦了，说，没吃过猪肉，还没见过猪跑吗。

我便说，小易，叔教你写大字，乐意学吗？

小易说，那敢情好。

我便教他写，手把着手。小易的手指，细长长的，葱段似的，泛着清白的光。我教他执笔，悬腕，看他写下自己的名字。

小易。仍是方头方脑的方块字。

可是，我却看出来，他执笔的手势，不是初学书法的人。那最后一撇收束的力道，被他克制。这孩子会写字，是个练家子。

我不动声色。只看他写，看他敛声屏气，努力地将名字写成中规中矩的方块字。

我问，小易，你是哪儿人？

他停住手，手指有不易察觉的抖动。小易说，江湖飘零，叔问这么个做什么？

我说，小易生得是南方人的样子，口音里头，却有侉腔。叔好奇。

小易问，叔是哪里人？

我说，叔是陕西西安人。

小易说，我离叔不远，绥德人。

我点点头，说，米脂的婆姨绥德的汉，小易长大了，也是条好汉。你们那地方的人，都生就一双骨碌碌的毛眼眼，叔信。

小易抬起头，望望我，又望望外头密成一片的漆黑夜色，说，老乡出门三家亲，小易是叔的侄儿不假了。

一文饼，一匙鲜。叔侄二人，在这镇子上有了名堂。

久了，也就知道，小易不是多话的人，人却真是勤快，话都在忙忙碌碌的动静里头。镇上的人都欢喜他，欢喜他的没声响的笑，欢喜他的眼力劲儿。

镇上人的口味，他一清二楚。谁来了，他打眼一瞅，多搁上一勺子花椒辣油，多撒上一把葱花。谁来了，便嘱我将饼煎得硬些，有咬头些。容婆婆来了，他搀她坐下来，从冰箱里拿出一盘茴香馅的云吞，是容婆婆爱吃的。茴香在蒸笼上蒸过，只为婆婆牙口不好。

镇长来了，小易照顾得也周到，人却淡淡的。

小易在这儿，我便没有洗过衣服，也没套过被褥，不声不响，就全都做好了。

干完了活，晚上在灯影底下，照我交代的，写大字。写得渐有了模样。他每天都进步一点，不算快，是克制着自己的进步。

我轻轻笑。

我看着整整齐齐的一间屋子，不知怎么的，忽然有了家的感觉。我什么也不说，只想起曾经自己也有一个家，婆姨孩子热炕头，那是什么时候的事了。

我笑一笑，点上一支烟，对着小易的背影挥一下手，将眼前的烟雾混着回忆赶走了。

这一天打烊，我眯着眼睛，只听见厨房里"哐当"一声。起身过去，看见铁锅斜在灶台上，小易跌落在地，脸色煞白，豆大的汗珠在脸颊上滚下来。

我一惊，要扶他。他却摆摆手，不肯起来。我哪里肯听他的，一把将他抱起来，只觉得胳膊肘上黏黏的潮，低头一看，是殷红的血。小易穿了条蓝色的裤子，这血像条青紫的蚯蚓，爬到他的裤管，滴下来。

我一时无措。我抱紧了他，要往外跑，去镇上的卫生院。

小易一把捉住了门框子，小小的人，虚白着脸，不知哪里来这么大的劲。小易说，叔，我不去。你让我回屋歇，歇歇就好了。

我把他抱到杂物间，看见那张干净的行军床，愣愣。我伸出手，想把他沾血的裤子脱下来。小易紧紧地揪住自己的裤腰，他哆嗦着嘴唇，说，叔，让我自己来。

声音颤抖，尖锐得哑，几乎像是哀求。

杂物间光线昏暗，我还是看见他发白的脸上，那双眼睛一点点地暗下去。

我只觉得自己的心，刚才还跳得猛，这时候，也在缓慢地黯下去，凉下去。

我轻轻放下他，走出去，将门带上了。

小易再走到我面前，仍是干干净净的一个人。

叔。他唤我。

我没应。

他说，没事，老毛病了，过了就好。

我沉默，闷声说，怕是女娃子的毛病。

我抬起头，看见小易的眼睛，没有内容。不怨不怒，不嗔不喜。

但是，我看出眼前的这个人，却已经将身心松弛了下来，那份少年的坚硬和鲁莽褪去了。站在眼前的这个人，是柔软的，甚至软弱的。

她说，叔，我不是个坏人。

我跌坐在门前的长条凳上，想要点上一支烟，手抖得却燃不起火柴。小易走过来，将火柴擦亮，点上了。我看她一眼，将烟掷在地上。

我说，你不是坏人，我是。你不怕？

小易坐在门边上。她说，人坏不坏，只有自己知道。

我苦笑，说，蹲过号子的，还不是坏人？

小易将胳膊屈起来，将脸埋在臂弯里。我只听见她的声音，她说，叔收留我，不是坏人。我欺瞒叔，是不仁不义。

这声音，是好听的女娃的声，轻细地，在我耳朵边上一荡。我肩头一软，伸出手，想摸摸她的头，只一瞬，又收了回来。

半晌，我站起身，走到屋里头，打开五斗橱翻找。

我终于将那张纸放在她面前。

我的刑满释放证。

我瓮着声音说，信了？你还不走？

小易并没有看，她只问，叔犯的是什么事？

我说，贪污，受贿。

小易抬起头，看着我的眼睛，说，上头贪，你不敢不贪；领导收，你不敢不收。

我心里一惊，眼前风驰电掣，是妻子的脸。她看着我，在离婚协议书上签了字。冰冷的声音，甩过来：你这辈子，就毁在一个"窝囊"上。你就是个窝囊废。

离吧。离了婚，儿子就少了个贪污犯的父亲。儿子过了夏天，就该上高中了吧。也不知道模拟考试的结果怎么样，想必不会差，儿子不窝囊，不随我，随她妈。儿子奥数比赛全省一等奖，儿子测向比赛全国冠军，省重点中学加分，没有上不成的道理。

我是个窝囊废，我一个佬，这么远来到这个没人知道的岭南小镇。我不会再影响任何人的生活。我窝囊，就让我一个人窝囊下去吧。

叔。小易说。

我颓然睁开了眼睛，看着这个陌生的年轻女人。就在刚才，她看穿了我。

叔。她将那张释放证折叠好，放在我手里头。她说，都是过去的事了。这世上，先谁都有个不情愿，后谁都有个不甘心。

我说，我对自己的事，是甘心情愿。你走吧。

她站起来，眼神灼灼的。她说，叔，赶我走，是因为我不仁义？

我摇摇头。

小易说，那我不甘心，也不情愿。我要留下来。

我看着她，只觉得一阵恍惚。

我说，随你吧。

我和小易，仍然生活在同一屋檐下。她扮我的侄儿，我扮她的叔。

我们形成了某种默契，谁也不去触碰谁的心事与来历。热闹了一天过后，打烊。沙沙洗锅子的声音，咕嘟咕嘟灌老卤的声音。在黄昏里头，夕阳的光铺展进来，将这年轻女人的轮廓投射在墙上，让人有错觉，这生活是静好的。

我知道是错觉，惯性而已。

收拾完了，她依然坐在灯底下，临我的那本《九成宫碑》。

一笔一画，那字写得很成样子了。或者，或者原本就写得这样好。

我阖上眼睛，什么都不想，什么都不看。

再睁开，小易已经转过身来，忧愁地看着我，也不知看了多久。小易说，叔，我在报纸上看了个字谜，给叔猜。

我说，叔脑子笨，打小就不会猜字谜。

小易说，这个好猜。叫"AOP"。

我说，AOP，听起来像是美国佬的情报组织，CIA、FBI。

小易说，是个成语。

我想想，说，猜不出。

小易就执了毛笔，在纸上先写了个A，底下写了个O，再写了个P。

我一看，是个"命"字。

我说，这谜倒新鲜，中西合璧。命中注定？

小易摇摇头，轻轻地说，相依为命。

我脸上的笑凝住了，不知被什么击打了一下，眼底泛出一阵酸。我侧过脸，不让小易看见。我瞧着夜色里头，我写的招牌，在微风中慢慢地转过来，又转过去。

相依为命。

一文饼，一匙鲜。

小易说，叔，人一辈子就一条命。自己也是一条，偎着别人也是一条。

我不说话。

小易说，叔，你问我为啥喜欢任盈盈，因为她不信自己的命。

我不说话。

小易说，叔，你说，人为啥活着？

我说，为了有个奔头。

小易问，叔有奔头吗？

我说，叔没有奔头了。

小易问，那叔为啥活着？

我翻开手掌，搓一搓，看自己的掌纹，曲曲折折地分着叉。我说，就为了活着。

小易说，叔，我给你唱首歌吧。

我说，你们年轻人的歌，叔听不懂。

小易说，这一首，叔保证听得懂。

她就将身体端正一些，开始唱。

我听懂了，的确懂。她唱出来的是：洪湖水呀，浪呀么浪打浪，洪湖岸边是呀么是家乡。

这歌从年轻的口中流泻出来，竟未有一些突兀。开始唱这歌时，她的脸上有一种端穆的表情，眸子里莫名地坚定。声音也是坚硬的，字正腔圆，由齿间倾出。但渐渐地，她松弛下来，歌声也柔软了，目光有些虚。这歌并不是唱给我听的，是唱给一个很遥远的人听。或许，是一个遥远的人在唱，不过借了这年轻的声音宣之于口。我阖上眼，体会到其中的陌生。再次睁开，我看着她，一丝略微不适稍纵即逝。那眼神已经散了，不是她，不是小易，是那种经历了世故的女人才有的眼神的一点风尘。

我站起来，有些粗暴地说，行了。

"人人都说天堂美。"是这一句，这久远的歌，我还记得。电视上郭兰英抬起了粗短的胳膊，脸上挂着和她的年纪有些脱节的娇俏表情。那是什么时候的事了。青年时对女人的遐想，如此轻易。

小易在"堂"上戛然停住。她站起来，又恢复了有些拘谨的样子，让我稍稍松了口气。

隔了一会，小易问我，叔，我唱得不好？

我犹豫了一下，说，好，唱得好。

小易没有再当着我面唱歌。然而，这是一个开始。有时她在厨房里，在杂物间，我都能听到轻轻哼唱的声音。没有词，那些旋律太耳熟能详，都是极老的歌曲，往往是铿锵的，是那个时代的铿锵，但是，被她哼唱得慵懒而圆融，甚至，有一点淡淡的放纵。

我让自己走远，同时感受到了身体内的膨胀，久违的膨胀。在未及消退时,我被自己暗暗诅咒。

但是,下一次,我又会听,似乎生怕错过。我开始惯常于循声而至,并且原谅了自己。

在人前,小易似乎不如以前活泼了,也不及以往体贴。她克制得很好,将一个少年的心不在焉表演得恰到好处。人们打趣说,小易,才多大,被镇上的哪朵花勾了魂。小易敷衍地对他们笑,包云吞的手快了些。

然而,有一天的黄昏,镇长坐了下来。我正想让小易招呼,看小易站在角落里,微微皱起眉头,目光忽然凝聚,在镇长脸上逗留了一下。她手里,将脱下的围裙攥成了一团。镇长抬起头,想和我寒暄,我刚要应声,他却和小易的目光撞上。只一刹那。

小易退缩了一下,回了厨房。

我嘻笑地说,嗨,这孩子,还是怕官。

镇长嘴角冷了一下,也笑,说,我看不是怕官,是怕我。

晚上,小易就着灯,擦她那只罐子。她哼着一首旋律,是《东方红》。罐子依然那么旧,发着污,在灯底下,笼着微微的青光,像上了一层釉。小易将它搁在那个浅浅的油漆印子里,眯着眼睛看。

照例,这时候她应该临我的那本《九成宫碑》。

我在桌上翻开,报纸上,工工整整的"楷书极则"。写得比我好。

我呆呆地望着那字。

叔,我满师了。她没有抬头。

小易。我说。

嗯?小易将那罐子郑重地挪动了一下,擦另一面。

我说,没事。

过了一会儿,小易坐到我的身边来,说,叔,我临得最好的,是赵孟頫。

我说,谁教的?

小易说,我爹。

我说,你爹?

小易说,嗯,我爹。我爹写《胆巴碑》,没有人比得过。爹会说俄语,唱《莫斯科郊外的晚上》。

我说，你爹念旧。

小易说，第一批留苏的工科生，谁不会唱？

我猛然回过头。灯光黯淡了一下，窗外一只夜鸟飞过，在小易面颊上投下浓重的影。她的脸色青白，有淡淡憧憬。

春困秋乏，黄昏的太阳底下，我慢慢收拾厨房的家什。捡到一张纸，渍着浮浅的油腻，还辨得出，上面是方头方脑的"侉叔一文饼"。

这时候，镇长走过来，说，侉佬，不开张？

我说，你来了，我就开张。

我抬头，看他左右端详，问，小易呢？

我说，去买菜。

镇长靠近我，压低了声音问，你这侄子，有身份证吗？

我心头微微一动，佯作不快，说，亲侄子，你是信不过我？

镇长愣一愣，看着我说，不是，我是想，海华他儿不是在城里做生意嘛，建材生意，做大了，人手不够。我看小易识文断字，不如去帮帮他。男孩子，窝在家里有什么出息。

这话说完，他干咳一下，说，他不比你，你已经老了。

晚上，我就对小易说了。小易似乎并不吃惊，只是说，叔，我该要走了。

我说，你要去哪里？

小易摇摇头，笑一笑说，你没问过我从哪里来。

我说，你如果从我这里走，我就要问了。

小易说，叔，我临走前，想摆一桌宴。

我点点头，问，请谁？

小易说，我拟个单子。

她便抽出一张纸，埋下头写。我看到她颈子里，有细细的绒毛，在发尾打着旋。我的心里动一动。只是动一动。

我看见那单子上，又是方头方脑的字了。

净是镇上一些叔伯的名字,有些我打的照面少,不熟。

我说,海华伯你也请了,真去帮他儿子?

小易笑,我不认识他儿,我认识他。

我说,你是认识他,他哪天不来吃上两碗云吞,加上三勺辣子。

我又看见一个名字,说,阿翔腿脚不好,就来过一回,你也请?

小易说,就来过一回,我才记挂。

我看到镇长的名字,说,你又不怕官了。

小易说,我怠慢了他,请他,给他赔不是。

我点头,说,也好。好聚好散。

小易就着灯,将单子又看了看,递给我。说,叔,你去请。

我说,你摆宴,我请?

小易默然,然后说,叔请,他们肯来。

第二天,我就去请。都愿意来。

有的稍有些意外,也愿意来。

小易将厨房里的碗盏、炖锅都拿出来。发蹄筋,卤猪手,吊高汤。

我远远坐着,插不上手。我点起一支烟,说,小易,以为你只会做白案,你对叔留了一手。

小易舀起一勺汤,凑到我嘴边,说,叔,帮着尝尝,鲜不鲜?

我说,鲜掉眉毛。

小易说,我娘炖的汤,头发也要鲜掉。

夜深了,小易还在忙。我问小易,这几个老的,值当这么大的阵仗?

小易将一条梅菜摘开,轻轻说,让他们吃饱。

我说,小易,真的要走了?

小易说,走了。

她又笑一笑,问,叔跟不跟小易走?

这笑和她以往的笑不同,有些妩媚,眼角挑一下,挑在我心尖上。我说,小易啊,叔老了,走不动了。

小易抿一抿嘴，这才说，叔不老，是世道太新了。

又过了一会儿。

我说，小易，给叔唱个歌吧。

小易想一想，清清嗓子，唱起来。当旋律响过一段，我才意识到，这是我所不懂的语言，轻颤的小舌音，声音竟是有些厚实的，是那首曾经家喻户晓的歌曲：

田野小河边红莓花儿开，有一位少年真使我喜爱。可是我不能对他表白，满怀的心腹话儿没法讲出来，满怀的心腹话儿没法讲出来。

这时候的小易，像个外国姑娘了。脸上放着光，眼睛里有蓝色的火苗。她有些坚硬的五官，被微弱的光投射到了墙上，也柔和了。小易是个好看的孩子。

我张了张口，也跟她唱。唱的中文。我不会唱歌。我的声音有些沙，有些哑，有些不在调上。小易唱着，就慢下来，在下一句上等着我。等着等着，两个人的调都合到了一处，唱到了一起。

这一夜，我睡不着。我躺在床上，听小易还在外面忙，窸窸窣窣的，放轻了手脚，锅与碗的边缘轻轻碰在一处，当的一声响。

熟悉的草药味。小易照例熬她的老卤，熬好了封罐。今天的格外浓，格外香。

待一切都静下来了，我叹了一口气，疲惫地闭上了眼睛。

迷迷糊糊，有轻碎的脚步声。我看到一道灰白色的路。有一匹马低下头，踟蹰而行。它回过头，看着我，眼睛大而空。我也望着它，它的眼里，慢慢地流出了血。

我惊醒来了，我看见床前站着一个人，是小易。

这天是十五，外面一轮圆满的月亮。月亮是瓷白的，分外大和圆，散发着毛茸茸的光芒。这光芒笼着小易，小易也是毛茸茸的了。

小易身上穿着一件阔大的麻布衫子，是我的。因为她身形小，这衫子便显得更为大，遮到了她的膝盖。

她忧心忡忡地看着我，眼睛大而空。我坐起来，也看着她。我说，小易。

她遮住了我的口，解开了衫子。里面是一具瓷白的身体，没有遮掩。少女的身体，和起伏。小小的圆润的脐，平坦的腹部。两只小小的乳，熟睡的鸽子一样。

我低下头。她的脚也光着，交叠在一起。她将我的手执起来，放在胸前。我抖动了一下，但却不敢动作。我触到了那一点温热，我不敢动作，怕惊醒了鸽子。

然而，此时，我却觉得自己的身子，一点点地凉下去。有一股血，在奔突了一下之后，没有缘由地冷却了。

我痛苦地抖动了一下，推开了小易。

小易将衫子掩上，后退几步。她跪下来说，叔，我欠你。
房间的光线黯淡了下去。一片霾游过来，慢慢地将月亮遮住了。

隔天的晚上，都来了。
看满桌的大碗大盏，都吃惊。
我抱来一坛自酿的米酒，说，小易，你敬大家一杯。
小易端起酒杯，说，各位叔伯，多谢照应了。
一饮而尽，抹抹嘴，亮一亮酒杯底。
气氛就松了些。海华说，小易出去发了财，莫忘了我们这些老东西。
小易说，头一个忘不了您。
说这话时，并没有笑，是郑重的。在场的人都愣一愣。
我打着哈哈说，为这一桌，孩子忙了一夜。你们吃好喝好，莫负了他。
觥筹交错。老家伙们喝多了，都有些忘形。阿翔说，咱们光屁股交的朋友，好久没坐在一桌了。
是啊，倒还在这屋里。海华环顾了一下，眨了眨眼睛，压低了声音说，说实在的，你们怕不怕？
众人默然，只端起杯子喝酒。
过了一会儿，阿友说，怕什么，半截身子入土的人了，活到现在，连本带利，够了。

镇长咳嗽了一下，说，行了，侉佬在这呢。

阿友说，侉佬怎么了，又不是外人。

他把头转向我，满口酒气，侉佬，你在这一个人住，有没有狗屎运，女鬼找你采阳补阴。

都给我闭嘴。镇长黑着脸，将酒杯狠狠蹾在桌案上。

叔。我听见小易唤我。

我起身，到后厨，我看见小易将那只陶罐倒过来。小易说，叔，搭把手。

我帮她，她左磕右磕，里头的老卤，完完整整地掉出来。结瓷实的老卤，是个完整的罐子形状。

小易执起一柄刀，在老卤上划一刀。老卤分成两半，颤巍巍地抖动。

我说，你这是干什么？

小易说，我给叔伯们加个菜。

我一惊，说，你这么金贵它，现在就当个肉冻上了菜？

小易没言语，又划上一刀，说，我人都要走了，还留它做什么？

叔伯们看了，都说新鲜，问是什么奇珍异馔。

我闷声说，你们有口福，是小易熬的老卤，益了你们这帮老家伙。

一人一块。

海华说，小易，侉叔倒没有。

小易一笑说，侉叔和我是厨子。厨子吃老卤，就是坏根基砸了饭碗。不吃是规矩。

我走到一旁点起一根烟，心想，这规矩没听过。我也吃不下。小易夜夜熬，熬出这一罐，吃了心疼。

这老卤的香气还是传了过来，有些与平日不一样。我鼻子嗅了嗅，确实馋人。老家伙们吃了一口，眼一亮，都说好吃。说没吃过这么好吃的东西，天地之精华，赶上吃阿胶，吃龙肉。

镇长抿了一口酒，慢慢品，说，慢点，噎死你们这帮老东西。

小易不见了。

我的酒上头，先醉过去，记得有人把我搀扶到窗户根儿打盹儿。

哭号的声音响起来，一盆凉水激醒了我。

我的小屋，被人从外围到里。

八个老家伙，死了六个。镇长和海华送去了市里的医院抢救。

五个回到家死在床上，算善终。一个死在镇上的洗头房。死得难看。正快活着，忽然歪鼻斜口，脸色铁青，在地上抽抽。

公安在厨房里找到那只罐子。其实不用找，端端正正地摆在桌子上的圆印子里。

法医在死者的血液里发现了乌头碱。罐子里的老卤残余，也有。

我后来知道，这毒性烈，只要二到四毫克，就够死于呼吸麻痹心脏衰竭。

公安在灶台底下发现一包中药渣。里头有关白附、天雄、毛茛、雪山一枝蒿。这最后一味，是毒上加毒。不求你速死，待你体温渐渐升高，再要你的命。

我是犯罪嫌疑人。我有前科，却无犯罪动机。

有人说，这屋里住的是叔侄两个。他们问我小易姓什么，我说，侄跟叔的姓。

他们通缉小易。小易不见了。

我说，我要见镇长。

他们铐着我，见镇长。

镇长的命抢救回来，人的精神却泄了。灰白着一张脸，看着我说，侉佬，你何苦来。

我说，镇长，你有事瞒我。

公安手里抱着那只罐子。镇长眯着眼看着，忽而慢慢地瞳孔放大。他说，我知道是她，我就知道。

镇长昏死了过去。再醒转来，却癫了。不认人，只是颠三倒四地说，她是来索命的。

　　化验报告出来。检验，这罐子里的老卤里头，还发现了另一种物质，是人的骨灰。
　　活下来的，还有阿友伯。阿友是个半语儿，说不清楚话，他少了块舌头，许多年了。
　　但是，他认识这只罐子。他艰难地说了两个字，报应。
　　他说，这罐子里头，装着个女人。

看守所来了一个人，是容婆。容婆说，你们放侉佬走。
公安说，他是犯罪嫌疑人。
容婆说，犯下罪的，都死了。
容婆要见我。她拿出一张照片，给公安看。公安点点头，拿给我看。
照片泛了黄。上头是个陌生的女人，大眼睛、长眉毛、粗辫子。
这女人以前住在你屋里。她眯起眼睛，悠悠地说，以往，我们这里还是个村子，叫下沙。那年上山下乡，来了好几个知青学生。就属这个学生最好看，叫丁雪燕。老远的来，是陕西绥德人。
我心里猛然一动，说，绥德人？
容婆说，他们都住在你屋里。刚来的时候，学生们不知苦，到了晚上，还有人唱歌。丁雪燕会唱俄语歌，好听得很。
雪燕的声音像黄莺。我一个乡下丫头，生得不靓。可是她对我好，教我唱歌，教我打毛线。她说，这歌是跟她爹学的，毛线是跟她娘学的。
他爹是留苏的大学生？我听到自己的声音轻轻发颤。
容婆看着我，眼睛里泛起一丝光，说，你怎么知道？

　　她说，我们乡下苦，久了，学生们都想回城里去。上面下来名额，有招工的，有上大学的。说是给表现最好的知青。
　　什么叫个好。我只是看丁雪燕细皮嫩肉的一双手，手心磨成了粗树皮。插秧，扬场，拾粪。学毛语录，写标语。样样都比别人好，比别人用心。

可是，同来的知青，都走了。只留下她一个。我才听说，她老豆在蹲牛棚，正累着她。

我问雪燕，想不想走。她说，想。我说，那咱们就想办法。

雪燕摇摇头，说，我爸是右派，反动学术权威，没有办法想。

有一天，她对我说，有个人正给她想办法。我问是谁，她说，是村长的儿。那人刚娶下了亲。嗯，就是现在的镇长。

她将办法跟我说了。我脸使劲红一下，说，雪燕，这不是个办法。

雪燕冷冷看我一眼，说，我想回城，没有其他法子想。

村长的儿一边替她想办法，一边往她屋里跑。跑着跑着不走了。有人看见夜里窗户上，头碰头的两个影子。灯就黑了。

后来，雪燕怀了身子，办法还没有想出来。村长的儿，不上门了。雪燕和我说，不走了，留下这孩子。我说，你疯了。我们上他的门，逼他想办法。这孩子生下来，也要在城里。

我说，我陪你，跪在村长家门口。

她说，我不想害了他。

她由那孩子在肚里长大，自己拆了棉袄，扯了点布。做尿褯子，小衣裳。我陪着她，只见她没人的时候，一个人笑。

一天夜里，她的门被人踢开了。进来一群男人，个个年轻力壮。

撬开她的嘴，给她灌中药。藏红花，要打下她的胎。

她不从，他们就打。打着打着，药也灌下去了。她没力气动弹，由着他们撕扯衣裳，踢她肚子。她下身终于有血流出来，一股子腥味。有人将她裤子拽下来，露出细皮嫩肉。一群浑小子，都是躁性子。看着她光溜溜的身子，眼也直了。

不知道是谁先上前，污了她。然后是第二个，第三个。到最后一个，她有那一星力气，咬一口。咬下那人的半块舌头。

我发现她的时候，她满身的血，死了。腿叉子淌着脏东西，里头是个没成形的胎儿。眼睛睁着，嘴里半块人舌头。

暗影子里，蹲着一个男人，是村长儿子。他眼睛空着，说，我没让他们要了她的命。

村里没声张,将她送去烧了。对外说她作风腐化,勾引无产阶级工农,乱搞男女关系,是畏罪自杀。

我和村长儿子两个人,在村口的乱坡上,将她葬了。就一个陶罐子。

容婆看着我,说,小易来那天,下了雨。我看见她一个人抱着一只罐子,走过来。颜色褪了,污了。可我认得出,我知道,是她回来了。

我听到这里,眼睛抖一下。手心里的汗,一点点地冷了。

一个月后,公安联系到了死者丁雪燕的亲属。她唯一的亲属,是她爹。九十岁了,是西北工大的退休的老校长。当年没了妻女,平反回来,至今孤身一人。

他将那个陶罐抱在怀里。没言语,只是紧紧地抱着。

这天晚上,镇长从医院的楼上跳下来,也死了。

五个月后,公安找到了小易。带我去辨认。

是小易。见我没有声响,安安静静的。头发长了,披在肩上,又不是小易。

一个中年女人,形容憔悴,是小易的娘。说这孩子,一年前突然不认人,满口西北腔的普通话,说要回家。说自己还有一个爹,留过苏联,发明过农用飞机的推动器。会说俄语,会唱《莫斯科郊外的晚上》。

他爹哪会说什么俄语。我们俩公婆,连初中都没读完。

小易不说话。女人说,过年前的时候,这孩子忽然说,想写一副春联。我拿了纸给她,她就写了这个。

我举起那春联看,"舍南舍北皆春水,他席他乡送客怀",是清秀的赵体。

女人将一本簿子给我看,说,孩子以前是写不出这种"大人字"来的。我看簿子上的字,方头方脑,也很熟悉。

大年初一,没看住,孩子就不见了。女人说,再回来,不闹了,也不说陕西话了。只是安安静静的，不知在想什么。

我说，小易喜欢读什么书？

中专毕业后，没见她读什么书。女人想想说，只看金庸的武侠。说里头有个女子，叫任盈盈。女孩子，看什么打打杀杀。心也看野了，人也看痴了。

女人幽幽地哽咽。公安和我，说了一些安慰的话。天擦黑，终于要起身告辞。

女人点亮了灯。说要送我们出去。

这时候，小易将头抬起来。她看着我，眼睛大而空，开口说了一句话。

并没有声音，但我看懂了她的口型。

她说的是，一文饼，一匙鲜。

《上海文学》2017年第6期

评鉴与感悟

一个"旧伤痕的幽灵"与它的"现世报"

近年来，葛亮一直是当代批评家们关注的对象，推介、评价之勤，正和他本人的勤奋相映照。自出版了长篇大作《朱雀》《北鸢》等之后，他马不停蹄，写下不少中短篇，《罐子》便是其中之一。这篇发表于《上海文学》2017年第6期的小说，叙说的是一个离奇、幽怨又略显惊悚的"现世报"的故事，带有传统志怪小说的味道。或者径直可以说，它就是一个当代文学的"志怪小说"。向传统致敬，以古意的笔法，写当下的"怪力乱神"的故事，是这些年许多作家所追求的方向——他们不经意地点笔一画，仿佛是做轻松的游戏，读来也顺畅、愉悦。葛亮在《罐子》中，渲染的便是这种阅读体验。

小说中，俦叔因贪污坐牢，刑满释放后从西北来到岭南，几乎是隐姓埋名，过着与世无争的生活。在他的世界中，乡民是素朴纯洁的，山水是清明秀丽的，而他自己，一个人无牵无挂，过着遗世而独立的日子。挣钱或者不挣钱，对于开了一个小店的他来说，都已经是不重要的。突然有一天，来了一个无家可归的男孩子，出于同是天涯落难人的悲戚情感，侉叔不但收留了他，而且还给予了他父亲般的关怀。但无家可归的小易逐渐被证明是一个女孩子，源于一次月经，侉叔终于揭开了小易的身份。但他本无意深究，两人照常相安无事，过着颇为世外田园的生活。小易是一个勤快、能吃苦耐劳的女孩子，靠着她的手艺，让这间店铺变成了"一文饼，一匙鲜"的美味餐厅。但小易的身份却受到了镇长的质疑，在终于不得不离去之前，小易拟定名单，邀约了镇上的几位老人。她还破例，把做高汤的罐子中熬制许久的原料拿出来分给受邀约的人。醉酒的侉叔醒来，几位老人已经死去了六个，还有两个则无法说话，要么癫痫。经检验，罐子中不但有毒药，还凝结着骨灰。那个罐子，正是一个多年前死去的女人的骨灰坛子。镇上的容婆终于向叙述者侉叔揭开了秘密——这个破烂小屋以前居住的，是一个下乡女知青，被镇长以回城指标的名义奸污而怀孕，因担心被揭发，他指使镇上青年给女知青灌药堕胎，继而扒光衣服，轮奸女知青致死。这个回来的小易，便是女知青的"借尸还魂"，附在另一个遥远的女孩子的身上，千里迢迢跑来岭南小镇，来完成她的"现世报"。那被毒死的老人，便是当年强奸、害她致死的人，包括镇长。小易真实存在，只是不说话，但她的言行举止，都可以证明她曾被女知青附体。

这个小说读上去，怎么看都像是《倩女幽魂》的小说翻版。《聊斋志异》中的《聂小倩》故事，被搬在"知青文学"的叙事腔调中，通过数年的时间流逝，从而来追叙"旧伤痕的故事"，似乎是葛亮玩弄的一个小把戏。小易完全是一个"旧伤痕的幽灵"，喻指了新时期文学中"伤痕文学"的阴魂不散，借助一个被包装得十分精巧的故事，玩了一把"借尸还魂"的游戏。而整个小说所写，只不过是一个"旧伤痕的幽灵"的"现世报"罢了。整个小说读起来流畅、顺遂，语言也节制、爽朗，甚至是故事情节的推进、人物的达观与豁朗，都带有一种文人士大夫的"清流气"。也不缺乏世故之后的淡泊，风雨之后的平静。对于一个70后作家而言，写作的技巧早已经驾轻就熟，他能够把"龙"描绘得惟妙惟肖，跃然纸上，却唯独欠缺那最为关键的"画龙点睛"之笔。但就是这一笔的阙如，让整个小说的书写不能飞起来，动起来，也不能整个地把精致的叙事、耐人寻味的故事和试图表达的心事给提起来。所以，整个小说读过后，也便读过了，虽不至于索然寡味，但也难以令人反复咀嚼，余味不散。那缺少的，其实就是作者用笔点染的力道、思想的穿透力和精确的诊疗与拯救。或许，葛亮的创作，除去精致、纤细、顺畅等之外，还应该考虑那让创作能动起来、飞起来的重要"一笔"。（谢尚发）

黑眼睛

/刘建东

躺在黑暗之中，我用黑色的眼睛看着这个即将离去的世界。世界像水一般向我的身体两侧流动，哗啦啦，哗啦啦，悦耳动听。我什么都可以放下了，唯有黄楣佳。我看到夜色中疲惫、衰老的我长叹一声，我想最后再从黑暗中抓住她的身影，可是没有。她在哪里，在哪个城市，哪个乡村，哪个荒郊野外，哪个陌生而冷漠的地方。这是一个多么漫长的夜。

黑暗中，我看到了一块仪表，灰蒙蒙的，有太多岁月的痕迹，那就是我。

我便是一块炼油装置上的仪表，走了四十多年的仪表，在时间的长河中，我崭新过，破碎过，慢过，快过，坏过，被修理过；我见过生命的突然陨落，也见过成功的突然绽放。历经沧桑，我仍然来到了生命的终点，我再也走不动了，生命之针已然从我的身体上慢慢地滑落，我，一个叫骆北风的男人，这块破旧的仪表，老了。

然后，黑暗像是漩涡快速地流转。我看到了年轻的骆北风。他在薄薄的晨曦之中，慢慢地苏醒。

我醒来时见到的第一个人是她，而不是她。

她在我的视线中慢慢地清晰起来，梳着一对又粗又黑的大辫子，冲着我笑。我本能地叫了一声"小炜"，她的笑容没有改变，仍然笑着，像是水面上的波纹。她说了句:"醒了,你终于醒了。"她的身后是窗户,阳光把她的轮廓推送到我沉重的目光中,一下子就把我从那个魔鬼般的寒冷之夜拽了回来。我尴尬地说:"对不起,我以为是小炜。"

　　小炜是我的徒弟,小我三岁。她比我晚进厂半年,所以做了我的徒弟。1965年,我从石油专业学校毕业已经两年,八方炼油厂还没有建好,那些装置还只是没有生命和温度的重金属。它们委屈地散落在华北平原南部的一片荒野之中,在那个春天成了一个凄冷的弃儿。建设了两年的炼油项目,国家突然下达了停建的通知。建设大军作鸟兽散,大部分回了东北抚顺,留守下来的人员各有原因,我是因为家就在石家庄。我的徒弟欧阳炜不愿意再回东北,一是因为老家再没有亲人让她惦念,更重要的原因是我们在一年多的工作中已经培养起了感情。一股浓浓的爱情之芽在我们彼此年轻的身体里萌芽了。建设指挥部便安排我们轮流看护装置,以防国有资产遭到破坏。岁末的一天,天空阴沉沉的,就像是房东家的屋檐那么低,这天是欧阳炜值班。而我一大早就不听她的劝告,骑上自行车去了二十多公里以外的市区,高中同学阎宏伟所在的拖拉机厂制作了一批毛主席像章,他给我争取了一枚。我想把它取回来,送给欧阳炜做礼物,因为第二天便是她的生日。走了一半的路程时,雪花就飘了起来。起初雪并不大,我骑到拖拉机厂时,大雪已经覆盖了整个城市,狂风也从漫天的大雪之后突然窜出来,暴风雪席卷了整个世界。视线也完全被阻挡住了。阎宏伟劝我别回工地了,二十多公里的路,我就是走到明天天亮也走不到。他说,你根本不可能骑自行车,你会后悔的。阎宏伟说的没错,当我固执地告别他,踏上返回炼油建设工地的路途中时,暴风雪成了一个无法克服的难题。大雪似乎是一堵墙,自行车成了摆设,我推着它,艰难地向城市的东南方向挪动着。可是我没有后悔。那枚崭新的像章就在我的怀中跳动,像是一团烈火,给我勇气和胆量。我当时只有一个念头,就是赶回装置,因为欧阳还在装置里巡检,她也一定被暴风雪困住了。她是不是安全?这个念头激励着我。我似乎忘记了疲惫,忘记了距离,我和我的自行车,深一脚浅一脚地,一步步地挪动着。我的耳朵里满是风雪呼啸的声音。时间已经失去了意义,身体已经从外向内冷透。暴风雪代替了时间,它们互相纠缠着,比赛着,咆哮着,怒吼着,它们比时针走得还慢。其间我无数次地摔倒，又爬起来，渐渐地，我觉得自己化身为一个雪球，一个沉重的雪球。

赶到工地时，已经是后半夜了。我早就把自行车扔在了半路上，我打着手电筒，跟跟跄跄地顺着她巡检的方向，一点点地寻找着，常减压塔，加热炉，催化塔……我在催化塔的三层平台上找到了因为摔倒而冻晕过去的欧阳炜，我喊着她的名字。我的身体也早就僵硬得如同木桩，意识也早就模糊了，我都不知道自己是如何把她背到我的后背上，连滚带爬地走下催化塔的。风和雪像是铁板和石子击打在身上，可我早就没有了疼痛感，我背着她，向装置外走着爬着，我的感觉越来越迟钝，越来越麻木。终于，我看到从暴风雪中摇摇晃晃冲出来的虚幻的人影，我的意识一下子就崩溃了。一切皆归于平静。

我醒来时，看到的不是欧阳炜，而是一个陌生的姑娘。工人报社的记者黄楣佳。

那场暴风雪冻坏了我的脚，让我永远成了一个瘸子。而欧阳炜则丢了三根指头，一根手指，两根脚趾。我意外地落下了终生的恶名，而她，则扶摇直上，成了一个声名显赫的人。我们俩的生活也向相反的方向快速地滑行。像是那场早就消失了的暴风雪，我一直在梦中见到它的毁灭性的壮观，它的末日般的铺天盖地。而我却像一个滑行者，在其中快乐地滑行。为什么我会经常梦到这样的场景？几十年来都令我百思不得其解。因为，这和我的生活完全相反。

我从未有过怨言。直到现在。

在以后漫长的人生道路上，医院中的场景再没有在梦境中重现。只是现在，当生命即将凋零，我黑色的眼睛，却如此清晰地看到医院中的那个年轻的骆北风，那个躺在病床上的我，平生第一次被谎言所感动的场景。

即将改变我人生轨迹的那个人此时就坐在我的床边，她要迫不及待了。和我一样年轻的热血青年，对自己的事业有着绝对的忠诚和虔敬。省工人报社的记者黄楣佳，和她一起来到我病床前的还有建设指挥部的孟庆云指挥。孟指挥在抚顺石油二厂时，做过催化一车间的主任，懂生产，也更懂得人的内心世界。他曾经说过，人的身体就是一套生产装置，原油就是它的血液，塔、管线、泵就是它的躯干，而主控制室就是它的大脑，抓革命促生产，抓大脑，就能促人的进步。他说，人的思想就是那个主控制室。他的这番理论，对于我们还没有真实的生产经验的人来说，似懂非懂，等我真正懂得他这句话的含义时，已经是若干年之后。

是暴风雪把她吸引过来的。记者黄楣佳要采写一篇新闻报道，内容是有关年轻女工与暴风雪搏斗，保护国家财产的。年轻的女工就是当值的欧阳炜。可是她的稿子并没有被报社领导通过，说稿子没有政治高度，要求她重新采写。其实，当她和孟指挥坐在我的对面，和我商量如何让欧阳的事迹更加突出，更加有政治意义时，他们心里早就有了默契。谈话不过是一场谎言的开始而已。

"我们的时代呼唤英雄，也需要英雄。"她看了看孟指挥，这样说，脸色微微泛红，不知道是因为起的调子太高还是别的原因，"红花也是由绿叶衬托出来的。我了解到，你们充其量只能算是个未知数，还不是一个真正能为社会主义建设贡献力量的工厂。建设工人们士气低落，因为你们不知道，这个工厂的命运如何，它的前途是否光明。所以，一个英雄会鼓舞全社会，更直接的是能鼓舞你们炼油建设工人们的战斗热情。"

我被她的话语打动了，热血向上涌，我说："我知道。"

"如果英雄是欧阳炜，你愿意做那片绿叶吗？"黄楣佳年纪轻轻，说出来的话却有条有理。

我毫不犹豫地说："当然，我愿意。"

也许当时的我还没有做好应付以后生活改变的准备，也许我根本就没去想这些日后才显出沉重的事，可是，对于欧阳炜，我爱的那个人，在心灵深处，我早就准备献出一切。黄楣佳盯着我的眼睛，她似乎想从我的眼睛里看到一丝的游离。我看到了，我看到自己的眼睛清澈透明，充满着浓浓的爱意，无限的对美好事物的向往。她看到的是毫不防备的坚定，她的表情突然间就轻松了下来，脸上一度紧绷的皮肤也松弛下来："那就好办了。我们需要一个配角，为了衬托欧阳炜这个主角。而这个配角非你莫属。你想想，如果单纯地写她为了生产装置和国家财产的安全，不顾生命安危，不顾暴风雪的袭击，坚守岗位，把自己冻伤，这样的故事能打动人吗？"她不容我说话，她看了一眼孟指挥，继续说，"不能。所以，这篇报道应该更接近和尊重我们社会的现状与真实，应该这样去写，一个对社会主义建设有仇恨的人要阴谋破坏刚刚建成的生产装置,他选择了一个能够充分隐蔽自己的时间,暴风雪来临之际。没想到,他碰到了对党忠诚、对社会主义热爱、对自己的工厂有着满腔热情的欧阳炜。她不顾个人安危,与这个坏分子搏斗,国家财产保住了,自己却被冻伤。"

"我不仇恨社会主义。"我说。

"我们知道。"她看了看孟指挥,"这只是一个……怎么说呢,就算是临时的一个玩笑吧。"

我也看了看孟指挥,我问他:"组织也要求我这样做是吗?"

孟指挥点点头,说道:"这不是你一个人的事,也不是欧阳一个人的事,这关系到我们大家,还有我们伟大的国家。"

后来当别人无数次质疑我为什么会答应记者的要求时,我都会平静地说,玩笑,只是一个玩笑。是历史给我开的一个玩笑,那个时刻,我相信,我是无法拒绝的。对欧阳炜的爱,对祖国的爱,都让我不容置疑。

我安慰自己说,那已经是组织的决定,我答应是那个结果,不答应,结局也是一样的。

第二天,报道就面世了。护士们把报纸递给我时,表情与平日有些不同。说实话,看到报纸上自己的名字时我一度有些不适应,他有些刺目,令人头晕,这显然不是因为手术的后遗症。甚至我没觉得那个人就是我,而是另外一个人。我只留意到了欧阳炜这个名字,和所有第一时间读到报纸的人一样,我被那欧阳炜所感动,被她的故事所打动,我真想第一时间看到她,给她一个热烈的拥抱。那个叫黄楣佳的记者,文笔非常好,是个虚构的高手。可是接下来,护士们的眼神让我冷静下来,夜深人静,我打着手电再一次看着报纸上的铅印文字时,突然就看到了自己。我看到在铅字的背后,自己在黑暗中狰狞的面孔,青面獠牙,看到了一个极端仇视社会主义的反动分子,趁着雪夜,要破坏国家的生产装置。他在暴风雪中露出的猥琐、阴险的笑容。他和正义凛然的欧阳炜在暴风雪中激烈地搏斗,他试图想把阻拦他的欧阳炜打翻在地,因为危险近在眼前,迫在眉睫。可是欧阳炜如此执着,如此勇敢,他不得不在她的正气逼迫下,被风雪所吞没。那个叫骆北风的人就是我吗?我在深夜里问自己。突然间就被从那个暴风雪之夜吹来的寒风所包围,身体猛地打了个冷战。

我在医院里只见过欧阳炜一面,很短暂。显然是被特意安排好的。她比我要晚苏醒两天,我见她时,报纸已经出来了,想必她也看到了。她一脸的愧疚之色。她张口就说:"他们不让我见你,我告诉他们,如果不让我见你,我就不配合治疗。"

我还躺在病床上,被护士推到她的病房。我总是觉得自己的左手还在,手伸出去时,才被隐隐的疼痛提醒着,它休长假了。我笑着说:"你可别犯傻。你要积极配合治疗,我也是。我还等着和你一起去巡检呢。只是,别再有什么暴风雪了,它比老地主的脾气还坏。"

小炜被我说乐了,乐着乐着,眼里竟然涌出了泪水,她埋怨我说:"你为什么要那么做?你成全了我,可是你想过你以后的人生吗?"

我安慰她说:"没有。我从来没有想过,我想的只有你。只要你的努力得到了回报,我就知足了。"

实际上,我简单的表白只是命运转折的一个小小的注解,已经设计好的生命的轨迹无法再更改了。当多年之后,我试图想要表白时,一切都已经变得毫无意义了。

医院的会面十分短暂,因为不久,护士便破门而进,不由分说,把我推走了。给我们的理由是,欧阳炜需要足够的时间来静养。

这是我们可以敞开心扉地互诉衷肠的唯一的机会,却那么快地结束了。这之后,欧阳炜,我曾经的恋人,便像车窗外的风景一样,飞速地离我远去了。

在医院里,我再无法见到她。有时候我会见到黄楣佳,那个女记者,她偶尔会跑到我的病房里,继续把我的罪行坐实。她会鼓励我把当时的细节深挖细挖,以便欧阳的事迹能更加真实可信,更加鼓舞人心。她激动地说:"告诉你一个好消息,因为我的报道,市里,省里,都很重视,她的事迹已经报到了省里,据说还要报到中央。她很快就会成为一个全国的劳动模范,全国工人阶级的楷模和学习榜样。"

我在医院里只待了一个月,而欧阳炜却待了将近半年时间。我出院回去工作没多久,孟指挥便代表组织与我有一次语重心长的谈话。他说,要让我认清自己的身份,要有大局观,一方面要好好地工作,另一方面就不要与欧阳有任何的来往了。现如今,我们的身份地位已经不同。他说得很多，我没有反驳他。但是那次谈话，才让我突然间醒悟了一些事，我才发现，原来，做任何事情都是有风险和代价的。

虽然我已经承担了自己选择的风险和代价，但是我仍然准备不足，被这沉重的代价压得有些悲伤。我从指挥部出来，在空旷的装置间狂奔，不知道是不是因为我的腿脚不便的缘故，塔、管线、球罐、泵都在我的视线中模糊了，它们变了形，成了毕加索笔下的变形的物体。塔和泵扭抱在一起，球罐是方形的，管线则像是一滴滴的水。我不知道自己狂奔了多久，才筋疲力尽地停下来，此时，阳光羞怯地躲在加热炉的后边，也许它也在为我羞愧，不愿意见到我这样一个思想和灵魂污秽的人。场景在我的眼睛里暗下来，披上一层重重的暗灰色。其实夜晚的到来还早。我来到催化塔的二层平台上，拿出口琴，那是我最心爱的口琴，上面刻着"为人民服务"的红色大字。凉凉的口琴让我一下子就想到那个暴风雪之夜，我吸了一口凉气，当乐曲声响起，我立即就忘掉了一切。口琴声是一剂镇静药，我的思绪立即就平稳了，呼吸也调匀了，一曲《梁祝》瞬间就从那灵巧的簧片间水一样流出。悲凉而沧桑的乐曲在装置间缓缓地流淌，阳光从加热炉后翻越过来，落在那乐曲中，我仿佛看到，在幽静的装置之中，阳光像是缓缓流动着的泉水，泛着梦幻般的星光。

这是我人生中开始忘记的起点，这是我的黑眼睛在茫茫世界中搜寻自己的开始，虽然有些悲壮，有些无奈，却还是跟跟跄跄地迈出了那一步。

欧阳炜还在医院时，就被省总工会授予了"护厂模范"和"党的好女儿"的称号。她还作为特邀代表进京参加了全国政协会，受到了毛主席的接见，回到石家庄，她在工人文化宫做了一场《我见到了伟大领袖毛主席》的报告会。我是现场人流中的一员，报告会人潮涌动，充斥着对革命领袖的狂热，标语随处可见，耳朵里灌满了震耳欲聋的口号。令我感到吃惊的是，欧阳炜坐在千人会堂的主席台上，在那刺眼的灯光下，她竟然神态自若，毫不怯场，声情并茂，慷慨激昂，抑扬顿挫，牢牢吸引着所有人的目光，让大家随着她的语言频频地跃上群情鼎沸的高峰。我有些迷茫了，那是我第一次真切地感到，我和她之间的距离。她那种沉着与冷静，热情与豪迈，那种天生的领导才能，她一个高中生，一个孤儿，一个工人阶级的后代，从哪里得到的这些天分？实际上，迷茫是短暂的，我赶快打消了这个极端自私的念头。不断响起的口号声,把礼堂里的气氛渲染得热烈无比,空气仿佛都蒸腾起来。我透过那已经有些快要燃烧的空气,看到欧阳炜是一团烈火,是如此让人热血沸腾。我和周围的工人兄弟们,仿佛在她抑扬顿挫的话语之中,与她一起见证了那个伟大的时刻。我跟随着人潮,一遍遍地呼喊着"毛主席万岁","向欧阳炜同志学习"。

同样感受了报告会盛况的黄楣佳彻夜未眠,为此写了一篇《我见到了毛主席》的报道。那张报纸我一直留在身边,任岁月把它变黄变软。报纸上还有一张欧阳炜戴着像章、带头高呼口号的照片,黑白的。她英姿飒爽,意气风发。欧阳炜很快就成了一个家喻户晓的人物,不时地被工厂、街道请去做报告。

随后不久,她就被送到省委党校学习。临走前,和我匆匆见了一面,她是来和孟指挥告别时抽出一点时间来见我的,她说:"我请示了孟指挥,经得了他的同意。"

我没有问她,为什么见我要征得领导的同意。

她送给我一个红色封皮的笔记本,祝福我:"让我们在各自的岗位上为革命而努力工作吧。"

因为事出突然,我并没有准备什么礼物。我掏了半天,兜里却什么也没有。她笑了笑:"除了组织,我只想和你告别。"

当她转身上了吉普车离去时,我翻开那个红色塑料皮的笔记本,扉页上端端正正地写着保尔的那句名言:"人,最宝贵的是生命;它给予我们只有一次。人的一生,应该这样度过:当他回首往事时,不因虚度年华而悔恨,也不因碌碌无为而羞耻;这样在他临死的时候,他就能够说:我已经把我的整个生命和全部精力,都献给了这个世界上最壮丽的事业——为了人类的解放而斗争。"在她面前,我的境界是多么渺小和无地自容。

"文化大革命"突然就降临了。临建指挥部虽然地处偏远,人少,却也未能逃脱大气候的铺天盖地。我和孟指挥成了被批斗的对象,我是阴谋颠覆社会主义的坏分子,孟指挥是当权派、走资派、反动权威。指挥部革委会给我们俩办了学习班,让工人师傅给我们上课,但往往是工人师傅也讲不出什么子丑寅卯,便让我们俩读《人民日报》、《红旗》杂志和毛选。这样,我和孟指挥有了更多交流的机会。我们俩如此平等地相处,一开始彼此都不适应，但很快，就打消了顾虑，也就无话不谈。孟指挥和我谈得最多的都是学习毛主席著作的心得体会，他告诉我，不要怨天尤人，不要对形势悲观消极，要从毛主席思想中找到理论基础，深挖自己错误的根源。其实在和孟指挥交流的过程中，我有一个隐隐的私心，我希望他从毛主席著作中，从他自己的切身体会中，能够找到我沦落到这种地步的根源。有很多次我几乎就脱口而出了，想问问他，孟指挥，我为什么会成为坏分子。可是我没有，我看着他虽处逆境，却仍然保持着乐观健康的心态而感到万分羞愧，便无法张口说出我的疑问。这是多么耻辱的想法啊。所以我始终没有问过他，他是怎么让欧阳炜放弃对我的爱的。

有时候，全市举行批斗大会，也会给炼油指挥部一个名额，那个名额就在我和孟指挥之间轮流转。命运真是捉弄人，那年年关，为了迎接传统节日的到来而举办的全市批斗大会上，我竟然遇到了一个熟人，黄楣佳。我们在等待进入大会场的昏暗的过道里，目光突然就碰到了一起。虽然是如此的环境，她还是有些激动，并主动分开木然的人流，靠过来，小声说："来了？"好像我们是在大街上偶遇一样。我小声回答："来了。"然后她说："你是因为暴风雪那件事？"我点点头。她叹了口气，说道："对不起。"我笑了笑："玩笑，我记着你的话。没事，我都习惯了。欧阳不是挺好的吗。"这才是我最大的安慰。就是那次，我从黄楣佳嘴里知道，党校也早就停课了，欧阳炜想回厂里回不去，只好待在党校里，每天在宿舍里学习马列著作和炼油知识。我问黄楣佳是因为什么也与我为伍了。黄楣佳含糊其词地说："我们主编，他被打倒了，我替他说了几句公道话。"实际上，她的事情远远没有她所说的那么轻松，当若干年之后，在她的陋室之中，她向我平静地诉说曾经遭遇到的绝望之时，我才知道，在这个世上，不只是我，内心是一潭深秋的池水。

我成了专政对象，被批斗成了常事。我渐渐地习惯成自然了。建设指挥部的批斗会纯粹是走形式，因为缺乏文艺人才，所以我必须在批斗会上身兼两职，分别承担两项任务，一个自然是被批斗的对象，这是天经地义，而另一个则是要担任批斗会的伴奏。环节倒也不复杂，会前为我准备的道具是小号，那是一支新小号，专门为批斗会准备的。之前他们还征询过我的意见，问我买个什么样的乐器。我给革委会柳副主任详细分析了几种乐器的伴奏效果，在我的建议下，买了一支小号。我把小号擦得亮晶晶的，能照出我的影子。我在小号上看到的我是弯弯曲曲的，我的头发有些长，它盘旋着有些怪异。我看不清自己的表情，是悲还是怒，或是喜？程序几乎是一成不变的：革委会主任，就是以前的副指挥尚卫国，宣布批斗大会开始。我一瘸一拐地走上主席台的一侧，庄严地举起小号，开始吹奏《东方红》，然后大家一起跟着我吹的节奏，高声唱着："东方红，太阳升……"小号和歌声高亢嘹亮，在装置间飞扬。歌声一落，我立即放下小号。旁边有人给我的脖子上套上一个大大的木牌子，上面歪七扭八写着几个大字"打倒坏分子骆北风"，把我推到主席台的正中央。在我旁边是走资派、反动权威孟指挥。我的表情立即从庄严转化为愁苦，低下头，接受工人阶级的声讨。但是到区里、到市里的统一批斗会，我就没有这种待遇，往往是一场批斗会下来，像是灵魂出窍一般。而瘸腿演奏家的美名与坏分子的角色，在那个时代，在我的身上交相辉映。不仅如此，我在漫长的无所事事之中，慢慢地开发了许多新的乐器，其中一个最令我满意的乐器，是用工地上残留的钢管焊接到一起的打击乐器，共用钢管13根，敲打出的乐曲清脆明亮，宛如仙乐。

身在党校的欧阳炜也被叫回来参加了一次批斗会。批斗会的前一天夜晚，她突然出现在我宿舍门口，她站在那里，并不踏进来，轻声喊了一句："骆北风同志。"声音再小我也能听得出是她的声音，我急忙来到门口，伸手让她进去。她却没有要进来的意思，柔声说："陪我走走吧。"

路边是微风吹拂着的麦田，月光把挺拔的白杨画在我们的脚下，即使是影子，它们排列得都那么的整齐划一。走了很长一段，宿舍区已经消失在黑暗之中，欧阳才幽幽地说："他们非得让我表态。"

"表什么态？"我不解地问。

"站在你们一边，还是人民一边。"她的影子和我的影子斜斜的，时而远离，时而又靠近，但是并没有交叉起来。而白杨的影子此时成了我们影子的背景。

"我和孟指挥？"

"是的。所以明天的批斗会我要念一个批判稿，批判你和孟指挥，你不要怪我。"她的腔调很哀怨，又有些委屈。

我丝毫没有恨她的意思,相反有些兴奋,我语无伦次地说:"啊,那很好啊。太好了。你一定要好好地批判我,从思想根源上给我找问题。孟指挥,你就少批判他点吧。我觉得他情绪不对头。对了,你还能听到我吹的小号。东方红,太阳升……"

那场批斗会上,我的表现极其优秀,我把它几乎当成了一个表扬会,小号吹得震天响。而欧阳被动地在会上说了什么,我根本没有听进去。

在市体育场的批斗会上,我见过黄楣佳两次。第二次相遇,便感觉到了亲切。她的心情糟透了,情绪已经跌入了深渊之中,眼里含着泪,对我说:"我真想一死了之。"我劝她千万不要想不开,任何事情都有头有尾,我们无法预知开头,却可以预测结局。人总有一死,"或重于泰山,或轻于鸿毛,都一样"。她绝望地说:"可我怎么就看不到头。"我告诉她我应对的秘诀:"我心里想着其他美好的事物。我不知道什么能让你安神,但是我喜欢乐曲,一旦我进入了批斗的程序之中,我的内心深处就会被一首首乐曲占据,《喀秋莎》《莫斯科郊外的晚上》……它们排着队,轮番在我的脑子里回响,那时候你就会被自己征服,完全没有了外界的干扰。而且从外表看,因为你心里想着其他,表面显得木讷,像是极其配合批斗似的。"我把她说乐了。为了证明我的方法的灵验,我送给她一只口琴,我说:"你学学吹口琴后,那些乐曲才能列队涌到你的脑子里。"起初,她对我的建议很感兴趣,我们还约好了,定期在炼油工地,或者市区的东方红公园里见面,我来教她吹奏口琴的技法。

第一次地点是东方红公园的未名湖畔。这一次练习看上去还是极为投入和有效的,她很快就掌握了口琴的结构特征、音位排列以及基本的吹奏方法,而且能简单地吹出一段简单的音节。这让她暂时放下了内心沉重的负担。她看着湖边的垂柳,忧郁地说:"我能学会吗?"其实她言外有话。我鼓励她说:"当然可以。它能占据你的心。俗话说,一心不可二用,你拥有了音乐,就能忘掉烦恼。"

第二次是在炼油工地的装置区。她却完全把上一次学到的一点皮毛全部忘记了,我们只能从头再来。她抬头看了看高耸的炼塔,丧气地说:"对不起,它们太陌生了,好像那些音节比那座塔还遥不可及。"我没有怪她,我循循善诱:"慢慢来。我们慢慢来。就像我们要攀登催化塔一样,得一级级地来。你不能一下子就蹦到塔巅。"这一次，她勉强地学习吹奏，专心度大打折扣。于是第三次，东方红公园湖边的约会，她爽约了。我在那里等了她整整一个下午，看着白昼被夜色吸尽，被我的耐心吸尽，只能作罢，灰溜溜地离开公园。她学习口琴、忘记内心伤痛的努力就此打住。

  在每天不厌其烦的学习中，孟指挥仍然未能从领袖的著作中找到答案，他内心一定经历了痛苦的挣扎过程，却从来不向我透露。我每天跟在他身后，打扫装置区的卫生。他不急不缓，动作均匀，上半身左右摇晃，像是老和尚手里不断敲打着的木鱼。我时常会感觉到累。这可能和我的腿有关。我偷偷地看着他镇定自若的身影，揣测着他内心的想法。但是，当换了环境，换了场合，他的表现就令人忧伤。有很多次，当批斗会结束，是他最灰暗的时刻，沮丧与绝望让他心灰意冷，他竟然出乎我意料地想到了死亡。那个有些迷人的夜晚，风轻拂着，月光洒在通向塔顶的铁梯上，铁梯子有大大的缝隙，像是无数只眼睛在看着我。我吓了一跳。我不知道那是不是我自己的眼睛，它们，如此多的眼睛，在铁梯之下的黑暗之中，伸出乌黑的手一般的目光。那不是梦境，而是噩梦。我的腿软了，身体晃了晃。我急忙抓住了扶手。再向上看时，孟指挥并没有把我丢下很远。

  在我的印象中，那是一个残云遮挡了一半月光的夜晚。月光像是已经燃烧尽了的弧光圈，稀疏暗淡。他邀请我一起向塔上攀登，他说临死前想听我吹奏一曲。我们爬得很慢，确切地说是孟指挥爬得很慢，他像是在沉思，步履艰难。我跟在他的身后，一直在想，为什么他要死呢，为什么他要选择让我陪他走完最后的人生之路呢，这条路是通向高高的塔顶的呢，还是通向死亡的呢。看着他的背影，我突然间萌生了一个念头，他临死前会不会想到我的屈辱，会不会想到我的命运只是因为一次偶然？毕竟我得到的一切都是他代表组织做出的决定。他会不会告诉我，他的决定是错误的。来到塔顶，微风轻轻地摇曳，他稀疏的头发在皎洁的月光中微微地拂动着。我迷茫地问他，孟指挥，你想听什么曲子？他抓耳挠腮，想了半天，可怜的头发像是很硬，抓在他手里，像是乱丢乱放的焊条。我猜想，此时，他的脑子里空空荡荡，他一定想不出其他优美的旋律。所以他只能说，就《东方红》吧。他的要求很让我感到意外，可我没有多想，便把口琴送到嘴边。熟悉的乐曲在塔顶飘扬，高亢明亮。因为天空更加宽阔，口琴的声音有些弱，传得并不远。我专注地吹奏着，我想，我的一生，可能都在过于专注地吹奏乐曲，所以会容易忽略，容易忘记。那一个夜晚，一样的月光，一样的曲子，却并不是一样的孟指挥，他在自己最熟悉的乐曲声中，慢慢走到塔边，向下看着，他要完成他生命的涅槃。我等待着死亡的到来。我知道我无法阻拦他。我连我自己的命运都把握不住，如何想要改变别人。我甚至在想，当别人的死亡到来之时，我会是一种什么样的心情。他就在那塔边站着，保持着向下观望的姿态。他被我制造的音乐陶醉了，然后他开口说话了，他回过头来，看着我，他说，为什么我要死？我相信自己，相信未来，为什么我要死？对于孟指挥的回心转意，我一直不大明白。在长达几个月的时间里，他都纠结在死亡与相信未来的矛盾之中，而那个致命的结局也迟迟无法到来。每一次，我都是那个同样矛盾重重的见证者。每一次，我的领导，建设指挥部的孟指挥，都会在我激越的口琴声中获得新生。有很多次，我独自一人，在黑暗之中爬上催化塔，站在孟指挥站过的地方，向下看着，那浓密的夜色软软的绵绵的，像是在召唤我。我有一次在黑暗中看到了手一样的眼睛，我吓得魂飞魄散，仓皇逃开了，我告诫自己，又不是我要寻死。

  1976年，春天开始在路边的杨树上点缀出密密的绿芽，炼油建设项目重新恢复建设。工地重新恢复了往日的繁忙景象，装置像是从冬眠中苏醒过来一样，渐渐显出了生气和温度。暴风雪和"文革"很快就被人遗忘了，工厂转入了生产培训，大家像是期待孩子出生一样，奔走相告，兴奋异常。关于让不让我去抚顺炼油二厂参加培训，产生了截然相反的两种意见，反对一方占优。被批斗时我都没有被命运抛弃的悲凉，那个时候，我却头一次感到了无助和孤寂，头一次有了一种被世界抛弃的感觉。我来到孟指挥经常想要寻死的地方，催化塔的最顶端。站在那里，夜色像风一样吹过，第一次有了真切的死亡的想法，那想法在黑暗中牢牢地抓着我，就像是越勒越紧的绳子。我向下看了看，炼塔之下无边的黑暗中，那双眼睛浮上来，巨大无比，它变成了两个深渊似的洞，温暖而亲切。突然间，有人把那绳子解开了，是一只强有力的手。我回过头来，月光中看到了孟指挥慈祥的面孔，他说，你跳下去，我就听不到你的口琴声了。那时的孟指挥还没有完全恢复工作，可是即将开工的消息还是让他兴奋异常，他扫地的身影明显失了分寸，动作没有那么从容了。他知道自己的话此时无足轻重，便找到欧阳炜，让她做通了革委会汪主任的工作，我这才获得了和其他工人一样的权利，搭上了到东北培训的末班车。而这一切，我并不知晓。我还以为自己的命运出现了转机。我激动地向汪主任保证，我一定不辜负组织的信任，早日学有所成，报效祖国，报效炼厂。欧阳炜党校的生活已经宣告结束。当我们坐在开往东北的列车上，列车向北方飞奔，在车厢的最前方的座位上，坐着培训队的领队——欧阳炜。她背着军用水壶，目光坚定地望着渐渐远离的华北平原，对即将开始的火热的生活充满着期待。

抚顺二厂的实习生活整整一年，直到第二年的春天，当我们返回时，平原上的草和小麦都已经绿油油的，看上一眼，都觉得那些娇弱的嫩苗已经被阳光晒得暖洋洋的，把全身都暖透了。东北的冬天漫长而难熬，而我的琴声，是实习工人孤独岁月的最好的陪伴。如果不是期间发生的一件不愉快的事情，瘸腿乐手骆北风的美妙乐曲会永远留在东北，那个冰天雪地的世界里。我发明了一件用冰做成的乐器，以打发漫漫的寒冷的冬夜。我把它叫作冰笛子。我设计了一个图纸，请机工车间的车工小梁给我车了一个模子，夜晚来临时，把水灌进去，第二天一早，拆开模具，一件晶莹剔透、冰清玉洁的笛子便大功告成。我在工友们的簇拥、起哄和围观中，拿起笛子，放到嘴边，人们立即安静下来。笛子凉气袭人，清脆悠扬的乐曲声却格外热烈，我吹奏了一曲《北京的金山上》，赢得了大家的掌声和热泪盈眶。美好的事物总是短暂的。我还没有学会一边抵御寒冷一边吹奏美妙的乐曲，我的嘴唇一会儿就冻得发紫，冻得发抖。那只透明的笛子便在大家的手里传来传去，直至它的生命快速地完结。实际上在被大家拥在中间时，我已经忘记了自己的身份，一种认同感在心里升腾为一股暖流，让我有些得意忘形。直到那一天傍晚，操作工庞华锋神秘地把我拉到宿舍外面。东北的夜晚是用温度来计量的，冷空气像是一扇慢慢关闭起来的门，把白昼留在了外面。庞华锋央求我给他做一只冰笛，二厂的一个电工姑娘喜欢，她要把它收藏起来，作为纪念。我想都没想，爽快地答应下来。但是那只冰笛子却引火烧身，庞华锋用它去勾引那位电工姑娘，遭到了二厂男青工的愤怒，由此引发了两边工人的群殴。事情发生后，庞华锋又来央求我，让我把责任都承担起来。他哭丧着脸说，我出来时我爹千叮咛万嘱咐，要我好好学，回去好好干，混出个人样来，当个段长、主任的，为我们祖上争光。他停了一下，意味深长地说，反正，你是无所谓的，你是指望不上了。他的话一下子就让我跌到了万丈深渊之中，像是被冰笛子打了头一样，不管我能发明什么稀奇古怪的乐器，不管我能吹奏出多么美妙动听的乐曲来，我在他们的内心深处，其实早就与他们不是一类人了。我万分沮丧地说，放心吧兄弟，我是个铁打的身子，什么都能承受。那次打斗事件，我承担了所有的责任。欧阳对此十分不满，她把我叫到了她的办公室。我进去时，她坐在办公桌后边，低着头想是在奋笔写着什么。我站了足足有五分钟，她才停下来，抬起头，脸色铁青，严厉地盯着我，说道，你太让我失望了，你知道，我在汪主任面前是怎么替你保证的吗？过几日，他就要来视察工作，我都不知道怎么向他交代。她那一副恨铁不成钢的表情，让我无法反驳，我默默地承受着她的批评，没有做任何的解释。

那次的群殴事件是一次重要的转折，它可能让欧阳彻底放下了心中的包袱，释然了，对我的愧疚在我笨拙的表现之中化为乌有了。因为在东北的一年时间里，在漫长的冬季，作为带队的领导，欧阳炜一直在躲着我，她像是怕和我单独面对面。而那次群殴之后，当我们在塔上走个对面时，她就像对待其他人一样坦然了，指挥我干这干那。

装置开工那年"五一"，欧阳炜结婚了，男方是党校的哲学教师董林生。那是一场经过深思熟虑的爱情。在简朴的结婚仪式上，欧阳炜誓言要为生产装置奉献她的一生，而还有些腼腆的新郎则有些局促，他对身后那些装置和塔，对油气的味道，都十分陌生，但他用哲学的思想去理解它，他表示："它们就是小炜的嫁妆。"我在她婚礼现场外徘徊时刚好听到董林生的那句表白。此时黄楣佳刚刚从市区赶来，她容光焕发，问我为什么不进去。我尴尬地说，我正要进去。我被她强拉进婚礼的现场，好在，一拨拨祝福的人络绎不绝，欧阳炜根本没有留意到在角落里局促不安的我。我只待了一分钟就跑了出来，一口气跑到了田野之中，大声吼了几句。没想到黄楣佳也随后跟了出来，她追上我，我听得到她的气息急促的声音。她站在一边，等我吼了几嗓子，才说："你大吼的时候，我看到麦子都听话地向一边倒去，它们就像是你的士兵。"我看了看麦地，麦子们静悄悄的，它们是阳光的士兵，不是我的。我再看她，才看到她脸上狡黠的笑容。我胸中的一口气立即就舒畅了许多。

她靠近我一些，说："其实我来并不特意为了欧阳，而是你。"她的话令我颇感意外，站在春意萌动的田野之上，黄楣佳感伤的讲述把我重新带回到了几年之前。

她说，要不是你，我现在就不可能站在这里。

"我差点自寻短见。很奇怪，我在最绝望的时刻突然想到了你。可能是在体育场昏暗通道里相遇时的那个场面，让我印象太深刻了。想到你乐观的样子，想到你给我出的应付绝望的主意。所以我决定在离开人世之前来看看你，问问你还有什么办法没有，能让我回心转意，其实我内心深处，对于生命是多么留恋呀！我很庆幸在我看到了死亡的身影时想到的是你。我来到炼油建设工地时，你们正在开批斗会，我看到了一个令我震惊和不可思议的场面，一个被批斗的人，一个人民的对立面，一个应该垂头丧气地接受人民斗争的人，竟然吹起了小号。我一时不知道发生了什么。看着你吹响了《东方红》，你面色坦然、镇定，好像你不是那个被批斗的对象。但是很快，你的角色就突然发生了转变，当音乐结束，你也坦然地放下手中的小号，让别人挂上牌子，低下头，在口号声中，把腰弯得越来越低。那一刻，我突然明白了一个道理，人的角色可以在小号和牌子之间游刃有余地转换。我释然了，陡然间放下了心中沉重的心理负担，放下了伤痛和绝望，放下了死亡。"

我问她这是什么道理，她说："嘲笑，对命运的嘲笑是最伟大的哲学。"

春风吹拂着我们仍然年轻的面庞，那一年，只不过距离黄楣佳所说的那个场面仅仅过去了八年。我问她："你现在要做什么？"

"做我该做的事情。我回到了自己的工作岗位，我要把失去的一切都找回来，我要和时间赛跑。你看看，这么壮观的一个炼油厂，像是一夜之间拔地而起，一个新的生命正在我们注视下茁壮成长。你不觉得有太多的事情等着我们去做，有太多的激情等着我们去释放吗？"彻底告别死亡阴影的黄楣佳是一个充满活力的记者，她的表情让我看到了那个曾经第一次出现在我视线中的那个姑娘，意志坚定，对未来充满信心。

我的感情生活也在这一年瓜熟蒂落，但与欧阳不同的是，有些匆忙而无奈。秋天，爱情像是突然从头顶上掉下来的红枣，砸在我的头上，不疼也不痒。女方是我租住的邱头村的房东家的姑娘小纪。她长相一般，脸上有点点的雀斑，低眉顺眼，目光很亮。她很单纯，仅仅是因为喜欢听我的口琴而爱上了我。秋天，田野上收割的味道浓烈馥郁，玉米的香气在道路上弥漫着，像是一层纱一样的雾。我说，你准备好了吗？你的家庭准备好了吗？我是个有历史污点的人，我不可能给你幸福。小纪低着头说，我准备好了，我早就准备好了。我问，你家里呢？小纪说，顾不了那么多了，是我要嫁人。我叹了口气说，可是我还没准备好。我和小纪约法三章，不办婚礼，不要孩子，不能进厂当工人。这三条对于小纪来说其实是不公平的，她完全可以选择放弃，可是她没有，她义无反顾地爱上了我，毫不犹豫地答应了我无理的要求。我匆匆上路的婚姻与我已经确定的身份一样，注定会是坎坷的。

我的婚姻生活持续了三年零三个月，我们小心谨慎地信守着约法三章，除此之外，生活也倒平淡而满足。有一天，小纪突然忐忑地告诉我，她怀了孕，她期待地看着我，眼睛眨都不眨地盯着我。我知道她内心的想法，她多么希望我收回约定，让她把孩子生下来。我没有回答她，我突然间万念俱灰，仿佛看到自己的命运从我的身体里飘出来，附在一个柔软的孩童身上，他在哭泣。我没有回应妻子的期盼，掏出口琴，吹着，口琴声阴冷地在我们之间飘荡。妻子小纪，明白了一切。她没再说什么，整整一个晚上，夜晚是唯一可以感觉到的世界，我都感觉不到屋子里有任何人，包括我自己在内。我听不到任何人的呼吸声，我的，还有她的。第二天一早，我看到她的脸，惨白惨白的，像是一只被风干了的蛇皮。

在接下来的几个月时间里，小纪经历着一个悠长而痛苦的反应过程，她笨拙而缓慢，任凭自己的肚子一天天地大起来。她显然是看到了我眼睛里越来越强烈的恐惧，那恐惧像是一根细弱的树干，支撑着那个膨胀的肚子，以及不可预测的未来。直到树干越长越高，越长越细，她的肚子已经承受不住我恐惧的目光时，她才无奈地选择了妥协。晚上，北风呼号，炼油厂像是被远处的城市遗弃的孤儿，挂在荒凉的田野之间，黑暗披在身上，沉重而潮湿。她一早就从家里出门，出门时她低着头说："我去把孩子做掉。"就像是告诉我说,我去地里摘一棵白菜。我晚上下班时,她都没有回来,天一黑,我心就慌了,心像是被吊在半空中,揪得慌。我骑上自行车,投入黑暗中,快骑到市区时,我在路边的一棵枯萎的白杨树旁看到了歪在那里的一团黑影,我突然就看到了黑暗中的那双眼睛,那是我的眼睛,我能感觉到它在跳动,像是心脏一样在跳动,在茫茫的黑暗中跳动。它亮亮的,没有一丝的恐惧,只是一双闪亮的眼睛,它照亮着我令人心惊胆寒的旅程。它停留在那团黑影上,附着在上面。我从自行车上摔下来,顾不得疼痛,扑过去。那是我的妻子小纪,她已经彻底地沦为了一团黑影,挂在漆黑而庞大的夜幕中,她停止了呼吸,她的肚子鼓鼓的,那孩子还在。那个无辜的孩子,此时与她一样,冰冷,僵硬。她们拥抱在一起,与夜晚一起做着一个有关黑暗与死亡的梦。我忘记了流泪,我的手摸着两人,感觉到自己的呼吸骤然停止了。我大声喊着,我给你婚礼,我给你孩子,我给你想要的生活。可是那声音在我的内心深处回荡,重重地砸在我的心上。她的死是我的一个永远无法被原谅的错误。为什么我要那么顽固地坚持着自己的那一点点自尊,而完全忽视了她的感觉。在她和我短暂的三年多的夫妻生活中她得到了什么?而她的死也永远成了一个无法解释的谜团,她为什么会死在那里,她是已经去过医院又后悔了,还是在犹豫不决的路上伤心而死。在这之后的几十年间,那个寒风刺骨的夜晚,那冰冷的黑影,都会在梦中出现。

那个冬天,妻子小纪的离开几乎是对我的致命打击,即使是被冠以破坏社会主义的坏分子,我都没有如此的消沉。我几乎成了一台死气沉沉的加热泵,失去了任何的动能。而口琴,这个世界上我最可依赖的东西,也像是要躲开我一样,从我的生活中消失了。

我在装置间、在乡村的土路上徘徊,在寻找一双眼睛,一双胆怯的眼睛,一双期盼的眼睛。我甚至不知道那是谁的眼睛,我的,还是我的妻子小纪的。

那个冬天,和口琴同时消失的还有我自嘲的本领。而从我的生命中重新唤醒它的是黄楣佳,那个从我这里得到启发的记者。她为我而来,并非因为工作,她把我带到市区,在第一幼儿园的门口等待着。我们都没有说话。幼儿园的门是那种红色油漆的铁门。刚刚刷过油漆,透着那种阴沉的亮光。从铁门向里张望，小径深处的园子寂静无声。我没有问她为什么我们要在这里等待，我们在等待谁，等待什么。她也不做过多的解释。时间就在无望的等待中慢慢流逝。好像是突然间，园子深处就沸腾了，孩子们像是滚沸的水，溢了出来。她拉住了一个跑过来的女孩的手，女孩看了看我，很友好地伸出她的手，我没有拒绝，我握住了她的手。她的手热乎乎的，软软的，像没有骨头。在我们三人手拉手向东走时，小姑娘不停地扭头看着我。我们上了一栋筒子楼，三楼最靠南的一个狭窄的房间，是我们的目的地。房子小，却很素雅整洁，黄楣佳说："这是我家。"我再次看了看小女孩。黄楣佳解答了我的疑问："这是我女儿小韶。"我又看了看那个女孩。黄楣佳把女孩送到邻居家玩，这才言归正传，她说："该失去的就得失去，该来的必定要来。我没有告诉你我为什么会成了批斗对象，为什么会绝望想死。都是因为小韶。我一参加工作，就爱上了我们报社的主编。小韶就是我们爱情的结晶。他有家庭，而且忠于家庭。这些我都知道，爱上一个不该爱的人，从一开始就是个无可挽回的错误，但是我停不下来。我甘愿做一个影子，一个紧随着他的影子，哪怕是一生一世。他被打成了走资派，我也成了他反革命团伙的重要成员。他们让我揭发和交代他的罪行，我却只说他的好。后来我的肚子慢慢地大起来，他们猜得到那个孩子的父亲是谁，可是不管我受多大的委屈，都没有承认。在你真诚地教我学口琴的时候，那个小生命已经在我肚子里孕育，即将成熟。我就是那个最困难的时候去找你的。我想死，因为我不知道没有他的日子该如何度过。我站在众人身后，看着那滑稽的场面，从你镇定自若的身上得到了最大的安慰。在批斗会上，你的行为虽然可笑，却自如和安宁，看不到一丝的悲观。已经走到绝路的生活突然间就为我而开门。我从你那里得到了不仅仅是对生命的嘲笑，更多的是对生命的尊重。从炼油工地回来之后，我发誓，不管遭遇多大的委屈和磨难，也要活下去，乐观地面对一切。我做不到你那样对生活自嘲，活下去总是简单的。这不，我都挺过来了。孩子成长得很健康。"

"孩子知道吗？"我问她。

"不，她不知道。我给她最好的生活，让她无忧无虑地生活。"说到女儿，黄楣佳的脸上挂着幸福的微笑。

"那个男人呢？"

黄楣佳略微犹豫了一下说："他恢复了原职。我们重新回到了以前的状态，我爱他，而他爱我，也爱他的家庭。"

"你想告诉我什么？"我问。

黄楣佳面色凝重："我很担忧你。我知道了小纪的事。你不要以为，我去炼油厂只是为了采访欧阳，每一次，我都在留意着你，我都会向欧阳问起你的事。"

"为什么呢？"这让我很不解。我这样一个边缘的人，一个有历史污点的人，是生活在最底层的。

她重重地叹了口气："我有一种负罪感。深深的负罪感。自从上次在工人体育场被批斗时遇到你之后，我就陷入了无法自拔的愧疚之中。"她低下头，仿佛重新回到了那个人山人海的体育场。

我笑了笑："这是我自己的选择，与你无关。而且这就是历史，历史岂是你一个人能承担得了的。"

她摇摇头："我们都有责任，但是有的人责任更大一些。"

我知道，当她向我敞开她的生活之时，对于那个冷酷的冬天而言意味着什么，但是我知道，是她，或者是时间给了我找回自己的勇气。

我突然有些冲动，对黄楣佳说："我给你吹口琴吧。"可是令我尴尬的是，掏遍了所有的口袋，却没有找到那只曾经紧紧跟随着我的口琴，那个印着"为人民服务"、亮亮的镀铬的外壳、绿绿的音孔的口琴。它曾经是有温度的，温暖着我孤独的内心。黄楣佳变戏法似的从抽屉里拿出一只口琴，崭新的口琴，递给我，说："送给你。这只口琴还是你送给我的，我学了两次，就把它丢在抽屉里了。现在物归原主吧。"

我接过口琴，惭愧地说："好像，我也忘记了所有的音节。"

黄楣佳鼓励我："你被批斗时，那些音乐都能像水一样从你心里流出。"

我犹豫片刻，把口琴含在嘴里，脑子里突然就冒出一首优美的旋律，于是，在那狭窄的房间里，我第一次给黄楣佳吹出了《我爱这蓝色的海洋》。在悠扬的乐曲声中，我仿佛看到了众多的炼塔在蔚蓝色的海洋中漂浮，看到那长长的管线深入到碧蓝色的海水中，在波涛汹涌中一路向前。

我还看到，在那海水之中，有一双蔚蓝色的眼睛在深情地望着我，温暖着我。

我离开时，黄楣佳的女儿小韶，大大的眼睛瞪着我，她紧紧地抓着我的手，依依不舍地说："你下次什么时候来？"

我很奇怪，问她为什么让我来。

她忽闪着长长的睫毛说："我想换个人接我。"

那之后曾经有半年的时间，我都会利用中班和夜班之间的时间去接小韶。有的时候有黄楣佳陪伴，有的时候纯粹便是我一个人。我接她的时候，小韶非常兴奋，她趴在一个小姑娘耳朵根不停地说着。我问她在说什么悄悄话，她嘟着嘴不说，我便装作不感兴趣，不问了。她的手被我握在手里，她听话地跟着我的节奏，唯恐那只握着的手离开。走着走着，对我说："你不想知道我给小芳说了啥？"我摇摇头："不想知道。"快走到她家时，她终于憋不住了，说："我告诉你吧。我说你是我爸爸。"我哈哈大笑，笑得她害羞地脸红了。

黄楣佳过意不去，她劝我不要这么辛苦，只是为了让小孩子高兴一下。我没有听她的劝，我说："我是个对社会基本无用的人，能让一个孩子高兴我就十分满足了。"黄楣佳只能听任我继续不厌其烦地在炼油厂和幼儿园之间奔波。有时候我和小韶说笑时，能感受到有另外一双眼睛在看我，那目光落在我的背上，略显沉重。那是一双幽怨的眼睛。

那只口琴，黄楣佳保存过的口琴，回到我的手里之后，竟然产生了神奇的魔力。在装置停工期间，在塔上，在管线间；在连接厂区与生活区的乡间小路上；在缺少了家庭主妇的冷清的宿舍里，《军港之夜》《外婆的澎湖湾》《喀秋莎》等曲子从我的口琴里流淌出来时，就像是一块巨大的吸铁石，吸引着年轻的工人们，他们围拢在我周围，和着我的曲子一起唱着那些动听的歌曲，其乐融融的场面，根本不可能分辨出我曾经是隐藏在他们当中的阶级敌人。我是工人兄弟中的音乐家，是炼油战线的刘秉义，我还自编了一首歌颂炼油工人的歌曲，名字叫《塔林颂歌》。在不同的场合，它都成为炼油厂的厂歌，在重大的活动中被当成压轴的歌曲，反复传唱。没有人知道，那首歌出自我手，那首歌的冠名是另一个人，王胜利。我是没有资格作为如此昂扬上进的歌曲的作者的，这是协商的结果。王胜利是政工部的干部,他为人低调,爱好音乐、戏曲、杂技、曲艺……而且他还特别喜欢请我去喝酒,由他作为这首歌的作者,我是尊重了组织的安排的,是自愿的。无论如何,当坐在工人们之中,听着那熟悉的旋律响起,内心升腾起来的是无比的自豪。王胜利凭借此歌获得了无数的荣誉,后来做了厂工会的主席。

在口琴声中,我获得了内心完全的释放;在口琴声中,悲伤慢慢地退去;在口琴声中,我突然赢得了更多人的欢心,尤其是女人……

春天杨树飞絮的季节,我和仪表工段红霞频繁约会的季节,要不是"三种人"核查工作组的到来,我看上去快乐的生活会继续细水长流。

此时的欧阳炜已经是催化车间的主任,她突然成了"三种人"的重点嫌疑对象。那天我看到孟厂长从砖红色的三层办公楼上下来,面露愁容,他抬头看到了我,问我:"小骆,你在这里干什么?"

我嗫嚅着说:"我听说,欧阳,欧阳主任被工作组审查了。"

孟厂长愣了一下,然后把我拉到一边:"你消息倒灵通。你来得正好,她的历史,你、我,还有工人报社的那个记者黄楣佳,我们仨是最清楚不过的。有人给工作组写信,说她是造反派,是四人帮的帮凶,带头批斗过我。"

"那你怎么说的?"我紧张地问。

"我当然不认同了。欧阳是我亲自培养的接班人,我当然信得过她。他们还是将信将疑。正好,你也去做一个证人。"孟厂长的额头急得冒汗了。

孟厂长也是有病乱投医,他忘了我的身份,而我自己也早就忘了这一点。所以当我站在工作组面前为欧阳炜辩护时,我慷慨陈词的样子很英勇,大无畏的状态让自己都感动。可是当我说完,工作组的一位中年男人正色道:"我们知道你的历史。"

他一下子点到了我的死穴。我愣在那里,羞得满脸通红,一时不知说什么好。我仓皇失措地看着他们,他们看着我,也不说话,气氛十分怪异。我当时有一个冲动,就是想掏出口琴,吹奏一曲《东方红》,把这沉闷和令人羞愧的气氛打破。那严肃的场面让我窒息得喘不过气来。还是那个中年男人张口道:"我们是有问题要问你的。1965年,你试图破坏炼油厂的生产装置;1966年,你被定性为破坏社会主义建设的坏分子。有人反映，这是无中生有的事，都是欧阳炜编造出来的，为自己捞取政治资本。这是典型的诬陷迫害普通群众的行为，如果属实，情节非常严重，非常恶劣。关于这一点，你有什么要说的。"

我立即情绪激动起来，分辩道："不是那么回事。事实是确凿的，根本没有编造的成分。我给你们详细讲一下那天的情景，实际上我早就预谋好了要破坏刚刚建好的生产装置。我爷爷是个恶霸地主，他解放前跑到了台湾，一直想着反攻大陆。所以我心里埋藏着一颗仇恨的种子，就等着这天爆发。那天的天气正适合释放我阴暗的内心。我提着炸药，从西边破墙而入……"

我讲得栩栩如生，连我自己都相信，那个场景千真万确，由不得他们不信。

对于欧阳的调查最后无疾而终。她的前程无忧，孟厂长兴奋异常，他特地安排了一场家宴，把欧阳叫到家里压压惊。他并没有忘记我，把我叫到他的办公室，给了我一瓶石家庄大曲，对我说："这次你功劳不小。这是奖励你的。"我接过大曲，其实我是想和厂长说几句掏心窝子的话，想从他嘴里告诉我，我自己说的那些话、那些事，都是假的。老厂长知道欧阳委屈，当然也应该知道我委屈。我就是想听到他说一句，你受委屈了。我张了张嘴，想说什么。厂长突然又说："小骆，酒可不能多喝，喝多了也不能和年轻女工们拉拉扯扯的，在一块疯，影响不好。我最近可听有人反映你，总和女工们在一起，和他们唱歌跳舞的，不好。"我突然就泄了气。看来，厂长从来都没想过我，这怎么能怪他呢。我提着厂长给的大曲，感激万分："孟指挥，我记着您的话呢。"

老指挥的话中听，可我已经听不进去了。我和仪表工段红霞中断了的约会继续进行，她说她自己是一台运转正常的仪表，一听到我的口琴声，表就跑得快了。"仪表跑得快，装置要出大事。"可是她乐此不疲。她是众多喜欢听我吹口琴的女工之一。我揣着老指挥赏赐给我的石家庄大曲，在仪表车间西墙吹了一段《白毛女》的插曲《红头绳》，段红霞很快就跑了出来，她戴着黄色的安全帽，急匆匆地说，你稍等一下，我交完班就走。

那天我们跑到厂西区还未开工的焦化装置塔上，在那里把一瓶大曲喝了个精光。她嗓子好，特别喜欢唱歌，尤其喜欢邓丽君的歌，要是她生在艺术世家，而不是生在一个炼钢工人家庭，她就不会成为一个普通的仪表工，而是成为一个歌唱演员了。我安慰她，不是人人都能按照自己的理想活着的。我越安慰她，她越伤心，喝得也就越多，到后来就与我抢酒喝，害得我瘸着腿把她背下塔，骑着自行车歪歪扭扭地回到家，把她安顿在我的床上。我坐在床边的椅子上，视线中，我明明记得那是个大夏天，天长得很，可天突然就暗下来，越过那个醉醺醺的身体，我看到了一双眼睛，它挂在巨大的黑色的幕布之上，狰狞地看着我。我惊出了一身的冷汗。我狼狈不堪地从家里跑出来，一个人跑到俱乐部。放电影的老张喜欢写点古体诗，和我是忘年交，我对老张说："给我放部电影吧。"我坐在电影院里，放的什么电影我根本不知道，我只是坐在空荡荡的俱乐部里，眼睛盯着荧幕。从身后飘过来的光柱，在头顶呼啸而过。而人物嘈杂的声音，像是来自遥远的过去与未来。在很多个日子里，我都是那么孤独地坐在空荡荡的俱乐部里，在黑暗之中，麻木而无聊地度过一个个下午或者上午。所以晚上正式放电影我是从来不去的。我已经无法适应那种人头攒动的氛围。

我那间冷清的屋子，在好几年的时间里成了青工们聚会的地点。在仪表工段红霞和机工林曼丽的鼓动下，我们正在筹备举办一个小型的舞会，地点当然在我的宿舍里。这个时候，欧阳把我叫到了她的办公室，她开口说的第一句话令我有些意外，她真诚地说："谢谢。"

我挠着头，不知如何回答。很长时间我们都没有这样正面相对了。她已经完全成了一个陌生而有威望的领导。

"我知道，你替我说了不少的好话。"

我笑了笑，没有说话，事情已经过去了很长时间，我知道，她肯定不是为了说这句话。果然，她柔和的脸色变得严肃了，与我谈起了我的音乐，我的小屋。她说："你知道吗，厂里的那些女青工们，都把你那里叫作快乐小屋。"

我说："很贴切啊。"

"你看上去还很得意？"欧阳很不满地说，"这是什么行为，你自己得掂量掂量。你不能把什么都不当回事，如此游戏人生。"

我没有反驳她，我觉得我始终无法与她对视，我躲避着她锐利的目光，含糊其词地说："我知道了。"

而实际上，即将开始的舞会仍在紧锣密鼓地准备着，但是欧阳不死心，她看透了我，所以她搬来了救兵。

救兵是黄楣佳。我和黄楣佳之间保持着一种特殊的感情，这一点欧阳显然听黄楣佳说起过。那天中午，我在车间门口碰到了黄楣佳，她居然带着女儿小韶，她解释说："她感冒了，没有去幼儿园。她非要来看看你。她说好像有几年没有见你了。"

小韶已经上小学了。她凑到我跟前，把手递到我的手里，让我握着。

我问她："又来采访欧阳？"

"不是。专来找你。"

我们回到我的宿舍。黄楣佳左看右看，她说："我也看不出是快乐小屋啊。"

我一听就笑了："你是来当说客的吧。"

黄楣佳也不否认："欧阳还是挺关心你的，她是怕你对自己的人生失去了目标，也是希望你能走在正道上。"

"我一直走在正道上呢。"我解嘲道。

实际上，她并没有说服我，反而被我说服了。我给她吹口琴，吹邓丽君的歌，她听得如痴如醉。我还教她跳舞。她从来没有跳过，那天却破天荒地跟着我的节奏转来转去。那是一个完全放松了自己内心的黄楣佳，是一个没有任何伪装的女人。而且，她还在我的鼓动下，喝了一点白酒。最后累得躺在我的床上，她说："我今天真是疯了，都不是我自己了。"

我送她到班车站的路上，她突然提起了欧阳被诬陷的事，她幽幽地说："他们也找我核实情况。我说的和我写的一样。"

我像在说别人："我也是。不过，我说的细节比你写的可丰富许多。"

黄楣佳叹了口气："我可以那样写，可是我也可以不那么说。这么多年，我内心最煎熬的不是我自己的生活，而是你。"

我轻松地说："我过得很好，你不也看到了。"

黄楣佳摇摇头："你不要骗我，你只是在骗你自己罢了。我一直有深深的愧疚。自从与你在东方红公园学口琴开始，你知道我为什么一直心不在焉，一直学不会吗？并不是因为我纠结于自己的境遇，而是因为你。如果不是因为我，不是因为我的那篇报道，你完全可以有另外的人生轨迹，也许会和欧阳一样那么辉煌。这也是我完全没有意料到的,当我把你编织进一个故事时,你就成了一个别人人生的附属品,一个反面教材,一个阴暗的影子。这么多年以来,我都想对你说一句,你能原谅我吗?"因为终于说出了埋藏在内心的秘密,像是卸下了一块石头,她的眼里含着泪花,脸上却很坦然。

我一直想要从孟指挥那里得到一句话,而这句话从黄楣佳嘴里说出来,也让我大感安慰,我竟有些不能自已,泪水夺眶而出。小韶一直被我握着,一路上她都紧紧跟着我。她说:"骆叔叔,你怎么哭了?妈妈也哭了。"我伸出左手,摸了摸她的头,掩饰着自己内心的不平静,我说:"叔叔没哭。叔叔是笑呢。"

班车迟迟不来。黄楣佳接着向我袒露她矛盾而挣扎的内心,外表坚强的她内心竟然因为我而如此脆弱:"可是我又不能否定自己,不能否定历史。更不能否定欧阳。所以,有的话只能对某个人讲,却不能对所有人讲出来。"

我感激地说:"谢谢你。有你这番话就足够了。你不能讲,我也不能讲。这是我们之间的秘密。永远不能与他人分享,永远埋藏在我们心中。我提议,这是我们两人的约定,我们将永守这个约定。"

那是一个无奈的约定,在长达一生的时间里,黄楣佳和我,为了这个约定,我付出了我坎坷而令人尴尬的一生,而她,则将一直在焦虑和矛盾的阴影之中踯躅前行,慢慢变老。

舞会还是如期开张了。仪表工段红霞是一个积极的组织者,她快乐地幻想着与未来有关的一切,她认为一切的努力都是为了离开炼油厂做准备。很长一段时间里,我和段红霞的故事就像装置里油气味道一样地传播。整整一个礼拜,她都在招募跳舞的人。周末,空气仿佛是因加热而在管道中、蒸馏器中奔腾的原油即将变为汽油、柴油和液化气。开始只是三五个人,在黑暗来临之前,他们用眼神偷偷地交换了一下愉悦而又默契的信息,然后,趁着夜色一个个地鱼贯而入。我的小屋立时就像是水中的油花一样滚开了。我把单卡录音机的音量放得尽量的小,我们说话的声音也尽量地压得很低。我们偷偷摸摸的,仿佛是在干一件隐秘的好事。我一直住在妻子小纪留给我的房子里,所以有着得天独厚的先天条件。我和段红霞之间其实一直保持着一种非常暧昧的关系。她有着极高的天赋，唱歌，跳舞，都是个天才。就像她说的，她生不逢时，生不逢地。我想，她与我亲近，只是感觉到，在这个远离城市的荒凉的地方，在这个日益被机器和装置包围的地方，她能从我身上看到一丝理想的安慰，虽然寻安慰遥不可及，也许永远无法实现。像是装置西南角的那束火炬之光，它永远在那里不厌其烦地燃烧，却不只是为了照亮别人。我们从来没有过真正的身体的接触。如果有的话，也只是眼神与眼神的交流与沟通。在温度越来越高的屋子里，我那些可爱的工友们，他们忘我地跳舞，把自己的身心彻底地从装置、仪表、焊枪中解放出来，交给了不断移动的身体，交给了那些缠绵的音乐。屋子里，光线因此显得迷离而恍惚，而我，坐在角落里，听凭音乐声在内心慢慢地升腾，仿佛搅起一池之水。偶尔投向我的目光来自段红霞，她的目光犹如从水里反射而来的日光，照在我的身上。

除了快乐小屋的舞会，我时常会应段红霞之约，到厂区附近的麦田之中，帮助她练习唱歌，她希望有一天梦想能成为现实，她走上舞台，成为一名正式的歌唱演员。我既是伴奏，也是一个满腔热忱的指导老师。唱起歌来，她似乎永远也不会疲惫，我坐在田埂上，看着她蓝色的工装，在夕阳之中，披着绚丽的色彩，红艳艳的。我问她，百灵鸟，你什么时候能停下歌唱？

她说："我不是百灵鸟，而是不知疲倦的仪表工。"

她这句话启发了我，为此，我创作了一首歌叫作《不知疲倦的仪表工》。风吹动着她的乌发，我问她，你为什么不恋爱呢？

她说，我在恋爱啊，我一直在恋爱啊！

"和谁呀？"

"你呀。当然是你呀。"她笑着说。

我摇摇头："我不算的。我给你说过。我这一辈子都不会再结婚成家了。"

"你会改变主意的。"段红霞在她自以为是的恋爱感觉中，自信而有些盲目。

我叹了口气，便又听到了她的歌声。

后来我在监狱中仍然能够听到她的歌声，那是因为，她给我录了整整十盘磁带，里面全是她自己唱的歌。那些美妙动人的歌声，陪伴我度过了艰难的牢狱岁月。

快乐小屋还是沦为我人生仪表上的一个休止符。时间定格在那年的夏天，我以聚众流氓罪被判了三年徒刑，检举人是小纪的父亲，我的岳父。他是个少言寡语的人，但是在举报我时，据说说了很多话。段红霞受了处分，保留了公职，还做她的仪表工。我被抓走那天，我的目光扫过围观的人流，没有看到段红霞，却看到了车间主任欧阳炜。她用冷酷而无情的目光盯着我，钉子一样地几乎要把我的身体钉穿。我顿时沮丧万分，低下了绝望的头颅。这目光后来一直追随着我，让我在整个的牢狱生活中都无法逃脱。那目光仿佛就是悬在我的头顶一样，压得我喘不过气、抬不起头来。

时至今日，为什么我还那么容易被她的一举一动所左右？还那么在乎她的目光？这一疑惑让我痛苦不堪。

牢狱，我命运的车辙拐向了另外的方向。段红霞，每隔一段日子都会给我寄来一盘磁带，里面是她自己录的歌，那歌声没有口琴声的伴奏，显得孤冷而寂寥，像是在高高的炼塔顶端录制的，因为我在歌声中仿佛听到了夹杂在其中的装置的轰鸣声；又像是在野地之中，因为她的歌声明显地被狂风所胁迫着似的；或者仅仅是在一个孤寂的屋子中，她的歌声小心得像怕唱破嗓子。在不到半年的时间里，我竟然收到了六盘磁带，一个月一盘，看来，没有我的陪伴和指导，她的效率奇高。夜晚来临，我躺在床上，看着狭窄的窗户外面的月光一点点地挪动，听着她的歌声，月光便跑得快一些了，夜晚像是树影般摇曳起来。我的狱友们，也静静地成为忠实的听众。那些歌声，竟然比我以前听上去更加悦耳动听，像是天籁之音。

那年冬天，正参加劳动的我突然被狱警叫了出来，我看到了欧阳炜。她看着我，眼里含着泪花，她低声说："老指挥，快不行了。"厂长孟庆云同志，于凛冽冬天的某个上午，晕倒在工作的岗位上。在"文革"期间，他动摇过信念，也产生过怀疑；他向往过死亡，又抛弃过死亡；可是在他最不想告别的时刻，死亡却偏偏找上了他。他苏醒过来时已经嗅到了死亡的味道。不知道为什么他突然提出要见我。我匆匆赶到医院时，我的身后始终跟着一名狱警。一路之上，我和欧阳没说一句话，悲伤好像在我们之间砌了一堵厚厚的墙。医院里，老指挥的目光暗淡，他颤巍巍的手搭在我的手上，他已经没有力气抓住我的手了。泪水已经爬满了我的脸，我说："孟指挥，您想说什么，我都听着呢。"

老指挥已经快说不出话来了，他盯着我看了半天，像是在辨认，又像是在疑惑，他浑浊的眼睛里包含着太多我看不懂的内容。他的头稍稍歪了歪，眼睛向旁边的欧阳炜扫了扫，又眨了眨。像是在叮嘱我什么。欧阳已经泣不成声，对我说道："吹首《东方红》吧。这是他人生最后的一个要求。"

我掏了掏口袋，空空的，我忘记了我是从监狱里过来的。欧阳适时地递过来一只口琴，她显然深谙老指挥的心思，提前准备好了。我接过口琴，却感到有一些生涩，我下意识地看了一眼身边的狱警小赵，他别过脸去，没有看我。我尝试了三次，才找到《东方红》的调。当激越的口琴声在病房中响起，我的老指挥，坚定的共产主义者孟庆云同志，极度虚弱的脸上露出了幸福的微笑。一曲未了，老指挥已经安然逝去。

在返回监狱的车上，我回味着悲伤，回味着老指挥的神态，回味着那有些变调的《东方红》，也回味着我的人生。警车上，已经没有了欧阳的陪伴，我突然意识到，我荒唐的人生，仍将继续前行。回到监狱之后，几乎有半个月的时间里，我的眼睛里都是老指挥的影子，他在我前面扫地，在塔上犹豫着是不是跳下去。我最终还是无法抵抗内心巨大的疑惑，给欧阳写去了一封信，信中寥寥几笔，只是问她，老指挥临终前，除了想听我吹奏《东方红》，还给我留下什么话没有。信寄出后，我每天都盼望着送信的狱警能叫我的名字，那就意味着有我的信件。没有，欧阳没有给我回信。也许她觉得已经没有这个必要，也许她根本就没有拆开我的信。可是，我到底想要得到什么呢，想要老指挥对我有什么样的临终遗言？

随行的狱警小赵，在到达监狱前突然开口说："你来组织一个乐队吧。"

这次探望临终的老指挥，使狱警小赵发现了我的音乐天赋，他回到监狱后立即就向监狱长做了汇报，在他的大力鼓吹和组织下，我东拼西凑，组织了一支非常业余的乐队。在第一次的汇报演出中，我上台唱了一首自己创作的歌曲《永不疲倦的仪表工》。"美丽的姑娘，你是一个仪表工，头顶烈日，脚步匆匆，像是蜜蜂，飞入花丛中……"台下，狱友们竟然听得感动落泪，好像那个仪表女工，已经走到了他们的心田中。在很多个场合，上级领导来视察，节日庆贺，我都会登台演唱这首歌曲，它几乎成了我的保留节目。而这首歌也让我成为监狱中的明星，享受到了更好的待遇，可以干更体面和轻闲的劳动。我突然感觉到，我的人生在最低谷的时候做了一个鲤鱼打挺、咸鱼翻身。人生得意须尽欢，我第一次感觉到了活得是如此精彩，这真是一个莫大的讽刺呀，我竟然在监狱中找到了自己人生的价值。我精彩的人生还在继续，我做了一回演员，在一部反映监狱改造生活的电影《泪痕》中出演一个小角色，一个对昔日自由和快乐生活无限留恋的犯人，在电影中我演唱了那首《不知疲倦的仪表工》。

促成我无意中成为一个电影小角色的人是黄楣佳，她时常来监狱里看我，有一次正好赶上我们为"十一"演出彩排。即使看到了我精彩的表现，听完了我唱的那首《不知疲倦的仪表工》，她仍然情绪低落，脸色灰暗，声音沙哑。坐在我对面的黄楣佳没有一丝工作时的专注和风采："如果是我的错，请你原谅。我知道，你无论表现出多么快乐，多么不在意，多么洒脱自如，多么知足，你内心都是在怨恨我的。"

我安慰她说："人生何处不飞花。你别总把你自己当成一个加害者好不好。我都不把自己当成那个受害者，你又何必呢。你看看，这是我的乐队，是我的世界。我心满意足，非常快乐。你难道想让我回到以前的生活中？"

黄楣佳毕竟是记者出身，她的思维敏捷而凌厉，她反讥我："难道你想在监狱里待一辈子？"

不管她如何良言相劝，如何循循善诱，我陶醉于现状的事实是不容改变的。她把我的顽固当成她内心罪恶的进一步加深，走的时候，她悲切地责怪自己说："是我把你变成这样一个不可救药的人的。"回去后她把我的故事讲给了一个朋友，她的朋友又讲给另外一个朋友，那个朋友讲给了一位导演朋友。

电影上映后，我收到了一盘磁带和一封信，来自段红霞。磁带里只录了段红霞唱的一首歌，就是那首《不知疲倦的仪表工》。她唱了十遍，而每一遍，我都听得惊心动魄。说实话，她唱得比我好，比我动情。而那封信，有两页，纸上画满了大大小小的仪表。她的画工不好，歪歪扭扭，有的方有的圆，但基本上我还是能够看出，那是一台台仪表，它们是她调试过、维护过的仪表。

监狱的生活很快就过去了。根据我的表现，他们还给我减了刑，我在里面待了两年半。知道自己确切要离开了，我反而心神不定，有一种非常失落的感觉在心里萦绕。狱警小赵把我叫到他的办公室，问我出去后有什么打算。我迷茫地说："不知道。"随后我恳求他说："赵同志，你给首长说说，能不能让我别走？"小赵就笑了："你这个人真逗。别人都巴不得赶快离开这里，你却想赖着不走。这可不行，这又不是集贸市场，你想来来想走走。领导都决定了，因为你表现出色，我们与你原来的工作单位联系好了，让他们接受你，你重新回到你来的地方。老骆，广阔天地，大有作为，社会才是改造人的大课堂。"他拍拍我的肩膀。为什么我要犹豫，为什么我会那么焦虑，这些，我都无法厘清。

就这样，我被组织重新送回炼油厂。快接近炼油厂时，妻子小纪去世的那个地方很快就要到了，我以为我能再次看到她的眼睛，希望她的眼睛能给我某种暗示，可是没有，汽车一眨眼就把那棵树甩在了身后。

我从一名中专生，到工厂的国家干部，一夜之间变为一名仇视社会主义的坏人，再到一名普通工人，沦为阶下囚，现在重新做回工人。感觉像是走了一个人生的轮回，没有凤凰涅槃，有的只是一种无地自容的羞愧。我突然之间觉得自己失去了自我解嘲的能力，木讷，笨拙，身体的残疾如此明显地突显出来。我时常会留意到自己的身影，在暴烈的日光中、清冷的月光中，那一斜一斜的影子如此丑陋，又如此令我厌恶，我竟不知道如何应对一切了。

我发现自己的变化是在回厂不久的中秋晚会，轮到我上台表演时，礼堂里鸦雀无声。他们都知道我的故事，也都看过我出演过的电影《泪痕》，他们的眼睛在台下的黑暗中闪着光，像是离我非常的遥远，又如此的近，给我强大的压迫感。音乐响起，这次不是孤独的口琴，而是伴奏带。前奏风一样刮过，我张开嘴，脑子里却空白一片，那曾经如此熟悉的歌曲，那首《不知疲倦的仪表工》，跑到礼堂外边的田野之中了。我身体里长出无数的手，要把那首歌拽回来，拽回到我的嗓子里，可是它没有了，彻底地消失了，它消失在了监狱岁月中，在那个特殊的时间段里冻住了。我嘴里哼了几句，台下仍然没有声音，那幽暗的光在闪烁，他们仍然充满期待地盯着我。他们太期待我本人演唱的那首歌了，那首歌在他们眼里几乎就是一个工厂。我尴尬地站在那里，汗水从身体的每个毛孔里冒出来。我的身体有些发抖，可我仍在努力，我不相信会有这样的事情发生。我示意重新播放伴奏带。在监狱里，我无数次地登台唱这首歌，根本用不着排练，一上台我就兴奋。可是，发生了什么？当我再次张嘴时，那首歌，还在荒郊野地里孤独地流浪。我发出的声音只是"啦啦啦……"我的身体一下子就像一边歪过去，那时候，他们一定看到了一个瘸子的本来面目。台下，涌上来的是潮水般的嘘声。

我回到了原点。甚至回到了羞涩而不谙世事的童年。

我开始躲避段红霞。她在调试、校验、维护仪表中，想的也还是她的梦想。她想离开炼油厂。她说她就像仪表盘上的指针，始终只是在那么小的天地里。"鱼儿还想游到大海里呢。"她说。她想重温旧日时光，恢复到以前的生活，仍旧由我来指导她练习唱歌。但我却有些畏缩不前，在她一次次的约请面前怯阵，屡屡爽约，把她自己晾在田地中。她希望我再次为她写一首歌，我鼓足勇气安慰她，我试试吧。实际上我搜肠刮肚，苦思冥想，熬了几个通宵，连一句完整的歌词都没写出来。她并不气馁，她认为我只是得了监狱后遗症，还一时无法适应正常的生活。她有了更高的梦想，可以曲线实现自己的梦想："你能演电影，我也能啊。"她央求我去找那位导演，给她一次演电影的机会。我无法打消她的热情，也许我对自己在监狱的那段光辉历程还抱有幻想，我和她，怀揣着不同的期待登上了去北京的列车。导演姓周，自称与周总理沾亲带故。他在片场见了我们，请我们吃了一碗方便面，外加两个鸡蛋。然后段红霞便迫不及待地唱起了《不知疲倦的仪表工》。导演粗暴地打断了她，随后说了一句话，让段红霞彻底失去了信心。他吐出一句国骂，然后说："你要是能演戏，我他妈都能当国家主席了。"我们离开片场，向永定门火车站走，在公交车上，我们都沉默无言。北京，秋天，显得萧瑟而清冷。直到下了公交车，段红霞才泪如泉涌，扑在我怀里失声痛哭。这引得不少路人向我们侧目。在北京的秋风之中，段红霞对天发誓："我要踏踏实实地生活，恋爱，结婚，生子，做一个好女人。"突然明白了自己的命运之后，段红霞反而超脱了许多，悲伤仅仅持续了一个小时，留在了穿越北京城的公交车上。她心情一下子变得轻松起来，她兴致勃勃地要完成我们早就计划好的行程。我们没有立即返回石家庄，而是按原计划去了香山，爬了山，有生以来第一次看到了满山遍野的红叶。她爬得比我快，我无奈地对她说："我是个瘸子，你得等等我。"

回归正常生活的段红霞不再等我，她很快地放弃了所有的梦想，离我而去，谈了恋爱，结了婚，生了孩子，好像换了一个人似的。她挺着大肚子时，在装置的管廊间我们不期而遇。她手里拎着一块报废的仪表，脸竟然红了，羞涩地冲我笑了笑。我一时也不知说什么好。我们俩僵在那里有几分钟。还是她打破了僵局，随手把那块仪表递给我："骆师傅，这块仪表送给你做一个纪念吧。"

我懵懂地接过来，还没有回答，她又说："我回到了仪表里，我还是那枚指针。"说完她飘然而去。回到仪表内的段红霞从此就从我的生活里彻底地消失了，她和那些穿着蓝色的工装、头戴安全帽的工人们没有任何的区别，在装置间穿梭劳作，按时上下班，相夫教子。有几次我看着她匆忙的身影从我眼前一晃而过，我都本能地产生了一丝的幻觉，好像她要迎面向我走来，与我一起到焦化塔上喝酒，到野地中歌唱。可是没有，曾经留存在某人身体里的梦想已经消耗尽了，她融入了装置中，成为一台有用的仪表了，而我，这只不断地损坏、还在坚持着的仪表，却仍旧在未知的命运中沉浮。

那块仪表后来一直放在我的床头柜上，每天晚上睡觉前我都擦拭一下它，盯着里面的指针看半天。它静止着，指向偏右的一方，永远停留在那里。就像是段红霞的梦想，停留在即将到来的无尽的平淡之中。

1988年，我已经步入中年，我失去了初恋，失去了妻子，失去了尊严，失去了红颜知己，唯一没有失去的是那个仍然挣扎在自我忏悔中的黄楣佳。她写了一篇稿子，希望告诉众人，以缓解她内心的痛楚。那天我们在寒风中的中山大街上相见，背后是东方红公园的大门，大门前是毛主席挥手的巨大雕像，不时有人与雕像合影。不过，此时，它已经改叫长安公园，世事难测，连名字都是无法确定的。

我们坐在未名湖畔，游船孤独地靠在湖边，冰牢牢地把它固定住，柳树只剩下了稀疏的树枝在随风摇荡，风在湖面上恣意地吹来吹去，像是一缕缕白色的烟。回廊间的椅子很坚硬，如同我的人生一样。我很纳闷，为什么我们不在一个更舒服的地方相见？黄楣佳裹得严严实实的，只露着两只眼睛。她交给我几页纸，让我看看。我就坐在冷风飕飕的湖边，读着她新写的稿子。我读得心潮澎湃，热血沸腾，这让那个冬天变得从未有过的温暖和善良。稿子的名字叫《被遗弃的人》。稿子并不太长，大约有1500字，我却感觉到那是一片浩瀚的文字的海洋，仿佛我看了很久，很多年。大致内容是重提那段往事，还原真相，告诉大家，在那个动人的英雄故事背后，有一个被误解的人，那个人一直默默地承受着，忍着，被社会所抛弃，人生被改变，命运被颠覆。我泪如雨下。我抬起泪眼，我说，我要再读一遍。因为在我的内心深处，我还无法确切地判断出，文字中所写的那个人是不是我。黄楣佳对我的反应很震惊，她以为我仍旧是如故我地对此不屑一顾，对自己的命运不屑一顾。她悲痛地说："你变了。"在她的眼中，可能我真的变了，就是我自己都感觉到自己的变化，每天都在发生，我变得敏感、胆怯、羞涩、羞愧。以前的那个我，在梦中都不会出现，他是另外一个人。我常常在夜里醒来，我能看到，在屋子的黑暗深处，有一双眼睛在盯着我。那个躺在床上的人，他的内心袒露无遗，为自己而感到羞耻。我摸黑拿过那只仪表，我觉得我能触摸到那里面静止不动的指针，那不是段红霞戛然而止的梦想，而是我的生命。

我问她："你要怎么办？"

黄楣佳摘下口罩，她的脸隐藏在呼出的白白的哈气中："我下定了决心，要把它发出来，说出来，这是我生命中最大的痛处，最重要的事。它积压在我心里，已经二十多年了，不解决掉，我寝食难安，良心也不安。"

我把那三张写满字的纸小心地叠好，不知道是要把它交给黄楣佳还是我自己留着，就如同那是我随波逐流的命运。我拿着它，一时间竟然有些失意与苍凉，一股悲苦之气贯通身体，贯通我四十多年的人生。我叹了口气："算了，随它去吧。"

黄楣佳对我的表现十分不满，她怒其不争，哀其不幸："你怎么能说这种话呢？谁这样说我都能接受，唯独你不能。你不想想你二十多年是怎么熬过来的，你不想想你内心有多大的苦楚无法诉说，你心里压抑的那部分恐怕比火山的力量还要大，你说是不是？"她盯着我，目光像是两道冰柱，寒意直抵我的心脏。

我躲闪着。

"你是顾及欧阳吗？一定是的，这么多年，你还是放不下她。你内心深处，还是有一颗心为她跳动。是不是？"

我结结巴巴地说："我只是不想，把我的生活，再翻转过来，给每个人看。"我仿佛看到我的身体被再次剖开，像是一台被拆开的仪表。

"你不是为了欧阳？"她怀疑地看着我。

我摇了摇头，又点了点头："就这样吧，你不能改变什么了，我也不能。欧阳很快就要当副厂长了。"

黄楣佳怒目圆睁："你还是为了她。"

"你就甘心让她突然改变了人生方向？"我反问她。

我这句话直击她的软肋。她像是被雷击中一样，身体晃了晃，语塞了。

我接着说："你让她如何面对。实际上，二十多年过去了，她早就适应了，早就觉得一切都顺理成章，一切都是真实发生过的。如果这篇文字见了报，工人们会怎么看她，家人会如何看她，社会舆论会怎么对待她，会不会像对待我一样地对待她，那她的人生会是什么样？会和我一样，从此暗淡无光，她所有的荣耀都烟消云散？我不想让她和我一样。我也不想，我的人生重新聚集在别人的目光之中。她又将如何面对社会，社会又怎样去适应她。而且，你将如何面对她，我将如何面对她。我不同意你这么做。坚决不同意。"其实说出这样的话也令我对自己感到惊讶。在这件事上，我丝毫没有胆怯。我到底是个什么样的人？

"那你是如何面对社会，面对你自己的？"黄楣佳不解地问。

"我已经习惯了。"我说。

黄楣佳脸上先是面无表情，死灰一般，然后泪水突然就扑簌而下，她自问："我怎么办，我怎么办？"在我毫无准备的情况下，她丢下我，狂奔而去。在萧瑟的公园里，她奔跑的身影慌张而惊悸。

在那个难以决断的冬天，结了冰的湖面，僵硬的柳枝，沉默的假山，还有一个仓皇奔跑的女人，他们在我的视线中交错，重叠，我仍然坐在冰凉的椅子上，感受着从未有过的荒凉沙漠一般漫过我的身体。那几页纸仍在我的手中，它是一颗越冬的果实，曾经成熟，现已凋零。

我是个时间的凶手，把那果实碾碎，撕成碎片，扔进了冰湖之中。纸片在风的作用下，打着旋，飘向远方。

从那之后，我们再也没有谈起过那件事，就像是什么事也没有发生过。黄楣佳曾经涌起的冲动，在我们的犹疑与坚定、羞愧和不安之中，重新回到了内心的深处，在它应该的地方找到了栖身之所。那是无可逆转的大势，是我们应该遵守的规则。

她内心的沉重也许只有她自己知道。这之后我们俩极少见面，她做了新闻部的主任，所有有关炼油厂的采访报道她都不会再来。时常看到的那个小姑娘，戴着眼镜，书卷气很浓，像极了当年的黄楣佳。有一天，她突然撇下陪同她的厂报社的社长徐志国，冲到我面前，张口就问："你是骆北风吧？"

我回厂之后没有回到生产一线，而是到了污水处理车间。我抬起迷茫的眼："你是？"

"我是工人报的记者，陈楠。我看过你演的电影，感人至深，我都哭了。"

她重提那部为我失败的人生赢得最大荣耀的电影，令我茫然不知所措，我笑了笑，想走开。她快人快语："我还看过我们黄主任写过的那篇报道。"她直盯着我的眼睛，想要从我眼睛里看出点什么。记者们的好奇心真是强啊。

我躲闪着，我日益变得封闭和自我。多年以来，我早就学会了忘记，她重提旧事，让我很紧张。

"你别紧张，我没别的意思，我也不是想采访你，写报道。你们的事早就成了历史，没有人会感兴趣。我就是想把现在的你，和黄主任报道中的那个人，电影上的那个人，对到一起。"她侧目看着我，"可是我怎么也看不出来，这三个人是一个人。"

我再也无法承受她审视的目光，那目光像是一个漫长的时代，我逃之夭夭了。后来我在厂里又碰到过她几次，她是故意要来和我聊天的，以便套取我生活的秘密，仿佛我是一个可以深入挖掘的宝藏。每次我都躲着她。直到有一天，我实在忍不住，我约黄楣佳见面，地点仍然是长安公园的湖边。湖边的椅子已经被年轻人占领,我们只能绕着湖边走来走去。她顾及着我的腿,尽量与我的步伐合拍。走了半天我们都没有说话,直到我们已经第三次看到北山的吴禄贞墓时,我们俩同时开口道:"我们?"我们相视一笑,黄楣佳说:"是你约我来的。"

我便说出了我的烦恼,我提醒她,告诫一下年轻人,别来打搅我正常的生活。

黄楣佳若有所思:"为什么,她那个年龄的人,会对你那么感兴趣?"

我哪里知道。

黄楣佳显然并没有希望我给出答案,她沉浸在自己的想象之中。那一年,步入中年的黄楣佳似乎已经失去了激情与棱角,她从陈楠身上看到了当年的自己,她沉吟着说:"也许,生活的本身就是一个谜,自己都无法找到答案,留给别人的更是无尽的猜想。她这个年龄的女孩子,对我们所经历的事情总是充满了疑惑与不解,这也可以理解。我知道,她对我也充满了好奇,她很想知道,我为什么一直独身一人,却带着一个孩子。可是她不敢问。她只能去深究你。我也觉得她很特别,思想很敏锐,像是一条章鱼的须子,伸向她从未经历过的远方。"

又沉默起来。在我们之间,那个稿子的事是一个地雷,谁也不敢去触碰。又转了一圈,她突然指着一个地方说:"就是那里,我跟你学吹口琴的地方。那个时候,小韶还在我的身体里,那么安静,从来不闹,从来不打扰我,烦我……"她说着说着,突然就抽泣起来。

我一时间不知道该如何安慰她,因为我不知道她为什么哭泣,为谁哭泣。长时间以来,没有女人的日子让我对异性失去了感觉,不知如何与她们相处,不懂得她们的心思。我张开双臂,她却主动扑在我怀里,索性号啕起来。我愣了一下,脸上明显感到一些灼热之气升腾起来。我还是把僵硬的双手放到她的背上,我说:"哭吧。"

哭完,她才感觉到自己的失态,她从我怀里挣出来,擦拭着眼泪说:"对不起,我想起了小韶。也想到了我自己。你不知道,自从我开始怀疑自己,怀疑自己对你所做的事情,为你的人生而自责后,我对自己所有的生活都有所怀疑了,包括那个我深爱着的男人。以前,我几乎是他的影子。我甘愿为他做任何的事情,我仰视他,把他当成一个神,他十全十美,无可挑剔，他做的任何事情都是正确的，不容置疑的。可是突然间，所有的一切都坍塌了，信念没了，崇拜没了，形象也没了。我在问自己，我所做的一切到底是对还是错，值不值？"这是个春天，春意勃发，她脸上的怀疑和那个季节的阳光一样，是如此明确、坚定。

我其实感到了羞愧与不安，我忐忑地说："我们在错误的时间、错误的时机相遇。如果没有那场暴风雪，就什么也不会发生。"

黄楣佳苦笑道："我不这么认为。命运选择了你和我，我们就无法自我选择。我们如此渺小，又是多么无助。"

在分手之际，黄楣佳向我提到了小韶，她问我还记得小韶吗？"有一段时间，她对你特别依赖。你每周都去幼儿园接她。"

我说，当然。多么安静的一个小姑娘。想起第一幼儿园的街道、树木和周围的建筑，仿佛就是昨日。

黄楣佳沮丧地说："世道人心，都已经变了。我觉得自己好累，我已经无法左右任何事情，就连自己的孩子也无法左右。请你替我照顾好小韶。"

她留下的这句话，我一时没有反应过来，我已经习惯于自己这种顺天安命的生活方式，思想处在一种半悬空的状态，飘着，被生活的气流托着。直到有一个雨天，属于我的泵房突然被人推开，淋得透透的一个姑娘站在我面前，叫了我一声："骆叔叔。"此时此刻，那个牵着我的手的怯怯的小姑娘小韶，早就在漫长的时间河流中随水流而去。她进了炼油厂，成了一名普通电工。

她可不是一个普通的电工。她染发，抽烟，喝酒，进舞厅，频繁地换男友，自从进厂以后就成为一个令所有人头疼的女工。她很快就纠集起一帮狐朋狗友、气味相同的人，俨然成了他们的帮主。

她用我的毛巾擦着脸上的雨水，说："骆叔叔，我可不想在这里混一辈子。太乏味，太他妈的无趣了，天天就是装置、生产、安全。是我妈非让我来的。我只能听这一次，我的生活她可做不了主。"

我大吃一惊。

她接下来说："骆叔叔，你咋越活越抽抽了。真没劲。听说你年轻时虽然腿有残疾，可懂乐器，玩音乐，特招姑娘们喜欢。你是她们心中的白马王子。你还给一个姑娘写了一首歌,演了电影,你在电影里就唱的那首歌,是不是?骆叔叔,你给我讲讲呗。我一说这个,我妈就黑着脸,特严肃,一句也不和我讲。"

我只是笑,没有搭茬。不管她如何疯癫,如何令人头疼,如何胡作非为,我却总能在她的身上找到当年的那个静悄悄的小韶的影子。实际上,正是因为若干年前的印象,我一直对她抱有好感,确切地说可能是一种爱。即使后来她做了那么多令人深恶痛绝的坏事。

她经常会光顾我的泵房。我不说话,却只听到她在滔滔不绝地讲,讲她做那些惊世骇俗的事,从小学到中学,到技校。讲她怎么勾引她的体育老师,怎么用打拳用的皮手套打得体育老师乌眼青;讲她怎么领着一帮社会青年打群架,人生第一次被请进了派出所;讲她在南马路一带呼风唤雨,像是啸聚山林的山大王。她连续讲,大声地笑。孤独的泵房,因为有了她的声音、笑声,而顿时有了生气。她说:"要不是我妈看得紧,我早就进监狱了。"她讲黄楣佳是怎么盯她的梢,怎么把她从舞会里拽出来,怎么教训和她在一起的那些抽烟喝酒的小男孩。她像是找到了一个认真而合格的倾听者,把她的老底全部倒水一样都倒给我。那些故事倾盆而下。她并不想听我的反应,也不要我的评价,她只是说,说得昏天黑地。我也听得津津有味。

她还邀请我去参加他们的聚会。都是小年轻。我一进去就觉得掉进了一个陷阱。烟雾缭绕,酒气熏天,全是玩世不恭的目光,嘲笑地看我,像看一个误入虎穴的猴子。小韶挽着我的胳膊,警告那帮人:"我叔叔。谁要对他不好,就是他妈的黑我。知道不,电影明星,演过电影,看你们一个个的揍性,知道演电影叫艺术不?"

那个陷阱没有让我反感和不自在,我和他们斗酒,划拳。他们很快就收回了嘲笑的目光。小韶一直在我旁边,寸步不离,亲密地挨着我,像是我的孩子。她看我的酒意朦胧的目光都是那么依恋。后来她突发奇想,她说,叔你唱那首歌吧,就是给仪表姑娘那首歌。

这是事隔多年之后,我第一次唱歌,我竟然忘记了当年自己站在俱乐部舞台上无比尴尬的样子,忘记了音乐早就从我的身体里飞走了。我坐在那里,张嘴便唱了起来:"美丽的姑娘,你是一个仪表工,头顶烈日,脚步匆匆，像是蜜蜂，飞入花丛中……"我唱的过程中，小韶把头依偎在我的肩上，表情很陶醉。

那样一场奇怪的聚会，出乎我自己意料之外的是我居然那么投入，也那么适应，音乐也像泉水般从我干涸的心灵深处流出。可是我没有注意到，在众多年轻人之中，有一个人对我产生了极度的仇恨和愤怒，后来我知道，他是小韶的男朋友小梁子。当我唱完歌，头发长长的那个小伙子便上来挑衅，问我敢不敢打架。我兴致正浓，站起身说："打！"

我们跑到外面的空地，摆开架势，货真价实地打了一架。当我被那小伙子踢倒在地时，我还听到了小韶的尖叫声。我伤了肋骨，后来在医院里躺了半个月，不过，那年轻人也没有好哪去，他头上被我用啤酒瓶开了个大口子，缝了十几针。

黄楣佳还到医院里看我。我和小韶都守口如瓶，对她说我是不小心摔的。我们为此还大笑了一通。从医院里出来那天，我在自己家门口碰到了小韶，她背着一个背包，说，她得在我这里躲躲，要不梁子总是缠着她，找她麻烦。

她把我那里当成了自己家，屋里很快就到处有了她的痕迹，衣服，化妆品，洗漱用具，甚至胸罩也在沙发上随处乱扔。一见到类似的我都小心地放回到她的房间里。她唱歌，有时候突然吼出一嗓子不着调的词，吓我一跳。她喝酒，非要与我一起喝个烂醉。她甚至赤裸着身子在屋子里走来走去，根本无视我的存在。这个时候我只能躲到自己的屋里，而她却不依不饶地推开我的门，像是故意示威似的转一圈。晚上，当黑夜慢慢地覆盖着我，就像是沉重的过去，让我无法入眠。我能听到她的脚步声，轻轻的，她肯定是光着脚，推开我的屋门，蹑手蹑脚的。她爬到我的床上，挨着我躺下，她一反常态，幽幽地说："我知道你没睡。我一直以为你是我爸爸。从你那次到我家开始。"

黑暗中，我的眼睛湿润了。

她是一个在不正常的生活状态中成长的孩子，之所以成长得如此不健康，不能埋怨她。我决定带她去见她的亲生父亲。我没有提前告诉她要去干什么，只是告诉她我们要去和一个人吃饭。班车上，她一直都在问那个人是谁，是不是和我演过电影的明星。我都含笑不答，这给了她极大的好奇心。她嚼着口香糖，不一会儿就偎在我身上，随着班车的颠簸睡着了。

我提前去见了黄楣佳的主编。主编姓王，高高的个子，已经有些谢顶。我告诉他，他女儿想见他一面。他有些激动，他说，他一直惦念这个孩子，开始时是黄楣佳不想让孩子知道有他这个人，他只能远远地观看着她的生活，可是后来她突然绝情地与他分手，他要见孩子更不可能了。我听得出他戚然的语调。我一点也不同情他，相反还有些憎恶。

也许我想得过于天真，我以为让她知道她拥有一个真正的父亲，让她认为自己有一个完整的家，她就能够心安，能够回到正确的生活轨道上来。看到我们，坐在椅子上的主编慌张地站起来，露出一种不自然的讪笑。挽着我的胳膊兴高采烈的小韶立即就变了脸，愤怒地看了我一眼，甩开我径自跑出去了。我冲主编尴尬地撇撇嘴，丢下更加慌张的他去追赶小韶。在饭店门口，我看着她气愤的表情，后悔不已。她没有和我一起回炼油厂，而是头也不回上了一辆摩托车，开摩托的是个瘦瘦的小伙子，我从来没见过。也不知道她是何时叫他来的。小韶给我留下一句狠话："你要是觉得你能改变我的生活，你就是个大傻。"看来她早就知道有这样一个人存在，可她不认可。

追出来的主编，光光的大额头上顶着密密麻麻的泪珠，他搓着手，求助地看着我。我拍拍他的肩膀："老兄，好自为之吧。"

从那天起，她搬出了我的家，再也没有回来。而黄楣佳也知道了我带小韶去见主编的事，她把我叫到长安公园，对我很一顿数落，我一瘸一拐，一脸苦相，我说："你们娘俩，我是都得罪了。"

发泄完，黄楣佳还是流了泪："我知道她心里也苦，她从来没问过我她爸爸的事。"

她又说："为什么我的生活一团糟，就是因为我开始怀疑了吗？怀疑有什么错吗？"

她陷入了过于沉重的思想的泥沼之中，我丝毫不能解放她，帮助她，只能看着她越陷越深，这是我最痛心的。我突然想到1968年，我在这里教她吹口琴的情景。我突发奇想，也许往日再现，能够排遣她内心的矛盾与挣扎。这让我兴奋异常，我问她："你想听我吹口琴吗？"黄楣佳眉头略微舒展开，点了点头，说道："这是个好主意。"

没有人带着口琴，自从我出监狱之后，口琴便从我的生活中消失了。我说："你等等。"公园的对面就是北国商城，我一溜小跑，买了把崭新的口琴。回到湖边时，她还在耐心地等着我，看到我，目光从湖面的游船上收回来，期待地说："很久没有听你吹口琴了。还真让人怀念。"

口琴握在我手里，既亲切又有些陌生，我即将吹奏的样子像是一个仪式，把黄楣佳逗乐了："咱们又不是开批斗会，你这么紧张干吗？"

我试着放轻松些……可是我越从内向外地要强迫自己安静下来，越有些不能自己地颤抖。我提醒自己，在与小韶们的聚会中，歌声不是已经从我心里流淌出来了吗？可是，面对黄楣佳，她脸上写满了历史，写满了我们共同的记忆。我憋得面红耳赤，也没有吹出一句完整的曲子来。看着我百折不挠却吹不出音调来的样子，黄楣佳笑了，笑得流了泪。她说："算了，我又不是小孩子，让你来哄。"

"我不是哄你，我是对自己悲伤。以前都像是长在我身上的，现在却全都跑了。这是怎么了？"我焦虑地说。

黄楣佳说："也许是你不需要它了。或者是，它不需要你了。"

我想想她的话，茫然而有些无奈。我的生活，被人为地安排着，还要被口琴、被歌唱调侃着，真是一件令我头疼和疑惑的事。

我与黄楣佳都没有提及我们的过去与历史的阴影，我们刻意地回避，避免让对方受伤。我们像是明明看到横在我们面前的一块巨大的石头，却假装没看到，还向上撞。

黑暗之中闪现出一丝光，我看见自己倾斜的身体更加不平衡，它弯向一边。我看到了地面，地面如此清晰，它陡峭地向上挺立着，越过我的身体，犹如山的峭壁。

我是山脚下那倾斜的人，那个被巨大的山影所遮蔽的人。

那个叫陈楠的女记者，并没有听黄楣佳的话。当她又来找我时，我就感觉到了时光的倒流，仿佛那是黄楣佳第一次出现在我面前，在医院里，我刚刚从一场有关暴风雨的袭击中醒来。她拦住我，说："我知道你不喜欢我，可我就是对你特别感兴趣。我知道你、欧阳厂长、我们黄主任，你们之间的关系。可是还有一个人，也和你们有千丝万缕的联系，你们却忽略了他。"

我没有说话。我觉得我像是一个守护自己森林的老人，会一直随着树木枯萎老去。

我不得不佩服现在的年轻人的执着与勇气，是因为陈楠真的把我说服，带我去见了那个人，去继续我们旧日生活的探秘，我不自觉地成了她好奇心的同谋。连我自己都非常惊讶，为什么我会被她牵着走？难道仅仅是她的一句话？她耸人听闻的话显然不是来吓唬我的："那个人让欧阳厂长伤心不已。"

她神秘地透露给我的那个人是欧阳炜的丈夫董林生，党校的哲学教师。据陈楠说，他早就不是个教书育人的老师了，在重视文凭的那几年，他被提拔到市政府从了政，做了官，现在已官至厅级。一路上，陈楠都在给我讲董林生的政绩，讲他步步高升的官运："我认识他时，也是因为工作的关系，采访。他是那种很有男人味的男人，成熟、稳重，又平和、幽默，中年男人的魅力十足。"

在她的讲述中，那个叫董林生的男人浮现在我的脑子里时，我没有一丝的印象。记得在他们结婚的现场像是见过一面，早就忘记了模样。而她刻画出来的这样一个人物，显然与她所说的那句耸人听闻的话南辕北辙，风马牛不相及。她看我迷茫的表情，安慰我说："我真搞不懂，为什么你们是那么让人摸不着头脑，表面与内心有着巨大的反差，是社会人与自然人的矛盾体，但这样一个矛盾体又充满诱惑，令人痛恨。"

我问她："你是学哲学的？"

"不是，我学的是新闻。"陈楠摇摇头，"你觉得你自己是个什么人呢？"

我说："我，我，我……"

这个问题可把我难住了。要回答她的问题，不应该由我自己来作答，应该由欧阳炜、孟指挥、黄楣佳……还有悄然逝去的时间去回答。

"算了，"陈楠摇摇头，"连你自己都搞不清，我又能明白什么呢。"

我们进了一家很有名的酒店，在大堂的一角找到一个大大的沙发。我坐下来，眼睛盯着电梯口。我问她："我们在等什么？"她说："董林生。"我就默不作声了。

大约半个小时后，才看到一男一女从电梯里出来。男的五十多岁，和我的年岁相仿。女的很年轻,三十岁左右的年龄。女的挽着男的胳膊,两人说说笑笑,很亲密的样子。陈楠小声说:"董林生。"我有些迷茫,一时搞不清是怎么回事。陈楠又说:"这是另外一个董林生。"我依旧茫然地看着她:"你把我带到这里干什么?"陈楠说:"我是想让你看清楚,你一直维护的过去,有时候是很虚假的,不可信的。"我被她激怒了,我抛下她,径直走过去,拦住了那一男一女。我站在他们面前,两个人惊愕地看着我,我的样子一定是这样的,凶神恶煞,怒发冲冠。男的本能地把女的护在身后:"你干什么?"我抬起胳膊,手已经成为一个拳头,力量汇聚到一起,狠狠地砸在那个我早已经认不出来的董林生脸上。我看到了鲜血飞溅的神奇时刻,血滴向我视线的四周快速地射去,有一滴来到了我的脸上,像是雨滴。我还听到了身体倒地的声音,年轻女人的尖叫声。宾馆安静的大厅乱作一团。陈楠趁乱把我拉了出去。我们快速地走了两个路口,才停下来,陈楠看着我,突然便放声大哭,我更加茫然。

半个月之后,在不同的地点,我与董林生偶遇,他的身边仍然有一个年轻美貌的女人,一个亲热的姑娘,这个姑娘曾经在炼油厂的小道上,拦住我,对我说:"我看过你演的电影,我感动得哭了。"我已经失去了任何的勇气,这样的场面足以证明,我错过了属于我的时代,同样,我也错过了属于别人的时代。我错愕地看着他们,放他们扬长而去。

小韶最终还是失踪了。没有任何的征兆。她一连一周不见踪影。先是那个深恋着她的小伙子梁子,就是和我打架的那个年轻人,他总是在我家楼下转来转去,盯着我的窗户,无论白天,还是夜晚。有一天,我忍不住走下来,我穿着拖鞋背心,一看就不是找碴的。我告诉他,我可不想和你打架,我还有几个月就退休了,我想好好活几年。小伙子愁眉苦脸地说,骆大叔,我不是来打架的,我是来找小韶的。

两天后,南下的列车里,黄楣佳像是散了架,头依在我身上。一路上,她都在不停地问我,她在不在深圳?她为什么要离开我?给我们提供信息的是小韶最后的男朋友的母亲,那位衰老而憔悴的母亲目光灰暗,无动于衷。说起自己的儿子的出走,就像是说一件平常事。黄楣佳虚弱地说,如果她有个三长两短,我活着还有什么意义。

深圳是一个巨大的迷宫。而两个早已被历史抛弃的人,两个即将垂垂老去的人，行走在其中，便陷入了巨大的惶恐之中。我有些后悔陪她来寻找小韶了。我说："还是装置里让我安心。不管我多委屈，多难受，只要看着那些装置、那些仪表、那些泵，日夜不停地在转动，所有的一切就消失了，好像这个世界上只有它们。"高楼的影子俯冲下来，像是鹰的翅膀，给我压迫感。我开始怀念炼塔温柔的身姿，它是一个庞大而宽容的墙，能把我脆弱的心隔绝在它的身影之下。

黄楣佳没有觉察到我心里的变化，她的目光迅速地在繁华的街道、林立的高楼之间逡巡，步伐慌张而迅速。她忧虑地问我："我们到哪里去找？"

我茫然地说："我也不知道。这可不是我们厂，我知道哪个装置在哪儿，哪个车间在哪儿，说得清哪是原油罐，哪是成品油罐。你觉得她会去哪里？"

同样，心力交瘁的黄楣佳已经丧失了一个记者应有的敏感，她看着我，目光有些犹疑不定，试探着说："她是个涉世未深的孩子，她能够到哪里，无非是宾馆、饭店。你说是不是？"

我应和着她："也许是的。"实际上我内心里有一股强烈的担忧，这种担忧让我对我们的寻找充满了绝望。

我们几乎找遍了我们能够找到的宾馆，可是一无所获。大海捞针的工作徒劳而令人窒息。我们坐在路边的椅子上，我看着坐在我身边的黄楣佳，头发蓬乱，目光无神，手里拿着一个有些干硬的面包。这个有过梦想、有过信仰、对自己的人生轨迹曾经相当自信的记者，此刻，失败弥漫了她的全身。爬满她身体的阳光是苍白的，皱纹正在侵蚀着她的灰暗的面庞。我终于说出了我的担忧："我们先要了解小韶，她是个什么样的孩子，才能决定我们寻找的方向。"

黄楣佳万分诧异地看着我："我不了解我自己的孩子吗？"

我躲避着她的目光："我是在假设。开始，我一直觉得我了解我自己，我知道自己是个什么人，我和社会是什么关系。可是后来，我就分不清自己了，我到底是个坏人还是一个好人，是一个对社会有益的人还是社会的一个毒瘤。那天，陈楠说，电影《泪痕》里改过自新的那个人，泵房里的那个普通的工人，报道中的那个坏人，哪一个才是真正的我。我不知道。我真的不知道。你能说得清你是一个什么样的人吗?"

阳光缓慢地在她的脸上爬动,她的目光突然就呆滞了,嘴角抽搐了两下,面色铁灰。她一定是在想她自己。我静静地等待,我想听她告诉我一个答案,一个发自肺腑的回答。可是沉默良久的黄楣佳对我说:"我是我,小韶是小韶。她那么年轻,没有那么复杂。"

"那你说,她是个什么样的孩子?"我盯着她的眼睛。

她说:"她是个听话的孩子……"犹豫片刻,"她又有些任性……"顿了顿,"她开始说谎,打架,交男朋友……我……"她说不下去了,捂住了脸。

我拍拍她的肩膀:"我们回去吧。我们不了解她,根本找不到她。"

她拿开双手,声嘶力竭地说:"我了解她。她是我女儿。"

我无力地靠在街边花园的椅子上,抬头看看南方的天,蓝色在慢慢地变化,颜色加深,洇为黑色。

我们在深圳待了足足半个月,到派出所报了案。我们找了许多地方,有一天来到一个歌厅门口,是黄昏时分,陆续有打扮妖冶的女子向里走。黄楣佳说:"我们为什么停在这里?"

我心里想说,也许这里面也是我们寻找的方向。但是黄楣佳拽上我,快速地逃离了那个令她惊悸的地方。她告诫我说:"你不要把我女儿想得太龌龊。"

她在回避一个真实的人,同时也在回避着自己的内心。我们的寻找注定会无疾而终。当我们踏上返程的列车,绝望使她看上去消瘦了许多,头发几近全白。她做出了一个惊人的决定,提前退休,去寻找女儿小韶。

从此,小韶,便消失在了茫茫人海中。而她的母亲,黄楣佳,也踏上了一条不归路,任失去生活目标的自己在人海之中漂流,幻想着与女儿小韶的奇遇。

梁子不相信小韶会平白无故地消失,他对我恨之入骨,他找到我,认为是我把小韶藏在某处。他叫嚣着要给我点颜色看看。

黄楣佳奔波在全国各地寻找小韶时,她会不时地给我写信,打电话,告诉我一些好的或者坏的消息。她把我当成了一个忠实而可靠的家,让那些纷繁的信息像是雪片似的飞回来,飞到我内心这个家,驻扎下来。不管是好还是坏，不管是失望还是希望，那都是一个寄托，一个牵挂。我替她整理那些信息，试图帮她从中获得可靠的线索。我把有用的信息从她的信件和来电中摘要出来，记在一个单独的笔记本上，寻找其中的关联处，得出自己的结论，然后把我的想法再传给她。关于小韶的确切去处，在时间的暗流中不断地发生着变化，深圳、四川、广东，甚至新加坡、台湾。我们在一个个信息面前收获期待，也跌入绝望。我和她，就是靠着这种关系互相维持着紧密的联系。我们是两个走夜路的人，互相挽着手，相互鼓励。有时候，在黑暗之中，我会从梦中醒来，透过浓密的黑夜，我会看到急急地行走在苍茫夜色中的黄楣佳，她的身体闪着光，向无边的黑暗中前行。

这之后两年，刚刚退休的厂长欧阳炜病了，她得了疯语症，胡言乱语。我去看她，她抓住我的手不放开，端详我半天，突然温柔地叫了我一声："师父。"那叫声一下子就把我带回到暴风雪之前，带回到炼油指挥部的初期阶段，让我想起我第一次见她时的情景。我不禁潸然泪下。可是她随即就变了脸色，表情转阴，怒斥我："混蛋，谁让你把那个阀门打开的？你算老几！"她抓着我的手不松开，一会儿现在，一会儿过去。表情一会儿阴一会儿晴。一会儿夸夸曹副总王段长，一会儿又大骂马主任齐干事。她自己就像是一台高潮迭起的戏，让每个人看得都心痛不已。她从来没有认出过我是谁，但是她喜欢抓着我的手说东道西，有时候还压低声音，要告诉我一个秘密。我侧耳细听，却什么也没有听到。她显然在想着，可突然想法就转了向，骂起人来。

夜晚，厂医院的三楼病房里，她屋子里的灯光总是亮着，她不允许黑暗的到来。她告诉我，一旦她看到黑暗，就是有人要害她。每次，当我疲惫不堪地走出医院，回头看到她病房里的灯光，我都会想起那个暴风雪之夜。

我在给黄楣佳的信中提到了欧阳炜的病情。那时候，她在四川绵阳。我在信中写道："她彻底忘记了一切，时间在她眼里已经失去了意义，历史与现在都混合在她的意识里。从某种意义上说，与我们相比，她是幸福的。"至于她为什么会胡言乱语，为什么会堕入这样的一个世界之中，我十分不解。回忆让我对此更加迷惑，记忆路途中的欧阳炜是个幸运的人，她被历史的一个意外推上了一条光明的坦途，不管她接受与否，她都得在那条路上一路前行。就像我也被历史的意外所抛弃一样。我们都得认同命运的安排。老天是公平的，在送一个人进天堂的同时，必然会把一个人投入地狱。这是不是马克思的辩证唯物主义？我们本来是并行着的，暴风雪把我们分开了，是一棵树的枝杈，越分越远。病中的她是痛苦的。那她的痛苦何来，她为什么失去了语言的正常的逻辑与思维？这些疑问，让我走在回家的途中百思不解，让我的失眠越来越重。夜晚，与她正好相反的是，我必须挡住任何的光亮。我家的窗帘很厚，能够让月光在我的梦境之外徘徊。我抚摸着段红霞留给我的那块仪表，那首歌，早就变了调的歌的旋律，穿越时空，在我的夜晚中响起。

　　我在几封信中提到了欧阳炜的疯语症，我相信黄楣佳一定看到了。我无法想象她读到此类信件时的反应，我只能确定一点，在她匆忙的回信中，只字未提欧阳炜，从来没有。我在她慌乱而缺乏条理的回信中，在众多无法分辨的线索当中，努力想找到她留给我的某些痕迹，比如她是不是把有关欧阳的话放在了杂乱的文字之中，但是没有。

　　小韶仍旧没有任何的消息。欧阳却在狂乱之中走到了生命的尽头。她还是在冬天的某个夜晚离开了我们，据护士说，她离开时病房的灯是亮着的。我在天亮之前赶到了医院，看着她静止的身体、紧皱的眉头。她的嘴半张半闭，我试图想要把她的嘴完全地闭合上，可是没能做到我掏出珍藏了几十年的毛主席像章，就是因为那枚像章，暴风雪把我们相连在一起的命运给分开了。我把像章别到了她的胸前，那是我承诺给她的，直到现在，才真正地属于她了。眼泪模糊了我的眼睛。

　　欧阳离开的那个冬天，与六十年代的冬天相比，寒冷已经退却了，我们曾经遭遇过的暴风雪也极其罕见了。而催化塔，时隔四十年，仍然屹立在那里，在寒风中保持着它的尊严，只是它经过历史的洗涤、风雨的冲刷、无数次的改造，身躯更伟岸了。我爬上去，像是耗费了我毕生的精力，疲惫，心跳加速，虚汗淋淋，这是一个老人典型的特征。我站在塔顶，看着密密麻麻的管线、层层叠叠的装置、不断延伸着的球罐和运油铁路。这是一个让人忘记的时代，它看着我，肯定在嘲笑着我，嘲笑我现在的软弱，嘲笑我还站在历史的塔顶，回望早就消失的一切。

　　就在几天前，退休了的段红霞突然找到我，提议我们在厂庆的晚会上演唱那首《不知疲倦的仪表工》，由我来伴奏，她来演唱。段红霞已经是孩子的奶奶，她天天忙碌着接送孙子上学下学，花白的头发浑浊的目光，与那首歌中的仪表工已经是天壤之别了。可是她却念念不忘。我拒绝了她。她愤愤不平，最后给我撂下一句话："你要是不参加，我可以找别人，你以为世上只有你一个人会唱那首歌吗？"

那天晚上，睡眠很快就进入了我的身体。梦境平稳而没有波澜。半夜，我的生命终于来到了尽头，响动把我惊醒，我下意识地抓起了那块报废的仪表。黑暗并不能掩盖一切，我看到了那个人的脸，那只是一张惊恐的脸。一个小贼？我这里有什么值得惦记的？我的一生都是个空白。这真是一个愚蠢的窃贼。也许是梁子？是小韶？是欧阳和黄楣佳？或者仅仅是一个梦境。在梦境中，我拿起了那块仪表，下意识地把它举起来。它很快就脱离了我的手，被黑暗中的那个人夺过去了。我抓住自己命运的力量太小了。我听到了仪表在我的脸上破碎的声音，那声音就像是雪在融化。

我黑色的眼睛，渐渐地要闭上了，它会被更浓重的黑色所覆盖，一层一层。我突然想唱歌，唱那首《不知疲倦的仪表工》，我张开嘴："美丽的姑娘，你是一个仪表工……"声音缓缓地沉入我的心底，那是一片广阔的天地，越来越深。对不起了，黄楣佳！

窗外，黎明已经到来。

《当代》2017年第1期

评鉴与感悟

岔路口的人性抉择

"老天是公平的，在送一个人进天堂的同时，必然会把一个人投入地狱。"人性的光辉与自私交织成谜团，特殊年代中的抉择会将人抛至不同的岔路口，带来截然不同的人生。

《黑眼睛》讲述了这样一个故事。20世纪60年代中期，国营炼油厂干部骆北风在暴风雪中救下了徒弟欧阳炜，保护了国家财产。年轻记者黄楣佳为突出故事性，站在"集体"角度，将骆北风诬陷为破坏社会主义的恶徒，欧阳炜则成为全国学习的榜样。"文革"开始后，骆北风被批斗，连累妻儿，人生支离破碎；欧阳炜和黄楣佳都陷入深深的自责中。

文本中的"人性抉择"有的主动，也有的被动，有的出于亲情，也有的处于爱情。黄楣佳出于自身利益随意对待他人的人生，欧阳炜在昏迷中被推到全国榜样的位置，骆北风有很多次吐露真相的机会，但出于对欧阳炜的爱，他都选择了放弃。黄楣佳爱上有妇之夫，选择生下小韶当单身妈妈，黄楣佳多年之后向骆北风忏悔，寻求他的原谅。

文本中的骆北风像是宗教祭坛上的献祭者，用肉身和死亡换取人间的幸福与升华。他默默吞下人生苦果，成全欧阳炜的辉煌人生；他有被批斗者和批斗大会伴奏者的双重身份，用小号吹响《东方红》，为批斗自己的狂欢添上最狂热的旋律；他用口琴将黄楣佳救出自责的泥潭，一次次强调对方不用自责，"我现在过得很好"。文本中时时潜伏着的那双黑眼睛，让人联想起顾城"黑夜给了我黑色的眼睛，我却用它寻找光明"。文本的走向不是"伤痕文学""反思文学"的"伤害—批判—反思"，而仅仅是讲述特定年代的人性抉择。文本超越了政治批判，用音乐（反复出现口琴、小号）疗愈受伤的灵魂，当事人甚至从未主动选择过更改自己的命运，他们只是默默接受，像读完一本书一样，走完自己曲折的一生。

历史的光明与黑暗中，有多少是意外造就的歧路与险途。在《黑眼睛》中，历史意外提供了一个起点，动荡变迁大多来自当事人的主动抉择。在作者的叙事中，事件本身的意义被消解，有价值的仅仅是"抉择"这一行为本身，它是多米诺骨牌中最先倒掉的一张，也是打开潘多拉魔盒的那只手。正像主人公终其一生都做不完抉择一样，文本叙述像一场没有尽头的旅行，直到骆北风在追忆中死去，作者都没有给出一个明确的答案——当年的种种选择究竟是对还是错，或许人生本身就没有对与错可言。

老旧的国营工厂中，悲欢离合的故事一天天上演着，每个人都在一个个抉择中写完了人生这部大书。不必评判什么，写完读完即可。

（李琦）

姬元和汤弥生

/阿袁

姬元在认识汤弥生之前，是先认识汤弥生老婆的。

汤弥生的老婆，在哲学系资料室工作。姬元去借书，她刚分到师大来，住在青年教工楼里。青年教工楼在师大的西北面，本来就偏僻阴暗，而她的房间，还是109，最西北角落的一个房间，姬元把它称作"西北偏北"。我房间，阴森森的，适合租给希区柯克拍惊悚电影，不适合单身女人住。她对女友苏冯堇说。苏冯堇博士毕业后，去了阳光灿烂的海南，听了姬元的描绘，倒是很向往这种阴暗。你不知道，海南的阳光，正午从头顶直照下来，铺天盖地的，像打碎的玻璃，让人晕，甚至痛呢。

姬元不相信阳光能把人照痛。她现在就坐在阳光下资料室南面一扇大窗户旁的阅览桌前，懒洋洋地翻看杂志。其实资料室的杂志和书都是可以借回家看的，只要到资料员那儿简单登记一下就行。在家看书，自由得很，爱怎么看就怎么看，可以躺在床上看，可以坐在马桶上看，可以在厨房一边做饭一边看。许多老师都这样，所以还回来的书，上面会有各种各样可疑的气味。姬元的嗅觉很好，对那些隐约在书间的气味，基本都能准确辨析，然后追本溯源。有一次，姬元在翻苏珊·桑塔格的《反对阐释》时，闻到一股油蛤味，一看书后的借书卡，原来之前借这本书的是孟姚教授。姬元不禁莞尔，听说孟姚教授最爱吃花生米，尤其是油蛤了的花生米,一边看书,一边吃花生米,其间还要抿两口老酒。姬元虽然分到哲学系不久,但她对孟姚教授的印象不错,老头平时悠悠忽忽,土木形骸,貌甚丑悴,但一到课堂上,就变了个人,全身上下都会散发出一种哲学的光芒,仿佛泥菩萨镀了金身一般。姬元这学期系里没有给她排课,系主任让她先听听其他老师的课,学习学习。学习的结果之一,就是姬元对孟姚借过的书里的油蛤味不怎么嫌弃了,至少没有嫌弃到"不忍卒读"的地步,皱皱眉,能继续看。这算是她爱屋及乌的一种方式。但另一些气味,就让她十分不堪了。比如一次她在翻克尔凯郭尔的《非此即彼》时,突然闻出一丝臭脚丫子的气味,她屏息去看借书卡,是系里一位叫周树榆的老师刚借过的。姬元不喜欢周树榆老师,其实姬元甚至还不怎么认识周树榆呢,周树榆自然更不认识新来的姬元,他们只是在系里开会时泛泛见过,但见过之后姬元就不喜欢他了,不为别的,就因为周树榆老师长了鼻毛。其实人人都长鼻毛的,包括姬元喜欢的孟姚教授,但别人的鼻毛长在鼻子里面,可周树榆的鼻毛长到鼻子眼外面来了,这感觉简直像露阴,让姬元看了恶心。于是《非此即彼》姬元就没法看了,不但不看了,还趁资料员一个不注意,把它扔到了书架的顶层。这叫"束之高阁",姬元在电话里对苏冯堇说,我真是闹不明白,周树榆在家看书是用脚丫子翻页的吗?不然,书里怎么会有臭脚丫子的味儿?

姬元后来就自备香水上资料室了,毒药香水,前男友老三送的。老三穷,又悭吝,交往两年也就只送过她这一回像样的礼物,其他的,不是从愚子路地摊上淘来的二手书,就是从学校小花园里偷摘的花花草草。香水她一直没怎么用,因为珍贵,也因为嫌香味过于浓郁。分手后她本来要扔的,但她一向有拖沓的习惯,所以华丽的香水瓶还在某个箱子里,她把它翻找了出来,正好物尽其用了——也有想糟践它的恶意。每本从书架上取下来的书,姬元在翻开前,都不分青红皂白地先喷上一通香水,于是小小的资料室被姬元搞得香气氤氲。系主任老傅说,小喻,你这儿现在不像资料室,倒像闺阁了。

小喻就是汤弥生的老婆。

不过那时姬元还不知道汤弥生这个人。汤弥生当时在法国巴黎高等师范学院做访学。

小喻觉得老傅是在用一种委婉的方式批评她。资料室嘛，本来应该有资料室的味儿，也就是书味儿，搞得像闺阁，那就不伦不类了。可这不能怪小喻的，小喻自己也冤枉呢。她在资料室种的木芙蓉，这些天正开花呢，花香清淡，本来和书香是能相得益彰的，结果被姬元浓郁的毒药香水一冲，一点味儿都闻不出来了。也就是说，小喻的木芙蓉这一季算是白开花了，也白香了。系主任老傅本来很喜欢鸟语花香的意境的——资料室窗外不远处有一棵大椴树，长得枝繁叶茂，里面藏了许多小鸟，人坐在阅览室，也能听到椴树上的鸟鸣啾啾。老傅因此还很应景地写了一幅字："鸟语花香下读书。"草体，龙飞凤舞的，就挂在资料室的墙上。老傅的书法很好，尤其是米芾体，学得几乎可以乱真了。他有时会抽空来资料室坐一会儿，就坐在窗前的那个位置上，听一听鸟语，闻一闻花香，翻一翻《哲学研究》，再半虚了眼，欣赏欣赏自己写的那幅字，觉得实在美得不行。

　　可现在老傅的位置被姬元占了。那本来是老傅的专座，哲学系的老师都知道的。老傅来了，自然老傅坐，老傅没来，那个位置就空着，虚席以待。就算老傅出门开会去了，几天不来，小喻也会每天用一块很干净的抹布把它揩得一尘不染。哲学系资料室小，只有一张阅览桌，六把阅览椅，但小喻每天揩拭的，也就是阅览桌和那一张阅览椅了，其他五张椅子，就要隔上一两天了，所以上面多少还是有些灰尘的。反正老师们也不怎么待在阅览室的，来了，也就是借借还还，临时性地坐上几分钟，然后就走了。哲学系几乎清一色是男老师，还都是苏格拉底那种有点邋遢、不修边幅的男老师，压根看不见椅子上的灰尘，就是看见了，也不在乎。反正他们的裤子本来也是灰扑扑的，再沾上一些灰，也不过是物以类聚罢了。

　　没有谁会坐那张窗下的椅子，就算新来的老师不知情，无意间坐了，小喻也会不客气地说，某某老师，你坐那儿正好挡住了我木芙蓉的光。

　　某某老师于是就换个位置坐了。

　　这话对姬元却不管用。姬元打第一天到资料室，就一屁股坐在了老傅的那个位置上。小喻说她挡了木芙蓉的光，她就挪一挪椅子，继续看自己的书，看几行，觉得不对劲，抬头，发现小喻还在盯着她，原来自己的身子还挡住了木芙蓉的几片叶子。姬元站起身，干脆去移木芙蓉花盆了，这下，木芙蓉完全在阳光下了。

小喻没话说了。

小喻虽然没话说，但脸色就很不好了，可姬元不看她的脸色，她虽然刚来，只是一个助教，可也不会看系资料员的脸色。别说资料员了，就是系主任，她如果不高兴，也同样是不睬的。姬元的天性里，本来就没有看人脸色的东西，再加上后天哲学的修养，使她更加我行我素。她喜欢窗下的这个位置，倒不是因为小喻把它擦干净了，干净不干净的，对姬元而言，其实是无关紧要的，这方面，她和哲学系其他男老师几乎是一样的。她只是喜欢阳光，那个位置的阳光最充分，差不多从早照到晚。万物生长靠太阳，她对苏冯堇说，为什么热带的植物更鲜艳？热带的瓜果更香甜？就因为日照时间更长。我住在那么阴暗潮湿的地方，又没有男朋友，只能到资料室来采阳补阴了。

她和苏冯堇说话，一向这么胡言乱语的。

姬元甚至像学生时代那样，用上了占座的方式。她把坐垫一直放在那把椅子上，不带回宿舍，水杯呢，也不带回去，看的书呢，也不放回书架，在正看着的那一页上折一下，合上，第二天，又过来打开继续看。

老傅的座位，现在成姬元的了。

小喻很气愤，气愤姬元喧宾夺主，也气愤姬元给书喷香水，把小喻的木芙蓉花香都给遮掩了。

搞得系主任老傅都没法到资料室来"鸟语花香下读书"了。

你为什么要给书喷香水呢？小喻蹙了眉，问姬元。

孟姚教授正好也在，他过来还书。听了小喻的问话，在一边插嘴说，姬元老师这是讲究呢，古人读书不是要焚香沐手更衣吗？资料室条件不好，沐手更衣弄不了，只能洒洒香水，算焚香了。是不是？姬元老师。

姬元笑，她喜欢孟姚教授，所以就算孟姚的话里有讽刺的意思，她也不在意。

小喻一开始就不喜欢姬元，姬元不知道，这倒不是姬元粗糙，姬元是可以很细腻的女人，也不是姬元迟钝，姬元聪明着呢，学哲学的女人，怎么可能不聪明呢？姬元没有感觉到小喻对她的情绪，是因为姬元对小喻的忽略，也就是说，她对小喻视而不见了。她虽然每天到资料室来，每天和小喻一起斜对面坐上几小时，却从来没有好好注意一回小喻。小喻高兴也罢，不高兴也罢，和姬元没什么关系。姬元只看她的书，或只沉浸在自己的恍惚中，她是一个经常恍惚的女人。有时恍惚是因为陷入了一种纯哲学的思考，比如，我是谁？我是姬元。可姬元又是谁？这样循环往复，入了八卦阵一样出不来。而有时，姬元恍惚是因为陷入了一种文学情境，像普鲁斯特那样，在窗前的阳光下，追忆逝水年华了。姬元三十岁了，有三十个华年可以追忆，当然，追忆最多的，还是和老三谈恋爱的那两年，姬元的人生里，也就那两年有点儿"华年"的意思。她和老三是同门师兄妹，她当时二十七岁，老三大两岁，二十九岁，都瓜熟蒂落，情欲蓬勃。老三喜欢一边和她谈形而上的哲学，又一边和她做形而下的事情。她那时其实也不反感和老三形而下的，应该说，非常沉迷于和老三形而下。这让苏冯堇觉得不可理喻。老三这个男人，在苏冯堇看来，实在乏善可陈，长得不怎么样不说，还小气，很无耻的小气。三个人出去吃饭，就数他吃得最多，吃完了，嘴一抹，他能很坦荡地坐在那儿等姬元埋单，或者等苏冯堇埋。苏冯堇气不过，用最恶毒的话攻击姬元说，你倒贴他呀？但姬元不生气，她喜欢他这种蔑视人情世故的方式。这种在苏冯堇看来很无耻很猥琐的行为，在姬元看来，却是不媚于世的超凡脱俗，甚至是一种反社会伦理的行为思想，和行为艺术一样。要不是有一天在他的宿舍撞上他和另一个师妹形而下，她是不会和他分手的，至少不会因为他吃饭不埋单而分手。事实上，他们分手后，她还是常常想念他，尤其想念他一边眉飞色舞地谈尼采一边在她身上"纵横捭阖"的样子，那样子，真是性感。姬元甚至有时会这样想，自己到底还是俗了，俗得和普通女人没什么两样，不然怎么就不能原谅老三和师妹形而下呢？说到底，那不也是蔑视社会伦理规范的行为吗，为什么她能欣赏他前一种蔑视而不能欣赏他后一种蔑视呢？

老三之前，姬元是有过男人的，老三之后，姬元也有过男人。应该说，那些男人的形象都比老三美好，但不知为什么，姬元就是找不到感觉，不论精神上的感觉，还是身体上的感觉，都没有。她和老三在一起的时候，会有庄生"栩栩然"化蝶的迷乱，但和其他男人在一起，她就进入不了那种状态，她总是特别清醒，简直感觉自己在袖手旁观一样。

男女的事情是最说不清楚的，比哲学理论还要复杂神秘，姬元觉得。

反正对她而言，老三那一套，很管用。

姬元后来甚至都不能听到或看到尼采的书，一听到尼采，或一看尼采的书，她就会想到老三，然后身体不由自主地就有反应。

哲学系资料室自然有很多尼采的书，在书架的最后一排，她一般不去那儿。但总会出现一些意料不及的状况，比如那天有老师来还《权利意志》，小喻收了之后"啪"地扔在姬元面前的阅览桌上。姬元一抬头，又恍惚了。

所以，小喻不喜欢姬元。姬元不知道，姬元完全沉浸在自己的世界里。

有一回，姬元的乡下小姨来了，她给姬元带了一只芦花母鸡，和几十只那芦花母鸡下的圆溜溜的蛋。

姬元不知道拿它们怎么办，她没有厨房，也没有煤气灶。住青年教工楼的老师们，大多都在走廊里支了煤气灶的，所以一到饭点，走廊里就会传来嘈嘈切切的声音和很浓郁的饭菜气味，这也是姬元为什么总上系资料室待着的另一个原因。但姬元吃食堂，她嫌自己做饭麻烦，又是买又是洗又是做，就为那十几二十分钟的感官享受，有点犯不上。姬元倒也不是不重视感官享受，她其实是很好吃的一个女人，面对美味佳肴时，能由衷地生出幸福感，但她懒，按苏冯堇的说法，属于四体不勤的那一类人。苏冯堇和姬元读博时同居三年，知道姬元所有的毛病，有时她会用盗跖骂孔子的那几句话骂姬元，"尔不耕而食，不织而衣，摇唇鼓舌，擅生是非"。姬元欣然接受前两句的骂，但后两句，她无论如何就不肯接受了，觉得这是诬蔑，因为她不是擅生是非的人，事实上，她从不像其他女人那样，有挑拨离间或惹是生非的习惯。女人间种种的微妙曲折，姬元都不懂的，或者说，都不屑于懂的，她像男人一样粗枝大叶，也像男人一样懒。

姬元把那只芦花鸡和芦花鸡下的几十只鸡蛋通通都给了小喻。她刚到师大不久，不认识什么人，比较起来，也就算和小喻相处时间长了。而且，小喻有厨房。

小喻一时感动得无以复加。她没想到姬元对她这么好。土鸡有多贵，小喻是知道的，菜市场卖二十几块一斤呢，那还不是真正的土鸡，是圈养大了之后，再放养一两个月，就当土鸡卖了。还有土鸡蛋，那些蛋贩子，把小一点的鸡蛋挑出来，拿到老师宿舍区来当所谓的土鸡蛋卖呢，许多老师不会辨别，傻乎乎地花双倍的价钱买。隔壁外文系的周敏老师，就总买这种鸡蛋，还矫揉造作地对小喻说，我只吃得惯土鸡蛋呢。小喻最看不惯她的矫情。读书多的女人总以为自己聪明，其实蠢着呢。

小喻从不上这种当，她过日子精细，有丰富的日常生活经验，去伪存真去芜存菁的本事，和那些老教授勘别书籍版本的才能有得一比。那些生活之物，她只要看一眼，就能知道真赝和好歹了。姬元送她的那只芦花鸡，鸡冠鲜红，脚掌金黄，黑白相间的羽毛，溜光水滑。还有鸡蛋，个个粉嘟嘟的，通明透亮，光泽鉴人，像初开过面的新娘子一样，小喻看了满心欢喜。而且，她一个资料员，在系里的地位，可以说是最低的——那些老师，虽然对她的态度个个都很好，但那是表面现象，知识分子都是这样的，面上一套，面下另一套，她知道他们在心里还是看不起她的。哪个老师会给她送东西呢？还是这么好的东西！

投桃报李，这个做人的道理小喻是懂的。小喻不懂哲学，她虽然在哲学系资料室工作，听惯了老师学生们说苏格拉底说柏拉图说黑格尔，但那到底是些什么玩意儿，她真是一点儿也不懂的，但她懂人情世故。她受不了别人看不起她，更受不了别人对她的好，别人只要对她好一点，她就想着要对别人更好。

她于是请姬元上她家吃饭，很郑重其事的。

姬元和小喻就这样交往了起来。姬元和小喻交往，多少还有些实用主义的，因为依赖上了小喻的厨房。姬元没想到，小喻做饭的手艺这么好，好到了宗白华所言的"绚烂之极归于平淡"的美学境界。芦花鸡只是清蒸，配一小碟蘸料——也不知她在蘸料里搞了什么名堂，看着是极普通的，不过是李锦记的生抽、小米椒、葱姜蒜，要说特别的，可能就是加了点白芝麻，但吃到口里，味道不一样，怎么不一样，姬元又说不上来了，反正好吃，好吃到不行；花蛤也是素炒，只加了一截绿一截白的葱段和切得细细的嫩黄的姜丝；还有一盘青紫色的秋葵，凉拌。简简单单的三个菜，就把姬元收服了。

姬元读博期间，经常吃苏冯菫做的菜。苏冯菫做菜，完全是花拳绣腿的学院派，一招一式，很讲究理论依据的，都按菜谱来，只要有菜谱，她什么都能做，川菜、粤菜、湘菜，没有不会的，她甚至还会做意大利面和日本寿司。在米白色盘子边上摆上几片香菜叶子和胡萝卜或白萝卜雕刻的花，有时还会是真的花，花里胡哨的，看上去华丽极了。但吃到口里，那就一点儿也不华丽了——像卸了妆后的女戏子，在台上光芒四射，下台一看，不过是个普普通通的家庭妇女，让人大失所望。而小喻的菜完全不同，小喻的菜，可以用苏东坡对陶渊明诗歌的八字评语来评价：质而实绮，癯而实腴。也可以用李白的两句诗歌来形容：清水出芙蓉，天然去雕饰。反正就是美，不是那种描眉画眼面子上的美，而是那种骨子里的风流美艳。

于是姬元的胃先爱上了小喻，这是男人爱上女人的方式，也就是说，姬元像一个男人一样，爱上了小喻。

小喻呢，现在也是喜欢姬元的，她喜欢姬元是从芦花鸡和芦花鸡蛋开始的。这有点庸俗，但庸俗的表面下有不庸俗的东西，一种有象征意味的东西，一种可以上升到哲学意蕴的东西。这不是故弄玄虚之说，因为姬元送的芦花鸡及芦花鸡蛋，对小喻而言，已经不只是芦花鸡和芦花鸡蛋了，小喻在那里领略了更丰富的内涵，除了女人之间的友谊，还有生命尊严之类的。什么东西一旦关系到生命，那么，这就是哲学命题了。小喻如果是个知识分子，她甚至可以因此写上几篇论文的，《论芦花鸡及芦花鸡蛋的象征意味》，或者《论芦花鸡及芦花鸡蛋的哲学意蕴》，当然，小喻不算是知识分子，在这博士博士后都成捆成堆的大学，她的大专学历，差不多就是文盲了。所以，小喻是不可能就姬元的行为做一个文学或哲学意味的分析的。

小喻现在是总请姬元上她家吃饭的，反正姬元一周除了听几节课外，其他的时间，基本都在资料室待着。小喻问一句，姬，去我那儿吃？——小喻称姬元为姬，这是表示亲密了。按说小喻应该称呼姬元为姬老师的，哲学系其他老师她都是这样称呼的，但小喻不太愿意这样称呼姬元。一开始是因为姬元没有把她放在眼里，惹恼了她，她不服气叫姬元老师。虽然"老师"的称呼在校园里其实是很普通的称呼，普通得和食堂里的"师傅"一样，但小喻还是很珍惜很看重的，因为哲学系老师们没有谁叫她"喻老师"的，大家都叫她小喻——小喻，帮我找本书；小喻，这一期的《世界哲学》放哪儿了？仿佛她是大观园里的小厮一样，可以随便使唤。偶尔有研究生到资料室来写论文，他们会叫小喻为"喻老师"，这时候小喻的神情就特别庄重,她会神情庄重地对那些学生好,比对哲学系的老师们还要好几分。她真的很喜欢"喻老师"这个称呼呢,这个身份呢。

所以,小喻对称呼一向是很矜持的,有时可以矜持到吝啬的程度。当然,她现在不叫姬元为"姬老师"而叫"姬",是另外一种意思了,她想表示她们之间的亲密无间。小喻希望她和姬元能建立起友谊的,那种类似于闺蜜的关系。之前她对哲学系一个叫孙卓然的女老师——在姬元来之前,那是哲学系唯一的女老师——存过这种想法的。孙卓然老师年龄也不大,四十出头而已,修养很好,对人总是客客气气的,尤其对小喻,特别客气,这种特别的客气一度让小喻误会了,以为那是好呢,所以小喻有点受宠若惊地也忙不迭地表示她的好。孙卓然总看《求是》,于是每一期的《求是》一来,小喻就把它藏在自己的抽屉里,以免被别的老师先借走了;她还送过孙卓然一盆已经半开了的茉莉花,小喻的花草养得很好呢;她还给孙卓然做过一罐子泡椒藕丁,小喻的泡菜也是做得很好的。这些,孙卓然都很客气地收下了,但孙卓然从没有为小喻做过什么。来而不往非礼也,也就是说,孙卓然一直在"非礼"小喻呢,这让小喻觉得屈辱。孙卓然原来不想和她走近呢,不想和一个资料员做朋友呢,她的客气,不过是一种高高在上的优越感而已,带有一种纡尊降贵的意味。明白过来了的小喻,后来对孙卓然就有一种矫枉过正的冷淡,小喻是个自尊心很强的人。

但姬元和孙卓然不一样,她没有刻意和小喻保持距离,也没有以和小喻的友谊为羞。当小喻说,姬,去我那儿吃?姬元立刻笑嘻嘻答应了。她喜欢到小喻家蹭饭,事实上,她现在隔三岔五地就上小喻家蹭一顿呢。小喻有时上菜市场,就让姬元帮她看着资料室,反正来资料室的老师也不多,来了,姬元就替小喻打掩护,说上洗手间了,说上学校邮局取杂志了。老师们过来也不过借借还还几本书,姬元完全可以越俎代庖,她现在对资料室的业务也熟练得很。到了下班时间,姬元把资料室的门一锁,就上小喻家了。

姬元也不白吃,她经常买东西过来,这也是小喻喜欢上姬元的另一个原因。小喻还从来没遇到过像姬元这么没有经济打算的女人,她会给小喻买"卡拉多"的提拉米苏,一百多块一小盒呢;会给小喻买水果,不是平常的苹果或香蕉,而是几十块一斤的车厘子。这都不是小喻平常会买的东西，不是买不起，而是她不这样过日子的。小喻过日子是很仔细的，不乱花钱。但姬元买来了，小喻还是很喜欢。小喻虽然读书不多，可那种"匪女之为美，美人之贻"的高级情感也是有的。

不过，姬元最经常买的，还是"阮阿姨"家的烤猪蹄，用来做下酒菜。姬元会喝酒，白酒可以喝三两，米酒可以喝半斤，小喻做的米酒里，会加枸杞，红艳艳的，姬元觉得比日本的清酒还要好喝还要好看。

小喻也能喝一点，是跟汤弥生学的，汤弥生在家时，如果心情好，或者菜合适，会建议一起喝一盅。有时小喻也会建议。小喻喜欢看喝了酒的汤弥生，有一种天真烂漫的孟浪。他平时是一本正经的，但几盅酒之后，眼睑就红了，搽了胭脂一样，言语和动作也会变得轻浮起来。小喻喜欢轻浮的汤弥生，这种时候她觉得和汤弥生关系更亲近，或者说这种时候他们才像夫妇了。而多数时候小喻觉得他们是不像夫妇的，他在她面前一直都是不苟言笑的教授，而她是恭谨小心的资料员——她在外是资料员，在家竟然也是资料员，这么一想，小喻就觉得万分委屈了。

但小喻和姬元在一起时没有这样的委屈。姬元这个女人，身上有一种不谙人情世故的好，她似乎谁都不放在眼里。这种不放眼里，一开始小喻以为是傲，但和姬元交往之后，她知道这不是傲，而是自得其乐。小喻对傲是有所认识的，哲学系有许多傲的老师，有的是真傲，像孟姚，骨子里有着老子天下第一的狂狷；有的是伪傲，像周树榆，对了普通师生，摆出一副鼻孔朝上的嘴脸，而对了领导，他的鼻孔就朝下了——也不知道他在家照不照镜子？他鼻孔朝上的样子真是惨不忍睹的。

可姬元对谁都一样，不卑不亢，不媚不凌，这让小喻很折服。小喻自己是做不到这个的，她在系主任面前，总忍不住卑。对小喻而言，不亢很容易，但不卑却很难。即使表面她矜持自重，可有时软弱是从内部发生的，她自己也拿自己没办法。不过，她也没觉得这有什么不对，在人屋檐下，不能不低头，都这样的。她见过系主任老傅在院长面前的样子，那说话的声气及态度，也有妇人式的糯软呢。可不要糯软吗？小喻在老傅的屋檐下，老傅不也在院长的屋檐下？所以，小喻其实是理解自己的，也理解老傅。但理解归理解，她对不这样做的姬元，还是由衷地佩服。

两个女人，就这样好上了。

汤弥生是半年后从法国回来的,那个时候,姬元和小喻,已经厮混得相当熟了。熟到什么程度呢?姬元不仅会在小喻家吃饭,也会在小喻家洗澡,还会在小喻家睡觉——有时姬元因为多喝了一盅米酒,看着有了酩酊之意,而外面的夜,又深了,小喻就说,姬,别回了,就在我家书房睡呗。

姬元也不推辞,就在小喻家睡了。小喻家的书房里,有一张沙发床,沙发床两边,都是书架,上面放满了书,文史哲什么都有,连劳伦斯的《查泰莱夫人的情人》都有。汤弥生看书的"脾胃"还真是杂——书房里的书,应该都是汤弥生的吧?姬元随便抽一本,看上半页,或几行,然后就睡着了。

姬元最喜欢的,是在小喻家醒来的时刻。事实上,姬元之所以会留在小喻家过夜,主要就是因为这个。阳光从窗外照进来,一寸一寸地往姬元的脸上挪,姬元眯了眼,四仰八叉的,躺在小喻家香喷喷的被子上,觉得很快乐,身体快乐,精神也快乐。这时候姬元就觉得人生真是美好,真是美好!她愿意与乌龟、槐树一样,活上千年万年呢。而在"西北偏北"醒来,姬元就没有这样乐观了。"西北偏北"的窗外,从来没有明亮的时候,阴雨天,自然是暗的,就算天晴,也一样是暗的。窗外有几棵大樟树,茂密得很,把她房间遮蔽得暗无天日。大白天她也是要开灯的,灯是白炽灯,石灰似的浮白,让她觉得人生惨淡和凄凉,凄凉到不想活了。三十岁的姬元,对人生的看法,是很容易陷入极端的,有时乐观得不行,有时又悲观得不行。姬元还是愿意自己处于乐观的状态里。

可汤弥生回来了,姬元就不好再在小喻家吃饭了,也不好在小喻家洗澡了,更不好在小喻家睡觉了。

这样疏远了一段日子,小喻先忍不住了,她已经习惯了和姬元老师的友谊。虽然她和姬元在一起,有点儿酒肉朋友的意思——她们在一起,总是吃饭和喝酒,很少有精神交流的。小喻不是那种动不动就和别人谈自己精神生活的女人,她更擅长的,是说说家长里短——家长就是汤弥生,里短就是系里的人事。小喻是很爱和姬元说汤弥生的,汤弥生爱吃什么,汤弥生不爱吃什么,汤弥生总是如何如何。姬元觉得好笑,汤弥生如何如何关她什么事呢?不关的。但姬元能理解小喻如此频繁地说起汤弥生。汤弥生远在法国呢,小喻见不着,只好用说来表达思念之情了,也是聊胜于无的一种权宜之计。而且，姬元也理解她那种"文过饰非"之说法，毕竟距离产生美嘛。夫妇在一起时，可能看到的都是各自的丑，等到分开了，想起的又都是各自美的部分。这是审美的基本原理了。姬元通通能理解的。所以，小喻再怎么夸汤弥生，姬元也只是笑笑，并不觉得有什么过分。当然，笑笑也不是完全认同的意思，只是"姑妄听之"罢了。比如小喻说汤弥生长得如何如何英俊，这个姬元就不敢苟同。姬元虽然还没见过汤弥生呢，可汤弥生的照片是见过的，小喻家里到处都是，甚至资料室里小喻的电脑桌面上，放的也是一张汤弥生和小喻的合影，两人十分亲密地依偎着，笑靥如花——是小喻笑靥如花，而汤弥生的表情，是很严肃的，眉头还微蹙着，完全是标准的哲学教授的样子。长相绝对是谈不上英俊的，当然也不丑，就是一个普通的学院男人。但这个姬元也是理解的，所谓情人眼里出西施嘛。小喻那么爱汤弥生，把汤弥生夸成"西施"，那不是理所当然的吗？

除了家长，小喻也和姬元说里短的。里也就是哲学系。系里某某老师的夫人是两面派呢，在外面莺声燕语，在家却是一只河东母狮；某某老师的年轻夫人是续弦呢，他已经结过三次婚，前妻和前前妻都是学校的，一个在学校财务处，另一个在医务所，两个女人见了面，还"相敬如宾"呢。姬元对这个听得津津有味，她新来，对系里老师们的私生活，是一点儿也不知道的，但女人——即使是姬元这样的女人，天性里也一样有这种格调不高的爱好。虽然她自己不怎么谈，她向来属于姑妄听之的那种女人，按苏冯堇的说法，是有点阴险的女人。她和苏冯堇在一起的时候，总是苏冯堇谈，姬元听。但苏冯堇和小喻不一样，小喻说身边的人，苏冯堇说的，一般是哲学的人事，她会说苏格拉底的恶妻，说尼采混乱的性生活，什么嫖妓呀通奸呀和妹妹乱伦呀。苏冯堇不喜欢尼采，每次谈起尼采时都做咬牙切齿状——苏冯堇是很喜欢咬牙切齿的，因为她的牙齿好看，曾被导师称赞为"齿如瓠犀"。瓠犀的意思，姬元原来不清楚的，以为和犀牛有关呢，等查了词典，才知道瓠就是"葫芦"，瓠犀不过就是葫芦的籽。葫芦的籽有什么好看呢？相比之下，还不如庄子对盗跖牙齿的形容——"齿如齐贝"来得美呢。

哲学系很小，也就二十来个老师，这二十来个老师的私生活，还不是个个都有谈论的价值，有的老师，很乏味的，人长得规矩，生活也规矩，实在没什么好谈的。于是多数时候，姬元和小喻还是不说话的。女人和女人在一起如果不说话，按说是有些奇怪的，会有些不自在，她们总要没话找话说的。但小喻和姬元在一起没有这种不自在，她们各做各的事，姬元意态闲适地看她的书，或恍惚她的恍惚，小喻意态闲适地绣她的十字绣。她一直在绣一幅叫"花开富贵"的牡丹花图，上面已经绣了十几朵牡丹，姹紫嫣红的，好看得很。姬元不明白绣十字绣有什么意思，又不是从前的妇人，吃饱了不用劳动，也不用学习，也没有什么娱乐方式，所以才一边思春一边绣花，用绣花来掩饰思春。小喻呢，也不明白那些破书有什么好看的，不就是蚂蚁一样的密密麻麻的黑字吗，日复一日坐那儿看，不嫌厌烦？她们真是不能理解彼此的，是两个完全南辕北辙的女人，但这不妨碍她们的好。小喻喜欢和姬元在一起的时光，姬元那种自得其乐的漫不经心，有一种没有高低的随便。她和汤弥生之间都没有那种随便呢，即使在他们做床笫之事的时候，她对他都有一种小心逢迎呢——她总是忍不住想取悦他。

她和姬元偶尔会一起逛菜市场。小喻也喜欢菜市场的姬元，无知得很，可爱得很，什么都不懂，稍微生僻一点儿的蔬菜，她就不认得了。凉麻菜不认得，苦苣菜不认得，马齿苋也不认得。小喻一样一样教她认，几乎是学校老师带学生的做派了。小喻是好为人师的。小喻不单教姬元认识各种蔬菜，还教她挑菜。什么样的花蛤是活的，什么样的花蛤是死的；什么样的黄瓜最嫩，什么样的藕最粉——挑藕还要分做法呢，不同的做法需要不同的藕，素炒要挑嫩藕，炖汤要挑老藕，凉拌呢，就要不老不嫩的。姬元听得云里雾里的，菜市场的学问原来这么大，听上去竟然也不比哲学简单呢。

有一回她们在菜市场碰到了孙卓然，孙卓然当时低了头在挑紫皮荸荠，没看见她们的。小喻故意也走到荸荠摊子前，一边挑荸荠一边娓娓地教育姬元，于是孙卓然看见小喻和姬元了。小喻那天的心情就非常好，她就是要孙卓然看见她和姬元老师亲密无间的友谊，她小喻虽然只是个资料员，也是可以和老师做朋友的，而且还不是那种泛泛之交的朋友，而是那种可以一起上菜市场的走得很近很近的朋友。

可汤弥生一回来，小喻和姬元就没法做走得很近很近的朋友了。

她们的关系又像回到了从前，是老师和资料员的关系，姬元是去资料室看书借书的老师，小喻是资料室负责借书还书的资料员。

可小喻已经习惯了有姬元老师友谊的生活了，她不能失去它了。

于是一个月之后，当小喻感觉和汤弥生那种"小别胜新婚"的阶段过去了，她又在某一个周末开始邀请姬元到她家吃饭了。

当然，她先征求了汤弥生的意见的。汤弥生当时不置可否，小喻以为他"可"了。这是他们两个人的交流模式，只要汤弥生不明确表态，小喻通通就当他是"可"的。他本来也是无可无不可的，在家庭生活方面，他一般都由小喻做主的。

但姬元那天出现在他们家饭桌的时候，汤弥生的表情还是错愕了的，好像他之前不知道有这回事似的。事实上，他真是不知道的，虽然之前小喻好像问过他的，但他当时没好好听呢。小喻什么都喜欢征询他的意见，中午吃山药炖排骨汤，还是莲藕炖排骨汤？院墙边是种丝瓜呢还是种虞美人呢？丝瓜好吃，丝瓜藤好看，盛开的丝瓜花，也和虞美人的样子差不多呢。要不还是种丝瓜？汤弥生对这类问题是有些不耐烦的，他看不出回答这类问题的意义，所以就经常置若罔闻了。

饭间汤弥生的态度就有些不热情。他和姬元老师还是陌生人呢，这样一家人似的团团坐在一起吃饭实在让人有几分尴尬。所以他以最敷衍的方式和姬元寒暄过后，就不说话了，只低头吃自己的饭，一边还手不释卷地看着书。这动作倒也不全是因为姬元的在场，姬元不在时汤弥生常常也是这样的，一边吃饭，一边看书；或一边吃饭，一边思想。有时看入迷了或思想入迷了，会好半天不动筷子。姬元不在时，汤弥生这种心不在焉的样子小喻没觉得有什么不好，甚至还因此对汤弥生生出更多的爱意和敬意。小喻自己不读书，但她喜欢看汤弥生读书，男人读书或皱了眉头思想的样子，看起来也是很不错的。但有姬元在，汤弥生再这个样子，小喻就怕姬元觉得被怠慢了。姬元是她请来的，是她的朋友，她有责任照顾姬元的感受。于是就比平时更殷勤几分地招呼姬元了。

这夫妇俩的微妙情绪，姬元其实都没有感受到。前面说了，姬元是个可以很细腻的女人，也可以是个很粗枝大叶的女人，细腻起来时密不透风，粗心起来时疏可走马。姬元当时的注意力或情感，都在那只清蒸鸡上。这段时间以来，她已经依赖上小喻家的厨房了。她之前是吃惯了食堂的，再之前吃惯了苏冯堇那些华而不实的东西，但人的脾胃，也是"由俭入奢易，由奢入俭难"，一旦吃过了小喻做的饭菜，姬元的脾胃，就觉得食堂的菜难以下咽了，就怀念小喻做的饭菜了，可怀念也没办法，汤弥生回来了，她只能吃食堂了。毕竟小喻是人家汤弥生的老婆，不是她姬元的老婆，她乘虚而入地吃了一段时间，已经不错了，以后不要再惦记了。她这么对自己的脾胃说，是安抚，也是告诫，她以为从此要和小喻的饭菜分手呢。可没想到，小喻一个月后又邀请她了。坐在小喻家的饭桌前，姬元一时简直生出久别重逢失而复得之激动。她当时真是没顾上小喻以及汤弥生的，也就是说，她那时对清蒸鸡，是密不透风——清蒸鸡的清秀样子，以及它周折唇齿间的美感，无不让姬元全神贯注；而对小喻及汤弥生，则疏可走马呢，汤弥生的怠慢也罢，小喻的殷勤也罢，她其实都没有注意到的，她旁若无人地沉浸在她和清蒸鸡的芬芳世界里，好像饭桌上只有她，和那只鸡。

这就是姬元的好，小喻觉得，没有多数女人的捏怪。汤弥生不看她，只看书，她也不看汤弥生，只看鸡，这主客两人主不像主，客不像客，完全不按礼数来。小喻看着好笑，但好笑归好笑，却也不以为忤的，不仅不忤，还有几分欣赏呢，搞哲学的男女，怎么可能拘泥于礼呢。小喻自己虽说是个俗人，但对不俗，也是懂的。毕竟在哲学系资料室工作了好几年，没吃过猪肉还没看过猪跑吗？看多了呢，哲学系没有别的，有的是这样的猪。

而且，对小喻而言，姬元还有一好。那一好，小喻有点说不出口，因为太刻薄了——那就是，姬元长得不怎么样。怎么个不怎么样呢？打个比方说，如果姬元是篇毕业论文，要用"优、良、中、及格、不及格"来打成绩的话，估计姬元也就是得个"中"。那还是教授手下留情，要是教授严厉一点，打"及格"也可以的。倒不是姬元的眉眼没长好，仔细看，姬元的眉眼还是尚可的，眉很长，眼也不小。但姬元皮肤不好，太黑了。这尚可的眉眼，长在一张太黑的皮上，就不显了。就像一朵黑牡丹开在夜里，等于没开一样。黑是要用白来反衬的，这黑眉和黑眼，要是长在一张雪白的肌肤上，那就有"眉若远黛，瞳若点漆"的审美效果——这是孟姚教授经常用来夸赞美人的话——但长在姬元脸上，远黛就不是远黛了，点漆也不是点漆了，都消失不见了。

如果小喻是姬元，小喻就搽粉了。一白遮三丑，这是中国人的审美观。白的女人，是美的，不白的女人，是不美的，这是审美常识。但这个常识姬元似乎不懂，所以姬元不搽粉，不仅不搽粉，还总坐在太阳下。小喻不明白姬元为什么那么喜欢晒太阳，女人又不是植物，需要和太阳发生光合作用。植物光合作用后，叶会更绿，花会更红。可女人晒太阳的结果，就是把皮肤晒黑了，晒粗了。小喻是不喜欢晒太阳的，即使春秋天，太阳并不毒，小喻出门，也要撑把小阳伞的。小喻喜欢自己撑了小阳伞在外面袅袅娉娉地走的样子，觉得很淑女。

还有姬元的嘴，也是硬伤。姬元的嘴，太大了。女人的嘴，是不能大的，一大，就不雅，就不美，所以有"樱桃樊素口，杨柳小蛮腰"——这也是孟姚教授经常用来夸赞中文系某美人的话。孟姚喜欢用文言文夸赞美人，好像他不是哲学系的教授，而是中文系的教授，而且是中文系搞古典文学的教授——他自夸文史哲通搞呢。孟姚教授这个人，从来不懂谦虚的。因为这个，系主任老傅特别不喜欢孟姚，嫌他狂。可姬元的嘴，不是樱桃，而是蟠桃，王母娘娘园子里种的蟠桃呢，人吃一个，就饱了。蟠桃姬元口，泡桐卓然腰。小喻把孟姚教授的诗一改，忍不住笑了，觉得自己改得真是绝，孙卓然的腰，总是挺得笔直，泡桐一样。女人的腰，应该是婀娜的，怎么可以挺得那么直呢？女人读书多了，就笨了，就不会做女人了。

但这样好，这样小喻才很笃定地邀请姬元到她家吃饭呢，才很笃定地继续发展她和姬元的友谊呢。

可有些事情，有些被萨特称为"偶然的爱情"的一些事情，还是发生了，在几个月后。

这出乎小喻的意料，甚至都出乎姬元和汤弥生的意料。

是突然发生的，在资料室。当时是周末，小喻在家里绣十字绣，她那幅《花开富贵》就差最后半朵牡丹了，她想这个周末完成它，然后再开始绣抱枕，绣样已经找好了，是两朵并蒂莲，紧簇簇地挨在一起，像两个耳鬓厮磨的男女。汤弥生呢，本来在书房写论文，但他写着写着，不想写了，说出去走走。这是经常的事儿，写论文和看书，脑子容易累，眼睛也容易累，需要时不时起来走动走动。有时汤弥生就在家里走，从书房走到院子，再从院子走回到书房，这样来来回回走上几趟之后，又重新坐下做事情了；有时呢，汤弥生就会嫌这么走局促了，要走到外面去，在教工宿舍周边绕上两圈。但在教工宿舍走，有个问题，那就是容易遇到人，许多教授半上午或半下午的时候，也和汤弥生一样，喜欢到楼下来走走。遇到了就要停下来，说几句话。有的教授，话多，那就不止说几句，有可能要说上一节课，像孟姚。汤弥生烦，有时就干脆走得更远些，走到教学区。教学区那边树多，尤其是图书馆后面，有一大片樟树。汤弥生是很喜欢樟树的，喜欢米粒儿大小的黄绿色樟树花开得繁密的样子，也喜欢它们落在青砖小径上的散淡样子。樟树花不论花开花落，在汤弥生看来，都有一种抱朴守拙的自然之美。汤弥生喜欢自然之美，反对矫饰之美。就算没有花开花落，汤弥生也喜欢。这喜欢就带几分任性了。汤弥生虽然搞哲学，是个很有逻辑很理性的人，但偶尔，也会像中文系的教授那样不讲理性。反正人的感情，即使是对树的感情，本来也没有什么理性可讲。他喜欢樟树花，说樟树花自然而然，他不喜欢荚蒾，难道荚蒾不自然吗？荚蒾也自然得很嘛，虽然花的颜色有些艳，花的气味有些妖冶，可那又不是女人搽的抹的胭脂和香水，荚蒾是低等生物，不会像高等生物人类那样矫饰自己，颜色和香，都是天生的。所以汤弥生的理性，其实是有点不严谨的，是经常会受到感性的破坏的。感性一如他身子里的野物，时不时要出来撒撒野。那天的汤弥生就是这种状态。他在没有开花的樟树下走着，身心愉悦得很，看什么都入眼，包括某棵樟树下的一对恋人。那对恋人坐在樟树下的木椅上，应该说，是男生坐在木椅上，而女生横坐在男生的腿上，双手勾着男生的脖子。汤弥生看不见女生的脸，只看见女生的满头黑发，凌乱地散在男生的胸前。画面是有些情色的，但如果只是情色到这种程度，就还好，如今的学生开放，校园里这样搂搂抱抱的恋人是不少见的。但这对恋人显然有更过分的行为，汤弥生瞥见男生搂在女生腰间的一只手，是在女生衣裳里面的，手被衣裳遮住了，所以它的位置就不确定，有可能在腰间，也有可能在别的什么位置——在别的位置的可能性是更大的，以汤弥生作为一个过来人的经验想象。这种情况下，汤弥生本来应该生出义愤的，他是老师，一个教育者，有义愤的责任。和老傅一样。老傅就经常义正辞严地谴责那些行为，说有伤风雅，有伤伦常。什么是伦常？孙卓然会挑了眉故意问。老傅说话的时候，孙卓然老师是很喜欢插嘴的，她知道老傅喜欢她插嘴呢，尤其在这种话题上。老傅果然很高兴，说，什么是伦常？那就是，应该夜里做的事情，就不能白天做；应该在房间里做的事情，就不能跑到房间外来做。老傅关于白天夜里以及房间里房间外的理论在哲学系是很流行的，大家经常拿它来打趣，乐此不疲。某某，你在白天做了夜晚的事了？某某，你在房间外做了房间里的事了？但汤弥生对此颇不以为然，他在法国待了两年，司空见惯了这种事情，觉得老傅的这个理论很可笑。什么白天夜里？什么房间里房间外？如果当初孔子的父亲叔梁纥不是大白天和孔子的母亲颜徵在于房间外野合，能生出孔子？能有中国伟大的儒家文化？没有儒家文化，能有儒家那一大套伦理纲常？所以汤弥生看到学生坐在樟树下有伤风雅，就没有生出义愤，而是生出了其他一些东西，一些说不清道不明的东西。他已经走了一段路了，身体本来有点发热，再加上这新生出的东西，让他觉得更燥热了，他于是不想继续走了，而是到哪儿坐一坐，静一静自己的身心。正好他走路的地方离哲学系的资料室不远，他就想到资料室去，查点东西，他有资料室的钥匙的。

他没想到姬元也在那儿。姬元也有资料室的钥匙。

事情发生都是有条件的，条件之一是汤弥生先看见了那对行为不雅的恋人，让汤弥生的身体状态有些蠢蠢欲动，像春天惊蛰的蛇，咝咝咝地吐着蛇信子。条件之二呢，是一本书，一个叫罗杰斯的英国历史学家写的书，书名是《行为糟糕的哲学家》。汤弥生正在写一篇文章，是闲文，他一个师弟约的稿。师弟在杂志社做编辑，最初约他写萨特——你不是刚从巴黎高等师范回来吗？应该对萨特很有感觉的。写一写萨特和波伏娃的事情，再写一写萨特和波伏娃之外的那些女人的事情，这对你不是小菜一碟？汤弥生本来不想写，这不是哲学，而是哲学的旁门左道了。但师弟说，如今杂志——特别是哲学杂志，不搞点旁门左道，那是活不了的。哲学杂志活不了啦，你们这些在大学搞哲学的教授到哪儿发论文？皮之不存，毛将焉附？所以，你就当做功德。救人一命，胜造七级浮屠，救哲学杂志，等于救哲学家，等于救哲学，那不知胜造多少级浮屠呢。师弟油腔滑调。哲学总是把男人的性格往两个方向塑造，要么特别深沉，要么特别贫。汤弥生当然不同意师弟这种皮毛的比喻，但救哲学的说法还是让他觉得受用，他于是半推半就地写了一篇文章，用亦庄亦谐的语言和态度，也谈萨特的哲学，也谈萨特和波伏娃那种创造性的具有先锋意味的男女关系，类似于哲学随笔。没想到，那篇随笔文章一出来，大受读者的青睐，师弟于是让汤弥生再接再厉，干脆写一个系列，系列名称就叫"哲学家们的哲学和性爱"——汤弥生不同意用"性爱"两个字，嫌过于形而下了，但师弟巧舌如簧，说，性爱怎么了？形而下怎么了？没有形而下，就没有形而上，你一个哲学系的教授，难不成还没有这样的认识和境界？"哲学与性爱"，多好！既有形而上，又有形而下，两个一组合，那就是干将莫邪剑呢，无人能抵挡的。他于是又一次半推半就了。性爱就性爱吧，虽然直接了点，倒也不失为一种坦荡和天真自然，如植物的花朵，不遮不掩，把自己的性器官无邪地裸露出来，也可以理解为一种强烈的生命意识。最低级的生命形式，往往也是最高级的，两者之间，其实没有不同。他自己也这么做自己的思想工作。于是，在萨特之后，他又写了罗素，写了卢梭，接下来准备写尼采了。师弟说，你这样一个一个写过去，很快就能把自己写得大红大紫了。汤弥生倒不要把自己写红写紫，他只是喜欢写这样的文章，有意思，比写纯学术论文有意思多了。

　　汤弥生从书架上拿了《行为糟糕的哲学家》后没有走，而是在姬元旁边的椅子上坐了下来。这本来不是汤弥生的作风，汤弥生其实是不习惯和女人单独相处的，但这天他一反常态，不但在姬元的边上坐了下来，而且还和姬元谈起了他正在写的文章。这些文章汤弥生之前从来没有和其他老师谈过的，因为自己也觉得有点不登大雅之堂。哲学系的老师，要在《哲学研究》和《哲学动态》这样的权威杂志上发表的专业论文，才有和同行谈论的意义。而《尼采的哲学和性爱》算什么呢？充其量只能是哲学的花边，孟姚甚至会说它是哲学的私处——孟姚说话，是十分毒舌的，有一剑封喉的言语爱好，要是他和孟姚谈这个，那是找死。当然，孟姚对人一剑封喉时还算是有兴致呢，算是给面子呢，也有可能他压根一声不吭，翻一翻白眼就完了。孟姚这个人，虽然有时话多，但那是遇上了投机的人或事，一旦话不投机，孟姚是半句也不肯开口的。要是和系主任老傅谈呢，估计老傅又会生出义愤，就如看见学生在房间外有伤风雅一样，会认为他写这样的文章，也是有伤风雅。学生们有伤风雅也就罢了，毕竟他们是被教育者，而他作为一个教育者，伟大的人类灵魂工程师，也这样有伤风雅，就不对了。老傅一定会痛心疾首地指正和批评他。汤弥生完全能想象他们的反应，所以汤弥生从来不会和系里的同事谈这些文章。

但姬元不一样，姬元是新来的老师，应该还没有这种学术上的势利。姬元又是女人，虽然也是个搞哲学的同行，可汤弥生在心理上还是不会把她当成男人那样来防范，所以就很放松地和姬元谈起了他写的那些文章，以及他正准备写的尼采。和一个女老师谈那种话题，多多少少是有些不宜的，甚至是有些轻浮的。但汤弥生那时就处在这轻浮的状态里——虽然多数时间里，汤弥生是庄重的，但那个下午汤弥生不想庄重，就想轻浮。他用很轻浮的语气口若悬河地谈着尼采的哲学和性生活，甚至为了印证自己的观点，一边还大段大段地读着《行为糟糕的哲学家》里关于尼采的部分。

姬元受不了。尼采招魂一样，把老三招来了，老三一来，姬元的样子就有些凌乱和湿润了，像下了一场雨水之后的花草，散发出一种强烈的草腥气。这草腥气汤弥生一下子就嗅出来了，他是过来人，对这个还是懂的。懂了的汤弥生就有些不能自持了，之前他已经被樟树下搂抱的两个学生弄得春心荡漾了，而姬元的样子，让他更荡漾了。他于是不看手里的书了，没法看，就算装模作样，都装不下去了，他转脸看姬元——这是他从法国男人那儿学来的，法国男人是很会看女人的，总能看着看着，就可以把女人看到床上去。真是太有才了，比中国男人不知高明了多少段位。中国男人喜欢用庸俗的物质表达爱情，像汪曾祺《鸡毛》里的金昌焕，看中了某个女人，还没有说过话呢，先巴巴地送上一个金戒指；《色戒》里的易先生，虽然老奸巨猾老谋深算，这方面也一样老实，要送给自己相好的女人一个鸽蛋般大小的钻戒。可法国男人什么也不用送，只深情地凝视女人就可以了，这方法又经济，又有格调，汤弥生对此佩服得五体投地，发誓回国之后也要找机会这样实践一回的。姬元就是他实践的第一个对象。他目不转睛地凝视姬元，姬元果然被他凝视得心慌意乱了，不知所措间，竟伸手去翻汤弥生面前的书，却不小心把书弄到地上去了。她赶紧弯腰去捡，他也弯腰，就看见了她的胸——他之前就看见了的，她穿一件紧身灰蓝色毛衣，把胸的轮廓很密实地勾勒了出来，但那是隔了衣裳看，还有文明的屏障，在那屏障面前，她还是姬元，他还是汤弥生。可没隔衣裳看姬元的胸——她一弯腰，V字领就像落地窗一样，把姬元的胸，风景般完完全全地暴露在汤弥生的眼皮底下，汤弥生一下子血脉偾张，他不是汤弥生了，不是一个受过高等教育的哲学教授，而只是男人，一个陷在惊涛骇浪般情欲中的雄性动物了。而面前的姬元，在汤弥生这儿，也不是姬元了，也不是同事了，只是一个女人，一个散发出强烈性气味的雌性动物。他弯腰伸手的时候，本来是准备去捡书的，却被眼面前的风景弄得神魂颠倒，伸出的手，在半道上，鬼使神差般伸向了姬元，他自己也吓一跳呢，但他管不了自己的手了，他的手，任性得很，不管不顾地要去做自己想做的事情了。姬元呢——假如姬元那个时候还有一丁点儿意识的话，应该站起来，用一个大学老师的理智，或者女人三贞九烈的传统，去猛掴汤弥生一个耳刮子，或许能把汤弥生的魂魄掴回来，但姬元那一刻没有了大学老师的理智，也没有女人的三贞九烈，也就是说，她没有掴汤弥生的耳刮子，而是略微地扭动了一下身子，那扭动，可以理解为挣扎，也可理解为女人身体的本能反应。这反应，汤弥生认为差不多是一种迎合了，带有期待意味的迎合。这时候，就算不考虑自己的身体需要，单就男人的风度来说，也不能停下了——这是东西方文化的差别了，中国男人对男人风度的理解，是"发乎情，止乎礼"，这样对女性才尊重；而西方男人对男人风度的理解正相反，是"发乎情不止乎礼"，不止于礼才是对女性尊重。从法国访学回来的汤弥生，对男人风度的理解，自然是法国化了的，所以汤弥生认为，就算为了男人风度，他也不能停下自己的动作了。如果停下了，对姬元而言，有点儿像羞辱，甚至不人道了。当然，对自己而言，就更不人道了。所以，为了伟大的人道主义，汤弥生就很有男人风度的表现了。

整个人文楼空荡荡的，没有人，只有他们两个，他们就在资料室的地上——资料室的地面，是旧木板，因为上了年头，暗红色的老漆，已经脱落得差不多了，斑斑驳驳的，像老女人的脸。不过，是一张十分干净的老女人的脸，有一种洗尽铅华的清爽。小喻每天都拖一遍呢。小喻本来爱干净，加上老傅又因为这个经常表扬她，让她对拖资料室的地就更加尽心尽力一丝不苟了。你把资料室弄得和家一样干净和温馨呢。老傅总这么说。

这也不是老傅乱表扬一通,而是哲学系的资料室真是有几分居家的气质的,地板干净不说,还养了不少花草呢,还有小喻坐在那儿娴静地绣花呢。当然,周末小喻就在家里绣花了,而汤弥生和姬元,那个时候正躺在小喻拖得干干净净的资料室的地板上,近乎酣畅淋漓地完成了他们之间的第一次性爱。当汤弥生和姬元双双冲向快乐巅峰的时刻,小喻也正落下她最后一针——她绣了一年多的《花开富贵》,终于大功告成了!

那本《行为糟糕的哲学家》一直压在姬元的身下,把姬元的背都硌紫了一大块,像野堇花朵的文身。

其实在汤弥生和姬元之间发生这种"偶然的爱情",除了上面那两个条件之外,也还是有些其他条件的,比如小喻给了姬元资料室的钥匙。这条件等于是小喻给他们两个创造的,如果姬元没有资料室的钥匙,她就不可能在那个时候去资料室,也就不可能和汤弥生躺在资料室的地板上做那种事情了。

还有,如果小喻不是那么频繁地邀请姬元到她家吃饭,不让姬元和汤弥生由疏远的客气的同事关系演变成有点儿随便的同事关系,汤弥生那天下午就是再蠢蠢欲动,估计也只是自己蠢蠢欲动一番而已,不可能贸然把手放到一个女同事的身上,他也不是衣冠禽兽。就算去法国访学把自己的道德水准访低了,可他之前已经做了三十几年的中国人呢,中国人即使不擅长别的,但在压抑自己身体欲望方面还是很有一套的。全世界估计任何一个民族,这方面也不能和中国人相媲美。所以,小喻在这件事上,也是有责任的,差不多可以说是她撮合了汤弥生和姬元——有一回,姬元在小喻家待得有点晚了,她主动提出让汤弥生送姬元回去。姬元住的"西北偏北"实在太偏僻,一个女人——就算是长得不怎么好看的女人,独自走回去,也是危险的。夜里乌漆抹黑的,哪看得清女人长得不好看?只要是个女人,就危险呢!小喻之后这么对汤弥生说,这么说实在是有点儿阴损的,但小喻说得好心好意。汤弥生当时有些不愿意,晚上他不喜欢出门的,尤其在用柚木木桶很舒服地泡了脚之后,他很不愿意又穿上皮鞋出门。但他还是很勉强地送了。既然小喻小心翼翼地开口了,既然姬元也没有客气,他就只能送了,作为男人,这点风度总是要的。汤弥生现在是很讲究男人风度的。两人走到九号楼拐角处,突然有个黑东西从垃圾箱蹿出来，姬元吓得本能地往汤弥生身边一躲，汤弥生也本能地用手去护，两人于是就有了一次小小的身体接触。当然，身体接触也就发生了几秒，两人又迅速分开了。不过是只野猫，这边的宿舍楼离三食堂不远，总有许多野狗野猫在这一带活动的。姬元让汤弥生送的原因，也是这个。姬元倒不怕男人的，也不怕鬼，也不怕野猫，但她怕野狗，怕得要命。野狗在黑暗里目光炯炯的样子，总是能吓得她魂飞魄散。

　　他们还一起站在屋廊下抽过几回烟。姬元是抽烟的，这也是小喻不怎么会把姬元当女人来防范的原因，抽烟的女人还是女人吗？姬元那个黄不拉几的大卡其布包里，总是乱七八糟地装了许多东西，有书，有水杯，也有烟和打火机。小喻第一次见时真是被惊得瞠目结舌，哪个女人的包里会放烟和打火机呢？女人的包不都是用来放胭脂口红之类的化妆品的吗？就是校园里十分朴素的女老师的讲义包里，也放那些的。小喻就见过孙卓然课间时从讲义包里掏出粉盒在洗手间补妆呢。当时小喻还奇怪，孙卓然课间补什么妆呢？不过是对了一群学生，有那个必要吗？后来想想，说不定也有必要的，哲学系的学生，基本清一色是男生，虽然那些男生的身份是学生，那又怎样呢？孙卓然也可能把他们当男人看呢。大学里不也有师生恋吗？师生恋不一定都是发生在男老师和女学生之间，像鲁迅和许广平那样；也可以发生在男学生和女老师之间的，网上不就流传着南方某大学的女老师，和自己的男学生搞不伦之恋吗？从照片上看，那个女教授的长相，和孙卓然真有几分像的，都是方脸，都个子高大。也就是说，这种长相的女人，是能做出这种不要脸的事情的。当然，这么理解孙卓然的课间补妆，有些心理阴暗了，但小喻自从和孙卓然的关系恶劣之后，就喜欢这么阴暗地理解孙卓然的一切言行举止的。

　　但姬元的包里却是打火机和烟。小苏烟，价格不菲的。姬元的衣裳不怎么样，总是牛仔裤线衫之类的，简朴寒酸得像校园里的学生，倒是舍得买好烟。小喻经常给汤弥生买烟，对烟是很懂的。不过，小喻虽然很贤良地给汤弥生买烟，但其实是不理解抽烟这种行为的。又花钱，又对身体不好。一包蓝芙蓉，三十多块，可以买一条一斤多的鳜鱼了，可以买一斤半排骨了。当然，她不能这样换算给汤弥生听，怕他觉得她庸俗。她只是用抽烟对身体不好这个冠冕堂皇的理由试探性地建议汤弥生戒烟，但汤弥生不戒，说他思考时需要抽烟，抽烟能让他保持思想活跃，能让他写出文章。这倒也是，汤弥生平时不怎么抽烟的，一般在写文章时才抽。写不下去时抽一支，写完了一篇文章也抽一支。既然抽烟和思考和写文章这么崇高的事情有关，小喻也就不好再做经济的打算了。

可姬元抽烟似乎与思考无关，与写文章无关，她总是在吃完了饭——特别是吃到心满意足时，到包里去掏烟和打火机。姬元说，这是锦上添花呢。要命的是，她自己添一朵，也给汤弥生添一朵。小喻赶紧说，姬，你自己抽吧，弥生不抽的。但汤弥生却伸手接了。小喻就有些讪讪的。汤弥生就是这样，有时对她很好，有时呢又会在外人面前这样拂她的面子。好在是姬元，小喻不是太介意。她知道姬元是无心的，而且，她在姬元面前，多少还是有些优越感的，作为一个女人的优越感。姬元虽然是哲学博士，虽然是大学老师，可她没有男人，她都三十岁了，比小喻还要大上两个月呢，还是孤家寡人。而小喻，已经和汤弥生结婚七年了，是有过七年花好月圆的婚姻生活的女人。单这一点——这一点也是女人致命的一点——姬元就不如小喻了。这也是小喻喜欢姬元的另一个隐秘理由。男人嘛，都像小孩子，你这样说，他偏那样做。她这么在姬元面前自我解嘲。这句话仔细听，是能听出小喻的显摆的，她在没有男人的姬元面前显摆她的男人经验呢。就像一个熟读过《红楼梦》的人，在一个没读过《红楼梦》的人面前很显摆地谈《红楼梦》呢。不过姬元什么也听不出来，眯了眼抽烟的姬元又在疏可走马呢。饭厅小，通风也不好，小喻于是让他们去外面的廊檐。这下汤弥生倒是很听话地和姬元去了。两人站在廊檐下抽烟的背影，在小喻看来，就像两个男人。或者，像两个女人，因为姬元当时是把汤弥生当成苏冯堇的，她原来总是和苏冯堇一起抽烟，她一支，苏冯堇一支，腾云驾雾的。苏冯堇是玩儿，一会儿假装波伏娃，一会儿假装妓女。但姬元实在看不出她装的波伏娃和妓女有什么区别，都眯了眼，微昂了头，夹香烟的手指弯曲成兰花，看上去也高雅，也下作。

总之，因为小喻，汤弥生和姬元是有过一些接触的。虽然这种接触，完全没有性别意味。他只是把她当同事，当哲学系的后辈；她呢，只是把他当前辈，当女朋友小喻的老公。即使那个夜里他送她时，两人因为野猫而突然有了几秒钟的身体接触，那接触也非常纯洁，没有在他的身心引起一丝一毫的波澜,也没有在她的身心引起一丝一毫的波澜,她当时毛发顿竖惊魂不定,完全是因为那只突然从垃圾箱里蹿出来的野猫。可以说,那个夜里他对她身心的影响,还不如那只野猫的。

但量变会引起质变的,这是哲学规律。他们到底还是从普通的同事关系变成了男女关系。

接下来的一周,姬元没有去小喻家,也没有去资料室,也没有去系里——系里周二的例会她都没有来,小喻问系主任老傅,姬元是不是请假了?但老傅也不知道。这不正常了。姬元自从分到师大来,还没有连着一周不上资料室的呢。

小喻给姬元打电话,电话是通的,却没人接。她下班后又绕到青年教工楼去找姬元,她怕姬元生了病什么的,一个女人,形单影只地自己住着,指不定会出什么事情的。她站在又阴暗又破败的走廊里,一时对姬元简直生出了可怜之意。她用近乎温柔的声音,在门外叫着姬元。但没人应。房间里安静得没有一丁点儿声音。

怎么回事呀?她问汤弥生。她真有点担心姬元了,毕竟她们是朋友呢。可汤弥生只低头看自己的书,没听见她说话似的。

周末汤弥生去了资料室。当然一开始他只是和往常一样,去图书馆那边的樟树林。我出去走走。他临出门时站在玄关那儿一边低头穿鞋一边对小喻说。小喻正坐在客厅里绣并蒂莲呢,听见他招呼,很甜蜜地抬起头,用近乎敬爱的眼神目送了他。汤弥生这一回在樟树下没有看到有伤风雅的恋人,但他的身子还是越来越热,越来越热,像热锅里的芝麻一样,总噼噼啪啪地响。通常他要绕樟树林走上两圈的,若天气好,就走三圈,可这回他还没走完一圈时,他就不行了。他运用强大的意志力,勉强自己走完了一圈,终于坚持不下去了,转身风驰电掣般往人文楼走,果然,姬元在资料室!

他们疾风暴雨般地缠在了一起,一个星期的断无消息,足以把他的欲念撩拨到最高昂的状态。他像一个战士,金戈铁马,长驱直入。而她是迫不及待的投诚者。两人齐心协力,朝着一个共同的目标努力挺进。她的身体真是矫健,黝黑结实得像野兽。他没想到,她是这么有力气,她双腿紧紧地环绕住他后背,拼命地把自己往他身体里送,像要嵌进他的身体里。

这也激发了他。他也拼命地冲撞她的身体,一下一下,又凶狠,又粗暴,没有一丝一毫的温柔爱惜,仿佛他身子下面不是一个女人,而是一件东西,一件他想肆意破坏的东西。他多年没有这样尽兴了,或者说,他从来没有这样尽兴过的,他和小喻,一般都是循规蹈矩的,像写学术文章,引言,正文,结语,都是有套路的。他偶尔兴致来了,想在言语或动作上创新一下,她就表现出一副勉为其难的样子——对小喻而言,这已经是最大限度的努力了,要不是想取悦他,她怎么可能由他在她身上做那些让人难为情的事情。她是有家教的女人,知道什么当做什么不当做。她把自己当牺牲者,当祭祀时的三牲,把自己奉献在祭台上,让汤弥生享用,这是多大的敬爱!但汤弥生不领情,竟然觉得食不甘味,觉得扫兴。搞半天,是他一个人自吟自唱呢,这和自慰也差不多——或许还不如自慰,自慰至少没有外人在,不至于这么难堪。男女一起做这种事,其实是要互相鼓励互相怂恿的,所谓鸾凤和鸣,所谓琴瑟和谐,就是这意思。鸾鸣了,凤也要鸣,一起关关雎鸠的,才美,才酣畅。如果鸾鸣了,凤却闭着嘴,这算什么呢?后来他也就意味索然了。反正他们结婚多年,是老夫老妻,对性的热情早已过去了。他甚至悲观地以为,那种在性生活里曾经体验过的如痴如醉,已经是"凤凰台上凤凰游,凤去台空江自流"了。没想到,凤没去!姬元这只凤,完全不一样,她一点儿也不矜持,鸣得比他还响亮还欢实呢。这真是好,好到不行了。

姬元真是不管的,她完全陷在一种温故知新般的情欲里。汤弥生那种完全反学院的直接方式,那种一边谈哲学一边做爱的方式,和老三真是异曲同工了。她本来以为那是前无古人后无来者的呢,以为和老三分手后,从此要念天地之悠悠,独怆然而涕下呢,没想到,竟然不期然间又遇上了几乎一模一样的汤弥生,也野蛮,也文明。既茹毛饮血,又精烹细脍;既刀耕火种,又精耕细作。没有循序渐进,亦没有起承转合,是石破天惊,是电光石火,是六月飞雪,是平地惊雷——姬元最喜欢于无声处听惊雷了,那是世间的传奇,是哲学真正的精神。所以汤弥生那天鸿蒙初辟般突然出手,没有遭到姬元一丁点儿的抵抗——哪怕是为了女人的体面,做做样子的抵抗都没有,而是亦步亦趋的热烈迎合。这并不是姬元天生淫荡,而是姬元正好吃这一套呢,就如给正饥饿着的猫一条鱼,或给正饥饿着的狗一根肉骨头，你能指望猫和狗拒绝鱼和肉骨头吗？你又能怪猫和狗没有操守吗？不能的，人家不过是生物自然，一如花开，一如蝶舞，一如金圣叹点评李逵那般是"一片天真烂漫到底"。有何不可呢？可以的。但如果男人对她温文尔雅对她讲礼义廉耻，她倒没情没绪了。她在这方面，是犯小人不犯君子的，她不是那种要三媒六聘要一拜天地二拜高堂夫妻对拜才同入洞房的女人，她虽然受过多年的文明教化，但最后，她却反文明教化了，精神反，身体也反。

汤弥生也一样，从法国回来的汤弥生正好也热爱自然呢。这真是一拍即合，两个自然在资料室一遇上，那就是一曲铿锵激越的《敕勒歌》了，天苍苍，野茫茫，风吹草低见牛羊。

资料室其实什么也没有，没有天苍苍，也没有风吹草低，只有书，一排排的哲学书，人类最文明最反自然的见证，但他们这个时候，只把它们当敕勒川那漫山遍野的野草了。

两个男女可谓旗鼓相当。姬元已经很长时间没有做这种事情了，自从和老三分手后，她就把感官快乐转移到别的部位了，比如嘴，她一向是好吃的，而现在，她比任何时候都更好吃，已经把吃当作生之意义了。想一想，这种感官的快乐可能更可靠吧？因为人的身体是会衰老的，且各个部位的衰老时间不一样，有的快，有的慢。听苏冯堇说，男人五十岁之后就基本做不动了，什么一树梨花压海棠，那纯粹是一个舞台动作，带有表演意味的，是张爱玲的"一个美丽而苍凉的手势"，只有美学的意义，没有实际的可能。女人呢，也差不多，更年期之后，性生活方式可能就只剩下意淫了，或者连意淫也没有。但人的嘴是不老的，或者说老得不那么彻底，吃不动硬的，还可以吃软的，像《红楼梦》里的贾母那样，吃甜烂之物，看和听热闹的戏文——老了的贾母，嘴、眼睛和耳朵也还是不太老的，还可以享受荣华富贵的生活，但再荣华富贵，她也不可能作弄出"一树梨花压海棠"的景致来。中国的老头子会这样，但中国的老太太不会这样。所以，姬元把感官快乐转移到这些方面，是现实无奈，也是未雨绸缪。她以为她绸缪得很好呢，以为很成功地实现了乾坤大挪移呢，没想到，根本没挪移走，它还在那儿呢，甚至比原来更凶猛更厉害了。

姬元带着久旱逢甘霖他乡遇故知的急切喜悦，和汤弥生抵死纠缠。身体的快乐在此刻是压倒一切的！它高于精神！不，此刻姬元根本没有精神，只有身体。什么伦理，什么道德，此时统统被她丢到了九霄云外。整整一个星期，她蓬头垢面地蜷缩在自己那暗无天日的房间里，像闭关修行者，几乎不睡，也几乎不吃，半辟谷的状态。她以为自己要死了，虚飘飘的，连走路都不稳了，可一照镜子，人却精神得很，简直容光焕发。这真是不可理喻！她不去资料室，也不去小喻家，小喻敲门她也不应，好像是要洗心革面痛改前非了——怎么狡辩，那也是"非"吧？和一个有妇之夫做出那种事，而且那个妇，还是自己的朋友，简直是"非上加非"，如果有一点良心，如果那一点良心没有被野狗吃了，她至少要知错能改。古人云：知错能改，善莫大焉！可她知道她不会改的，不是不想改，而是改不了。她把自己关在房间里，用近乎自虐的方式对待自己的身体，与其说是为了惩前，不如说是为了惩后——她是没法毖后的，她一开始就清楚地知道她和汤弥生要一而再、再而三的。他们虽然没有约定什么，在那之后汤弥生也没有找过她，她也没有找过汤弥生，仿佛他们之间什么也没发生过，但她知道他还会来找她的，就算他精神不来，他身体也要来的，人其实是拗不过自己身体的。果然，他来了！

　　姬元真是没想到汤弥生可以这样，他看上去也是个道貌岸然的学院男人，是文质彬彬然后君子的，却原来也有不君子的一面，真是"寻常看不见，偶尔露峥嵘"；他也没想到姬元可以这样，看上去明明是个乏味的学院女人，一点儿也没有风骚女人的符号特征——在他的理论经验里，那种女人的符号性是很鲜明的，眼风、体态、说话的声气，都应该有很高的辨识度。可姬元在他家进进出出那么久，他都没有认出来。他真是眼拙，或者，她真是风雷暗蓄！

　　他们都窃喜这样的彼此发现，茫茫人海，错过是很容易的，但他们没错过，这是命运的眷顾了。既然是命运，那么他们这种"偶然的爱情"，就有"必然的爱情"意味了。

　　他们的约会开始是在资料室。其实根本没有约的，他们彼此心照不宣。一到周六下午的某个时间点，书房里的汤弥生就坐不住了，就会起来对小喻说，我出去走走。出去走走很正常，小喻没多想，总用无比敬爱的眼神目送夫君出门，然后就低头继续绣她的并蒂莲。姬元一个人，不用和谁交代，早早地就去了资料室，坐在那儿一边看书一边心乱如麻地等汤弥生。这一点，姬元和其他女人也不一样，其他女人总要男人等的，还要让男人等上很长时间，"爱而不见，搔首踟蹰"，这是女人的面子，也是女人的手段，女人都懂这种矜持之道的。要千呼万唤始出来，犹抱琵琶半遮面，这样，男人才会百般珍惜你。苏冯堇语重心长地教育姬元。苏冯堇其实比姬元还小，但若论做女人，却比姬元老练多了。但姬元朽木不可雕，总也学不会，她和老三约会，多数时候也是她等老三，有时还等不到，他有事了，什么事呢？睡过了头，或者和那帮狐朋狗友喝酒去了，忘了和姬元约会的事。苏冯堇听了都气得吐血呢，但姬元不气，反觉得老三身上有一种落拓不羁的魅力，男人对女人过于小心的样子，姬元从来就不喜欢。姬元对男人的审美，也是别具一格的，她欣赏傲慢的男人，即使傲慢到粗鲁和狂妄的程度，在姬元看来，也比殷勤的男人更性感。

  他们在资料室的约会是比较酣畅的。周末的人文楼一般没有人，而哲学系的资料室，因为在人文楼的角落里，更加没有人来。所以，汤弥生和姬元基本可以"野渡无人舟自横"般地进行。但有一次，就在他们野渡得十分自由自在的时候，竟然听到了敲门声，笃笃笃，笃笃笃，门外的人很执着，一直敲了几十下，好像知道有人在里面。他们一动不动，屏息静气地躺在地板上，后来敲门的人终于走了。他们琢磨了许久，猜可能是谁。周末有谁会来资料室呢？系里的老师按说不会的，因为他们知道资料室周末不开门。也应该不是人文楼看大门的夏老头，听脚步声不是，夏老头身体不好，又总穿一双拖鞋，走路总是有气无力拖拖沓沓的。会不会是小喻呢？更不可能的。小喻在家绣花呢，再说，就算是小喻来了，她有钥匙呢，用不着敲门的。或许只是某个偶然经过的人，听到了里面的动静，多管闲事地瞎敲一气吧？

  但这事发生后他们就不去资料室了，去哪儿呢？本来应该去姬元宿舍的，姬元一个人住，汤弥生过去，不正好？但汤弥生不乐意，他有自己的顾虑，他一个结了婚的教授，老往单身宿舍跑，不合适。姬元其实也不喜欢汤弥生来她的房间，她是喜阳的生物，不喜阴，在阴暗的"西北偏北"，她感觉自己有些蔫，不像在阳光灿烂的地方有激情。两人又一次一拍即合了。他们于是去野外。这个对姬元很容易，姬元孤家寡人的，想去哪儿就去哪儿，没人管，但对汤弥生，有点难度了。因为去野外要用车，他家的车总停在他家楼下，不见了，小喻是要问起的。但这点难度汤弥生还是能克服的。他说他要去西山，西山不是有座寺庙吗？庙里的住持，对禅宗很有造诣的。而他最近，也想搞点这方面的研究，想写一两篇这方面的论文，所以需要和住持坐而论禅。小喻自然很支持，只要是与学术相关的事情，小喻总是很支持的。不过，节外生枝的是，小喻说想和他一起去，她保证不打扰他们论禅的，她就是去看看山，可能的话，再吃吃斋饭，听说斋饭又好吃，又健康。汤弥生略微惊慌了一下，就断然拒绝了。他说住持这个人，性格很乖僻的，说不定不喜欢他带家眷去。小喻也就作罢了。

　　他们没有去西山，在半道上就停了车。姬元看见了路边的一个湖，还有湖边的芦苇，激动得不行，大叫，停，停，有湖，有湖。汤弥生觉得好笑，那哪是湖呀？不过是一个池塘罢了。北方长大的姬元，真是没见过水的世面呢，以为那就是湖呢。湖就湖吧，无所谓的。他们于是手牵了手去看湖，像恋人那样，他们是头一次像恋人呢。他们虽然也好了这么久，肌肤相亲那么多次，但那种好法，不是恋人的好法，而是奸夫淫妇的好法——他们对那种角色，已经驾轻就熟了，但对新的角色，还是有些生涩，有些不习惯，尤其是汤弥生，简直觉得不好意思呢。这感觉真是奇特，他们之间什么都做过了，按说是最亲密的男女关系了，怎么牵牵手还会不好意思呢？这有点不应该，简直说不过去呢。汤弥生于是更加握紧了姬元的手，以此来赎罪似的。南方五月的阳光已经有些毒了，但姬元什么也不遮，就那么裸晒着，这有点像法国女人了。法国女人也是这个样子的，不怕晒。大夏天，也是小背心，牛仔裤，披一头金发，大步流星地走在阳光下的校园里，全身上下都散发出一种既自然而然又流光溢彩的美。汤弥生每每看得心荡神驰。不过，那种心荡神驰，与肉体无关，是纯精神的，就如看梵高的画，虽然也热烈，却是一种很缥缈的热烈，隔了千山万水的，完全可望而不可即。可姬元不一样，姬元就在他的身边，他只要愿意，可以百般亲近，这真是好。姬元的脸，什么也没搽，这也好。小喻是喜欢涂脂抹粉的，脸的部分，总是雪白，而脖子那儿又是黄的——小喻习惯俭省，想必不舍得用多了粉吧？可是这样一来，白是白，黄是黄，泾渭分明的，加上鲜艳的红唇，是日本艺伎那样的假面效果——汤弥生从来不喜欢看日本艺伎的，他实在不理解日本男人的审美，明明那么假的一张脸，像画皮一样惊悚吓人，怎么还会觉得美觉得性感呢？

而姬元的白衬衣，牛仔裤，以及全身上下一以贯之的黍色肌肤，在汤弥生看来，有一种山清水秀的自然美，她就像生长在外面的一株生物，与天上的行云，与地上的流水，与水边的褐色芦苇，以及栖在芦苇上的从没见过的灰绿色昆虫，都浑然一体，没有一丝一毫的别扭。好像它们是一家子，是嫡亲。不像小喻，小喻和自然是八竿子也打不着的，或者说是完全反自然的姿态，出来要撑阳伞，要穿高跟鞋，走起路来，是三寸金莲的细步——也是奇怪，他现在老拿姬元和小喻比。

那天他们自然也做了，和以往一样，很激烈很酣畅的——这是当然，他们煞费苦心地出来，不就是为了这个吗？但也和以往不一样，这一回，头上不是资料室那糊了旧报纸的天花板，而是蓝蓝的天；身下不是斑驳生硬的木板，而是软软的湿润的青草；远处有风，虽然是江南的微风，至少有《敕勒歌》的那个意思了。整个过程的之中和之后，那微风轻拂肌肤的感觉，妙不可言，更妙不可言的是，不远处的公路上，偶尔还有经过的车辆，如果速度稍微慢一点，是大概能看出他们在做什么的。这真是刺激，一种在道貌岸然的学院生活里完全不可能体验到的刺激。

而且，这一回，还有和以往更不同的事情发生了——那就是，在激烈酣畅之后，汤弥生的手，还在姬元的身上，这是没有过的，从没有过。以往，事情一结束，汤弥生立刻就和姬元分开的，一了百了似的，两人前一分钟还如胶似漆呢，后一分钟就井水不犯河水了。他没觉得这有什么不合适，意尽言止罢了，行于当行，止于当止。写文章这样，男女之事亦这样。

可这一回他却没有止，不自觉的，他的手一直在姬元的身上盘桓，几乎有缱绻的意味了。他不知道自己怎么了，到底有什么事发生了。之后他对自己这一行为所意味着的情感可能进行了分析，结果吓一跳，难道他爱上姬元了吗？

他们其实没有谈过恋爱的，汤弥生没有说过他爱姬元，姬元也没有说过她爱汤弥生，他们好得最颠倒的时候也不过是说"我想你""想死你了"。汤弥生说这句话时理直气壮，因为觉得这句话是忠实的，既忠实于自己，也忠实于姬元。他是真的想姬元，一种身体上的周期性想念。至于爱情，谁说得清？好在姬元也不问他。小喻是喜欢问的，每回都是用欲取之先予之的方式，我爱你，弥生，你爱我吗？仿佛爱情是一种人情世故是一种礼尚往来。他说爱。既然女人都问了，也只能说爱吧？但他内心是颇不以为然的，甚至有些蔑视。

这么说，好像他不爱小喻似的，那倒也不是。不是爱，也不是不爱，反正男女结婚多年之后，情感差不多都是这样不清不楚的吧？

但他爱不爱姬元呢？他真不知道了。

自那次西山之行后，他们对野合就有点上瘾了。尤其是汤弥生，他说这样才能真正地放浪形骸，天人合一。这一点，姬元其实也赞同。怎么说呢，在外面做那种事情，确实不一样，有一种完全解放了的自由感觉。人仿佛成了一朵野花，成了一只野狗，一只野狗会有道德的困惑吗？会有礼义廉耻的痛苦吗？没有的，当然没有的。自由、平等、博爱，这是法国的人权宣言，代表人类文明的最高形式，可野狗早就实现了这样的高级形式，它们是自由的，也是平等的，更是博爱的——一只野狗不会说"上耶，我欲与君相知，长命无绝衰"，不会的。一只公狗不会想"长命"地和一只母狗好，它今天和这只好，明天又和那只好；母狗呢，也一样，它从不干预公狗的这种博爱行为，也从不知道忌妒，它克服了人类这种狭隘自私的情感。这么说来，人其实还不如野狗呢，人家有一种无知无邪浑然天成的境界。所以，像野狗一样，在外面做，至少在某个方面，是返璞归真，是去芜存菁，是风花雪月，是回归自然，是把三寸金莲解放成天足，绝对具有李贽"绝假纯真"的文化意义。

这种生物退化论自然是异端邪说。但汤弥生和姬元不以为邪，反以为正，两人走火入魔般地志同道合，一起齐心协力且义无反顾地做着狗男女。哲学是他们的尚方宝剑，有了它，两人能言之凿凿，有恃无恐。没有苟且，只有率真；没有堕落，只有升华。哲学可以把一切点石成金！狼狈为奸又怎么样？沆瀣一气又怎么样？在哲学的阐释下，也是巍巍乎高山洋洋乎流水！

再说，在高校找一份阳春白雪的爱情相对容易——高校的男女，都会来"蒹葭苍苍白雾茫茫"那一套，你蒹葭苍苍，我也蒹葭苍苍；你白雾茫茫，我也白雾茫茫，哪怕已经急得火烧火燎了，大家都还能装模作样若无其事地"在水一方"。没有哪个女人会像姬元这样，不管不顾地跑到水这边来。更不会"邂逅相遇，与子偕臧"——还和子没名没分地偕臧在蔓草里。整个师大，这种傻事，估计也只有姬元做得出来。

所以汤弥生觉得姬元的傻弥足珍贵。是的，在高校找一份可以狼狈为奸可以沉瀣一气的爱情是多么难，找一个可以在蔓草里偕臧的女人那是难上加难，汤弥生知道的。可汤弥生运气好，竟然找着了，而且不费吹灰之力，几乎是宋人守株待兔般找着的，这是命运的眷顾了。

柏拉图说，男女原来是个雌雄同体的圆球，有双头、四手、四脚，自给自足，自得其乐，不把宙斯放在眼里，宙斯一怒之下，就把男女一分为二。人类于是一生都在寻找自己的另一半，一旦找着了，就会沉浸在重新结合的快乐中不能自拔。

你是我的另一半吗？有一次，他们在蔓草里偕臧过之后，汤弥生不谈尼采，开始谈柏拉图了。姬元吓一跳，这个问题太敏感太严重了，他是在求爱吗？或者，想确认他们之间关系的性质？一时间姬元不知怎么说了。她如果回答"是"的话，那小喻呢？她已经相当长的一段时间不去想小喻了，仿佛没有小喻这个人。但小喻一直固执地在那儿呢，几乎是不思量自难忘的。哲学到底也没有把姬元修炼到真正不管不顾的程度。

姬元陷入了人生的两难，她不能说"是"，那样对小喻不道德，虽然在和有妇之夫汤弥生偕臧之后，再来谈道德不道德的话题有些可笑和荒诞。但和汤弥生偕臧是一回事，取小喻而代之是另一回事。在姬元的逻辑里，前者是一种消极的不道德，因为是主观无意；而后者呢，是一种积极的不道德，包含着主观上的故意，是一种近乎处心积虑的不道德了，两者性质是完全不同的。"你是我的另一半吗？"汤弥生的这句话，在姬元听来，就是要去旧纳新的暗示了。可姬元从来没想过要去小喻这个"旧"的，也从来没想过要当汤弥生的"新"。她和汤弥生好，一开始是身不由己，身体老马识途般让她追忆起老三了，所以，在相当长的时间里，她是把汤弥生当老三来爱的。后来呢，因为汤弥生的表现比起老三有过之而无不及——他毕竟是在巴黎高等师范待过两年的人，所以无论谈尼采，还是干别的，终究比老三还是技高一筹的，于是，姬元和汤弥生真好上了，带有弄假成真的意味——男女之好，原来可以弄假成真的。但即使这样，她也没想过取小喻而代之。这是一种不道德的道德坚持，相当于庄子的"盗亦有道"。但姬元也不能说"不是"，因为那样对自己不道德。在姬元的道德认识里，"真"是道德的第一要素，如果她说"不是"，那是在弄虚作假了，对自己弄虚作假——她清楚地知道这一回自己是真和汤弥生好上了，好到珠联璧合，好到丝丝入扣，不是他的另一半又是什么？

可身体上的珠联璧合丝丝入扣就是爱情吗？

"我是你的另一半吗？"姬元后来以反问的方式来处理汤弥生这个问题了。这本来不是姬元的风格，姬元一向很直接很干脆的，一般不这样推三阻四——或者说计较的，苏冯堇原来教育她，说爱情就如赌梭哈，你不能先把底牌亮给对方看，一亮，就输了。你要捂紧自己的牌，然后想方设法去偷看别人的牌，这样，才能进退自如，立于不败之地。她建议姬元去看《倾城之恋》。你要向白流苏和范柳原学习，学习人家是怎么谈恋爱的。姬元不以为然，谈恋爱如果谈得那么庸俗的话，那就已经不是谈恋爱了，而是两个小市民在那儿互相精刮地算计利害呢，差不多是做生意了——还是小生意。姬元不屑这样的。爱或者不爱，姬元每回都是明志般先表白的。但这一回，当汤弥生问她，你是我的另一半吗？她不回答，反问汤弥生——这不是捂住自己牌，且要看对方牌的意思，姬元不是那么狡猾有心机的女人，她只是疑惑，她和汤弥生的关系，到底算怎么回事呢？他们这样开始的一对狗男女，也可以变成柏拉图那样形而上的爱情吗？

谁说柏拉图的爱情是形而上的？世人都误读了柏拉图，至少误读了柏拉图的这则爱情寓言。一个人一生寻找另一半，是寻找身体的另一半，是身体意义上的完形填空。身体的完整才是生命的完整。我们不要轻视身体，身体是有自己的方向感的，它知道自己该往哪儿走。哲学一直以来不就是要解决"我是谁？从哪儿来？到哪儿去？"三大问题吗？可那么多伟大的哲学家研究一生，到如今也没办法解决呢，可哲学不能解决的问题，身体却能简单地自行其是。你说，我们现在是不是一个圆？是不是柏拉图寓言里的那个双头四手四脚的人？汤弥生屈身弓背，把姬元圆圆地搂了，两个人真成了一个浑然一体的球。

姬元喜欢这时候的汤弥生，诡辩的汤弥生，有一种哲学的性感，让姬元不由自主地想屈服于他。总是这样。他们现在是一日不见如隔三秋了。

原来他们一周会一次，中间没有任何联系的。后来就不够了，汤弥生觉得不够，姬元也觉得不够，不说杯水车薪那么严重，至少食不果腹。怎么办呢？去野外偕赃也只能是周末借口去西山和住持论禅才可以，非周末的时候，汤弥生只要没课，一般都是在家的。汤弥生的行踪，小喻是掌握得很清楚的，小喻没事总爱给汤弥生打电话的，弥生，你在哪儿呢？很温柔的语气，是关怀备至的意思。除了书房，他最多也就是下楼去走一走，可下楼走一走，有什么用呢？有一回，他走到图书馆后面樟树下的时候，远远地看见姬元了，姬元坐在木椅子上看书，他立刻想起以前看到的那对有伤风雅的学生，一时间他冲动地想过去，当然没有，这是校园呢，学生可以有伤风雅，但教授不可以在校园的公共场所有伤风雅，他毕竟还没疯，所以只是望梅止渴般看了几眼姬元，就走开了。

　　但小喻帮他们又开辟了一个新的战场。姬元已经很久没有上小喻家了，也不上资料室了，小喻不明所以，以为姬元也在嫌弃她呢，和孙卓然一样。这让小喻很受伤害，她没想到姬元也是这么个势利小人。难道不只婚姻要门当户对，友谊也要门当户对吗？她一个资料员，就只能和另一个资料员做朋友？虽然人文学院的社交圈子，也有条不成文的法则般，鱼找鱼，虾找虾，乌龟找王八。老师总和老师在一起，教务员总和教务员在一起。可小喻不想遵循这样的法则。她也看不上那些文化程度不高的教辅人员呢，整日叽叽喳喳的，麻雀一般。小喻不是麻雀，是鸿鹄，心高气傲，志存高远，所以才能嫁教授汤弥生呢。可是，她在孙卓然那儿碰了一鼻子灰，在姬元这儿又碰了一鼻子灰，尤其是姬元这儿，让小喻不甘心。她们一度走得那么近，近到了闺蜜的程度，怎么能说远就远呢？小喻不是那么容易认输的人。而且，她也不想让孙卓然看她的笑话。她和姬元的近，小喻是有意让孙卓然反复看见了的，不仅孙卓然，整个哲学系，甚至整个人文学院的老师和教辅人员都见证了她和姬元老师的深厚友谊，如同见证她和汤弥生的伟大爱情一样。所以，她是不能不和姬元好下去的。小喻是好面子的女人，面子上的美好生活，比真正的美好生活更重要，或者说，对小喻而言，面子上的美好生活，就是真正的美好生活。于是，在某个周五的傍晚，她主动去"西北偏北"找姬元了，这当然委屈，但小喻是习惯委曲求全的。她装作什么事也没发生一样，请姬元到她家吃饭，她要做东坡肉、卤水白鱼和地衣羹。地衣羹是时令菜,她做的地衣羹是一绝呢,用鸡汤调味,加葱白,加牛肉丝,加芫荽,汤弥生喜欢得不得了,估计姬元也会喜欢的。

地衣羹姬元从来没吃过,作为北方人,姬元连地衣是什么都不知道呢,但小喻这样一细腻描绘,姬元就能充分想象地衣羹的色香味了。周五傍晚时的姬元是最软弱的,胃软弱,其他方面也软弱,几乎没有抵御感官诱惑的力量。当然,诱惑肯定不止来自地衣羹,也隐晦且强烈地来自别处,她其实是感觉到了的。她知道自己无论如何是不应该去小喻家的,她至少要坚守一种不道德的道德,不伦的伦。但她还是跟着小喻去了,没办法,这时候的姬元,残垣颓壁般腐败,就连不道德的道德,不伦的伦,也做不到了。

汤弥生那时正在书房看电影,下午五点之后的汤弥生,一般就不做和专业有关的正经事情了。这是他在法国访学期间养成的习惯。他刚去法国时,也像所有的中国学者一样,只知道没日没夜地工作,他的导师Baptiste,一个十分英俊的法国男人,有一天,用微带揶揄的表情和语气对他说,汤,生命里不仅只有工作,还有很多很多美妙的事情。Baptiste的"很多很多美妙的事情",汤弥生大多做不了,比如每年在樱花盛开的三月,和他的日本太太去京都看樱花泡温泉;比如周末去巴黎歌剧院看歌剧,或者坐在塞纳河左岸喝咖啡。但有些事情还是可以学习的,比如在下午五点之后,坐在廊下看书喝啤酒,或抬头看院子里的树,或者把窗帘拉下看电影。那天汤弥生看的是一部法国电影,叫《刺猬的优雅》,改编自一个女哲学教授写的同名小说。写一个女门房,又肥又丑又邋遢,消闲之物却是胡塞尔、黑格尔、托尔斯泰、小津安二郎。最荒诞的是,一个又有钱又有风度的男人,却爱上了这个又老又肥又邋遢的女门房。女人终归是女人,即便是女哲学教授,最后写的也还是个通俗的灰姑娘故事。女人的故事只有一个,你不能指望读到其他,汤弥生看得意味索然。他隐约听到外面的开门声,然后是橐橐橐的声音,声音有些复沓,好像不止小喻一个人,会是谁呢?但他懒得起身,又继续看那部无聊的电影了。就当是缅怀法国了。他在法国访学的两年其实过得并不开心,总是思念祖国,以及小喻做的饭菜,但回来后又常常会想起法国的寂寞日子。那些日子像天空下旁逸斜出的孤零零的树枝，有一种审美的意义。橐橐橐的声音进了厨房，小喻开始做晚饭了，想必没有人来。

等到饭桌上见到姬元，汤弥生惊喜交加。怎么回事？他用眼神询问姬元，但姬元的眼神不接他的茬，只专心致志地吃东西。倒是小喻解释了几句，说姬元从来没吃过地衣羹呢，所以叫她过来尝尝新。小喻的情绪有点亢奋，声音便显得尖细了。她平日说话声还是很温柔的，有一种因风柳絮的绵软，这是有意压低的结果，但一亢奋起来，她就忘记压低了，声音一下子就变得绣花针一样尖细，很刺耳。汤弥生这时候总会莫名地生出一种嫌弃。不知为什么，小喻这样说话的声音，会让汤弥生想起《红楼梦》里的赵姨娘，那个大观园里最令人生厌的女人，这是莫名其妙的联想，汤弥生也没听过赵姨娘说话呢，但他总觉得赵姨娘如果说话，就是这种声音的。

饭后汤弥生等着姬元到她的包里找烟，他想借机单独和姬元到黑暗的廊檐下待一会儿，哪怕只是偷偷地拉一下手也好。一周没有见面了，这乍一见，他整个人都乱蓬蓬的。但姬元似乎不这样，无所谓的样子，她一直跟着小喻，小喻到厨房，她也到厨房，小喻到客厅，她也到客厅，好像她是冲小喻才来的。汤弥生在书房侧耳听着外面的动静，急得抓耳挠腮的，却也拿姬元没辙。

好在之后小喻又让汤弥生送姬元回去。汤弥生就等着这最后的机会呢，时间已经非常晚，将近十二点了，他觉得姬元是有意待这么晚的，虽然十一点左右的时候，他听到她告辞过一次的，"我走了"，声音不是那么坚决，小喻一挽留，她就又不走了。两个女人似乎都有些恋恋不舍，像分手之后又和好的情人。她们的谈话时断时续，多数时候都在议论孙卓然，确切地说，是小喻在议论，她说孙卓然新买的那条裙子有些老气横秋，颜色也暗，黑魆魆的。上了年纪的女人，是不能穿黑魆魆的衣裳的——小喻每回说到孙卓然，都喜欢用"上了年纪的女人"。孙卓然粲然大笑。小喻说，上了年纪的女人，是不能这样笑的，会生皱纹。酒桌上男老师们谈到男男女女的话题，孙卓然插了几句嘴。小喻说，上了年纪的女人，还真放得开。汤弥生不喜欢小喻这么背后议论别人，君子坦荡荡，小人长戚戚。每当小喻低声低气地和他说一些系里的是非，他总生出一种与"戚戚"为伍之不堪。再说，孙卓然老师不过四十出头，也不是七老八十，怎么就成了"上了年纪的女人"？有时他实在憎厌，很想这么质问一句小喻的，当然不会，懒得。婚姻生活都是这样的吧？她姑妄言之，他姑妄听之，或者不听。他这种时候，总是保持苏格拉底的风度的，当初苏格拉底赫赫有名的恶妻克桑蒂贝，在对苏格拉底絮絮叨叨的时候，苏格拉底也是这样处理的，这是男人的智慧，是大师风范，千古扬名的，当然，扬苏格拉底的美名，也扬克桑蒂贝的恶名。小喻比克桑蒂贝总好一些，至少小喻不会对他咆哮，也不会当了学生的面将一盆水兜头往他身上泼下来。所以，听小喻的"戚戚"，可以说是为人夫的某种义务。他是搞哲学的，在日常琐碎的生活中，也要体现出一种哲学的通达。哲学嘛，本来就是无所不在的。可以无限大，大到天地宇宙，可以无限小，小到妇人的"戚戚"。姬元难道也在用哲学的态度对待小喻的"戚戚"吗？在小喻说孙卓然的时候，他一点儿也听不见姬元的声音，连嗯嗯哦哦也没有。她一直微笑着听吗？汤弥生现在很熟悉姬元那种心不在焉的笑。小喻后来又开始谈她的颜色理论了，她绣十字绣，因此自诩对颜色颇有专业研究，清色如何如何，浊色又如何如何，至于颜色的搭配，名堂就更多了，什么葱绿配桃红，银白配浅紫，俨然在推心置腹地教导姬元怎么搭配衣裳呢。汤弥生觉得好笑。她真把自己当导师了。小喻自己是爱穿颜色鲜艳的衣裳的，红的绿的黄的，在灰色哲学系，真是花蝴蝶一样。一只春天的花蝴蝶。孟姚就这么赞美过小喻的，至少小喻把它当赞美向汤弥生转述的——小喻很喜欢在汤弥生面前转述别人对她的赞美。十分迂回曲折地转述。谁谁谁说她皮肤好呢，芙蓉花儿一样。好什么呀，天天在厨房烟熏火燎的——不过，她以前的皮肤真是芙蓉花呢，粉红细白，吹弹得破。现在是不行了。谁谁谁说她的院子打理得好呢，不但姹紫嫣红，而且错落有致，让人看了赏心悦目。不像隔壁周敏家的院子，堆满了杂物，那个乱——小喻在自褒的同时，还不忘她贬。这种一石二鸟或数鸟的手法，她熟谙得很，玩起来得心应手。但汤弥生听多了，就忍不住反感，但反感也不说什么，这是他对她的一贯态度。

姬元再一次告辞时小喻没有再挽留。天哪！都这么晚了吗？小喻说。想必她抬头看了一眼客厅电视上方的挂钟，那也是幅圆形的十字绣，黑色的时针和红色的分针镶在几朵金色的百合旁边，华丽得很。你等等，让弥生送送你。他仍然坐着没动，假装出伏案读书的样子。小喻过来了，推开虚掩的门,很小心地问,弥生,你送送姬元?他这才蹙蹙眉,很不情愿似的站了起来。

教师宿舍区这个时候已经安静了下来,外面几乎没有人。白色的路灯圆圆的,有许多蛾虫飞舞。灯光周边的树叶,绿得发亮,油油的,像舞台上的女子,有一种流光溢彩之美。他觉得夜晚的树叶比白天好看多了。难怪有灯下美人一说。

他们一前一后地疾走着,赶路似的,两人都不作声。走到"西北偏北"附近,他突然往楼后面绕,她心照不宣地跟着。楼后面没有路灯,只有几十株密实的樟树,樟树后面是师大的围墙,围墙外还是密实的樟树,不过那已经不是师大的樟树了,而是民俗研究所的。这儿白天都罕有人至的,何况乌漆抹黑的夜晚。他转身一把抱住她,几乎是穷凶极恶的,她也一样穷凶极恶地附和他。经过整个夜晚的延宕,这时候两人都被延宕出了一种不可扼制的汹涌澎湃的激情。他们贴着树站着,这一回不是偕臧在蔓草里,而是偕臧在树干上了,像两只站着的树獭,疾风骤雨般地做了起来——他们也只能疾风骤雨,小喻还在家等着呢。

但回家后小喻还是很狐疑问了一句,怎么这么久?他不耐烦地说,在外面抽了一支烟。他身上果然有很重的烟味——他早就想到了小喻会有这么一问的,所以在回家的路上,他抽了半支烟。

姬元又开始出入小喻家了。一般是周二晚上。周二是系里的例会,会后小喻喜欢当了孙卓然和其他老师的面说,姬,去我家?

看着兴高采烈的小喻,姬元也还是有罪恶感的。爱情是无罪的,汤弥生劝慰她。他现在很自然地把他们的关系定义为爱情了。可他们是爱情吗?只是情欲吧?姬元怀疑。情欲不是爱情吗?你能说查泰莱夫人康妮和园丁梅勒斯之间不是爱情?你能说《夫妇们》里的皮特和福克茜之间不是爱情?他们可能是更纯粹更纯洁更高尚的爱情。因为他们喜欢的,只是他们彼此本身,没有附加任何现实的因素。所以劳伦斯最后让康妮和梅勒斯结了婚,厄普代克最后也让皮特和福克茜结了婚,这不是故事里通俗意义上的大团圆结局,不是为了安慰浅薄的读者而有意设置的那种俗滥套路,而是对情欲的致敬,是为情欲——一直以来声名狼藉的情欲——平反昭雪。这是十分伟大的认识,其伟大的意义,不亚于我们老庄和李贽。因为它合乎人性，宣扬了一种健康和正常的爱情观。当然，把婚姻当爱情的归宿，这是劳伦斯和厄普代克的历史局限性。但这是没有办法的，人，即使是伟大的人，在有些认识上，也还是受囿于历史的。

　　姬元被说服了。姬元其实喜欢自己被汤弥生说服。屈服原来是很幸福的，尤其对姬元这种在精神上一向独立的女人，偶尔的屈服，简直会让人生出一种"氓之蚩蚩"的痴傻般愉悦。生命一如回到了初始，无知无识，无思无辩，只像微风中摇曳的树叶，像水波中荡漾的花瓣，有一种听之任之左之右流之的旖旎和简单。

　　汤弥生现在色胆包天，有时姬元刚走进厨房盛饭，他也尾随进来了，从后面贴着姬元，搂一下抱一下，或隔了衣裳蜻蜓点水般摸一下，不过几秒钟，有什么意思呢？可汤弥生乐此不疲。他甚至用上了柏格森的绵延时间理论，几秒钟不是几秒钟了，它可以绵延，一秒可以绵延成两秒，两秒可以绵延成三秒，三秒呢，就可以绵延成无穷秒了。所以有"金风玉露一相逢，便胜却人间无数"的说法呢。姬元嗤之以鼻，他们这种在厨房和廊檐下偷偷摸摸的把戏也能算金风玉露？可就算不是，又怎样呢？姬元其实不在乎。姬元现在和汤弥生一样，对这种厨房和廊檐下搂一下摸一下的狎昵也极其贪恋，有一种惊心动魄的快乐——小喻就在边上呢，随时可能过来的，所以他们的快乐，有一触即发的危险，也正因为危险，这世上再普通不过的男女之事于是变得无比刺激了，简直有拼死吃河豚的残酷之美，非常罪，亦非常美。

　　而且，在廊檐下和厨房之后，还有樟树下的疾风骤雨等着他们呢，那是曲终奏雅，或奏俗——有一次事后，汤弥生说，我们这是曲终奏雅。姬元修正他说，什么奏雅？奏俗差不多。好吧，那就奏俗。你喜欢奏俗，对不对？对不对？汤弥生用身子抵着姬元问。

　　对，我喜欢奏俗。姬元鹦鹉学舌般地说。

　　把一个机智的哲学女人变成鹦鹉，让汤弥生很有男人的成就感。

　　而那段时间小喻做菜特别用心，这让姬元觉得惭愧。姬元以为，小喻是想用这个来修复和巩固她和自己的友谊了。

　　姬元做梦也没想到，小喻已经知道了他们的事情。

　　有一天夜里，姬元告辞时，外面正下着雨，小喻说，别走了，就在书房睡呗。

　　姬元听了有点意外。虽然汤弥生在法国时，小喻是经常这么说的。可现在汤弥生都回来了，她再挽留姬元睡她家书房，合适吗？

　　姬元尴尬地笑笑，还是要走。

　　汤弥生说，雨这么大，怎么走？

　　雨真的很大，是瓢泼大雨。

　　姬元只好又坐下来，等雨变小。

　　和以往一样，她们一边聊着天，一边做着各自的事情。小喻娴静地绣着十字绣——至少看着十分娴静，她的并蒂莲已经完成了一朵，现在开始绣另一朵了。另一朵是青色，姬元觉得奇怪，莲有青色的吗？北方的姬元从没见过青色的莲，也或许有的，不然，李白为什么号"青莲居士"呢？再说，小喻绣的莲，明显是象征，象征了她和汤弥生呢，那朵粉莲是她，而那朵青莲是汤弥生。姬元心烦意乱，外面的雨一直哗啦哗啦的，一点也没有小的意思，看来，樟树下的"曲终奏俗"要泡汤了。

　　姬元把书一合，起身要走，她不想等了。

　　小喻又说，别走了，就在书房睡呗。

　　汤弥生没说话，却暗暗朝她点点头。

　　她竟然真没走，她知道这不对，很不对，但她像喝了迷魂汤，不知不觉就由他们夫妇摆布了。

　　汤弥生是半夜时分爬到她身上的。她刚迷迷糊糊地有几分睡意。之前她一直辗转反侧的，很小心地辗转，怕发出声音，让小喻听见了，以为她失眠。老姑娘是不能失眠的，和小喻成为朋友之后，姬元才懂得这个道理。有一回她和小喻在院里的走廊上迎面碰到中文系的老姑娘齐鲁，小喻用手肘碰碰姬元，小声说，你看，你看。看什么？看齐鲁的黑眼圈。齐鲁的黑眼圈有什么好看的？姬元不明其意。小喻说，齐鲁没睡好。没睡好？没睡好又怎么了？读书人的睡眠有几个是好的？姬元还是不明白。小喻的表情一时间变得有些神秘有些猥琐，反问姬元，你说齐鲁为什么没睡好？姬元这才反应过来，小喻是说齐鲁夜里想男人想得睡不着呢。之后她对自己的黑眼圈就有些留意了。好在姬元皮肤黑，即便有了黑眼圈，也不太容易被人看出来。

雨后来停了，窗外亮亮的，雨后的天空竟然有月光。

沙发床有些窄，他们局促地做着。姬元紧张，她一直试图推开汤弥生，有一下，差点把汤弥生推下去，她吓一跳，又赶紧拽住他。整个过程他们都屏息，当然没有办法谈尼采或其他哲学家了，就连汤弥生喘息的声音，在夜里听来，也是惊雷般的特效。还有身下的沙发床，总一下一下发出吱扭吱扭的声音。姬元恨不得用身体去稳住沙发床，她一动不动，几乎是战战兢兢如履薄冰的状态，可就是这极其艰苦的状态，姬元也觉得好——是另一种好，不是野合时那种"春风得意马蹄疾，一日看尽长安花"的放纵之好，而是"却下水晶帘，玲珑望秋月"的收敛和幽微之好。

完事后姬元示意汤弥生赶紧走。斜对面的房间无声无息，小喻想必还在做着她的并蒂莲美梦。姬元于心不忍了，每回都这样，在事情之中的时候姬元是顾不上小喻的，她自顾还无暇呢，管不了别人，但事情之后，姬元就想完璧归赵了，甚至还想对小喻负荆请罪。她憎厌自己的假惺惺。但没办法，她的感情就这样。这让她重新思考关于虚伪这个道德命题，发现虚伪原来在某种情况下并不是虚伪，而只是矛盾，一种情感无法统一的矛盾而已。良知有时会在身体之后，所以辩证唯物主义理论说，物质决定意识。

但汤弥生不走。

姬元急了，万一小喻醒了，怎么办？

她知道。汤弥生说。

她知道？知道什么？姬元一时没听懂。每回这种事之后，姬元的反应就有些迟钝的。

她知道我们的事。

姬元惊得毛骨悚然。

事情实在太吊诡了，吊诡到姬元不能和苏冯堇讨论。汤弥生这个人，苏冯堇是知道的。打他们两个人第一回在资料室的书架后偕藏，姬元就忍不住在电话里和苏冯堇讲了，一开始是提纲挈领地讲，后来在苏冯堇的热烈追问下，又加上了细枝末节——这倒不是苏冯堇没有教养，而是她们是可以深入地谈论彼此私密生活的关系。当然，比较起来，还是苏冯堇谈得多，因为她的私密生活更丰富，且花样纷繁，而姬元就相对匮乏和单调，谈来谈去，也就两个人，一个老三，一个汤弥生，至于其他的男友，姬元基本当他们没有过。苏冯堇批评她，说她这是历史虚无主义。历史虚无主义就历史虚无主义，姬元偏执，还是有所言有所不言。而且，言汤弥生和言以往老三的方式和内容还差不多，这等于老生常谈了。当然，即便是老生常谈，苏冯堇也还是愿意听。聊胜于无嘛。总比一直谈哲学或听姬元谈小喻做的菜强——有段时间，姬元总谈小喻做的各种菜，什么地衣羹，什么芙蓉鱼，姬元讲得津津有味，但苏冯堇听得十分无聊，两个女人在电话里谈做菜，有什么意思呢？还不如看菜谱呢。三十岁的女人，在清心寡欲的时候，不是不可以谈谈哲学，或其他，但无论如何不能谈做菜，尤其不能投入感情地谈，那是彻底的庸俗化倾向，是堕落为家庭妇女的铁证。苏冯堇说，人家唐朝白了头的宫女，坐在宫里纳凉的时候，还"闲话说玄宗"呢。她们好歹是风华正茂，总不能连那些失宠的老宫女还不如。

苏冯堇教育姬元。苏冯堇在姬元面前，总有一种情不自禁的优越感。这种优越感，姬元有时能察觉出来，有时也察觉不出来——就算察觉了，姬元也不和苏冯堇计较，姬元不是个气量狭小的女人。当然，姬元对苏冯堇有时也会生出一种女人之间的微妙情绪，比如当苏冯堇又在电话那头炫耀般谈她多姿多彩的性爱时，电话这头的姬元，嘴角边就会浮现出一种夜航船似的不以为然的微笑。不知为什么，姬元总觉得苏冯堇的性爱生活，有点儿像苏冯堇做的那些菜，都属于华而不实花拳绣腿的性质。

当然，多数时候，她们是没有芥蒂的闺蜜，她们没有保留地分享各自的秘密，然后再真心实意地为彼此出谋划策。

所以，姬元虽然犹豫再三，最后还是把这事告诉了苏冯堇，她需要苏冯堇帮她分析和判断，她自己混乱得要命，简直不知道这到底是怎么回事。汤弥生说小喻已经知道了，可如果小喻知道了，她怎么还能请姬元到她家吃饭？还亲手给姬元斟酒？还意态娴静地一边绣花一边和姬元闲聊？还挽留姬元睡她家书房？而汤弥生，明明知道小喻知道了，竟然还敢帮着小喻挽留姬元，然后半夜摸到她房里来。这是怎么回事？怎么回事？他们夫妇俩都疯了吗？

苏冯堇听得激动万分。她虽然爱情经验丰富，可也没有经验过这种天方夜谭般的事情。这对夫妇怎么了？小喻后来是不是在菜里或酒里下毒呀？女人都喜欢下毒的，比如潘金莲，就在武大郎的药里下砒霜；还有《献给艾米丽的一朵玫瑰花》里的艾米丽，也给情人下了砒霜。不过砒霜是剧毒，人服了会七窍流血的，但听说有些毒是慢毒，像亚硝酸盐，每次放上0.1克，人吃时，是一丁点儿也觉察不出来的，但时间一长，就渐渐乏力、心悸，然后衰竭，然后小命呜呼。苏冯堇问姬元现在是不是有乏力的症状，是不是心悸？不然她为什么知道这事之后不骂姬元不打姬元反而请姬元吃饭？没有逻辑的。高校里的女人再有修养，也不可能有修养成这个样子。她要姬元赶紧上医院做一个全面检查，赶紧，不然可能就晚了，亚硝酸盐在身体里的量，只要累积超过3克，就致命的。可姬元一点儿也没有乏力的症状，不但不乏力，而且感觉力气充沛得很。那会不会放了激素？人吃了，会亢奋，然后出现回光返照般的生命力。姬元觉得苏冯堇想象力过于丰富了。生活也不是阿加莎·克里斯蒂的小说，怎么可能出现下毒这样的离奇情节呢？那小喻的行为怎么理解？不能理解的女人都是十分可怕的。苏冯堇要姬元赶紧离开那对夫妇，你不觉得他们夫妇像十字坡卖人肉包子的张青和孙二娘吗？要把你生生剁了做包子馅！

混乱的姬元请假去了马来西亚。她一直想去马来西亚的。因为某个师妹曾经告诉她，说那儿阳光明艳，人像蜗牛一样懒散和缓慢；而且，那儿有世界上最好吃的咖喱鸡和杧果青柠冰沙。人吃了那种美食之后，就不想死，只想生了。师妹去马来西亚之前是想轻生的。学哲学的女人，如果没有男朋友，是很容易产生轻生的念头的。结果，她没死成，马六甲一家小店的咖喱鸡和杧果青柠冰沙救了她。那是冰火两重天的体验，犹如但丁的《神曲》，一下子就让你知道什么是天堂什么是地狱。师妹说。咖喱鸡和冰沙的组合，竟然成了但丁的《神曲》，姬元觉得奇妙。看来以感官对抗感官，是天下所有女人的方法，也是天下所有男人的方法。《樱桃的滋味》里的那个男人，就是因为樱桃活下来的。《芭贝特的盛宴》里的那群基督徒，也是因为芭贝特的盛宴才懂得了生之美妙。从这个意义上而言，美食才是哲学，才是宗教，才是醍醐般的神谕。姬元虽没想过轻生，但以她现在的状态，也需要去师妹极力吹嘘的那个地方待几天。

她住在一家叫"宋河客栈"的小旅店。客栈在马六甲有名的红房子斜对面，临河，有露台。她盘腿坐在露台的竹沙发上，隔了栏杆看下面河里来往的船，以及船上的人，以及河对岸坐在太阳伞下喝咖啡的游客，所有的人和物，都飘浮不定的，像明信片里的风景。

客栈老板的笑容也是，是东南亚男人典型的笑，谦卑，又客气，远远的，像来自另一个世界。

其实，待在完全陌生的地方是体验死的一种方式。死亡无非也是这样，你活着，跟没活是一样的。没有谁认识你，没有谁在意你。你来，你走，你又来，你又走，不比树上的一片树叶，或桌上的一只蚂蚁更引人注意。

白天之后，是夜晚；夜晚之后，又是白天。但这一个白天，或这一个夜晚，和另一个白天另一个夜晚并没有区别。人活一辈子，说起来，其实也就是活了一天一夜。

那么，这一天一夜的人生，她有必要花费那么大的力气跑到这么远的地方？

被师妹吹得天花乱坠的咖喱鸡和杧果青柠冰沙，在姬元吃来，也就那样，姬元甚至觉得它还没有小喻做的清蒸鸡好吃。

她突然想念小喻了。

他们三个人，现在真是相敬如宾举案齐眉。小喻是一如既往的温婉娴静，看不出有什么变化。姬元的性情里，本来有一种我行我素的简慢，现在倒是变得察言观色起来，小喻刚要欠身帮她添茶倒水，她就赶紧自己倒了，手忙脚乱的，把水打翻了，又赶紧用纸巾去抹。小喻在边上笑吟吟地看着，她喜欢这个样子的姬元。略微有点紧张不安，感觉才更像一个客人。汤弥生在她们中间，极力不偏不倚——其实他还是有所偏倚的，他现在偏倚小喻，这是以前没有过的，以前他总是对小喻不耐烦，虽然他从不说小喻什么，尤其当了外人的面，但小喻知道他对她不满呢。她也知道他不满的原因所在。隔壁的周敏评上了副教授，他阴郁了好几天，周敏的老公请客，再三请他，他也不去。楼上的陈凌子夫妇，都是搞化工的，经常一起合作写论文，合作申报国家课题，两口子在小区里，天仙配一样比翼双飞，也让汤弥生不高兴。可小喻有什么办法呢？她一个专科生，一个哲学系资料员，不可能评上副教授，也不可能和老公一起申报国家课题。不单这些，即使女人最基本最基本的生儿育女，她也没做到。这其实不能全怨她的，当初他们好上的时候，她是能怀孕的，她怀过。那时两人还没结婚呢，他研究生刚毕业，分到系里来，她也刚到哲学系。系主任老傅有意撮合他们，她自然是愿意的，但他的态度有些不清不楚，仿佛愿意，又仿佛不愿意，模棱两可的。她主动往他宿舍跑，给他送这个那个的，资料室新来的杂志，或自己做的小菜。他从不拒绝，但也从不主动。她不急，慢慢等，文火煨肥羊，慢工出细活，她几乎用一种手艺人的耐心等着他。她知道，有些事情女人是可以主动的，而有些事情女人无论如何是不能主动的。她是小地方来的女人，有着小地方女人的保守。男人其实计较这个的，在心里计较。女人如果一开始在某件事上主动了，那么男人就会看轻你。小喻没有别的自尊自矜的手段，没有女人的花容月貌，也没有孙卓然那样的博士身份，只有靠做女人的矜贵，来获得汤弥生的敬重。所以，当汤弥生第一次向她求欢——那天是他的生日，她为他精心做了一桌菜，他的心情不知为什么不太好，几盏酒之后，就有酩酊之意了，她坐在边上，面若桃花地继续帮他斟酒。他喝一杯，她斟一杯；他喝一杯，她又斟一杯，斟得满满的。他后来就抱住她了。她终于等到了，一时间像范进中举般喜极而泣。但一边泣，一边还是坚定地把他推开了。女人就是这样做的，都要半推半就。你醉了，弥生。她柔情似水地叫他名字。她之前一直叫他汤老师的。但打那个历史性的晚上开始，她就叫他弥生了。你醉了，弥生。这么叫，让她觉得无比幸福。弥生，弥生，弥生，她要这么叫上一辈子。我没醉，没醉。遭到拒绝的汤弥生更加有力地抱住了小喻，小喻就更加用力地推开他。他再抱，她再推，推到后来，当然是小喻输了。我力气小，她后来娇滴滴地对汤弥生说。那个晚上之后，他们就成了夫妇——只能做夫妇了，因为小喻怀了孕，就是没怀，他们也是要做夫妇的。男女都那个了，不做夫妇怎么可以？小喻是个传统的女人，而汤弥生，那时也理解且尊重小喻的传统。但汤弥生那时还不想要小孩，他要读博，还要做博士后，还要去国外访学呢。小喻当然支持，他们是夫妇了，是荣辱与共的夫妇，汤弥生的事业，就是她的事业，汤弥生的前程，就是她的前程。在三个半月之后，她果断地去了妇产科做人流手术——从B超里已经能看出她肚子里的孩子是女孩了——当然人流是汤弥生陪她去的，汤弥生见证了她伟大又痛苦的牺牲。来日方长。从医院出来时她哭得梨花带雨，他劝她。她也以为来日方长，那时他们都还年轻，汤弥生二十八岁，她二十三岁，他们以为生孩子就如树上长果子一样容易，春天一来，下场雨，花谢之后，果子就结了。但后来她再也怀不上了，怎么也怀不上，去医院检查也查不出什么毛病。她急得不行，西药中药各式各样的偏方用了个遍，她甚至还让汤弥生查了《本草纲目》，里面让夫妻各喝一杯立春雨水后同房，因为"取其资始发育万物之义"，他们照做了，都没用。没关系，汤弥生安慰她。但她知道他是有关系的。他这个人，心事重，什么都不爱和她说的。或许只是不爱和她说吧？换了别的女人，一个学历专业和他差不多的，做他的妻子，他会不会话多一点？因为有共同语言。这些年，他的风头越来越好，而她，也愈加习惯看他脸色了。所以，姬元的事一出，她痛苦，但痛苦的同时，莫名其妙地，她又有一种如释重负般的轻松。她隐隐觉得自己其实一直期待这事发生呢。这有点龌龊了。但人活在世上，有几个能干净得像林黛玉呢，质本洁来还洁去。那要死得早，在十几岁桃花般的青春年纪就夭折。不然，就洁不成，迟早要陷在泥淖中。这世上的男男女女，终归都贪恋那泥淖中的安稳和欢乐。姬元不是这样吗？汤弥生也是，她也是，大家都一样，都在肮脏的泥淖里，谁也不比谁更干净！

姬元现在和小喻在一起的时候更多。小喻做什么都喜欢叫上姬元，买菜叫，逛街叫，散步也叫。仿佛她们的友谊又回到了汤弥生回来前的状态，不，比那时更密切，她们现在几乎是形影不离的。一离，小喻就会心神不宁地找姬元，她喜欢让姬元待在自己的眼皮底下。

姬元本来是更愿意独处的，但现在独处不成了，怕小喻多心。

她们一起买菜或逛街的时候，总是姬元埋单。姬元是习惯埋单的，一到收银台，姬元就会条件反射般去掏钱包。她和苏冯堇在一起时也这样。苏冯堇特别喜欢她这样，苏冯堇说，如果你是男的，我就嫁你了。当然，她和苏冯堇之间的经济往来，大致还是平衡的。姬元付了这一回，苏冯堇就付下一回，反正两个女人，一个是北方的豪爽，什么都不计较；一个是南方的细致，什么都计较。但计较也是有良心的计较，不让自己吃亏，也不让朋友吃亏——至少不让朋友吃太多亏。小喻最初也和苏冯堇一样，是有分寸的算计，比如在菜市场姬元买了水果，其他小喻就坚持自己付了，哪怕姬元的钱已经掏了出来，甚至都已经到了小贩的手上，小喻也要不依不饶地从小贩的手上夺回来。小喻也是个认真的女人。有时她们出去吃饭——小喻其实不喜欢在外面吃饭的，不经济不说，也不卫生，但也有在外面吃的时候，这一般是姬元建议——姬元偶尔会心血来潮，突然想吃"凤祥春"的蒸鱼头了，或者"千百味"的槟榔鸭了，兴致一来，就不管不顾了。当然得由姬元埋单，谁建议谁请客，这是规矩。但两三次之后，小喻也会抢着埋一次。她心里有数的。

可现在小喻不争不抢了，全都由姬元买。她心安理得地站在边上，让姬元买水果，让姬元买卤菜，让姬元买时鲜蔬菜。有一回，甚至让姬元给她买了一瓶资生堂的精华液——埋单时她在包里左翻右翻地翻了好半天，终于把钱包翻了出来，结果钱包里的钱不够，那瓶精华液要好几百块呢，姬元只得上前帮她付了。她以为至少这个钱小喻是会还她的，但小喻没还，之后也绝口不再提这个事，不知是有意不提的，还是忘记了。

姬元的经济，渐渐捉襟见肘起来。她是讲师，工资不高，一个月也就三千多块。有时还没到发薪水的日子，她已经囊空如洗了。她也不能向父母伸手，她父母的经济条件倒是可以的，两人都在事业单位工作，就她一个宝贝女儿。但姬元三十岁了，本应该是反哺父母的年纪，总不好让父母继续哺她，甚至还捎带着哺汤弥生和小喻，那就太不像话了。她只得到苏冯堇那儿周转，周转了两次，苏冯堇就问了，怎么回事？以苏冯堇对姬元的了解，她不会过得这样拮据的。姬元虽然不会打算，但也没有挥霍的恶习，不至于生计都成问题。姬元于是说了小喻这新养成的毛病——她一直忍着不说，因为实在不喜欢就这种经济上的小事情和朋友在背后嘀嘀咕咕，但最后，还是没忍住。

小喻有意使唤她的事，她也不喜欢。她们一起从菜市场回来，所有的东西，小喻都让姬元提，她就捏一个绣花小钱包走在前面，而提着大包小包的姬元在后面跟着走。那感觉，好像她是主子，而姬元是她的女佣一样。其实原来重的东西也是姬元提的，小喻个子相对娇小，又穿高跟鞋，拎了稍微重一点的塑料袋就走得歪歪斜斜的。但原来姬元提重物的时候，小喻在一边会表现出过意不去的样子，走一段路，小喻就会不安地问上一句：要不我来提吧？这当然是客套，因为姬元从来没让她提过的。可现在小喻客套都不客套了，从头到尾，也听不到她说一句，要不我来提吧？

厨房里的活，小喻原来也不让姬元插手的。姬元有时想帮忙，洗洗菜，或剥个蒜什么的，象征性地劳动一下。小喻那也不让，小喻会说，去去去，别添乱，你到客厅去看书。但现在小喻不让姬元在客厅看书了，时不时地就在厨房里叫一句：姬，你过来。姬元过去了，也不见得有事情，只是让她站在一边看她做菜。

　　汤弥生有时也会过来，没人搭理他。他讪讪地在小喻身边站一会儿，又出去了。

　　这些事情，苏冯堇听得义愤填膺。她在电话那头，几乎大喊大叫了，这不正常，太不正常了！姬元，你给我听好了，你现在只有两条路：要么让汤弥生离婚，娶你；要么你离开汤弥生。这样不清不白地和他们鬼混下去，只有你吃亏。

　　姬元不喜欢苏冯堇"吃亏"的这种说法，男女在一起，又不是做生意，说什么吃亏不吃亏的。她也知道这不正常。打从马来西亚回来，她就没打算过正常的生活。有的人，天生就注定过不了正常生活的。像波伏娃，一辈子，不是人妻，也不是人母，只是萨特的"海狸"——汤弥生现在和姬元亲密时总叫姬元为"海狸"的。你是我的海狸，我的漂亮母海狸。姬元知道汤弥生这么叫的用心，他不想和姬元结婚呢，波伏娃不就是一辈子也没有向萨特要婚姻吗？

　　姬元真没向汤弥生要过婚姻的。她不热衷婚姻，不会和许多女人那样，把婚姻当作女人的人生追求。当然她也不反对婚姻，她不会和波伏娃一样，为了追求女人的独立性，和萨特签下一生不婚的协议。虽然在某个片刻，和汤弥生好得如胶似漆好得难舍难分的片刻，她也生出过要和汤弥生结婚，然后"长命无绝衰"的念头，但她会及时地打住自己。她不是那种可以扛着爱情的旗帜然后理直气壮地去鸠占鹊巢的女人。打从恩格斯在《家庭、私有制和国家的起源》中讲过"没有爱情的婚姻是不道德的"之后，许多"小三"都喜欢利用这句话的，尤其现在，它几乎泛滥成灾了，成了所有"小三"的光辉旗号。姬元不想这样。她还是要把"不道德的道德""不伦的伦"坚持到底的。再说，也不是汤弥生主观上不想和她结婚，而是客观上结不了。他告诉姬元，在小喻刚发现他们的事情的时候，他提过离婚的。他以为小喻也要离的，她自尊心那么强，一向又持冰清玉洁的婚姻观。每回看到文艺作品里的某个男人或某个女人背叛婚姻，她都会用她赵姨娘一样的尖细声音，激愤地抨击。她骂过安娜，骂过胡兰成，甚至还骂过鲁迅和许广平。这样的小喻，在发现了他们的奸情之后，怎么可能不离婚？但没想到，小喻不离。女人心，真是比哲学深奥。那怎么办？他问小喻。小喻不说，只是低头绣她的花，一直绣。他半夜两点起来，她还坐在客厅绣花。他觉得有点瘆人，很紧张地听着她的动静，怕她一时想不开，爬到这栋楼的楼顶上去，做鸟人。师大有过这种前车之鉴的。美术系罗野教授的老婆，就因为罗野和一个学生在外姘居，有一天当着罗野的面，很骁勇地从他家十楼的窗户飞了出去，白白的脑浆和暗红的血，溅得一楼人家的院子里到处都是。一楼人家夫妇俩，都是生物系的教授，本来很热爱园艺的，院子一直打理得花红叶绿，但发生了那样的事情之后，夫妇俩的院子就荒芜了。不单他们的院子荒芜了，就是那院子周围，很长一段时间，也都冷清得很。而目睹这个的罗野，从此就成了废人，每天蓬头垢面失魂落魄地走在校园里，再也不见当初风流倜傥的神采。女人是不惜用自毁来他毁的危险生物。汤弥生知道。但小喻一动没动，就那么坐在客厅里安静地绣了一夜的花。早上还和以往一样，给他准备了早餐：一碗鸡蛋西红柿面条，几个萝卜丝虾仁蒸饺，一小碟腌黄瓜。最不可思议的，是周二在系里的例会之后，她又若无其事地对姬元说，姬，去我家？

　　小喻这种哀而不怨的古典态度让汤弥生大为感动。他真没想到小喻有这样忍辱负重的传统美德。他一直是反传统的，没想到，传统是这样的美好。他也没想到她有这样的胸襟，这样的度量，几乎是海纳百川了。什么叫作好女人？这就叫了！什么叫作好妻子？这就叫了！人生得妻如此，他还夫复何求？——再求，就不知好歹了！就狼心狗肺了！

　　他对小喻，几乎萌发出爱情了，这差不多是第一次，第一次他对小喻生出这样的情感。

　　他发誓要一生一世对小喻好！要相濡以沫，不离不弃。要执子之手，与子偕老。

　　当然，后面这些新生的感情，他没有对姬元说。他只是说他不能和小喻离婚，这和爱情无关，和良知有关，他总不能眼睁睁地看着小喻成为罗野的妻子第二。你能吗？你能吗？他问姬元。

姬元不能。姬元心软，连一只蚂蚁都不忍捻死的。她和小喻上菜市场，买了活鱼活鸡回来，总是小喻宰杀的，小喻手起刀落，麻利得很。姬元这时候就躲得远远的，完全是"君子远庖厨"的态度。因为这个，苏冯堇原来嘲笑她虚伪：不能杀，不能看，却能吃，还吃得津津有味。但她理解自己的虚伪，这是齐宣王以羊易牛的心理，"见其生不忍见其死，闻其声不忍食其肉"，是退一步的人性。这样的姬元，怎么可能让小喻成为罗野的妻子第二？

姬元有时想想觉得好笑，这算什么呢？退而求其次的道德，退而求其次的人性。自己不是一直追求洒脱不羁的自由吗？一种阳光下的诗意人生吗？怎么不知不觉就沦落到了这进不得退不得的地步？

而汤弥生，却怂恿她甘于这样的处境。他把这样的状态描绘成一种惊世骇俗的爱情形式。世上最庸俗最乏味不过的事情，就是一男一女的婚姻。所以波伏娃，就是以反婚姻的姿态，来实现她特立独行的人格魅力的，实现她作为一个女性的绝对自信的。只有懦弱的女人才需要婚姻的保护，像小喻和罗野的妻子那一类的女性，失去了婚姻，就失去了生命的意义。而波伏娃和姬元这样的女性，生命没有寄生性，不是纠缠的藤，而是自生自长的树，有向下自由伸展的根，以及向天空自由伸展的树枝，呈现出一种我行我素的美。不需要婚姻的女性是真正自信强大的女性，不需要婚姻的爱情才是真正健康的爱情——还有健康的性。婚姻和性，从来是水火不容不共戴天的，两个男女，之前再干柴烈火，一旦结婚，性就变得了无生趣，一如霜打的茄子，又暗哑，又没味。而没有婚姻桎梏下的性，却是原野中的花草，永远生机勃勃芬芳诱人。

汤弥生是在暗示他和小喻的性生活没意思吗？他和姬元，这方面一直很好的。他们也只剩下这个好了。然而也不是像汤弥生形容的那样，"原野中的花草生机勃勃芬芳诱人"，根本不是那么回事。周末的西山之行早就取消了，当汤弥生又一次提出要到西山去和住持论禅，小喻轻声说，别在外面了。这是哪儿跟哪儿呀？但汤弥生懂，不去了。还有夜里那疾风骤雨的"曲终奏俗"，也没有了。当汤弥生有一天从书房出来送姬元，小喻跟在他身后，又蹙了眉，轻声说，别在外面了。汤弥生于是就不送姬元了——

他现在对小喻，差不多是言听计从的。

他们于是只剩下书房黑暗中的局促的好。虽然这好，也让姬元欲罢不能。但分明不是"原野中的花草"了，甚至不是院子里的花草，最多只能算是室内盆栽了——被扭曲的奇形怪状的盆栽。姬元最喜欢广袤，最痛恨狭小，结果却陷在狭小里；最喜欢阳光，最痛恨黑暗，结果却陷在黑暗里。这是命运的悖论吗？

但汤弥生说，他们可能创造了一种理想的男女生活形态。自有人类以来，就在这方面一直进行着各式各样的探索和试验：人猿时期的混婚，石器时代的群婚，直到二十世纪七十年代，在以色列和美国还出现了群居公社。一男一女的配偶制只是探索的结果之一，虽然较普及，但也未必适合所有人。拿一种形态，让所有人套，是荒唐可笑的，和削足适履一样荒唐可笑。美好的男女关系应该是多元的，是个性化的，是充分尊重个人自由选择的。这个世界发展的终极目标，不就是实现共产主义吗？共产主义的核心是什么？不就是各尽所能各取所需吗？

他们三个人的关系就是这样美妙的互补关系，各扬其所长，各避其所短。姬元可以听汤弥生谈尼采，可以和汤弥生在蔓草里偕藏，还可以在偕藏之后一起腾云驾雾地抽烟。但即使这样，汤弥生也不能想象只和姬元两个人生活，因为生活——尤其是精致的生活——是像他的法国导师Baptiste所说的，有"很多很多美妙的事情"。汤弥生的"很多很多美妙的事情"，不仅有尼采和蔓草里的偕藏，还应该有芬芳扑鼻的厨房，应该有窗明几净的居室，应该有姹紫嫣红的院子，而后面这些，姬元做不了，只有小喻能做。

所以，他们三个人在一起，比两个人好。即使是姬元，也需要小喻呢。姬元不会做饭，又好吃，没有小喻，怎么解决——不是简陋地而是美妙地解决自己的脾胃呢？

你能想象我们两个人的婚姻生活吗？

姬元不能想象。她和汤弥生都四体不勤，只习惯脑力劳动，谁负责那些体力劳动呢？

只有小喻。小喻能以挑花绣朵的耐心和能力，把繁杂的家务打理得井井有条。

这种"房间里的天使",姬元做不了,只有小喻能做,而且,还是心甘情愿地当他们"房间里的天使"。

这不是天作之合吗?他们三个人的天作之合!

这是汤弥生的诡辩,姬元知道的,但知道也没用,诡辩的汤弥生,还是会散发出一种哲学的性感。姬元曾对苏冯堇说,如果她生在春秋时代,可能会爱上庄子的,庄子和惠子游于濠梁时那段"子非鱼安知鱼之乐"的著名辩论,姬元每一回读了都心旌摇荡不能自持;也可能爱上"余岂好辩哉"的孟子,也可能爱上"白马非马"的公孙龙,也可能爱上因诡辩术而被毒死的苏格拉底。你这个荡妇,苏冯堇笑骂她。但姬元没办法,姬元在充满机智的诡辩男人面前,真是没有一点办法的。既然没有办法,那就由他好了,姬元懒散,不喜欢过分管束自己。再说,又何必过分管束呢?人生苦短,倏忽不见。倏忽就不见了的东西,再作古正经的,就可笑和愚妄了。伍尔芙说,英国路边的任何一颗小石子儿,都比莎士比亚活得更长久。所以,姬元干脆随波逐流了。她袖手旁观般地看着自己,像一个慈爱的长辈看着小辈无伤大雅地胡闹着;又像醉眠芍药的湘云,脑子尚清楚,只是身体娇娜不胜。她等着自己酒醒——总会醒的吧?

其实不过是芝麻粒儿的小事,突然让姬元厌倦了。

那天他们三个人出去吃饭,是汤弥生的主意。他说已经入秋了,天气也凉快了,他们要不要去"荷塘小院"吃锅泥鳅汤?喝壶冬酒?听说"荷塘小院"的泥鳅汤和冬酒特别补,加了各种中药材料。小喻是有点不愿意的,家里有菜,何必去外面呢?但她不习惯扫汤弥生的兴。姬元呢,只要有好吃的,怎么着都行。

"荷塘小院"在郊区,有点远,他们打算喝酒呢,所以只能打车去。姬元坐副驾驶座,汤弥生和小喻坐后面。姬元没有不高兴,这是应该的。

席间也没发生太不愉快的事。菜是小喻和汤弥生商量着点的,以泥鳅汤锅为主,再点了四碟凉拌小菜,藕片、菱角、蕨根粉丝、萝卜皮。点完之后,汤弥生转脸问姬元,还要什么?姬元没在"荷塘小院"吃过,也不知这儿什么菜做得好,看到图片上的东坡肉,红彤彤的,像搽了胭脂一样好看,就想点一个。汤弥生刚在点菜单上写了"东坡"两个字,小喻说一句,多腻呀,大晚上的,吃这个东西。汤弥生停下了,看一眼姬元,又看一眼小喻，小喻正用湿餐巾仔细地揩自己的手指。是吗？汤弥生讪讪地，又把"东坡"两个字涂掉了。

这也没什么，晚上吃这种东西，是有点腻。

冬酒的入口味很好，甘醇绵软，喝起来有点像米酒，姬元不觉间多喝了几杯，没想到，这酒后劲大，出来时，姬元的步子就有些摇晃。楼梯有点陡，尤其中间拐弯的地方，有一格，间距很大，姬元下楼时，没留意，一脚踩了个空，差点摔了下去。要不是边上正好有个伙计扶住了她，她可能真摔下去了。汤弥生没看见，他和小喻走在前面，小喻也喝了不少，她皮肤白，两杯下去，就面若桃花了。汤弥生一直劝她别喝了。你醉了，他对小喻说。 我没醉，没——醉，小喻细音袅袅，是酒后女人特有的妩媚声音。姬元知道小喻没醉呢。小喻的酒量，其实比姬元好。

外面有风，把汤弥生胳膊下的衣衫吹得飘飘欲举，像一面旗帜，那是小喻的桃红色绸外衫。喝了酒的小喻觉得热，在包间里就把它脱了。出来时汤弥生要小喻穿上，小喻不穿，桃红色的衣衫于是就搭在汤弥生的胳膊上了。汤弥生自己穿一件葱绿色衬衫，葱绿配桃红，倒是好看。

姬元在后面，第一次很认真地端详汤弥生和小喻走在一起的样子。

有一种，怎么说呢，一种并蒂莲的美。

回来的路上姬元吐了，吐得稀里哗啦。泥鳅腥，加了姜也没用，风一吹，倒灌进喉咙，胃就受不住了。她蹲在路边，在包里掏了好半天纸巾也没掏出来，干脆就用自己的袖子揩了嘴。她是一个人走回来的，汤弥生和小喻要她上车，她不肯。我想走走，吹吹风。她兀自往江边走了。汤弥生想过去拉住姬元的，刚追两步，小喻在身后弱弱地叫了一声，弥生。的士司机也不耐烦了，走不走？走不走？他们于是就走了。

这时候天光已经完全黑了下来，路灯在远处萤火虫一样影影绰绰地照着。江边还有三三两两散步的人，一个上了年纪的男人，经过姬元身边时，有意放慢了脚步，转脸打量姬元半天。或许他以为姬元是"站江的"。所谓"站江的"，和"站街的"是一个意思，都是指流莺。但"站江的"流莺比"站街的"流莺更老，都是些韶华已逝形容憔悴的下岗女工，借着夜色掩饰，浓妆艳抹了，涂得像女鬼似的到乌漆抹黑的江边做老头的生意。但姬元看着似乎不像。这个女人穿牛仔裤，旅游鞋，还挎个大包包。这不是"站江的"行头,"站江的"都穿高跟鞋,穿裹紧了屁股的皮短裙,哪怕大冬天也一样。老男人疑惑地看看姬元,左看看,右看看,还是走了。

八月的江风在夜里,已经有了寒意。姬元薄衣单衫,一个人,在江边慢慢地走着,慢慢地走着,直到把自己走得全身冰凉。

其实汤弥生对小喻一直很好的,姬元从来没有介意过——或许,她误会了自己,以为自己没有介意?

反正,一向疏可走马的姬元,这一回密不透风了。

她到底做不成波伏娃了,没有谁能做波伏娃的,没有人。

那又怎样?至少她忠实于自己了——她一向是忠实于自己的。

这么一想,姬元的胃,那种因为泥鳅的腥所带来的不适,一下子就没有了。

两个月后姬元就调到海南去了,是苏冯蕫帮她联系的学校,也是师大,也是哲学系。她去找老傅,按苏冯蕫教她的说辞,男朋友在海南呢,她要过去和他比翼双飞。不然,别人就和他比翼了。老傅一听,比她还紧张,立马就在调动报告上签字了。不容易,姬元是三十多岁的老姑娘了,又是女博士,皮肤还那么黑,要找一个相当的男人把自己嫁了,是很不容易的。他做领导的,可要知艰识苦,体恤民情。老傅上了年纪,这些年不喜欢做学问,只喜欢做些保媒拉纤的事。他之前也帮姬元介绍过男朋友的,是个化工系的老师,也是博士。可惜姬元没兴趣。他还恼火呢,以为姬元眼界高,嫌对方秃顶了。他在家里和老婆嘀咕,秃顶算什么毛病,知识分子嘛,有几个不秃顶的?老傅自己也秃顶,所以对姬元嫌弃秃顶的男人很生气。没想到,原来姬元是有男朋友了。老傅这下子释怀了,释怀之后,就生出"愿天下有情人终成眷属"的善意,一种老年人的善意。老年人都喜欢看花好月圆的,也喜欢做功德——老傅把姬元调动的事,当功德做呢。但师大人事处不放,姬元才毕业两年,还没有满合同上五年的服务期呢,怎么能就走呢?政策不允许的。老傅又出面帮忙斡旋,亲自到学校管人事的副校长那儿去做说服工作。老姑娘的问题,是大问题,关系到和谐社会的建设呢。一个社会和谐不和谐,取决于老姑娘的数量,数量大了,社会就不容易安定团结。同样道理,一个学校和谐不和谐,也取决于老姑娘的数量,数量大了,学校也不容易安定团结。所以,老姑娘嘛,和害群之马差不多，能少一个就少一个。副校长被老傅逗乐了。一个电话打到人事处，姬元的问题就解决了。当然会解决，老傅和副校长的父亲是同学呢。副校长在私下里，是叫他傅伯伯的。

中国人的政策嘛，就如女人的腰，柔韧性很好的。老傅得意扬扬，在家里对老婆说。这种私房话，只能和老婆说说的。老傅说话，也讲究伦常的，有些话应该在家里说，有些话应该在外面说，不能乱了伦常。

苏冯堇说，你们系主任真好。

姬元也觉得老傅好，她之前一直是喜欢孟姚的，不喜欢老傅，嫌老傅庸俗。没想到，庸俗却也有庸俗的好。

有一年姬元去广州参加一个学术研讨会，遇到孙卓然了。那已经是七八年后了。两个女人都不是那种热烈的人，但曾经同事过，见面了还是要寒暄几句的。她们就站在酒店的大堂里。大堂的枝形水晶灯，明晃晃的，把酒店照耀得金碧辉煌，灯光下的人，一个个像镀了金一样，好看得很。你怎么样？孙卓然问姬元。挺好的，姬元说。你怎么样？姬元问孙卓然。也挺好的，孙卓然说。她们聊了几句老傅，聊了几句孟姚，甚至还聊了几句周树榆，然后孙卓然就微微地侧过了身子。这是要走的意思了，姬元想。但姬元还站在那儿继续和她寒暄着。不知为什么，她突然对孙卓然隐隐生出了某种恋恋不舍之意。她自己也觉得莫名其妙，她为什么会舍不得和孙卓然分手呢？要不，一起喝个茶？姬元建议。但孙卓然说，她已经有约了——也不说另找个时间，研讨会还有两天呢，如果孙卓然愿意，她们完全可以另找个时间喝茶的。姬元有些尴尬，不知再说什么了。两个女人又在大堂里清淡地站了一会儿，然后就客气地分手了。

自始至终，孙卓然也没说起汤弥生。

《十月》2017年第2期

退而求其次的反叛

阿袁一如既往地开掘着高校人群的情感生活图景，除却以往作品既有的馥郁稠密的生活质感、校园世情绵里藏针的刀光剑影，以及对于人物情愫与心灵繁复的呈现，这一次的作品《姬元和汤弥生》，把人物放置在了更具挑战性的情感关系当中：故事讲述了师大哲学系新进的青年教师姬元、系资料室管理员小喻，以及小喻的丈夫——哲学系教师汤弥生三人共处的生活状态与情爱纠葛。这样的小说主题让文本带有了探险和离经叛道的色彩，而人物在哲学上关于"爱情""道德""自由"等母题的考辨，则加深了小说拷问与实验的性质。

哲学系青年女教师姬元显然是一位迥异于世俗女子的女性，她不谙世故也不屑于世故，常年受到西方现代哲学熏染的她，以一种洒脱不羁的方式生存于世。由此她结识了系资料室女管理员小喻——一个厨艺精湛、喜欢飞短流长和绣十字绣的传统女性。"两个完全南辕北辙的女人"各有所图地走到了一起，姬元喜欢小喻的好手艺和小喻家中的洁净温暖，小喻则享受着在与正牌女教师的友谊那里拾得的自尊。小喻的丈夫——哲学系教师汤弥生从法国访学归来，影响了故事的走向。多少有些偶然地，汤弥生与姬元在系里的资料室完成了一次性爱，他们都在对方那里得到了极大的身体愉悦，于是便一发不可收拾地继续着情爱关系，寻求着身体的自由与满足。而另一方面，姬元怀着煎熬与窃喜交加的心情，继续来小喻家里做客吃饭，直到姬元知道了小喻早已知晓自己丈夫与她的关系。

一般来说，这样的婚外情故事就要结束了，然而作者在男女关系上的开掘上往前走了一步："汤弥生说，他们可能创造了一种理想的男女生活状态"，而"美好的男女关系"应该是"多元的，是个性化的，是充分尊重个人自由选择的"。姬元服膺于汤弥生如此机智的诡辩，甘心做了汤的"小海狸"，而小喻也对此选择了隐忍——尽管这种忍让是她作为传统女子唯有的"争抢手段"。于是三人继续着共同相处的生活。然而不可避免的，小喻与姬元之间存在着许多的情感裂隙，刀剑时不时地从这裂隙当中射出，原以为自己一向"疏可走马"的姬元，却也中剑受伤。"她到底做不成波伏娃了，没有谁能做波伏娃，没有谁。"故事以姬元的退出、主动调离学校而收束。

评鉴与感悟

姬元、汤弥生和小喻三人的男女关系，含有元结构的意味。小喻是生活在俗世的深受教化的女子，她崇拜丈夫汤弥生的智性，需要用贤惠的女性气质以及孩子的生养来逢迎汤弥生。而姬元几乎是小喻的对立面，无论是在精神还是在身体上，她都是"有主体性的"，向往着自由的，在某种程度上是反教化的。她和汤弥生之间有着身体上的相互需要、精神上的沟通慰藉，但她也依恋着小喻能给予的可口饭菜。在这三个人的关系当中，姬元似乎具有诸多现代女性读本中所探讨的"雌雄同体"的特征。对于姬元形象的塑造以及三者同处的生活的描写，在性别关系与女性书写的探索上不能说没有意义。

在这样一个集结在情爱主题之下的小说里，爱情同样关系着小说的意涵核心。除却建构一种三人共处的关系，整个故事还能梳理出一个爱情从无到有的过程。事实上，爱情的从无到有，以及三人共处关系的从有到无，这两个过程是小说包含的两条同构的情节线索。故事行进与人物关系转折的关键，就在于爱情的诞生。如果我们把爱情定义为人与人之间在精神向度上的吸引的话，那么在三人关系开启之初是难见"爱"的。汤弥生与小喻很长一段时间更像传统士人与侍女的关系，他们拥有的是在代表了社会伦常的系主任老傅的撮合之下，无可无不可的婚姻。而汤弥生与姬元之间则更是由于情欲的宣泄才结合到了一起。而爱情——或者说精神上的吸引诞生之时，也正是三人生活结束的时候。姬元喜欢上了被汤弥生说服的感觉，汤弥生则逐渐被小喻的隐忍与哀而不怨的古典气息所征服。爱情的诞生意味着三人的情感天平已经失去平衡，实实在在的痛感跟醋意，都意味着姬元已经被推进了那个她从前不屑于进入的俗世悲欢里。从这个意义上来讲，姬元这个人物身上的"超越性"又是打上了折扣的。她还在坚守着"退而求其次的道德"，为自己闯入了小喻的婚姻世界而处于道德的低地表现出奴态；她还迷恋着对于汤弥生每每的诡辩所散发的性感，对于屈服感到"氓之蚩蚩"般的喜悦。如此，姬元对于伦常教化的叛逆，连带着三人共处的实验关系，都是"退而求其次的"，是受囿于历史的。（刘启民）

圣者到尘世中去

/黄惊涛

题记：凡被写入圣书、在那上面有名的，都是圣者，包括虫豸、娼妓、响马、财主与税吏。如今他们来到尘世，将人间再经历一遍。

我盯上你了

天体广场向北三百米，跨过一条比江河还宽阔的公路，绕过金色外墙的市长大厦，存在着一处漂亮的长方形绿地。绿地的四周是川流不息的车道，车道右侧是规则的方形建筑、不怎么规则的梯形建筑和完全不讲规则的畸形建筑。这些建筑一起围成一个规则的坚硬帷幕。车道左侧栽种的则是整齐划一、长相一致、在一条直线上并且等距的细叶榕树。建筑、车道与树木建立了三重的长方形格式，大的格子套着小的格子，使得这一方绿地好似一个被包装得极好的礼品盒。这片0.8平方公里的绿地就是市政当局送给市民的美丽礼物。

"但更像一个球场。"由于毗邻天河体育场这一日渐著名的球场，好些经过这里的外地球迷以为踏上这里，就到了目的地。有时他们支持的球队赢了，他们会在离开这座城市前在此处狂欢，好像他们在人生的很多地方都赢了一样。

绿地广场的北面尽头坐落着火车东站，那里是城市人流的源泉之一。

其他的几个源泉是中央火车站、火车南站、火车北站、火车西站、两个飞机场以及近百个汽车站。城市的人流从这些泉眼里冒出来。

火车东站前有个巨大的喷泉。冯亚格被盯上的那一天，他正坐在这个绿地喷泉下啃鸡腿。他同时眼睛转个不停地打量行人。绿地喷泉不同凡响，可以随着音乐的节拍喷出不同高度的水柱。就好比那些好高骛远的建筑师们总想着把石头往天上推，把水泥往云朵的深处堆，这个喷泉的设计师也是这么来做的。为了显示在喷泉设计上没有偷工减料，喷泉音乐的编排者选择循环播放的，总是那几首高亢之歌：一首叫《赞美》，一首叫《歌颂》，还有一首叫《蓝天》。在这三首歌的高潮部分，一不留神，喷泉喷出的水柱能将小孩子们放的老鹰风筝击中，那时候老鹰们便栽落在草地上，折断了它们竹片或塑料做的翅膀。

冯亚格喜欢在这里寻找作案机会。他衣装得体，有时装作看书，阅读20世纪的旧杂志，有时吃着东西。更多的时候他来回踱步，神情像一个坐立难安、焦急等待恋人出现的年轻人。为了装得像一点，他偶尔从旁边花坛折一枝刚被工人浇过水的玫瑰，捧在手上。冯亚格二十八九，还没有往中年人的臃肿发展，不然的话，他这种装扮会因不合时宜而很快露馅——被那些在草地上打猴拳和蛇拳、随着音乐歌颂与赞美、吊嗓子的退休老人指手画脚，议论个没完。这些人认为，一个中年人是不配有爱情的，如果有的话，那必定不正当——虽然他们中的鳏夫寡妇，也时不时地按捺不住，在这里寻找能说上话的对象。这些不再需要服劳役、身体上不再有重量的家伙常常说：

"看，那个不知羞耻的人在这里要干什么勾当！"

另一个会回答："他准备去偷……"这个人先是故意提高嗓门，然后特意把嗓子压低。

作为常来这里作案的小偷，冯亚格听过好多次他们这样说话。每听到他们说到"偷……"他的心脏和腿便打战。后来他总算明白，这些好管闲事、总以为自己还有大把时间浪费，其实已没有多少天来浪费的人，正在说的是坐在不远处长椅上的一个中年人，或者说的是一对相拥在大叶榕树下的女士先生，或者是正在接吻、彼此抚摸，进而企图把草地当床的中年恋人。这些上了岁数的人对偷情的警惕性，要远远高于他们平日对小偷、骗子的警觉。绿地中间夹杂着一些像拼图板似的格子式水泥地，常常有推销治疗癌症、不死药的在那里半公开地摆摊，冯亚格经常看到他们兴高采烈地上当。有时，他忍不住暗示他们看好自己的钱包，免得让那些打着科学旗号的人堂而皇之地掏空了。可是他们从不相信。冯亚格这么做不完全是出于好心，他也曾挤在人堆里找他们下过手：他往往轻而易举就掏着了，不过，他总是把钱包原物奉还，放回它该在的地方——因为那里面要不是什么也没有，早已被药贩子掏得精光，要不钱少得可怜，只够买几棵白菜、几颗西红柿。

老年人特意提高的嗓门是一种警示，吓坏的不仅仅是冯亚格，当然更包括那些或坐或卧、人生来到十字关头的情侣。他们挪位置，一前一后，假装互不认识地离开喷泉广场。然后冯亚格看到那些岁数更大的人迅速占领绿地，排成几排，手舞足蹈起来；一旦他们累了，就占领那些长椅，开始拉家常。冯亚格终于想明白，他们这么做，与其说是要保护社会道德的高地，不如说是要维持自己活动地盘的神圣不可侵犯。

冯亚格从不找这些可怜的恋人下手。在玫瑰花绽放的季节，他视他们为自己的同类，因为他们也在偷一种东西，尽管他对这种偷又常常犯迷糊：

"我从来没有见过，一种偷窃是相互的，你偷我的，我偷你的，却偷得这么两情相悦。"看着那些拥在长满胡须的榕树下、似乎早已错过恋爱期的情侣，他的心里暗想，"看，他们多么快乐，好像他们都得到了东西，而不是在失去东西。"

有一阵子，这位爱琢磨事的小偷觉得那些老家伙们完全是小题大做，通过他的观察，"这种偷总不能算是偷，因为根本就找不到失主。在这里发生的事情，受害者是缺席的。"后来他又想明白了，那些失主与受害者，此刻正在别的什么地方。而属于他们的东西未经允许，自己跑出来寻找新主，馈赠给其他人。

"这些东西是什么呢？——身体——只要进入婚姻，它们就是别人的了。不再属于自己。如果擅自赠予，那么无异于财产流失，而擅自取得，就是偷。"

河流进入这个位于入海口边的城市，分出大大小小的支流，每年的春季天上下来的和地上汇聚的春水泛滥，徜徉绵长。亚热带气候使此地的草木繁盛，但春天显得过于冗长。接下来的夏日把秋冬季节围困在短短的一个月之内。因而，大部分时间里，人们春心萌动，躁动不安。冯亚格的身体便是这样。他的身体等待一位姑娘。在这样的年龄，小偷冯亚格本应合法地拥有一位姑娘。

冯亚格常常担心那些老年人大声说到"偷……"这句话时，将引来警察。那些立于树荫下抽烟、站在拒马边晒太阳、全副武装的警察不必提防，他怕的是那些与他同样化了装的便衣。"嗯，那个假装躺在草地上看书的家伙，我认得出。"小偷的心里有本谱。

"嗯，那个手捧一束假花的，表情比我装得还像。要辨别他，只能通过那束花，因为他代表的爱情是塑料做的。"

"嗯，他们有时还装成小偷，虽然他们从不出手……"

要识破这些人的迷惑术何其之难。经过了那么久的观察，冯亚格算是掌握了一点点的规律：他们准时到，准时收工。八小时工作制让他们从不擅离岗位，但也不多待一分钟。

冯亚格就不同了，他有时早到，有时晚来，出没在这里完全没个准信。他一般先在周边的大街上转悠，然后再来这片爱情的牧场、老者的乐园。如果他在体育西路、天河东路那些大街上得手得早一些，他到这里就来得早；如果一直没找到目标，那么他要怀着怏怏的情绪，直到中午才出现。他把在大街上的行窃当作是一种巡逻，而把在这里视为一种蹲点。他从来不超出自己的地盘，南至体育西路365号的那个皮具店，北到这条道路的门牌1号——那里的证券所，白天，一群人在那里交易看不见也摸不着的东西，晚上，几个出售身体的女人在那里等待生意。至于东边和西边，冯亚格以喷泉广场为中心，半径为左右各五百米，一旦他这个老猎手追踪的兔子跳进其他的草场，他便驻足不前，从不随便放枪。他尊重这一行的规矩：那里是其他手艺人的领地。而且，他害怕自己识别不出埋伏在人群里的那些老警员的面具。他担心一不小心，自己就落入了他们设置的陷阱。

冯亚格感觉那天被盯上了。他坐在绿地喷泉下的下午两点十五分，正是一曲终了、广场重获宁静的美妙时辰。已经有好些天他未曾取得财物了，他感觉他的手与肚子同样饥饿。他因此而饥肠辘辘，不得不以那种来自美国卡车司机的熟食充饥，他一口气买了十只鸡腿。他背对着喷泉池中耸立的汉白玉裸女雕像，目光越过台阶、石柱和火炬松、苦楝、柠檬桉，向上斜望着前方的那些水泥森林，那里进出的是穿着西装、比他还装的男士，以及着深色套裙、优雅得像修女的女性。由于那些水泥森林过于庞大，他们看上去不过是些可忽略不计的蝼蚁。

这时候小偷感觉脊背火辣，似乎正被什么灼伤。肯定不是阳光，是目光。我们的这位小偷心里想。作为一个惯犯，长期盯人也被人盯，冯亚格对来自四面八方的目光异常敏感，他的背部像是一个感应报警器，不消等到手铐落到他的手腕上，那地方就会皮肉发胀。

小偷冯亚格僵直着姿态，没有放松身躯和四肢，也没有回过身去。冯亚格像是若无其事。在被猎人的枪管瞄准之时，最糟糕的莫过于兔子首先便惊慌失措。冯亚格的嘴巴继续咀嚼食物，这时候手上的那个油炸鸡腿不仅是果腹之物，更是一个恰当的道具，比象征爱情的玫瑰还恰当。

二十秒、三十秒、一分钟、两分钟过去，他一动不动。冯亚格的耳朵拼命收集信息，他清晰地听到水声答答滴滴。那来自美女雕塑的双乳，设计师巧妙而淫荡地让那一对乳房喷射出水柱，而后在下坠的过程中形成水珠。耳朵没有给他提供什么参考，没有老警员、老侦探、老便衣的脚步声和喘息声，然而他感觉危机四伏。说不定在喷泉之后，在某棵木棉树或某丛羊蹄甲的后面，一两个家伙正死死地盯着他，随时准备将他扑倒在地。

冯亚格感到背脊持续发热，先是觉得正被一个聚光镜照射，在那里形成一个光的斑点和焦点，接着感到正有一个建筑工人拿着便携式钻机在那个焦点上打钻，钻头透过他的皮肤、骨与肉，似乎要将他的五脏六腑洞穿。

"这次是逃不掉的了！"有那么一瞬间，小偷想。

"可是我犯了什么罪？"

他脑海里立即把这个月所做的事儿过了一遍：

本月初的一天，他在新美百货公司的门口，偷过一位女士的钱包，钱包里有三十几张卡片和几张名片，但并没有什么现钱。他将卡片寄回给失主。他再也不到银行的柜员机上去涉险，不仅仅因为那里有摄像头，能将他的样貌轻易捕捉，而且在机器的面前，他很容易就陷入数字组合的迷津，他没有成功破译过一次。0，1，2……9，这十个数字组合成千变万化的密码，就如同手、脚、躯干可以组合成千变万化的人，几千个字与词可以编织出不同的真话与谎言一样,他着实弄不明白。那一回,他将那位女士的高档钱包在黑市上转手,倒是换回了半个月的生活费用。

"女人总喜欢将美与钱放在表面,而内部可能什么也没有。"

除了这一次有所得之外,冯亚格这个月还没有真正得手过。在连接天体广场与新美百货公司的隧道里,他曾几次伺机下手,贴近汹涌人群中的某一个,试图把手伸进对方的口袋、挎包,有时候他甚至感觉自己的手指触及了对方湿漉漉的皮肤——如果对方是个年轻漂亮的小姐,那种奇异的触觉会在指头存留许久——但他反反复复地失败了,原因是这些人步履匆匆,实在是走得太快。

"这里生活的节奏过于高速,连小偷都没法慢吞吞地作案了——所以,他们干脆直接抢劫。"

一只大鼓在冯亚格的胸膛里敲得咚咚作响。他思前想后,找不到自己这些日子在哪里露出过破绽。他来到这块让守林人看管森严的猎场已有三年,还未曾被那些猎人有一次击伤,但如果他落入那些人的手里,他知道自己的下场:作为一个已经留有案底的家伙,不吃些苦头,人们会以为监狱是政府提供的免费住房。

青年小偷冯亚格被逮住过一回,那完全是因为他不懂得干这一行的规矩——必须及时处理掉赃物——他从一个妇人那里,偷到了一枚镶钻的戒指。他爱不释手,得意扬扬地戴在自己的指上,今天戴无名指,明天戴中指。他在"热恋"与"已婚"的感觉中来回体验,以至于得意忘形,有一天竟将戴着戒指的手伸向了一个中年男子。戒指刮到了他的肉,使他警觉起来,按住了冯亚格,把他扭送进了警局。

出来之后,他离开了他初到这个城市就建立的那个营盘,来到天体广场这边安营扎寨。"一个见不得光的人是不该炫耀或者留恋对女人的感觉的。"从此他的手上再也没有任何饰物,连手表都没有。经过他的手流入二手市场的腕表不下十几块,他没有为自己留下任何一只。看时间他靠的是天体广场高大的塔楼上挂着的那个巨型钟,此钟由瑞士的某个百年钟表厂商赞助,每次球赛开场,主裁判都要抬头看看那个钟,对一下时间。而在终场前,如果比赛的结果是他们想要的,欣喜的球迷恨不得此钟的指针三步并作两步,虽然那些球员在场上拼命散步,来回倒脚,拖延时间;如果他们支持的球队落后，球迷们则希望时间过慢一些，球员能快速冲往对方的禁区。他们同时咒骂时间和球员。

冯亚格并不经常望向那里，他主要是看日影，听火车中央车站另一口大摆钟传来的声响——在整点时分，中央车站的大摆钟会轰轰地敲响，整个城市方圆一百公里都能听见。根据声速，距离中央车站二十公里之遥的冯亚格听到的钟声，要晚十几秒。他并不在意，他不像那些急着乘车离开这座城市的人那样，害怕短短的几秒就会被火车像退潮的海水把沙丁鱼甩在沙滩上那样，把他们甩在城市的月台上。这些等待离开的人，似乎对城市异常痛恨。但他们来或回的时刻，却拥挤推搡着下车，像是要去见久别的情人，或者赶一场盛会。

冯亚格不打算束手就擒。他站起来，小腿绷得很紧，大腿开始发力。他准备撒腿就跑。然而他又想，"我该把这些鸡骨头打扫打扫。我该得像什么事也没发生一样。"小偷刚才在身后留下了几块鸡骨头。有时，小偷会留下一些饭粒，放在水泥与水泥之间的缝隙旁逗弄蚂蚁。对于肉食，蚂蚁也是喜欢的，小偷时常也用骨头逗引它们。

他偏过身子，往身后看去，与其说他是在寻找正盯着他的家伙，不如说他正在假装身后没有盯他的家伙。这时候他就看到了一条狗。并不是很大的一只，但也绝不是蹲在少妇的胸前便能够完全隐没在风衣里的那种；四条腿不长，看上去很有力，足以支撑它那瘦瘦的身躯——显然，那里曾装满过油水。狗正在接近那些鸡骨头。狗接近的时候不忘抬头望着冯亚格，眼里有无限的警惕和水汪汪的酸楚。他与它对视，狗眼里的那些警惕和酸楚瞬间让小偷丧失了警惕，并且变得快乐！

哈！小偷胆大地环顾：疾驰的汽车，静谧的喷泉，缓缓推手的太极大师，彼此保持距离的行人，在草地上过生日、戴着纸制王冠的快乐王子……斜倚树干的警察无动于衷，坐在固定位置张望着什么的便衣……一切都是平日样子。

盯住我的是一条狗！小偷放松了身体和神情。狗也放松了，它开始吞骨头。它饥饿的胃让它有一个好胃口，不出几下就吃光了，然后大胆地抬头仰视冯亚格。他逗弄起它来，他扬起手上剩余的鸡腿，脚步开始挪动，每挪动几步，就从鸡腿上撕下一小块肉屑扔向狗。狗有时是等着，有时顶起脚来，有时还试着跃向空中。它的后腿不长，它的嘴巴藏在脏兮兮的毛发里，它是一条被灰尘弄得看不出毛色的流浪狗。在此之前，它应该是一个有钱的或有时间的人家的宠物。他不停地往前走，甚至跑起来，狗紧紧跟着。先是肉食的诱惑，后来是小偷的友谊，吸引它不停走走走，直到到达他租住的阁楼，直到有了自己的新名字。

如今，人们在喷泉绿地广场见到的小偷冯亚格，身边多了一条狗，同时他的脸上多了一副墨镜。先前，他总是用一朵玫瑰、用一脸的焦躁来把自己化装成一个恋人，现在他化装成一个拥有自己的导盲犬的盲人。由于墨镜的掩护，他的眼睛可以肆无忌惮地打量行人，寻找作案对象。有时他坐在路边的大理石凳子上，伸出腿（那排凳子由于过于光明正大和吵闹，情侣们与老者都不光顾），或者将他的手杖斜斜地伸出去（只有年轻的盲者才有资格拥有与年龄不相称的拐杖），他有时站在路边，故意却又假装无意地撞入行人的怀里——他这么做，不过是为了身手灵便地取走那些跌跤者或被撞者身上的东西——还从来未被人发觉过。人们对残障者的同情常常使自己放松警惕。冯亚格觉得唯一的麻烦是他得放慢脚步，以显得自己不能视物，这样他在追踪猎物时就有些暗暗叫苦。不过，"如果我在路边摆上一个碗，"他有时心里对自己说，"可能会有好心人往里面扔钱，那样我或许就可以善良地转行了。"在城里，乞丐是一种在收入上不算寒酸、只是有失体面的职业。至于从装扮成恋人到化装成盲人，冯亚格自认为没有多大的区别，"因为爱情也是盲目的。"

有一日，小偷与他的狗在绿地喷泉广场上等待了一天。他的眼睛对着火车东站的路口，希望在黄昏来临前有点收获。落日在远处高楼的尖顶上将落未落，晚霞把天空涂抹得很是绚烂。就在他准备返回住处的时刻，他等到了一个人。

那是一个神气活现的小姐。她长得并不十分漂亮，个子不高，黑色的长裙及地，将她的身体裹到几乎看不到脚趾。那装束，好像她还在为上一年短暂的冬日服丧。她的头发也不长，刚刚过了脖颈，显然在不久前被理发师大刀阔斧地打理过，上面是巨大的波浪，下面则好比一条急坠而下的黑色瀑布被拦腰截断。她拖着行李箱，一个皮制紫色双肩包背在背上，朝冯亚格待的地方走来。当她快靠近的时候，他看清了她的脸。那张脸上有精致的鼻子、细密的眉毛、闪烁的眼睛，还有十几颗在余晖涂抹那张脸的轮廓时活蹦乱跳的雀斑。总之，这是个看上去平静、表情却又很活跃的三十岁左右的姑娘。冯亚格的心里有些异样。

"就是她了。"小偷想。他慢慢起身。他先是扶着长椅的靠背，假装身体有无限的重量，接着提起手杖往前探。当他把手杖向宽不到一米的人行道伸出一截，却又不自主地放下。姑娘已来到他面前。姑娘瞧了他一眼，再看了看伏在椅子下的狗，狗脑袋的前面是一个碗。

冯亚格的嘴唇翕动。姑娘站住。姑娘迟疑了一下，将后背上的包卸在地上。她拉开拉链，在一堆隐私之物中翻拣。

"她一定以为我是个真正的瞎子，"小偷暗想，"只有在一个看不见的男人面前，一个女人才愿意打开她的百宝箱。"那堆隐私之物中有香水瓶、唇膏、口红、折叠镜、化妆盒、纸巾以及其他的什么巾。

小姐掏出钱包，那里鼓鼓胀胀。她曲下身子，往碗里放了一张十元纸币，又扔了两枚硬币。纸币无声，硬币则在碗里发出清脆的尖叫。冯亚格认为，这位陌生人用十块钱来表达善意，而她投下硬币弄出声响，不过是对那十块钱存在的提醒。冯亚格曾经好些次听到过钱币入碗的声音，在那些瞬间他有过屈辱与感激混杂的心情，而这一次，感激的分量显然多一些。他的嘴巴打算吐出一些美好的字来，可是不知为什么，什么也吐不出，倒是他鼻子的功能没有变得羞涩，它闻到了一股被汗渍调和了的香水味。

那姑娘将包背在背上，拉起行李箱继续缓缓走着。长裙限制她的脚步，好似在皱褶繁复的裙摆下，那里戴了一副精致美丽的脚铐。"所有美丽的女人都得有一副脚镣让她变得优雅。"他听到金属底的高脚跟碰触地面的声音。

"这一定是个初来此地的姑娘。"他断定，"她竟胆敢将包背在背上！"小偷根据背包的位置，而不是口音来判别对方是初来乍到还是久居此地，因为不管是谁，都不会在城市的公园里、大街上、车站内、公共车上轻易开口，他们对陌生人的警惕首先从嘴的沉默开始。但包与身体结合的位置会不自觉地暴露他们与这个城市的时间关系。冯亚格经常见到那些妙龄的少女、肉体熟透了的少妇将背包护在胸前，看上去一个个像澳大利亚原野上奔跑的袋鼠,她们肚子上的隆起似乎正在怀孕。连老妇人也这么做,好像怀孕是不需要分年龄的。男人们也这样,似乎生孩子可以不分性别——只有那些对城市一无所知、怀着美好情意的外来者,才将包放在自己看不到的身后。对于这些人,冯亚格与他的同行们将教会他们一些东西。

冯亚格立于原处,待那位单纯的小姐走出十来米开外,才跟了上去。小偷不得不承认,首先诱惑他的,是那个胀得鼓鼓的钱包。他相信自己的身手,会很容易将那里面的老人头变到自己的口袋里。十二块钱的廉价怜悯不足以让他心存仁慈,那种隐秘的欲望像一只手从他的咽喉里伸出来,朝着前方拼命抓取。

冯亚格计算着自己与姑娘的距离,始终保持同等的速率,这样既不使她警觉,又不至于拖得靠后。冯亚格还得不让埋伏在绿地广场各个角落的警察留意上(他们正在交班)。冯亚格的外表宁静得就像一个瞎子正在往他的家里赶,然而他的心里却突然有些紧张。

姑娘的身材曼妙,步伐不紧不慢,小偷冯亚格开始时而快,时而借助路边茎干粗壮的细叶榕树打掩护。他像个尾随敌人的游击队员,盯着前面,还得防备另外的人从后面放冷枪,或者说像个带球过半场的球员,一方面要留意球门,一方面得防着对手长途奔袭下黑脚。一度他快要把左手搭到黑裙小姐的包上。那样子在路人看来好像她是他的亲人,在为他导盲一样。假瞎子的狗在后面十几米的地方跟着,像是在散步,实际上它是在为主人放哨和警戒,它有时很聪明地不在冯亚格作案的第一现场。

人行道上走着越来越密集的人群,人行道边的汽车一辆挤着一辆,越是繁忙的黄昏时分,越让小偷感觉到安全。冯亚格不得不承认,现在诱惑他紧随姑娘的,是她身上的那股子浸润着汗渍的香水味。冯亚格对气味有着自己的好恶,他的鼻子本能地厌恶某些男子身上特殊的体味,尤其是烟味。当然了,他也并不因鼻子的好恶而影响到手的好恶,看在钱的分上,他恶狠狠地掏他们的包——他从不掏那些刚从脚手架上下来的建筑工人、提着焊枪的焊工、蹬着三轮车拖运货物的人,这倒不是他讨厌他们的大汗淋漓、满身因劳动而带来的臭汗,而是他们根本就是穷光蛋。

冯亚格从那些身体有香味的女人那里得手的次数越来越少,虽然他紧盯她们的时日比起追踪那些男子汉来要频繁得多。女人的体香让他常常迷感，自己这么干到底是为了得到什么。有好几回，他头脑发昏，甚至忘了取他想要的东西。

视觉与嗅觉带来的美好感受，让小偷冯亚格的盯人追踪显出善，女人的美稍稍抑制了他为了钱去犯的罪。现在这样的情况再次出现在了黑裙子小姐这里，冯亚格的鼻子被她那种混合的迷幻药般的味道牵着走，与她的距离缩短到了不足半米，就像球场上球员对球员的盯防，不到一个身位。冯亚格只有在短短的几个瞬间，当他觉察出自己正身处险境，才中止一下近身尾随——如果姑娘回头，定然会发现他这个瞎眼的乞讨者对自己空间的冒犯。在城里，彼此保持距离是必要的规矩。

所幸，黑裙小姐没有回过身来，而是接了一个电话。接电话时她径直往前走，直到来到绿地广场的中段，停顿了一下（她停顿的时候冯亚格恰好身旁有块大石头，他蹲下来），然后折入广场的鹅卵石铺设的中央小径。中央小径的两旁摆满了鲜花盆栽，更远处是散落的高大桂花树，植物的芬芳调和着女士肉体的芳香，好比是在一种炸药中加入了新的三硝基甲苯，增加了美的爆炸当量。冯亚格感觉自己下体的欲望正在膨胀，那里伸出来一条支撑欲望的拐杖。可爱的美使得冯亚格消灭了为钱犯罪的欲望，可是却诱使他想去犯别的罪！

冯亚格赶上几步。啊，多么美妙的呼吸。冯亚格改变手指的方向，触及了黑裙子小姐左侧肋部的一小片面积，因为要拿移动电话，那里失去了左手的保护。隔着涤纶与棉线交织而成的布料，冯亚格隐隐感到在那女性热腾腾的软肋上方，一颗心脏的扑腾。他的手指在那里停留了一会儿，短暂的两秒使指尖充满了电，电流让他全身发麻发胀。

姑娘突然咯咯地笑起来。声音娇滴滴的。小偷心惊胆战。冯亚格缩回手，直到他判定触发那痒穴的，不是他而是另有其人，他才放下心来。"电话那头的一定是个男子，"他对自己说，"他在这个城市等着迎接她，或者在另一个城市刚刚送别她。"小偷无端酸楚。黑裙小姐笑了足足有两分钟，笑声渐渐平息，接着是无声倾听。

绿地广场的中心地带已经没有了什么人，只有花与树静止在那里，要到晚饭之后，这里才会恢复它热闹非凡的气象，然后在十点钟左右人们互道再会、晚安。黑裙子小姐一个电话接个没完，她通过呈对角线放射的小径，穿越绿地广场，来到广场的一角上。在这条两百来米的路途上，冯亚格膨胀的欲望逐渐收敛，如扑腾的巨鸟收起翅膀，因为冯亚格从姑娘接电话的侧面神情和声音里，听出电话里似乎正转换成一场严肃的爱情谈判。这场景感染了他的欲望。冯亚格的狗也显得病恹恹，这平日爱前插助攻的后卫今天总拖在后场。

　　黑裙子小姐在广场的那一角立定，她的前方是趁着绿灯下了放行的命令而川流不息的车辆。姑娘的身边站着好些等待红灯下命令的行人。姑娘到达那里时掐断了电话，随后按下铁柱子上交通信号灯的按钮，那里发出咔咔咔咔的声响。交通信号灯开始倒数，50秒，49秒……40秒，无论如何，冯亚格都得在这半分钟里下手了，就好比球赛补时的倒数，留给冯亚格这个急欲得分的小伙子的时间已经不多了。而且一旦过了马路，那边就不再是他作案的法定地，那里是其他同行的地盘。就好比球出了界，冯亚格必须重新发球才能继续游戏。

　　小偷的心怦怦跳，他顾不得一个假瞎子的矜持，追了上去。他将手再次伸了出去。那动作不知是要表达偷还是摸这二者中的哪一种意图。此时交通信号灯正好读到3秒，那黑裙子的姑娘突然发力，冲了出去。好几辆车的刹车片发出愤怒的锐叫，终究有一辆没有刹住，把那穿丧服的女人带倒在地。

　　冯亚格伸出去的手悬在空中，久久没有垂下，冯亚格后悔这只手没有第三种意涵——将一个女人拉住。冯亚格的耳朵传来阵阵焦虑的笛鸣，冯亚格看到那女人泪流满面，不知这痛苦的泪水是在接电话的时候就下来的，还是现在下来的。

　　他怔在原地。行人走过斑马线，继续他们的路。他的狗也过了斑马线，走它的道。

请你呼喊我

　　与那些失智的人类一样，只要走出家门，狗在这个城市很容易找不到自己。对于狗，庞大而繁荣的城市四处遍布着让它们走失的道路，那些道路只属于知晓家之所在的人类，而并非属于丧家之犬。不停变幻的让狗头晕目眩的霓虹灯，一夜之间被刷成不同颜色的墙壁，随时被施工队截断的桥梁，如海上钻井般突然搭起来的露天舞台，不需要下雨便可以像竹笋般长出来的新摩天大楼……尤其当大多数的狗已经改掉了用尿做标记的陋习——在家里，它们被要求在固定的地方，比如阳台的一隅、杂物间的老家具下、撒满细沙的纸箱里，只有在这些划定给它们的区域才能方便；有时它们不得不与更受宠的猫共享一小块儿方便空间，淘气的猫总把那地方弄得很脏，并且把账赖在它的头上；出门放风，一般是在清晨或深夜，狗类得憋着尿，被牵引到巷子深处的黑暗角落，无人居住的废弃房屋，在人的放哨、监护和注视下，没有隐私的狗才完成一次小心翼翼的排泄。人类的文明守则与人的格调修养统统用在了狗类的身上——这样，有教养的狗与主人逛街就得战战兢兢了，倘若脱离了主人的视野所及，闻不到主人身上的那股子香气或臭气，它们就只能独自面对找不着家、开始流浪漂泊的命运。

最要命的是，那些树立在交叉道上、发布通行与禁止通行的红绿灯信号，完全是按照人类的理解而设置的：主人明白在什么时候该停下脚步与迈开步伐，宠物狗们却常常兴致过头地冲在前面或情绪不佳地拖在后头，稍有疏失，狗与它的主子便只能四眼相望，眼睁睁地看着对方消失。一旦不守法度，可怜的狗保不准就会被车流卷走，重则丧命，轻则失去脚肢。

这是一个人类的城市而非狗类的城市。那些道路边的绿色箭头指示牌，公路上方直行、拐弯、限速的标志，那些标明从哪里来要到哪里去的文字——有时虽不免至少有三种：中文、拼音、英语——却没有一种能让狗看得懂，哪怕狗与人类住得再久，早已从祖辈住到了孙子。

何止是狗，城市对人类自身也提出很高的要求。

保安王模喜下班后喜欢在工作区的周围闲逛，春去秋来，寒暑易节，他逐渐扩展自己的漫步地盘，先是两百米、三百米。在那些盛开的紫荆花下，诱惑蛇出没的木芙蓉下，听名字可以做一场美梦的合欢树下，王模喜总能见到几个流浪汉斜斜地躺着，有的大笑，有的愤怒，更多的是发呆、咬手指。后来他谨慎地把漫游半径扩张到了半公里，这时候他发觉隧道里、立交桥的桥洞下、鲜菜市场边也有好些衣衫褴褛的人。保安王模喜远远地看着他们，发现他们食物的来源是垃圾桶，口渴了的话就走向公共厕所的水龙头，男的进男厕所，女的进女厕所。王模喜认为这些还是些明白人，因为他们分得清水龙头的性别。当然，有那么几个，他们在喷泉下洗澡，或者在下暴雨的天气光着身子走路，把嘴巴像龙一样张开对着天空。王模喜认定他们一定是疯子。至于那些公然跳进小公园的池塘游泳、甚至企图撬开消防栓汲水的家伙，保安王模喜觉得该把他们转移到安全的地带去，譬如说监狱。

　　王模喜同志对他们中的几位很是熟悉，甚至与其中的一个交上了朋友。王模喜两年前来到天体广场，在旁边的一个高楼林立的社区谋到了一份看守大门的差使。最初半年，王模喜不在岗位上的时候，也爱穿着他的工作制服。一旦他接近那些漂泊者，他们就紧张万分，有那么一两个还发出惊恐的尖叫。保安王模喜据此来判断他们脑子的那地方是不是正常的。"那些尖叫的才是疯子。"王模喜揣摩，"他们一定把我当成了什么人，在他们看来我跟那些人没什么两样。"一想到这里，王模喜就神气起来，昂首挺胸，脚下想踢正步，右手五指并拢，放到太阳穴的位置——直到发觉自己没戴帽子，他才怏怏地垂下手来。保安王模喜兄弟后来发现制服也并不全然有效，因为有一天晚饭后他到天体广场另一面的鲜花广场上去消食，正好碰到了一个凶神恶煞的人在横冲直撞，行人纷纷闪避。

　　小个子保安王模喜站在人堆里瞧热闹。不知哪个没安好心的把他推了出去，他只能硬着脖颈挺身而出。

　　"你是什么人？"王模喜低声问道。

　　那家伙硬生生地朝他迎面而来。

　　王模喜想到自己制服的威严，那与腰上别着警棍、皮套里有把手枪的人没什么区别，他立即大起了嗓门："告诉我，你叫什么名字？"

　　那汉子直接给了他一拳。

　　"告诉我，我叫什么名字！"汉子对着人群大喊。

　　王模喜挂着彩第二天去上岗。在小区大门边的保安亭里，他扣着大盖帽，把面门上的伤遮掩。他没有去找队长申请工伤，因为那是在八小时之外、在小区之外惹出的祸端。王模喜期待又害怕有人送来锦旗，那样他这一次让人难堪的见义勇为就得暴露了。他为此惴惴不安了大半个月。王模喜期待又害怕有人寄来感谢信，但是他清楚，在小区那两棵大榕树之间，一排排像蜂巢一样吞吐信件的信箱，没一个是属于他的。连他的远方亲人都没给他寄过任何信，因为他们不知道要向哪里投递。

保安王模喜再也不穿着制服上街。就像喝醉了的人胆敢打猛虎，"真正疯的人不怕老虎皮"。王模喜对用制服来测试人们的心智反应丧失了信心，他慢慢也失去了对自己的这身衣服的敬意。更重要的是，穿着这套行头出门将给他惹麻烦。他终于意识到，自己身体内的那团渺小的正义感支撑不起这套过于肥大的衣裳。

自从他只着便装出去闲逛，他消除了障碍，得以像园丁亲近花朵一般，亲近那些广场上的临时居民。其中有个愣头愣脑的小伙子。王模喜询问他叫什么名字，几次三番，小伙子才支支吾吾地告诉他，好几年前他来到我们身处的这个地区，在火车中央车站，因为人群的推搡，他与同伴失散。他不太识字，"就像那些狗一样"。抬头不知何方，四望又没有伙伴，于是他开始在城市里盲流。小伙子先是失去钱包、行李，接着失去了身份证、电话簿，最后失去了名字，因为几年里再也没有谁叫过他——凡不被提及的就会被忘掉。人们常常在天体广场与鲜花广场见到他，他光溜溜的，只有尘土归于他的身子，使他显得不那么赤裸。有时人们也看见他坐在一棵大叶女贞或一棵香樟树或一棵广玉兰下，眼睛痴痴地望向上方。那种仰望的姿态，一保持就是两三个钟头。小伙子好似在等待一片树叶，用以遮掩他在人世的羞。从春节到冬天，他没有等到，因为那些阔叶植物是常绿的。偶尔有那么一棵树两棵树在风的催促下，赐予他几片叶子，但勤快的清洁工人总抢在他前面将落叶扫走了。小伙子如果不在树下待着的时候，王模喜便会见到他一会儿直线行走，一会儿曲线行走，他对行过身边的所有人都赐予微笑。那圣徒般的微笑凝固在他脏兮兮的脸上，让保安王模喜觉得世界都很良善。

除了这个言语沉默的年轻人，保安王模喜在这群临时定居在广场上的人中还交到了真正的朋友。那是个在夏日里也裹着床单、像个披着披风的武士那样的中年男子。他每日里在附近的鲜花广场来回走上几趟，一边走一边嘴巴嘟嘟囔囔，来来回回地说着几个字。这中年人苦恼地拦住过路人，说那是他的名字。他诚恳地说："求求您，喊一喊我的名字。"没有人理会他这个疯子。

"这是个半疯的人，正在祈祷得救。"保安想。每次遇见，保安王模喜都答应他的请求,他喊三遍他的名字。

"马大!马大!马大!"保安扯开嗓子。

那可怜的人先回答他两遍"到!"最后一遍说:"谢谢!"

保安王模喜把守的小区,有四个大门,东南西北各一个。王模喜一周中有四天在不同的门轮岗,另一天则被编入流动巡逻队,在社区里寻找安全隐患。王模喜每周实际上只有一天用来休息,因为还有一天他会被安排进行准军事化练习:齐步走、正步走,立正、稍息。那一天他由于身高的原因总会站在队列的第一个,开始的时候他总是严肃认真,把脸绷得紧紧的,因为他总以为那队人马都要向他看齐(事实上大家倒过来,看的是最高的那一位)。这些来自各地、有些是退伍兵的保安兄弟,将"刻苦训练,保卫社区"的口号喊得震天响。那一天往往是星期天,引得不用上学的小孩子们围观鼓掌,他们把这视为一种和平日的军事演习,或者是古老战争的延续。然而孩子们的父母们则不免要抱怨了,因为那些豪迈的呼喊使得他们无法睡一个懒觉——小区东门出去有个小教堂,只有几个响应另一种呼喊的人由于要早起去那里做礼拜,才躲开了保安们震天响的声音。

王模喜有时上白班,有时上晚班。王模喜对于这里日日夜夜的安排没个准信。他在日夜里来回倒腾,把值班表的格子填满,只留出一天来侍奉自己。这样,我们的大忙人王模喜常常搞不清楚时间和空间的位移——每个大门前都有八匹骏马雕像,他要定睛细看许久,通过骏马奋蹄姿态的差异,方明白自己身处何地,是南门还是北门。

这样的安排恰恰让王模喜满意,如此一来他便可以品味城市的不同面向了。也只有他这样的乡下人,才爱咀嚼城市这块三明治或塔式蛋糕每一层的不同风味:白日的繁闹,夜晚的迷离,人的奔波,狗的喘息。当然,王模喜最爱的还是巡逻,白天透过那些网格严密的防盗窗,他的目光希望能像阳光那样穿透进去。晚上他则打着手电,将光束射向路灯关照不到的角落、花丛、楼梯、车库,大多数时候人们对他的这番举动视而不见,但偶尔也会被责骂。当他将光打到一对正在阳台上接吻的男女身上,或者错把一个乱按邻居家门铃的人当成来踩点的窃贼之时(他只是忘了带钥匙出门),他就不好意思地说:"抱歉,对不起,请原谅……我在执行公务!"

就在他独自一人巡视他的社区王国的某一天,王模喜遇到了一条无家可归的狗。那是农历新年后的第一个全国性节日。为了哀悼祖先，政府将日历里的礼拜六礼拜天前后挪移，连续在城市放假三天（之所以说只是城市放假，是因为农夫是按土地的节奏生活的，并且他们离祖先近，不需要专门抽时间去亲近死人）。那条狗蜷缩成一团，不知是饿坏了，还是昏昏欲睡，它看上去奄奄一息。

保安王模喜起先以为它是一条玩具狗。它实在太小，大约三四斤，躺在一片宽阔的芭蕉叶上。它像是羊毛或塑料等轻质原料做的，那细嫩的叶柄就可以支撑起它。它在那儿，就像一只蜻蜓落在荷叶的上边。直到保安发现它的眼珠淌泪，才知道它是一个活物。观察了一刻来钟，王模喜最后确信它没有主人，因为照他的经验，一条有主子的狗不该是这个样子：毛发凌乱，眼神暗淡，连伸出舌头的气力都没有。王模喜在这里见过很多威风凛凛的狗，它们出行时身边都有穿着漂亮裙子的女人和精神抖擞的男性卫士，或者有对它们无微不至的老年忠仆。

这是一条博美犬。王模喜甚至可以将它藏在袖筒里，或者裤管里。他将它抱在怀里，带回到他那住着十二个弟兄的宿舍。他拿出上一顿剩下来的馒头，给它喂食。它迟疑了一下，然后饥不择食。保安将它安顿在女洗衣工的门房里，那三十来岁的女人是他在此地为数不多的亲戚之一。王模喜请她为这个狗东西用清洁剂洗澡，泡沫涂满了它的全身。它缓过劲来，在水里扑腾，像一个调皮、可爱的公主。

在那连续悲悼三天的节日里，保安王模喜无论是站在玻璃镶嵌的岗亭里，还是躺在他十二个兄弟济济一堂的宿舍床上，他都感觉心里有什么东西不停地动弹。那是对一条狗的挂念。一完成交班，他就冲到洗衣工的门房那里去。连续两个深夜，他带着这条狗去鲜花广场散步，他害怕有人把他当成偷狗贼，他的衣服和长相明显不配拥有这样漂亮的小狗。在广场上那些被中老年女性制造出的巨大喧嚣散去之后，他才把它从胸前捧出，那时候它如同一位君王，又如同一位随主子亦步亦趋的忠诚士兵。

广场上的流浪汉马大某一夜发现了他的这个秘密。马大不会告密，因为他说什么别人都不会相信。王模喜带着炫耀的神情，领着他的宠物走过马大的几个定居点之一——一棵空了心的歪脖子樟树，政府花了大价钱把它从深山里移植到了这里——马大正将他那床单做的披风取下来，挂在树枝上。他准备休息。马大做一切事都是反着来的，按理说这时候他该盖着床单，而在起床后不应披着那个红格子乱转。

马大从树洞里伸出头来，请求他叫他的名字。王模喜的热情全在博美犬的身上，没有搭理他。

"请求你叫我，不然我睡不着觉。"马大双腿跪在地上，就像一个等待告解的人。他哀求王模喜。

矮个子保安履行了对老朋友的义务，就像旷野里的某人，他轻轻地喊了三遍他的名字，目光却一刻不离围着树转圈的博美犬。这时马大注意到了这个小动物，他开始以为它是一只老鼠，接着以为它是一只松鼠，直到王模喜告诉他它的来历。

"那么它叫什么呢？"流浪汉问这唯一愿意跟他说话的人。

"我不知道。"保安回答他。王模喜第一次意识到，自己从来没想过这个问题。没有意识到名字对于一条狗有什么重要。

"你帮它找。"马大说。说完，他打了个哈欠，将头探出又缩进去，把树旁边的一个种着非洲仙人掌的花盆挪过来，堵在树洞口上。在这北纬23度、东经113度的炎热地带，那棵长满刺的植物疯狂生长，足有两尺之高。这是马大从垃圾堆里捡来的，那一次他的手被扎得鲜血直流，人们还以为他偷摘了玫瑰，是玫瑰的颜色把他的手掌染红。

三天后人们带着哀伤回到城市，然后迅速用欢乐把街区、楼道和房屋塞满。一天早上，保安抱着博美犬，坐在一处无人经过的花坛边，试着找出这小家伙的大名或昵称。王模喜先是根据它的毛色，喊它"白白"，再根据它头顶上有一个月牙状的斑纹，喊它"老虎""女王"，接着又根据尾巴翻卷的形状叫它"句号"。这玩意儿却没有一点反应，虽然它已经与他待了几日，但并不显得特别亲昵。它短暂的欢快中总有一丝痛楚。保安想起有些人家将宠物当儿子、女儿养，于是叫它"宝宝""宝贝"，甚至用他为数不多懂得含义的英文单词叫它"Baby"，那狗东西动也不动，尾巴低垂。王模喜在命名的汪洋大海里猜来猜去，费了九牛二虎之力，最后，他叹息一声：

"可怜的家伙，我先叫你'猜猜'。"

猜猜在新的名字里居住，它的神情没有什么欢乐。王模喜使用了一些逗弄人的方式讨好它，没有效果；他又给它吃上等的狗粮，它胃口不佳，食量不大。"这是一条恋旧主的狗。"保安想。保安觉得有必要为它寻到家之所在，一想到猜猜在它的旧主人的膝下跳跃、承欢，追着自己的尾巴打转，他的心里就有一团疼痛与欣慰的情绪塞在那里，堵得慌。

于是那几天我们看到一个利用自己的休息日、偶尔也擅离岗位的人，在小区林立的高楼间穿梭。他像个侦探，也像个侦探查证、跟踪的对象，表情严肃又急切、紧张。他来到小区招贴墙前，从一张一张彩色的、单色的招贴纸上，查找"寻狗启事"。他找到了十来张。那是一些布拉塞尔猎犬、马尔济斯犬、柯基、秋田犬、寻血猎犬、拳师犬以及藏獒。启事上不仅附有犬只的照片，还有关于该犬的体貌特征、脾性、性别、年龄的诸种描述。只有极少数的启事写得像超市里的今日特价推销广告，简洁直观，大部分写得如同一封缠绵悱恻的失恋情书，或者读上去像一份悲痛万分的领袖讣告。启事最下角往往留有失主的电话号码、家庭住址，还有特意加重、突出的"必有重谢"字样：有人直接写出酬金的数量——王模喜的心尖颤动，因为有几个数字大得惊人，几乎超过了他两个月的工资。王模喜第一次确切地知道狗的身价如此贵重，并且知道狗的斤两与所值的金钱不一定成正比关系，一条只有四五斤的小狗与一条三四十公斤重的巨型狗的酬谢金往往等同，这一切依凭的可能是狗的血统、品种，也可能依凭的是主子与狗的情谊（好几份启事中特意说明此狗在家中已经待了五六年，是他家独生子的玩伴，或是他家老太太的命根子）；保安王模喜认为与狗价关系最密切的，是它的主人家是不是个有钱人，因为有钱人家用的一切都很贵，包括狗。他们在用人和用狗身上舍得花大价钱。王模喜的内心生出即将发一笔大财的喜悦，但他首先要做的是为猜猜找到失主。保安想着当他把狗送过去，从女主人手上接过钱时，他该说些什么话。

"不用谢！这是我应该做的。太太！"他觉得自己在说这句话时舌头不应该搅拌。

"谢谢您，太太，记得拴好它，不然保不准下次还得我帮您找回。"他觉得这么说会显得得体。

保安用笔抄下了那些狗的名字，虽然明知道它们与自己拾得的那一条完全不是同一条，因为它们既不是同一品种，有些更肥硕无比。他来到洗衣女工那里，将那条楚楚动人的博美犬放在地上，命令它坐着，然后，他

就喊:

"虎妞!"

"国王!"

"总督!"

"斯——普——利。"

"傻蛋!"

"乖宝!"

"命运!"

"星辰!"

"贝克汉姆!"

"A-G-E-L-B-E!"

"小涛子!"

……

博美犬被他弄得不知所措,它对所有的称呼报以沉默。王模喜的呼喊以意料之中的失败而告终。

发财的欣喜和美好的善心激励他继续寻找线索,然而没几天猜猜便病了。洗衣女工急匆匆地跑来,说那玩意儿趴在一堆旧棉絮上,大半天一动不动,不肯喝水也不愿进任何食物。王模喜谢谢她的报信,他撒了个谎,假装内急,请一位正在巡逻、游弋的兄弟顶替他站岗。他见到他那尚未兑现的临时财产与可怜的寄养子时,它耳朵与尾巴低垂,蜷成一团,半闭半睁着眼睛,里面既不透露死,也不传达生的信息。王模喜跺着脚不知道怎么办,还是洗衣女工提醒他,要么把它扔到马路上去,要么就带它跑一趟医院。

他选择了后者。他来到社区北面的一家大型动物医院。与人类的医院一样,他排队,经由一位长着一副猫脸的护士的指引,他在一大堆飞禽科、鱼科、海龟科、猫科中接受分诊,终于挂上了外国犬只内科的号。与国内犬只科相比,这个科室前挤得水泄不通,并且还配备了一名专业翻译——倒不是因为那些外国狗讲外语,需要人的传译,而是由于坐诊的是一位外国大夫。王模喜等待许久,终于看上了医生,然后便是缴费、化验、打针、拿药。同样拿它与人类的医院相比,这里的医护人员显得热情得多,他们对动物患者的尊严看得很重，非常富有同情心。

来回跑了几趟后，保安进入了这个地区动物的广阔王国。在焦急万分的主人身边，躺着或被抱着、在笼子里或在鱼缸里的，有鹦鹉、鸽子、蜂鸟、锦鲤、金钱龟、矮脚马、松鼠、长耳兔……在候诊与复诊的间隙，王模喜与护士、消毒工、化验师交谈，他由此得知此地饲养宠物的大有人在，具体到狗类上，人与狗的比例大约在10：1，以家庭计则大约3：1。在这里狗以自己的方式生存，与人类形成和谐的社区共和。"然而除了病死、老死的，狗也是大量失踪的，大约每五十条狗就有一条会掉入失踪者的行列。它们最终的下落，不是死于传染病、警棍和车祸，要不就是不晓得去了哪里。"

"在比例上，只有猫失踪得比它们多一些。"一位看上去有着高学历、穿着洁白的白大褂的主治兽医告诉他，"那些猫爬到树上、墙角叫唤，使我们这里似乎多了很多欲望，又让人以为我们这里新生了很多婴儿，事实上，我们一直在控制人口的增长。"

在第二个全国性的节日——劳动者的节日到来之前，矮个子保安决意帮助猜猜找到主子。在人们准备把劳动的身躯在那几天出门放松之前，王模喜知道那时候城市将像一个容器被腾得半空。只要一有时间，人们就迅速地驾车、坐车离开这里，好似这地方让他们痛恨到一天也待不下去。既然在招贴栏里找不到蛛丝马迹，保安想出了最笨的一招：挨家挨户去按门铃。

他来到1号楼的第一个单元，从那里开始按起。那栋楼有四十八层，共六个如竖立的水槽般的单元，每个单元都装了电梯，电梯旁的拐角留有一条安全通道，以备紧急和消防之用。每个单元的每一层，被封闭的墙划分成四个格子。四道门内，住着四户人家。

"1152户。"保安用笔做了乘法。"原先人住在树上，现在住在天上。"保安时常抬头仰望那些楼顶，好几次差点把帽子掉在地上。

他按响了楼层呼叫器中的一个。急促如警铃般的声音，催促着房间内的人来接通对话。终于通了，王模喜按照事先预备的话，结结巴巴，首先介绍自己是这个社区的保安。"我叫王模喜，"他说，"可能您见过我，在南门口，我在那里站岗。"

"什么事?"呼叫器里传来一个男子沉闷而警惕的声音。

"我捡到一条狗,请问……"王模喜说道。

呼叫器的那一头啪地挂了。他听到一阵忙音。

他壮起胆子再按第二家,上一次粗暴的挂断让他心有余悸,然而一想到自己的使命,他便开口说话。

对方是一个温和的女声。她的声音里有无比的耐心,似乎完全可以等待一壶水的烧开,或者做出一顿饭的工夫。待他把事情的前因后果交代得什么也没漏,然后她说:

"对不起,我们没有丢任何活着的东西。"

王模喜用这位中年女性教给他的耐心,再一次按响了另一个门铃。这一次与他搭腔的,同样是一个女人,声音听上去年轻。当他正准备把前番说过的话再重复一遍,那女人直接插话。她显得急不可耐,好似有一壶烧开的水正在炉子上等待她,或者一顿热腾腾的美餐在桌子上等待她进食。

"请不要随便按门铃。"她说,然后她就挂掉了。王模喜听到那边有尖锐而细碎的鞋跟敲击地面的声音,那声音越来越弱,中间还夹杂着一个男性呼喊的声音。似乎她正在往另一个房间走去。那可能是床的位置,也可能是洗手间的位置。呼叫器那边的话筒显然没来得及挂好,他把一切听得清清楚楚。

王模喜怔了一会儿,按断了楼下这一头的对话按钮。王模喜犹豫着要不要再继续下去,那些高高地住在上面的人伤了他的心,同时让他觉得一切都是徒劳和无意义的。然而一想到猜猜现在还待在洗衣女工挂满衣服的烘干间内,正躲进某件皮大衣的口袋里发呆,或者在某条肥大的裤管里钻来钻去,他就鼓起勇气,又一次按响了呼叫器上的编码数字。

一个老年人。王模喜与他艰难对话。那边的声音像是堵在嗓子眼里的,半天吐不出一个字。王模喜甚至怀疑那人是不是在听,幸好有偶尔的咳嗽证明那一头确实存在着一个人。他唯一感到庆幸的是对方无力来打断他的话了,那么他得以完整地说出他想说的。由于有了忠诚的听众,他大着声,像是在发表一个有关拯救狗类、帮狗类重建家园的演说。后来他不再说了,因为对方一直未置可否,咳嗽逐渐消失,传来的是逐渐加重的呼吸声。老人睡着了——那种睡着,很容易让人以为是一次死亡。

就这样，矮个子保安在那一排排的绿色按钮前，在这个既公开又秘密的情报交流站，通过电波，把自己捡到一条博美犬的消息，送到一层一层叠加的每一个家庭。在有些家庭那里，他遭受呵斥、拒绝，人们把他当成是一个没事找事、好管闲事的家伙，有些人扬言要到他的队长那里去投诉，因为他骚扰了他们的安宁生活。有人警惕地将他当作与企图入室偷盗的人是同一类人，因为小偷常常通过这种方式来踩点，试探有没有人在家。王模喜也遇到了好几个欢迎他致电的家庭，那是小孩子，他们总是踮起脚尖，抢着去接这个不要钱的免费电话——如果是在下班时刻，他们总以为是他们的爸爸或妈妈回来了——王模喜红着脸表明自己的身份，"我是在门口站岗、个子不高、黑脸蛋的保安，王模喜。"他自报家门，然后叮嘱他们不要随便开门，然后让小家伙叫大人来讲话。几乎没有小朋友会这么做，然后王模喜不得不与他们谈起狗来。小朋友兴致勃勃地听着，不时打听狗的毛色、特征。多次之后，我们的保安把有关博美犬的事几乎编成了一个曲折美妙的故事，比书上的还精彩，让小家伙们迷得忘记了挂断。小家伙们实现了听故事的愿望，但他的愿望却没有达成。他白费了工夫。

相较于那些严厉的呵斥和离题万里的瞎扯，王模喜最害怕的是按响门铃后，那边没有人来应答他。这沉默的闭门羹将他抛入孤独的大海里，让他如同泅游者在一望无际中抓不到一根可以浮趴在上面的木头。节假日的第一天到来了，保安终有一日得以轮休，他继续他的使命。晨曦刚至，路灯昏暗，街道迷茫，一切都在将醒未醒之时，人们已在通过上上下下的电梯，将自己和行李箱、高尔夫球具、捕蝶网甚至可折叠的帐篷运下来，再一起通过社区的大门运出去。打着哈欠的门卫向他们敬礼。早上，有人将满箱子的书也搬进汽车尾箱，看上去他似乎打算读完这些再回来。一个带着牛仔帽、大约五旬上下的男子背着一个背囊，肩上扛着一管猎枪。"我有持枪证，"他对与他告别的邻居说，"可是我该到哪里去打猎呢？郊外，还是动物园？"邻居祝他有个好运气。

人们正在大规模地离开这里。王模喜深深地意识到了这一点，因为呼叫器那边回应他的人越来越少。在那些空荡荡的屋子里，连一只猫的喵喵或一条狗的吠叫都没有，它们被主人抱着、牵着，上了车。"如果不带着它们，谁为它们做饭呢？"猫与狗的主人无奈地摊了摊手。除了乌龟，笼中鸟也跟着整个儿搬家，有一只鸟儿逃离了囚笼，跳上了晃荡的秋千架，接着又顺势跳上凤凰木，站在高枝上叽叽喳喳。无论主人如何哄吓，它就是不下来。由于担心赶不上火车，主人不得不找来保安队副队长，委托他继续想法子捕捉它。于是王模喜也加入进来，把守南大门的保安也抽调了几个。他们拿着对讲机，互相呼唤着靠近凤凰木，可是等到他们中的一个气喘吁吁地爬上树，那不识好歹的鸟又跳到另一棵榕树上去了。

那一日整个社区的防务松弛，然而没有几个人意识到这一点。保安队的队长与副队长在节假日安排多少人员值班的这件事上，发生了小小的争执。队长执意要让一半兄弟休息，理由是既然社区的居民减少了如此之多，没有多少人需要保护，按照比例原则，那么兄弟们也可以减少；而副队长则恰恰相反，他认为这时候不法分子正好可以乘虚而入，更应该加派人手。最终，队长说了算。

也就是在那天下午，鲜花广场上的流浪汉马大来到社区探访他的朋友王模喜。在看守们的目光都落在捕鸟这事儿上时，他披着披风，大摇大摆进了门，然后绕过一条长廊，沿着一道偏僻的小径行走。他手持一根树枝，如持一柄剑。

在遇到王模喜之前，流浪汉马大碰到过几个人。那时天色渐晚，华灯已经初燃。人们忙着低头搬运行李，几个打照面的人，也没有露出任何的惊异，自从西洋人的万圣节在这里流行开来，人们对那些奇装异服的扮相习以为常。当有些商家的促销使者在其他的日子里也化装成这样，人们认为中世纪正在回来，首先是从衣着的这方面回来了。

王模喜弯着身子在一丛海棠花下鼓捣，有人在背后捅他的屁股。烦闷的保安正待发作，直起腰看到捅他的是半疯人马大。

"你怎么跑到虹河的这边来了？"他出于职业的警惕性防范，对他的老朋友大声训斥。在鲜花广场与王模喜保卫的小区之间，一条狭窄的河涌带着生活的泡沫流淌，城建局将那条半圆形的拱形桥命名为"虹桥"，因而这河涌也被人们叫作"虹河"。

"我送我自己来这里，等你叫我。"马大的脸上布满紧张。在这一河之隔的陌生之地，马大的从容很容易被问话击溃，"我等了你一个礼拜，你都没有来。"

"我在忙猜猜的事情。"矮个子保安回答他,"我在帮它找名字,找主人。"

"它找到主……了吗?"

"没有。我在一家一家按门铃。"

马大请求能让自己加入。他哀求着,跟在王模喜的后头,喋喋不休地保证他绝不会坏他的事。王模喜答应了他。

"那么,我们现在往最高的那栋楼去!"保安中的小个子下达了命令。

王模喜与他的老朋友马大要去的那楼,位于社区的西边。他巡逻的时候多次打它下面经过。楼高56层,楼顶上有一个红色的尖塔,他曾多次站在那下面仰望。尖顶的底部装了几盏灯,在晚上放出幽远之光,隐隐地可以将周边的其他楼照亮。

他与他的伙伴沿着一堵砖墙行走。砖墙上扎满了阻止人靠近的荆棘,却又种上诱惑人前去的鲜花。他与马大来到此楼最近的一个单元。那时应是这个城市准备晚餐或就餐的时刻,人们该在这个时候领受他们在尘世的餐。王模喜按门铃中的一个,无人应答,他又按了另一个,没有人呼应。他接着按第三个,依然没有人拿起那一边的听筒。

"他们都不在家。"他自言自语。他的手指悬在一个个按钮上,犹豫着要不要按下去。那些平日里热腾腾的水泥建筑变成了空巢,如今已冷到没有人体的温度了,从遥远的中国西北部甚至是更远的俄罗斯西伯利亚荒原送过来的天然气,不再燃烧这些家庭炉灶上的锅子。王模喜想着那些人在假日的阳光下,在草地上摊开塑料布,布上摆满了牛排、烤串、零食,大人们在掘地生火或者在拨弄烤炉里的木炭,而小孩子们在森林边拾柴,采蘑菇,捉蝴蝶,放生一只青蛙或者杀死一只青蛙,他突然觉得他的人生与城里的这些人是反向的:他热爱这里而他们痛恨这里,他来到这里而他们逃离这里。

王模喜的手指正在踟蹰,后面伸出一只黑爪,不由分说地按在了那如琴键一般的楼宇呼叫器上。黑爪来自马大,他一个个按过去:1、2、3、4、5、6、7……do、re、mi、fa、so、la、si……这半疯人像一个手舞足蹈的钢琴家,在那里奏出疯狂的乐章。王模喜气急败坏,他想着这下子完蛋了,一定会有人下来兴师问罪。有那么一瞬间,他的脑袋炸裂,只听见各个房子里尖锐的声音大作，就像是谁触发了监狱的警铃。

"没有人要越狱，我不过是来探监的。"王模喜想好了答案。

几十个按钮闪着红色光点，但是有两个变成了绿色。绿色表示那边接通了。

绿色光点中的一个传来一声问候：

"您好……"

他赶紧硬着头皮搭腔。

"我捡到一条狗，博美犬。"他说。自从去了动物医院，他才明确地知道，那条狗是博美犬，是兽医告诉他的。

"哦，博美犬，很好。什么颜色？"对方的声音苍老。王模喜判定他是一个六旬左右的老者。人们可以用化学制剂掩饰脸上衰老的一切，但没法在喉咙里动手脚。

"白色。它很可爱，卷毛，像一条玩具狗。"他描述起来。

"像玩具狗！很好！它还有什么特征？"呼叫器的那头再次询问，他显然对这条狗饶有兴趣。

"脑袋上有一个月亮那样的印记，黄色的，黄色的月亮。"王模喜内心有些激动，他估摸着这人可能就是他要找的人。他一边想着那条正待在洗衣房孤独地等着主人的博美犬，想着它亮晶晶的眼睛望着他时的样子，一边盘算着待会儿如何开口，在它的身上赚一笔。

保安王模喜与那个看不见的人一问一答，所有的问答都以对方用"很好"进行过确认，一切都对上了，或者说是老者所提问的一切都让王模喜对答上了。王模喜的心里生出无限欢喜。

太好了！他想。

待他把捡到博美犬的地点——社区三街东边一棵榕树下的一片芭蕉叶子上——告诉他，那人很快就确认：

"我正好在那里走失了一条狗。很好！它叫什么名字？"

还没等王模喜开口，半疯人马大抢着回答：

"猜猜！"

"太好了，它就叫猜猜！正是我的狗！"那人迫不及待地说道。

直到这时，保安才意识到这是一个老年骗子。他的肚子开始咕咕叫，然而他的心里却愤怒起来。

"不是你的！你不是主！"那个"人"字因为愤怒而吞在他的咽喉中没有发出。

"可是我正好少一条狗！"看不见的人急切地辩解道。

"你正好少一条狗，可是并不是正好少了一条狗！"王模喜嚷起来。他按断了那个绿色光点旁的按钮。

这是个孤独的人。王模喜想象着他的孙子正在山涧里沿着溪流而上，捡拾那些被岁月之水冲刷得光洁如玉的石头，这干净的生灵面对大自然最平凡的馈赠都发出战栗的尖叫，或者他的儿子正与一个女人在海边面对落日的金黄、沙滩的沉静和海面上无边无际的浪花与泡沫的虚无。保安王模喜本应将这个人的孤独与一条博美犬的孤独合并在一起，这样一来他们三者的问题似乎都解决了，然而一想到这个老骗子的开心会加重那条狗的孤独，他就作罢了。

另一个绿色光点始终在闪，王模喜开始与那边一直在倾听的耳朵对话。

"我捡到一条狗。请问……"他说。

"我掉了一条，博美犬。"那同样看不见的人答道，他的声音比刚才的那一个更老。

"什么颜色？"这一回我们的小个子保安变得聪明起来，他主动发问。

"白色，脑门上有一撮黄毛，月牙形。"

"在哪里掉的？"

"三街，一棵老榕树下，就是长着长胡子、寄生根垂到地上的那一棵——早就应该有人帮它剪剪胡子了。"

经过一番细致盘查，保安的内心再次激动起来，虽然他表面上冷峻得像一个询问的办案人员。

"叫什么名字？"

"这个……这个……"那边的人在犹豫。

"叫什么名字？"他提高嗓门，再问了一遍。

"叫……"那老人报出了自己的大名。人们在警察的讯问下，一般是这样来答的。

"我问的是你的博美犬叫什么名。"保安意识到自己的语气误导了他，他对老者的回答感到高兴，因为这让他感觉自己突然变成了另外的那群穿制服的人，皮带上挂着手铐、衣服上有着肩章的那样的人。

"猜猜！"半疯人终于逮住一个插话的机会。

"这个……这个……它不叫猜猜！让我来猜一猜，它叫……我不能告诉你！你把它抱上来，我当面叫给你听。它是我的，它听了会摇尾巴，跳到我身上来。啊！我终于找回它了。抱歉，我不能下来，这么晚了，我……"

矮个子保安长吁了一口气。一切都对上了，唯一的疑点只能当面解开。"56楼左侧第一道门。"他记下了老者所说的门牌号。他让马大待在原地，他前往洗衣女工那里。

在洗衣女工的门房前，他等了大半个钟头，那女人出门去送洗好烫好的衣服，又抱回来一堆待洗之物。他抱走博美犬。那时候夜幕垂下，任何的光亮早就不再来自太阳，而是来自瓦数不一的电灯泡了。王模喜已经错过了吃饭时间，他的肚子叫个不停，只有他自己能听得到胃和肠的呼喊与鸣叫。

沿着街道、围墙、路灯以及记忆给定的线路，他来到原地。说实话他是从光明之处走入黑暗的，到达那里的时候他的眼前一片漆黑：这栋楼停电了。三个着供电公司工作服的人在铁门边的一个电闸前无声忙碌。他们其中的一个打着手电筒，借此保安看清了他们冒汗的脸，手上的扳手、钳子、试电笔以及他们工作服背后巨大的"电"字——这让人联想到古代战场上的兵勇——他们的区别在于一者流汗，一者要流血。王模喜差点跌了跤，地上摆放的电力工具箱、电线绊住了他的脚。

电力工人在电闸前拼命折腾，黑暗中聚集的人越来越多，有些是返家者，有些是从楼上下来的——显然，因为电梯不能使用，他们是从那条并不常用的安全通道下来的。人们吵吵闹闹。孩子们欢欣跳跃，他们希望黑暗能消耗掉他们的作业时光，而且可以在黑夜里做一做书本上所载的迷藏；壮年人急得跺脚，这些没有去度假的人说，从公司带回来的事务必须在第二日太阳升起前处理完；最烦心的是老年人，他们担心冰箱里的菜，虽然他们平日里恨不得只亮一盏灯。这些人聚集在楼下的空地上吵吵嚷嚷，嗑瓜子，吃零食。有些人开始怀念火把和煤油灯的时代，说那时候的夜晚没有这么满，天上有漫天星斗，这些照亮大地的星辰是免费的；有些人从河流、发电站、高压线说到政府、世界大战、火星和宇宙。一个生意人模样的中年男子计算着家里的一切，宣告如果没有了那些庞杂的电器，房子将空出一半，"当然，那样的话我们就没法住得这么高了，我们每天上上下下就像在登山。"另一个接话说："那样我们就可以家家户户冒出炊烟。炊烟，多美的景象！啊！唯一担心的是消防队员看到有烟冒出，会端起水枪冲进我们的厨房。"这些平日从不彼此交谈的邻居，这会儿似乎找到了彼此倾诉的对象，他们指责起一些东西也显得大胆。黑暗的掩饰让人更容易发出声音，而光明让人沉默，一如我们活在伟大人物统治的时代总是缄默不语。

最后他们讨论是谁捣了这栋楼的鬼，让它在这个亮堂堂的城市社区里像一座孤岛。由于折腾多时的电力工人宣布，今晚大家不得不在没有电的辅助下度过这个既不冷也不热的良宵，人们开始散去，小部分的人走向灯火辉煌之处散步，大部分的人顺着他们下来的路线上行——就是那条不常用的消防通道，人们常将它视为建筑的盲肠，现在才知道它为这栋休克了的大楼的心脏搭了一座多么重要的桥梁。

——到底是谁捣的乱？保安饥肠辘辘，本欲回去吃些东西，然而一想到那个等待他送狗的老头子，他就咬咬牙，打算跟上那些归家者的队伍。在他的面前，通过那道狭窄之门，人们排着队，扶着楼梯，摸着黑拾级而上。这时候王模喜想起马大来。他转过身，轻声而又急切地喊：

"马大，马大，马大……"

"到！"一个声音从不远处的花坛里传出来，声音里既欢欣又害怕。紧接着是一阵窸窸窣窣，王模喜借着远处路灯的微弱光照，看到半疯人从一株矮芭蕉树下爬出，他的头上顶着一片芭蕉叶，身上缠着绿萝。在那老鼠与猫、蛤蟆与蚊虫的活跃之地，他一直伏在那里，把自己装扮成一个流着绿血的植物。听到有人叫他，他这棵植物就长出了木耳或灵芝状的耳朵。

"过来，我们去见主……"他轻声地召唤他。

保安走在前头，半疯人马大追随在后。没有人怀疑他们不是这栋楼的住家，黑漆漆的夜将领地意识、智力上的优劣抹杀了，王模喜与他的半疯人朋友、博美犬猜猜通过那道门——平日里只有掌管钥匙的或经过验证的才得以进入——开始向上旋转，旋转。

这不是一条平躺着的、紧贴着地球表面延伸的道路，而是一架螺旋形状的旋梯。人们鱼贯而行，一个挨着一个；或者说这里像一个正在往天空打钻的巨型电钻的钻头，人们沿着钻头的螺旋纹路往上走，抓着扶栏攀缘。如果要再进行比喻，假设电梯是一根被巨大的力量压缩的弹簧，靠着弹射之力将人送上高楼，那么这条消防通道便是一条弹性坏掉了的弹簧——每一层的距离间隔都是一样。保安王模喜刚走了三层楼，就意识到了这一点，他气喘吁吁。与那些酒足饭饱的人相比，他的肚子空空，因而他的攀爬比别人要费力一些。

比起消防通道外的世界，这里的黑暗却似乎是被逼仄的墙壁压缩过的，这里黑暗的密度更大，上升的黑比平行的黑更黑。同时这里的上升并非是垂直的，而是盘旋的，没有东方和西方、南方和北方，只有不停地打转——如果说有方向，那么则是跟着墙角线上一个抽象了或者说简化了的绿色的奔跑状的人形所示的方向——那是应急灯提供的微弱指向。

王模喜与众人的眼睛渐渐适应通道里的黑与光。有个粗大的嗓门在前面数着数：三层、四层、五层……大伙儿跟着默默地数。既然那些原有的记号让黑暗抹掉了，那么大家不得不在心里刻上新的数字；仿佛不数出、不刻上这些数字，他们的人生就没个准星，就会错过他们一生中最重要的宝库、最主要的囚笼——家。王模喜也数，为的是知道自己的位置。差不多每隔一两层，就有人脱离攀缘者的队伍，走向与消防通道相连的长廊。然后大家就听到钥匙转动的声音。那是属于他的门——只要有钥匙，不管是富翁还是骆驼，都可以进入的门。在砰的一声关上之前，有礼貌的人会隔着十几米的距离喊："我到了！"他向这支临时编制的队伍报平安。

"晚安！"好几张嘴回答他，祝福他有个好夜晚。

自然，也有人隐没在长廊的尽头，悄无声息。这时候就有人嘀咕了，担心他是不是真的到了家，或者走错了门道。

我们的保安兄弟怀里抱着博美犬，博美犬一语不发。他的后襟被人紧紧地扯着，他知道那是马大。他跟着走啊走，转啊转，上到了大约十几楼，他判定自己的前前后后都有人在消失，然而他也判定，后面有更多的人在加入，因为喧哗声不时从下面传上来。

"见鬼！没想到回来又堵在这里。"一个急躁的嗓门嚷道。

"今天早上我出门，打算往东边走，到一百公里外的草原上去看看牛和羊。对，我们这个城市的东边有一片草原，也不知道是什么时候它出现在那里的。那里有蓝天、牧羊人……"那个急嗓门叙述。

"那里还有什么？"他身边的人问。

"我不知道，因为我压根就没到达那里！我的车堵在路上，像蚂蚁一样。我只能打道回府，可是这么糟，回到这里也堵住了。"他开始抱怨。

这人的抱怨引出了他身后更大的抱怨：

"我前天就上路了，我走的也是东边的那条高速公路。我该是在你的前头，不过我是为了去看看溪流，顺便去拜访一处蜂王浆加工厂。你现在知道结果了：我走得比你更远，但同样没有到达目的地，我还在路上露宿了一夜——走得越远，返回就越艰难，所以，我现在只能排在你的后面。"

有人提醒这两个倒霉蛋不要推搡，注意爬楼梯的礼仪，说如果每个人都像他俩这样，很可能出事，会要了别人的命。

队伍行进得很慢，人们在通道里小心翼翼，每一个台阶都要先探出一只脚去探寻。王模喜有些有气无力，他的腿发胀，接着脑袋发胀。也不知道转了多少圈，前面那个数数的人停了声响，想必这个好心人找到了自己的家之所在。没有人接过他的数继续数下去，王模喜倒是无妨，因为他清楚自己要去的地方，是这栋高楼的最顶层，那里住着一位等待他的人。

就这么转呀转呀，他渐渐发现，前面的人越来越少了，只有那么十几个了。他通过脚步声的辨别和喘气的频率，来感知人数的变化。

发生了一些插曲：那时候他们这群登楼者难得达成了一致——决定原地休息十分钟——建议来自队伍最前面的几个，由于他们爬得最高，耗费的脚力最多。他们把这个决议一层一层向下传达，离他们最近的人率先响应，但信息传到下面耗时良久，同时决议的执行力呈逐层递减效应（这与某些政府的决策一样）。那些排在最下面的家伙，体力旺盛，而且急着回家，他们吵吵闹闹个没完，直到有老者站出来充当调停人（他们的体力很弱，对于任何的原地计划都举双手赞成），这群乌合之众才消停下来（说他们是乌合之众没有别的意思，他们确实是"因为黑夜而聚在一起的群众"）。

就在他们休息之时，在队伍的中段，发生了一点点的骚动。当消息传到王模喜这里时，消息是这样的：一个中年女性走向自己的房屋，掏出钥匙打开锁，点亮蜡烛，发觉她的身后跟着一个男子。她大声惊叫，质问来者，这人忙说他走错了门。这家伙再一次退回到人群中。

这样的事情发生的不止一起两起。有人趁着这消弭了距离也消灭了秩序的黑夜，故意走向别人的家里。他可能只是为了给邻居打一个招呼，说一声"您好"，那简短的字词卡在他的喉咙里，五年都未曾说出；他或者想干点什么不同于往常的事儿，倒不是要打家劫舍，仅仅是为了占点与金钱没什么关系的便宜。他可能成功，也可能不成功，成功了就进门，失败了便返回；他抑或既不想向邻人表示礼貌，也不打算得到施舍，他纯粹是不想回家，或不清楚自己的屋舍在哪。黑暗激起了他们体内不轻易出现的胆气或悲伤，心神波光粼粼、一片荡漾，让他们寻找，又抛弃。

休息了一会儿，人群继续往上赶路。矮个子保安咬着牙坚持，又过了小半个小时，他发现在他的前面已经没有一个人，真的一个都没有，而且后面也没什么人。"有人吗？""有人吗？"他的呼喊声从低到高，几乎要耗尽他的气力。无人应答。他这个临时的道路领袖变成了一个人的队伍，刚体验到瞬间的豪迈，紧跟着便是孤独。让他慌张的，还有马大也不知道什么时候不见了。

"马大！"

"马大！"

"马大！"

三次呼喊没有一次回应，只有楼道给他以此起彼伏的回音。

他赶紧往下走，来寻找那半疯人。没有他的看顾，保不准那家伙会干出什么大事。

一层一层摸索，他连个鬼影都没碰上，所有人都消失了。他把搜索的范围扩张到与楼道连接的长廊，直到一次次发现已经到了尽头，他才往回走。他抓不到任何标志，反倒是踏空了几回，摔得手脚疼痛。他一会儿向下，一会儿又犹豫着向上，来来回回连他自己都搞不清了方位。

"猜猜！"他呼喊起狗来——就在他上上下下奔跑中，在一次很不体面地跌了个狗啃泥后，那小东西被甩了出去。它呜咽了几声，便不知躲到了哪个角落里。保安清楚它的小爪子挠不开任何人的门，一只硕鼠就足以吓坏它的狗胆。

他已经无力再去寻找和呼吁什么了。这无边际的黑如凝固的柏油灌满他的嗓子，这沉重的黑填塞进他的身体，比铅还重。他决定只往上走，因为只有那里是一个确切的方向，因为那里还有个老头子在等他。他不能把一条狗带到他的面前，如一个受雇的牧羊人把羊群从旷野领向草原，但他决定往上走，满怀真诚又两手空空，去跟那人道歉、忏悔，跟他说："对不起，我丢了你所要的。"

或者少不了辩驳一句：

"当然，是你自己先弄丢的。"

想好了这些，他开始往上旋转，旋转。他走呀走，时间过去了无数个分秒，他的脚步变得轻飘，逐渐轻飘变成了轻盈；他的脑袋发麻，不知是眼冒金星还是为啥。他感觉上面有光点透下，并且似乎有一个声音在呼唤他，那声音时弱时强，但光点却愈来愈亮，最后变成一束光芒、两束光芒、成捆的光芒、四方体的光芒。

"啊！老天！这上面并未曾停电！啊，不对！是自然的光线。"他终于来到了顶层，借助光亮，差点扑倒在地的保安见到右侧有一道门。那门紧掩，想必就是那老者的住处。他准备去敲门，但光芒诱惑了他。光是从最上面半搭出的阁楼来的，那里有另一道更狭窄的门。门半开着，通往楼顶。

王模喜爬了进去。

他斜躺着，靠着阁楼的外墙壁。月亮，他见到了月亮。月亮作为宇宙的明镜，正高悬于天上；在月亮的旁边，还缀有无数的星星。天似穹庐，月光与星光交相辉映，仿佛一切是平静的。王模喜挣扎着站起，望见湛蓝的苍穹之下，那一片接一片的城市建筑的屋顶，它们高高低低，连绵万里，高者如山峰，低者似湖泊，但一律得到月光的抚慰。而在那下面睡着的人们，仿佛得到的一切都是平等的。

保安的眼眶湿润，他流出泪来。当他湿够了，流够了，想起他这一晚的目的，他转过身。他发现身后阁楼的那道门已经关闭。他推也推不开，拉也拉不动。他呼喊着："开门！开门！"门置若罔闻。"啊，老天！老头子！"没有人理睬。他要找的那人沉默着，如聋子般沉默着，天也沉默着。

滚蛋吧，月亮

在天空中识别月亮与星辰十分简易，在地上要区别光来自月球还是其他物体则实属艰难，因为不仅有参天的高楼、茂密的大厦遮挡，还有路灯、霓虹灯、汽车尾灯对光的模仿。但是那一晚的十时许菝荷确切地见到了月亮，她难得地站在窗边抬头仰望，就见到那月。那月正途经一道楼与楼之间的罅隙，只要稍慢十分钟，月亮就将走过那里，观月者便瞥不到它的身影。但菝荷的眼睛恰巧抓住了它。菝荷觉得有一种皎洁涂满了她的脸，这种皎洁比起那些化妆用品来，要使她显出天然的美艳。

今晚的月亮既不寒冷，也不热烈。今夜的天气既不冷冽，也不燥热。"多么舒适的晚上，适合躺在我的床上做一点点梦。"菝荷心里嘀咕，"可是，这么舒适的晚上，更适合出去干点别的什么事。"

于是菝荷就走到银河的外面去，如同恒星脱离星座，像行星摆脱其他的星体。

几年来菝荷小姐一直住在银河里——那实则是一个被城市行将吞没的村庄，城市每前进一步，它就后退一步，直到里面只住得下本地人的列祖列宗——那是一个祠堂，一处宗庙。本地人上了旁边的高楼，他们将低处层层叠叠的旧居出租给了说得清身份的人、来历不明的人，这些人在深夜点亮这片外省人的天地。如果是在午夜时分，你乘坐一架晚班飞机或者误点航班试图降落于我们的城市，你会发现灯火通明如星辰般闪烁的，就有银河村。

这世上没有几个村落的名字会比它更璀璨，更光芒万丈，以至它还被扩张使用，来命名我们所在的这一整片区域。自然，天体广场是本区的中心，它离这个名字的根据地——银河村或曰银河社区——不过才隔着一条街的距离。

菝荷换了套红色的薄纱连衣裙。那裙子很长，稍不注意，足以使她下楼绊倒跌个跟斗。她提着裙摆，待到达楼下的平地，她才用眼睛继续在天上捕月。月亮已经被远处一层高过一层的建筑物所营造的巨浪淹没，她所在的小巷一片黑暗，但只要她转身向右，小巷的另一头不仅有微光，再走上百来米，简直就是灯火辉煌、人潮喧闹的河流。菝荷由小巷的支流逐渐汇入主巷的干流，一旦进入那里，她的眼睛就应接不暇了：彩色广告灯不停地旋转——那是一家老式剃头店；一张褪色海报，海报上一个白大褂正将一把扳手大小的钳子伸入某位仁兄的口中——海报所贴之处，是一个牙医诊所；各种颜色的胸罩、内裤挂得像开万国会议的会堂，让有邪念的人望着便血脉偾张，误以为在那里可以买到春天——实则是一家内衣店；珍珠、玛瑙、缅甸玉、越南翡翠、非洲象牙、埃及微型法老木乃伊摆满了柜台——那是一个珍宝古玩店，经营着一百公里外某个玻璃加工厂生产的东西……左右两侧依次而开的几百家铺面里，塞满了眼花缭乱的商品与吵吵嚷嚷的买主。

　　菝荷见惯了这一切，经过每一个铺子前她都不收住脚步。在这条最宽处也不到三米的主干巷子里，她只担心别让人撞到或撞到别人，因为很多人站在巷道的中间讨价还价，巷道里正流动着更多的不需要铺面也能做的生意：两位少女手持花束，拦住正挽着手艰难前进的情人；一个中年商贩，脖子上缠着四五十串金灿灿的项链，两只手臂则绕着近百条印度佛珠，他把他这棵身体树的茎干和枝丫全部利用了起来；一个用扑克牌变魔术的青年，在众目睽睽之下将J变成A。菝荷只在一个经常打照面的老家伙那儿停留了一刻。他坐在一个墙角落里，巷道正好在那里交叉、弯曲，以至可以给一个交不起租金、靠卖明信片过日子的人留下两尺宽的容身之地。"对个火。"他说。菝荷从包里掏出火机，给他点上。她看到那人支着的木盒里，叠放着黑白或者彩色的明信片，明信片上绘着本地一个半世纪以来的历史——五口通商时期港口边的灯塔，架设于入海口山崖上、击沉过英国人舰船的红衣大炮，最后一个王朝崩溃前倒数第二仗革命党人藏军火的秘密火药库，祭奠开国者的巍峨纪念堂……菝荷选了其中的一张，上面有三位穿旗袍、摇纸扇、雍容华贵的姑娘。

　　菝荷穿过一座古旧的牌坊，终于走到了大街之上。啊！街道宽阔，路途清洁，一切都显得让人迷茫，但一切又显得一尘不染。比起银河里的拥挤、嘈杂，这里的街道完全换了个样。银河里的人群很少溢到这里来。城管和联防在白天设下关卡，阻止那里的流动商贩到这些街道上来摆摊，现在到了晚上，管理人员已经下班，不再扫荡，然而他们留下的威严感还弥漫于此，那些推着手推车的顶多只敢在牌坊以内探头探脑张望。

我们的莙荷小姐深深地吸了几口气，空气美而新鲜，她再一次将头抬起，把目光往天空上放。由于街道宽阔了许多，这里与之对应的天空自然也宽敞很多。地上无霾，天上无雾，月亮正独自一个在中天。那月是满月，饱满的月相如一张美人的脸庞，莙荷甚至看得清美人脸庞上可爱的雀斑与粉黛涂抹不均而留下的痕迹，那是月亮在明亮的环形山与灰暗的宁静海交界处形成的凸起。如果今夜有人登月，或者有人在月球对着我们的这一面采矿，月亮的澄明会让我们看到他们笨拙的登陆器和盗矿者手中缓缓扬起的锄镐。

"真美。"莙荷兀自感叹。今晚的月亮像是为所有人而生的，它无差别地照耀着出来看月、不辜负它的光辉的任何一人。莙荷开始轻盈地走起路来。她走到哪，月亮就跟到哪。莙荷走过体育西路3号邮政局的绿色门口，月亮也正好经过邮政局门口的绿色邮筒。莙荷来到"梦中人"酒店外的喷水池边，月亮映在水池的中间。莙荷在体育西路与天河路交叉道口的斑马线前停下脚步，月亮也停下脚步：在这车辆与行人已变得稀少的良夜，红绿灯依然在严控精确到秒的交通规则。九十秒后，莙荷迈步穿过斑马线，她不紧不慢，不似白天人们穿过这里时那么急切，那时候大伙儿看上去一个个像是在穿越战场上的火线。莙荷留意到与她一起走过马路的，有一个三十岁左右的男子，他牵着一个不足三岁的孩子。莙荷诧异这么晚了还有孩子在外面奔跑。她跟着那对父女走了一小段路，才知道这不睡觉的小丫头是为了追着月亮看（她当然不知道这个不睡觉的孩子的爸爸会是这个小说的作者，这笨蛋每天给自己定下任务，要在街上生产五个灵感，或者像警察巡逻般，必须得捕获三个灵感）。

"爸爸，月亮好亮！月亮为什么亮？"这个小女孩问她的爸爸。

"因为有人给它送电。"她的爸爸心不在焉。

"有电就能亮吗？"

"是的。"

"爸爸，刚才我们看到三个月亮，一个绿月亮，一个红月亮，一个黄月亮。"

"那是红绿灯。红绿灯不是月亮，月亮不能做红绿灯。"

"把月亮装在架子上就可以做红绿灯了啊——要给它充电！月亮有电才

能亮。"

小女孩跑得很快，她的父亲命令她慢点。

"加油，爸爸。我们去找月亮。月亮就在树上。"菝荷与父女俩前进方向的不远处是一个正准备打烊的小酒馆，名为"ZUI醉"。"ZUI醉"酒馆前栽着一排椰子树，月亮正如椰子一般挂在树上。

"月亮在天上，月亮离我们很远。"

"爸爸，你抱抱我。高些，再高些。再高些我就可以够到月亮……"

菝荷静静地听着他们的对话，走到他们的前面。她下行走进一条隧道，隧道昏暗，月亮没有跟着进来，但在隧道的尽头，她发现月光已经在向上延伸的台阶上等着自己了。她走上台阶，来到天河体育场的环场路上。夜如此之深，一些人却还在天体广场上奔跑，锻炼他们的身体。为了多活两小时，这些人花两小时来活动。她不由得想象自己正加入其中，奔跑起来。在想象中她跑得像一只鹿，一只狐狸，一只兔子或一只鼠。她时而掠过草原上芳草颤动的叶尖，时而穿越荆棘丛生、榛子与松子滚落一地的树林，时而跳跃着纵身于青苔覆盖道路的山岭……她的眼前展现了一幅美景。她想象得太快了，突然，她感觉身体的某个部位隐隐约约地疼了起来。那疼痛如游丝般，正由一个女人身体的最为幽深之处、肉体的黑暗峡谷中传出。

"终于来了。"她自语道。

"你可以过来用我。"二十多天前的某个时辰，菝荷接到一个电话，对方是个中年男人。那人说话有一些鼻音，低声时有如蚊子的嗡嗡，提高调门时则好似河马在烂泥塘里汲水。他的口齿不太清晰，还带着让人弄不太懂的方言口音。他尽量地咬文嚼字，把每个句子都抒得正儿八经，但说句不好听的，那样子反倒像是动物园里一只猩猩的学语。

电话是在菝荷"喂"了几声之后，那边的人怔了一下才搭话的。仿佛他只是打个电话来试试看，压根儿没想到会通一样，抑或他对这一头传来的是女声没做好准备。他们开始互相试探，艰难地聊天。那时正是大雨滂沱、狂风大作的时刻，雷霆与闪电正从江流的入海口那边过来，他们扯到明天风雨会不会停。"一定会晴空万里。"那人断言。那人突然的斩钉截铁似乎给了他自信，很快，他自称曾与她有过美妙一夜。他描述起她的肉体，不停地称赞她的胸脯，简直把她说成一头精力旺盛的奶牛。

"您弄错人了。"她不无好意地打断他。她对他那标志性的嗓音没有一点印象。

但那个"嗡鼻子"坚决地说就是她。

"也是，男人说到自己就喜欢吹牛，在赞美女人时也喜欢把一切往大里说。"她将信将疑，却又不想错过送上门来的生意。

"你可以再来，"她说，"今晚就可以。"

对于她开门见山的邀请，电话中的那人倒是犹豫了："今晚不行。外面的雨太大，弄不好马路上开车就好比是在划舟。我的时间也不够用。我只有一个小时，刚才跟你说话，已经用去了十五分钟。"

那人说得有些道理。她的服务是按时间来收费的，他们双方都深知只有时间充裕，才能给这门古老艺术提供保障。有时候有些顾客习惯狼吞虎咽，但保不准另一些人会喜欢细嚼慢咽，而且饕餮的食客在吃了几个菜之后，发现腹中依然有什么欲望没有填充，他们会请求服务员再上一些菜肴或甜点。这时候就需要多一些时间了。在性上面也是这样。只不过它不是为了填充某些器官的欲望，而是为着释放某些器官的念想。这些欲念不是靠进，而是靠出，或者说是靠进进出出来消灭的。在那一部分器官里，因禁着横冲直撞的野兽，它恳请将它关在肉体内的那人为它缴纳保释金，于是那人便需要支付更多的开支了，用以购买更多的服务，也就是更多的时间。

二十多天前的那个点儿莜荷正好闲着没事，她如今的生意是时断时续的，电话那头的人似乎也已打定主意不再过来，因而他们的通话后来又持续了一会儿。他们讨论了价格，以便下一次单刀直入。由于近期物价蹦得太快，电话中的人有些担心。

"照老样子，一次300，一个钟点。"她说。

他们接着深入探讨了每个步骤、每个环节具体的收费。

……

莜荷如同一位手按计算器的收银小姐，极为精确地给他报数。自从半年前，那个不知该说是她的男友、情人还是其他的什么关系的人突然消失了之后，她就得亲自来充当自己的中介了。她什么都得自己干。很长一段时间里，那人将她身上的时间切成一小段一小段的，又像串珍珠般的串连得极好：从晚上七点开始，到第二日清晨五点，她按照工作程序，服务五到六位客人。每一道程序均按时计算，误差在两分钟之内；对于每一位客人的收费，则参考时间的长短和菜肴的丰盛与否。"鲍鱼与小炒肉的价钱不一样。"她总是这样对爱斤斤计较的人解释道。她所说的小炒肉指的是接吻。那些吻落在顾客的面颊上，眼睑边，胸膛的中央，汗毛的留白之处，倏然着落，又飞速逃离。好比是竞技场上两个拳击手的互相攻击，菝荷的心里明白，她的这些吻是以点数来计的，她靠点数来赢取奖金。但在这样的搏斗中，她从不用力、大汗淋漓，只有对方愿意给出更多的酬劳，她才在他的身上击出更多的点数，最后将他击溃、击倒在无边无际的虚空里。至于菝荷所说的鲍鱼，这事关一个女人身体的隐秘，她不轻易上那道菜。

　　她想起那个与她的关系说不清道不明的男人。说是她的男人，他却允许她与别的人干那种事情，而且从她这里分红与抽税。她的身体就是一个企业，晚上开门，通宵经营。说那人不是她的男人吧，他与她办事的时候却从不给钱。那些与她做着同样营生的女人在她的背后指指点点，说她与那男子曾经结过婚，甚至在世上的某处生下三个孩子。前两个孩子无罪，后一个孩子是罪人，因为后者不是按照计划来生育的。我们的菝荷小姐对这些不长眼睛的瞎说既不去证实，也不去证伪，她清楚这些与她是一路人的女性极力张扬她的事情，不过是为了在与她竞争中多占点上风。她们无耻地败坏她的名声，暗指她那里不仅被很多男人用过了，并且被孩子们用过了，她们的意思是，一个被孩子用过的女人，比单单被男人用过的要破旧得多。而她们自己，有时却哭哭啼啼地在客人面前假装处女——要听到这些诋毁与谎言并非难事，因为她们住得实在太近，只要各自站到阳台上或者窗户前，彼此可以握到对方的手掌（人们习惯称这些楼为"握手楼"）。这美好的情景从未发生，她们甚少往来，甚至偶尔条子来了也不互相通风报信，但是，声音是可以穿透那些布帘、纱窗和塑料木板隔墙的：菝荷不止一次听到她的邻居讲她的坏话，以及她们伪装高潮来临时的尖叫。她们先是与客人精明地讨价还价，一切谈妥后则一惊一乍，像坐着一艘小船跌宕在暴雨将至的太平洋海面上，她们假装害怕，惊恐万状，实际上一个个都是久经考验的舵手和领航员——甚至她们与只爱一夜的人缠绵着低声讲情话也能听见。

"要是在半年前,我可用不着费这么多口舌。"那一回,电话那头的男子久久没有挂断的意思。菝荷有些无奈,但还算有点耐心。她扔出诱饵,就不想鱼儿跑掉。他们拉拉杂杂地又讲了片刻,直到那人惊呼说有要事要办。挂电话前,他很有礼貌地向她告别,说第二日与她再约。菝荷不置可否,她只是问了一句:

"你怎么知道我的电话?"

"你留给我的卡片上有。"随后电话里传出嘟嘟的声音。

原先菝荷很少在白天出门,她像一只等待孵化的雏鸡(虽然大家在背后早已称她为"鸡"),整日待在蛋壳里。每天,当晨光熹微,太阳从黑夜的孕育中破壳而出,她送走最后一位客人,或者说她赶走最后一位客人——那酣睡的家伙感谢她的好意,急匆匆地着衣穿裤去上班,菝荷会诅咒他这是赶着进班房——然后她就侧耳静听,听见远处的街道上环卫工人扫地的沙沙声,石油大厦工地上建筑工人的打桩声,第一台早班车绕过街角习惯性的刹车声,以及更近处的开门声、咳嗽声……城市中的银河正在苏醒,而她却并不准备拉开窗帘。她开始拥有自己的睡眠,这时候的床不再需要分一半给别的什么人,而只属于她一人。她带着终于也只属于自己的躯体进入梦乡,在梦里她从未见过月亮,在醒着时也未见到太阳。

最近的几个月她得以走上街去。她在心里暗暗地给自己鼓劲,认为迈出这一步于她的生意将大有裨益。她在包里揣了卡片,那上面印着不是她自己的裸女。她战战兢兢,像个侦察兵似的警惕,然而渐渐地便丧失了目的。

她在街上认识这个她置身其中却很少涉足的城市。有时她跟着一条道路的名字譬如革命东路,一直走到它的尽头,直到这个名字消失,它汇入或者说迎来了解放南路,她才打转掉头。她有时跟在一队红衣服的青年人身后,他们打着旗帜,抬着锣鼓,他们走过革命路、解放路,最后她弄明白了,他们这是去为一场永远没有胜算的球赛呐喊助威。她有时挤上一台公交车,随便它把自己带到哪个地方,她知道回来,因为那台车知道回来。太阳在天空中大放淫威之时,她低头走进树荫,她因此而认识了很多高贵的树种、很多妖娆的植物,用不着去问任何人,挂在它们身上的牌子会告诉她这些植物的产地、来历——一些来自遥远的亚马逊河畔,一些移植于大兴安岭的原始森林。她有时也走上一只蝴蝶、一只蜜蜂、一只蜻蜓、一只不知名的昆虫用翅膀、羽翼给她划出的道路,那些道路没有任何的规章可循,一会儿沿着路边花坛飞行,一会儿掠过河涌和人工湖泊,一会儿一头撞在某个蜂蜜店的橱窗玻璃上。但这时候菝荷小姐反而容易迷路了,她不得不开口去问路。她明知那人指的路是错误的,她依然走上一段,并且对他的善良心存感激。

很快菝荷对城市的了解、理解就扩张了一半。她原先认为这个城市的性别是雄性的,并且是壮年的,因为她打交道的绝大多数是成年男子。他们偶尔在她的身上谈到吃喝、社交、工作与旅程,他们常常也表现出快乐,暴露出哀愁,然而对于婚姻里涉及的另一半、父母、孩子却保持缄默,要掏出这些家庭成员比掏他们的钱袋子还难。很多人视这些为他心底里最疼痛的秘密。现在菝荷知道城市里不仅老少咸集,而且还有别的性别或者说城市是双性的:在人潮汹涌的人民路,在曲径通幽的花仙子巷,她见过走在通往医院路上的老年人,被保姆护送去上幼儿园的孩子,可爱的少女,精致的美少妇……街道向她敞开了有别于银河里的另一面,她几乎据此判断城市的居民女性多于男性,反过来以为城市的性格是阴柔、偏雌性、爱化妆的。她被这种幻象迷惑了,正如那些爱逛街的女性也被生活的幻象所迷惑一样——街道上看上去女人多于男性不假,因为那些大型超市、百货公司、服装店、美容院、小吃铺、香水柜台、首饰加工间总诱惑她们出来,她们更像是一些禁不起物质勾引的动物。女人们得意扬扬地以为全世界都在为她们而筑造、效劳,实际上,那是男士们下的套:他们以此来拴住她们这些爱吃草的羊羔,牧人们却到其他的草原上玩耍去了。

城市向她敞开自己性别、性格另一面的同时,也向她阐明自己的光明一面。光明下的菝荷小姐最初是谨慎的,那些失去锁链刚获自由的人会体会到她那时在街上的境况。她想像其他的女性一样,泯于众人才不至于被目光诧异的家伙盯上。她需要注意自己的着装——不是要穿得比那些拎着包、步履匆匆的女人更时尚、更大胆,恰恰是要裹上更多的布与绸缎,因为"即使是来自最僻远的乡下,她们只要干上这一行,便会立即变成裙子最短的前卫女郎"。菝荷小姐留意起其他发卡片、传单的姑娘们,那是一些餐厅服务员、美甲中心技师、男科医院护士,她们服装谨严,菝荷学会了她们的式样。

后来她慢慢地去掉了身上的紧张,不仅敢在日头高悬的街道上行走,而且还敢于深入周边的居民小区和宾馆。偶尔的几次是单独应召上门——那通常是晚上——更多的是去发那种印着性感女性和电话号码的小卡片。要避开前台小姐的注意很容易,她们总是低头算账、结账。要逃脱宾馆的门童、保安有些困难,但她每次都成功了。她把卡片塞入门缝。有时候一个异乡人返回房间,推开门便会见到好些张这样的卡片,几天积攒下来,就足以凑成一副扑克牌——凡卡片上着红色吊带装的少女归为红心,穿黑色蕾丝睡衣的少妇算作黑桃,半透明、只有三点被稍作掩盖的是梅花,丰满而大脸庞的女人是K(King)——卡片上说她是御女,性欲强烈。印有两个女人、每人嘴里咬着一朵花的代表梅花Q,因为梅花Q出自一个传说:红蔷薇的兰开斯特王族与白蔷薇的约克王族经过著名的蔷薇花战争,最终握手言和,牌面上的梅花Q皇后拿的就是这种红白蔷薇。黑桃Q的牌面图案始于智慧与正义女神雅典娜,那么就用某张宣称提供知识女性和高级白领的卡片代替好了……很多人都往那些门缝里塞,他们深知一个异乡人在陌生的地方,在性上面容易一掷千金,铤而走险。

菝荷甚至想过去塞那些居民们的门缝。这一瞬间的念头闪过她的心间,让她的心尖儿打了一下颤,立即就消失了。她没有这么做,因为那是人类在世上的最后堡垒,男人们无论在外面如何花天酒地,但在这里,由老人、孩子、妻子筑成的道德铜墙铁壁,不允许她这样的人去侵犯,虽然那墙壁说不定早在某些家庭地震中震出无数细微的裂痕。况且,想一想那些扔在防盗门外,每天堆积如山的疏通下水道卡片、修理家用电器卡片、搬家刷墙卡片,还有电费对账单、水费单、物业管理费缴纳单、电话费催缴单、管道煤气费账单、有线电视费账单……没有一个人有心情从这堆垃圾中再去发现些新的东西。菝荷也曾留意过那些居民楼下的信箱。自从人们不再把通信视为生命中重要的沟通方式以来,那里同样变成了一个垃圾场。每一个信箱都被各种广告单、优惠券塞得满满的。好些信箱看起来有十来年没有被打开过,沉在信箱底部的,也许有一份某位多年前去世的友人的讣告,或一封上个年代初恋情人写来的请求相会的和解书。没有人再去管那些死去的友谊和本可以重燃的爱情。

这就是菝荷小姐在白天的城市、也就是光明的城市所遭逢的一切。她只好把那些小卡片静悄悄地贴到公交车站的站牌上、马路中间的隔离栏上、已经关门大吉的铺面卷闸门上、幸福的傻蛋与不走运的伟大艺术家一起创造的涂鸦墙上。她还把其中的一些放在鲜花广场的铁椅子下、守卫银行大门两侧的石头狮子张开的大嘴中、动物园围墙的漏窗下，丢在一处草地蚂蚁出没的路线上——她这么做绝不是想让蚂蚁帮她搬运到什么人的脚下，也不是想着有什么爱观察蚂蚁搬家的闲汉子拾到，她纯粹是不知道往哪里放。

她没有像有些发卡片的男人那样，装着是人群中的一个，却迅速地把卡片塞到行人的手中。她见过这样的场景：一个身手敏捷的青年男子，像是看准了什么，把卡片塞给陌生人。他快速得像战争年代传递情报的特工人员，不时带着神秘的微笑，眨巴着眼睛——菝荷小姐看到那收卡片的人的脸上依次闪过惊惧、讶异、疑惑、镇定、激动、微笑继而又假装什么也没发生的神情，继续赶他的路。菝荷小姐没有这么做，她对那些黑夜里来到她床前并进而浑身赤裸的人想要得到什么总能准确地掌握，而对那些日光底下穿衣服的人、也就是在光明中的人们却没个把握：这些前程似锦或前途未卜但一律把自己包裹得很紧、衣冠楚楚的人，他们哪一种面具为真，哪一种面具为假，他们在这个尘世究竟是要干什么？

菝荷次日又接到了那人的电话，她一下子就听出了他的声音。第二天果然是个大太阳天气，那会儿她正在织十字绣。她难得地认识了两个卖煎饼的大嫂，下午三点收摊后她们坐在村落、社区的榕树下聊天、编织。她们黄梅挑花的手法甚为精湛，绣出龙凤、寿桃与观世音，菝荷正学着往观世音大士的额头上点睛。

"你是哪个人？"她明知故问。

"我是昨天的那个人。"对方答。

菝荷问他有何贵干。对方说，他琢磨着，当晚想上她这里来一趟。

"欢迎。"

那人向她请教怎么走。

菝荷小姐突然心生警惕，提醒他昨天亲口说过，他来过这里。

于是那人满怀委屈，在电话那头，径直描述起菝荷所住的这片街区。他的描述混乱不堪，毫无头绪，一会儿以天体广场为参照对象，一会儿提到某个银行的椭圆形拱顶和宽敞的大理石门廊，那是这座城市半殖民地时代留下来的遗产；他结结巴巴，吞吞吐吐，好比是边说话时，边在语言中寻找某个能为他指路的标志。菝荷本可以怀疑他在撒谎，因为他的话乱成一团糟，然而这些模棱两可的叙述恰恰与银河社区的状况一致：一个陌生人进入那里，就如同进了个盘绕、曲折的迷宫。他在语言中犹豫，找不到表达的出路，与他在银河里的团团转、犯迷糊是对应的。

"我那次花了两个钟头才找到你住的地方。"那人顿了顿，"我到的时候，你正忙碌。我在门外候了很久，等到那个插了队的家伙走了才轮上我。我在你那儿待了一宿，第二天早晨离开的。"

菝荷回忆与她萍水相逢的人。这鼻音重的家伙特别的发音也没让她记起有这么个人，菝荷很少在心里装下什么人。"他来过这里，但找的是隔壁的邻居。"她揣测；又或者那一次这人没说话也不一定，"有时男人干这事时沉默是金，好像多说一句都损失不轻。"

菝荷在电话里给他指路。可是那人再一次变得犹豫，接下来又开始喋喋不休地抱怨他此前的遭遇。"最要命的是，第二天早上我根本不知道怎么出来。前一晚我凭着灯光判断，第二天我的眼前就只有太阳。你知道，有灯光的城市与没灯光的城市完全是两个城市。我在那里绕了整整七遍，一直待到当天晚上。我倒是没有饿上肚子，里面有吃有喝，有各种小商店。等灯光全亮起来我才找到出路。"

我们的菝荷小姐把他讲的这些视为半真半假的说笑。那人显得很是无奈，然而自己也笑了起来。他的笑声如同犀牛边咀嚼着干草边打着响鼻。菝荷想起有人曾神神秘秘地告诉过她，条子们从不轻易踏足银河实施抓捕，因为他们担心自己进来也很难走得出去。"他们到哪都爱拉警戒线，进这里来可得带个线团才行。"

"要不这样，你到我这里来。"那人说道。

菝荷如今门庭冷落，生意凋敝。她沉吟片刻，问他的住处。

"你出来，往西边走，大约一公里，有很多很多的树。你到了树林那边，我再告诉你具体的地址。"

蓇荷的心里一惊。银河社区西边不远处，是一片连绵起伏的山冈，山坡上建着一座种类繁多、历史悠久的动物园，以及一个革命者墓园。那是本城为数不多的自然高地与郁郁葱葱的森林。江河奔流到我们的这块三角洲地区，形成渔网般稠密的水系、沼泽和湿地，也削平了大大小小的丘陵。另一些江流拿着也没办法的山岭，后来被炸药、挖掘机、推土机夷为平地。在城市的中心地带为动物与烈士们保留营地，是因为很久以前他们就已经住在这里。蓇荷听人说动物园与革命者墓园在白天异常宁静，但在晚上那片林子里却发出鸟兽与人类的巨大声音。

蓇荷小姐的心怦怦直跳。她变得犹豫。她说从不这么晚出门，"还是你上我这里来。"他们双方在电话里僵持了很久。蓇荷说山冈的那一带蚊虫太厚——她仿佛听到电话那头有只大象正在挥动短尾巴或长鼻子，打在屁股上啪啪直响；那人反驳说冈上的风沁人心脾——他听见蓇荷屋子里旧风扇的叶片咔咔作响，似乎正围着一根生锈的轴做无意义的旋转。

"我听说这么晚上林子里的人，不是要谈恋爱，就是为了偷情。"出于缓和气氛的需要，蓇荷笑着说，"但显然，我们二者都不是。我们仅仅是为了做爱。"

随即她挂断了电话。

第三天，蓇荷小姐有些忙碌。她应付了好几拨客人。那是近些日子以来她接活最多的一日。她估摸着是那些卡片起了作用。起床后，她一个人懒洋洋地看了会儿电视，因为房东总是忘记按时交有线电视费，她那阵子看的只有少数的几个频道，而且画面上都像是有雪花飘。这电磁波干扰而产生的雪花为她狭窄的房间没有带来半点凉意。在这亚热带地区，人们听说最近的一次下雪还是公元1928年1月31日，据《民国日报》报载，当日"有雪如鱼眼降下，瓦背沥沥有声"，"东西堤妓院饮客亦稀，冻之关系。谚谓赶狗不出门"。那一年，这个地区与这个国家都发生了许多大事：两广战争，西边的那一个胜了东边的这一个；光头蒋下野后又上台，再次回到当时的首都南京；朱毛在森林茂密的井冈山会师；周文雍与陈铁军举行了刑场上的婚礼，刑场就在山冈的那一块，1911年，那里埋下过七十二位为推翻满人统治而丢掉性命的革命者，十七年后，两位新的革命者为推翻旧革命者的同志的统治，在同一片山冈上丢了性命……

菝荷并不知道这些，但她从飘雪花的电视里，听到了太阳在前一天黑子发生爆炸的消息，同时这几天会发生日月相食的天文现象。一个装神弄鬼的男星象学家在节目中声称，太阳的剧烈活动会激发男人们的性欲；一位娇媚欲滴的女星座分析师随声附和，说月亮的圆缺会影响她们身体里的潮汐。

菝荷到了晚上把那天的好生意也与太阳活动连在了一起。日！我日！狗日的男性总喜欢这么叫着。菝荷已经逐渐过上了自耕农般的生活，她虽然做不到自己的这块地何时种植大豆与高粱，哪个时辰才把酒话桑麻，但显然她这里的庄稼栽种得没有原来那么密了。她一天顶多接待三到五位客人，两次接待之间留出了比原来长一倍的时间，她使那些假装的娇喘与呢喃延宕得多上几分钟，或者多一些时间让对方从大脑的虚无里逐渐觉醒、恢复，并进而形成对这次买春的道德审判：要么审判自己，要么审判婊子，要么把自己和婊子以及其他的好人与坏人包含在全人类中一起审判。

就是在那晚，一个男子在结束三十秒的冲刺之后，正躺在菝荷的床上吸烟，他好像耗尽了体内的元气，只有吸上几口才能使他那青烟般的灵魂回来。鼻子嗡嗡的那人电话又来了。他问她是否有空搭理他。菝荷小姐暗示他身边有人。那人全然不理会，他似乎喝了酒，说他既不是想上她这里来，也不想她到他那儿去，他只是想跟她说一会儿话。"如果你觉得浪费你的时间，我可以给你的卡里打钱。"

"我不会告诉你账号。"她哭笑不得地说道。

"给你的手机里打。"那人严肃地对她说。

菝荷按断了电话。那个抽烟的人问是不是她的男人。

"不是！一个守坟的，或者一个耍猴的。不管哪一种，是一个疯子。"她回答。

翌日中午，菝荷收到了讯息：有人往她的电话账户上充了五百块钱，这笔钱按照当前市价，足以让她与北方的家人通上四十二个小时的话，谈论孩子、收割、春节、土地与家禽，想谈什么就谈什么；或者享受她的肉体1.6次。

于是接下来他们开始了不见面的聊天。那都是在菝荷空闲之时。有时那人打来，菝荷正在忙活，她就告诉他晚点再打。最初的那阵儿他们小心翼翼，彼此不碰触对方的痛处，譬如心情、家庭、来历，渐渐地他们开始谈论友谊，还有人的尊严与荣誉。菝荷总是顺着他的话语，对于他所说的，从不拂逆。后来他们甚至谈论爱情。对于实际的生活他们一律回避，对于这不存在的事物却谈论得很是起劲。由于菝荷从不主动拨出电话，因而所有的通话于她而言都是免费的，当通话的时间变长的时候，那人又给她加了一些钱。

　　当然，很快他们便谈到了身体。这或许才是对方想要的，也是菝荷小姐唯一能给的。他们把夜晚城市里的灯光全部熄灭，只允许隐约的月光与暗淡的星光给道路以指引、示人生以真理。他们穿过树影婆娑的椰子林，登上干净的台阶，转过无人的街角，偶尔听到夜行火车出站后的笛鸣，然后他们在一张宽阔无比的床上相遇——既不是在如克里特迷宫般的银河里，也不在英雄的坟场上或囚禁猛兽的笼子里。他们互相触摸对方，从头发、眉毛、鼻翼、嘴唇，到胸脯，肚脐，肚脐下的三寸、四寸，再回到左心房、右心室。当他们的手指恰好游走到某个器官的位置，他们喊着"哦，心肝"——绝不是像医生面对此处病灶时说出的冷冰冰的生理学名词，而是带着美妙的颤音，无穷尽的情意（然而作为与医生职业相似的小说家，我必须事后不识趣地指出，他们此时抚摸的不过是自己的身体而已）。他们一会儿如同登临山巅，一会儿好似跌落深渊。

　　"科技日新月异，让我们既获得干净的性爱，还不用穿雨衣。"当那真幻难辨的快乐到来后，电话那头的人长叹一声。

　　自此之后他们开始了长久的交谈。菝荷小姐就好比是一个经验老到的领航员，每一次都带领那人驶过风口浪尖——当然，倘若把这事比喻为一次突如其来的暴雨，尤其是把性的高潮比喻为闪电的话，在自然界，是先见闪电，然后再听到雷声；而在这里，菝荷的叫声总是比实际的行动领先一步，并且声音大得惊人，她非常卖力，假装自己也乐在其中。这虚假的雷声总难免有雷声大雨点小之嫌，但她使性爱的闪电得以像鞭子一样，抽打在那人的身上，让他甘愿被奴役，从而幻想终生受此奴役。

　　如是的通话进行了一两周。无论是星期一的月曜日，也就是月亮主宰之日，还是接下来的火星日、水星日、木星日、金星日、土星日，以及日曜日即太阳日，他们都没有中断。他们置日月星辰于不顾，主麻日与安息日、礼拜日也放在一边，只是到了第二周，他们将一切又倒过来，从激越的性事依次递减，再来谈论爱情、荣誉与友谊。

直到有一天，作为深情回忆的一部分，那人提及第一次与莕荷见面的情景：

"那一晚把我带到你床前的是满月。我平日不敢轻易出门，因为很多道路与建筑总把我搞混。有月亮就不一样了，没有一个标识会比它更靠得住。我头顶明月，走街串巷，找到了你。"

莕荷的心里响了一下。由于彼此已经建立起稳定的关系，不再担心一语不合会丢掉生意，莕荷微笑着告诉他："您一定是弄错了，我从不在月圆时分做那种事，因为那几天我来了月经。"

人们在城里并不时常见到月亮，更谈不上定期遇见月亮。原先，人们根据日头的升落制定日历，观察草木的盛衰制定年历，依照月亮的圆缺制定月历。那时候人们与太阳、月亮、草木、万物是立了约、达成共识的。按照历法规定，月初时月小，但随着时间的推进（人们给月亮十二三天的时间由朔到望，去膨胀自己的体积），月中时天上应有满月。人们如果看不到初月，那么月中之际总要看得到才行，那时的月便会如一张馅饼，确切地说更像一块圆形披萨，上面涂满了淡黄色的奶酪，中间不规则地点缀着番茄、榛子、核桃——那是由于月陆、月海、月谷、梦湖、腐沼以及虹湾在月球表面分布不均而形成的光明与阴影—— 一年中人们有十二个月会见到满月，唯一要提防的是天狗，这饥饿难耐的家伙会吞食月亮表面的美食。

但现在一切都有些不同了。城市里的居民很难再见到月亮。人们把这种变化怪罪于高楼的阻挡、电的滥用，尤其是雾霾的加重。好在过日子不再靠它了，人类只有在领工资、交房租或按揭的时候才想起月，但与月亮出没也沾不上任何边，它只是挂历、手表上的一个计时工具，而且使用的是公历。他们在使用公历的月时与基督诞生也没什么关系，因为他们几乎没有谁信仰上帝。他们少有人知道拿撒勒那人的苦难，他们甚至对自身的苦难也并不在意。

莕荷小姐自来到这里，也逐渐忘记月亮究竟是个什么东西。那本与地上的生灵有神秘默契的玩意儿现在很少出现在她的头顶。二十四节气中的立春、春分、立秋、秋分这些分割阴阳的日子慢慢地不再在她的心里划下刻度,因为这里除了下雨就是暴热,好像雷公老子与太阳公公都定居于南方的这片天上。惊蛰、小满、芒种、白露、霜降也未曾给她什么季节的指引,因为这里的土地不是用来种粮食的,地气上涌冲破不了水泥,水汽下沉又无法凝成霜露。菝荷只在几个大的收割季,才从故乡人的嘴里听到有关土地和土地之上庄稼的讯息。

  菝荷的身体仿佛是一台机器,每天都在高效运转。然而每到一个月的某个时段,她体内的齿轮就发出咔咔的声响,它们的咬合开始出现裂缝,似乎需要一次机油的润滑、一次液体的冲刷,才能使肉机器干涸的部件得到保养、洗涤。这种身体的自我维修往往需要数日,菝荷就无法在自己的身上做工,她静静地躺在床上,或者慢悠悠地挪腿行走。她感受着骨头给拆开、零件在血肉里被更换的痛楚,但痛楚之后她便感知到了身体变新。这是神灵独赐予雌性动物的魔力,既让她们在疼痛中为世界生出新人,同时使自己定期成为新人。而雄性由于从不创造新物,以致自己也越来越旧——所以一般而言,一个同年出生的男人会死得比女人早些。

  不像有些拼了命赚钱的姐妹——她们中的某些甚至利用这段时间装处女,但一旦被识破,会被人大骂晦气——菝荷在那几天会难得地获得休息。她在挂历上的这几日上面用红笔打叉。当一年将尽未尽之时,她来换一本挂历打叉,结果无意中发现了自己的肉体与岁月之间存在着一个固执的秘密:红叉下面显示的旧历日期,总是每月十五,也就是望日前后的那几天,那时候月亮与太阳正好分立地球的两侧——打个比方,此时的日月好比是以地球为支点,在坐一上一下慢腾腾的跷跷板;再做个比喻,则地球如一个天平,衡器两端的盘子里分别盛放着太阳与太阴,地球这不自量力的家伙正在称它们的斤两。由于白道面与黄道面夹角的存在,也由于地球的身材太矮,阳光总能越过它光秃秃的头顶,映射到月球的镜面上,这反光便让我们见到了满月。

  从渐盈凸月到变成一张圆镜,月亮产生愈来愈强大的引力。月球的引力使得它的邻居上面的一切物事焦躁不安,要发生位移。首当其冲的是那些液体(固体受其影响,也纷纷要向上挣扎。但高楼往上长不在此例,它取决于人类向上的欲望,植物成长也与月亮的引诱没什么关系,它们主要趋炎附势于太阳光),地球表面上的海洋漾漾,潮水猛涨,软流层的岩浆蠢蠢欲动，等待喷发。

多少个日子过去，我们的菝荷小姐没想到，她身体里的潮汐还准确地与天上的那个事物保持一致，形成呼应。在那片被人不停翻过的土地上，血肉的四季未曾紊乱，在月神的庇护下，她执拗的生命依然熠熠闪光。

"哦哦，月光女神。"电话中的那人如此称呼她。他的话里有一丝调侃，但没有任何恶意。

也就是在他们把性、爱情、友谊反复地谈论了好多遍之后，那人再一次向她发出了邀请，希望能与她见上一面。

"可是我真的不出门卖。"她信誓旦旦，向他隐瞒了皮肉生涯里不下百次上门服务的经历，虽然那流动商贩式的买卖在她的生意中只占很小的比例，并且自打她的那个快递员兼保安情人没有了踪影之后，她确实不太敢一个人深入到外面世界的丛林，只有在弄清楚对方的底细之后，她才敢战战兢兢地进入陌生人的家里。（可是谁又能对一个她这样的人讲真话呢？）说她曾经的男人是快递员兼保安，确切地说更像是一位古代镖师，是因为他总是把她当成货物一样，押运她出门，上门，完事后又迅速地把她押运回去。

听她这么说，电话那边的人反复澄清他不是为了完成某项交易。

"我并不想买你过夜。"他说，"我只是想看到你，像看到月亮一样。"他开始以无比的热情与忧伤来赞美月亮。他把月亮说得那么高，那么远，似乎遥不可及，又把它说得那么美丽，那么皎洁，仿佛在万物的序列里，眼中独有它一个似的。他说着说着就把月亮与她连在了一起，他断言她的那张脸与月亮的那一张一样的饱满，一样的白。

"你一定会大失所望，我是个黑姑娘。看到我你就晓得太阳的威力了。"她撒了谎。

那人毫不在意，说他邀请她为的是共赴明月，而非共赴云雨。

"你看，就要到月亮最亮的时刻了，而看月亮最好的地点是我这里，城里再没有比这片山冈更高的地方了。你总不能爬到那些高楼大厦上去，下面有门卫守着。你来看看我这边的月色，天上没有云遮挡，空气里还带着青草的甜味……"

那浪漫主义的描述感染了菝荷。她的眼前泛过一片光明，那光明吸引她，引领着她简直就要飞升——或许引领她的还有另一些说不清道不明的东西，最重要的是，她知道此时的出行应该是安全的。她相信那人不会食言，更相信那古老的有关女人经期的禁忌会保护自己，于是她走上了通往山冈之路：她走出银河社区，走过体育西路，走过红绿灯，走过"梦中人"酒店、"醉ZUI"酒馆，在路上遇见一对父女，再穿过无常的隧道，来到天体广场。她本应站在广场的路灯下，与一个深夜返家的男人或一位约会完毕脸上有红晕的女士争抢同一辆绿色计程车，然后让司机把她带到该去的地方，但她抢了几次都失败了，便决定走路过去，因为那人说他并不着急，而且月亮也一直在她的头顶，她喜欢上了这种牛奶般的光的沐浴。她在广场逗留的那一刻，身体传来了对月亮的响应，这让她有些不适，然而也让她放下了心。接着，她不疾不徐地过一个路口，再过一个路口，再接着过了一个路口。途中她又接到那人的电话，给她确切地指路，告诉她在高冈上，某堵森严的蓝色墙边，有一棵参天的樟树，说她一进入那片区域，便可以远望到那树。他让她记住，樟树下的墙壁上有一个窗户，他就在窗户下等她。

"那里没有路灯，很适合相会。虽然有点黑，但没有人打扰我们。"他说。

菈荷小姐来到了那地方。四周一片寂静，可是并没有见到黑，也没见到等她的人。月亮真大啊，他妈的月亮在天上放着白光，他妈的月光把一切都映得透亮，他妈的月亮使此时此地该现形的、不该现形的都呈现在了地上，她也如在聚光灯照射的舞台中央。她见到了树，也见到了墙，还见到了窗。她踟躇了片刻，想拨那人的电话，这时候有四个男子不知从哪里走出来，走向他，两个穿制服，两个着便装。

"我们看到你了。"其中的一个说，"如果没有月亮，还真在这块儿抓不到狐狸或者狐狸精。"另外的一个说她涉嫌卖淫。

菈荷的心里发起颤来。她吓得脸色发白，她争辩说她只是到这里来见一位友人。可是四人并不听她解释，他们的手紧紧抓住她的手臂。她突然蹲在地下，那身体中隐约的疼痛提醒了她，她说自己不可能是来做那种事的，因为她正在一个女人每月必度的假期。条子们不由分说，把她带上了停在街角另一边的车。车盘旋了小半圈，就要开下山坡。她抬头望天，他妈的月亮没有嘴，不会为她做任何见证。她的耳边传来一阵虎的吼叫，以及隐隐约约夹杂着一个男人含混的低吟。

【注】　小说中的所有人物的名字均化用于《圣经》。

　　冯亚格，对应人名为雅各。雅各有"抓住"之意。

　　王模喜，对应人名为摩西。摩西尝登顶西奈山受"十诫"，并带领犹太人出埃及。

　　菈荷，对应人名为喇合，喇合本是耶利哥城的妓女，曾帮助约书亚的探子。

《花城》2017年第1期

评鉴与感悟

间隙的张力

黄惊涛的《圣者到尘世中去》由三篇独立的小说组成，包括《我盯上你了》《请你呼喊我》和《滚蛋吧，月亮》，以小偷冯亚格、保安王模喜和妓女菈荷为三条不同的故事线索；三篇小说看似相互独立，但其活动区域都是以天体广场为中心，在一个城市空间之中展开。

小说与《圣经》和基督教有着密切的联系，但同时又是反寓言的。作者在题记中写道："凡被写入圣书、在那上面有名的，都是圣者，包括虫豸、娼妓、响马、财主与税吏。如今他们来到尘世，将人间再经历一遍。"于是小说中所有人物的名字均化用于《圣经》，让"圣者"到尘世重生，但又颠覆了其寓言式的结局，构成一种反讽。小偷冯亚格对应人名为雅各，有"抓住"之义，雅各抓住以扫的脚后跟出生，抓住长子的名分，抓住父亲的祝福，而冯亚格窃得了一切，却抓不住一个轻生女人的生命；保安王模喜对应人名为摩西，摩西登顶西奈山受"十诫"，并带领犹太人出埃及，而王模喜却被困天台，得不到老头子的救赎；妓女菈荷对应人名为喇合（妓女），喇合因信神之心而被神拯救，而菈荷却因信任而被道德和法律惩罚。

"圣者"不仅到"尘世"中去，更往"城市"中去，黄惊涛以一种抽离的姿态在现实中游移，洞悉人在城市边缘的真实处境，剖析人于城市中似在非在而无法安身立命的飘零感。小偷冯亚格拥有整个火车站前喷泉广场的业务，保安王模喜掌握整个社区居民的安全，妓女菝荷满足整个城市男人的欲望，但他们却从未属于这个城市，从未享受城市的美好，从未落地生根，一切外来者始终被隔离、外在于城市。

小说中塑造的独特的都市"漫游者"角色，与波德莱尔作为知识分子的"漫游者"不同。黄惊涛将目光投向了城市的边缘群体，他们挣扎在城市空间的间隙，以旁观者的姿态用沉默而敏锐的目光审视着被城市规训的现代人。火车站前的小偷冯亚格，像是站前常住的主人，把忙碌迁徙的旅客们迎来送往；社区里的保安王模喜，守着社区内部居民们渴望逃离的居所，同情着社区周边街头过客的无家可归；城中村的妓女菝荷，流连于规范整洁的城市街道，用身体丈量这个城市里虚伪寂寞的男人们。恐怕再没人比他们更清楚城市黑暗中的希望与光明中的污浊。

城市与社会的现代化掀起的众声喧哗中，黄惊涛用其文学的耳朵倾听间隙里的呼喊与祷告，以反寓言的形式解构理想和现实，用锋利的笔触挑开精心掩盖的伤疤，寻求裂隙中被压抑的人性张力。（陈莹）

嗯

/晶达

他今天跟我说，他的左耳失聪了。

我第一个想到的就是那个名叫《左耳》的小说，我没看过，只是听说，结尾是一主人公对着另一主人公的左耳很狗血地说"我爱你"，因为那个人的左耳是聋的，所以没有听到这个表白。至于到底是男孩对着女孩的左耳说的，抑或是女孩对着男孩的左耳说的，我不大清楚；也就是说，到底是男孩的左耳是聋的，还是女孩的左耳是聋的，我真的不清楚。

只是他跟我说，他的左耳失聪了。这种狗血的事怎么会真的在现实生活中被我给遇到？可是我不会很狗血地去对着他的左耳说"我爱你"，我想他身边也没人会。也许在三年前，我会做这种傻事，可是三年前，我始终也没有对他说出这三个字。

他不记得今天是我的生日了，或者我从来没有告诉过他我的生日，就像我也并不知道他的生日，否则他也许不会给我这样一个噩耗当作礼物。

我今天26岁了，想起我认识他的时候，他也26岁，想来我也有三年没有见过他了。

"是发烧引起的吗？"我继续问他。

"没有发烧，就是感冒。"他答。

他用的字是加粗的黑色黑体字，我的字是加粗的粉红色宋体字。我这个年纪，再看到粉红色的时候，没有一种荡漾的心绪了，不再喜欢花哨的小玩意，而是喜欢大片大片完整的纯色——湖蓝、墨黑、洁白。也不是不再喜欢粉红色，只是觉得不再适合我。这样想着，我就点开设置，把字调整为黑色了。

"以后会好的吧？"我又说。其实是一种不动声色地说，我只是敲了敲键盘，原本四声齐全的一句话，变成了"嗒嗒嗒"。

"看天意。"他这样答着，我便想起了他几乎没有表情的脸和满眼抑制的哀伤。

"回来以后告诉我，我去看看你。"

"嗯。"

我也不是出于怜悯，其实前段时间就想再见他了，尽管这三年间他时常毫无铺垫地突然邀请我去见他。我出于憎恨，每每要骂得他狗血淋头，他还是会淡淡地回复："嗯。"就在前段时间，我突然想见他，拨他的电话，他却出差在外地了。

每次他说了"嗯"，我都不会再回复，以前那是说明他接受了我谩骂的一个字，它就成了我无休止谩骂的一个句号；现在，这是说明他接受我们重新开始一种关系的一个字，它就成了前途未卜的一个开始——不管是一种什么关系，总之，它要重新开始了。这个"嗯"就好像一个沙包，不管我是用脚踹，还是用拳打，或者轻轻地捏一捏，他就只是回答一个逆来顺受的"嗯"。

其实我内心深处明白我们之间是一种什么关系，而且我们也只能是那种关系。就像我第一次见他，尽管我非常不情愿，我就知道我们还是会成为那种关系。就像我要重新再见他，我们还是会恢复到那种关系。所以，三年间，只要他邀请我去见他，我就知道他在想什么，所以我会谩骂——我不会把那当成一种爱。

我用鼠标在空旷的电脑屏幕上不停地刷新，不知道要干些什么，好像我也突然忘了今天是我的生日。今天是5月20号，网上到处说今天是表白的日子，QQ上朋友们的头像都黑着，兴许都去表白了。我不敢给谁打电话邀请他们来陪我过生日，不是怕打扰，是怕被拒绝。5月20号，对我来说不是什么表白日，我在这天出生，意味着，我将谁也不爱。

可我还清楚地记得我曾很认真地像 GREEN DAY 的一首歌 *Wake Me Up When September Ends* 的 MV 里一样对着一个人说：I never gonna leave you，他回答：It won't happen either. 然后我拉着他的手，躺在床上一起看着美国经典爱情电影《恋恋笔记本》，说我们也要深爱，至死不渝。也许我并没有说谎，只是现实世界让我看上去像是一个骗子，因为终究，我还是没能做到永远不离开这个人。

我跟这个让我被迫出尔反尔的人已经没有丝毫联系了，他们这类人有一个统一称号——前男友。当他像安检猪肉一样被打上这个紫色印章的同时，他就应该像被丢垃圾一样丢到"前男友们"这堆东西里。可是你每丢一个，你心上的肉就被撕扯掉一块，有的大些，有的小些。这些前男友都是一个一个怪物，他们每个人的嘴里都用尖牙咬着你的一块肉，不肯松口，喘息在你的记忆里。至此，我不知道我的心还有多大体积，我只知道它小到已经没办法再容下一个新的、鲜活的爱情了。

我又盯了一眼手机，它还是静静地卧在桌子上，连企图热身一下的震动都没有。我本是不敢相信的，不敢相信我的这个最新一任前男友会决绝到连一句生日祝福都不肯给。可我应该是相信的，因为我也永远记得他曾经送给我的五个字。

那是他猛然间莫名其妙地用一些莫须有的理由提出分手的两周后。没有人知道我这两周是怎么过来的，我就像突然遭受了冰雹的秧苗，被冻脆后，无声无息地碎成晶莹的颗粒，唯一在运转的只有我的脑细胞。我用大量的工作麻痹自己，可我还在一直想着一个问题：为什么？而后我就这样打字发给了他。

"什么为什么？"过了许久，他回。

字字都像一个会制冷的小发动机，吹出的冷气让我浑身颤抖，我原本激愤的情绪一下消失无踪，我只好说：

"没什么，最近好吗？"

"还好。"

"呵呵。"

我很少在对话中用这两个字，"呵呵"在我的发声系统里是一种苦笑，我只有在无奈和难过，或者不想再说话又不得不说的时候，才会采用

"呵呵"。他知道，因为我曾经每次对他说"呵呵"，他都知道我又在因为什么而难过。曾经，他会这样回答我："屌丝费尽心思地跟女神搭讪，却只能换来女神一句'呵呵'。"

我的"呵呵"就会立马变成"哈哈"。

或者他会这样回答我：

"你又'呵呵'了。"

这话里充满关怀和心疼，有一些嗔怪，所以我立马会说："没有啦。"

可是这次，他没有再回复我。

我只好不再含蓄地表达我的哀伤，我直白地继续说：

"我还是很难过。"

"那我们就不要联系了。"这几个字，是他跟我分手后，打出字数最多的一次。

"本来就没怎么联系吧。"我答。

"那就彻底不联系。"

他说得轻松得就好像这是他的一个愿望。我的心一紧，可是没有用，他似乎又张开嘴撕掉了一块肉。我的心慌了，我也不知道是慌还是疼，反正我口无遮拦地说：

"那也没有用，即使不联系，我也放不下。"

而后他就送了五个字给我，这五个字，让我永远地、彻底地闭上了嘴。他说：

"这是你的事。"

我想起了几年前很流行的一句话：喜欢你是我的事，跟你没关系。这样说起来真的很牛B，可是如果换成对方告诉你：喜欢我是你的事，跟我没关系。那你是被怎样的嫌弃了呢？然后我又想起了一句很牛B的话：喜欢你的时候，你说什么就是什么；不喜欢你的时候，你说你是什么？我切实地感觉到了，对这新一任前男友来说，我已经什么都不是了。想起这两句话，他现在真的已经牛B加二了。

我的手机适时地在我情绪愈加激愤的时候轻舞起来，连续地震动，可惜不是来电，是很多条信息，千篇一律的"生日快乐"，之前估计阻滞在空气里了。我住的这个阴暗的，根本没有阳光的小屋子，信号也十分不好。

十几条雷同的短信。只有在过节或者过生日的时候，人们才不会被雷同的文字搞得想吐，反而会觉得温暖，要是有谁没有犯这雷同的"罪行"，那之间的感情就会趋于寡淡。

然后我终于翻到了一个在我生日之际"标新立异"的短信，上面说："打你电话打不通，晚上出来唱歌。"我知道这将是一个只有烟酒、没有蛋糕的聚会，因为这个人并不是为了给我庆生而约我唱歌的，他只是"又"顺便，叫上我一起玩。

我住的小屋子没有窗，所以我手机上的时钟必须设置为24小时制，否则我肯定搞不清时间到底是AM，还是PM。成都是一个几乎不讲究房屋朝向的城市，即使在有窗的房间，阳光也并不是可靠的，你永远没办法凭借光线的强弱来决定是否起床。那常年并不明媚的阳光甚至让我不愿意称呼它为阳光，所以在成都，我只说白天和黑夜。

这是一个异形的屋子，在我床的旁边，是一面倾斜着压过去的墙，所以这个屋子是一个不规则四边形。我只有两个选择，要么就是我的床和斜着的墙拉成一个狭长的三角，要么就是我的床紧贴上斜着的墙，床头和正常的墙拉成一个不那么狭长的三角。我选择了前者。因为如果我的床头后面有一个不那么狭长的三角空旷区，我会老觉得那儿站了一个我看不见的女人，在我睡着的时候对着我流口水，流眼泪，流一切液体的东西。

我现在正盘腿坐在床上，坐在我床上铺开来的被子上。被单是黑白条纹的花色，这套四件套花费了我三百多块，它的花色跟我以前的那些差别很大，因为我是为了迎接我前男友来睡觉时特意买的，我无法想象让一个大男人睡在粉色红色碎花的被单里的情景。可是这特意为他买的三百多块的四件套，他也没有粘身几次。

我突然想起了一个电影，是一个名字很啰唆的电影，叫作《被嫌弃的松子的一生》，是一个日本影片。我的脑子不知道怎么就非要把这个啰唆的名字念成"被嫌弃的我的一生"。我看了一下我24小时制时钟的手机，发现我还是有时间看一部电影再梳洗打扮的。我正看到松子到一个名叫"白夜"的夜总会当脱衣舞女，合租房子的姑娘就来敲门了，她问我要不要一起去吃饭。

"吃什么饭？"我顶在门口问她，因为现在是下午四点多，但是我看她的眼圈红红的。

"你不饿哇？我看你好像一直没有吃撒子。"她说四川话。

"我吃了点面包牛奶。"我答。

我们虽然已经同住半年，但并不十分熟识。半年前，我在网上看到一个租单间的信息，然后我就搬了过来，她算我的二房东。她和她男朋友同居，她男朋友是九眼桥那边某个酒吧的服务员领班，她自己的工作不是很稳定，经常换来换去的。

"你今天是不是过生哦？"她突然问。

"你怎么知道？"我突然感到一丝暖。

"我们签合同的时候我看到了撒，我当时还觉得多浪漫的。"

我没有说话，就干笑了两声。

"我请你到楼下切吃饭嘛！"

我关掉电脑的时候，电影正暂停在"白夜"的招牌上。这是我看到的第二个叫"白夜"的地方，我第一次看到这两个字的那天，醉得不省人事……

"我好久都没看到你男朋友来了喃？"边走，她边问我。

"分了。"

"好久的事情哦？"她还没化妆，眼睛便没平时那么大，但吃惊之气丝毫不减。

"快一个月了。"

"哎，男人咋这个样子！"她却看上去比我还垂头丧气。

"你男朋友已经去上班了？"

"不是，他昨天晚上没回来。"

"别担心。"我不知道还能说什么。

"有撒子担心的，早都习惯了。"她似乎有些出神。

我之前不是很关注他们两人。我是一家广告公司的前台，过着朝九晚五的日子，除了周末，我们的作息时间几乎是完全错开的。通常是我下班回来，他们刚刚起床；或者是我正要起床，他们开始叫床。所以，她突然跟我说这些，我也不知道能说些什么。

"我们是同学，他以前是我同寝室女娃娃的男朋友，我一直特别喜欢他，后来他们分了，我就跟他在一起了。"她开始自述了。"嗯。"这个时候我只适合做听众，不时地给一点我的确在听的表示，比如"嗯"。

"我比他大，你晓得他有点帅撒，身边的女娃娃好多哦，开始我真的受不了。"

"嗯。"

"但是后面我才发现，比起要跟他分开，还是现在这样要好点。"

"那你还哭什么？"我忍不住了，我觉得这是一个女人没有原则的表现。

"今天是他第一次晚上不回来。"她说着，又落泪了。

"那你打算怎么办？"

"还不晓得。"

我们吃了干锅排骨和鸭舌，一人喝了两瓶啤酒。我淡淡地望着对面的她淡淡的脸，淡淡的眉毛、大大的眼睛、小小的鼻子、红红的嘴唇、尖尖的下巴。这是我第一次认真地端详她，如果我记住了她淡淡的脸，我想我以后就会花些心思关注这个可悲的女人了。

"那你以后打算咋个办？"她问我。

"我再也不想谈恋爱了。"我说。

"噢？不得哦！要不得！"她似乎有点喝麻了，声音高了许多。

我又掏出了手机，已经傍晚六点多了，我想我得回去开始梳洗打扮，因为我还想去为自己买一个小小的蛋糕。

"我晚上要去玩，你跟我去吗？"我看她的样子有点不放心。

"我晚上要上班的哇。"她的脸非常红，她属于喝酒上脸的类型。

"现在在做什么？"我问她。

"推销酒水嘛。"

"也在九眼桥吗？"

"不是，少陵路，要是九眼桥就好咯。欸，这个主意好，我下次换到九眼桥上班，把他看到，就到他们酒吧切上班，哈哈。"

然后一条短信进了我的手机，是晚上唱歌的地址。我拉着同屋的姑娘回家了。第一次进他们的房间，没有时间细看，只知道不是个异形。好说歹说让她打了电话请假，我就冲进了卫生间赶紧洗澡。

我穿了一件雪纺的蓝色齐膝连衣裙，上面有微小的黑点做点缀，白丝领子和白皮腰带，我又蹬上了一双白色的7厘米高跟鞋。略卷的齐腰乌黑长发散在后背，我还戴了一个白色的丝面宽发卡。整个人看上去，应该是清爽又带些复古风。

唱歌的地点是府南河边的兰桂坊，每次提及这个地方，都会让人误以为要去香港了，所以这个兰桂坊的招牌后面还有两个小小的字——成都。在与府南河方向相对的尽头，有一个叫作"璀璨时尚"的KTV，既然它位处兰桂坊，那么它的消费价格一定不菲。自从兰桂坊在几年前开业，它的消费和娱乐项目的气氛都带着一种身份象征——来这里消费的，多是有"品位"的富人。

我只涉足过兰桂坊几次。我定然不是一个富人，我每次到那里去，都是受到同一个人的邀请。对于这个人的身份，我只能说他是一个商人，是我的一个朋友。在兰桂坊还没有开业的时候，我在九眼桥的酒吧认识了他。我不大清楚他究竟是做什么生意的，只知道他时常跟各个领域的富甲打交道。

在去往兰桂坊的路上，我发现了一家元祖蛋糕店，玫红与纯白相间的招牌简洁却足够显眼。匆匆地下了出租车，匆匆地买了一个6寸的慕斯蛋糕，然后把它装进我提前准备好的塑料袋里。我并不是不想跟今晚聚会上的人分享它，只是如果我当场拿出这个蛋糕并说是我的生日，我还不如直接把它扣在那个人的脸上来得实惠。

我偷偷地决定，不管今晚的聚会到几点，我都要在12点之前找个地方偷偷地把蛋糕吃掉……

"这是X哥。"这个人为我介绍在包间里和他正在谈话的一个中年男人。

我没有听清楚这个中年男人的姓，只是握住他肥厚的手掌摇了摇，并笑了笑。反正一会儿还会来其他的很多"哥"，然后我就会把他们的姓搞混，然后我还是只能直接喊"哥"。通过这个人，这种"哥"我见多了，没有一个见过第二次，也没有一个让我记得住。

"我带了一些化妆品给你。"这个人坐到我旁边偷偷地跟我说。他说这话的时候，包间里已经嘈杂不堪，很多"哥"已经陆续上场，还有很多比我还年轻的化浓妆的"姐"。反正不关我的事，我只管唱歌喝酒，偶尔帮他敬一敬这些哥姐。

"什么化妆品？"我觉得莫名其妙。

"朋友从韩国带回来的。"他贴着我耳朵说。

"哦，多谢了。"我觉得有些奇怪，可我断定他并不知道今天是我的生日。

"送你回家的时候拿给你。"

他算一个绅士，每次叫我出来玩之后都会安全将我送回家。他总是将车停在我家小区门口，跟我说一句"再联系"就踩着油门而去。多年来，他也丝毫没有流露出对我有任何非分之想，只是时常叫我来这种场合。同事说，他是在拿我当个撑场面的花瓶。

"养别的花瓶要花大钱呀，你又不要他任何东西。"同事当初这样回答我的不解。

这个人跟我说完这句话，我放在大腿上的手机就亮了，是左耳失聪的"他"。他发短信告诉我，他买了火车票，将在明天傍晚抵达成都。我没有留意到我旁边的这个人也窥伺了这条短信，然后这个人问：

"你又有男朋友了？"

"没有啊。"我确实不知道这个人看了我的短信，所以我简单地答。

"嗯。"这个人起身又回到原来离我很远的座位那边了。我不知道他的这个"嗯"表达的是什么，我不了解这个人，不像我了解"他"那样了解这个人。

大屏幕上终于亮起了我的歌，张惠妹的爆炸头和紧身皮衣皮裤让当年的她显得没有现在这么时尚妖艳。这一首张惠妹翻唱张雨生的《没有烟抽的日子》已经被我唱了多年，我还记得三年前跟他一起在量贩式KTV唱歌的时候，他拍拍我的头，说：

"唱得好哟，你就专门练这首，当你的主打曲目嘛。"

当年我还在用自己蹩脚的成都话跟他对话。他不像别人，他从不嘲笑我说错的音调和用错的词语。现在我的成都话已经纯熟，不知道他是不是还会用成都话跟我对话。想到他明晚就要在成都了，我却又突然不知道是否要再见他。

一个穿得像白领却化着妓女妆的女人毫无节奏感地拿起另一支话筒先

吼了起来。我兴致全无，丢掉话筒拿起酒杯开始敬酒，一个接着一个，一人一杯，在成都话里，这叫"打一圈"。打了一圈后，我立即从清醒到达了"二晕"的境界，这也是成都话，意思就是有些晕，但还没晕彻底，我实在找不到其他更合适的词语形容我现在的感觉了。

我拎起塑料袋准备去偷偷地吃我的蛋糕。我的动作很大，可全场都已经"二晕"的人不会留意到我，所以我堂而皇之地拎着塑料袋走出了包间，走进了电梯，最终坐在大厅的沙发上。我的蛋糕已经变了形，我用手指刮了一块奶油下来送进嘴里，6寸，对我一个人来说还是有些大了。每次我醉醺醺的时候，泪腺总是无比发达，看着这变形的6寸蛋糕，我的眼泪涌了出来。

即使在模糊的泪光中，我前男友的身影我也绝不会认错。我看着他也走出了璀璨时尚的电梯，旁边似乎还有一个矮小的家伙。我快步地跟出了大门，揉干净眼睛，确认了是他，也确认旁边那矮小的是一个女人。他们拉着手，似乎正向停车场走去。我大声喊，很大很大声音喊：

"喂！"

我前方路上正在行走的不多的人都回了头，包括他俩。他看到了我，而后，面无表情地立即拉着他身边矮小的女人继续向前走去。他的冷漠没有冻住我，反而让我热血沸腾。我走回大厅，把变形的6寸慕斯蛋糕托在手里。6寸，对我来说真的太大了，我打算慷慨地分享给他。

等我再出来的时候，他们已经不在前方的路上。我小心翼翼地托着蛋糕小跑到停车场，果然又看到他小小的像火柴头一样的脑袋在移动。我跑到他们身后时，他们也感觉到了我的逼近，正当他们二人回头望我的一刻，我把手里的蛋糕用力扣在了我前男友的脸上。

"Happy birthday！"我声嘶力竭地喊。

"你爪子！你神经病唆！"旁边矮小的女人尖叫道，掏出纸巾帮他擦去脸上的蛋糕。他们把弄掉的蛋糕甩了一地，还有一些沾在了我的腿上、高跟鞋上。

等我前男友可以呼吸和说话，并可以看见我的时候，他还是面无表情，或者说他的脸上依然盖着厚厚的奶油和蛋糕，我看不见他的表情。他没有对我做出任何反应，只对着依然在给他抹脸的矮小女人说：

"不管了，不管了，回去洗，走嘛。"

"她是哪个嘛？"矮小的女人定在原地不肯走，开始拿眼睛盯住我。

"我认不到，估计是喝弹的。不管她，走。"前男友依然很淡定。

"认不到？真勒？"她问。但是我看出来她已经相信了。

"哪个骗你是龟儿子。"

"瓜婆娘！"女人对着我"呸"了一口，就跟着这个"龟儿子"一起走了。他们上了一辆奥迪TT。我终于明白，让他离开我的，不是这个矮小的女人，是这辆奥迪TT。

我呆站在原地，想起我和他第一次见面的时候。我站在窄巷子胡里酒吧的门口，他站在对面白夜酒吧的门口，我和一个姐妹正在被一个喝醉的大肚子男人纠缠。那天是我找到新工作的好日子，我和姐妹在胡里开了一瓶红酒庆祝，这个大肚子男人是隔壁桌跑过来搭讪的，看他凶悍的样子，我只能勉为其难地跟他喝了一杯，可是他却不让我们走了。

他用他的大肚子隔着空气堵住我们。我不知道是因为喝了假酒还是自己身体的缘故，我的头越来越沉，周围的声音也不如之前那么清朗了。这时，突然有人隔着大肚子男人抓住我的手，说：

"你在这儿啊，我找了你半天。"

大肚子男人以威胁和不满的眼光看着他。我也看着他，我不认识他，我只知道他看上去比这个大肚子男人要顺眼多了。所以，我没有说任何话。

"哥，这是我女朋友，我们朋友好多人在对面等她的，麻烦你让一哈。"

"好多人是好多吗？"大肚子男人继续挑衅。

"十几个嘛，让他们全部出来迎接她，不好的，是不是嘛！"

"好嘛，耍高兴嘛！"不知是不是因为听到十几个人的缘故，大肚子男人挪开了他的大肚子。

"跟我走。"这个英雄救美的陌生帅哥小声跟我说。

我们姐妹俩随着他进了白夜酒吧，在庭院里的时候，我的视线就越来越模糊了，我对姐妹说："是不是假酒？"

"不是吧，我没什么问题啊。"

酒吧里并没有十几个人在喝酒的阵势，他却另找了一个卡座沙发让我和姐妹坐下。在我坐下的那一刻，我就失去意识，不省人事。

第二天我醒来的时候，我的姐妹也睡在我的床上。她告诉我，我兴许是被下了药，尽管我和她都没有看到那个大肚子男人有什么大动作。而那个帅哥本来站在白夜门口等朋友，看到我们被为难，就顺手帮了个忙。而后姐妹递给我一张便笺纸，上面写着他的电话。

"他说希望借这个人情跟你交个朋友。"

一辆奔驰在我身后猛按了两下喇叭，我全身的神经骤然收紧，我的情绪有些异样，一股火顶在胸口，周身却像坚冰一样僵硬。我很想爆一下粗口，我想对着这个按喇叭的傻B说，操你妈！有个人却一把把我拉离了车道，奔驰就发出"飒飒"的声音从我旁边碾了过去。

"你在这儿干吗？"这个人问我，就是今天请客的这个人。

"喝醉了，出来走走。"

"喏，你的包。你刚才拿了个什么东西出来？是不是弄丢了？"他问我，我才意识到他原本是不喝酒的，所以在我以为全场都"二晕"了，没人注意我的时候，他其实是看着我出来的。

"没什么。你为什么这么大了还不结婚？"这是我想问许久的问题了，他今年已经32岁了。我胸口的一股火好像今天一定要让我说一些混话，粗口没有爆成，我就转而"攻击"这个人。

"呵呵，暂时还不想。"

"是吗？那等你想结婚的时候，娶我怎么样？"我莫名其妙地喷出了这句话。

"你怎么了？你没事吧？"

"我是认真的。"我几乎是咬牙切齿地说着这几个字。

"先上车吧。"

"可是这话我不会跟你说第二次了。"我坐在副驾驶的位置上对他说。

"你确定你是认真的？"

"嗯。"

"如果要跟我结婚，我有几点要求。"

"说。"

"我不喜欢被人管，更不喜欢被查岗，你懂吧？"

"嗯。"

"我也不能保证我跟你结婚之后就一定不会另外找女人。"

"嗯。"

"如果因为我另外找了女人要离婚的话,你不能分我的财产。"

"嗯。"

"当然,我也会尽到我作为丈夫的责任,会让你过得不错。"

"还有吗?"

"没有了。我给你一个星期时间考虑。"

我下车的时候,这个人没有再说"再联系",而是说"想好了告诉我"。可是我似乎根本没有看出他今天这句话有任何比以往那句稍稍振奋的情绪,依然是冷静、冷淡、冷漠。我想我这一个星期要考虑的,已经不是到底要不要嫁给他,而是,他为什么要娶我。

我进门的时候,同住的姑娘也立即打开了她房间的门。这两个门是面面相觑的位置,而这个时候,我跟她面面相觑着。

"我猜就是你。"她笑着对我说。可是我知道,她期待的并不是我。

"你男朋友有消息吗?"我问她。

"不得。"

"打电话啊!"

"关机咯。"

我们走向对方,然后在客厅中央沙发的位置会合,一起坐在了沙发上。米色的布艺沙发,可是上面有很多脚印,让它看上去已经不像米色了,这些脚印在我搬进来的时候就有了。这是我第一次坐在这个沙发上。

"我在考虑结婚的问题。"我说。

"安?你跟你男朋友和好了哇?"她猜。

"没有,是另一个人。"

"安?这么快!你想好哦!不要后悔了。"

"我记得我23岁的时候,认识了一个26岁的男生,在跟我上了N次床之后,他告诉我他不谈恋爱。"

"撒子P人哦!"她骂了起来。

"呵呵,我问他:'那我们算什么?'他说:'朋友。'"

243

"太不要脸了嘛！"她更加气愤。

"现在我也26岁了，今天刚好26岁，我觉得我好像突然明白了他，变成了他，我可能也可以跟某个人上床，然后说，这不是在谈恋爱。"

"要不得，女娃娃要吃亏的。"她突然握住我的手。

"恋爱是什么？是一种身份？要对方昭告天下你们是一对恋人？这就是恋爱吗？我突然不懂了。总而言之，我觉得上床什么的真的不关恋爱的事，结婚也是。"

"你不要这样嘛！"她又摇了摇我的手。

"我还记得我对他破口大骂，我也用了'不要脸'这个词。我还记得他说：'凭什么我不谈恋爱就是坏人，那些谈恋爱的男人有本事就不要叫自己女人伤心啊。'"听了这话，她握着我的手就轻轻地放开了。我意识到我戳中了她的痛楚，也戳中了我自己的。

"早点睡吧！"我拍了拍她的肩膀，然后起身走回了自己的房间。

掏出手机想看一下时间，却看到一个没有署名的电话号码发来一条信息。尽管没有署名，我也知道这条短信来自谁，这11位号码我早已熟记于心，当初删了它也是自欺欺人。这条短信上写着几句狠话："我警告你！这种荒唐的事我只能忍你一次！原本没有想到你是这么阴险的一个人！以后不要再出现在我眼前！否则我对你不客气！"我还真想看看前男友"不客气"的嘴脸究竟是什么模样。至今为止，每每回想起他，呈现在我眼前的都还是他眯着丹凤眼的一副无邪笑脸，他冷酷残忍的模样我只目睹过一次，却也被蛋糕遮满。我很少看到前男友这样大量地用感叹号，即使他跟我说的一句一句的海誓山盟也没有加上一个感叹号。

我还记得他抱着我说：等我们结婚了，我带你去马尔代夫度蜜月好不好；等我们结婚了，我们就把你父母接到成都来生活好不好；等我们结婚了，我们就生一对龙凤胎好不好。他曾经在一夜之间对着我计划了一辈子的事，可是那一夜的缠绵却不像是一个计划。

那是我和他认识整一月的那天，看过电影已经午夜，天却落起了瓢泼大雨，一对对情侣都挤在电影院门口等着出租车，他将手环住我的肩膀，止住了我因为寒冷而瑟瑟发抖的身体。

"怎么办啊？"我说。雨来得急，门口的出租车实在是"人多肉少"，我一向不善于争先恐后，看他的模样，比我好不到哪去。

"大不了最后走嘛！"他倒一副洒脱的架势，"反正我也不想这么快就送你回家，嘿嘿。"

我看着他的侧脸，细细的睫毛其实很长，想是只有亲近的人才有机会留意到。鼻子很大，让我想起了匹诺曹，进而又想起曾经有个人告诉我，鼻子大的男人，那个地方也大。想起这个，我咬了咬嘴唇，脸上感到一丝温热。

"可是很冷。"我说。那是十月天气，时冷时热，本来滚着烧的大太阳遇上一场雨，就骤然失去了威力，何况已是深夜。

"那我抱着你吧！"他撤身到我身后，抱住了我，整个前身贴在我背后，那个地方刚好停在我后臀的上方。我瞬间热了起来，却似乎不是因为他的体温。

"可是很困。"我又说。我想，这是我作为女人能给的最大的暗示了。

"那，要不，在附近找个宾馆先？"他吞吞吐吐地试探我。

"那，要不，找个标间吧！"我又生怕他觉得我是个轻浮的女人，之前做那样的暗示对我来说已经是个极限。

他用手机稍做一下查询，就带着我开始朝一个地方跑。我的脸被雨击打着，看不清前方的路，可是他拥着我，我觉得我不再需要去辨别什么方向了。我们跑到宾馆的时候，我身上本来就不厚的纯棉T恤和牛仔裤都湿透了，左脚的匡威鞋里也灌进一些水。我忙着挤头发上的水，他忙着去开房间。

"幸好我及时，只有一个标间了。"他手里举着房卡对我说。的确，吧台前围了不少人。

我矫揉造作地让他找了一个标间，他也故作姿态地开了一个标间。可是我从卫生间洗完澡之后，才意识到我那身湿透的衣服已经没法再上身了，所以我裹着浴巾，就跟电视里即将上演色情镜头的前奏一样，我裹着浴巾就从卫生间出来了，头发上依然含蓄地滴着水——不同的是，水是散发着洗发香波味道的水。

他不一会儿也以跟我一样的造型从卫生间出来了，只不过他的浴巾围在腰上。我已经躺在床上，盖着被子。我的浴巾已经半湿，被我丢在一旁的凳子上，我只露出头看着他。他在卫生间门口怔了一会儿，我想他在犹豫到底是要上我的床还是上另一张床。我已经不能再做任何暗示了，于是我就看着他似乎颇为为难地上了另一张床。

我不知道睡了多久。房间的灯还亮着，我醒来的时候立即望向他，他躺在另一个床上，睁着眼睛盯着我，发现我醒了，就对着我笑了一下。这一笑就像一个绳索，甩过来套住了我，所以我立即掀开被子滚到了他的床上。

他身上的味道和我身上的一样，因为我们用的是同一种沐浴露。这个相同的味道让我觉得踏实和安全，于是我伸手抓住了他的那个东西，它似乎已经挺了许久，而后"鼻子大的人那个东西也大"这个说法在我手中得到了证实。

"我会娶你的。"他边在我上面卖力地运动，边气喘吁吁地说。

我的前男友以为我把蛋糕"分享"给他是一种预谋的行为，可是我很想告诉他，如果我做这件事还需要预谋，那扣在你脸上的就不是蛋糕了。兴许我会捅你一刀，然后问：要不要再来一下？但是我就着这条短信只回复了一个字："滚。"

我换上睡衣准备去洗澡，刚扭转门的把手，就听见外面一声破碎的尖叫，就跟我刚刚发出去短信的那个字是一样的发音。这声音当然来自同住的姑娘，我猜，她的男朋友带着一些噩耗回来了。我捏着门的把手，在犹豫是不是要等他们吵完再去洗澡时，他们争吵的声音就挪到了客厅，我听得一清二楚。

"你不要走。"姑娘带着哭腔说。

"你不是喊我滚的嘛！"从音调判断，她男朋友已经占了上风。

"你走哪切？"

"关你锤子事。"

"以前你要跟女娃娃些耍暧昧，我从来都不管，你这次真的太过分了。"

"我说了我一时冲动，你那么激动爪子嘛！"

"一时冲动？你保证以后不得下次？"姑娘问他。

"保证嘛保证嘛！"我都听得出这是在敷衍。

"那你为撒子今天晚上才回来?"

"我给你说了我喝醉了不舒服的嘛。"

"我要到你们酒吧切上班。"这个姑娘居然真的这么打算了。

"你烦不烦?等于我24小时都要守到你?"她男朋友猖狂极了。

"我不管,我就要切。"姑娘的抽泣已经停了,这句话里带着充分的坚定。

"好好好,随便你。"

对话到这里就停止了,我估计他们已经回到自己的房间,扭开门出去,却看到他们抱在一起。合租的姑娘看到我,有些吃惊又有些难为情,赶紧放开她男朋友,对我说:

"你还没睡哇?"

"刚才躺了一会儿,现在要洗澡。"

"哦哦哦,你洗嘛,那我们进去了。"她拉着她的男朋友往房间走去。她男朋友还用不是很友善的眼光回头盯了我一眼,我回敬给他的是更狠毒的目光。

我的前男友并没有像我发给他的那一个字的祈使句一样"滚"了,他又出现在我的梦里。我在梦里无论如何也看不到他的脸,也许因为他最初那无邪的虚情假意的笑脸已经从我心底消失了。梦中呈现着他第一次来到我这个阴暗小屋子的景象。他声音暗淡地说:

"你就住这里?"

"怎么了?"我觉得他问的语气怪怪的。

"啊,没什么,就是觉得你好可怜。"

"这有什么可怜的呀。"

"我是觉得你应该住得好一点啊,起码得是个一室一厅的小户型吧。"

那天,床上铺着我新买的四件套,还散发着新布料的味道。他坐在我的床上,对着我说了这句话,因为我的房间实在没有其他地方可以坐。

"那很贵的,我租那样一个房子,我还吃什么呀?"

"其实你可以让你家里给你在成都首付一个房子啊。"

"为什么呢?"

我问这句话，愈加觉得他奇怪，望向他，却得不到一张脸的模样。我焦急着，我还想问，你是打算在我家里人为我首付的房子里娶我吗？我还想问，房子对你来说就那么重要吗？我还想问，奥迪TT就那么好坐吗？

于是我惊醒了。即使在此时此刻，我也不能确定我的这位前男友究竟是因何原因离开了我。可我现在回想起他第一次到这个阴暗的小房间来，他瞬间阴霾的脸，我当时真的以为他是觉得我可怜，以为他想给我更好的生活。因为我的前男友阴着脸在我的小床上，在我特意为他买的黑白条纹的被单上，又卖力地在我身上运动了良久。

我感动地流出了泪花，我告诉他，我是一个农村人，父母都是农民，虽然他们没有文化，却十分善良；我告诉他，我的大学是通过助学金而顺利毕业的，至今我还在还着这些钱，等还完的那天，我就嫁给他；我告诉他，我来到成都是因为我大学毕业前交的一个男朋友，可是他把我骗上床夺去我的第一次后，就消失了人影，那年我23岁。

我的前男友当初听着这些的时候一直抱着我，嘴里一直说"嗯"，却愈抱愈紧，所以我就忽略了23岁往后的经历，特别是情感经历，特别是那个如今左耳失聪的人。可是我前男友给我的这个紧紧的怀抱距离下一次怀抱，距离他第二次来我这阴暗的小屋子，却有一月之久……

想起这些，我又无法入睡，眯着眼睛在枕头下面摸手机。而后它的白光刺痛了我的眼，而后我隐隐约约听到另一个房间又传来叫床的声音，我就大概知道是什么时辰了。同住的姑娘这么快就原谅了那个负心汉曾经把自己的那玩意儿在别处用过，如果是我，我还会问他有没有戴套子。但我想，我不会再同情她了。

我没有仔细去看时间，而是拨打了那个还在火车上的"他"的电话。在等候他接听的过程中，我回想起我与他最近的一次对话还是在他告诉我他左耳失聪的两个月前——那时，我还跟我的前男友在一起，尽管我不愿意承认我们已经越来越淡的关系。

那晚他的头像突然在QQ上跳动。我有些疑惑，因为三年来我与他的对话似乎从来没有愉快过，都是随着我的谩骂和他的一声"嗯"而终结，我不大明白他为什么还会老是自讨没趣地跟我说话。他说：

"吃药。"

在我打开这个对话框的瞬间,他的头像就黑了下去,我却似乎感觉到他依然在黑暗中盯着我的双眼。这莫名其妙的两个字让我莫名其妙地冒火,可是看着他黑了的头像,我只好狠狠地按了一下鼠标,将对话框关掉。

当我真的倒上开水准备吃药的时候,我才知道他在说什么——他是因为看到我的QQ状态上写着自己嗓子痛,所以才劈头盖脸地这么来了一句。这两个字在我眼里瞬间变得有些"阴森森"的,我不知道他这么长时间以来在以一种什么方式偷偷地关注着我,这两个字突然幻化成他迷离的桃花眼,让人明明知道那是个负心汉的标签,却不忍挪开自己的目光。

"谢谢你,你也保重身体。"我只好客气地回复了他。

"还跟那个男的在一起?"他问。原来他只是隐了身,是怕我的谩骂吧。

"是的。"

"幸福吗?"

"还可以吧。"

"好久没见了。"

他又说了这句话,我知道他肯定又准备邀请我了,可是一想到他邀请我的目的,也不过是吃个饭上个床,然后又说,我不谈恋爱,我的牙齿就紧了紧,我说:

"你想怎么样?"

"过来吃饭吗?"他说。

果然是这个套路。我的机油加满了,随时可以点燃,但是我准备让火芯子再长一些,所以我似乎是在引导着说:

"然后呢?"

"一起看个电影吧。"

"然后呢?"

"没了。"

"是吗?你不准备跟我睡一觉?"我满腔怒火地问,可是他看不到我愤怒的脸。

"没想那些。"他答。

我知道他也许没想那些,也许想了,也许只是想了没有表现出来。但是如果我真的去了,一切都会理所当然地发生,就跟拉了大便就一定要擦屁股一样理所当然。就像我第一次见到他,直至我们的身体连接在一起的时候,我也没发觉哪里不对劲,尽管我心里很明白这是一个错误的行为,尽管我非常抵触和反抗。但我和他,似乎从一见面,冥冥之中让我们连接的,就不是什么无形的情谊,就只能是有形的性欲。

"我不去。"我斩钉截铁地回给他。

"因为男朋友?"他纠缠。

"那你给我一个去的理由。"

"就是很想你。"

"那我只能谢谢你。"

"嗯。"

"我不想见到你。"我没有谩骂,可也毫不留情地说着话。

"嗯。"他又开始做他合格的沙袋。

"以后也不想见到你。"

"嗯。"

"永远不想。"

"嗯。"

然后他的头像就黑了下去,渐渐地从我最近联系人里被推到了最下方……

"喂?"他突然接了电话,把我的思绪从过往拉回来,他发出的艰难的声音证明他是被电话吵醒的。

"到哪了?"

"不知道。"

"几点到?"

"不知道。"

"你能听见我说话吗?"我想起他一只耳朵已经聋了,兴许是听不见才只说"不知道"。

"我还有右耳。"他答。

"好吧。"

"才几点你就打电话。"他的声音很久违,让我产生了一种穿越的感觉。

"睡不着。"

"就把我吵醒。"似乎听了他的声音,我才真的回归到以前可以和他对话的时候。

"不好意思。"可是我还是忘了以前我是怎样跟他对话的。

"到了给你打电话吧。"他说。

"有人接你吗?"

"没有。"

"哦。"

"你要来也可以来。"

"好,拜拜。"

"拜拜。"

原来他已经开始说普通话。可是他的普通话似乎比我当初的成都话还要蹩脚。如果我没记错的话,他并没有我现在的这个手机号,他真的知道我是谁吗?我说了一句"好",我并不是想表达我已经准备去接他,而是表达我接受他给了我"可以"去接他的这个选项——我可能会选,也可能不会。我还没想好。

还是睡不着。那个日本电影《被嫌弃的松子的一生》我还没有看完,于是我按开了电脑,准备缩在被子里将它看完。在演到松子离开她第四任理发师男人去坐牢的时候,我迷迷糊糊地睡着了,电影就在我枕边小心翼翼地继续播放着。我被吵醒的时候,松子正被打得鼻青脸肿,然后她说了一句话:即使被打,也比一个人好。

我不知道这是她的第几任男人,也不知道这个男人的来历,可是她的这句话让我十分怒其不争。我再也不想把这个啰唆的电影名念成"被嫌弃的我的一生"了,因为我不会像这个女人这般没有原则,没有立场,没有自我。我嫌弃地关掉了这部电影,我不想成为一个在电影外也"嫌弃"松子的人。

我的手机突然震动了两下,从震动的频率判断,这是一条短信。我漫不经心地按开短信,先进入我眼帘的是这几个字:"这话该我对你说!"再一看发件人的号码,我先愣了一下,什么话?继而想起是我发过的那个

"滚"字。我瞪大了眼睛，在此之前我根本没有想象过我的前男友是这样一个睚眦必报的人。看着这个时间，凌晨5点零4分，实在不得不让我怀疑他是起夜的时候，背着那个矮个子女人偷偷地在厕所发了这条信息给我。

我直接拨打了他的号码，结果是我料想到的，他挂掉了。想起他蹲在马桶上惊慌失措的样子，我就很想笑，于是我不停地拨打他的电话，他不停地挂掉。我笑着笑着就哭了，我还是不停地拨打，直到他关了机。

上次听见他手机关机的报告还是在他出差的那一个月里，就是他第一次来过我的阴暗小屋后，就接到公司的通知去外地学习的一个月。那个月他时常关机，他说是培训的时候不能带手机。那时候，我很烦听见"您拨打的用户已关机"，可却几乎每天都要听几次。

他回来之后并没有立即来看我，可是我光回味着以前的海誓山盟就不会觉得饿了。他再次来到我这个阴暗小房间的时候，还送了一个他从外地带回来的手链给我。这个手链把他曾经说给我的誓言全都系在了一起，让它们似乎更真实，更紧密。

"我特别喜欢跟你做爱。"他说，他每次来都要说。

他却没再提结婚的事，没再提蜜月的事，没再提双胞胎和我父母的事，可我还觉得甜蜜，那种话，说一次就够了不是吗？

他最后一次来我这个阴暗的小屋子，一夜之间跟我做了五次。我抱着他，觉得他对我的爱已经到了极致，我不知道这不过是他在"挥泪大甩卖"最后一天的疯狂消费。他抱着我的时候没有说分手，离开的时候也没有说，还给了我一个吻，如果我知道那是一个吻别，我想我不会因为困倦就敷衍了事。

他只发了一条信息，他说："我们不是一个世界的人，我们不合适，以后做朋友吧。"于是他就成了一个不愿意接听我电话、不及时回复我短信、不乐意搭理我QQ的一个"朋友"。而他今天又"败"给了我，不论是被砸蛋糕，还是被骂了"滚"，因为他有后顾之忧，就像他有人质在我手上，他吠得再狂，也咬不到我。

只是，我还剩下什么能让他咬去呢？

倦意袭来，我终于沉沉地睡去。

再见到他的时候，我还是立即从出站口涌出的人群中将他认了出来。我不再是装蛋的年纪，也没有必要在他面前假惺惺地做出一副纯洁天使的样子，所以我把我的洗漱品和化妆品在包里装了个齐全。既然选择了再见，就表示我们都接受我们一定会自然地最终滚到床上，不管是宾馆的床还是他家的床，总之，这是心照不宣的。

我对着走来的他招了招手。他头上扣着个鸭舌帽，嘴边留满了络腮胡，三七开的刘海儿很长，我觉得我几乎看不到我曾经熟悉并迷恋过的那一双桃花眼了。他穿着一件黑色的短袖帽衫，不知道什么质地不知道什么款式，总之不大中规中矩；穿着一条齐膝的宽松牛仔裤，脚上一双黑色的板鞋——除了那络腮胡，他着实不像29岁的大龄男青年。

他还没走近我的时候，豆大的雨点突然落了下来，它们并不密集，因为现在只是一个提醒，似乎在告诉你快撑起雨伞，"大队人马"即将杀到。我早看了天气预报，所以从包里拿出了折叠伞，在撑起之前，还是有一个雨点狠狠地砸在了我化好妆的睫毛上。

"幸好你来接我。"他钻到伞下时说。

他拖着一个不小的棕色布面提箱，箱子的塑料轱辘随着我们的行走发出"咕噜咕噜"的声音，雨水不一会儿就把他的布面提箱淋湿了。我们两个的肩膀中间有几厘米的距离，那个距离大到即使我们走路摇晃也不会碰到彼此的肩膀，所以我露在伞外的肩膀渐渐也被雨淋湿了，我想他也一样，毕竟他的肩膀比我的要宽许多。

即使我们曾经是亲密关系，我也从没有主动地拥抱过他、亲吻过他，这就让我们的亲密关系显得很畸形。就像今天，如果我不小心触碰到了他的肩膀，那触觉就很像不小心用潮湿的手触碰了电源一样，酥麻得让人觉得很奇怪，而后会迅速将手撤离。在认识他之前，我从没有想象过世间居然可以有这样一种不需要拥抱亲吻的"亲密关系"。

我只拉过一次他的手，这要追溯到我与他认识的经过了。

我原本是与他毫无交集的一个人。他是一个年长我许多的女同事的表弟。那个时候，我还不是广告公司的前台，我还在做着我非常不合适做的销售行业。这位年长我许多的女同事也许是由于代沟，也许是由于我原本就比较沉默的性格，与我并不十分熟稔。有一天，她突然走到我的办公桌旁神秘地对我说：

"有个人喜欢上你了呢。"

"什么？"我讶异。

"我的表弟，很帅的哦。"

"我不大明白。"我有些不悦，甚至觉得她在侵犯我。

"是这样啦，我昨天去你的QQ空间瞧了瞧，刚好我表弟在我家，看到你的照片了，就不停地问我是谁。"

"哦，呵呵。"这样就代表"喜欢"？我不知道她的爱情观有什么问题。

"可以让他加你的QQ吗？就当交个朋友。"

我踟蹰着，即便我不是非常喜欢这个女同事，我也犯不着因为这样无关紧要的事得罪她，可是就这样让她的表弟加我的QQ，我又觉得十分诡异。我还没有说话，她突然把她的手机横在我眼前，说：

"我表弟的照片，帅吧。"

那是一张自拍的大头照，大头照上当然有头发、眉毛、眼睛、鼻子、嘴巴，有时候可能还有肩膀、手之类的，可是当我看到这张大头照的时候，我似乎只看到了那一双桃花眼——它们为了拍照故作淘气，却流露着浓重的忧愁。我看着这双桃花眼的时候，似乎就在看着自己——因为我也长着一双桃花眼。

"别说，你俩长得有点像呢。"她似乎也发现了我们都长着一双桃花眼。

"呵呵，有缘，那，让他加我吧。"

他现在站在我的左边，把他健全的右耳留给了我，可是我却还没有对他说任何话。我们在等候出租车的长长退伍里缓缓向前移动，并列着，用几乎是静止的速度偷偷地向前移动。并列着的肩膀之间，依然有很远的距离。

我想，他再也不会拉我的手了，因为他第一次拉我的手时，被我甩开了。

那天与其说是他表姐邀请我一同郊游，还不如说是他的愿望，总之，我被邀请到离成都不远的古镇——黄龙溪游玩，同行三人——他、女同事及其男友。我站在路边等他开着小车来接我。那是我跟他在网上聊了许久之后第一次见面。

那年我23岁，他26岁，我刚刚从被初恋男友玩弄的阴影之中挣扎出来，应该说，我还在幻想初恋男友的消失并不是一个诡计，我还在等着他重新出现并拯救我于水火；对于26岁的他的故事，我一无所知，不知道他双眼之中的忧愁来自什么，他是这般沉默，如我。当他沉默地将他的小车停在我面前时，我还在东张西望。

"喂！"他喊，声音小得像蚊子，或者说，他过于低沉的声音在汽车洪流之中被淹没了。

"喂！"他又喊。

然后，我终于看到了他，这次引我注目的已经不是他的桃花眼，而是他腿上的红裤子。本来他坐在驾驶位上，红裤子是不那么容易被发现的，可是因为我也穿着红裤子，是这种巧合让我觉得注目。

"我喊了十几声了。"他说。

"哦。"我还是觉得有几分尴尬，毕竟这还是很像网友见面，因为车上只有他一个人。

我一路上都没怎么说话，他也是，只有他的表姐——我的同事不停地跟她自己的男朋友在后座上叽叽嘎嘎。那晚，我们都喝了很多红酒，即便我已经是一个被夺骗去处女之身的女人，我也依旧不甚了解男女之事。我也很一厢情愿地认为，在我们喝醉之后，跟我同住标间的，一定是唯一跟我同性的这个年长我许多的女同事。

可是同胞之情淡于血，这个老女人性饥渴般不管不顾地随着她的男朋友回了他们的房间，抑或是她根本是在为自己的表弟创造什么机会，总之我晕乎乎地被他拉进另一个标间。

"你住哪边床？"我问他。

他没有说话，而是在其中一张床上坐了下来。这两张床不是并列摆放的，它们的床头相错，成90度直角，这更让我觉得安全，尽管当年的我认为只要不睡在一个被子里，就完全可以避免发生那种事。于是我上了另一张床。

他的床靠在窗边。这些床的床头都很高，是那种仿古的木质床，当我坐在这边的床上后，我便看不到他了。我开始窸窸窣窣地按手机，我又想起了那个杳无音信的初恋男友，加上红酒使我的泪腺发达，我抽泣起来。

他就悄无声息地来到我的床边,悄无声息地上了我的床,抱住我,没有任何其他动作,我当这是一种安慰。

也许是我毫无反抗的行为让他产生误解,迷糊之中我也不大记得我究竟是如何半推半就地让他成为我生命中第二个男人,我只记得我眼角不停地流下眼泪——我不清楚我与他日后究竟会怎样,我只知道他切断了我对初恋男友的所有期待,这也正是第二天当他拉我的手却被我狠狠甩开的原因……

我们终于上了出租车,我们一起坐在出租车的后座,像情侣一样,可惜我们不是。我看着雨刷不知疲倦地左右刷车的前窗,雨似乎越下越大。车驶向他的家,一个一室一厅的小房子,三年前我见这房子的时候,它正被他砸得千疮百孔、破烂不堪,建材散落一地,不知道最后究竟被他"整容"成了什么模样。

"几楼?"进了电梯后我问。

"你又不是没来过。"他的语气就好像这应该是我的家一样让我熟悉。

"忘了。"我说。

"四楼。"

"有牙刷吗?"我突然发现尽管我带全了化妆品之类,却忘了很重要的牙刷。

"没有。"

"那我怎么办?"

"你,就用手指当作牙刷,随便弄点牙膏蹭一蹭。"

"哦。"

"不要相信一个随时在家里放牙刷的单身汉。"

他像在开玩笑,可是我实在不知道牙刷和信任能扯上什么关系,能和信任扯上关系的,是鞋。我在他打开家门的一刹那,看到的是两双拖鞋——男式和女式,以及这两双拖鞋后面的一排摆放得极为整齐的十几双鞋。它们都是布鞋,格子、条纹、米色、灰色、短帮、高帮——他没有鞋柜。

十几双鞋都是他自己的,它们的长度一致,所以它们的后跟才能像是刀切过一样整齐。唯一一双女鞋,是一双拖鞋,它很干净,但是并不新,我不知道谁曾穿过,也不知道多少人穿过。他说:

"换鞋吧。"

我很明白他的意思，我也没有必要去追究这双鞋的主人，抑或是他专门为了前来睡觉的任何一个女人准备了这一双鞋，我把我有些湿的布鞋脱掉，换上了他家里这唯一一双女鞋。他已经29岁了，在这三年间，不管是有过女朋友还是有过有性关系的"朋友"，都是再正常不过的事，我想我不会为了这种事而困扰。

"怎么又决定来看我了？"我们都坐在沙发上，他问我。他一定会开始就这个问题盘问我的，因为就这三年的时间来评断，我的行为是非常反常的。

"就想看一下。"其实我也不大知道为什么。

"以前不是觉得我是个坏人吗？"

"我现在也没有说你是好人。"

"嗯。"

"只是比有些人好。"

"你说的是你男朋友？"

"已经不是了。"

"哦，分了？"

"不分我怎么会在这儿？"

"嗯。"似乎我一说带有一些攻击性的话语时，他就只说这个字。

我看着这个房子，墙壁上贴满了壁纸，淡黄色的壁纸上画着一朵朵深蓝色的玫瑰花，是没有盛放的花骨朵，它们孤立地排着队，像在维持这个屋子内一种冷淡的气氛。那些没有开放的花朵，就像他的心，裹得紧紧的，散发着淡淡香气，却不敢吐露心声。

他按开了电视，电视的上面摆着一堆猴子和一堆熊，长得都一样，也是非常整齐地坐在电视墙上的架子上，需要很仔细才能看出这些猴子和熊的衣服或者发饰其实是不一样的。他不停地换着频道，最后问我：

"看什么？"

"随便，我很少看电视。"

"吃东西吗？"

"可以。"

"喝啤酒吗?"

"可以。"

"那我去买。"

"可是在下雨。"

"很近。"

他在电视柜下面翻了半天,翻出一把雨伞就开门出去了。我看着我的那把还湿漉漉的搁在厨房的伞,不知道他目前是一个什么状态,就好像他忘记了是我打着伞接他回来的。我对正在播放的电视没什么兴趣,就起身看一看他的家。过道在客厅的右手边,走过去依次是厨房、卫生间和一个卧室。到处都贴着一模一样的墙纸,除了厨房和卫生间。他的卧室黑着灯,我只能借助过道的灯光看到墙纸的花样、床的形状和衣柜的位置,我想这是我不一会儿就要就寝的地方。

听到门外有些声响,我快步走回了客厅,走回去的时候,经过了他那一排颇为"壮观"的鞋。他拎着两瓶啤酒进了屋,把伞丢进厨房时,似乎是因为看到了我的伞,脸上流露出"我是笨蛋"的遗憾表情。

"两瓶?"我问。

"怎么?"

"谁喝?"

"什么意思。"即使他说疑问句的时候,似乎句子的尾端也没有一个问号。

"太少了吧。"

"以前你酒量很差。"

"你也说了是以前。"

"你刚才没告诉我你酒量变大了。"

"好吧。"

我们就着一些零食,诸如牛肉干、豆腐干、煮花生之类的,在喝这两瓶冰凉的啤酒,把两瓶冰镇啤酒灌下肚其实用不了多长时间,可是似乎我们都在拖延着什么。电视上播放着一个非常难看的电影,我只知道演员们说的是英语。我们都看着它,却又似乎都没在看它。

"去洗澡吧。"当瓶子里和杯子里的酒都干了的时候,他说。

我跟在他的身后一起进了卫生间。他的卫生间都是白色的——白色的洗脸池、白色的马桶、白色的瓷砖、白色的柜子、白色的洗衣机等等。他细心地告诉我哪边是热水、哪个是毛巾、哪个是沐浴露，哪个是洗面奶。

"我有。"我没有带牙刷、毛巾、沐浴露，但是洗面奶我是带了的，以及护肤品和化妆品。

"哦，提前准备好了。"他其实是在开玩笑，可是音调依然异常平静。

"是的，万全的准备。"我其实指的是我的心。

"你明天上班吗？"他问我。

"上。"明天是周二，我已经因为醉酒请了一天的病假，不能再继续放纵自己。

"我也是。"

"几点了？"我突然意识到时间的重要性，因为它关系着我的睡眠长度。

"十点多。"

我迅速洗完了澡。我不能再穿洗澡前脱下来的那身衣服了，因为衣服的肩膀还有些潮湿；我也不能光着身子出去，于是我只穿上内裤，喊：

"拿件什么衣服给我穿吧。"

他很快送来一件他的T恤，如果我没猜错，是他提前就准备好的。他从门缝里将衣服递给我，没有说话也没有看我，就又回到卧室了。

卧室的灯已经亮了，此时我可以清楚地看见这个卧室里的陈列以及它们的形状和颜色。白色的铁质双人床，白色的木质衣柜，白色的电脑桌，电脑桌后面还有一些空间，原本应该是个阳台，许是被他拆掉了窗子，进而与卧室成为一个整体。那个空间里放着一架跑步机，跑步机旁边还有哑铃。看着他消瘦的身型，估计这些器材已经被冷落多时。

我上了床，床单是暗红色与白色相间，上面也有很多碎花，我看着他坐在上面，才发现原来我一直以为男人不能睡花床单只不过是我一厢情愿的、极为武断的想法。我钻进了花被子里，这个被子在这个雨天显得那么孱弱，我倒有些怕感冒。他说：

"我去洗澡了。"

我躺在床上，头脑有些乱，似乎是这一切都发生得有些突然。他的行为举止让我觉得我们之间似乎根本没有空白过三年。然而我看着这个房间，听着卫生间传来的"哗哗"水声，想到他一会儿就要跟我睡在一起，我又觉得有些恐慌。我不知道他在想着什么，似乎永远也无法知道，就像三年前。

三年前，他在第二天拉我的手。我只能认为我们已经是一对恋人，也可以说，在前一晚我们一起睡了之后，在我的价值观里，他已经是我的恋人。尽管来得有些猛烈，有些让我措手不及，但我还是决定委屈地接受这个事实。

从黄龙溪回成都后，他时常开着小车来接我，去吃饭，去唱歌，去见他的朋友，吃饭的时候他会给我夹菜，唱歌的时候会因为我唱得好而拍拍我的头。只是他不再拉我的手，即使有时我主动去拉他，他也会不自然地放开。

他的话越来越少，几乎只在必须要说话的时候才会说话；他越来越像一个雪人，让我不敢轻易去触碰他的身体。可是他又会在很多生活的小细节上让我觉得，他的确是在意我的。"也许他就是这种人吧，就是这种相处方式。"我对自己说。

如果没有朋友的一个电话，我也许就会在他身边越陷越深，深到最后，导致我们都无法解决这个问题。那晚，我和他一起吃饭，正在吃他经常带我去吃的那家"粉蒸牛肉"，那家的蒸菜确实很好吃，我正在往嘴里送他夹给我的一大块牛肉，我的电话响了。

"晚上出来喝酒不嘛？"朋友问。

"咋喃？"我答。自从跟他在一起，我就开始张嘴说四川话，接这电话的时候，已经说了有十天的样子了。

"哦哟，开始说四川话了唆？"朋友打趣。

"是撒，咋个要喝酒嘛？有撒子好事？"

"我耍朋友了，你过来帮我看哈撒。"她是要给我展示她的新男友。

"真的啊，我也耍朋友了，我也带过来给你看哈。"我只是想着，我不能背着他去喝酒。

"真的啊？要得嘛要得嘛！我定好地方给你说哈。"

我高兴地挂掉了电话，继续把刚才还没送进嘴里的牛肉送进嘴里，对着他笑，准备嚼完这个牛肉再征求他的意见。我还没开始嚼，他面无表情地问：

"你跟哪个耍朋友。"

我嘴里还有一块牛肉，可是我就像白痴一样瞪圆了眼睛看他，嘴里还有一块牛肉，真的很像一个白痴。我没有明白他的意思，我还没有一丝难过的情绪，我只是觉得很惊讶，我说："你啊。"然后开始嚼牛肉。

"我不耍朋友。"他说了这话就刨了几口饭，让我知道，他不是在问我的意见，而是在向我陈述一个事实，他也不会管我的情绪。

"什么意思？"我心里似乎被什么凿了一下，"咚"的一声，让我说不出四川话了。

"意思就是，我不谈恋爱。"他还是很沉着地说，用了普通话。

"那我们算什么？"

"朋友啊。"

他边说着这些人生攸关的大事，边若无其事地继续吃着饭。我内心里翻江倒海的，说不清是难过还是惊讶还是伤心还是气愤的情绪却丝毫找不到一个宣泄口了。我也终于明白，他从没有在朋友面前正式地介绍过我为"女朋友"，也不再拉我的手，因为我只是他的一个可以随时上床的"朋友"，而我们的关系，也仅限于上床而已，没必要拉手，没必要拥抱，没必要亲吻。

我知道我也没必要在一个没必要的人面前流露我的哀伤，更不用再去追问什么，我不想在一个血肉模糊的答案面前显得非常吃惊，更不想大声尖叫。我有一个坚韧的皮囊，我可以用它把我内心的翻江倒海掩饰得很好，我说：

"明白了。"

"对不起，没有跟你说清楚。"他说。

"没关系。"我也开始继续吃饭。虽然我的心里像装着一个大鼓，它每敲一下，都让我的喉咙很紧，我还是很逞强地咽下那些突然变得很干燥的饭。

"吃完我送你回去吧。"

"吃完了。"我立即放下筷子。

"我不是不喜欢你，"他边开车边说，"不喜欢你咋会老是找你耍嘛！

但是你也晓得我现在不得钱，也不可能结婚，耍朋友就是耽误你，晓得不。"

"嗯。"可是我的心里一直在苦笑。

"我也耍过朋友，也懂那些，但我现在真的不合适耍朋友的。"

"嗯。"我其实很想哭，我望着窗外，故作镇定。

"我晓得肯定你多难过的，对不起。"

"真的没关系。"

"以后有撒子事需要帮忙的就给我说，还是可以出来一起耍。"

对他的恨，应该是那晚就萌生了吧。我们的关系也并没有因为他的一句"不耍朋友"而结束，就像他说的，我们后来又一起"耍"了很多次，每次"耍"完了都是同一个流程，就是我坐着他的小车，被他载回家，一起睡一觉。我每次见他，是有恨有怨，但是只要他来找我，我都会鬼使神差地上他的车。也许我在等，等到他合适谈恋爱的时候，如果我就在他眼前，那他选的人就会是我，那么我付出的一切感情、时间、肉体，就会得到一个圆满的回报。

可是这种关系，就像一个永远不加油却一直在行走的汽车，我以为它可以至少走完一个里程，可是这辆车用不了多久就开始冒烟了，因为它还需要大量的汽油来制冷——我必须控制我自己的感情，时刻告诫自己，我们只是"朋友"。所以，很简单，两个月后，我再也不听他的调令，再也不见他了。直到今天。

他洗完澡就关上了卧室的灯，而后钻进了被子里。我们依旧离得很远，也许是我们都太瘦，让这张床显得非常空旷，空旷的感觉，在雨天就变成了寒冷。他也静静地躺着，跟我一样，我们似乎都不大敢动弹。

"你姐怎么样了？"我只好动一动声带。

"小孩都生了。"他答。

"我跟她没有联系。"

"我知道。"他说完这话，就把手伸了过来，放在了我的肚子上，我却起了一身鸡皮疙瘩。我知道，我并没有做好"万全的准备"。

"你要干吗？"我说。

"抱抱你。"

我从没有听过他说这样的话，于是我稍稍做了一下扭转，变成了侧躺的姿势，从而就背对着他了。于是他贴了过来，我们都蜷着腿，我们像摆放在面板上的两只重叠的饺子。再过一会儿，我们就从饺子变成了肉馅，饺子皮被丢在床头、床尾，甚至地上。

可是我还是没有准备好，他做的任何挑逗就变成了搔痒，我一直大笑。

"你怎么长小了5岁。"他说。

"哈哈哈。"我还是觉得很痒，很奇怪。

"你怎么变成了精神病。"他又开始以他沉着的口吻开玩笑了。

"有酒吗？哈哈。"我想，喝成二晕的状态应该比较好。

"没有，还喝酒，已经过时了。"

他越说这些我笑得越厉害，直到他也开始笑。我觉得我似乎很久没有这样笑了，不知道他是不是也一样。因为笑，我们打算行的房事没有成功，我们就这样笑着睡着了。也许明天我们又要各奔东西，也许明晚我们可以继续，我不知道，我怀着这样疑虑的态度，不知不觉就睡去了。

"吃过我做的饭吗？"我们一早出门的时候，他问。

"没有。"

"晚上想吃点什么？"

"你要煮饭给我吃？"

"嗯。"

"都可以。"

"你要不要回去拿些换洗的衣服？"我想他这是在邀请我住几天，尽管我不知道他究竟是什么意图，我还是愿意欣然接受。

"可能要吧。"

"那吃了晚饭我载你过去拿。"

我没有看到他做饭的样子，我下班回到他家的时候，饭菜已经做好了。他现在依然做着销售行业，时间上比我守前台要自由一些吧。他炒了蒜苗回锅肉、空心菜，做了一个苦瓜闷蛋，还做了一个酸菜粉丝汤，他说，那些黑绿黑绿的酸菜是他妈妈自己泡的。他做好的饭菜都摆在茶几上，散发着丝丝热气。

他的手艺很不错，可是对着他，我好像没办法像电视里演得美食广告那样，说："哇，真好吃！"我只是默默地吃着，直到他问："好吃吗？"我答："嗯。"他还是像三年前一样夹菜给我吃，我还是没办法对他哪怕说一句谢谢。吃着他亲手煮的饭，我心里多了一点什么，是以前我在他身上从未体会过的一种东西，它悄悄地用力地想要破土，我压抑着，所以我还不大清楚它到底是什么。

到我家的时候，他没有上楼，他把小车停在路边，熄了引擎等着我。本来也不是准备搬家，不过是拿几件换洗的衣服，这个季节的衣服都轻飘飘的。我在楼道里已经听到了一些争吵的声音，直到我拿钥匙扭开我家的门时才确定这争吵的来源——我看着同住的姑娘和她男朋友厮打在了地上，原本质量就不大好的玻璃茶几碎在了一旁，他们二人的脚分别蹬着沙发不同的地方，而我终于知道那些脚印的来源了。

他们打得很忘情，以至于我拿钥匙开门以及我已经站在门口目睹着他们，他们都没有发现。我悄悄地踮脚走进了自己的房间，还好我的房间离外门最近。我蹑手蹑脚地打开衣柜，但是这个破旧的衣柜发出了巨大的一声"吱"，这个日前已经被我习以为常的噪音就在此时很好地出卖了我。我管不了许多，收拾了几件衣服装入包里，走到卧室门口听客厅已经变得很安静，便故作若无其事地走了出去。

客厅已经空了，我突然发现我更加不知道我以后要如何面对这个同住的姑娘了，她就像一个被我发现有着溃烂伤口的病人，可惜我不是医生，我做不到眼睁睁地看着她的伤口继续化脓、长蛆，我想我会选择逃跑。关上防盗门的那一刻，我真希望它于我，是永久地关上了，因为我怕再打开它却看到更可怕的情景在屋里上演。

"你怎么了？"上车后，他问我。

"我怎么了？"

"你哭了。"

"是吗？"我伸手摸了摸眼睛，有一点点潮湿，但这个流量没办法称之为"泪"，它太含蓄太隐忍了，我不知道它来自什么，我猜是无能为力。

在他家住了几天，我似乎终于摆脱了像壳子一样的客人身份。他有时给我做菜，我有时给他煮饭，而我心里想要破土而出的一种情绪终于有了确切的形象，我想，它经常被称为"幸福"。一切似乎如三年前没有间隙时的关系一样,一切又似乎向着更不一样的方向发展着。而我们终于迎来了要一起度过的第一个周末,我还没有忘记我对于"那个人"的期限——我应该在星期天的午夜之前,做出是否要嫁给他的决定。这个周末,突然就显得非常重要。

"你要不要去吃那家牛肉?"

我们并列着躺在他的双人床上,我睡在他的右手边,让他的右耳可以随时听见我。我们都刚刚睡醒,他拉着我的手,突然这样问我。也许因为他的左耳失聪,他现在说话的声音总是比以前大。

"哪家?"可我还没完全睡醒。

"就是原来经常吃的那家,粉蒸牛肉。"

"还在?"我渐渐清醒了。

"是啊,吃不吃?"他边说还边捏了捏我的手。

"要缅怀一下?"

"缅怀什么?"他似有些不悦。

的确,即便我现在躺在他身边,他拉着我的手,也许他还是会像过去一样,某一天突然告诉我:"我不要朋友。"而我依然只是他的一个可以随时上床的"朋友",三年前的一切,并不会因为我一个人的意愿而死去,也许它们依然在持续着,只是换了一个面具、一身衣服——只不过,他给我做了几顿饭,而已。

"没什么。"我答他。

"吃不吃嘛?"他追问。

"可以吃。"

"那晚上去,今天把家里收拾收拾。"

他拿着拖把在地板上从里屋拖到外屋。我抹过灰尘,将晒在卧室外面小平台上的我之前洗好的衣服都收了进来,因为现在洗衣机转得正欢快,里面是他的那套红白相间的碎花被单什么的,我要为一会儿即将"出炉"的它们腾出晒杆。

地板还有些潮,我把拖鞋丢在外面的小平台上,拎着衣服光着脚走进了卧室,走到了衣柜前。我也不能总把这些衣服团在沙发上、椅子上、床上,我想把洗好的它们挂在他的衣柜里。打开雪白的衣柜门,他的衣服满满在我的眼前，我把它们集体往右边挪一挪，挪出一块地方，也挪出了一个奇怪的盒子。

并不是这个盒子长得很奇怪，而是它所处的位置很奇怪——这是一个鞋盒，可是它却被搁置在衣柜里。鞋盒上印的鞋码是37，跟我鞋码是一样的，我首先能断定的是：这不是他的鞋。这是一个普通的纸盒颜色的鞋盒，我猜也许里面装的不是鞋，有些人习惯用鞋盒来装一些其他的东西。

我掀开了它的盖子，这个鞋盒并没有辜负它的职责——里面的确装着鞋，一双纯白色的板鞋，女式的纯白色板鞋，跟我的某一双非常接近。反正这种板鞋的样子都差不多，做工的人一般会把心思花在鞋面的花纹上。

我抿着嘴乐了起来。这双鞋位处衣柜，很难不让人觉得是他故意藏在这里的，可又似乎半藏不藏地想让别人不经意地发现。他应该知道，只要我打开衣柜，我会很容易发现它们。有一种说法，说是为对方买鞋是不吉利的，会让对方跑掉，莫不是因为这个，他不好意思亲手拿出给我吗？我拿出鞋子，端详了半天，看着鞋底印着的鞋码——37，一股暖流涌上心间：他是如此细心。

我把两只鞋都套在了脚上，非常合适、舒适。他还在客厅里弓着腰拿着拖把辛勤地忙碌着，我再也不管鞋底会把他拖过的尚还潮湿的地板弄出印子，我大摇大摆地穿着鞋走到他的面前，他旁边还有一个大镜子，我在镜子里看着我的双脚，洋溢着甜蜜的微笑。

他先是看到了我穿着这双鞋的双脚，他弓着的腰没有立即直立起来，而是依然用余光看着我的双脚，没有一丝笑容。他直起身的时候，目光还是盯在鞋上，然后他将拖把撂在了地板上，发出很大的声响。他始终没有一丝喜悦的表情。

"谁让你穿的。"他终于看向我的眼睛。

我愣在原地，他的表情动作将周围的空气和尘埃，以及我的大脑都僵住了。

"放回去。"他又说。

"那你是给谁买的？"我终于开始重新思考。

"反正不是给你。"

"好。"我原地就脱下了鞋，丢在他的面前，继续光脚踩在潮湿的地板上。

"以后别乱动我东西。"他捡起它们,从我旁边走了过去,走回了卧室。

我想起三年前最后一次见他的时候,也是在这个房子里,那时房子里满是灰尘,有装修工人用电钻和大锤把墙砸得面目全非。我不大清楚他为什么要将我带到一个还处于手术中的房子里来,我只能认为他是至少准备让我以后也住在里面的,间歇性的也好,临时的也罢,至少我会住在里面。那天,我和他站在如今的这个小平台上,望着远方,他说:

"以后在这儿摆两个凳子喝茶,多安逸的噶。"

"可以养些植物。"

他时常跟我说这种话,告诉我他将怎样布局这个房子,每每听到这些,我就总觉得我对他来说不只是一个有性关系的朋友而已。他还望着远方,我开始望着他。他的睫毛很长,闪动在他的桃花眼上;他的鼻子很长,鼻梁很直;他的嘴巴很红,说明他的气色不错;他的脖子皮肤很嫩,可是我在上面看到一个印痕。

一个棕色的,椭圆形的印痕。我知道那是什么,我以前在学校里在同寝室的女孩脖子上见过,女孩说,那是他男朋友用嘴吸出来的。我不会这套,我没有吸过他的脖子,那只能是别人。我没有问他,我只是不再见他了,这个椭圆形的印痕也是我曾经憎恨他的原因之一。

于是我又想起了现在被我留在小平台上的女式拖鞋,想起了他经常神情闪烁地在深夜回短信,想起了他卫生间里从来没用过却天天挂在那儿的一块毛巾。也许像我这种"朋友",他有很多,有时甚至是同时有,也许他对我说过的话、做过的事,他对她们都说过做过。他还给她们买鞋,我连鞋都没有。

我一阵恶心。

"我想我该走了。"我也走进了卧室,对他说。

他没有回答,他还站在衣柜前,把那双鞋放回了原处。我的衣服还跟之前一样,摊在床上。我走过去把衣架统统退了下来,把衣服团在胸口。

"你……算了,再见吧。"

本想还说点什么带刺的酸话,可是不是我自己要重新来找他的吗?即便是他有其他的朋友,我又有什么资格去谴责呢?既然不能接受他的不专，自己离开便是。即便是只是随时上床的朋友，我依然不能接受不专。而我需要明天给出那个商人的答案，今天就已经有了结果。我把自己的东西潦草地装进了袋子，潦草地把脚伸进了鞋，就开门走了。

他似乎还一直停留在卧室。他连再见也没有跟我说。

其实走在院子里的时候，我的步伐很慢，我的心不知因为一种什么情绪使得它跳动的频率减缓，我的腿就变得软绵绵的。我还想着，也许他会突然在背后拍下我的肩膀，然后跟我说声"对不起"，可直到我上了从我身边驶过，挂着空车红灯的第四辆出租车，他也没有出现。

其实没什么区别，也许直到我站满一身灰尘而后又决定坐公交车，他也不会出现。

打开家门之前，我贴着耳朵听了一下，客厅似乎连耳语的人都没有，于是我安心地转动了钥匙和把手。同住的姑娘在我毫无心理准备的情况下，撞进了我的眼帘，吓得我一个倒吸气——她无声无息地坐在沙发上，那个被他们两个踹过多次的沙发上。

我很怕她跟我说话，我怕她一开口诉苦，我就要破口大骂，我想我会对她说你这是自找的！可是看着她凌乱的头发和脏兮兮的脸颊，谁也没办法狠心说出口。对着她，我实在不知道能说些别的什么，我不可能说：离开他！让他滚！自爱点！因为我知道她听不进去，我也是白费唇舌。我对她笑了一下就快步躲进了自己的房间。

我躺在床上，想起他，不知道他晚上会不会一个人去吃粉蒸牛肉；也许他会带着别人去吃，让那个女孩穿上他"珍藏"的白色板鞋，一起去吃粉蒸牛肉。我从包里翻出了电话，跟我料想的一样，没有电话短信什么的，于是我安然地找出了那个商人的电话，拨了出去。

"喂。"

"喂，我在忙呢，有什么事？"他接我的电话时经常说的就是这几个字。

"上周说的那个事。"

"哦哦，你说。"

"你要是忙就先忙吧。"

"你说吧，你想好了？"

"是的。"

"怎么决定的呢?"

"我接受你说的那些条件。"

我没有听到他的回答,因为通话断开了,应该又是时强时弱的信号在捣鬼。我突然想,为什么在我拨打他的电话时,就那一个瞬间,通话如此顺畅,如果我打了三次都呼叫失败的话,我会认为那是上天在向我暗示什么,从而做出另一个决定。

过了一会儿,一条短信进来了,我知道是谁,他说:"你电话又打不通。既然你接受了我的条件,我也不是很传统的人,也不是必须要一个阶段一个阶段地过完,对你的心思我想你应该早就体会到了,看你准备什么时候过门。"

我简单地回复:"嗯。"

打开了电脑,我又开始拿着鼠标不停地刷新,不知道要干些什么,突然想起《被嫌弃的松子的一生》在电影开始时,说是松子已经死了,心里突然就对她的死因好奇起来,于是决定继续将它看完。

当被嫌弃的松子从一个没原则没智慧的美丽女人变成一个靠救济生活的不讲卫生的胖老太婆时,我心底的悲哀似乎比看到她死去还要浓重,那完全不是一种伤感的情绪,是一种闷在胸口的石块。松子死去的时候,已经五十多岁,她是被几个打棒球的孩子用乱棍打死的,她的手里还握着一张名片,那是一张象征着她终于要做一个正确选择的名片,是一张象征着她终于找到人生方向的名片,不知道松子握着它死去的时候,心里是否充满对自己一生的遗憾和懊悔。

同住的姑娘来敲门了,我还是打开了门,尽管她的脸此时在我面前似乎就是松子的脸,她的额头也有一块瘀青。

"怎么?"我问。

"那天,你看到了哇?"她哪壶不开提哪壶。

"什么?"我决定装傻。

"你是不是很看不起我?"

"为什么这么说?"

"我觉得是。"

"没有。"其实我只是替她难过。

"要是你的话,你早就离开他了是不是?"

"可能是,每个人的价值观不一样。"

其实我很想说"不知道",但我还是忍不住想暗示她什么,可是我又比她快乐多少呢?我们在做选择的时候,没人能确定自己究竟是不是松子。有些折磨是有形的,比如暴力和粗口,比如同住的姑娘正在遭受的;可是有些是无形的,比如不爱和欺骗,比如我正在遭受的。可是谁又胆敢真的永远一个人。

"你觉得高兴多就好。"我又补充了一句,安慰她。

"我们已经分手咯。"她说。

"嗯?"我很惊讶。

"我把他赶走了,我真的受不了了,我觉得我就是在为了他而活。"

"也许是好事。"

"嗯,我晓得,虽然也难受,但是心里面堵起的东西不得了。"

"坚强点!"我拍了拍她的肩膀。

"会的,我已经准备上白班了,以前就是迁就他嘛。"

"找到合适的工作了吗?"

"还没有,慢慢来撒。"

我本想告诉她,我要嫁人了,可是话到嘴边却说不出口,似乎现在更像松子的人,是我。而我的心是宽慰的,我笑着对她说:"加油!"我的电话又响了起来,是我专设的铃声,是他,是要跟我说"对不起"吗?可惜已经晚了。

"你接电话嘛!"同住的姑娘识相地离开了,她的步伐坚定,她就要开始一种新生活了。

我不知道该以一种什么样的语气接他的电话,所以我决定不说话,我把电话接了起来,放在耳边,等他说。

"吃不吃牛肉了?"他居然问了这个问题,就好像今天一切的不悦都没有发生过。

"什么?"

"不是说好晚上去吃牛肉的。"

"你跟你那双板鞋的主人去吧。"我终于有机会说酸话。

"那鞋是我六年前买的，国外带回来的。"

"嗯。"我最不喜欢所答非所问。

"板鞋的主人，早都嫁人了。"

听了这话，我的头脑变得一片空白，喉咙也是，我的嘴里不停地分泌唾液，却说不出一句话。

"吃不吃牛肉？来吃牛肉，鞋子送给你嘛！"

"吃。"我不确定我想念的是那家牛肉，还是他。

"那我过来接你。"

三年来，唯一没变的居然是这家蒸菜馆。依旧是脏乱不堪的地面，依旧是残破的木桌子和蓝的绿的方形塑料板凳。我和他对坐，依旧是他很耳熟能详地噼里啪啦把菜点完，我等着吃就是。他还不知道，我已经要嫁人了。我在犹豫是不是要告诉他，如何告诉他。甚至，我是不是可以对那个商人反悔呢？

"对不起了。"他突然对我说。

"怎么？"

"今天态度很差。"

"呵呵。"我才不想说"没关系"。

"那鞋你喜欢就拿去穿吧。"他再次提起了那双鞋。

"不用了，你还是留着吧。"我还是有些耿耿于怀。

"那是我以前耍朋友的时候买的。"

"哦，那为什么不送给她？"

"没来得及。"

"她嫁人了？"

"是的，很早了。"

"你是因为她不耍朋友吗？"我很尖锐地问了这个问题。

"算是吧，也不是。"

"什么乱七八糟的。"我不大高兴。

"哎呀，别问了。"他又要封口了。

"你不说我不会原谅你的。"

"我不喜欢谈了朋友最后又分手的感觉。"

"所以就不谈?"

"嗯。"

"那你不谈又怎么会知道合适不合适呢?"

"我说了还不是时机嘛。"

"你女朋友是因为钱离开你的?"

"可能是。"

"就是说,我们依旧只是'朋友'。"

"嗯。"

"很好。"

"我希望你给我一点时间。"

我们又开始沉默地吃饭,可是我知道他的问题不是钱,而是他的心。这个脏乱不堪的小馆子,似乎总见证着我们之间的裂缝以及伤口。也许我给他时间之后,他的心会慢慢敞开,从而变得勇敢;也许我给他时间之后,他还是一成不变,我只能默默地走开。这是我不能预测的,我也没有什么资本去进行一次赌博。

这将是我最后一次见他了,最后一次跟他一起吃这家美味的粉蒸牛肉,最后一次吃了饭乘着他的小车陪他回家。他客厅的茶几上,还摆放着几盒药,那是治疗他失聪的左耳的。这是最后一晚,我还是很想看看他在厨房忙碌的样子。我说:

"给我煮碗面吧。"

"还吃?你刚才没吃饱?"

"晚一点啊,吃夜宵。"

"嗯。"

他从卧室拿出了那双鞋,递给我。

"我真的不要。"我说。

"拿去拿去。"

我接了过来。原来给对方送鞋真的会让对方跑掉,尽管在他递给我鞋子之前,我就已经决定明天偷偷地离开,永远地离开。我们又一起看了一个电影,我没留意叫什么名字,是杰森·斯坦斯的最新动作片,他是我非常喜欢的演员之一,只是字幕非常差,前言不搭后语。

他走到厨房,低着头开始准备食材,他不知道我一直在看着他的背影。打开燃气之后,厨房似乎变得非常嘈杂。我突然想告诉他,我要嫁人了,我总是应该交代一下。我走到他的身旁,看着一根根挂面在白白的水里翻腾,发出很小的噪音。

"吓我一跳。"他对突然站在他旁边的我说,而后又去盯面了。

我站在他的左边,他失聪的左耳对着我,我又想起了那个小说。只是我要跟他说的,不是"我爱你",因为我爱他,他在三年前就已经知晓,这根本不用说。我对着他失聪的左耳用耳语说:"我要嫁人了。"

他长长的睫毛跳动了两下,似乎是被热气熏到了眼睛,然而他依然一直盯着翻滚的面条,然后关掉火,对我说:

"去坐着,马上就可以吃了。"

他只做了一人份,我窝在沙发上吃面,忍着我从未为他流过的眼泪,听着面条在我嘴里被咀嚼而后吞咽。他抽着烟,看着电视。突然他的电话响了,他很自然地接起了电话,说了半天。可是我却看到他将电话贴在左耳。

"你的耳朵好了?"

"嗯。"

我不知道他到底有没有听见我的那句耳语,也许是因为厨房太嘈杂,他没有听见;也许他听见了,只是觉得无能为力。即便是他听见了,我也知道他的回答,一定只有一个字:嗯。

《草原》2017年第1期

爱是可以忘记的

"嗯"是近年来网络交际用语中最不受欢迎的字眼之一,其不受欢迎度仅次于"呵呵"。"嗯"字在表示"应允""肯定"之外被赋予了更多的意义,代表了无数种情绪,看似确定的态度中包含了太多的不确定性。晶达的中篇小说《嗯》正是讲述了一个由"嗯"的多义性引发的故事。

小说讲述了"我"被几任男朋友"玩弄"后对永恒的爱感到绝望,选择了一个有钱人的故事。前几任男朋友一个夺走了"我"的初夜之后就弃我而去,一个因为"我"的贫穷与"我"分手,选择了"奥迪女",另一个因为不爱"我"而让"我"毅然选择了离开他,虽然后来发现他对"我"可能是有爱的,但是那都不重要了。因为在被爱一次又一次伤害过之后,"我"懂得了在这个世界里,爱是不确定的,唯有身体和物质是可以确定的。与其去追问他是否爱"我",要去承担"不爱"的风险,不如选择更加安全的物质和确定的"不爱"。作者好像在告诉我们一个道理:人世间爱是虚妄,无形的情欲敌不过有形的性欲。爱是可以忘记的。

小说没有跌宕起伏的情节,弥漫其中的是一种孤独、压抑的气氛。整篇小说以第一人称展开,不论是当下的矛盾冲突,还是回忆里的爱恨纠葛,"我"始终以一种平静的口吻叙述着。"我"极少与他人对话,即使有,也是竭力克制自己的情感之后的对话,是太多的话想说却又只能用一个"嗯"字代替。然而平静背后是主人公深深的不安感。在与每一任男朋友的交往中"我"都付出了真心,相信他们的海誓山盟,甚至规划了美好的未来,但是到头来都免不了要从快乐的巅峰跌入悲伤的谷底。"我"与富商之间没有爱的存在,但是"我"宁愿选择无爱的婚姻,也不想再一次经历情感的高空坠落。没有希望就没有失望,如果最终都要以无爱而告终,不如选择本就无爱的婚姻,只有这样,这种不安感才会消失。我们不由地思考:在这个金钱至上的社会中,爱真的存在吗?如果存在,我们又该如何安放它呢?作者无疑揭示了现代社会中人类普遍的精神困境:对爱的疑惧,对宿命的无能为力。

有意思的是,小说安排了"我"与被嫌弃的松子以及同住的姑娘这样两组对照。起初，在我看来，同住的姑娘就是松子的翻版，一次次迁就、原谅男友，又一次次被伤害，"我"怒其不争，但最后，同住的姑娘选择了离开男友，开始新的生活，"我"却成了和松子一样"没有原则、没有立场、没有自我"的人。"我"选择了妥协，虽然这是另外一种妥协。但是，那个同住的姑娘真的能找到新的自我，开启新的生活吗？还是她也终将步"我"的后尘呢？我们当然希望她可以找到，希望她可以告诉我们：爱是不能忘记的。（周晓）

天帝少女

/索何夫

姑获鸟夜飞昼藏，盖鬼神类。衣毛为飞鸟，脱毛为女人。一名天帝少女，一名夜行游女，一名钩星，一名隐飞。鸟无子，喜取人子养之，以为子。今时小儿之衣不欲夜露者，为此物爱以血点其衣为志，即取小儿也。

——晋·郭璞《玄中记》

1

大崩溃后第47年，标准历6月24日，热尔图加自由邦南部边境，C23-77农业区，当地时间1710时。

当堆积在天际线上的层层彤云终于在北风持续的叩击下敞开一条细缝时，阿纳斯塔修斯·孔摇下了这辆多用途农业气垫艇驾驶舱的有机玻璃窗，像一条蹦出水面的泥鳅一样张开了嘴，贪婪地吞咽着迎面刮来的潮湿凉风。在他的记忆中，还没有哪一年的夏天像今年这么热过，但这早已经算不上什么令人意外的事儿了。年复一年，天气越变越热，风暴越来越多，流行病、小规模战争、恐怖活动、邪教团伙、变态食人案，诸如此类的破事就像在枯树里滋生的白蚁一样不断从这个世界的每个角落冒出来。偶尔会有一两年，他可以在去年的农田上继续播种，但在大多数时候，他都不得不放弃一些太过靠南的即便是转基因谷物也很难取得丰收的田地。

孔还记得，当他的父亲仍能劳作，而他的祖父还未死于一场由超级耐药细菌引发的感染时，他们的承包区南缘位于现在已经完全被沼泽和有毒灌木丛吞没的C23-80农业区。从几座矮丘的顶端，他能看到那条大河——他的祖父坚持管那儿叫"黑龙江"——的钢青色河面。在大崩溃之前长大的祖父总是说，他们的故土远在那条大河以南，位于一座风光秀丽的半岛上，但孔对这些说辞毫无兴趣，一如他也对祖父那些枯燥而失败的哲学无动于衷一样。孔的祖父自称是某个古代"圣人"的远支后裔，而且还是一个传统哲学研究团体的头头；但现在，他们一家都只是农民，一群有幸及时逃到了高纬度地区苟延残喘的农民。

在等到充溢着驾驶舱的热度降低到可以忍受的程度后，孔重新摇上了有机玻璃，继续驾着这辆农用气垫艇收割剩下的六十亩速生稻。

黑麦、燕麦和大麦十年前就不能在这里种植了，而更南边的地方已经种上了红薯和玉米，虽然高耸的兴安岭挡住了从海上来的毁灭性风暴，但随着天气越来越闷热，大多数不耐热的寒温带作物已经几乎不可能指望获得丰收。哪怕北半球联合农业公司在五年内已经四次提高了收购价，种植麦子赚来的微薄利润还是不够让孔在自己的驾驶舱里安装一台全新的空调，用以替换两年前就彻底报废的那台老破烂，更别说……

有什么东西从远方的云层中钻了出来。

孔定睛一看，那是一只鸟，一只体型巨大的鸟。当孔还年轻时，东西伯利亚地区有很多大鸟，其中一些是巨大的鹰隼类猛禽，另一些则是迁徙的鹤、鹭鸶和绿头鸭之类的涉禽，但它们在很久以前就已经消失了。更何况，这只翼展很可能超过一米的大鸟也不像是他以前见过的任何鸟类：它通体呈现出一种怪异的黑色，腹部和头部的羽毛却是一片苍白，如果体型更小一些，再长上一对分叉的尾羽的话，倒有那么点儿像是栖息在他故乡的燕子。

"天命玄鸟，降而生商，宅殷土茫茫……"

不知为何，孔还记得他祖父曾经反复念叨过的这句话，甚至能在不经意间把它完整地背诵出来。但他也知道，现在飞来的这玩意儿显然不是燕子，而是一种从未出现在这儿过的陌生鸟类。

在考虑片刻之后，孔拿上了照相机和自卫用的微型电击枪，从气垫艇的驾驶舱里跳了出去——自由邦的生态委员会早就出有告示，任何新物种入境的消息都必须尽早报告。如果他的报告能够引起重视，甚至可能得到一笔为数不少的奖金，从而让他能换上一台新的空调……

孔以最快的速度攀上了稻田的田埂，跨过了一道装有自动化动作监测系统的围栏，来到了那只怪鸟盘旋的地方。

就像所有这种体型的鸟儿一样，这家伙几乎从不拍打翅膀，而是直挺挺地将双翼平铺开来，像一架小型滑翔机一样利用稻田上空的热气流来回兜着圈子。从它长而扁平的喙部来看，这只鸟似乎是盯上了孔的稻田里的泥鳅或者小鱼——更妙的是，或许是过于专心于即将到来的晚餐的缘故，它对正在接近的孔完全视若无睹。

"快下来吧，我亲爱的空调。"在迅速抓拍了几张飞行照之后，孔拔出了电击枪，扣动了塑料扳机，一枚针状的高压电极随即被压缩氮气射向了空中，准确地命中了那只怪鸟。

在一阵颤抖之后，大鸟一声不吭地落了下来，像一只断线的风筝一样栽在了泥泞的田埂上。

孔用戴着塑料手套的那只手捡起了不再动弹的大鸟，仔细地打量着这个陌生而怪异的访客。从它不适应行走的蹼状足和修长的飞羽来看，这显然是一只适应了远洋生活的大型海鸟，但这并不是最令他感到奇怪的地方：孔原本以为，一只能飞到如此远离海岸线的地方的鸟应该是相当强壮的，但这只鸟看上去却很不健康，一层层深褐色的黏稠物质就像陈面包上长出的霉菌般从它凹陷的眼窝一直覆盖到后背，一簇簇苔藓状的增生物在这层污秽的"毯子"上轻轻摇晃着。这只鸟的胸部凹陷，肋骨凸出，破损的粉红色短喙边缘不断滴下污黄色的脓汁，而腹部却不自然地鼓胀着。

"这他妈的是怎么——"孔刚下意识地嘟囔了一句，这只可怜的动物就有气无力地发出了最后的哀鸣。紧接着，它鼓起的肚子抖动了片刻，随即像被吹过头的气球般炸了开来！

孔过去也见过被腐败气体撑爆的动物腐尸，但这只海鸥的情况却完全不同：随着沉闷的爆炸声，四散飞溅的并非腐烂的紫黑色内脏残块，而是深褐色的粉末和已经干枯的组织残块，就像是一枚做工不良的礼花弹。

当飞射的粉末接触到水田中的稻谷时,这些长势喜人的作物的叶片与茎秆上突然以肉眼可见的速度冒出了一片片黑斑,看上去就像是酸液造成的灼痕。

尽管对眼前发生的一切毫无头绪,但孔还是在与生俱来的避险本能驱使下采取了行动——他将那只怪异的、不断散播着褐色粉尘的死鸟尸体用力扔向了远处,然后掉头冲向了停在稻田中的农用气垫艇。

在他身后,数以百计垂死的鸟儿正像一群被腐肉引来的飞蝇般争相钻出阴暗的云层,争先恐后地朝着他飞来。无数褐色粉末从它们的羽翼之间撒落,让所经之处的水稻纷纷枯萎、腐败,变成倒伏在稻田中的黑色腐物,就像是一道不断延伸的阴影。

当孔狂奔到离气垫艇只有一步之遥的地方时,一只通体黑色的渡鸦朝着他俯冲了下来,用弯曲的喙从他的肩膀上生生扯下了一小块皮肉。接着,另一只鹩也笨拙地撞向了他的胸口,在丧命的同时爆炸成一丛血肉碎片,将褐色粉末糊了他一脸一身。

剧烈的疼痛就像腾起的火焰般包裹住了孔,在转瞬间便将他击倒在地,并让他的一只眼睛失去了视觉。而又过了几分钟,另一只半死的乌鸦将他还能看到东西的那只眼球也从眼眶里叼了出来,开始当着他的面把这玩意儿咽入腹中。

孔惊恐地尖叫了起来,但他的叫声很快就戛然而止了:一只带有锯齿的弯喙在眨眼间便像老虎钳般夹断了他的舌头,另外几只尖锐的长喙则戳穿了他的喉管,刺穿了他的颈动脉。在癫狂绝望的最后挣扎中,孔摸索着扯开了气垫艇的车门,同时一把抓住了操纵面板上的某个旋钮——与无线电相连的高灵敏度拾音器忠实地记录下了这位至圣先师的直系后裔被肢解撕碎的过程中发出的所有声音,并将它们转化成了电信号,发送给了整个大区的每一名正在接收公共频段信号的无线电用户。

当然,这仅仅是一个开始。

2

大崩溃后第47年,标准历7月9日,西太平洋沿岸大区,新泉城中心区,时光永恒钟表店,当地时间2035时。

当一层稀薄如水的速干胶在光亮的柚木表面抹匀之后,这只做工精致的陶瓷仕女像被握着它的那只手精确地与工艺闹钟的外壳粘在了一起。几小滴半凝固的胶液从结合处渗了出来,但旋即被另一只同样灵巧的手握着的金刚石雕刻刀轻巧地从木材表面刮去,没有留下丝毫有损观瞻的痕迹。

随着一连串制作工序中的最后一步宣告完成,这只闹钟已经基本完成,接下来需要的只是进行必要的检查和调整,然后就可以摆上钟表店的货架——当然,还有收藏者们的展品柜了。

"丽宇芳林对高阁,新妆艳质本倾城。映户凝娇乍不进,出帷含态笑相迎。"在等待了片刻之后,这只工艺闹钟的制造者轻轻拈起了她的新作品,小声地诵读着用优美的行书镌刻在陶瓷仕女像上的诗句——尽管这种文字与她的母语相差甚远,但经过几十年的练习,她已经能用各种字体熟练地书写它了。

"妖姬脸似花含露,玉树流光照后庭。花开花落……"

一阵悠扬清越的古琴声打断了她的诵读。有人按响了钟表店的门铃。

阿影摇了摇头,摁下了桌边的一只按钮,红木房门立即在她身后吱嘎作响地开启了。"……花开花落不长久,落红满地归寂中。"她不慌不忙地念完了最后一句,然后才转过身去,将视线转向了站在钟表店门外的那一小群人,"朋友们,欢迎光临时光永恒钟表店,本店出售各种艺术钟表,兼具实用与观赏性,三年内免费保修。不知诸位是想购买普通时钟、工艺闹钟、挂钟,还是电子钟?本店也接受特别定制,包括——"

"抱歉,女士,但我们不需要钟。"为首的那名年轻人清了清嗓子。他是个颇为瘦削的男子,有着一头长期没有理过的栗色乱发和湿漉漉的褐色眼睛,一双在这个时代已经不太常见的硕大玻璃眼镜被一条细金属链固定在鼻梁上。他穿着一套本地人常穿的用耐磨材料制成的衬衫,披着一件色调黯淡的斗篷,显然试图尽可能让自己显得不起眼,但不幸的是,那股子从骨子里透出来的浓厚书卷气味可不是几件二手衣服能掩盖住的。

"不要钟表?那就请各位离开吧。"阿影摆了摆手,"除了出售与修理钟表之外,本店不提供其他任何商品或者服务。"

"我们不是来买东西的,阿影女士,我们……嗯……我们是来找你的。"年轻人咽下了一口唾液，那双大眼睛仍然直勾勾地盯着阿影的脸，活像是被耍蛇人的笛子逗得团团转的眼镜蛇——这倒没怎么让她感到惊讶，"或者……呃，也许我该称呼您伊琳娜·帕夫洛娃少校？"

"哈，伊琳娜少校在四十年前已经死啦——至少在法律层面上是这样。现在拥有这家店的是个体商人阿影，也就是鄙人自己。"阿影摇了摇头，又伸手指了指自己的胸口，"如果你们是为了找她而来的话，那恐怕得失望了。"

"我可不这么认为，女士。"站在年轻人身后的一个大块头非裔男子从人群中走了过来，很不客气地站在了阿影放满闹钟部件的工作台旁，"过去可以被否认，记忆可以被遗忘，营业许可证上的名字可以改动。如果愿意，一个人甚至可以让自己完全融入另一个文化体系，从而彻底抹去昔日自己的影子。但别忘了，已逝之日即是永恒。无论你是否承认，我们的一切证据都表明，你曾经是伊琳娜·帕夫洛娃少校，大崩溃前最后一批有幸接受早已失传的机体改造和回春手术的人之一。我们也知道，你曾为你的祖国——"

"我早就没有什么祖国了！持续二十年的大崩溃毁掉了一切，也终结了过去的整套游戏规则。事实上，在座的诸位也都一样。"阿影不耐烦地摆了摆手，"弃我去者，昨日之日不可留。"

"乱我心者，今日之日多烦忧。"站在人群最末的一个亚裔中年人接着说道，"我们不为你的过去而来，女士，我们现在只希望你能帮助我们处理一些正在发生的麻烦事。"

"什么麻烦事？"

"我相信，你应该已经知道了发生在高纬度地区的那些……异常状况。"先前说话的那个褐发年轻人似乎总算是回过了神，"从6月下旬的热尔图加事件开始，类似的状况就开始在各邦境内发生，目前累计已有上千人因此伤亡，至少九十万亩……"

阿影双手一摊，说道："很抱歉，但我恐怕确实不太清楚这些事……要知道，这年头可不比以前那么消息灵通了——万维网在差不多半个世纪前就已经分崩离析，它剩下的那点儿残片不过是信息时代的大潮退却后留下的一小片水洼；而那些电视和广播节目里充斥着的不是神棍和疯子的胡言乱语，就是赤裸裸的谎言与欺诈，纵然还有那么一点儿真相掺杂其中，我也没办法分辨出来。我想，或许各位可以向我介绍一下这些'异常情况'的具体内容？"

"当然，女士。"年轻人点了点头，"就在半个月前的6月24日，位于阿穆尔河北部的热尔图加自由邦南方边境地带首次遭到了疯狂袭击。超过一千五百只分属四十多个不同种类的鸟穿越了阿穆尔河，对C23-77、C23-71和C23-68农业区发起了毫无征兆的攻击，三十二名农业雇员遭到了这些鸟类的无差别袭击，其中有四人死亡。"

"所以你们就为了这事来找我？"阿影嗤笑了一声，随意地伸手朝着窗外指了指，"有几个为高纬度地区城邦工作的宝贵公民被一群鸟儿吃掉了，于是你们就惊慌失措,满世界乱跑？哈！瞧瞧那儿吧，在新泉的滨海区，每个月都会有那么几个被因为贫困而绝望的父母抛弃的婴儿，或者举目无亲的老人，在咽气之前就变成四处游荡的野狗和乌鸦的食物，但我从没见过有任何人跑到这儿来，要一个修闹钟的可怜老女人为他们解决麻烦。"

"如果只是普通的鸟类袭人事件的话，我们确实不会如此兴师动众。"年轻人说道，"但这件事不一样：首先，袭击人类的鸟类全都不是西伯利亚的特有物种，其中大多数甚至不是候鸟，某些甚至还是热带和亚热带的海鸟与涉禽，它们出现在阿穆尔河以北可不正常；第二，我们在这些鸟类身上检出了极其严重的真菌感染，我相信，这种感染是它们反常地前往北方的原因。"

"哦？"

"众所周知，某些真菌和其他寄生物可以影响宿主的行为模式，让后者不自觉地为它们的生命循环服务。"年轻人说道，"一些真菌能控制蚂蚁，让它们爬到容易散布孢子的树梢上死去；某些寄生虫能让鱼故意在水面上翻起肚皮，好让它的下一阶段宿主——水鸟尽快将鱼和它们一块儿吃下肚去；铁线虫会逼着螳螂投水自尽，以便于繁衍；还有一些寄生蜂的幼虫会操控毛虫的行为……"

"而你们相信这些鸟的情况也一样？"

"这是毋庸置疑的。奥里尔博士的小组只用了不到四天时间就确认了这一点。"那个亚裔中年人亲切地拍了拍年轻人的肩膀，用略带赞赏意味的语气说道，"在对这些鸟的脑组织进行了神经生物学分析后，奥里尔博士确信，它们受到了寄生在其中的真菌菌株的影响，被迫飞向气温较低的北方，而对人类的无差别攻击仅仅是这一过程导致的副作用——在长途疲劳飞行和真菌寄生的双重压力下，大多数鸟都已经极端饥饿，精神失常。一旦飞过年均温二十一摄氏度的等温线，寄生在这些鸟卵巢内的真菌就会快速发育成熟，杀死宿主，然后将孢子大量散播。这些新一代孢子的主要寄生对象不再是鸟类，而是各种禾本科植物——换句话说，就是我们的粮食作物。在热尔图加、莫斯科维和乌拉尔共同体，我们不得不焚毁了上百万亩随时可以收割的农田和许多村舍，以阻止感染蔓延。"

"真是可怕……"阿影耸了耸肩，"对了，你刚才说那些真菌寄生在什么地方？"

"除了骨髓和心脏之外，这些鸟类的所有组织都检出了孢子和菌丝组织，不过菌株密度最大的地方是消化道和卵巢——正因如此，石川由纪夫教授才将它们命名为'天帝少女'，这是东亚传说中横死孕妇的鬼魂，也就是所谓'姑获鸟'的别称。"年轻的奥里尔博士瞥了中年人一眼，"毕竟，所有被感染的鸟类都可以被视为某种意义上的孕妇，真菌通过它们的卵黄组织孕育出能够感染庄稼的下一代孢子，然后逼迫它们飞向北方，寻找可以被感染的禾本科植物。毋庸置疑，这些生命周期极其特殊的真菌不太可能是自然演化的产物，我们相信，这极有可能是一次事先策划的生物武器袭击！"

"但这和我又有什么关系？我只是一个钟表匠而已。"阿影问道。

"您现在或许'只是'一个钟表匠，但如果我们手里的档案没错的话，您曾经是泛亚生态安全委员会的成员之一，并且您拥有莫斯科大学授予的生态学博士学位。当诸国还未瓦解时，您不止一次参与过对生物威胁的调查与应对任务。而在大崩溃后，您在新泉生活了超过三十年，并且与许多本地的……重要人物相识。您具有必要的知识，可以理解我们的任务，而且也对本地的情况了如指掌。"奥里尔说道，"我们在许多被感染的鸟身上都发现了由不同动物保育组织留下的信标，档案表明，其中超过三分之二是在新泉市附近捕获的……"

"所以你们的城邦派你们出来打探情况，想要弄明白到底是哪儿出了问题？"

"没错，为了避免引发恐慌，行政委员会联合会议一致认为，大动干戈地进行搜查是不可取的，因此只能派遣一支小队进行非公开行动。"

一丝毫无温度的笑容掠过了阿影的嘴角，就像刀刃上映出的一缕寒光，"而你们确信，我一定会帮助你们。"

"你当然会这么做的，少校。"奥里尔点了点头，"每拖延一天，就有成百上千只被感染的鸟飞向北方，在从波罗的海北岸到堪察加半岛之间的广袤地域袭击民众，散播真菌感染。在莫斯科维亚、乌拉尔共同体或者伯朝拉联盟的土地上，人们平均每天都要烧毁数万亩田地以阻止感染扩散！无论你是否承认，那些可都是你的同胞——"

"同胞？！"一记重击突然毫无预兆地落在了奥里尔的胸口，钝重的痛感让他一时间无法再说出任何话来。紧接着，他发现自己已经被人一把揪住了喉咙，紧紧地压在了钟表店的原木墙壁上。

"也许我必须再提醒你一次：现在，国家的归属对我而言早已没有意义。在大崩溃前，我们无数次为了一丁点儿蝇头小利而错失阻止这个世界滑入深渊的机会，就因为这些蝇头小利包裹着看上去迷人的道德糖衣。我们为了自己的家园奋斗，为了自己的祖国奋斗，但却忘记了要为这个世界做点儿什么。"阿影松开了手，让年轻人摔倒在了地上，"我会配合你们的行动——但这不是为了那些报废地图上的几条虚线，而是为了我们种族的未来，为了每一个将要在这个世界上生存下去的人的未来，我希望你记住这一点。"

奥里尔现在能做的只有拼命点头。

3

大崩溃后第47年，标准历7月15日，西太平洋沿岸大区，新泉城，车站区，当地时间1535时。

在一个半小时之前，这只红尾伯劳被一列疾驰而来的蒸汽火车撞死了。当时，吃得太饱的它错误地选择了一截枕木作为落脚之处，而在火车开来时又犯下了第二个致命错误——猛地蹿向空中。这两个错误的累积，最终导致了它现在的结局：摊开翅膀趴在一堆枕木间的炭渣和卵石之中，脑袋变成了一堆碎骨烂肉的混合物，一群群绿头苍蝇被逐渐散发出的腐臭气息吸引而来，开始在这份新鲜的免费大餐中孕育自己恶心的后代。

像这样的小型惨剧在这地方并不罕见。毕竟，每天都会有数十列甚至是上百列火车呼啸着驶入这座位于新泉城区北部的车站。其中一些火车的"货物"是人：蜂拥前往全世界最大、最繁荣的贸易港寻找生活来源的穷人，在内陆地区执行完任务轮班返回的金属回收队，警务公司的雇员和其他各色人等。而另一些则运载着玉米、红薯和甘蔗——这个时代内燃机的主要动力来源以及滨海区穷人们的口粮。不过，大多数火车运载的货物早在数十乃至上百年前就已经被制造了出来，而它们的生产者无论如何也不会想到，自己的劳动成果竟然会在这个时代，以这样的方式重见天日。

新泉，这个名字继承自从前的老地名。就像那座曾经勾起无数西方与中东商人对财富的渴望，但现在却早已成为水下废墟的古老贸易港一样，新泉城是这个时代全球贸易的中心，也是衰落破败的低纬度地区仅存的几座文明灯塔中熄灭速度最为缓慢的一座。这座城市出口的商品基本只有一样——从遍布东亚的巨型城市中回收的金属材料和老旧技术设备。新泉人以及其他低纬度地区的城邦将这些现成资源出口到高纬度地区，换取后者的粮食和高技术工业产品。在黄金时代，勤劳的亚洲人曾经掀起了令整个世界瞩目的建设大潮。而现在，他们留下的遗产则成了这个日益破败的世界赖以苟延残喘的救命稻草，维持着它衰朽心脏的一次次跳动。

在那辆像巨龙般喷云吐雾的蒸汽火车头停稳之前，奥里尔博士和他的保镖就连忙收起了他们的"战利品"，像躲避毒蛇一样离开了垃圾遍地的火车站台——这是一辆从长江三角洲的难民营里开来的列车，拥挤的车厢就像沙丁鱼罐头一样塞满了衣不蔽体、双眼发红、与城里的废品处理公司签订了契约的穷人，而其中绝大多数人都不会放过任何可能略微改善自己生存状态的机会。在两天前，奥里尔的同事加布里埃尔在进行第一次标本采集时就因为动作太慢没有及时出站，而被一大群下车的人团团包围。当这个皮肤黝黑的不列颠人好不容易从汹涌的人潮里挤出来时，他身上只剩下了一只空荡荡的捕鸟网兜、一条被抓破的内裤，以及一双实在是臭得没人肯碰的袜子。

值得庆幸的是，奥里尔今天的动作不算太慢：当人潮从闷热潮湿的闷罐车厢里蜂拥而出时，他已经带着网兜里的三十九只鸟儿来到了车站的大门外，还在冲过铁轨时顺带捡起了那只被撞死的伯劳。两名提着电棍的警卫好奇地打量了他一眼，不过他们很快就不得不冲向站台，协助维持秩序去了。

"今天的收获不错。"奥里尔微笑着对站在街角的阿影晃了晃手中的网兜，"你怎么确定我们能在这儿逮到这么多鸟儿，阿影女士？"

"任何挤满了人的地方都能找到鸟，人越多，鸟就越多。"披着斗篷的金发女子耸了耸肩，对于对方正确地称呼了她而表示满意。在过去的几天里，她不会回答任何将她称为"伊琳娜少校"的人的问题，也坚决拒绝回应任何用俄语和她套近乎的尝试。"在大城市里，鸟儿其实已经和它们在野外的亲戚不同了。它们看上去是自由的，但人类却用另一些手段驯化了它们：免费的面包片和玉米粒、干燥的屋檐、有暖气的墙壁……久而久之，它们就成了人的附庸，对我们这样的两足动物亦步亦趋。"

"说得不错。"奥里尔点了点头，"更重要的是，人类本身就是它们的食物来源——"他高举着手中的网兜，避开了一具仆倒在路边的流浪汉尸体。随着腐臭味变得越来越浓，几个不祥的影子已经出现在了新泉城那如同磨砂玻璃般灰蒙蒙的天空中。"在过去的三天里，我们又接到了十一起高纬度地区遭受袭击的报告。情况非常可怕，九人死亡，八十八人受伤，二十一万亩农田被迫焚毁。更糟的是，先前没有遭遇类似灾情的百令格勒和阿拉斯加同盟也各遭到了一次袭击，虽然规模很小，但却绝不是什么好兆头。"

"死了九个人？这就是你们所谓的'可怕'？！"阿影瞥了一眼那具流浪汉的残骸。一队负责收埋无名尸首的义工正从远处匆匆赶来，但一只头脑灵活的大乌鸦已经抢先开始啄食那人发青的面庞了。"在这儿，每个小时变成鸟食的人也比这个数要多。鸟儿们并不挑食。"

"对这一点，我和你一样清楚。"奥里尔小心地打开网兜，从里面抓出了那只早些时候被蒸汽机车撞死的红尾伯劳。虽然这只鸟儿的脑袋早已粉碎，但他只是耸了耸肩，然后就掏出一把手术刀，动作麻利地割开了伯劳的食道，取出了这只迷你猛禽的嗉囊和胃，"瞧瞧这家伙吃了什么：小鸡的腿、半条死壁虎、两只苍蝇……好吧，看来它多半没被感染。"

"你就这么确定？"阿影问道。

"至少就目前的调查结果来看是这样，"奥里尔说道，"根据你的建议，我们在城内设立了八个标本捕捉点，累计捕获了四百只以上的各种鸟类，其中被实验组检测出疑似'天帝少女'菌株或者孢子的共有二十六只，你猜猜它们都有什么样的共同特征？"

"要是我没记错的话，它们似乎都是吃荤的！"

"的确，但这并非唯一的重点。"奥里尔在随身携带的笔记本上随手记下了一行字，就把那只被开膛破肚的鸟儿塞进了一只密封标本袋，交给了阿影替他雇来的保镖。这个五大三粗、面相凶恶的亚非混血儿在接过标本袋时打了个哆嗦，同时条件反射地在胸口上画了个十字。"我们发现，所有被'天帝少女'菌株感染的鸟类消化道中都检出了鱼类或者甲壳动物、头足动物之类水产品的DNA，而未被感染的食肉鸟类则没有吃过任何海鲜。"

"有趣。"阿影说道，"看来我们睿智的专家们已经取得了重大进展。也许我们接下来该雇艘船出海？我倒是认识好几个有船的家伙，其中一些人欠了我不少人情。"

奥里尔摇了摇头，说："未必。众所周知，海洋环境对于真菌而言非常不友好，超过百分之九十九的真菌都是陆生的。而在海洋真菌中，绝大多数又是无法离开海水生存的海洋专性真菌。我怀疑……啊啊啊啊！"

一支细长的弩箭尖啸着从火车站内的水塔上破空而出，紧贴着奥里尔卷曲的褐发插进了他身后沾满各色污渍的混凝土墙中。紧接着，第二支箭掠过了离奥里尔不到一尺远的一处窗台，以足以让罗宾汉汗颜的精确度将摆在那儿的一盆观赏灌木戳了个对穿。

"当心！"奥里尔的保镖低呼一声，迅速将一件散发着汗酸味的破烂大衣披在了他身上，然后推着他混入了街道上熙熙攘攘的人群中——对于适合精准射击单个目标的弩箭而言，这一招的效果不亚于躲进钢筋混凝土构筑的地堡。

与此同时，一把廓尔喀弯刀已经像变戏法般地出现在了阿影的手中。这个女人以远超常人的矫捷迅速跃上了几尺之外的一道不锈钢安全梯，然后又像鬼魅般悄然跃上了一处由波纹钢板搭成的屋顶。

两支势大力沉的弩箭朝着她先前站立的地方疾射而去，却只能插入长满厚厚青苔的墙壁之中，徒劳地晃动着箭杆。

在接下来的几秒钟里，被裹挟在混乱人群中的奥里尔目睹了令他终生难忘的一幕：在跃上屋顶之后，阿影就仿佛变成了货真价实的影子，开始以常人完全无法企及的速度与灵活性跃过一处处房檐、拱顶与阁楼，最后借着一截细长的金属晾衣绳从一处阳台上一跃而起，准确地跃过了一条狭窄的街道，落在了那座朝他们射出冷箭的水塔边缘。整套动作连贯优雅，一气呵成，纵使是半个世纪前的专业体操运动员也没法做得更好。

"真没想到……"在混乱的人潮中，奥里尔讶异地看着那个在屋顶上来回腾跃的身影，下意识地自言自语道，"我以前还认为记录里有夸大的地方，看来……"

当手握弯刀的阿影如同从梦魇中出现的复仇女神般跳上水塔时，那两名穿着厚重的长袍，用兜帽和面具隐藏面孔的袭击者，显然还没来得及从震惊中恢复过来。其中一个人匆忙从腰带上抽出了一把天知道来自哪个地下兵工厂的土造"六连响"，但阿影的刀锋随即闪电一样划过了他的喉管，让他像被宰的猪一样在绝望的咳嗽与喘息中咽下了最后一口气。另一个人则彻底慌了手脚，他尖叫着将那把带有光学瞄准镜的十字弩扔向阿影，然后纵身从水塔上跳了下去。

那座水塔有整整五十英尺高。

"你这可怜的蠢货。"当阿影、奥里尔和大块头保镖来到水塔下时，这个倒霉的男人还剩下一口气儿——但也仅此而已了。他的脊柱已经折断，肝脏、肾脏和胰脏都被断裂的肋骨刺破，即使立即进行急救，他的生还机会也十分渺茫。

"还有什么要说的吗？"阿影在那人面前蹲了下来，低声问道。

男人舔了舔沾满血迹的嘴唇，深褐色的眼睛里满是惧意。尽管奥里尔对新泉城和低纬度地区的生活并不熟悉，但他明白，这个瘦弱粗鄙、又脏又臭的可怜虫显然不是什么大人物。"别杀我！"男人颤声哀求道，"我家里还有……还有……"

"你家多半只有你一个人，老兄。别以为我不知道，"阿影朝他努了努嘴，"我已经认出你的身份刺青了——你是铁头帮的人，你们老大是胡钢那小子，那家伙通常只招那种一人吃饱全家不饿的亡命徒。我说的对不对？"

"我……"

"还有，你马上就要死了，所以犯不着浪费时间求饶，撒谎对你而言也毫无意义。"阿影继续用充满压迫性的目光盯着对方的双眼，"所以，我建议你说实话——要是你告诉我一点儿有用的东西，也许我会大发善心，考虑替你买口像样的棺材，免得你被滨海区的野狗拿去打牙祭。"

男人又舔了舔嘴唇，一阵剧烈的痛苦导致的抽搐扭曲了他的脸庞，"成……成交！"他咬着牙说道，"我是胡钢老大手下的人，昨……昨天有人通过中介人老席找……找上我们，那是一个从滨……滨海区来的人，一个瘦得皮包骨头的老头。我不知道他的名字，但那老头看……看上去很像……像是……"

"像是什么？！"

男人突然爆发出了一阵剧烈的咳嗽，瞳孔随即扩散了开来。严重的内脏损伤造成的脏器功能衰竭终于结束了他短暂而暴力的一生——当然，对他而言，这种结果并不太糟。

问题的答案也随他而去。

4

大崩溃后第47年，标准历7月15日，西太平洋沿岸大区，新泉城，车站区，当地时间1554时。

"该死的，就差那么一点儿了！"奥里尔懊丧地说道，"现在我们该怎么办？你知道为什么这家伙要袭击我们吗？"

"这些人？他们不过是些收钱办事的可怜虫。在滨海区，你只需要花上一箱进口啤酒的价钱，就能租两个这路货色来充当打手。"阿影用脚尖踢了踢已经断气的男人，拿走了他身上的格斗匕首和钱包。一群因为维生素缺乏而面黄肌瘦、双眼无神的本地人从他们身边走过，但所有人都对那具尸体熟视无睹，"真正的关键是，谁雇了他们？"

"你对这一点有头绪了吗?"

阿影摇了摇头,然后又点了点头,说:"从某种意义上讲,算是吧。但我目前还没有足够的——嘿,你的朋友们好像有事找你。"

"这可真是时候……"奥里尔嘀咕了一句,从裤兜里掏出了那台嗡嗡鸣叫着的袖珍卫星电话,这一举动顿时引来了不少隐藏在街角阴影中的贪婪目光。但在看到阿影手中染血的弯刀后,所有目光又都知趣地移开了,"弗朗西亚博士,是你吗?怎么?出事了?!是不是石川教授的哮喘……不是?!你说旅馆?但……"

"怎么了?"当面色苍白的奥里尔颤抖着放下电话之后,阿影问道。

"坏消息!"奥里尔长长地呼出了一口气,仿佛刚刚挨了一记闷棍,"我们恐怕有麻烦了。"

5

大崩溃后第47年,标准历7月15日,西太平洋沿岸大区,新泉城,城郊接合部。当地时间1639时。

阿影为高纬度城邦派来的调查团选择的住址,位于新泉城高楼林立的市区与破烂不堪的郊区的接合部,既不至于豪华到引人注目的程度,也不必随时担心在盗贼团伙和帮派组织的火并中被流弹打穿窗户玻璃。

这座十二层的酒店是在大崩溃前建成的,虽然看上去颇有些老态龙钟,但却有着与市中心的高档酒店相去无几的安全措施:酒店每层都有自动监控装置和高灵敏度火警系统,可以在必要情况下放下分层式防火门,封锁整个楼层;一个小队的武装保安监视着酒店的全部四个入口,还有一个班的人在楼顶巡逻,要想闯进这座酒店,干掉客人,只有贫民窟里人马最多、火力最强的帮派才能做得到——而这还得赶在与这家酒店签订安全合同的警务公司派出增援之前才行。

"这上面发生了什么事?!"在奋力挤开一大群好奇的围观者之后(保镖的拳头在这一过程中帮了不少忙),奥里尔对正在与酒店保安队长交涉的弗朗西亚和李问道——这两个波罗的尼亚人就是他眼下能找到的全部同伴了。除了他俩和正从市中心广场的样本采集点赶回的迈尔博士,调查团的所有成员在事发时都待在被他们包下来的酒店七楼里。

"是事故还是袭击？"奥里尔大声问道。

"我们暂时还不清楚。"因为焦虑和紧张而汗流浃背的弗朗西亚答道，"我们下午两点半时完成了样本采集工作，正准备将部分内脏样本带回来进行进一步化验，但他们却告诉我们……"

"在下午三点二十一分，七楼的防盗警报突然被触发了，监控系统表明，某些房间遭到了强行闯入，但由于闭路电视在那之后全部失效，因此我们无法进一步了解楼内到底发生了什么事。"站在一旁的保安队长接口说道。这个年近四旬的亚洲人看上去和弗朗西亚一样紧张，而且还显得有些困惑，"我立即派了一个小队上去打探情况，但他们发现防火门已经在未经许可的情况下自动封闭，而楼层内却没有任何失火的迹象。"他迷惘地摇了摇头，"我过去可从没见过这种怪事，所以命令所有人不得轻举妄动，并且呼叫了'联合力量'警务公司的支援。"

"看来你要的支援已经到了。"阿影瞥了一眼正在大楼入口处集结的警察们——这些私营企业的武装警察比那些吃公家饭的懒汉们装备更好，也更加训练有素，而且在拿到足够多的奖金之后也乐意去解决某些麻烦的问题，"差不多来了一个排的人，这可不是好事。"

"为什么？"

"在狭窄的建筑物内部，人太多反而容易碍事，更别提这些白痴居然还带着该死的大威力突击步枪。"阿影朝着两个正在炫耀自己的军用大枪的警察狠狠瞪了一眼，这两个男人脸上的笑容顿时没了踪影，"要知道，这帮家伙的业务水平虽然比公家人像样点儿，但也顶多就是对付对付保护费收过头的帮派和不知死活的绑票犯，而处理这种事……也许我有必要和他们带头的谈谈。"

阿影所谓的"谈谈"只持续了不到一分钟。很快，那个肩膀上戴着五道黄杠的头头就谄媚地连连点着头，让她从自己的部下中挑出了六个装备着霰弹枪、伸缩式电击杖和防暴盾的壮汉，组成了一支临时小队。

"好了，你也要来吗？"在找出自己想要的人后，阿影对奥里尔问道。

"当然。"

"你确定？"阿影问道，"我有种预感，这上头的情况可不简单。"

"但我也有种预感，只要跟着你，事情就会变得简单起来。"奥里尔说道，"我之前已经见识了你的身手——如果我没猜错的话，你接受的是COMBAT-type2机体改造程序。就我所知，直到大崩溃开始，大多数生命科学研究机构都被迫关闭或者被暴民捣毁为止，这种改造技术都还没发展成熟。据说，许多志愿参与人体实验的人都留下了终身的……"

"伊琳娜少校曾经是个幸运的人。"阿影冷冷地打断奥里尔的话，"仅此而已。"

从挂着"安全出口"标识的楼梯爬上七楼又花了他们一分钟时间。正如保安队长之前宣称的那样，在七楼的楼梯间入口处，接近一吨重的防火门已经被关闭、锁死。

"里面没有起火。"阿影伸手摸了摸防火门边缘的金属门框，然后用笃定的语气说道，"准备好了，小子们。"她用一只手抽出了挂在腰间的短弯刀，另一只手则迅速在防火门外侧的一处微型终端上键入了保安队长提供的密码。

很快，随着一阵液压设备运转的低沉呜呜，包裹着强化陶瓷外壳的防火门开始沿着滑槽缓缓移入门框之内，而一股死亡的气息也随着与外界隔绝数小时之久的闷热空气一道，从楼道中流泻而出，让众人都不由得打了个寒战。

这里到处都是尸体。

"噢，不，不，不……"奥里尔在离防火门最近的一具尸体旁无力地跪了下来，脸上满是最后一线希望破灭后的痛苦与愤慨。

那尸体是石川由纪夫，调查团最权威的专家，但就像其他八名调查团成员和两名保镖一样，他已经死了。在他身下的那片半凝固的刺眼血迹再清楚不过地说明了这一点。

"这——"

"颈动脉与气管被锐器切断，一击毙命，就连呼救都来不及。"阿影只是随意地瞥了一眼尸体，就报出了死亡原因，"袭击者肯定是个老手，他用某种手段——也许是黑客程序——放下了防火门，然后切断了室内的照明电源，让这里的人陷入恐慌之中，然后再趁着混乱大开杀戒。完美的手法。"

"我们的研究设备、样本，还有记录，也都被毁了。"奥里尔推开了一间客房被砸掉锁头的房门，绝望地看着房间内的一片狼藉。

由于新泉城里没有任何符合标准的生物实验室，因此调查团不得不将酒店的客房改造成简易实验室，用于对他们从城里的各个样本捕捉点找到的鸟类实施初步检测，然后再将有进一步研究意义的样本送回高纬度城邦的正规实验室。很显然，袭击者完全明白这地方的重要性，所以在杀死所有人后，袭击者闯进了简易实验室，仔细地破坏了每一件电子存储设备，粉碎了所有纸质文稿，然后又把浓硫酸浇在了所有存放在小型冷藏柜内的样本上，将那些被"天帝少女"菌株感染的鸟类内脏变成了一块块焦黑的脱水碳化物。即便是现在，奥里尔还是能闻到空气中那股强烈的酸味，同时感觉到从呼吸道黏膜上传来的阵阵烧灼感。

"无论袭击这里的是何方神圣，他都是冲着破坏我们的调查工作来的。"奥里尔下意识地翻动着扔在客房床上的一叠报纸，其中一页上用醒目的红色字体印着一封市政府的公开信，内容是感谢时光永恒钟表店在"为东方文明送钟"义卖活动后捐款为贫困儿童购买疫苗的善举。"那恶棍肯定知道我们在这儿干什么。"

"楼内没有发现任何可疑人员，先生。"奥里尔话音刚落，一名"联合力量"公司的武装警察就跑进了房门，"我们刚才两人一组搜索了所有客房、杂物间和备用发电机室，这里没有别人。"

"不，那个袭击者肯定还在这里。"阿影摇了摇头，像一只搜寻猎物的鼬鼠一样稍稍抬起了头，小心翼翼地嗅闻着充满酸味的空气。她先是在原地兜了几秒钟的圈子，然后才小心翼翼地朝着摆在实验室边缘的一只只有成人膝盖那么高的手提箱走去，"就在这附近！"

"女士，这是不可能的。任何藏得下人的地方都已经被我们——"

"安静！"阿影厉声喝道。

随着一声锁头转动的轻微响声，手提箱的箱盖猛地朝外弹开，将一个球状的影子"吐"到了满是酸液烧蚀痕迹的地板上。

紧接着，随着一道倏忽亮起的金属寒光，奥里尔身边那名警察的喉咙已经被切开了一道宽阔的口子，鲜血在心脏的泵动下裹挟着他的生命如泉涌出。

第二道寒光的目标是奥里尔的咽喉。

万幸的是，阿影及时用弯刀替他挡下了这迅疾的一击。直到这时，年轻的生物学家才总算看清了那件夺去他同事们性命的利器的模样：乍看之下，这玩意儿有些像是大号的齿轮，但分布在它环形边缘的并不是方方正正、可以互相咬合的金属齿，而是锋锐弯曲的钩状刃。它的直径接近一尺，中央安装有一道弯曲的握把，相当适合单手持用。

手持这件古怪兵器的，是一个瘦削、黝黑、皱皱巴巴的矮个子老头，一眼看上去，居然颇有几分像是历史档案里旧照片上的圣雄甘地。不过从残留在那些钩刃上的殷红血迹来看，这位老先生显然不是个甘地式的非暴力主义者。

拜过去接受的一系列人体改造手术所赐，阿影的神经反射速度和肌肉运动速度都远超常人，但这个看似弱不禁风的老头却一点也不忌惮他的对手。廓尔喀弯刀划出的道道冰冷虚线在空气中织出了一张密不透风的死亡之网，但这个老人却像是一条在网眼间游窜的灵蛇般一次次避过了志在必得的刺杀与斩击。造型怪异的轮刃在奥里尔的眼前留下了一片诡异而混乱的虚影，偶尔与弯刀交击，然后又闪电般地分开。

"这儿！在这儿！"当两人短兵相接几个回合之后，在其他房间内搜查的武装警察们终于被响动吸引了过来，但就像奥里尔一样，面对着正激烈贴身搏斗的两人，他们也都陷入了迷惘之中。

一个戴着防暴头盔的大个子掉转过手中的霰弹枪，试图用折叠式不锈钢枪托助阿影一臂之力，但那个瘦小的男人只是随意朝他劈出了一掌，这个可怜的警察就像一棵被伐倒的大树一般仰面摔倒在地，骨折的脖子以一种不可思议的角度歪向一旁。

另外两名举着防暴盾的警察试图把两人分开，但在两道寒光闪过之后，这两人也成了两具瘫倒在地板上的尸体。

接着，在灵巧地闪过阿影的一次交叠刺击后，老头迅速后退几步，抓住了第四个警察指向他的枪管，然后干净利落地将枪口插进了警察因为惊讶而大张开的嘴巴，将这个不幸的人半个脑袋炸成了纷飞的碎片。

"当心！所有人都躲开！"趁着对方暂时与她分开的刹那，阿影迅速跃上了一只橡木床头柜，将摆在上面的一只装饰台灯踢向了老人。当然，凭着灵活得近乎非人类的身手，老人毫不费力地躲过了这只笨重的玻璃工艺品，但阿影已经赢得了至关重要的一秒钟！

仅仅眨眼的工夫之后，老人枯瘦的手腕上已经多出了一道深可见骨的划伤，染血的轮刃从他无力的指间落在了地板上。

"够了，老家伙！"阿影用弯刀指着已经失去了武装的老人，用冰冷得足以冻住太阳的语气喝道，"游戏结束了！"

"没错，"惊魂甫定的警察小队长点了点头，同时手忙脚乱地取出一副手铐，铐住了老人受伤的手腕，"以法律的名义，先生，你已经被正式逮捕了。"

6

大崩溃后第47年，标准历7月15日，西太平洋沿岸大区，新泉城，城郊接合部。当地时间1651时。

"我被捕了？"尽管被两支霰弹枪和一把弯刀指着胸口与后背，双手也被铐在一块，但这个身穿黑色紧身衣的干瘦老人却仍然是一副气定神闲的样子，仿佛只是遇到了一点儿不顺心的小事，"那么，敢问我的罪名是什么？"

"谋杀，破坏私有财产，暴力抗法！"那名小队长说道，"你有权保持沉默或者要求联络你的律师，而现在在场的所有人都会作为目击证人出庭作证，证明你谋害了……"

"谋害？不，我只是在进行自卫而已。"老人羊皮纸般的干枯嘴唇弯起了一个角度，仿佛对这一指控感到颇为可笑。

"你管这叫自卫？！你的意思是，这里的人威胁到了你的……"

"恕我直言，从法理上讲，自卫并不一定只能在本人遭受威胁时才能实施。"老人答道，"毕竟，并非所有人都有能力在遭到侵害时实施自卫救济；而对于那些无法自救的人而言，由其他人代替他们行使自卫权显然是很有必要的。"

"可笑！你的意思是，在这里的人危及了某些无法自卫者的生命安全，所以你要杀了他们？！"

老人点了点头，说道："您说得完全正确。尽管这种威胁不那么直接，但对成百上千万条生命而言，任何威胁都是不可忽略的。"他耸了耸肩，"不幸的是，您也对这些生命构成了威胁。"

"你说什——"

老人的双臂突然像融化的蜡一样以非自然的姿势扭曲、变形，在转瞬间便滑出了手铐。警察小队长下意识地想扣下霰弹枪的扳机，但却发现另一只干瘦的手指已经插进了扳机护圈，像蚂蟥一样死死地缠住了他的食指关节。

"我很抱歉，"老人在他耳边低语道。接着，小队长的一侧胳膊就从肩关节上整个脱了臼，剧烈的痛苦让他只能发出歇斯底里的哀号。"但我必须这么做！"

"放开他！"阿影怒吼着朝前挥出了弯刀，但老人的速度又一次比她快了半拍——锐利的刀锋刺中的并不是老人枯瘦的躯体，而是不幸的警察小队长的后背。在阿影来得及将刀刃抽回之前，老人已经以大得不可思议的力量举起了这个奄奄一息的男人，然后像推动攻城锤的古代士兵一样抬起了他，一头撞向了不远处阳台上的落地玻璃窗。

厚重的玻璃应声而碎。

"天杀的！"当阿影和奥里尔来到被撞碎的落地窗后，透过那个沾血的大洞朝下张望时，他们只看到了一大群不知所措的保安与警察、成群尖叫着的围观者，以及几团不断扩张着的暗灰色烟幕。在其中一团烟幕的边缘，奥里尔看到了那名警察小队长躯体的轮廓和一摊不断扩散的液体——很显然，在坠地的瞬间，那个只身干掉了大半个调查团的老家伙将这个倒霉鬼当成了人肉缓冲垫，并在投出烟幕弹后趁乱混入了人群。虽然老家伙现在多半还没跑远，但奥里尔知道，就眼下的情况来看，要抓住他已经没多少指望了。

"这下好了，那家伙跑了！所有实验资料也都毁了！"奥里尔沮丧地抓起了散落在地上的报纸，把印着时光永恒钟表店义卖公告的那张撕了个粉碎，"我们再也不可能知道……"

"请允许我更正一点，奥里尔博士。"阿影拍了拍他的肩膀，打断了对方的悲叹，"虽然那家伙暂时从我们手里溜掉了，但我现在已经明白了他的身份——虽然我暂时说不出他的名字，但我向你保证，我们会和他再见面的。"

7

大崩溃后第47年，标准历7月20日，西太平洋沿岸大区，新泉城，滨海区。当地时间1755时。

当昏黄的太阳开始接近矗立在西方地平线上的一片片高楼剪影时，一阵饱含盐分的湿润海风正在温暖的近海表面生成。它刮过了滨海区的外围部分，也掠过了这座由碳渣砖、波纹钢板和棕榈树干搭成的三层小楼。就像绝大多数滨海区的建筑物一样，这座楼歪歪斜斜，破烂不堪，与其说是座正儿八经的房屋，倒不如说更像是小孩胡闹时搭起来的窝棚。但是，就是在这样一堆摇摇欲坠的破烂里，却开设着一家旅馆、两家小店、一个小偷帮会的秘密销赃中心，以及一家孤儿院。

奥里尔双手紧握着三楼边缘粗糙的棕榈木栏杆，享受着滨海区黄昏时分这仅有的一点儿奢侈——尽管这股海风中夹杂着有机质腐烂特有的强烈臭味，但至少它能暂时驱走令人烦闷至极的热度。在滨海区，供电状况和20世纪初的黑非洲农村并没有多少本质上的差别，如果想要用电，就必须开动自备的发电机，燃烧珍贵的乙醇燃料，或者等着高纬度城邦的慈善组织捐赠的几座小型风电站进行一两个小时断断续续、稳定程度很差的供电。除了本地生产的劣质电风扇，没有任何制冷设备能在这里运转。

如果说新泉高楼林立的市中心是那个已经逝去的时代残留的一抹辉煌剪影的话，这片面积近百平方公里的巨型棚户区，就是这个晦暗无光的新纪元最为真切的具现。滨海区的居民们是新泉的基石，也是这座机器中最容易被替换的部件。在这些为了生存的机会涌入城内的人中，较为幸运的那些从事着分拆、整理、清洗与熔铸各种有重新利用价值的废料的活儿，或者在码头与车站担任装卸工，而他们获得的报酬大多只是几袋高纬度城邦出口的面粉和大米，只有在运气够好时能得到一些微不足道的现金；而更多没能找到工作机会的人则只能像蟑螂一样在这座巨大的垃圾堆中苟延残喘，成为罪犯、小生意人、垃圾回收者或出售器官的可怜虫。

在奥里尔目力所及之处，除了牛皮癣般的低矮棚户区外，最引人注目的景物就是一座座由生活垃圾堆成的"金字塔"，以及见缝插针地种植在各个角落里的玉米、甘蔗与红薯——在大崩溃之后，还能勉强在低纬度地区生长的，就只剩下了这些顽强的碳四作物。从高纬度地区各城邦进口的粮食价格并不便宜，对绝大多数滨海区居民而言，玉米、糖水和被潮水冲上岸的死鱼就是他们日常菜单上的全部内容了。

当那阵腥臭的海风离去后，暑热又一次笼罩了奥里尔。自从酒店事件之后，他和调查团中另外三名幸存的同伴就被阿影安排住进了这间所谓的"旅馆"中。这家店的住宿费用是他们先前住的那家店的五十分之一，但服务质量连后者的五百分之一都达不到。

与此同时，阿影则调动了她在新泉的整个关系网，开始以远超一切公共权力机构的效率在这座城市巨大的贫民窟中搜索那个老头的下落。奥里尔倒是提出过希望助她一臂之力，但阿影只是反复强调，他们现在要做的只是"乖乖地躲起来"，不要为她的行动添乱。

那个老人到底是谁？他为什么要袭击调查团？奥里尔下意识地抓挠着自己的一头乱发。由于好几天没有洗澡，他的头发已经开始油腻发臭，活像是个野鸭的窝。为什么他声称自己在"自卫"？"成百上千万人"指的又是什么？也许……

"砰！"

"该死的臭小子！"奥里尔摸了摸被撞疼的后脑勺，恼火地转过头去。在他身后，一群骨瘦如柴的半裸孩子正一边互相打闹，一边咯咯笑着跑下楼梯。

占用了这座三层建筑底楼的，是一所名叫"爱与美"的公益孤儿院。超过三百个没爹没娘、无人认领的小孩，就像挤在窝里的小耗子一样，居住在十五间又小又湿的房间内，由两个来自阿拉斯加的志愿者和一个心力交瘁、眼睛半瞎的老嬷嬷勉强照顾着。尽管不止一个慈善组织定期对这里提供援助，但仍然不断有孩子因为疾病、营养不良或者事故而丧生。就在过去的不到一周里，奥里尔目睹了两次葬礼：一个因为疟疾去世的十岁小男孩，以及一个死于营养不良的四岁小女孩。在简短的哀悼之后，两个孩子都被放进了涂成黑色的硬纸板匣子，扔上了前往垃圾山的大车。在那里，他们的"棺材"会很快因为风吹雨淋而破碎，在垃圾堆中逡巡的野狗、老鼠与鸟群会将他们在这个世界上留下的一切吃光扫尽，就像其他所有在滨海区夭折的孩子一样。

奥里尔慢慢地摇了摇头，先前的怒火已经完全被苦涩的悲伤熄灭了。他弯下腰去，捡起了孩子们先前踢来踢去的那只"球"——这玩意儿其实是一只比成人手掌稍大的硬铝药盒，盒内被设计成蜂巢状，可以放入数十支盛满药剂的试管。药盒的盖子已经不见了，但标签却奇迹般地存留了下来，虽然有些破损，但他还是能辨认出标签底部的一行英文：

　　……EN-330型疫苗，用于预防各种葡萄球菌与链球菌引发的上呼吸道感染。本品为暗黄色粉末，使用时请置于鼻腔前端吸入。

　　注意：本品不宜食用，尤其应避免直接吞服。请在干燥环境下密封冷藏，适用对象仅限于3—12岁儿童，开启后请立即使用。

　　时光永恒钟表连锁店友情捐赠。

"有意思……"奥里尔嘀咕了一句，将这张脏兮兮的塑料纸塞到了衣兜里。接着，他听到了一阵硬底靴踏上木质楼梯所发出的有节奏的响声，"阿影女士？"

"没错，是我，"时光永恒钟表连锁店的经理略有些疲惫地点了点头。她的深色斗篷上残留着一些来历不明的还散发着油脂臭味的污渍，兜帽的边沿也被撕破了。奥里尔还注意到，插在她腰间的弯刀上又新添了几个缺口，不过他不打算问清楚这些缺口的来历。"你们在这儿还住得惯吧，博士？"

"至少比我前年在新地岛和楚科奇半岛调查永冻土退化区时住得要好些。"奥里尔说道，"不过那些地方的空气比这儿清新得多。"

"相信我，博士，我对于这一点与你颇有同感。"阿影点了点头，"更重要的是，在荒野中，毫无意义的死亡并不像在这里一样随处可见——无尽的自然循环会赋予一切死亡以意义。"

奥里尔轻轻叹了口气，不想再谈这个话题，他随口问道："既然你特意来这里找我们，我是否可以认为，你对于那个谋杀犯的身份已经有了些头绪了?"

"没错,"阿影承认道,"事实上,我从一开始就猜出了他的身份。这几天里我所做的不过是确认这一点,并弄清楚他的动向和藏身之处罢了。奥里尔博士,你听说过'黄昏之子'吗?"

"我们对低纬度城邦的事不太了解,否则也不会找你帮忙了,"奥里尔说道,"不过这个名字……我这几天似乎在哪儿听说过它……"

"这并不奇怪,在滨海区,有许多人都听说过'黄昏之子'——这是个疯狂的末世论宗教团伙,他们相信大崩溃以及一直持续到现在的环境灾变,都是上帝在世界末日降临前对他的羔羊们进行的考验。这些家伙认为,只要欣然接受高温、风暴、疾病、饥饿和其他诸如此类的苦难,就能证明人类的虔诚,从而在末日到来时优先拿到去天堂的门票。"阿影笑眯眯地说道,"而他们中的一个激进小派别甚至认为,如果能替天行道,代替上帝为人类降下更多更可怕的灾难的话,他们的虔诚就能得到进一步的体现,全能的主或许会因为他们的优秀表现而在天堂里替他们安排一个特殊的VIP房间。"

"你的意思是……"

"没错,那种被你们命名为'天帝少女'的真菌,确实是人为制造出的生物武器,你们之前的猜测完全正确。"阿影突然以快得让人看不清的速度伸出了右手,用食指和拇指将一只正准备停在她后颈窝上饱餐一顿的蚊子当空抓了个正着,然后捏碎了它的几丁质外骨骼,"我有充分的理由认为,'黄昏之子'创造了它——或者更准确地说,袭击我们的那个人帮助'黄昏之子'的疯子们造出了这种鬼东西。"

"他到底是谁?"

"'黄昏之子'内部对此人的称呼是'大师',至少那些被我盘查过的底层成员并不知道他的真名。"阿影颇有些自得地拍了拍挂在腰间的弯刀,"但我可以确定的是,他应该是一名来自南亚次大陆的基因工程专家,而且像我一样接受过COMBAT系列生物改造——否则我在酒店里就应该拿下他了。就我所知,他指导'黄昏之子'那些人建立起了一处基因实验室,对一款在大崩溃前被作为生物武器制造出的转基因真菌进行了改造,然后将它们的孢子混入腐烂的海鲜之中,倒进垃圾堆里任由鸟类分食,以此制造出感染'自然爆发'的假象。"

"印度佬？没错……这就说得通了。"奥里尔下意识地咬了咬嘴唇。在大崩溃之后，除了高纬度地区各城邦之外，就只有印度人还保留着一些有机化学与生物科学技术了。不过，由于印度诸邦早在数十年前就进入了闭关锁国状态，几乎断绝了一切对外交往，没人明白他们残存的技术水平到底如何，也没人知道那些家伙到底打算干什么。

"那你有进一步的行动计划了吗？"奥里尔问道。

"当然。"阿影用一只手指轻轻拍着弯刀缠着鲨鱼皮的刀柄，"如果你们不介意的话，我们明晚就把这档子事解决掉。"

8

大崩溃后第47年，标准历7月16日，西太平洋沿岸大区，新泉城，滨海区。当地时间1749时。

加布里埃尔·张用满是汗水的双手紧握着卡车的方向盘，在滨海区坑坑洼洼的道路上行驶着。作为"黄昏之子"的资深成员，一名"神之手"，他已经不止一次执行过这样的任务。他的精神导师向他保证，虽然向垃圾山倾倒恶臭熏天的带鱼这种事儿看上去很不起眼，但却能狠狠地打击那些傲慢的高纬度城邦居民，让他们尝到神的怒火。每次想到这一点，张都会感到一阵满足：在大崩溃降临、21世纪的诸国像风中的沙尘般分崩离析时，那些该死的懦夫最先脚底抹油，躲到了凉爽安全，远离瘟疫、风暴、暴力和痛苦的寒带，将他们这些"贫贱不能移"的可怜虫扔在低纬度地区受苦，而现在，不可避免的报应终于将借他之手落在那些混蛋的头上。

"……天用剿绝其命，今予唯恭行天之罚！"在张身边的副驾驶座上，他的同伴，刚加入"黄昏之子"两个月的新信徒江桥遥兴奋地说道。这小子一直都很喜欢念叨这些文绉绉的、天知道从哪个故纸堆里读到的古代语句。在大多数时候，他的这种癖好都会引来张的嘲讽，但这一次，张不得不承认，这句话和自己眼下的心情倒是颇为吻合。

"够了，你们两个！"在他们身后押车的资深信徒伊扎特·汤普森用左轮手枪的握把在两人后脑勺上各来了一记，"下个路口往左。"

"往左?"

"没错,往左。"江桥遥重复道,"我们今天不去大垃圾山。"

"但我们接到的命令……"

"暂缓执行。"他的同伴简短地解释道,"大导师刚才命令我们去棺材胡同,'温室'那边出了点儿紧急状况,我们在去'送货'之前必须先去接一个人。这是最高优先级的指令!明白吗?!"

张点了点头,操纵着大卡车拐了个弯儿,驶上了一条泥泞的岔道。在这条小道两旁,成排的棺木被摆放在各式各样的货架上,等待着成为某一个滨海区贫民的最终归宿。其中一些棺材是薄木板或者压制刨花板做成的,这意味着它们的主人起码还能保证落得个入土为安的结果;但大多数待售的货物不过是用质量低劣的再生纸浆做成的大纸盒子,象征意义远超过实际意义。在滨海区的巨型垃圾山里,张经常能看到这些被风暴与疾雨变成纸糊的"棺材",以及被群鸦争食的肿胀尸首。

"就是这里。"当胡同内的道路变得窄到几乎无法让卡车转弯之后,汤普森终于示意张停下了车,同时用手枪指了指不远处的一座带有一圈在滨海区不太常见的混凝土围墙的双层小楼,"大师说,他和其他成功逃出来的人会在这里和我们碰头,我们……"

伴着一声令人心悸的爆炸,位于混凝土围墙正前方的金属大门突然倒了下来,混杂着垃圾残片的尘埃顿时腾起了好几米高。紧接着,一小群披着斗篷的人影就像从神灯中被召唤出的精灵一般从这片尘雾之中冒了出来。

"他们来了!"汤普森低声喊道,"张,赶紧掉头!江,你到车顶上去——"

还没等汤普森把话说完,一个小小的黑色洞口已经出现在了他的额头中央,仅仅刹那之后,他的后脑勺也在一声低沉的爆响中变成了一片四散溅落的血雨。

"狙击手!"张一边手忙脚乱地调转车头的方向,一边大声向他的同伴示警,"他们就在——"

一个在尘雾中奔跑的影子倒了下来,接着,另一名张的弟兄也沦为了狙击手的猎物。在转向的过程中,张听到江桥遥怒骂着推开车门,用一支刻满神圣符箓的自动步枪胡乱朝着狙击手藏身的楼群开火。

江桥遥还没来得及把一个弹匣打空，至少三发狙击步枪的子弹就穿透了他的身体，一小团夹杂着内脏组织碎片的鲜血泼洒在卡车的风挡上，染出了一小片醒目的扇形。

"走！"就在江桥遥气绝倒地的同时，一只瘦得皮包骨头的棕色手掌，用与它的外观完全不符的力量猛然拉开了大卡车驾驶室的门，"快走，孩子！那些魔鬼的走狗盯上我们了！"

"可是，大师，那其他人……"

"他们将会用生命证明自己的虔诚，神会在庄严的天国中为他们预留特殊的位置。"干瘦的印度老男人摇了摇头，拉上了车门。与此同时，最后一个尚在尘埃中奔逃的人影也中弹扑倒在地，再也没了动静。"使命为重，快走！"

"是的，大师。"张点了点头，一脚将油门踩到了底，随着大卡车燃料箱里的混合乙醇燃料以最高速率燃烧，这辆笨重的交通工具就像一头被戳伤的犀牛一样咆哮着冲了出去，先撞翻了一辆摆满纸糊棺材的木制手推车，然后又把一个倒霉的醉汉送进了路边溢满黄白之物的臭水坑里。

几发狙击步枪子弹命中了卡车，发出了一连串金属碰撞的铿锵声。这些子弹中的大多数都只击中了货厢里的那些恶臭熏天的带鱼，把这些讨人嫌的脏东西打得肚破肠流，但也有两发弹头穿透了驾驶室的外壳，擦着张的额头与肩膀飞了过去——很显然，那些天杀的警察打算通过射杀驾驶员来逼停这辆车，万幸的是，他们的计划没能成功。

张死死地踩着油门，在这辆锈迹斑斑的大车允许的范围内竭力开着S形路线。城区聚在街边的人被吓得四散而逃，成打的棺材铺摊位被撞得粉碎，还有好几辆各式车辆也连带着遭了殃，变成了翻倒在窝棚废墟里的金属或者木料残骸。随着胡同变得越来越宽，身后传来的呼喊声和枪声也变得越来越稀拉。张不由得感到了一阵欣慰：也许，全知全能的上帝又一次察觉了他虔诚的使者所面对的危险，并在冥冥中伸出了庇佑之手……

"咔——啪！咔——啪！咔——啪！"

当张发现那些半埋在胡同口的烂泥里的四角道钉在夕阳下映射出的寒光，并弄明白它们到底是什么东西时，一切都已经来不及挽回了，大卡车老旧的橡胶轮胎在眨眼间就被撕开了几道巨大的裂口，空气尖啸着从其中涌出。这名"神之手"愤怒地咒骂了一句，同时下意识地一脚踩上了刹车踏板，试图停住正在全速行驶的大车，但他随即惊恐地意识到，这种行为只可能导致一种结果——

大卡车轰鸣着翻倒在了烂泥之中。

"我们逮住他了！伙计们，上！"

当那辆倾覆的卡车的轮胎仍在半空中无助地高速旋转时，披着一件古老的吉列伪装服的阿影已经从她藏身的垃圾堆后一跃而出，紧随在她身后的是来自B&B私人问题解决公司——整个低纬度地区业务能力最为优秀、也最愿意干脏活的私人警务公司——的一个由非致命抓捕设备武装起来的突击班。

计划进行到现在这一步，"黄昏之子"隐藏在滨海区窝棚里的秘密实验室已经被摧毁，大多数相关人员也都被消灭或者俘虏；无关紧要的杂鱼已经被清扫出场，主角也都全部就位，这场大戏的最终高潮即将开始，而它的落幕，也只是个时间问题而已。

在十几米外的一座双层小楼上，奥里尔博士正用一只手托着下巴，神情复杂地观看着这一幕。他看到，武装警察们就像嗅到血腥味的郊狼一样蜂拥上前，迅速包围了那辆翻覆的大车。在被神经瘫痪枪击中之前，首先爬出来的"黄昏之子"驾驶员用一支"六连响"打中了两个警察被厚重护甲保护着的腹部，让这一对满脸横肉的大汉哀号着摔倒在地——平心而论，这位司机师傅的战绩倒也不算太差。

不过，当那个干瘦的印度人像蛇一样挤出卡车车窗上的破洞之后，好戏才算正式开始。

在几天前，奥里尔曾经在酒店狭窄的客房内瞥见过"大师"的战斗，但直到现在，他才意识到，大崩溃前的人体改造技术到底能让一个人拥有何等令人惊诧的能力。

无论从哪个角度来看，接下来发生的都并不仅仅是一场搏斗。这是一支流血的舞曲，是肌肉所爆发出的力量绘出的转瞬即逝的画卷，是一段以痛苦的呻吟为音符的祭礼之歌。尽管手无寸铁、骨瘦如柴，但那位来自南亚次大陆的"大师"却仿佛闲庭信步般在六个围攻他的武装警察之间轻易地腾挪躲闪，无论是电击杖、瘫痪枪，还是能够从指尖注射强效麻醉剂的突击拳套，统统无法碰到他分毫。这个印度人就像一个介于存在与虚无之间、拥有百手千眼的幽灵，甚至就连阿影迅捷的弯刀也无法挡下那些袭向警察们要害的拳脚。

在短暂而令人眼花缭乱的打斗结束后，六名试图制服"大师"的警察不是已经命丧黄泉，就是正躺在腐臭带鱼堆成的小丘上忙着咽气，而阿影也只能捂着胳膊上的一处正以肉眼可见的速度迅速自愈的伤口，目送着对方在她眼皮子底下逃之夭夭。

但她的嘴角却露出了满意的微笑。

瘦小的印度人就像一只受到了惊吓的黄鼠狼，在成片污秽低矮的棚屋间拼命狂奔着。有那么一会儿，这家伙看上去似乎就要成功逃脱了，但就在他准备跳过一道由建筑垃圾拼凑成的矮墙时，一个黑黢黢的东西却突然从不远处的角落里蹿了出来——这是一条在滨海区非常常见的流浪狗，缺乏护理的灰毛纠结成一团，细缝般的眼睛里几乎糊满了眼屎。当它一声不吭地扑向"大师"时，后者只是短暂地停下了脚步，随即一脚踢碎了它的头颅。

更多的狗随之而来。

就像人类历史上的所有贫民窟一样，新泉城的滨海区从来都不缺流浪狗。这些灰狼悲惨退化的后裔，是贫困人群赖以自卫的手段，也是生活垃圾的免费清洁工，更是人们少有的肉食来源之一。而现在，它们就像听到捕鼠人魔笛召唤的耗子一样，成群结队地涌出了自己肮脏的巢穴，冲向了一脸惊愕的印度人。不过，与那些对猎物群起攻之的恶犬不同，这些狗并没有用它们的尖牙和爪子撕咬目标，而是里三层外三层地将对方紧紧地围了起来。

不知所措的"大师"用精准凌厉的掌刀、飞踢甚至肘击，杀死了数十条狗，但几百条狗马上跃过了它们同类的尸体。狗群并没有攻击他，它们只是将它团团围住，用肉体构成了一道紧密的围篱。

这些动物在竭尽全力试图保护他，但不幸的是，"大师"现在可不需要这种保护。

在紧张地环顾一圈后，"大师"迈开步子，试图从一个狗的数量看上去最少的方向逃走。但仅仅走出了几步，他就意识到了这么做有多么不明智：这些狗的数量实在太多，以至于他根本找不到可以落脚之处。在慌乱中，他一脚踩在了一条老狗的脊背上，随即失去平衡仰面摔倒。超过一打的狗立即攀上了他的身体，用肮脏的皮毛紧紧地贴着他的躯干和四肢，让他看上去活像是一条被困在茧里的毛虫。

"瞧，有时候，一丁点儿费洛蒙就能解决不少麻烦。"在与奥里尔和另一队私人问题解决公司的雇佣警察一道走向那堆不断蠕动的狗肉小山的同时，阿影笑眯眯地摆弄着手中的那只微型喷雾罐——在几分钟前，她正是趁着与"大师"贴身格斗的片刻将罐子里的物质喷在了对方身上。"我已经完成了诺言，博士，这家伙是你们的了，而且毫发无损。"

"我谨代表波罗的尼亚人，以及我们的全部友邦，感谢您的帮助，女士。"奥里尔停下脚步，看着在数以百计流浪狗的重压下无助挣扎着的印度人，"但这到底是……"

"一些大崩溃前的生物研究计划制造出的意外副产品。"阿影双手一摊，看着警察们用高压电击杖费力地将那些赖在"大师"身边不肯走的流浪狗电晕、赶跑，然后将超过半打强效麻醉镖打进了无力反抗的印度人的身体。

"当时的某个宠物用品公司打算研发一款外激素，用来强化看护犬与导盲犬对人类的亲密感与保护欲，但不幸的是，这玩意儿的效果显然有些强过了头。因为某些机缘巧合，再加上好奇心作祟，我从一个跳蚤市场里搞到了几份这种失败的产品——现在看来，我当时这么做倒是有些先见之明。"阿影把玩着喷雾罐，说道。

"的确，您做得非常好。"奥里尔答道。这时一架私人问题解决公司的直升机已经来到了他们的头顶，准备将囚徒运往停泊在公海上的一艘莫斯科维亚使节船——在那艘船上，一支由高纬度各城邦司法代表组成的调查队正等着对犯人进行审讯。"不过，我个人还有一些需要在私下里讨论的问题，请问您是否愿意借一步说话？"

"可以。"

奥里尔点了点头，带着阿影离开了那些正在忙活着的警察。两人绕过了那堆臭气熏天的带鱼，也躲开了被这里的动静引来的各路看客们。

最后，两人走进了一间灯光阴暗、烟雾缭绕的小酒馆里。

"您到底打算问些什么？"随着酒馆的金属大门在两人身后关闭，阿影有些疑惑地问道。

"我只有一个问题，女士，一个我自认为已经找到了答案，但尚需进一步证实的问题。"奥里尔斜倚在吧台前，抬起了一只手，似乎打算擦掉从额头两侧渗出的汗珠。但紧接着，他突然用力攥紧了拳头，击发了藏在他的小指与无名指之间的袖珍气手枪。一支专门设计的金属针头在压缩氮气推动下从高强度纤维制成的枪管中射出，准确地刺入了毫无防备的阿影的后背。

"我很遗憾。"

9

大崩溃后第47年，标准历7月16日，西太平洋沿岸大区，新泉城，滨海区。当地时间1836时。

"你——"随着从气手枪中射出的针头命中她的脊椎，阿影就像一只泄了气的充气娃娃一样软塌塌地瘫倒在了肮脏的地板上。她的四肢像断线傀儡的肢体一样以怪异而不舒适的姿态曲折交叠着，失禁的尿液弄湿了紧身裤——这种神经干扰针是基于普通瘫痪枪弹药的改进版，它的工作原理并不是依靠高压电击让目标的肌肉痉挛，而是通过选择性阻断对方神经电信号传输，从而阻碍目标大脑发出的运动指令传输到四肢和躯干。当然，这种干扰不会对目标造成永久性的伤害，但只要奥里尔不取走针头，干扰针自带的能源足以让对方连续几个小时处于高位截瘫状态。

"你疯了吗？这是干什么？！"阿影震惊地问。

"我这么做纯属迫不得已，女士。毕竟，我们都明白你有什么本事。"奥里尔扔下了已然无用的一次性枪管。

与此同时，一小队穿着黑色战术紧身衣、戴着封闭式战术面罩的波罗的尼亚特战队员就像从影子里钻出的鬼魅一般从这间酒吧的各个角落里钻了出来，两人一组把守住了这栋建筑的每个出入口。

"那好吧。"虽然连挪动手指都无法做到，但阿影的表情还是很快恢复了惯常的那种冰冷的平静，仿佛刚才发生的一切不过是个无伤大雅的玩笑,"你的问题到底是什么?"

"我希望知道,你为什么要这么做?为什么你要用这样的手段对高纬度诸邦发动恐怖袭击?"

"我?!"阿影先是有些惊诧地眨了眨眼,接着,她轻轻地笑了起来,"这太可笑了!你凭什么认为我会——"

"在和你见面之后不久,我就已经起了疑心。"奥里尔双手一摊,"无论你如何否认,你确实曾经是伊琳娜·帕夫洛娃少校,而那位伊琳娜少校的资料仍然保存在某些继承了旧俄国遗产的高纬度城邦资料库里。当然,你在大崩溃发生时销毁了自己的一部分资料,但剩下的记录仍然表明,在为生物安全委员会工作时,你曾经志愿接受COMBAT系列强化改造,以便在野外调查中确保自己和同行者的安全——在那个黑暗的时代,随着绝望像野火一样蔓延,越来越多的人开始攻击任何与生命科学有关的人和设施,盲目地宣泄他们的愤怒。"

"没错,但这又能说明什么?"

"仅仅这些记录确实并不能说明问题——COMBAT系列改造技术在大崩溃前已经十分成熟,接受过的人数以万计。"奥里尔继续解释道,"但你的情况与他们不同。那天在火车站附近,你所表现出的运动能力显然属于COMBAT-type2型改造的结果,较为常见的COMBAT-type1强化的主要目的是提升接受强化者的生存能力,重点在于增强目标的乳酸分解速度、抗缺氧能力、对毒素与辐射的耐受能力和伤口自愈与抗感染效果,而type2则更加名副其实地侧重于真正意义上的战斗——你远超正常人的神经反应速度、耐力与爆发力,只有可能来自这一类型的改造。我说得对吗?"

"对。"

"但不幸的是,COMBAT-type2的技术不够成熟。对那些像你一样接受过回春手术的人而言,这种手术会在他们体内埋下不可逆的陷阱:一旦持续进行高强度复杂运动的时间过长,接受过该型强化者就会出现类似于帕金森综合征的症状。他们会失去对自己身体的控制能力,甚至短暂地陷入无法行动的窘境。"

阿影微微一笑,说:"这我知道。但四十七年的时间可以改变很多事——也许我设法治好了自己呢?"

"结合您的专业知识背景来看，我对此表示怀疑。"奥里尔耸了耸肩，"您是一名生态学家，您的知识结构让您可以轻而易举地听懂大多数与人体病理学相关的话题和术语，但还不足以支撑您进行研究，攻克这一众多医学家都未能突破的难题。而除了波罗的尼亚、魁北克独立国、斯堪的纳维亚同盟和冰岛共和国之外，在这个日益破败的世界上，只有一群人拥有破解这一难题的技术。"

"没错，印度人确实可能有这个本事，"阿影撇了撇嘴，"但我可联系不上那些缩在南亚次大陆上不肯露头的家伙。或者你怀疑'大师'和我是一伙的？如果你真的这么想，那么我倒希望你告诉我，我凭什么要把一个如此重要的盟友出卖给你们？"

"为了转移我们的视线，争取对你们的计划而言至关重要的时间。"奥里尔答道，"你很清楚，一旦遭遇袭击，高纬度诸邦将会采取什么样的措施。如果能在这段时间内让我们放松警惕，甚至将注意力集中在诸如'黄昏之子'这样的组织身上，你们的成功概率就会大为增加。"

阿影轻蔑地哼了一声："这不过是你的主观臆测罢了。你有证据能证明你的指控吗？"

"我有。"奥里尔打开了自己的PDA，从其中调出了一份调查报告，"我不得不承认，你让'大师'对调查团发起袭击的时机找得很准。如果他提早几分钟动手，或许我就永远不可能收到这份报告了——自从我们解剖了第一批携带有'天帝少女'菌株的鸟类样本后，你就一直暗示我们，被鸟群吃下的海鲜是这场真菌感染的源头，而我们也确实相信了。但是，石川由纪夫教授却在那些被感染的鸟的消化道内找到了另一种内容物。"

"是什么？"

"人类的DNA，更准确地说，来自人类呼吸系统的软组织残片。"奥里尔迅速地翻动着PDA上电子文档的页面，"在意识到酒店被袭击后，石川教授在生命的最后几秒钟里把这个文件包发给了我，其中的最后一份报告表明，他们之前在海鱼和其他海洋生物体内发现的少量'天帝少女'菌株极有可能来自食物进入消化道后的次生感染，而真正感染这些鸟类的，其实是人类的尸体——或者更准确地说，人类气管与肺部组织的残片。"他收起了PDA，从衣兜里取出了一份被揉皱的旧报纸，在这张报纸的上方，阿影正站在一整排工艺闹钟后对着镜头微笑，"更有趣的是，就在感染发生前不到两个月，您的时光永恒钟表连锁店在进行了好几次义卖活动之后，向住在滨海区和新泉周边的各个贫民窟里的孤儿们捐赠了大批据称可以防治呼吸道感染的疫苗……我相信，这并不是单纯的巧合。"

金发碧眼的女子突然爆发出了一阵歇斯底里的笑声。她一直笑着、笑着，直到因为呼吸困难而开始咳嗽时才停止。

"你……你比我预……预料中的要更聪明，博士。"她低声说道，"我一直相……相信，没有任何人会发现……"

"那么，女士，您是否可以回答我最初的问题了？"奥里尔将报纸重新揉成一团，扔出了酒吧对的窗外，"为什么你要这么做？我相信，像你这样的高级知识分子不可能去信仰'黄昏之子'这样的白痴团伙的鬼扯理念，那么，你的目的到底是什么？"

"你说得没错，博士，但'黄昏之子'并不是一群白痴。"阿影的笑声渐渐停了下来，取而代之的是一种哀伤的神情——只有真正经历过岁月沧桑的人才能展现出像这样充满理性意味的哀伤，"他们只是一群不幸的人。他们不幸生在这个时代，又不幸生于被文明遗忘的废墟，被迫为了生存而挣扎。因为这些不幸，他们无法获得应得的知识，也无法经由教育而锻炼出基于逻辑与理性的思维。他们并不愚蠢，而只是一群在无知中陷入绝望的人，对他们而言，任何虚无缥缈的传说都是珍贵的救命稻草，值得他们倾尽全力抓住不放。"

"你是说，你同情他们？"

"我是一个秘密的人道主义组织的成员。我们同情每一个不幸的人，同情正一步步沦入暮色的人类文明，这才是我决定协助研发并传播'天帝少女'的原因。"阿影答道，"虽然这听上去有些残酷，但为了救人，我不得不让某些人去死。"

奥里尔下意识地打了个哆嗦——几天前，当他第一次面对那个自称为"大师"的印度人时，后者也说了相同的话。而他的直觉告诉他，阿影的说法是认真的。"你要救什么人？"

"那些在这个世界上最卑微、最无助、也最常遭到忽略的人。在过去几天里，我相信你已经见过他们了。"

"我根本不知道……等等，你是说那些孤儿?!"

"是，但也不仅仅是他们。"阿影费力地摇了摇头，"在滨海区有上万名孤儿，但那些名义上有监护人的孩子过得也不比他们好到哪儿去。这些孩子缺乏教育，无人管束，经常沦为盲目暴力和拐卖犯罪的牺牲品，但更重要的是，他们的痛苦遭到了一切人的忽视……年复一年，成千上万的孩子们降生，挣扎，夭折，沦为乌鸦与野狗的食物，而你们这些住在舒适凉爽的北方的人甚至从没有真心关注过他们一刻钟！"

"不，不是这样的。"奥里尔摇了摇头，"我们一直在为低纬度地区的儿童提供人道主义援助，就我所知……"

"人道主义援助?"曾经是伊琳娜少校的女子语调尖刻地打断了她的话，"在大崩溃前，在我的第一次生命中，我曾经无数次见识过冷漠与为富不仁：在那时，许多生活优裕的人将自己的特权视为理所当然，并自傲地指责其他人的贫困纯粹是由于主观上的'愚蠢'和'不肯努力'。在这片土地上，这样的论调尤其普遍，也极其令人憎恶；但直到通过回春术获得第二次生命，又亲历了这几十年的风雨之后，我才终于意识到，为富不仁的恶其实有两种不同的表现形式，其中一种比另一种更加可恶。"

"呃?"

"事实上，早在大崩溃之前，第二种恶就已经普遍存在了——它存在于生养了你的那片土地上，存在于那些自诩为'文明开化'的社会之中。你学过历史，博士，我想你应该知道，在大崩溃前，第三世界最致命、也最可怕的传染病是什么吧?"

奥里尔沉吟了片刻，试探着回答："登革热、霍乱、流行性脑炎、锥虫病和……疟疾?"

"没错。但真正关键的是，这些疾病并非无法治疗——对抗它们病原体的手段在很早以前就已经被发现，而当时的发达国家每年都会以人道主义为名对第三世界提供大量援助，如果愿意，他们并非无力战胜这些疾病。但你是否知道，为什么直到大崩溃开始之时，世界上最贫困的二十亿人仍然为这些疾病所苦?"

奥里尔摇了摇头。

"因为这些疾病在'文明'社会里很早就已经消失了，持续百年的卫生运动歼灭了它们的传播宿主，使得人们不必再煞费苦心地为了生存而对抗它们。"阿影说道，"那些慈悲为怀的文明人愿意为穷人提供二手衣服、饼干和士力架巧克力，但却不乐意让他们远离这些微小瘟神的魔掌，只因为这些与文明人'无关'的药物需要从头开始立项研究，而整个过程毫无利润可言！是的，这才是最为可恶的为富不仁：富人们大张旗鼓地高举着慈悲的旗号，以此安抚自己那可怜可悲的道德感与良心。但这种行径是经过下意识的精心计算的：那些自诩为精英的家伙知道扔出多少残羹冷炙可以买来良心的一时安稳，而他们通常连半个子儿也不愿多付！"说到这儿，她激愤地扭了扭麻木的肩关节，似乎想要通过手势强调自己的观点，"你们过去是这么做的，而现在也没有任何变化！每一天，每一个小时，都有成百上千的孩子因为那些在技术上并不难治疗的疾病而失去生命，而你们却在'人道'的幌子下自我安慰，对这一切视而不见！"

"这……也许你是对的。"奥里尔沉默了许久，才终于吞吞吐吐地说了这句话，"但用生物武器进行恐怖袭击并不能解决问题。"

"恐怖袭击？！我们可没搞什么恐怖袭击！"阿影轻蔑地哼了一声，似乎对奥里尔的用词颇为不满，"你们的专家将我们的造物命名为'天帝少女'，这倒确实是个贴切的名字：在古代中国的传说中，姑获鸟是死去的孕妇与婴儿的鬼魂，在怨念驱使下回到世间寻仇，而我们的'天帝少女'则承载着无数夭折的孩子和失去孩子的母亲们的绝望与愤怒。在人类体内，这种真菌与宿主可以达成良性共生关系，一旦宿主成年，它就会随着性激素浓度的增长而自动停止繁殖，直至死亡。但只要宿主提前夭折，它就会用信息素引诱食腐鸟类，并控制后者将它们带往寒冷的北方，而接下来会发生的事，你们在一个月前已经知道了。"

"但这么做有——"

"有什么意义？！只要我们的计划完成，超过一千万生活在低纬度地区贫民窟里的儿童就会成为'天帝少女'的宿主——我们的组织有着远比'黄昏之子'强得多的行动能力。到那时，如果你们不希望在接下来的几年里被迫烧光自己的庄稼，你们就必须尽可能地减少在垃圾山上沦为群鸟食物的孩子的数量。最重要的是，做到这一点对于你们并不困难——只要愿意，你们的制药厂只需要几天时间就能建立起生产相应的疫苗与维生素药片的流水线，所有的相关技术在一个世纪前就已经不是问题了，而成本也寥寥无几。"阿影说道，"而且，我相信你们肯定会这么做。"

"为什么？"

"这和你们之前不这么做的原因完全相同——因为指导你们行动的唯一准则是精打细算的实用主义。"阿影用确信无疑的语气答道，"没错，你们在理论上也可以采取其他手段阻止'天帝少女'——研制相应的杀菌剂并将它注射给所有与'天帝少女'共生的孩子，建立数千公里长的拦阻防线，消灭每一只往北飞行的鸟，或者干脆为每一座低纬度城市的贫民窟都建立起完善的人口统计与尸体处理系统。但只要稍微进行成本核算，就不难发现，与生产一些廉价维生素和药品相比，这些手段的费用实在太过高昂。因此，只要我们的计划得以完成，你们的领袖就必定会按照我说的那样去做。"

"我……我相信这一点，"奥里尔缓缓呼出了一口气，"但前提是你们必须完成这个计划。"

阿影费力地点了点头，蓝色的大眼睛里第一次露出了恳求的神色，"没错。要完成计划，我们还需要一段时间。新泉的这批'天帝少女'不过是个测试，在新里约热内卢、巴拉纳尼亚、雅加达和另一些城邦里，我们的代理人的工作才刚开始。为了避免行动遭到干扰，我不得不设下骗局，让你们去怀疑'黄昏之子'，这样一来，当你们意识到那些宗教狂不过是被我们欺骗利用之时，一切就已经是既成事实了。"她叹了口气，"现在，一切都操纵在你的手中。我无法强求你像我一样思考问题，但我想知道，你打算怎么做？是遵从你的职责与你对城邦发下的誓言，还是接受自己良心的指引？"

"我想，这确实是个问题，"在沉默半晌之后，奥里尔低声答道，"一个令人不快的问题……"

10

大崩溃后第47年，标准历7月17日，西太平洋海面，钱塘江口东南侧，莫斯科维亚使节船"三圣徒号"。当地时间1310时。

"您在本次任务中的成就令人钦佩，奥里尔博士。"当新泉城凌乱嘈杂的港口区终于消失在舷窗外的天际线上后，审讯委员会的首席委员放下了手中的茶杯，"在大多数调查团人员遇难，而且敌人的隐蔽性远超我们预料的情况下，您仍然成功地识破了阴谋，并让我们避免了一场灾难。这已经完全超过了我们先前对您的最大期望。"

"您过奖了，阁下。"奥里尔用尽可能镇静的神情看着委员们，"我仅仅是尽力而为罢了。而且遗憾的是，我没有及时注意到伊琳娜少校与那些恐怖分子合谋的事实，否则我们也不会失去石川教授和其他人。"

"是啊，这的确相当令人遗憾，所幸他们的牺牲并未白费。"委员点头道，"那么，你还有什么别的信息要汇报吗？"

"没有了，阁下。"奥里尔答道，"我所知道的全部情况已经报告完毕。所有证据都指出，那个自称'大师'的印度人与恐怖组织'黄昏之子'过从甚密，并组织策划了向贫民窟垃圾堆运送被真菌感染的海产品的活动，而伊琳娜少校与'大师'显然有密切牵连。我有理由认为，他们在审讯中供出的信息将会有助于我们打击与消灭'黄昏之子'，将他们的生物恐怖主义活动遏制在萌芽状态。"他举起了握成拳头的右手，做出了宣誓的标准手势，"我以我的公民身份与人格起誓，以上所言字字无虚。"

"我们完全相信这一点。"委员微笑着说道，"干得漂亮，年轻人。你会前途无量的。"

《科幻世界》2017年第5期

评鉴与感悟

在未来救赎现在

随着刘慈欣和郝景芳先后摘获雨果奖，科幻文学在中国当代文坛愈益引发重视，许多"新生代"作家纷纷加入科幻文学的写作阵营，他们用自己独有的想象力和生活经验在作品中对中国（人类）历史和当下问题做出回应。在此背景下来看索何夫的《天帝少女》，从某种意义上说，这是一篇让人感觉熟悉又带来震撼和思索的"中国式科幻"小说。

小说的背景设定在人类社会遭遇"大崩溃"之后，故事以孔氏后裔阿纳斯塔修斯·孔的视角开始，也以这位古代圣贤后人的死亡真正展开了故事的脉络。新一轮的"大崩溃"，呼唤着拯救末世的英雄，于是小说真正的主角阿影和奥里尔博士登场。初次见面，两人一进一退的交锋中，我们得知阿影原来是大崩溃之前有幸接受机体改造手术的昔日女少校。一位是凝聚着时间智慧的隐士，一位是效忠于当朝政府的生物学博士，故事一开始即为两人最终的分道扬镳埋下了伏笔。而故事的精彩之处也恰恰在于，奥里尔博士不但是足以与阿影对话的对手，他还是故事最终的赢家。在此，作者想借以传达的某种对现实政治、现世人生的隐喻，昭然若揭。

阿影是乱世呼唤出的英雄，在"大崩溃"之前，她是一名叫伊琳娜的少校，那时她为自己的家园、为自己的祖国、为自己的同胞奋斗，"但却忘记了要为这个世界做点儿什么"；"大崩溃"之后，在新的社会秩序里，她取名"阿影"（谐阿隐），委身于自己的"时光永恒钟表店"。她的存在让人联想到本雅明所言的天使，她是末日的幸存者，也是现世的清醒者，她的身上寄寓着一种超越精神。

通读小说，文中随处可见流行文化元素——无论是故事的行文背景有着隐隐的《星际穿越》感；还是文中对生物兵器"天帝少女"的描写，透露着伊藤润二恐怖漫画《鱼》的影子；甚至于在叙事结构和叙事语言上，小说所呈现出的商业电影感、推理小说思维、反转技巧——因而，初读小说给人一种熟悉感。纵使熟悉，却带来震撼和思索，这一切或许正是源于小说中我们司空见惯的"反转"技巧。

当阿影像一只泄了气的充气娃娃，软软地瘫倒在肮脏的地板上，一起倒下的还有她所竭力捍卫的"人道主义"。故事至此，小说原本所思考的生态恐怖主义反转为对社会基层问题的探讨。同样是生命的陨逝，到底是谁，以怎样的方式死去值得我们去拯救？

唏嘘过后，让我暂且自愈的是，小说还是以一个光明的尾巴煞笔，奥里尔博士并没有陷入政治秩序与道德良知的矛盾之中。在这场实用主义与人道主义的较量中，凝结着时间智慧的阿影倒下了，年轻的、前途无量的奥里尔博士正在以他的公民身份和人格起誓。（高敏）

猎舌师

/房伟

一

行动定在晚上七点整。骆宁安下午一点二十分,到回龙街住处,最后一次看望妻女。她们正收拾行囊。宁安点燃香烟,蹲坐在青石板上,看着负责行程的老鲁将行李一件件地搬出,放在院子天井旁。绿萝郁郁葱葱,散发出香气。不到盛夏,天不够长,天边有了些影子,皱皱地染去,映衬着祥和安宁。院子不大,宁安花了不少心思,种满花花草草,有虎耳草、二月兰、月季,还有株黑皮桑树,有些稚嫩,但已舒展开身子,不用几年,就是一番亭亭如盖的景致了。雨天在屋檐下,喝清香淳口的龙井,听听雨声,给女儿梳头,读几卷《文选》,晚间烧锅爽滑可口的豆腐,想来是惬意的事。

今夜过后,如果骆宁安还活着,等待他的将是艰苦的流亡生涯。如果不走运,小院将是他最后的美好回忆。宁安贪婪地望着这两年辛辛苦苦积攒的小家当,内心充满苦涩。人是向往安逸的动物,哪怕极大的苦痛屈辱,人也要寻找活下去的借口。就在这个小院,两年前的冬天,母亲和兄长一家,被日本人的刺刀挑死。母亲被刺穿喉咙,血流了一地,渗入青石砖缝,怎么冲洗,骆宁安都能看到小小的、刺眼的红点,闻到刺鼻血腥味。那是生养他的母亲的血,任何园林美景都无法遮蔽。骆宁安闲下来常在这院子坐到天亮，不停地抽烟。他没告诉妻女，无数黑夜，他都能看到血色像油漆般堆积在夜空，老母和兄长、嫂子、侄儿，横七竖八地躺在院子里，血淋淋的。兄长被井绳活活勒死，双手愤怒地伸向天空。嫂子下身赤裸，仰面朝天，葱绿的棉袄破烂不堪，肚皮上积淀着日本人骚臭的尿液。侄儿一大截粉红色肠子被日军生生地拽出，就横在他的脚边，慢慢变得黑紫。死去的亲人一言不发，就这样定格在惨烈瞬间，在他的眼前不断重复播放。

二

骆宁安成为南京日本总领事馆的厨师有一年多了。南京被占领之前，他就是松涛楼颇有名气的淮扬菜厨师。骆家祖上在金陵也是读书人，出过举人秀才，但到了宁安父亲这辈，败落得厉害，只在国小当语文教员，勉强糊口。宁安幼时聪颖，旧学颇有底子，后来到新式国中读过几年。不知为何，宁安突然退学了。众人都劝，但也有明白人，知道宁安父亲突然过世，大哥做布匹生意，又被贼偷了几回，家里非常困难。宁安避过乱哄哄的学潮，安心去松涛楼学厨师。对读书人来说，无论新旧，君子远庖厨的看法都存在。很多人认为宁安是堕落贱业。南京餐饮业，规矩也多，有严格师承关系和厨艺派系，但几年时间，宁安硬生生地从一个门外汉成了技艺精湛的名厨。他娶妻生女，生活也算自在。

民国二十六年，日本打南京城，母亲和兄长一家死难。宁安的妻子和女儿，侥幸逃过劫难。宁安在中华门附近的房子毁于战火，只能搬到回龙街兄长原来的住处。日本占领南京，六个星期不封刀，大部分难民逃到国际安全区。母亲和兄长一家，死在宁安眼前。宁安泣血哭号，几天不吃不喝。妻子和女儿担心他被灾难击垮。谁知宁安突然停止绝食，走出家门，意外地在日本领事馆谋到厨师职位。领事馆对挑选服务人员非常严格，需要两代以上南京本地人，且有当地绅士做铺保。这些中国人要不懂日语，这样不能泄露领事馆机密，但要聪明伶俐，长相顺眼。宁安去面试，副领事对他非常满意。宁安向领事馆讨要了良民证，暂保妻女平安，在血腥乱世挣扎下去。

寒冬过去，宁安第一次见到领事馆的厨师长虎太郎辽。日本人成立维持会，后来又有梁鸿志政府，南京秩序慢慢稳定，但宁安看到日本兵，还是忍不住哆嗦，不知是气愤还是胆怯。领事馆后厨，宁安和一群刚应聘的厨师忐忑不安地等待着厨师长。宁安个子中等，面白身长，算是标准的中国美男子，但遭逢亲人大难，此刻憔悴消沉。宁安站在人群中，听到"咔嗒""咔嗒"缓慢的木屐声。循声看去，一个精瘦的老头穿着日式料理服装向他们走来。老人个子矮，腰杆异常挺拔。他的头昂着，目光沉稳威严，脸如刀砍斧削般硬朗。他走路也一丝不苟，似乎不会踏错一步似的。

谁能告诉我，料理奥义是什么？老人突然用生硬的中文发问。

厨师们窃窃私语。这些厨师大多来自中国，也有少部分日本料理师和欧美西餐厨师。大家交头接耳，对日本老头的发问感到迷惑、好奇。每个人都对厨艺有不同理解，但当众讲出来，还颇让人踌躇。

老人点了几个厨师的将，回答无非"让人尝到美味""感到满足""人生美满幸福"之类，老人皱着眉，并不满意。最后，他看向了宁安。

宁安想了想说，名厨王小余曾协力袁枚做《随园食单》，以味媚人者，物之性也。尽物之性以表其美于人，是为厨之道。

老人目光闪烁，说，你这中国厨子有些文化。以物悦人，还是以人悦于人，尽物之性以表其美，不过伺候人的功夫。只有日本料理，才真正接近厨艺奥义。

宁安不置可否。老人见他似有不服之意，又转脸向众厨师说，我是你们的厨师长，日本京都的虎太郎辽。今后要和诸位共同服务于领事馆。诸位辛苦了。

虎太郎恭敬地向大家行礼。

他又对宁安说，这位中国师傅，我们各自做道菜给大家品尝，再讨论这个问题吧。

宁安百般推脱，虎太郎执意要比，只能定下题目，比肉类烧制。宁安索性也不再想其他。人为刀俎，我为鱼肉，怎能违拗这日本家伙呢？他自应了这营生，不过行尸走肉罢了。但日本人如此嚣张，只好豁出命来应付。

三

宁安做的是泥炉烤鸭。副领事爱淮扬菜，尤喜松鹤楼泥炉烤鸭，宁安恰是做鸭子的高手。上选一岁苏北鸭，又肥又嫩。宰杀完，去毛，洗净，天香斋上好酱油腌制半小时。宁安拿出特制烤炉，点上炭火，将鸭子从下到上穿在戟形铁叉上，左手运转如飞，不停翻动铁叉，右手根据火候，不断在鸭身刷蜂蜜、植物油。这手绝活儿是一心二用，考验厨师对火候的把握。鸭子烤透，宁安开炉子。喷香的鸭子，色泽金黄。

宁安又耍起刀工，用锋利小刀揭鸭皮，待肥鸭焦酥酥的皮剥落，鸭子像洁白天真的少女显露了胸怀。宁安再用大一点的刀，专门削肉。他的速度很快，刀随腕转，如乱雪纷飞，不多时鸭子变成骨架。他把鸭肉放盘，搭配香葱、姜丝等佐料，骨架做了汤，这就是"一鸭三吃"，周围一片喝彩。宁安听出，喝彩的大多数是中国厨师。泥炉烤鸭虽是烤，但方法和风味全不同于北方烤鸭，也算淮扬菜精品。

虎太郎也已完成。他的料理相比宁安简单了很多。这个瘦小的日本厨师，将一块上好的奈良牛腰肉，先进行简单处理，配比大料后腌制，然后以陶制器形进行反复捶打，再加以刀工处理，酒精炉爆火炙烤，端了上来。

中国厨师都撇嘴。不就是烤肉？大家先吃宁安的鸭子，肥而不腻，皮焦脆，肉软濡，汤清爽。大家赞不绝口。要吃虎太郎的烤牛肉，虎太郎却喊，先等一下。只见他飞快端上火炉，一盘冰屑，搭配芥末、辣酱等十余种日本佐味品。大家伸着筷子夹牛肉，谁料虎太郎刀工极快，看似成块牛肉，竟幻化成透明蝉翼似的极薄的肉衣。

虎太郎飞快夹起肉，先以火炭速烤，然后包裹冰雪，蘸上调料，填送到嘴里。大家依样学来，立刻感到鲜嫩的、带点血丝的牛肉，甜美生鲜，入口即化，二次炙烤的热度搭配冰雪和刺激性调料，仿佛在舌头上开"冰火两重天"的舞会，将肉本身丰富的味道都绽放在味蕾之上。大家仿佛能感到，狂牛奔于火场的狂悍霸气，猛虎笑傲雪原的无上至尊。

料理被大家吃光了。但对两道菜的优劣，大家并未出声，而是一齐看向虎太郎。只见他缓缓地说，优秀的厨师要有杀手的冷静和屠夫的坚韧。你们不是揣摩客人口味的、谄媚的厨子。你们要做舌尖的征服者，美食的王者！

厨师们都吃了一惊，未理解虎太郎的意思。他又说，中华料理博大精深，特别依靠中国丰富无比、变化多端的食材，更是花样繁多。可惜，中华料理失去创造力,一味腐败奢华,不重营养,重油,重烦琐工序。料理不仅满足口舌之欲,更让人清洁,严肃,奋发。

虎太郎拿出把银灿灿的日式小厨刀,说,这是我的老师——京都料理大师五十岚本辉赏我的。将来哪位师傅能做出令我敬佩的料理,我将转赠予他。

虎太郎用眼角余光扫了一眼宁安。

屈辱,这是彻底的羞辱!宁安呆立现场,脸色惨白,内心有声音狂喊,我不服!不就是烤牛肉吗?几句轻飘飘的话,就把我十几年精通的手艺否定了。这算什么?但冷静下来,宁安又不得不承认,这个讨厌的日本厨师有几分道理。但将厨艺和亡国联系,让人的自尊心难以接受,更何况骆家刚有至亲死于日本屠刀之下。

宁安用指甲抠掌心,鲜血溢出。他本恬淡随和,却第一次有了和人争胜的心。

四

老鲁拉了宁安一把,示意他该走了。

宁安丢了烟头,迅速离开小院。他甚至不敢回头,他很怕妻子担惊受怕的眼神,更害怕女儿稚嫩的呼喊。他们悄悄走到街角,老鲁握着他的手说,猎刀,领事馆门口见。

俩人分开,宁安独自走去。下午阳光正好,天蓝蓝的,行人慢吞吞的,小贩们懒洋洋地叫卖着小吃,毗邻的小商铺,各式烟卷也摆了不少,似乎风光还好。南京似乎还是那个南京,丝毫没有两年前人间地狱的模样。但宁安知道,那只是表象,满街飘扬的日本小旗,提醒他屈辱的经历。宁安的步子越来越沉重。他本不必要这样。他可以安逸苟且地活下去,凭着手艺,他还能在乱世活着。

宁安思绪乱如麻团。他深深地呼了一口气。他必须和敌人战斗。此刻,他仿佛看到母亲和兄长一家人,正在云彩旁边冷冷地望着他,似是责备,又似是鼓励。

他不能原谅自己。他打破了厨师的底线。今晚,他将害死很多人。尽管,这些都是该死的日本人。他还记得,当初他拜在松鹤楼最有名的师傅顾八爷门下，面对祖师爷易牙的画像，他的第一个誓言，身为饎子，绝不以厨艺害人！如今师傅过世，他却成了顾氏淮扬菜门里的败类。想到师傅对他的殷殷期盼，宁安心如刀绞。

他没有放弃复仇。他进入领事馆，不是那么简单。他从未干过这样的事，但老鲁找上他，他还是毫不犹豫地答应，加入军统，代号为"猎刀"。他要为惨死的中国人复仇。

老鲁三十多岁，公开身份是调料店老板，常年穿件油渍麻花的大褂，身上有股酱菜、花椒味。他的"宝瑞调料园"也在南京城开了快十年，颇有信誉。宁安当厨师，没少和他打交道，但谈不上是朋友。宁安瞧不上他猥琐的劲头。老鲁有个绰号叫"鲁大料"，人胖，眼小，见人就弯腰作揖，讲恭维话，还兼任自治会保甲长。这么滑头滑脑的小商人，谁也想不到竟是隐藏极深的军统南京区的特务。老鲁向他表明身份，他还以为开玩笑。当老鲁拿出对宁安的委任状，他再也不敢说"鲁大料"是个肤浅的家伙了。

"啪！"老鲁将一把黑黝黝的手枪拍在桌子上，笑嘻嘻地说，骆师傅，你有三条路。一条是杀了我，向日本人领赏；一条是我们一起杀鬼子；最后一条，是我枪毙了你。我们军统在敌后提头过日子，你了解我的秘密。不是自己人，只能处理了。

宁安想到惨死的家人，把牙一咬，答应了。

你要隐藏好，给冤死的同胞报仇！老鲁紧紧地握着他的手。宁安却感觉那双浸泡酱菜的手臭烘烘的。老鲁也看出了宁安的嫌弃，尴尬地抽出手，自嘲地说，你这读过圣贤书的厨子，别瞧不起人。大家都是庖丁、易牙的门人。你们上了锅台，我们在后厨罢了。宁安连忙摆手，说只是不习惯罢了。老鲁狡黠地笑了，又说，大厨还是老实人。咱们往后都是同志，管他前厨后厨。哪天我要是牺牲了，你可要给我做道大菜，好好祭奠一下。

五

宁安进入领事馆，跟老鲁学习了很多特工技能，如开锁、盯梢、显影等。宁安在这方面远不如他的厨艺。他观察领事馆来往人等，画出领事馆内部构造图。他甚至溜入领事办公室，拍下了一些文件。当时非常凶险，领事回来，遇到他在办公室门口，非常怀疑。好在他平时为人低调，厨艺精湛，领事对他印象不错，这才盘查几句，放行了。这让他的后背衣服几乎湿透。他常将情报用明矾水写在白纸上，送到关帝庙神像后的一个小洞。

显然，宁安不适合当间谍。他胆子不大，不够机警灵活。"猎刀"是赝品，到底只是"厨刀"。早上，宁安五点半就进入领事馆准备早饭。他总能第一个看到虎太郎。如果抛却民族仇恨，宁安很佩服虎太郎的敬业精神。他满头银发，严肃认真，年过五旬，异常注意仪表。他说厨师的仪表，决定食物的心情。虎太郎不抽烟，不喝酒，除了做饭，钻研做饭，没有太多嗜好。他的厨师服一尘不染，做料理时准备手套和口罩，不让脏东西污染自己和食材。每次吃完饭，他和大家打扫厨房，将每个脏盘子和碗弄得干净闪亮才罢休。他令人发指的敬业，让领事馆所有厨师对他既敬畏，又害怕。没人和他亲近，他也不在乎。他只在乎食客的评价。宴席散罢，个子矮小却异常挺拔骄傲的虎太郎，背着手，笑着走过每个食客，询问他们的就餐感受。

虎太郎仅有的爱好，就是清晨锻炼刀术。虎太郎夫人早亡，有两个儿子，参加日本陆军，都已死在华北战场。虎太郎丝毫看不出老鳏夫的颓唐，反而多了几分决绝气息。虎太郎的刀法不坏，据说得到三刀流大师黑木重信的训练，有较专业的身手。他用刀术锻炼身体，也磨砺心志。晨曦，领事馆后院的翠绿草坪，宁安总能看到老厨师挥舞着日本刀，不停地旋转，劈砍，飞舞。他的手腕灵活地抖动，无数尘埃在清冷寒气之中飘浮在他的四周，仿佛飞奔舞蹈的野马，被快如闪电的刀分割成无数染着红光的残影。想来虎太郎神乎其神的厨艺刀工，也得益于此。宁安在他练刀结束后，上前询问料理安排事宜。

虎太郎讲述了几句，突然问宁安，骆师傅，你进入厨界多少年？

宁安说，大概有十年了。

听说你是读书人出身？

我读过中学，但家境不好，就退学了。

想没想过，学习日式料理精华？

宁安想也没想，就说，我出身江南淮扬菜顾氏，没想另投名师。虎太郎师傅，我是佩服您的，但骆某不才，并不等于中华料理无人。您的料理奥义精深，也只是在日本罢了。

愿闻其详。虎太郎来了兴致。

宁安侃侃而谈：料理有地方性和世代性，如人有种族之差别、古今之别。唐宋喜鱼脍，那时日本尚无刺身。明清八大菜系已成规模，皆为各地域和世代之精华荟萃。川喜辣，鲁爱咸，粤好甜，是各地口味和地理气候风物不同。无辣，则无以祛除湿热，川人的体质就会受损。怎能用繁复腐败可概括？

宁安吃惊的是，虎太郎并不生气，而是略带欣赏：美食不可媚人，而只能魅于人。我无贬低中华料理之意，只为激发你的斗志。强者的美食有容纳百川之力，日本和食是自中华、欧洲、日本本土延绵接近数百年的汲取，才成就了今天的日式料理。

我才疏学浅，不能领悟您的微言大义。宁安再鞠躬，心里却颇有些意动。中国厨师大多在名贵食材和花样翻新上下文章，少有深究其内在玄理。

那您是不能学习日本料理了？

宁安沉默着，气氛有些难堪。

虎太郎冷冷地摇头：这便是故步自封。我二十岁成为高级板前师傅，在京都菊见楼指挥十几个料理师，曾为朝香宫亲王做寿宴。我以苦练多年的刀功和对食材、时节和自然的协调著称于日本。你要学，还要看我是否肯教！

虎太郎擦干汗，昂首步入领事馆的后厨。

六

宁安在领事馆度日如年，但毕竟有了稳定工作。收入稳定，妻子便重新收拾兄长家的小院，女儿也嚷着去重新开张的小学上课。每天宁安回家，都能闻到诱人的烟火气，看到女儿天真的笑脸。不同的是，宁安每次上下班，都要受到日本兵盘查。女儿的小学，也开设日语课程。他们是"亡国奴"了。

任务一次次传来，宁安不堪重负。新鲜劲头过了，每天提心吊胆。他晚上做噩梦，梦到被日本兵抓走，被日本刀砍断脖子。他想报仇，妻儿却让他牵肠挂肚。他想杀日本人，可想到杀人场景，便心惊肉跳。夜深人静，他甚至偷偷地后悔，一时冲动加入掉脑袋的组织。宁安每天买菜，去山东路菜市场，必然经过宝瑞调料园。他们是单线联系，宁安看到调料园摆出"朝天椒到货"的牌子，就知道有新任务，才去和老鲁接头。老鲁很机警，从不让宁安亲自去调料园，而是看到信号后，去关帝庙传递情报，约会碰头。

宁安和老鲁说了几次，说自己不是特工人才，让他介绍宁安去前线，好歹真枪真刀地拼杀，也比提心吊胆强。老鲁笑着说，晓得啦，骆师傅是专业厨子、业余间谍。谁让我们的特务都没有好厨艺，进不了领事馆？等不了多久，有重大任务给你。做完后，你全家撤退到重庆。我都安排好了。

听老鲁这么讲，宁安的心里却更不安了。重大任务肯定艰难凶险至极，但也没有别的办法。老鲁听说虎太郎和宁安斗法的事。他恨恨地说，日本兵欺负人，日本老厨也看不起中国人。骆师傅，找机会给中国人长脸，灭一下老厨的威风。

你的厨师做得越好，越少人怀疑你。老鲁又露出狡猾的神色。

宁安苦笑不语。他和虎太郎极少讲话，但工作配合还算默契。一天，领事馆宴请要转道归国述职的本多丰繁大佐。本多大佐隶属于第十二军第十旅团，是一名善战勇悍的联队长。他长期驻守山东济南，但近来山东的敌对势力发展很快。他忙于征伐，饮食不规律，落下了严重胃病。山东乃鲁菜之乡，口味偏咸，喜放酱油和重料，本多不习惯。日本料理偏生冷，他的胃也难以承受。此次他吃了宁安的淮扬菜，非常舒服。他要求宁安出来见面，要在述职回到华北后，将宁安带到济南，专门负责给他打理饮食。

宁安拒绝了。他不能离开南京城，理由是照顾妻女。本多不耐烦地让他带上妻女一起去济南。

对不起，我不能和您去。宁安还是拒绝。

本多大佐喝了不少酒，脸上浮起凶戾的神色。他眯起眼说，厨子，你知道我们在战场上怎么称呼支那人？

呛骷颅！大佐有些微醉，我们喊着这个名字，砍下他们的头。

本多大佐又说，我们和支那军人艰苦作战。他们非常狡猾。夜间行军，他们有时就藏在急行军的队伍里，也会说几句日本话。这时就要看后背有没有草鞋喽。中国人混在我们联队里，我捉住他，让他盘腿坐着，双臂交叉放在胸前。所以头被砍掉，人往前倒，身上没有一丝血。我的副官得了性病，据说脑浆可治疗，他就把那脑袋劈开，用饭盒煮着吃啦。

宁安笔直地站着，汗水已湿透衣服。他咬着嘴唇，不吭声。副领事和其他工作人员都悠然地喝着茶，没有劝阻的意思。

大佐上前，拍着宁安的肩膀说，让你走非常简单，把你的妻女送到南京慰安所，就在孝陵卫附近。洒一高！没有命的，开放！开放！

大佐哈哈地笑着，仿佛回忆起了什么美好往事，嘴里还喃喃自语着"洒一高"。宁安不懂日语，但这一句他几年间听很多日本人讲过，就是来性交的意思。两年前，日本兵喊着这样的口号，强奸并杀死了母亲和嫂子。宁安平静下来。他早该死了，死在两年前。当时他躲在角落，眼睁睁地看着日本兵杀死母亲和兄长一家人。他是懦夫，藏在常春藤后，连哭泣都不敢出声。那天晚上，天下着小雨，不像雨，也不像眼泪，那是耻辱的血。他像行尸般活到现在，能报仇，是造化；不能报仇，就是命。他认了。

大佐不能这样做。

宁安听到生硬的汉语在耳边响起，回头看，竟是虎太郎。

虎太郎面无表情地站在宁安身边说，骆师傅是领事馆厨师的主要干部，领事馆外事接待非常繁忙，大佐要走他，我们很多任务无法完成。

大佐愣住，悻悻的，又扭头看副领事。副领事漫不经心地说，本多君，你去本土述职，回来还要一段时间嘛。我再劝劝骆师傅，毕竟故土难离。实在不行，我再派给你其他优秀的淮扬菜师傅。

本多大佐不再难为宁安，但仍狠狠地瞪着他，直到被其他军官拉走。宁安缓缓地退出宴会厅。春日阳光炽热，宁安仰着头，碧蓝的天空像泛滥而出的海带滚汤，腥甜，浓郁，刺鼻，宁安一阵眩晕，蹲在地上干呕。

虎太郎走过来，叹了口气。宁安问，为何要救我？

你是优秀的庖人，虎太郎说，应死于厨台之前，而不是被武人屠戮。

这也是理由？宁安没好气地想，虎太郎还真痴迷于庖肆之艺。不管怎样，虎太郎毕竟救了他。宁安浑浑噩噩地回到家，大病了一场，大半个月才慢慢恢复。

七

老鲁等宁安病好了些才约他见面，安慰了一番。宁安回领事馆工作，被告知有一场非常重要的宴会。虎太郎厨师长向副领事提出，要和宁安比试中日不同厨艺。副领事留学欧美，在帝国大学当过文科教授，也在南京多年，是日本外交界有名的"老饕"美食家，听闻如此建议，欣然同意，让宁安和虎太郎各自做出拿手菜肴，让大家品鉴。

副领事传下话，春意越来越浓，就以"春"为题吧。

宁安不想比赛。他担心影响任务。自从参加军统，他从没睡过一次安稳觉。他想复仇，也想早些结束折磨，在大后方隐姓埋名地活下去。但副领事的命令，也不好违背。

副领事的夫人菊子，是温婉秀美的日本女人。她对待领事馆的中国人很关心。副领事的小公子洋平，不喜日式料理，爱吃中餐。洋平只有7岁，天真可爱，体弱多病。副领事特别嘱咐宁安，让他给洋平做些可口的。洋平出生在中国，日语似乎还不如汉语好。每次见到宁安，总跑过去抱住他的腿问，宁安师傅，有好吃的吗？宁安本不是口吐莲花之辈，可不知为何，每次看到洋平，内心总涌动着无限关爱。

傍晚，宁安收拾完厨具，正准备回家，菊子夫人匆忙地走来，焦急地对宁安说，骆师傅，洋平吃不下饭，你能否帮他单独弄点？宁安点头，却并没有动。晚餐是虎太郎做的日系料理。他还专门给洋平做了饭。宁安若主动答应，似是对虎太郎的否定。更何况，副领事刚给他们下达比赛的命令。但菊子夫人焦急的样子又让他于心不忍。正在踌躇，虎太郎走来，对宁安示意，骆师傅，能否帮我看看洋平？为何我的料理他吃不下呢？

宁安看到虎太郎谦虚的样子，也不好反驳，就一起去看洋平。洋平躺在长沙发上，看上去恹恹的。宁安回头问虎太郎，厨师长，请问您为洋平准备的和食是什么？

虎太郎说，洋平食欲不振，身体代谢慢。我炖了梅子味噌汤，用于开胃，并为他特制了乌龙汤面，用鲜鳜鱼熬的高汤，非常滋补。洋平依然吃不进去。

宁安想了想说，您的对策总的来说没错。洋平食欲不好，您以梅子酸刺激胃肠蠕动，鱼汤鲜美，也很营养。这方案针对大人可以，但孩子胃力弱，不适于刺激，更适于调养。和食偏寒，洋平从小吃中餐，乌龙面对他来说还是硬了一些。

虎太郎不住点头，认真地对宁安鞠躬说，受教了。

宁安看着虎太郎，心慢慢放轻松了。洋平也翻身下沙发，欢笑着说，宁安师傅，给我带好吃的了吗？马上就做好，宁安笑着回答。虎太郎和宁安商量洋平的食谱。虎太郎身为厨师长，原本不需要对小孩的饮食如此用心。宁安在那张严肃甚至有几分刻板的脸上，找不到任何特殊的理由。他小心地提出用文思豆腐汤搭配虾球鸡蛋饭，虎太郎又添加了几条建议。洋平嚷着要看宁安做饭，菊子夫人只好带他来到后厨。宁安师傅，什么是文思豆腐？洋平问。

宁安认真地解释说：中国人将豆腐叫小宰羊，是说它非常鲜美，苏东坡有云："煮豆为乳脂为酥"。文思豆腐是乾隆年间扬州僧人文思和尚所制。用刀将豆腐削成细如丝线的丝，软嫩清醇。香菇、冬笋、火腿、鸡脯肉，有助消化和滋补，细细地切丝，用雏鸡炖清鸡汤，糖和淀粉勾芡。此道菜难在刀工和火候，刀功还需虎太郎厨师长，我是不如的。

虎太郎也不推辞，他拿出特制日本厨师刀。不一会儿，各种辅料就切好，豆腐丝散在清鸡汤里，如银河散发的银亮光丝，又点缀各类辅料，真是五彩缤纷，闻起来香甜浓郁。

汤好了，这边宁安焖的米饭也差不多了。他选用上等鸡头米，饭焖得偏软，适合孩子。鸡蛋饭是传统日本和食，不过加了虾仁。他们将饭端上来，不是用碗，而是用带槽的红木板。这样做出的饭更软和。宁安用类似做蛋糕的小模具，将鸡蛋和北海道甜虾茸倒进去蒸熟并固定。等米饭好了，把那些甜虾球和鸡蛋粒倒上去。

就是鸡蛋饭吗？洋平忍不住说。菊子夫人赶紧拉住他，对宁安和虎太郎歉意地说，实在对不起，小孩子不知深浅，两位做出的鸡蛋饭一定是最好的。

宁安和虎太郎相互看了看，小孩子心急。宁安很快拿出一碗小球状东西撒在饭上。神奇的一幕发生了：小球渐渐融化，包裹住虾球和鸡蛋粒，冒出阵阵芳香。虎太郎又在饭上撒了青葱、梨片，煞是好看。洋平欢呼，先是小口吃，后来迫不及待地用勺子盛，很快吃了一大碗。

到底是什么？菊子夫人说。虎太郎做了解释。原来是熬煮鸡脯肉凝结的鸡肉冻，加了法国红酒提鲜。这是宁安从欧洲菜式得来的灵感。

这些料理是中国菜，还是日本菜？洋平天真地问道。

宁安和虎太郎都窘住了。文思豆腐是淮扬菜，却是日式刀工；鸡蛋饭是日本料理，却有西洋烹饪法和中国模具。这真是很难说清楚。

八

洋平吃罢晚饭，已是晚上九点多。虎太郎请宁安在领事馆外的草坪散步。暮春天气，晚上风还凉，街面不见几个人。远处看去，领事馆灯火辉煌，日本太阳旗在墨绿色天幕随风摆动，光滑结实的大理石地面和精美的石柱相映衬，显得雍容华贵，并提醒着所有中国人，这里是征服者的住所。

宁安呆呆地站着，对虎太郎说，先生，我不想和您比厨艺。

虎太郎和宁安争执起来。他可能是认为宁安害怕了，言语有些讽刺的意味。宁安血涌面皮，可恶的日本老厨！刚生出的好感也烟消云散了。宁安攥了攥拳，强忍着回应说：我不过是普通厨师，乱世挣扎求生罢了。至于中华还是日本，谁第一很重要吗？

虎太郎愣住了。他没想到宁安如此态度。

宁安又说，两年前，南京城破，我的母亲和兄长一家惨死家中。侄儿小志如果活到现在，也该和洋平差不多大了。

虎太郎脸色变了变，想说什么，却欲言又止。许久，他才说，战争不好。我也不喜欢战争。铁兵和铁志，都丧生于华北。但没有征服，就没有反抗，也没有进化。日本是为中国和全东亚的进步牺牲自己。

什么？宁安指着飘扬的日本旗说，没请你们来！你们杀了我的亲人，还说帮助进步？

虎太郎看着平时温顺的骆师傅此刻如同被激怒的刺猬，眼睛通红，随时要扑过来。

你可以举报我，宁安说，让宪兵抓我吧。

虎太郎面色凝重地说，希望您放下仇恨，全力以赴地准备比赛。如果您放弃，或输掉了，就请拜我为师；如果我输了，将离开中国，永不回来。

宁安冷冷地点头，独自向家的方向走去。他的头脑中，一会儿是可爱的洋平和谦和的菊子夫人，一会儿是惨死的侄子小志和嫂子，一会儿又是虎太郎疯狂的眼神。洋平快乐地生活在南京，成为人上人的主人，小志却被抽出肠子，惨死家中。这世界为何如此不公平？也许，对于虎太郎来说，他真的并不在意什么大东亚战争。他要的是厨艺上的无限精进与完美对抗。国家的事他并不在意，他只是要一场精彩绝伦的厨艺比拼。

他仿佛看到拖着肠子的侄儿与身穿破烂旗袍的嫂子，无声地跟在他身后。他猛地回头，远处钟楼的钟声突兀地响起，好似地狱的号角。街道两旁的法国梧桐又密又厚的叶片间，漏下无数路灯碎光，将两个青黑色影子分割成一块块的，时聚时散，浮在空无一人的街道，仿佛两团虫子组合的人形。风吹时虽然模糊，但风一过，又是纤毫毕现的真实。

宁安没有恐惧，只有内疚。侄儿和嫂子一定埋怨自己。这么久，难道你忘记了血海深仇？你还想回去过苟且偷安的小日子？你是不是想逃避？

第二天下午，宁安见到老鲁，将比赛的事说了，坚定地说，要好好准备，打败日本人。

老鲁笑眯眯地听他讲完，不答话，只是拿出碟腌渍黄瓜片"咯吱咯吱"地咀嚼，吃下几块，才斜着眼看宁安说，怎么，不想撤退后方了？

宁安脸一红，坚定地摇摇头。

老鲁拍拍手，淡淡地说，骆宁安上尉，你是军统南京情报站的军人，不是挥舞菜刀的厨师，一切都要服从安排。

难道上级不同意我和日本厨师比赛？宁安急切地说。

一定要比，老鲁目光冷峻，十几天后，领事馆举行外务省次长清水留三郎招待会，活动由副领事主持。总领事倔公一、陆军中将山田乙三，还有很多南京城内日本政军界高级人员参加。军统南京区尚振声处长已下达命令，我们的任务是毒死所有日本人。

九

接到这个终极任务，宁安非常不舒服。但真正执行，则有相当难度。日本宪兵对后厨看管严格，每天入货，都有专门人手看管。这种大型宴会，也会有专门检验的人负责，还会有能闻出毒品味的日本警犬。除去这些，选择毒物也非常费思量。如需致命，须是氰化钾这样的剧毒，但毒杀数十人的化学物品,成功带入南京,再带入领事馆,难度也不小。而且,毒物的发作时间、投放方式和剂量,都需精心设计。

经过周折,老鲁搞来了一种俗称"醉仙桃"的神经性毒物。该毒物由中药萃取而出,发作时间比较长。俩人还拿老鼠和猴子做实验,了解毒物的发作间歇与具体时效,以便投毒后争取时间全身而退。有关行动计划,俩人也反复推演,力求万无一失。

春天的风慢慢暖了。领事馆内喜气洋洋,几十个南京城日本显贵被请了来。外交仪式结束后,副领事笑着宣布比赛的事。来宾非常好奇。宁安在众人身后,偷眼看到上次的本多大佐也在邀请行列,显然是国内述职刚回来。本多铁青着脸,并不讲话。宴会商定,由副领事带领几位贵宾,组成试吃陪审团,对两位大厨的菜肴评点。菊子夫人和洋平也挤在人群中,看两位大厨比赛。骆师傅,你一定会赢!小洋平用中文喊着,惹得很多人去看。

虎太郎身着墨绿色日式厨师服见客。他今天为客人准备的是日本传统"怀石料理"系作品。相传,日本禅宗和尚因提倡少食,常难挨寒冬,故常用衣服包裹了烧得温热的石头放置怀中,以暖胸腹,故此得名。菜系共十四道菜,先端上的是"先付"和"八寸",都是时令开胃小菜。一个不大的粗瓷白底盘,青萝卜雕刻的鲜艳梅花枝,配以洋葱、白萝卜切的极小碎丁为雪花状,覆盖其上。一个青柚对半切开,内囊去除,中间填塞丁状嫩笋和条状洋芋根,柚子蒂上还覆盖几片青翠欲滴的叶子。

先付可有名目?副领事问。

虎太郎恭敬地说:配有日本小俳句——踏雪寻梅,君觅春留何处?

众人只觉青翠可口,齿颊留香。小菜虽不复杂,妙在契合春之绿,及迎春待客之意,且有抛砖引玉之功能。宁安一边忙着布置菜品,也留意虎太郎的菜品。见了这道"先付",宁安倒也不觉惊讶。日本料理,细致处做到极致。

越过众人,宁安发现虎太郎正在凝视他,目光咄咄。他只平视过去,没有畏惧。

下一道"八寸"是下酒小菜,却是青陶瓮形器皿盛着,古朴浑然的气息悠然而来。古早酱油煮熟的小块黑杜父鱼,小黄瓜丁拌的北海道甜虾,红白相间的姜芽，昆布包裹的日本真鲷鱼块，水晶糖蒜头，翠绿苦瓜球，外加几个红艳夺目的朝鲜辣椒。

好呀，一个日本军官兴奋地拊掌说，酸甜苦辣咸麻，未闻主菜，已有舌尖百种滋味！

此为"春来冬去，笑对人生百味"。虎太郎说。

众人鼓掌愈热烈。宁安不得不承认，日本老厨的料理，令人钦佩。菜肴一道道地上来，越来越快，每道菜都有好听名目，色形味俱全，却不夸张奢华，只契合"春"字做文章。不一会儿，怀石料理的高潮——主菜"强肴"上桌。只见一个大大纯白海贝瓷鱼形浅盘，盘中有假山造型，还有各种蔬菜雕成的树木、葱丝粘成的灌木丛、冰激凌做成的瀑布和小河，下铺薄薄冰片，烟雾缭绕，恍如仙境的微雕盆景。副领事带上眼镜，仔细看去，发现盘中有块黑黝黝的食物，像块石头，毫不起眼，不知为何物。

副领事大人，请进箸。虎太郎躬身行礼。

众人屏住气息。宁安暗想，日式怀石，强肴无非煎肉或鱼，本非常简单，为留住食物原始味道，难道这个菜还有其他古怪？

副领事有些不好意思，连忙邀请其他贵客一起。本多大佐倒不客气，用银筷夹起食物，大口咀嚼。正当大家惊讶，本多却突然停止吞咽，表情仿佛凝固住了。

噎住了吗？宁安身边的中国仆人悄声说，还是很难吃？

大家议论纷纷。虎太郎不动如山。副领事见状，也去夹那食物。

十

老鲁和宁安多次见面，商量行动细节。老鲁也疏散亲属，暗中将酱菜园抵押给典当行。这次行动，宁安没有十分把握。领事馆守备森严，虎太郎对饮食又十分精细，要投毒，就要考虑恰当的时机和方法。宴会开始前，宁安这些厨师每次进出领事馆，都会被搜身检查，想要带包毒药进去，难度很大。老鲁决定亲自出马，以送调料为由，将装毒物的密封料包贴上标签，混在其中送进去。

人算不如天算。事到临头，还是出事了。

下午三点半，宁安来到领事馆门口，等老鲁送货。过了约定时间，并不见人。宁安心急如焚，怕出事，急急地跑去宝瑞调料园，"朝天椒到货"的牌子不在，宁安发现店门口几个卖香烟的小贩。说是小贩，但不叫卖，只沉着脸，抄着手在袖筒，盯着店门口。店门冷冷清清地开着条缝，有点黑，隐约看着有人。

宁安的脑袋"轰"地发响。老鲁暴露了。老鲁被盯上，宁安也就危险了。

暮春，天气有些热，宁安的汗挤出来，脑子急剧旋转，到底怎么办？转头就走，带着全家人过流亡日子，命保住了，任务肯定完不成。不走又怎样？他和老鲁是单线联系，上级是否清楚他都不知道。他冒失地进去，不过多送条命罢了。

"叮叮"，门帘子拴的铁三角瓦不断作响，脆生生的。往常宁安最喜欢这声音，如今听着，如同催命符咒。宝瑞调料园是山东街不大的门头，黑匾额，蓝漆门，门口蹲着两只石麒麟，收拾得不甚干净，酱菜的咸香气、辣椒的辣味，还有花椒麻麻的气息，都慢悠悠地渗透出来，倒是烟火气十足。门被推开，一个胖大的男人举着牌子，一路跑，一边唱着什么。几个小贩装扮的暗探，都扑过去。宁安也骇了一跳，斜斜地看着胖男人从身边闯过去，肩上还有块银圆大小的豆腐乳污渍。阳光刺眼，宁安皱着眉，男人是老鲁，他手上举着的正是"朝天椒到货"的牌子。

老鲁不理睬宁安，只带着几个暗探兜圈。他面带微笑，将牌子举得高高的，不断摇晃。他踩踏街道蔬菜摊，踢飞了卖馄饨的条案，唬得几只花白相间的母狗"嗷嗷"乱窜。

宁安紧攥着手，牌子上"朝天椒"几个字辣得眼生疼。仔细听去，老鲁用南京土语唱的是"盐水鸭子香，文思豆腐嫩，辣椒爆炒大肠辣，油煎鸡屁股美吃，鸭血粉丝汤最爽滑……"

老鲁兜了两个圈子，猛地停住，一头撞到调料园的石麒麟上。青石雕的麒麟，右边全染红了，没有碧血，只溅出了红白相间的脑浆，惹得暗探们大骂晦气。

宁安呆呆地站在远处街角，心里没有痛楚慌乱，反而是前所未有的清明。半条街的人都拥去看死尸。宁安缓缓地调转头，朝关帝庙走去。宁安不知老鲁什么时候被暗探盯上的，但想来自己暂时安全。老鲁举那块牌子，无疑暗示他把毒药藏在平时俩人交接情报的关帝像后面。老鲁拿自己的命成全宁安，完成这任务。他又想了想老鲁唱的歌谣，心下也有点明白。那不是什么暗语，是老鲁对宁安的最终遗言。宁安将来在他的坟头烧几道好菜，让他在阴间也能大饱口福。

老鲁唱歌真难听，纯粹是破锣。宁安却泪流满面。

后来他才知道，老鲁，鲁大料，真名叫鲁光复，民国光复那年生人。

十一

副领事细细地咀嚼，一会儿沉醉，一会儿兴奋。本多大佐也不讲话，只是加快进食，俩人眨眼间就吃了好几块。副领事停筷子，问本多大佐，感觉如何？

太好吃了！本多毫不犹豫地赞叹，真是难以形容的食物！

难以形容？宁安奇怪，为何有这样的评价？副领事也说，的确难以形容。吃起来有肉味、鱼味、土豆、鲜藕的味道，但竟然有巧克力味感，这究竟是什么东西？

虎太郎严肃的脸上露出微微笑容，说，这道强肴也是应了日本的和歌"上瀑布飞溅，蕨菜正发芽，春天已来临"。我用透明猪肉衣内裹鱼肉泥、土豆泥、鲜莲藕泥，切成方块状，先上笼屉蒸，再入油炸，出火后，裹上芥末和咖喱、洋葱碎等，投入融化的巧克力奶。巧克力冷却快，迅速将炙热的肉味锁住，等客人们咬开，肉和鱼、蔬菜热气腾腾的气息马上涌入口腔，搭配物性热的巧克力，如突然喷发的富士火山，锐不可当！

这么神奇！客人们也赞叹。宁安身边的中国仆人和厨师都伸长了脖子，充满好奇。一个青年中国厨师对宁安说，骆师傅，虎太郎太厉害了，我们能胜过他吗？

宁安也说，这道菜的奥妙，还在于吃完火山再去吃旁边搭配的冰激凌做成的白雪、小河与瀑布。这个虎太郎，总要把味道刺激做到极致！

众人如梦方醒，又是一阵感慨。本以为虎太郎给众人的惊喜就到这里了，谁料最后一道菜，本是"汤盖物"，也让虎太郎做出了非凡花样。

一个灰陶烧制碗，碗边刻着红白相间梅花。虎太郎揭开盖，副领事看去，是玉米甜汤，汤汁清亮，泛着玉米成熟的清香，是解腻开胃的良好食品。奇特之处在于，盖物的钵外另有极精细的刀功雕刻而成的弥勒造像，闻闻，是用胡萝卜雕刻，细致处如眉毛和脸上的纹路，都活灵活现。再仔细看，胡萝卜又是雕刻好后蒸熟的。

副领事轻轻地挑起卧佛，一下子散开了，头、脚、肚子、胳膊、腿，都滚落在黄澄澄的玉米汤里。副领事咬了口，感觉这胡萝卜佛里面另有乾坤！

吃起来不像胡萝卜呀。副领事嘟囔着。

虎太郎说，我用刀剔除胡萝卜雕的内瓤，填上茭白、草莓和大樱桃、苹果做成的馅，自然风味不同。这道菜有个名目，叫"佛浴春江"。

众人静下来，突兀地又爆发出热烈掌声。副领事赞许地说，这不仅是厨艺，而且是生活的艺术和想象力了。虎太郎先生已超越了厨技对饮食的理解。

几个大人物也纷纷赞许。本多大佐说，我在日本国内也见不到这样神奇的料理了。这场比赛不需要支那厨师出场了，因为胜负已定！

副领事并不认同：我们期待骆师傅有不同的精彩表现。

虎太郎也示意让比赛继续。宁安不答话，只拍拍手，厨师们陆续上菜。小菜部分，是传统腌菜根，毫无出彩之处。接下来的菜，却出奇了。一个红木盒架被端上来，下面有只炉子。副领事看到，盒子之间有冰雕刻的横棍，棍上有极薄的鱼片，又在木盒底部放有一只古拙黑陶大碗，内有清亮汤汁，不知为何物。主菜四周，还搭配几碟青黄翠绿各色调料。

这菜怎么吃？副领事只觉无处下嘴。本多大佐对此不屑一顾，认为故弄玄虚。虎太郎眼睛一亮，想说什么，却欲言又止。

它并未最后完成，宁安向前一步说，用火柴点燃最下层炉子，是只酒精炉。不一会儿，青花瓷大碗的清汤煮开了，"咕嘟咕嘟"地冒着热气，散发着奇异香味。更奇特的是，冰雕的横棍被热气所蒸煮，慢慢融化了，鱼片"扑通、扑通"掉入汤中。

现在刚刚好，诸位品尝吧。宁安说。

副领事迫不及待地挑起块煮好的鱼片，在调料里蘸，又放在嘴里细细咀嚼。他闭起眼不说话，脸上表情不断变换。本多好奇，也品尝鱼片，还用大汤勺喝汤，脸上露出舒适的表情。其他贵宾也上前品尝。

副领事睁开眼，拍着餐桌说，鱼肉细腻可口，刀功不错，有鲜嫩羊肉感。汤也极为鲜美，一个字，鲜！新鲜到了极致！

本多并不说话，但脸上也显出慎重的表情。其他人议论纷纷，大多不明所以。虎太郎赞许说，盛器选择得好。中华烹饪，盛器多奢华，骆师傅选的却是小掘远州烧制的日本陶器，是所谓"濑户物"，更能凸显鱼和自然的关系及鱼的本味。生鱼刺身本是东瀛名菜，难的是刀功和食材。刀功已有几分功力了，鱼我看不是东瀛金枪鱼、鳟鱼、鳜鱼，而是中国东北大马哈鱼，鱼肉质地韧性而细腻。以冰为支棍，冰镇鱼片的鲜美，冰融化而鱼片入滚汤，可结合鱼和汤的鲜，调料也讲究。

众人恍然大悟。宁安又解释说，此冰雕棍混合海胆泥。汤也是特制，用的是南京青龙山的山泉，调料有牛膝草、蒜蓉和鸡蛋泥、古早酱油做的酱汁。正如副领事所言，这道料理是表现春天大自然的新鲜气息。

它有什么名目？本多急忙问。

泉涌鱼儿跳，春暖故人来。宁安沉声说道。

十二

下午4时15分。宁安在关帝像后，终于找到那包印有"精细盐"字样的毒物。宁安想起老鲁的种种好处，潸然泪下。宁安这才觉得饮食没有贵贱，山珍海味和简单小吃，甚至不那么上台面的猥琐低等食材，没什么本质区别。料理都是给人幸福。

他的心更坚定了。毒物害人，为厨界大忌。饮食杀敌，则义不容辞。他匆忙地赶回领事馆，已是4时40分。领事馆值班宪兵正对今晚宴会食材和各种配料进行认真细致的检验。宁安看到，调料袋子被整个翻出来，一只警犬嗅着气味。宁安内心狂跳，幸亏老鲁没将毒物混在里面，否则很可能被翻检出。此刻那毒物仿佛长在身上，紧紧地扣着他的肉。

虎太郎走来，对宁安说，骆师傅，准备好了吗？

宁安点头。虎太郎又说，怎么如此紧张，是不是菜品准备不全？还是担心输掉比赛？

宁安冷冷地说，输赢都是我自己的事。厨师长，我们前台再见吧。

此时，一个宪兵走来，要搜查宁安身体，遭到了宁安的拒绝。我天天出入领事馆，你们也都检查，为何还要再搜查？这是对我的侮辱！宁安抗议说。

宁安非常紧张。他和门口卫兵熟悉，刚才进来只是例行公事，并没有认真搜查。但如果此刻检查，肯定要露馅。

不用了！虎太郎阻止宪兵，你们是侮辱优秀厨师。不要再这样了。

见到虎太郎如此说，宪兵不再纠缠。不知为何，看着虎太郎信任的目光，宁安有些内疚。他的确不配厨师的称呼。他马上就要变成无耻杀人犯，一个用厨房杀人的坏家伙。

不要想太多，虎太郎拍拍他的肩膀，安心比赛吧。

宁安无言，他真想扭头就走，离开这里，再也不管军统这些事，但老鲁那张胖胖的笑脸又从脑海里飘了出来，盯着宁安。宁安叹了口气，就算是地狱之行吧，总要有人下地狱。如果他不幸死了，就让他在地狱里做个好厨师吧……

下道菜是什么？副领事发问。宁安收回思绪，又招呼手下厨师上菜。下面主题都有关鱼，有"鱼肚乾坤"（肚里乾坤大，春风岁月长）、糖醋黄河鲤鱼（桃花春水问鲤鱼）、锅塌太湖银鱼（万点春色愁如海，火树银花盼归人）。

叉烧长鱼方，也得到了大家的好评。比赛烤肉之后，宁安痛定思痛，对烧烤类的菜肴多动了些心思。传统淮扬菜叉烧长鱼方，主要原料是中国河鳗。这次宁安选用的是日本深海的大海鳗。具体做法上，则延续淮扬菜系特点，如选用鸡虾茸为辅料，豆腐皮做包裹鳗鱼块的外皮。但烧制过程注意保持鱼块原始风味，不是用豆腐皮裹鱼，用稻秸秆烧制，平锅煎烤，而是直接将鳗鱼置于热旺酒精炉急烤，不用油刷，烤至八分熟，火速拿出，用薄如蝉翼的豆皮包裹。鸡虾茸也是大火急蒸熟，裹在第二层，再以青翠生菜裹在最外面。用油少了，鸡虾鲜味、海鳗原始的新鲜口感，都非常浓郁，又符合养生规律。这道料理可以说是集合中日烹饪理念、推陈出新之作，得到了一致好评。

真是难办了，副领事咂咂嘴，骆师傅和虎太郎师傅平分秋色。

虎太郎高出一筹，本多大佐说，日本料理精髓表现得非常充分。反观中国厨子，虽有出奇之处，但风格不鲜明。我是武人，只依照简单的想法说出来。

一位外务省官员显然欣赏宁安,却不好驳本多的面子,只问宁安,这是最后一道菜吗?

还有最后一道饭食。宁安转头向着厨师,只见四个厨师慢慢地抬着块铁板走上来,铁板上盖着一个精钢半球式的东西。

这是什么?副领事好奇地上前,要摸那钢半球。

不要!烫呀。宁安阻拦,还是晚了一步,副领事触摸到半球,触电般地缩回去。本多被唬得竟扯出军刀,仔细看去,却是副领事手指被烫起水泡。

呛骷颅,怎么回事?本多怒吼,你要谋害帝国外交官?

十三

宁安没有害怕,反而平静地让其他厨师散开。他对本多大佐说,这道菜装置是我设计的,请远距离观看,小心烫伤。

这是食物装置,大佐不必害怕。虎太郎也说。他对这道出场惊人的料理,也颇感兴趣。

本多大佐将信将疑,离远了一些,但军刀依然拉出半截。

宁安将钢半球上的一个帽轻轻扭开,呼呼的白色蒸汽喷了出来。宁安这才慢慢掀开盖子,本多大佐赫然看到,大铁板上盛着些金黄泛白的食物,还"吱吱"地冒着油和莫名香气。

包子!铁板的生煎包!副领事急切地说。

您尝尝看。宁安微笑着鼓励。副领事看去,包子热气腾腾,金黄的煎裙非常漂亮,包子皮暄软,很薄,但并不破。副领事轻轻咬下,一股油汪汪的汤汁溅了出来,直滴在他的前襟上。副领事越吃越快,全然不顾包子有些烫嘴。他一口气吃了四个,这才停下来,抹了抹嘴唇,闭上眼,似乎还沉浸在难以言说的境界和情绪之中。

到底怎么样?本多大佐忍不住问副领事。

副领事睁开眼,眉开眼笑着,叹了口气说,真是美好的滋味。

虎太郎也迫不及待地登上台,他看到包子个头不小,圆鼓鼓的,底下是金黄色煎炸裙边,饱满,皮薄,被里面的汤汁鼓起,像一个个白胖胖的嫩娃娃，挤挤地坐在一个个金黄色莲花台上。这水煎包据说用水和油来蒸包子，水干了，油着，成了煎，既有水蒸的汤汁和包子皮的筋道，又有煎的脆爽可口。

虎太郎咬了口包子，很快发现不对。这不是寻常包子，它有两种馅，一种是上等鲅鱼茸，另一种是鲜牛肉。还有几片韭菜。肉羹切丁，塞在馅里，煮熟后融化成汤汁，被保存在包子里。这本没什么稀奇，但奇在韭菜香压制住肉的油腻，肉香和鱼香又冲淡了韭菜的辛辣。两种馅做的馅团被包裹在汤汁之中，彼此冲突又融合，好似熟透的草参，濡烂得入口即化，又有几分筋道。

虎太郎问副领事，您觉得这道饭如何？

副领事放下筷子，感叹地说，心和胃都是热的。那种感觉，好比深春之处，一人一舟独行于日头之下的湖水。日头温热，却不灼人，春之湖水，氤氲水汽，碧波荡漾，独坐船头，独饮醉人酽茶，独听水打乌船，好不快哉！只不知，这奇怪装置有何用？

宁安解释说，传统煎包都是用平锅，水和油混煎，外加锅盖。这个装置是利用加热铁板，快速抽走半球内密封空气，造成真空密封加热，能迅速蒸干水分，减少煎包肉馅熟烂时间，保持食材新鲜口感，让汤汁更香甜。

众人都为匪夷所思的装置和宁安精妙的设计而叹服。大厅响起了热烈掌声。

这盘包子也有名目，叫"锦绣山河处处春"。宁安最后说。

和了吧。骆师傅和虎太郎师傅旗鼓相当，不分胜负。副领事宣布。

十四

晚上7点30分，精彩厨艺比拼之后，日本总领事馆外事招待宴会正式开始了。

宁安偷偷地换下厨师服，从领事馆后门溜出去。宴会菜单早已备好，宁安也安排十几个厨师分组料理。他最后回首春夜天幕中黑暗高大的领事馆，骑上早准备好的脚踏车，向燕子矶笆斗山江边码头方向狂奔。总领事馆在鼓楼区，至码头有相当距离，半个多小时，宁安才到达码头。早埋伏在这里的军统特工赶紧招呼宁安上船。小船静悄悄地停泊在不显眼的地方。昏暗的灯光下，宁安甚至似乎看到妻子和女儿焦急期盼的身影。

骆师傅不辞而别，有违中国君子之风。一个急切的声音突然从宁安身后冒出。

宁安惊悚至极，忙回头看，虎太郎瘦小的身躯显现出来。接应的军统特工也大惊失色，忙掏出枪，警觉地查看四周。但此处为码头非常偏僻的地方，除了这个小老头和他骑的一辆脚踏车之外，并没有其他人再出现。

厨师长，你怎么在这里？宁安说，插在衣兜里的手也紧紧地握住勃朗宁手枪，枪还是老鲁送给他的。

虎太郎没有回答。他的衣襟全湿透了，胸口起伏不定，大口喘息着，显然追踪狂奔的宁安，对五十多岁的虎太郎来说并不轻松。

虎太郎又喘口气，才沉痛地说，骆师傅，干这个不适合你。你只是优秀的厨师。宴会开始，本想找你聊天，却发现你仓皇而出，就跟踪至此，也算是相送吧。

宁安不答，手枪攥得更紧了。他太大意了，居然没发现身后有人。

虎太郎又说，这一路我都犹豫，是不是要举报你的不法行为，但我还想亲口问问你，为何违背厨师原则，干这种丧尽天良的事？

丧尽天良？宁安不怒反笑，日本兵闯进南京，奸杀嫂嫂，又奸杀我六十多岁的老母，这算不算丧尽天良？

虎太郎语塞，讷讷地说，战争总难免伤亡和个别不法士兵。

宁安冷笑说，真是笑话，老虎吃了麋鹿，还要和它和平。老虎的和平，不过是被吃的动物不要乱喊乱叫，搅扰了它的心情罢了。

虎太郎叹了口气，又说，战争是不好的。但你不该利用厨艺滥杀无辜。

无辜？宁安说，我杀的都是日本高官和高级汉奸特务，何来无辜？

你在食物投毒？虎太郎又问。

我把毒物混在四坛绍兴老酒里。宴会开始，毒物才会慢慢渗透，这毒发作慢，现在估计领事馆已乱作一团。我不杀害无辜。宁安说。

老鲁和宁安商量细节，宁安坚持不在饭菜里动手脚，而是在酒水里做文章。他的理由是，如果饭菜有异味，日本人可能很快停止食用，起不到效果了。他不想让下毒破坏厨艺比赛。另外，他实在不忍心毒死洋平和菊子夫人。妇女儿童一般不会在宴席饮酒，他们可逃过一劫。

一个厨师，以毒杀人，总是罪孽。虎太郎说。

这我知道！宁安打断他，我永远退出厨师界。但我不后悔。给本多大佐那桌高级军官的菜品，我以豆腐配白萝卜，笋搭鸡肝汤，汤里有我特制的药。这些杀人狂魔即使活下来，终身也不再有味觉。军人杀命，书生诛心，料理猎舌！

你好可怕。虎太郎脸色惨白，苦笑着说，我不过是行将就木的老厨，妻儿都死于战争，这世上牵挂的就是一身厨艺心得。我想找个传人，结合日本料理和中华烹饪美食的奥义。现在看来，不过是幼稚可笑罢了。

宁安向虎太郎深深地鞠躬，低声说，您是令我尊重的厨艺大师。下辈子吧。但愿下辈子中日之间不再有战争。

宁安回头，迅速登上小船。接应的特工也赶紧发动小船。此时虎太郎拿出个小包裹向船上抛去，大声喊，送你做纪念吧，但愿你能找个好的厨艺传人！

借着星光，宁安发现是那把虎太郎引以为傲的银厨刀，他热泪盈眶。船快速移动，黄浦江两岸风景在黑暗中迅速奔向远方。乳黄色月亮仿佛大海船，伴随着不知将奔向何处的命运。灿灿星光若漫天蔷薇，宁安隐约看到，黑黢黢岸边似长满无数粉红色巨大舌头，在微风中摇曳。有中国人的舌头，也有日本人的舌头。兄长一家，还有死去的老母，都站在舌头之间，微笑着冲他挥手作别。他们神态安详，不再是狰狞血腥的样子。虎太郎瘦小挺拔的身影，依然屹立在空无一人的码头，如孤独的猛虎，一点点地退隐在时间的惊涛大浪中……

十五

1939年深春，南京日本总领事馆举行外务省次长清水留三郎招待会，发生震惊中外的厨师投毒案。总领事倔公一、陆军中将山田乙三，还有众多南京城内日本政军界高级人员等数十人中毒。宫下玉吉和船山已之作等数人中毒不治，于次日身亡。

经日本特务机关严格搜查，发现领事馆厨师骆某留书一封，内书投毒报国仇家恨，乃个人行为云云。经检捕，发现该中国厨师已从燕子矶笆斗山码头秘密逃离南京，不知所终。

消息传到日本内阁，产生极大反响。日本总领事、副领事被撤职遣返归国。总领事馆厨师长、著名日本料理大师虎太郎辽引咎剖腹自杀。

再据日本特务机关追查，中国厨师实为军统特别人员。此行动代号：猎舌。

《当代》2017年第4期

评鉴与感悟

在历史中聆听个人的心跳

何为猎舌？"军人杀命，书生诛心，料理猎舌！"猎舌，讲述的就是淮扬名厨骆宁安以厨道复仇的抗战故事。这并非作者闭门造车的虚构。1939年6月10日，驻南京的日本总领事馆举行高规格宴会。实为军统特工的使馆仆役詹长麟兄弟趁机在酒中下毒。赴宴人员多数中毒，两名书记官不治身亡。这一事件震惊海内外，被称为"南京毒酒案"。《猎舌师》的故事就以此为原型展开。

在既有的史实框架下，《猎舌师》既没有以正义之名宣扬暴力哲学，也没有以闹剧的形式消费民族的伤痛记忆，而是将虚构的重点放置在主人公的内心活动上，呈现了一个厨师在厨道和大义之间的摇摆，做出决定时那一刹那的惊颤甚至成功后的一丝无奈和愧疚。

《猎舌师》的故事沿着两条线索交叉推进，就像一只天平伸出了两条等量的手臂。一条是当下历史叙述常见的抗战书写——家仇国恨引发的小人物的复仇。骆宁安眼见母亲和兄长一家惨遭屠戮，是为家仇。作为亡国奴生活在被征服的南京，是为国恨。有了这样的铺垫，他借助身份之便，做出投毒抗敌之举便具有了内在合理性。然而天平的另一端却在相反的方向撕扯着他。厨师长虎太郎是个以料理为信仰的人物，战争的创伤把他从乱世中赶进了厨艺这个庇护所。他看中了骆宁安的资质，希望将毕生所学传授于他。有了虎太郎将厨道理想化的参照，骆宁安违背厨道信仰的投毒行为多了一层震撼人心的力量。

全文十五节都在朝着复仇和厨道两个方向发展。作为结构上的中心点的第七节额外需要关注。骆宁安与虎太郎合中日厨艺所长，精心为食欲不振的日本小男孩儿洋平做出了一餐合口的料理——"文思豆腐是淮扬菜,却是日式刀工;鸡蛋饭是日本料理,却有西洋烹饪法和中国模具。这真是很难说清楚。"相对于末尾热闹的厨艺对抗,文化的融合与友爱或许才更近于厨道的奥义和作者的理想。于是,作为抗战小说的《猎舌师》在精彩的故事下其实包裹了一个反战的内核。

正如作者在《批评的自白书》中所说:"真正的文学并非道德立场、姿态、或概念,而是一种人的内在心灵世界的呈现过程。无论我们写了几十万人的史诗战争,还是一个小保姆晚间的一次春梦,文学都试图将我们从陈词滥调的世界中拯救出来,赋予我们真正的内心生活。"《猎舌师》将简化的英雄符号还原为历史现场中的人,在历史的尘埃中,呈现了鲜活个人的心跳和体温。在一个和平的年代想象战火,唯有如此才能不负先辈牺牲的意义。(邵部)

我永远忘不掉那个夜晚

/黄孝阳

  我永远不会忘掉那个夜晚,它比我所经历的其他夜晚加在一起还要不可思议。那是在一个裸露出大块红壤的陌生小镇。很少的房子,几棵怪模怪样的树,一个小旅馆,墙体由片岩堆砌而成。

  我忘了是什么原因让自己在这个小镇停留下来。可能是一场突发的洪水冲垮了公路,一次心血来潮的独自出游,一个互联网上的无聊约会……总之,我背着双肩包到了那儿。背包里有一台联想笔记本、几件换洗衣裳。小镇的夜空异常大,群星璀璨。我看了一眼,就把脖子看扭了。疼,很别扭的疼,整个人都感觉是长在这种"疼"上,变成了一棵歪脖子树。我拦住一个穿花衣裳的少年,问小镇哪里有药店。少年目光警惕,瞪着我,看到我心里都浮现出一头野兽的时候,他才把一只鸡爪般蜷缩的手缓慢地指向树下的旅馆。

  是一棵歪脖子的槐树。

  我在旅馆老板娘手里买到一盒跌打扭伤膏药。不是三无产品,上面有国药准字号。保质期已过了两年整。我拿不准主意。身材瘦削的老板娘穿一件灰格子高领外套,眼里有难以捉摸的光。我问她药膏能否便宜点,一盒五十块钱太贵。她说就这个价,这里只有鬼才会把脖子扭伤。我苦笑,抱着死马当活马医的心态买下药膏。又问她房间一晚上多少钱。她说三十块。我吓一跳。有了前车之鉴，就算她说一千块，我也不会吃惊。没想到这么便宜。交完钱，洗过热水澡，贴上膏药，推开窗户，望远山，再听松涛，听到恍恍惚惚时候，肚子饿了。我想去找些食物，她敲门进来，问我要不要服务。我问她都有哪些服务。

她解下外衣，露出一对丰满乳房。

我问她多少钱。她说，五百，全套，整晚。她说的六个字，声调与和尚念六字真言差不多。我动心了，犹豫，怕遇上仙人跳。我说等会儿不会有男人拿着斧头闯进来吧？她露齿微笑，说小店信誉良好。我点燃一根烟，说其实进来也没关系，别闯，男人都怕这种破门而入的惊吓。先敲下门，最好也不要像谢耳朵那样敲得那样急。

她哈哈大笑，说，你真逗，我喜欢谢耳朵这个梗。

我说是吗？

我不知道自己是逗，还是不逗。现在有一个词很流行，叫逗比。逗比牺牲自己，娱乐他人。我没有这么高尚，我只是陈述事实。事实与现实不一样。

乡间的夜晚，如梦似幻。我上前抱住她裸露的肩头，去嗅她鬓发间的香味。她刚用过潘婷洗发水。我喜欢这种香味，比香奈儿、范哲思等香水好闻多了。

她颈脖间挂着一根镶嵌着蓝色珠子的吊坠。肩胛骨处有一串字母与数字组合成的编码 S/N EB05241560，淡青色，不是贴纸，是那种深入皮肤的文身。我问这是什么？她的眉毛一挑，模样有点诧异，问我真想知道？我说是。

很奇怪，在看到这组编码的一刹那，我的性欲消失了。她说，那你得加钱。我说加多少？她伸出一根手指。我说一百？她摇摇头，说一千。我又吓了一大跳。她看出我眼里的迟疑之色，说，那咱们继续做吧。她撩拨我，用唇齿伺候我。她的技术不错，我没有反应，丹田处那股热的气流不知上哪了，只好双手枕头，身体放平，让各种负面情绪啃咬着脑细胞的效率慢一点。墙壁上有一块污秽的镜子。镜子里有我与她的裸露。她的锁骨很漂亮，美人骨。《续玄怪记》里有一个锁骨菩萨。我不是胡僧。我揽她入怀，问："你喜欢与男人做这件事吗？"她说："是，舒服。"我不知道说什么好了，捏捏她下巴。

我喜欢肉贴着肉，一个女人的肉贴着一个男人的肉，暖和，哪怕什么也不做，就这样贴着。她理解了这点，身子蜷入我怀里，是猫科动物的那种蜷曲。肌肤光滑，结实，掌指间有体力劳动的痕迹。她的发丝有那么几根飘入我的鼻腔。我打了个喷嚏，继续放平身体，什么也不想。

又痒了。

她是故意的。她故意用手抓着几根头发来挠我的鼻腔。我抓着她的手，亲了下，说睡吧。

她嫣然，说好啊，扯过一床被褥。被褥结实，厚重，带着被米汤浆洗过的香味与小时候的气息。月光在屋子里涨起来，颇有点水波潋滟的意思，远远近近有秋虫之鸣。这是一个美好的时刻。我看着隐没在暗中的她的脸庞，脑子里出现几行唐诗，可还没等我念出来，她说："你听过食骨蠕虫吗？"心头略有不快。她在这个时候提蠕虫实在大煞风景。不管什么样的蠕虫，总能让我自行脑补起一幅绦虫在肚子里翻滚的画面。幸好我不是蠕虫恐惧症患者。她继续说："你看《动物世界》吗？"我当然看过。不仅看过，还特意在互联网上搜索出为《动物世界》配音的赵忠祥与饶颖女士的音频文件，认真学习过。我握了下她的手说："睡吧。"

"蠕虫都是雌雄异体，可科学家2002年在灰鲸遗骨上第一次发现它时，只找到雌性，没有找到雄性。你知道为什么吗？"她的声音在黑暗中荡漾，如神的灵运行于水面。

是的，如神的灵运行于水面。

我打了个激灵。

她不是夏娃，我也不是亚当。她不是我肋骨的一部分。我是嫖客，她是妓女，而且是纯粹的皮肉生意，没有执手相看泪眼，没有小红低唱我吹箫，没有红缨翠带鸳镜鸳衾棋子灯花。一只飞蛾扑入屋内，在灯光下犹如鬼魂。

我叹口气："我不是谢耳朵。我是一个孤陋寡闻的人。"

"你说谢耳朵的时候，我想起了蠕虫。"

"为什么？"

我不大能理解这个逻辑。谢耳朵与蠕虫会有什么关系呢，谢耳朵那个移动数据库级别的大脑被蠕虫病毒侵入过？蠕虫与蠕虫病毒可是两回事。

"每个雌性食骨蠕虫体内有近百只雄性个体，只是它们个头太小，要用显微镜才能发现哦。"她被自己的笑声呛住了，我赶紧拍她的脊背。

她的脊背光滑冰凉，手指上的触感跟摸笔记本电脑差不多。

我有点恍惚，不明白这有什么好笑的。她的逻辑跟还没修建完工的桥梁一样。也许，她从谢耳朵联想到蠕虫，根本就没有动用过逻辑。

"你想想，这是真正的女王大人啊。当女王大人表示自己好寂寞想生小虫子，她体内的男宠们一起大叫，我来我来……你再想想，当谢耳朵这样喊的时候，这个世界会多么有趣啊。"她柔软的嘴唇贴上我的胸膛。

我还是觉得不好笑。当然，如果把这世界比喻成地母，谢耳朵也的确就是一个男宠。

"自然界里女尊男卑的现象是很多，只普遍见于靠繁殖力取胜的低智商生物种群。狼、黑猩猩、狮子、虎等高居食物链顶端的，皆是雄性为王。更别说人了。"

她没再吭声。我干巴巴的语调吓着了她？

或许她说女王的男宠本为催情。哪个男人会不想把女王大人压在身下肆意蹂躏？男女交媾，本来就是一场性别之间的搏斗，所以男人之形，如狼似虎；女人之状，后浪打前浪……如果真是这样，她就不应该只是一个收五百块钱的小镇妓女。她去北京的"天上人间"坐台，混成头牌日进斗金不是问题。

是秋夜，微凉。

天地有霜意凝结。

我起身取出钱包，数了一千五百块钱给她。她真是善解人意，马上明白了我的心意。

她重新躺回我怀里。

很奇怪，这一刻的她与上一刻的她似乎是两个人，是两种完全不同的生物，甚至体温也有了细微的改变。一千块钱就有这样大的魔力？我怔了下，去看她的脸。她脸上有一层蒙蒙月光。我所看见的月光是1.28秒前的，我所看到的这张人脸是0.003纳秒前的。我们都生活在过去，当下无从把握。

我喟然叹息。她的声音开始滋润着这个百无聊赖的夜晚。我希望是滋润，希望她的声音会与山泉一样潺潺流动，这样我就可以枕着山泉入睡了。

"我出生在很久以前。有多久呢。如果以年作为时间单位，大约有三十万年。这是一根蜡烛点燃另一根蜡烛的过程。不要问我是新点燃的那根蜡烛，还是旧蜡烛中的哪一根，蜡烛就是蜡烛，不会因为它在时间长河中的不同形状，就不是蜡烛了。所有的蜡烛，已燃尽的、正在燃烧的、即将被点燃的，这三者构成蜡烛的名字，构成我。"

这是她说的第一段话。

我蒙掉了。她在我额头上亲了下，嘴唇湿润："还要听吗？"

这是女人的亲吻，不是从《聊斋》里跑出来的女鬼——我也没有这样大的福分。我想我是遇到了一个大脑紊乱的精神病人，或者一个小说作者。后者的可能性要大点，精神病人的话语不会这样有逻辑性。我很勉强地笑，心里颇为自己那一千块钱懊恼，也为一个小说作者兼职妓女这行嘘唏不已。她侧过身，眼睛的虹膜处有雾状的东西飘荡，两只瞳孔的颜色不大一样，不是正常人的那种黑，一只淡黄，另一只偏绿。这只有两种可能，要么我的视觉神经系统出了问题，要么她有暗疾。不过，这也让她的脸容显现出一种异乎寻常的美。我捏捏她的手，拿不定主意。她咯咯笑，张嘴在我左手食指上轻咬一下："吓着了？胆小鬼。"

"是吓着了。你应该站在大学课堂上去讲这根蜡烛。"我嘟囔一声，把脸贴在她胸脯上。柔软的胸脯下有颗心脏在跳动，真实、有力。我说："为什么要做这行呢？"

她没直接回答我的问题。

"我忘掉了我的第一个名字，还记得我那时的样子。我是这个星球上最美的女人，许多男人不远千里跋山涉水送来昆仑山顶开采出的暖玉、大海深处抹香鲸的歌声、由月光孕育的狼、一种能随着时间移动而变幻香味的花冠，还有他们身体里流动的血，那血有橙色的、有蓝色的、有金黄色的，最迷人的是一种深绿的，它是甜的，只要尝上一滴，便宛若置身天堂。"

她又咬了一下我的手指，是右手的食指，比第一次用力。

牙印里有些许的血。

我感到了一丝刺痛丹田的热。性欲回到身体内，像一颗种子。她用膝盖顶住。顶住这颗种子。

我目不转睛地看着她的脸，心里涌现出一股难以抑制的悲伤。

她出现在一座由神话与梦幻建筑的古老城堡前，头顶花冠，衣袂飘动。这是每年秋日最为金黄灿烂的时候，亦是只属于她的节日。以她为圆心，数以万计的男人构成了一个圆，脸上无一不洋溢着心醉神迷的表情，就像圣母来到了他们的身边，而他们是她最虔诚的信徒。

她不是圣母。

如果说聚集在城堡前的男人是羊群，她就是放牧他们的牧羊女；如果说这些男人是彼此争斗的狼，她就是图腾与信仰。只要她目光驱使，他们中的任何一个都愿意为她去做任何一件事，包括用刀子阉割自己。那时的她确实过于年轻，滥用了这种力量。当越来越多的男人割断尘根，把尘根送入一座专为供奉此物而修建的凝望塔，城堡里的国王，那个有着深绿色血液的男人，不得不放逐她，把所有与她有关的画像、衣饰等事物尽皆焚尽，把那个原本属于她的节日更名为静默节。凝望塔亦被夷为平地。国王要抹掉所有人对她的记忆。这是他必须要做的事。若再任由这种情况继续下去，他的国家就再无繁衍之力，无可战之兵、可学之士、可耕之农。尽管她是他的妻子，还刚分娩了一个婴儿，一个王子。

她也终于明白她的美即是罪。

她心甘情愿地承受了这命运，取下花冠，穿上最粗糙的麻布，手足套上镣铐，被一叶扁舟送到海的中央。她以为她会渴死，被日光晒死，被猛兽咬死……在熬过最初对死的恐惧后，她开始盼望着"死"的早日来临，无论是怎么样的死，都好过于等死。

蓝色的海水把她带到一座荒芜之岛。当她踏上岛屿的那一刻，奇迹出现了。石缝里流出清泉，树枝上的果实也变得香甜可口。她活了下来。她并不想念她曾经拥有过的生活，但还是没法忘掉自己诞下的那个男孩。

"这个岛屿是一个透明又冰凉的瓶子。"

她哽咽起来。天籁一般的嗓音仍然在她喉咙里。她一遍遍地说着。当她这样说的时候，海面掀起波涛，路过岛屿的船只皆会迷失于她美妙的嗓音里，最后触礁沉没。这让众生畏惧，把岛屿附近的百里海面视作禁区，把这座岛屿称之为女巫之岛。说岛屿上有一个女巫,白天容貌极美,连被她脚踩过的石头都会变成这世上最稀少珍贵的宝石,男人只要看她一眼,就要心碎而死;到了夜晚,她就会拥有鸟的尖喙、兽的利爪,每根头发变为一条毒蛇,专门以死去之人的魂灵为食。

这一切她一无所知。

她只是越来越习惯站在岛屿最高处,思念着她的孩子,祈祷上苍能允许她再看他一眼,就一眼。也许是因为这种思念,她的容颜没有半分凋零。

但当这一天真的来临,她没有认出那个晕迷在礁石群中、失去记忆的英俊水手即是她二十年未见的儿子。她儿子醒来后也立刻爱上她,像一个男人那样爱上她。他是亚当,她是夏娃,岛屿是伊甸园。她又有了身孕。她难产了,失血过多。死神的镰刀划破她苍白的嘴唇。她儿子挡住镰刀,咬破手指,把深绿色的血滴入她嘴里。

这无比的甘甜让她再次活了下来。也因为这深绿色的血液,她惊恐地发现那个可怕的事实。"你还爱我吗?不管我是什么。"她问。

"爱。"她儿子回答道。

她分娩出一团风暴。

风暴笼罩岛屿,让世界倾斜。

海水上涌,岛屿只剩下供两人站立处。"知道这是为什么吗?"她颤抖着,恐惧在吃着她的内脏。海水喷涌,壁立,如古堡森严之墙。

她跪下来。

一颗贝壳被潮水卷到她脚边,壳是敞开着的,风暴曾把它摔在石头上。里面有一颗拳头大的湛蓝色的明珠。她捡起贝壳,在脸上画了一个十字。皮肉翻卷,血流出来。她的容颜被这两道可怖的创口损坏殆尽。她的儿子静静地看着她,没有上前阻止。

"知道。当我来到这座岛屿的第九个夜晚,记忆回到我的脑子里。在你腹部那块月牙状的胎记上,我认出了你,我的妻子,我的母亲。"她的儿子小声说道,"我出生不久,一个阉人歌手来到古堡,他的歌声能穿透一切,包括铁,也包括了尘封已久的记忆。父亲放下利剑,把阉人关入地牢,下令任何人不得靠近。每当夜晚来临的时候,父亲会把耳朵贴在墙壁上,整夜倾听。我不明白这是为什么。父亲脸上有让人心悸、心慌、心闷、心疼、心碎的表情。等我终于找到机会来到阉人面前,这个小眼睛的男人用一种能让人忘了饥渴的声音告诉了我缘故。"

她儿子唱起来,面朝大海。

"她的唇是那样软,好像蚕丝棉;她的乳是那样圆,好像馒头甜;她的腰是那样细,好像蕨菜鲜;她的腿是那样长,好像象牙尖……"

她小声哽咽。

她儿子的声音清亮柔美。

海水没上她的膝盖,冰凉苦涩。

她望向古堡方面。

"他还好吗?"

"他死了。"

"他死了?"她茫然,手足无措。

海水掀起的泡沫,如同一群群遮天蔽日的黑羽渡鸦,翻滚,盘旋,俯冲,用略微弯曲的利喙,不断啄着她的伤口。

"我朝着岛屿进发的那天,父亲令士兵朝我放箭。我抓住一根,随手回掷。箭头刺穿他的胸口,他跌下马来。我哀声哭泣,想拨转船头去说一声对不起。海面上掀起风浪,命运就这样把我带到你的面前。"她的儿子用手掌擦去她脸上的血。每擦去一点血迹,他的手掌就要消失一点。而手掌每消失一点,他的身体就要变得透明一分。"我在痛苦中挣扎了许久,后来想明白了。"

"想明白了什么?"海水淹没至她的胸口。

"阉人说我终有一日要弑父娶母。说完后咧嘴欢笑。我趁笑容还停留在他嘴角时,用利刃割断他的喉咙。他在地牢里待得太久,身体是透明的。死对于他来说是解脱,是恩赐。"她儿子顿了下说,"他是对的。不管你是我的母亲,还是我的妻子,这不重要。重要的是,你即是他用了一生吟唱的那个女人,那份甜、那种完美。我很高兴我能找到你。很高兴在寻找你的旅程中所品尝到的千辛万苦。这些即是我的意义。"她儿子说完最后一句话,笑了笑,吻了下她的脸颊,伸长四肢,像一条透明的鱼,慢慢消失在海水里。他身体里的血都流尽了。她脸上的伤口不见了,还是那样光洁,柔嫩,美。

海水退去。渡鸦鸟，啾鸣着，一只只潜入海水深处。不多时，岛屿重新浮出水面，在洒落的漫天星光，犹如一条背脊湿润、曲线完美的大鱼。

她眼里第一次出现泪水。

泪水滚烫。滴到我的脸颊。我看着她哀伤的眼神，说："你哭了。"她伸手擦去说："是啊。我哭了。"她没有否认这个事实，没有去寻找一些拙劣的借口。

"泪水是有毒素的，人要学习排毒，尤其是女人，这样对身体好。"她莞尔一笑，把头枕在我臂膀上，舌尖舔着我右手食指上的牙印。"还想继续往下听吗？"

这不是一个俄狄浦斯式的故事，虽然有着同样弑父娶母的情节。这是对美的赞颂，对女性的崇拜。父亲与儿子都是献给女人的祭品——或者说，妇女用品。我亲了下她脖子上这组淡青色的编码。异样的触感。微痒，略酥，如同细小的电流。晕暗的灯光下，它是一句神秘的咒语，一只从数字时代爬来的异形生物，也是一座被苦心孤诣设计的迷宫，里面不仅有粗细不一的线条，还有许多指纹状的漩涡。

我又看见了那座在岁月里漂浮的岛屿。

她在岛屿高处用碎石垒起一座塔，把那颗蓝色的夜明珠放在塔尖。这成为许多个风暴之夜里水手们航行的灯塔。谁也说不清这座塔到底有多高。风平浪静的日子里，有人赌咒发誓说它不过数米；可等到大海暴怒的时候，更多人亲眼看见它高若星辰。这是凝望塔。是慷慨的神灵在凝视着他的子民。从风暴中幸存下来的水手把这座岛屿称为奇迹之岛。只要靠近它，就有可能得到龙涎香，珍贵的贝类，一种蕴满水分、吃了能让人如置身天堂的奇异果实等各种匪夷所思的馈赠。但谁也无法真正靠近它。不知从何时起，岛屿四周多出了一些古怪的漩涡。它们是一群让人啼笑皆非的动物，会悄无声息地出现在那些鲁莽冲动的船只下面，露出顽皮的笑容，把船又送回原处。不管是多么富有经验的水手，也不管是多么大、多么坚固的船，结果一样。

漩涡日复一日，终于掏空岛屿的底部。

一个清晨，风和日丽。岛屿飞上空中，事先无半点征兆。

附近海域三艘船上的旅客有幸目睹这个奇观。一艘挂有一面印有黑色骷髅头"海盗旗"的军舰，一艘载有701名旅客的豪华邮轮，一艘准备赴远洋打捞的渔船。

　　军舰上掌管雷达的通信兵最早发现这座飞起的岛屿。歪戴水兵帽的小伙子，提醒他的指挥官，这可能是某个国家研发的战略性秘密武器，也可能是外星飞船。神色冷峻的指挥官没有理会士兵的谵言妄语，用望远镜观察着这个沐浴在阳光下、通体金黄的庞然大物。"没有哪种飞船的外壳是悬崖峭壁，这不符合空气动力学。外星人的飞船也要讲科学。"指挥官的目光落在岛屿下方那块有数平方公里大的阴影里。他在胸口画了一个十字，垂头低声说道："赞美主。就是此刻。"

　　邮轮甲板上的旅客并不多。一对来度蜜月的年轻夫妇在船头上演"泰坦尼克式"拥抱。当岛屿浮起的那刻，男人松开手，刚成为新娘不久的女人立刻跌入水里。没人听见女人的惨叫，包括那个身体像自慰器一样不断震颤的丈夫。人们从舱房里奔出，仰头观望这个完全颠覆了他们认知经验的事实。越来越多的人全身发抖，呼吸困难。一个教授模样的老者用手使劲拍打自己的脸，嘴里含糊不清地嘟囔："这是集体癔症。我一定是在梦游……噢，不对，我是谁，我在哪里？我要往哪里去？"一个少女率先掏出手机，以这座飞起的岛屿为背景迅速自拍，还不忘比画了一个剪刀手。少女第一时间把这幅照片分享到她的推特账户，加了一个小标题，"世界就要灭亡了，我还是这般美丽'冻'人"。

　　少女的自拍行为让感觉窒息的游客如梦惊醒，纷纷掏出手机与相机，要记录下这个动人的历史时刻。

　　渔船上有一个赤足少年，他也在仰头望着这座浮在天上的岛屿，目不转睛地望着，嘴里喃喃说道："要是我能捞到这样大的一条鱼就好了。"

　　岛屿岿然不动，静静浮着，既不向上，也不朝下，不往前后左右，也不去东西南北。但，它在膨胀变大，每时、每刻、每分、每秒。这是一个加速度。在它变大的同时，孕育它的母体星球在以相同的速率变小。急速赶来的科学家们很快便发现这个奇异的负相关变化，也急忙劝慰大家不必对此过分焦虑，这必将是一个持续数千年的漫长过程。

　　"它再能吃，不可能一口就把胎盘吞掉的。它不是黑洞，只是一种我们目前尚无法理解的存在罢了。等到它把我们脚下的星球吃了一半时，想必我们也已经找出它的秘密。那时，或许我们已经可以移民银河系的任何一个角落。"

科学家们信誓旦旦。

岛成了全球旅游的新景观。有关于它的历史也以各种媒介方式重新进入公众视野。人们修建各种大小的凝望塔，在塔前竖起无数根阴茎状的石柱，还用自己的美学逻辑，在塔里为她建造各种材质的塑像。在甲地，她金发碧眼，肤白胜雪；在乙地，她黑发棕眼，肌若绸缎；在丙地，她螓首蛾眉，肤如凝脂；在丁地，她妖娆性感，肤似墨玉……她有了亿万种关于美的姿态与容貌，让亿万人顶礼膜拜的姿态与容貌。

这一切她仍然是一无所知。

她不清楚岛屿为什么会来到天上，也不想去弄明白。时间过去了这样久，她已经忘掉自己的名字，也忘掉了是谁在岛屿高处修建了那座奇异的塔。当月亮升起的时候，塔尖会挂住一缕形若有质的清辉。取下它，用手来回细捋十三个昼夜，清辉会凝结成一根丝线。攒出一筐，编织成衣裳，穿上，起舞。沾在衣裳上的月光就会滚落，掉入岛屿下方的海水里，化成一颗颗透明的圆。很难用言语与词语形容这个神奇的圆，它存在而又不存在，超越了"圆"本身固有的属性与字面意义，好像隐藏着这个宇宙最深的奥秘。开始，人们用它来装饰女性的颈脖与手指，后来不知是谁发现，把这样一颗圆吞咽入腹，再在凝望塔前，对自己所爱上的那个人说"我爱你"，那么，不管是霸道总裁，还是傲娇萝莉，也不管他们曾经有过多么轰轰烈烈或静水流深的爱情，这个人一定会抛掉过往，抛弃所有，全身心爱上自己，没有丝毫保留，目光再也无法离开自己半刻。

这种不可思议的功能颠倒了众生。

谁不渴望爱呢？尤其是当爱能够被这种确定的因果关系清晰呈现时，人们对这颗圆的追逐几至疯狂。你是否爱我，不重要，重要的是我能否拥有这颗圆。

她不知道岛屿下方那个星球上发生着的事。

她只是活着，偶尔跳舞，看露珠倾泻。更多的时间她看从星球上飞来的各种航空器。这些奇形怪状的航空器，不管如何努力试图靠近，都被岛屿外一个透明的屏障阻挡在外。有两位从航空器里走出的宇航员还拉出横幅，说他们是秉承着全世界的爱而来，请允许他们登陆。她哧哧笑出声。如果她清楚怎么做能让他们登上岛屿，她早就这么做了。她只能抱歉地笑，看着他们怏怏而归。更多时候，她只是看，不假思索，看这些航空器在空中所画出的各种曲线——它们是一道关于求解这个世界最终奥秘的方程式。她推演几步，感觉异常熟悉。她想她应该在哪里求解过它。某个黄昏，她信手用树枝写出答案，然后把自己吓了一跳，赶紧伸脚擦去。她还是喜欢现在这样的日子，浑浑噩噩。

又过去了一些年，星球上的科学家不无绝望地承认了这样一个事实：岛屿的质量已逾临界点，要不了多久，岛屿会像一个饕餮之兽，对星球产生致命的威胁。

这让活在星球上的大多数人的不安与日俱增。他们提议要设法改变岛屿与星球之间的距离，最好是给这座岛屿套上一条绳索，使之偏转出那条危险的轨道，不再吸吮星球质量，同时又能孕育露珠；而随着临界点的日益临近，他们不约而同忘掉了这种奇怪的露珠，决意动用核弹来毁灭这座邪恶之岛。是的，邪恶之岛。越来越多人忧心忡忡地打量着天空，用这四个字谈论着这个诡异的存在。但那层透明的屏障完全超出他们的认知。一艘艘航空器发射出的各种武器，像发了疯一样的褐色鸟群撞击过来，在屏障上化作一朵朵灿烂的烟花。她津津有味地看着，看烟花生灭，看这些聒噪的鸟群终归于虚无。

这样的日子是美好的。她对自己说。

终于有一天，她看见那个星球上到处都是血，到处都是因为恐惧而互相杀戮的人。

现在星球只有原来的一半大了。在塌陷。

一个塌陷的波函数。

她对自己说，一种深深的疲倦从心底涌出。她来到凝望塔前，叹了一口气，下意识地说："走吧。"塔尖的明珠漫上一层淡蓝色的光线，光线朝顶部集中，变幻，凝聚成一束。她的身影消失在光中。紧接着，岛屿与星球原本恒定的距离改变了。

瞬间，弹指，刹那。

岛屿离星球的距离已有数十万公里。这个超越光速的移动中，岛屿上的山势地貌迅速改变。山峦崩摧，峡谷隆起，万木折断。这是一系列宛若神迹的变化，深藏于岛屿深处的某个物体按照某种神秘的规律，拼装组合，不多时，一个圆形飞船便抖落数万年覆盖在身上的石块与尘埃，出现在茫茫太空。它是如此复杂、精巧、美妙、庞大。

那个歪戴着水兵帽的小伙子说对了。

这座岛屿是一艘来自异世界的飞船。她站在船舱中央，站在寂静深处，若有所思。光照耀她的脸容。她脸容上有这个宇宙所有的光。一个半凹的机械装置，悄无声息地浮现于手边。她突然就明白了，只要把手中握着的这颗明珠搁于此处，她就能获得失去的记忆，不只是数千年前她在那个星球上的记忆，而且还有自数万年前在她还没有跨越宇宙进行河系飞行前以来的所有记忆。

"就是这颗珠子吗？"我摸过她颈脖上的吊坠。上面所镶嵌着的，是一个蓝色的水晶珠子，不是六方结构的蓝钻，不是产于黑蝶贝体内的蓝珍珠，而且肯定不会在夜晚发亮。在我生活了二十年的那个城市，这种水晶珠子吊坠的零售价不会超过两百块钱。她的手臂缠绕上我的颈脖，目光迷离："是，也不是。"

我有些困意。她说的故事，与我在许多二三流的科幻电影里看到过的，没有太大区别，更与她肩胛骨上的这组编码没有关系。如果她是高考学生，我是改卷老师，我会在她讲的这个故事上批改上六个字："离题万里，零分。"我想我的耐心快要耗尽。这组编码也许没有任何意义，只是刺青本身。这个世界上有太多没有意义的人与事。我控制着自己的情绪，把蓝色的水晶珠子放回她胸口，说："开头在岛屿外面不让人接近的漩涡，后来那个笼罩着岛屿外的透明屏障，就是飞船的能量罩吧。"

"是的。"她又吻了一下我的额头，"你真是一个好情人。"

我啼笑皆非。说我是一个好听众还差不多。睡意沉沉袭来，我打了个哈欠，说："后来她怎样了。你拣要紧的说，说梗概。"

"后来，她还是取回了一部分记忆。这是一艘来自异世界的流放船。她是指挥官，奉命把异世界里一批最为穷凶极恶的罪犯流放至这个宇宙，都是男人，雄性。她喜欢上其中一个罪犯。在漫长的押解途中，这个长着谢耳朵一般清秀脸庞的罪犯，总能弄出各种各样的笑梗。有谁会不喜欢一个个笑话呢？尤其是一个女性，尤其是当她寂寞的时候。

"在很多时候，喜欢与爱是难以区别的。

"她帮着这个长着谢耳朵一般清秀脸庞的罪犯，以及其他囚犯，在这个原本到处流淌火焰与岩浆的荒芜星球上生存下来。这违背了她的使命。更糟糕的是，为夺得飞船的控制权，她喜欢的男人杀死了她，还用她的细胞克隆出无数个子体，S/N EB05241560 即是其中一个。"

她的声音异常悲伤。

我打断她的话："克隆体也能拥有母体的记忆？还有，其他克隆体都上哪里了？"

夜色里她的瞳孔深处有一点湛蓝的微芒。

"他培育克隆体的目的，是为了获取劳力与食物。从性价比来说，克隆体确实再合算不过，一份培养基再加一点光能量就行了。可这个长着谢耳朵一般清秀脸庞的罪犯，万万没有想到，一个有着深绿色血液的罪犯会爱上那个在他看来只是工具与食物的 S/N EB05241560，他们还诞下一个孩子，是男孩。自视为父神的他决意为这桩可怕的意外画上一个彻底的休止符。而更多罪犯不无惊讶地发现原来克隆体不仅能充当劳力与食物，还能繁衍生命，他们联合起来反抗父神。父神逐一杀死他们，包括原本分发给他们的克隆体。这是一场异端残酷的漫长杀戮。血流满整个星球。尸体所形成的腐殖层也使原本的焦土渐成沃土。当星球上只剩 S/N EB05241560 最后一个克隆体时，那个有着深绿色血液的罪犯找到重新开启飞船的法子，拿出威力强大的武器，率领剩下来的人反扑，把父神打得节节败退。最后在父神老巢里，两个男人展开生死决战……"她叹口气，目光在天花板上移动。

"谁赢了？"

我撑起一条胳膊。

"他赢了。最后走出来的那个男人，是那个有着深绿色血液的男人。"她慢慢说道。

我哦了一声。这个故事还是这样庸俗不堪。

她的声音蓦然尖利起来："可 S/N EB05241560 知道，那个最后走出来的男人，是父神。那个有着深绿色血液的罪犯死了，死之前还被父神改变了容貌，变得跟父神一样。S/N EB05241560 知道他死了，她就是知道，虽然最后走出来的那个男人与他一模一样，就像她终于明白了什么是喜欢什么是爱一样。可一切覆水难收。她知道他就是父神。但她什么也不能说，还不得不跟着所有的人一起欢呼胜利。她是那么恐惧、害怕，每天还得努力在父神面前扮演一个妻子的角色，她是这样恨他，可又有什么办法呢。父神的伪装真好啊，比那个有着深绿色血液的罪犯生前对她还要好。谁都看不出来。可她就是知道。她也知道父神对此心知肚明。她恨。可她没办法……"

她放声痛哭。

我不知道说什么好了。月光下，她肩胛骨上的 S/N EB05241560 这行编码，像一只活了过来的蜈蚣。我心里有点发毛，毛茸茸的毛。我咳嗽一声，低头看了看右手食指渗血的牙印，小声说道："从那以后，在无尽的轮回里，S/N EB0524156 就到处寻找那个有着深绿色血液的男人，对吗？"

她抬头凝视我。我擦掉她脸上的泪水。她的泪水真多啊，一层一层，涌出眼眶。

"你明白了。你终于明白了。亲爱的，我找得你好苦啊。"

她哽咽着，双手捧住我的脸。

"亲爱的，不管你这辈子叫什么名字，我找了你三十万年。我的情人，我的爱人，我的骨，我的血肉，我的魂灵，请你不要再离开我！不要！"她歇斯底里地叫，用拳头敲打我胸脯，还用力咬我的手指，咬出血，再泪眼迷离地说道，"你看，血是不会骗人的。你体内深绿色的血。"

她错了。我的血是红色的，暗红。她是色盲。一种先天性色觉障碍疾病。我抱住她剧烈颤抖的身子，试图说些什么，可话到嘴边又不见了。鼻子有点发酸。我在想她的现实生活，在想她所曾经遇到过的男人。她所说的与一场梦境无异。可惜我不是弗洛伊德，没法解析。也不知道过了多久，她平静下来，重新在我身边躺下，没再说话，只是紧紧地抱着我，好像只要一撒手，我就会从这个简陋的房间里消失。我在她怀里蜷曲着，像一个婴儿那样蜷曲着，嘴唇紧贴她那对丰满的乳房。

我在等待天亮。

天真的亮起来时，我睡着了。

等我揉醒睡眼，已经是日上三竿。

房间里没有女人留下的痕迹。没有散落在枕间的长发、被泪水打湿的枕巾……床头柜上有一沓人民币。十五张。整整齐齐。我暗自皱眉，洗漱完，提着行囊下楼来到旅店柜台前。她在俯身记账，手中拿着一支钢笔。钢笔可能有点问题，她不时拿钢笔蘸一下柜台上那瓶敞开的墨水。她还是穿着昨天那件灰格子的高领外套。胸前那根镶嵌着蓝色珠子的吊坠在来回摇晃。物的单调运动容易将人催眠。我冲她笑。她也报以礼貌的笑容。我说："麻烦退房。"她说："稍候。我去查下房。"过不多时，她回来了，手中举着那沓人民币，眼里不无疑惑："这是您的钱吧？"

我苦笑，接过钱，看见自己的心理阴影面迅速扩大，"是的。年纪大了，记性越来越不好了。"她没接话，手脚麻利地替我办好退房手续，埋头继续工作。她所做的、所说的，与我见过的任何一个旅馆老板娘并无二致。我叹口气。昨夜应该是一枕黄粱，只是这梦境太过真实。我背起包，转身准备出店，突然听到一阵歌声。

"她的唇是那样软，好像蚕丝棉；她的乳是那样圆，好像馒头甜；她的腰是那样细，好像蕨菜鲜；她的腿是那样长，好像象牙尖……"

是她在唱。这些汉字因为她的嗓子，是这般动人。

是的，千真万确，是我昨天晚上听到的那首。

我如受雷击，回头看她。上午的阳光照进柜台里。她的脸庞在阳光映耀下闪闪发亮。我的眼泪不知为何就涌了出来。她感觉到什么，抬头，目光惊讶。

"先生，您没什么事吧？"

我很勉强地挤出笑容，说："没事。只是想起了一个人。她的样子很像你。"

她的嘴角露出鄙夷与不屑。她见多了这种老套乏味的搭讪。她又低下头，没再理我。我在她唇上读到一个句子。我想我是读懂了。没再犹豫。我又回到柜台前。

"如果我没有错的话，你的左肩胛骨处有一块文青，是一串字母与数字组合成的编码，S/N EB05241560。"我盯着她的眼睛，缓慢地说道，"如果它确实存在于你的左肩胛骨上，你有兴趣听一听它的故事吗？"

膏药的效果并不大好，脖子还是扭的，我的样子与屋外那棵歪脖子的槐树差不多。

很可笑。

我在等着她的回答。

穿花衣裳的少年冲进屋，不知道是什么事让他如此激动，口里有风声，模样跟一头受伤的野兽一样。他用那只怪模怪样的手一把推开我。我攀住柜台，没倒下。在步出房间时，我忘记拉上双肩包的拉链。联想笔记本电脑掉出来，摔在柜台，咣当一声响，打翻了柜台上的墨水。我眯起眼。阳光照着笔记本后盖上那行电脑主机序列号：S/N EB05241560。

我笑起来，歪着头笑。

她手中的钢笔落到地上，瞳仁深处有了一小束光。

《天涯》2017年第2期

评鉴与感悟

进入虚构的夜晚

作为一位70后小说家，黄孝阳仍然固执地坚持着先锋文学的余绪，在无限的能指游戏中创造着文本写作和阅读的快感。使人愉快的是，黄孝阳的写作并不是观念内封闭的，而是在智性思索与语言游戏的运行中不断打开、拆解——而那些中国古典文学的意象与现代主义文学的技巧，以及类型文学元素的征用，终于制作出了雅俗共赏的虚构作品。需要警惕之处在于，黄孝阳又是一个观念、主张十分坚固的作者——于是评论者必须跳出他的观念，取道自身的阅读经验，借以重新打开文本。《我永远忘不掉那个夜晚》便是这样一篇值得细读的作品。小说一起笔，就展开了一个具有博尔赫斯般诗意的小镇，红色土壤，奇怪的树，还有岩石质地的小旅馆。进入虚构的夜晚，一切注定将要不可思议。

如同多数元小说一样，必须存在一个不断自我拆解的叙述人。"我"是一个被消解了行动元的个人，心里在夜晚生长出野兽；在鲜艳的少年与歪脖子树的指引下，遇到了风情万种的女主人。这本是《游仙窟》一类的风情传奇。接下去是神话的讲述。在下一个叙事层，女人的前身是海伦一般倾国倾城的神女，因为无法见容于统治术，被送入荒岛，却又与自己的儿子发生了弑父娶母的乱伦故事。故事讲完，我们又得到了一个科幻奇谭：空中的岛屿不断伸展，女人在岛屿上俯瞰众生。人造的飞行器来来往往，岛屿渐渐与地球一去万重远。这时我们知道这座岛屿其实是宇宙中的一艘流放飞船，她是指挥官，是驱使犯人的美丽狱卒。跳出故事，"我"枕边的女人，只是有着无比繁复前身的一个克隆体：她在茫茫宇宙漫游，只为寻找旧情人。在叙述中不断展示陈述，又紧跟着对陈述的拆解。"我"时而必须指出，"这不是一个俄狄浦斯式的故事"，或者是"整个故事还是这样庸俗不堪"。在叙述的游戏结束后，"我"重返现实的秩序。那些神秘怪异的物和人又次第重逢，"物"自单调运行，"我"还怅惘自失。不可解的功能人物——鲜艳少年闯入旅馆，笔记本电脑的主机序列号显露出来，正和虚构中的女人肩胛骨处的编码完全一致。这几乎是一个用现代技术道具重新装置的《聊斋》故事。不可解的书生易装成昏昏的现代人，谈情说爱的花妖狐媚被置换为计算机的化身。无数暗伏的情节互相撞击，叙述既拆解虚构，也拆解现实，却不断展示着固执的虚构。在夜晚的织物中，那些熟悉的故事互相重逢。这是一个卡尔维诺般的旅人独行的夜晚，也是一个唐传奇一般怪诞、优美而不可解的夜晚。

它比《绿毛水怪》（王小波）叙述更加精致，想象更加灿烂。对于这样一个有趣的夜晚，请忘记那些强制阐释的话题。虚构本身，便是无边无际的能量黑洞。（朱明伟）

声 明

本套《北岳年选系列丛书》,收录了本年度众多优秀文学作品及文化时评类文章。在编选过程中,我们及各选本主编已尽力与大多数作者取得了联系,但仍有部分作者因故未能取得联系。见此声明,烦请来电,以便奉送薄酬及样书。

联系人:王朝军

电　话:0351—5628691